BASTEI
LÜBBE

JULIAN MAY

Die Nebel des SAGITTARIUS

Roman

Ins Deutsche übertragen
von Ulf Ritgen

BASTEI
LÜBBE

BASTEI LÜBBE TASCHENBUCH
Band 24 314

1. Auflage: Juni 2003

Vollständige Taschenbuchausgabe

Bastei Lübbe Taschenbücher ist ein Imprint
der Verlagsgruppe Lübbe

Deutsche Erstveröffentlichung
Titel der amerikanischen Originalausgabe: Sagittarius Whorl

Lektorat: Alexander Lohmann/Stefan Bauer
Titelillustration: Michael Whelan/Agentur Schlück
Umschlaggestaltung: QuadroGrafik, Bensberg
Satz: Heinrich Fanslau, Communication/EDV, Düsseldorf
Druck und Verarbeitung: Maury Imprimeur
Printed in France
ISBN 3-404-24314-5

Diese Trilogie ist für
Barb, R. K.
den Schrecken der Transplantations-Abteilung

Kapitel 1

Sehet den komatösen Menschen im Dystasis-Tank, angeschlossen an psychotronische Geräte, die ihm denselben schönen Traum immer und immer wieder vorspielen. Gerade wird der Mensch gentechnisch verändert.

So viel weiß er, denn er hatte vorher schon einmal die Bekanntschaft mit einem dieser verdammten Bottiche gemacht – irgendwann, irgendwo. Die Details sind ihm unbekannt. Er treibt in dem gläsernen Sarg voller sprudelndem, Sauerstoff-beladenem Klebezeugs und ist viel zu zugedröhnt von all den Drogen und der REMiniszenzen-induzierenden Traumprogrammierung, um während seiner kurzen Episoden der Halb-Bewusstlosigkeit vernunftgemäß zu handeln.

Seine Wachphasen, in denen er sich dazu zwingen kann, die Augen zu öffnen und wie ein Kurzsichtiger angestrengt durch die Flüssigkeit aus perfluorierten Kohlenwasserstoffen hindurchzuspähen, sind unscharf und surreal, und immer wieder wird er von Angstattacken und ohnmächtiger Wut erfasst. Während dieser Wachphasen erinnert sich der Mann im Dystasis-Tank äußerst lebhaft an einen kurzen Ausschnitt aus seinem Kurzzeitgedächtnis ...

Er sitzt in einer verräucherten Bar im Inneren eines hohlen Asteroiden im weit entfernten Schützen-Nebel, und während sein Bewusstsein schwindet, lächelt ihn ein Haluk an. Er erinnert sich an die verzweifelte Gewissheit, in diesem letzten Moment, bevor er dem Vergessen anheim fällt, dass die Außerirdischen mit ihm diesmal wahrscheinlich etwas sehr Sonderbares anstellen werden, nachdem es ihnen bei ihren bisherigen Angriffen nicht gelungen war, ihn auszuschalten.

Er windet sich in dem Dystasis-Tank, versucht vergeblich, zur Oberfläche zu schwimmen, den Deckel aufzustoßen und sich zu befreien. Doch seine Gliedmaßen und sein Rumpf sind fest in ein aufrecht stehendes Gerüst eingespannt. Nur seinen Kopf, der nicht ganz so fest fixiert ist wie der Rest seines Körpers, kann er ein wenig bewegen.

Er erinnert sich ein paar weiterer Dinge.

Er kann schwimmen. Er kann kochen. Er kann ein Raumschiff steuern. Er kann reiten.

Er ist eine Schande für die ganze Familie. Er ist Rechtsanwalt. Er ist Sporttaucher. Er ist Multimilliardär.

Er war Bulle. Er war suizidgefährdeter Säufer. Er war ein politischer Störenfried. Er war ... mit etwas beschäftigt, das ihn tief in die Scheiße geritten hat!

Als er mit den eigentlich nutzlosen Kopfbewegungen aufhört, sieht er neben dem Tank, in dem er selbst steckt, einen weiteren dieser durchsichtigen Behälter. Darin ist in rötlichem, mutterleibartigem Licht ein weiterer Körper zu erkennen – ein Leidensgenosse in Dystasis. Er bemüht sich, die andere Person besser zu erkennen, doch das erweist sich als unmöglich.

Er öffnet den Mund zu einem lautlosen Schrei der Verzweiflung. Da seine Lungen und sämtliche Atemwege mit Flüssigkeit gefüllt sind, sind seine Stimmbänder so nutzlos wie die eines Säuglings vor der Geburt. Die Instrumente, die seinen Aufenthalt in der Dystasis überwachen, entdecken die heftigen Muskelkontraktionen und den Hormonschub, der auf einen geistigen Erregungszustand schließen lässt.

Na, na! Sein Widerstand stört die Genmanipulation. Das Gerät schaltet um auf ›stärkere Betäubung‹. Er wird wieder in den Schlafmodus gerissen, und zum x-ten Mal wird der Traum wiederholt.

Immer ist er bei seiner Frau, an deren Namen er sich ebenso wenig erinnern kann wie an seinen eigenen. Im Hintergrund läuft Musik – Scott Hamilton spielt ›Round Midnight‹ auf einem Tenorsaxofon. Das riesige Schlafzimmer ist im rustikalen Ranch-Stil des südlichen Westens eingerichtet – hohe Decken, die Wände aus weiß getünchten Lehmziegeln, geschmückt mit antiken indianischen Webarbeiten und Kunstwerken voller elegant-anzüglicher Blumenmuster in Pastelltönen. Durch die doppelverglasten Schiebetüren mit ihren geteilten Vorhängen kann man erkennen, dass es Nacht ist und draußen dichter Schnee fällt. Der tosende Schneesturm übertönt bisweilen die Kaskaden der sanften Jazzmusik. Draußen auf der Veranda türmen sich Schneeverwehungen auf.

Seine Frau und er, frisch verheiratet, sitzen nebeneinander auf einem Lammfellteppich vor einem prasselnden Kaminfeuer. Sie sind nackt, schmiegen sich glücklich aneinander und schlürfen Roederer Cristal, während sie die tanzenden Flammen beobachten. Ihr Haar ist aschblond, ein wenig gewellt, nachdem der geflochtene Chignon gelöst wurde, und reicht bis unter ihre Schulterblätter. Ihre Augen haben die Farbe des Meeres tief jenseits eines Riffs. Sie ist eher eindrucksvoll als hübsch zu nennen, und ihre entspannten Gesichtszüge wirken ernst, bis er sie streichelt und so zum Lächeln bringt.

Zeit, wieder miteinander zu schlafen.

Und wieder und wieder, während die psychotronische Maschine ewig seine schönste Erinnerung wiederholt, um die Dystasis-Behandlung zu fördern.

Der arme, glückliche Trottel in dem Tank bin ich.

Ich treibe und träume.

Klopf klopf klopf.

Jemand sagte etwas, eine fremdartige Stimme, durch ein Übersetzungsgerät gefiltert. »Wie interessant. Es scheint, als wache er auf.«

Jemand anders: »Das ist das Matrizen-Individuum, Diener der Diener. Das Original. Das transformierte Human-Objekt befindet sich in einem anderen Raum und erholt sich; die Techniker von Diesem Hier überwachen ihn. Wir werden ihn bald befragen können, sobald er wieder ganz bei Bewusstsein ist.«

»Wollen wir sehen, ob dieses Wesen Diesen Hier erkennt.«

Klopf klopf klopf.

Langsam öffnete ich die Augen. Der Raum, in dem ich mich befand, war nur schwach erleuchtet, wie immer, und der Hauptanteil der Helligkeit stammte von einem fremdartigen Gerät, das in einiger Entfernung stand. Der dunkle Fußboden war vom komplizierten Muster eines rot leuchtenden Netzes durchzogen, das auf meinen Tank und den daneben stehenden zulief; der Tank neben dem meinen war jetzt leer.

Drei Haluk standen vor mir und schauten mich an, zwei Männchen, ein Weibchen; alle trugen Übersetzungsanhänger. Der größte der Außerirdischen klopfte gegen die Glaswand, um meine Aufmerksamkeit auf sich zu ziehen, als sei ich ein träges Tier in einem Aquarium.

Klopf klopf klopf. »Wah! Kannst du Diesen Hier hören, Erdling?«

Natürlich konnte ich ihn hören. Meine Ohren funktionierten auch in diesem sauerstoffangereicherten Glibber gut, und das wusste er sehr wohl. Er spitzte die Lippen zu der seiner Rasse eigenen Entsprechung eines Lächelns und winkte in gespielter Fröhlichkeit mit seiner vierfingerigen Hand. »Erinnerst du dich an Diesen Hier?«

Angestrengt stellte ich meine Augen scharf und konzentrierte mich.

Na ja, klar. Bei unserer letzten Begegnung hatte er einen unauffälligen Geschäftsanzug getragen, wie er bei Menschen üblich war: dunkelgrün mit Nadelstreifen, maßgeschneidert, um seine Wespentaille zu betonen; dazu eine scharlachrote Foulard-Krawatte mit diamantenbesetzter Krawattennadel. Nun trug er exotischere Herrenmode, seinem angesehenen Status angemessen: eine bronzefarben-purpurne Robe, die mit glitzernden Juwelen besetzt war, ein aufwändig gearbeitetes Diadem aus Platin und eine dazu passende Halskette mit großen, fossilen Cabochons. Aber das hässliche blaue Gesicht war unverkennbar, und ebenso die sonderbar schönen blauen Augen, die vor sardonischer Intelligenz blitzten.

Die perfluorierten Kohlenwasserstoffe hatten mich stumm gemacht, doch was ich ihm zufauchte, musste er mir von den Lippen ablesen können: *Du verdammtes Xenoarschloch! Und ob ich dich erkenne. Du bist der Diener der Diener von Luk, der Obermacker der Souveränen Haluk-Konföderation.*

»Bravo«, sagte er trocken. Die Haluk sind keine Telepathen, doch meine Antwort war offensichtlich deutlich genug. »Bitte sei dir des tief empfundenen Dankes von Diesem Hier und dem Neunerrat gewiss. Dank dir ...« – er nickte in Richtung des anderen, leeren Tanks – »und dem Überläufer, mit dem du deinen Lebensstoff geteilt hast, hat Dieser Hier große Hoffnungen, dass wir unseren Großen Plan termingerecht vorantreiben können.«

Plötzlich schoss mir eine erstaunlich klare Erinnerung durch den Kopf. Der Anführer der Außerirdischen und ich hatten schon vor einigen Jahren ein erhitztes Streitgespräch geführt, vor dem Versammlungssaal des Commonwealth der Menschenwelten in Toronto. Auf Einladung einiger Mitglieder der *Liberal Party* hin, die Verständnis für die Prinzipien der Reversionisten aufbrachten, hatte ich schließlich ausgesagt... über irgendetwas Wichtiges, das mit den Haluk und ihrem Handelsabkommen mit der Menschheit zu tun hatte. Meine Rede hatte den Diener der Diener und die Mitglieder seines außerirdischen Gefolges ziemlich angepisst, und ebenso einen beträchtlichen Anteil der Abgeordneten des Rates.

Aber was hatte ich gesagt? Und wer zum Teufel war ich überhaupt?

Ich hatte keinen blassen Schimmer.

Der Diener der Diener sagte: »Oh, du fühlst dich besser? Archiator Malotuwak hat Diesem Hier versichert, dass du den Mensch-zu-Mensch-Gentransfer unbeschadet überstanden hast. Bedauerlicherweise können wir dich noch nicht aus dem Dystasis-Tank herauslassen. Wir benötigen einen zweiten Hybridklon.«

Hybridklon? ... Wovon zum Teufel redest du, Blaubeerfresse?

»Du solltest auf Diesen Hier hören, Mensch. Nach Kräften kooperieren, wenn man dich später dazu auffordert, als Tutor tätig zu sein. Die erforderlichen Informationen mit Hilfe psychotronischer Vernehmung zu extrahieren ist so unangenehm. Wer weiß? Wenn du gut mitarbeitest, mag man dir vielleicht sogar gestatten, am Leben zu bleiben. Einfache Arbeiter werden auf unseren frisch kolonisierten Planeten stets gebraucht.«

Fick dich ins Knie! Mit einem Riesenpresslufthammer!

Der andere männliche Haluk meldete sich zu Wort. Er war klein und untersetzt, trug einen einfachen, senffarbenen Arbeitskittel, der eng an seiner dünnen Taille anlag; in den Händen hielt er einen elektronischen Macrodur-Notizblock, wie ihn menschliche Topwissenschaftler bevorzugten. Auf dem Display waren kompliziert aussehende Diagramme zu erkennen. »Er regt sich auf, Diener der Diener. Das ist für Dystasis-Patienten nicht förderlich. Es könnte das Einleiten des zweiten Hybridklonierungs-Verfahrens verzögern. Dieser Hier wird eine beruhigende Meditation für ihn programmieren.«

Er drückte auf dem Notizblock herum, und ein warmes, benebelndes Gefühl machte sich langsam in meinem Körper breit, dämpfte die Angst und verlangsamte meine Gedanken. Ich kämpfte gegen das Bedürfnis an, wieder einzuschlafen.

Hybridklon! Ich sollte eigentlich wissen, was das bedeutete. Ich *wusste* es auch. Das war ein höchst illegales gentechnisches Verfahren. Die Haluk hatten etwas von meiner DNA gestohlen, und die nutzten sie, um ... um ...

Um eine Kopie von mir anzufertigen! Um jemand anderen in ein Ebenbild dieses geschätzten Individuums zu verwandeln. Hilflos formte ich mit meinen Lippen übelste Schimpfworte. Der Diener der Diener hatte bereits das Interesse an mir verloren und sich nun der Haluk-Frau neben ihm zugewandt.

Sie war ältlich, ihre Haut so ausgeblichen, dass sie mich an ausgewaschene Jeans erinnerte. Sie trug eine Robe aus glänzendem schwarzen Stoff, deren Kapuze ihre Mähne bleichen Haares fast vollständig verdeckte. Ein auffällig aussehendes, poliertes Fossil hing ihr an einer langen Kette um den Hals, sie schien eine sehr wichtige Person zu sein.

»Ist es sichergestellt, Archiator Malotuwak«, fragte sie Senfkittel, »dass das neu erschaffene Duplikat dieses

Individuums seine eigene Denkweise behält? Es wäre katastrophal für den Großen Plan des Dieners der Diener, wenn der Hybridklon durch die Denkart dieser Matrizen-Lebensform sozusagen … verunreinigt wäre.«

»Das ist so gut wie unmöglich, Rats-Locutorin Ru Kamik. Nur die physische Erscheinung des Hybridklons wurde verändert.« Eine angewiderte Grimasse. »Der Verstand des anderen Menschen – so weit man davon sprechen kann – bleibt unverändert. Man sollte erwähnen, dass dieses Individuum hier während der vorbereitenden Maßnahmen äußerst unkooperativ war: Es hat die Assistenten von Diesem Hier beleidigt und sich äußerst arrogant und anstößig verhalten.«

Der Diener der Diener stieß das groteske Lachen seiner Spezies aus, das wie ein erstickender Zwergpudel im Todeskampf klang. »Es ist unser Glück, dass der Überläufer kein Genie sein muss, um der Souveränen Haluk-Konföderation nützlich zu sein.«

»Das ist wahr«, sagte Frau Locutorin. »Und doch ist es erforderlich, dass seine wahre Identität nicht entdeckt werden kann, damit er nützlich ist. Diese Hier war ein wenig beunruhigt, als sie erfuhr, dass der Hybridklon doch nicht in jeder Hinsicht eine perfekte Kopie des Originals darstellt.«

»Das stimmt«, räumte Senfkittel ein. »Der eingeschränkte Zeitrahmen hat einen optimalen DNA-Transfer verhindert. Es war notwendig, ein beschleunigtes Gentechnikverfahren anzuwenden. Dieser Hier hat das dem Diener der Diener und dem Hybridklonierungs-Patienten von Anfang an mitgeteilt. Selbst wenn die fortschrittlichste Ausrüstung der Menschen und deren weitestfortgeschrittene Techniken eingesetzt und angewandt werden, dazu noch die Breitbandtransferase PD32:C2, reichen vier Wochen im Dystasis-Tank für eine vollständige Chromosomentransformation nicht aus – auf Grund der relativ großen Menge Intron-Materials im menschlichen Genom. Introns sind schwieriger zu transferieren als Exons ...«

An die Frau gewandt, unterbrach ihn der Diener der Diener. »Niemand wird ihn untersuchen, Ru Kamik. Sie werden keinen Grund haben, seine Identität in Frage zu stellen. Er wird sorgfältig auf seine Rolle vorbereitet sein.«

»Dennoch«, sagte Frau Locutorin energisch, »erbittet Diese Hier eine Erklärung der Umstände, unter denen die hybridklonierte Person von den Experten des Commonwealth der Menschenwelten vom Original unterschieden werden kann.«

Der Haluk-Wissenschaftler vollführte eine Geste, die Selbsterniedrigung andeutete. »Sie werden verzeihen, wenn Dieser Hier dazu recht technisch werden muss, hohe Dame?«

Frau Locutorin legte ihre vierfingerigen Hände mit den Fingerspitzen aneinander und signalisierte so herablassend ihre Zustimmung. »Fahren Sie fort. Diese Hier ist wahrhaftig nicht unbewandert in der Genetik.«

»Wie Sie wissen, dient nicht die gesamte DNA der Zelle als Blaupause für Lebensvorgänge. Die aktiven Segmente werden oft als ›Exons‹ bezeichnet. Sie starten die Protein-Synthese – das heißt, sie bauen den Körper auf und halten ihn lebensfähig. Die anderen, nicht-kodierenden DNA-Segmente, deren Funktion bisher nicht bekannt ist, werden ›Introns‹ genannt. Diese nicht-kodierenden Introns sind mit den Exons vermischt. Im menschlichen Genom besitzt etwa neunzig Prozent der DNA keine kodierende Funktion. Im Vergleich dazu haben wir Haluk einen niedrigeren Prozentsatz an Introns, obwohl die Gesamtzahl unserer Exons annähernd der des menschlichen Komplements entspricht.«

»Ich verstehe.«

»Weil Dieser Hier angewiesen worden war, das Verfahren in der kürzestmöglichen Zeit durchzuführen, hat Dieser Hier nur die Exon-DNA ausgetauscht sowie etwa ein Zehntel der Spender-Introns auf den Empfänger transferiert und entsprechend ersetzt. Folglich besitzt der Rezipient, obwohl er alle physischen Eigenschaften der Matrize ebenso perfekt aufweist, wie dies bei einem eineiigen Zwilling der Fall wäre, immer noch einen Großteil seiner eigenen Intron-DNA – dem Genmaterial, das überflüssig zu sein scheint.«

»Und das könnte ein Sachverständiger durch entsprechende Analyse herausfinden?«

»Ohne weiteres, Rats-Locutorin. Der Großteil der genetischen Variabilität menschlicher Individuen ist in den Introns lokalisiert. Selbst ein nur oberflächlicher Vergleich der DNA des Hybridklons mit der des Originals wird sofort dazu führen, dass die Täuschung erkannt wird. Wenn man Diesem Hier nur mehr Zeit gelassen hätte ...«

»Das war nicht möglich«, sagte der Diener der Diener abschätzig. »Und Dieser Hier muss betonen: Die Wahrscheinlichkeit, dass der Hybridklon einer DNA-Prüfung unterzogen wird, ist verschwindend gering.«

Frau Locutorin sprach den Diener der Diener mit unbewegter Stimme an: »Gewisse Mitglieder des Neunerrates hegen schwere Zweifel, was diese List betrifft. Also einen menschlichen Hybridklon einzusetzen statt eines Angehörigen unser eigenen Rasse.«

»Diese Zweifel sind unbegründet, Ru Kamik«, beteuerte der Anführer. »Der verbesserte Große Plan wird erfolgreich sein! Der Allmächtige Luk wird seine Güte über uns leuchten lassen und die Häupter der menschlichen Despoten zerschmettern.«

»Es besteht immer noch große Gefahr«, sagte sie leise. »Und Diese Hier spricht nicht nur von der Möglichkeit, dass die wahre Identität des Überläufers aufgedeckt werden könnte. Dieser Überläufer ist jemand, der seine eigene Rasse verraten hat, und vielleicht ist er geistig nicht völlig gesund. Diese Hier hat sein Persönlichkeitsprofil eingesehen ...«

»Ja, ja, verflucht sei es im Namen eines wohlriechenden Klumpens Lepido-Nasenwachses! Das alles ist Diesem Hier bekannt. Aber das Komplott, das er vorgeschlagen hat, ist brillant! Wenn es gelingt, wird unsere große Expansion in Jahren vollbracht sein statt in Jahrhunderten oder gar Jahrtausenden.«

»*Wenn* dieses Komplott gelingt.«

»Wah! Wollen Sie, dass wir alle die Hoffnung aufgeben, dass wir uns in den Sternhaufen zurückziehen, uns mit unserem fatalen Allomorphie-Erbe abfinden und mit ansehen, wie wir langsam aussterben, weil wir unsere schwindenden Ressourcen aufbrauchen? Oder sollen wir uns weiter der Tyrannei der Menschheit hier in der Milchstraße unterwerfen? ... Nein! Dieser Hier hat dem Volk versprochen, dass alle von der Allomorphie erlöst werden – dass unsere Kinder auf neuen, nicht übervölkerten Planeten leben werden. Wenn der Große Plan gelingt, werden wir dieses Ziel friedlich erreichen. Wenn er scheitert, werden wir Gewalt anwenden, um den verhassten Menschen die Planeten zu entreißen, die wir benötigen. Verflucht sei deren Arroganz, geschoben sei sie in eine vermodernde Begattungsöffnung!«

»Bleibt ruhig, Diener der Diener«, riet Ru Kamik. »Diese Hier hat die Aufgabe, alle Eventualitäten zu bedenken. Selbst die unerfreulichen. Warum sollte es nicht möglich sein, einen Haluk-Hybridklon zu nehmen statt dieses getarnten Überläufers, um den Großen Plan zu vollenden?«

»Er hat dieses Komplott entwickelt«, betonte der Diener der Diener und beruhigte sich ein wenig. »Und er alleine ist in der einzigartigen Position, diese Täuschung auch zustande zu bringen – zumindest in der Anfangsphase. Kein Haluk-Hybridklon könnte sich so einfach oder so schnell in das Vertrauen der Familie Frost einschleichen wie diese abtrünnige menschliche Lebensform. Sobald er jedoch einmal eingeführt ist, ändert sich die Situation. Ein ausgebildeter Haluk-Hybridklon wird seinen Platz einnehmen und sich frei bewegen können, so dass er mächtige, einflussreiche Posten mit anderen Hybridklonen besetzen kann. Die Menschheit wird sich in Gefangenschaft wiederfinden, noch bevor sie auch nur die Gefahr bemerkt.«

»Aber wie können wir sicher sein, nicht die Kontrolle über den Überläufer zu verlieren?«

»Dieser Hier ist zu der persönlichen Überzeugung gelangt, dass das Risiko akzeptabel ist. Dieser Hier ist sich der Beschränkungen dieses Individuums bewusst, und sie wurden auch als Faktoren in die Gesamtgleichung der Unternehmung einbezogen. Er wird sorgfältig überwacht werden von unseren anderen in der Hauptstadt der Erde tätigen Hybridklonen. Die persönlichen Pläne des Überläufers, so rachsüchtig und perfid sie auch sein mögen, zumindest vom Standpunkt seiner eigenen Rasse aus gesehen, decken sich mit unseren. Zumindest derzeit.«

»Wie Ihr wünscht, Diener der Diener.« Sie senkte den Kopf, so dass ihre Augen einen Moment lang von der Kapuze ihres schwarzen Gewandes verdeckt waren.

»Sorgen Sie sich nicht, Ru Kamik«, versicherte ihr der Diener der Diener erneut. »So bald wie möglich wird dieses elende Menschenwesen durch jemanden ersetzt werden, dessen Loyalität völlig außer Frage steht. Unser eigener geschätzter Agent, Ru Balakalak, wird diesen Einsatz zu einem erfolgreichen Abschluss bringen. Bis dahin wird der Überläufer alle Grundlagen für diesen Coup schaffen. Selbstverständlich weiß der Menschenüberläufer nichts von unserer Absicht, ihn zu beseitigen, wenn seine Dienste nicht mehr erforderlich sind.«

Sie vollführte eine unverbindliche Geste und wandte sich dann an den Naturwissenschaftler. »Stimmt es denn, Archiator Malotuwak, dass das zeitintensivere Hybridklon-Verfahren, dem man Ru Balakalak unterworfen hat, ein völlig ununterscheidbares Duplikat erschaffen wird?«

Senfkittel zögerte. »So lautet die Theorie, Hohe Dame; so hat es uns die verstorbene Wissenschaftlerin Milik versichert, die uns dieses Gentechnikverfahren gelehrt hat. Natürlich existieren bisher keine Beweise dafür. Soweit wir wissen, wurde bisher noch niemals ein Haluk-Mensch-Hybridklon einer DNA-Analyse durch den Commonwealth-Erkennungsdienst unterzogen.«

»Milik!«, schnaubte die Dame in Schwarz. »Kann man ihrem Wort trauen? Sie war eine flammende Idealistin und unübersehbar eine Närrin! Sie hat behauptet, sie sei bereit zu sterben, wenn es dem Ziel der interspezifischen Freundschaft diene!«

»Milik war eine selbstlose Gönnerin unserer Rasse«, bemerkte der Diener der Diener mit gefährlichem Nachdruck. »Eine Märtyrerin, die von der Priesterschaft von Luk kanonisiert wurde.«

»Aber jemand, dem wir im Neunerrat nie ganz getraut haben – nicht mehr, als auch Ihr das getan habt, Diener der Diener! In Wirklichkeit war sie ein weiterer menschlicher Überläufer schwankender Laune, der aus unklaren Motiven heraus gehandelt hat … und jemand, der insgeheim mit dem Erbe unserer Rasse herumgespielt haben mag, wenn man einigen Gerüchten Glauben schenken darf. Diese Hier hat kürzlich gehört, dass einige von Miliks Arbeiten zur Ausmerzung der Allomorphie genauer untersucht werden sollen.«

»Unsinn«, entgegnete der Diener der Diener scharf. »Diese Gerüchte entbehren jeder Grundlage. Es ist lächerlich anzunehmen, dass Milik sich in schädlicher Weise an der Behandlung zur Eradikation der Allomorphie zu schaffen gemacht hat. Oder in ihrem Bericht über die Fehlerlosigkeit des Hybridklonierungs-Verfahrens gelogen hat.«

»Wie Ihr meint«, murmelte die Locutorin. Ein kurzes Schweigen trat ein. Dann fragte sie: »Wann wird der zweite Hybridklon fertig sein?«

»Ru Balakalak ist jederzeit bereit, in den Dystasis-Tank zu steigen. So, wie ich es verstanden habe, wird das nichtbeschleunigte Verfahren etwa sechsundzwanzig Wochen dauern. Ist das korrekt, Archiator?«

»In etwa«, sagte Senfkittel. »Für den interspezifischen DNA-Austausch ist eine vorbereitende Operation erforderlich, eine Art ›Impfung‹ des Matrizen-Individuums, um die Abstoßung von Fremd-DNA seitens des nichtmenschlichen Rezipienten zu verhindern. Darauf folgt der Schritt, bei dem der eigentliche Gen-Austausch und die körperliche Transformation des Rezipienten stattfinden.«

»Sechsundzwanzig Wochen sind eine lange Zeit«, stellte Frau Locutorin fest.

»Und zusätzlich«, ergänzte der Diener der Diener,

»wird weitere Zeit erforderlich sein, um Ru Balakalak in die Details seines Auftrages einzuarbeiten, wenn die Dystasis abgeschlossen ist. Es wird geschätzt, dass er nach dreißig Wochen einsatzbereit sein wird.«

»Dreißig ...!«

»In der Zwischenzeit wird Dieser Hier den Neunerrat über alle Aktivitäten auf der Erde detailliert informieren. Selbstverständlich erwartet Dieser Hier, dass Sie, Ru Kamik, eifrig darauf bedacht sind, den verbesserten Großen Plan zu unterstützen.«

Wieder senkte sie den Kopf. »Wie Ihr wünscht, Diener der Diener.«

»Ausgezeichnet.« Er wandte sich dem Wissenschaftler zu. »Und nun glaubt Dieser Hier, dass es Zeit wird, dass Dieser Hier und die Rats-Locutorin mit dem menschlichen Hybridklon sprechen.«

»Er wartet im Aufwachraum«, sagte Archiator Malotuwak. »Bitte folgt Diesem Hier.«

Die drei Haluk gingen davon und ließen mich in benebeltem Entsetzen zurück; das Technikgeschwafel hatte mich ganz schwindlig gemacht, und ich hatte nicht verstanden, was mein Duplikat nun eigentlich tun sollte. Fragen schwirrten mir im Kopf herum wie verschreckte kleine Köderfische in einem Eimer.

Wer war der menschliche Verräter, der jetzt *mein* Gesicht trug und der eine Masche ausgeheckt hatte, die für den Großen Plan der Haluk für unerlässlich gehalten wurde?

Was auch immer dieser *Große Plan* nun wieder sein mochte.

Wie konnte ein Hybridklon von mir dafür sorgen, dass das Commonwealth der Menschenwelten in die Hand einer außerirdischen Rasse geriet?

Verdammt noch mal – wer war ich denn überhaupt?

Eine Schande für die ganze Familie. Ein Ex-Bulle. Ein Sporttaucher. Ein Multimilliardär. Abgesehen von diesen nutzlosen Erinnerungsbruchstücken konnte mir mein vernebeltes Gehirn auch keine Antwort geben.

Also schlief ich nach einer Weile wieder ein und träumte vom Schnee, vom prasselnden Kaminfeuer, vom Sekt und von den liebevollen Armen meiner namenlosen Frau. Träumte es immer und immer wieder, begleitet von Scott Hamiltons uraltem, unnachahmlichen Saxofon.

Endlich hörte der Traum auf.

Sofort bemerkte ich, dass sich die Situation geändert hatte. Irgendein Instinkt warnte mich davor, die Augen zu öffnen und mich zu bewegen. Ich war vernünftig genug, auf diesen Instinkt zu hören.

Man hatte mich aus dem Tank herausgenommen, jetzt atmete ich normale Umgebungsluft, lag rücklings auf einer festen, leicht schrägen Oberfläche, den Kopf auf ein bequemes Kissen gebettet. Warm und trocken, ohne Schmerzen – und überraschend munter, obwohl ich immer noch keine Ahnung hatte, wer ich war oder was mit mir passiert war.

Ich hörte fremdartige Stimmen im Gespräch und fühlte, wie ich an verschiedenen Stellen meiner Anatomie gepiekst, gestoßen und geknufft wurde. Zwei Haluk-Individuen, die einander ›Meruviak‹ und ›Avilik‹ nannten, standen unmittelbar neben mir und führten eine Art ärztliche Untersuchung an mir durch. Die Endungen ihrer Namen verrieten mir, dass eines davon weiblich, das andere männlich sein musste. Sie trugen keine Übersetzer. Ich beherrschte die Sprache der Haluk nur unvollkommen, und so verstand ich nur einen Teil ihres Gespräches, bei dem es wohl um meinen Zustand ging. Ich war augenscheinlich in zufrieden stellender Verfassung, und nach einigen Minuten deckten sie mich bis zum Kinn mit einer weichen Decke zu und gingen, immer noch miteinander redend, davon.

Ich hörte, wie der eine sagte: »Die Seele der *bla bla* Respektsperson strahlt über die *bla* der Dystasis *bla bla.*«

Das sollte wohl heißen, dass ein Haluk-VIP, vermutlich mein alter Kumpel, der Diener der Diener von Luk, mit den Ergebnissen der Dystasis-Behandlung zufrieden war. Für ›Dystasis‹ wird auf der Erde und in der Sprache der Haluk das gleiche Wort verwendet, weil ein Mensch die Außerirdischen illegalerweise mit dieser Technik bekannt gemacht hatte.

Die nachfolgende Bemerkung wurde in einiger Entfernung gesprochen und war so voller medizinischer Fachausdrücke, dass sie mir fast völlig unverständlich blieb. Ich riskierte es, meine Augen einen Spalt breit zu öffnen.

Ich konnte fast den ganzen Raum einsehen. Er maß mindestens sechs Meter im Durchmesser, und die Ausstattung glich der eines Haluk-Hotels der Oberklasse, das auch auf Menschen eingestellt war, wie es sie auf manchen ihrer schon lange besiedelten Planeten-Kolonien gab. Nachdem sich im Perseus-Sporn Menschen und Haluk auf eine Politik der Versöhnung geeinigt hatten, hatte ich einmal in einem ähnlichen Hotel übernachtet.

Gut. Daran kannst du dich erinnern. Und jetzt erinnere dich mal an etwas Wichtiges – zum Beispiel, wer du bist!

Abgesehen von vereinzelten, geheimnisvoll aussehenden Gerätschaften mit blinkenden Anzeigen bestand die Einrichtung aus einem eklektischen Gemisch außerirdischer und irdischer Stilrichtungen. Zu meiner Rechten, wo die Wand völlig von lichtundurchlässigen Vorhängen bedeckt war, standen exotisch aussehende Stühle, ein niedriger Tisch sowie Lampenständer mit merkwürdig anmutenden Schirmen, in denen die typischen Biolumineszenzlampen der Haluk eingebaut waren. Hinzu kam eine ausgiebige, auf Menschen zugeschnittene Medieninfothek. Zur Linken ging der Raum nahtlos in ein Nebenzimmer über, in dem ich eine Hausbar erkennen konnte (aber nicht, welchen Fusel sie dahatten), dazu eine Pantryküche, die ebenfalls für Menschen entworfen worden war. In einer Nische in der Wand stand ein hoher Schrank, der mit elektronischen Büchern und Magazintafeln angefüllt war; daneben standen einige kleine, nichts sagende Schränkchen, die aus irgendeinem exotischen Material gefertigt worden waren. Das Kopfende meines Bettes berührte eine der Wände. Am anderen Ende des Raumes stand ein weiteres Bett, daneben befand sich eine offene Tür, die in ein Badezimmer führte; man konnte dahinter ein Waschbecken erkennen, das ebenfalls für Menschen gedacht war. Die zweite Tür in dieser Wand war geschlossen.

Die Haluk-Techniker trugen beide blassgrüne Krankenhauskittel, wie sie bei Menschen üblich waren. Sie machten leise murmelnd Bemerkungen über die Situation und beugten sich dann über den Insassen des anderen Bettes, der reglos liegen blieb, während die Außerirdischen ihn sich beschauten. Ich konnte von dem Patienten nicht allzu viel erkennen, aber ich sah, dass er ein eher hoch gewachsener Mensch männlichen Geschlechts war, der recht muskulös zu sein schien. Neben dem Bett stand eine kleine Konsole, mit Geräten verkabelt, die vermutlich der Patientenüberwachung dienten.

Ich schnappte die folgende Frage auf: »Wenn ein dritter Hybridklon nicht benötigt wird, warum soll der *bla* dann nicht beseitigt werden?«

Der weibliche Haluk antwortete: »Das ist ein sehr *bla* Hybridklon, Meruviak. Ihm müssen *bla bla bla bla* und *bla* beigebracht werden, bevor er seine Mission *bla* kann. Einiges dieser Ausbildung wird der menschliche *bla* übernehmen, der *bla bla* gelehrt hat. Aber *bla* von dem *bla* da drüben wird auch benötigt. Unsere Anweisungen lauten, ihn am Leben zu halten, bis der *bla* entscheidet, er sei *bla bla*.«

Nicht gerade aufschlussreich. Klang aber beunruhigend.

»Der Hybridklon wird bald aufwachen«, sagte der männliche MediTechniker. »Hör mal, Avilik: Dieser Hier denkt, wir sollten *bla bla bla*. Nur für den Fall, dass *bla bla bla*. Hast du sie mitgebracht?«

»Ja.«

Sie hatten die Untersuchung des anderen Patienten beendet und ihn wieder zugedeckt. Jetzt kamen sie durch den Raum erneut auf mich zu. Schnell schloss ich die Augen, entspannte mich, versuchte, Zen-Gedanken zu denken, und betete darum, dass mein Bett nicht mit einem eingebauten Biomonitor ausgestattet war, der ihnen sofort verraten würde, dass ich bei vollem Bewusstsein war. Irgendjemand zog mir die Decke von meinem nackten Körper. Dann drehten sie mich auf den Bauch, und ich spürte einen heftigen Stich im Nacken.

»Am besten warten wir noch, bis wir den zweiten *bla* einsetzen«, beschloss Avilik. »Aber der wird auch noch nicht gebraucht. Er ist noch sehr schwach.«

Meruviak grunzte etwas, was ›das erledigt sich von

selbst‹ bedeuten mochte, dann drehten sich mich wieder zurück und deckten mich zu.

»Die Dystasis hat ihm eine wunderschöne Farbe verliehen«, bemerkte die MediTechnikerin und stieß ein glucksendes Bellen aus, das bei den Haluk als ›Gelächter‹ galt. »Seine *bla bla* sind auf jeden Fall beeindruckend groß und *bla.* Diese Hier hofft, ihn später noch besser kennen zu lernen, bevor wir *bla bla* müssen.«

»Widerlich«, zischte ihr Kollege, sichtlich eingeschnappt. »Ihr Frauen *bla* auch nur an das Eine.«

Ich hörte noch mehr außerirdisches Gekicher. Dann hatten beide MediTechniker den Raum verlassen. Ich blieb reglos liegen, und mit wachsendem Verständnis wuchs auch mein Entsetzen. Mein Gedächtnis kam langsam wieder *on-line* – zumindest teilweise –, und was mir da wieder einfiel, gefiel mir gar nicht.

Ich hatte mindestens acht Monate im Dystasis-Tank verbracht. Die Haluk hatten in dieser Zeit zwei Hybridklone von mir angefertigt. Die erste Kopie war menschlich, zwar auf Zellkernebene unvollkommen, aber ansonsten ein perfektes physisches Duplikat meiner Person. Ich hatte keinen blassen Schimmer, für welche Aufgaben er geschaffen worden sein mochte, aber es bedeutete bestimmt nichts Gutes für die Menschheit. Der zweite Hybridklon war ein transformierter Haluk und sollte Agent Nummer eins ersetzen, der zwar bestimmte wünschenswerte Talente besaß, aber auch das Potenzial, außer Kontrolle zu geraten. Nummer zwei war präziser angefertigt worden und stellte vielleicht sogar genetisch eine perfekte Kopie von mir dar. Ich nahm an, dass er derjenige war, der in dem Bett mir gegenüber lag. Er musste noch eingewiesen werden, bevor er hinaus in die Welt ziehen und seine Aufgaben würde erfüllen können, und einige der benötigten Instruktionen sollte ich ihm geben, ob ich nun bereit war zu kooperieren oder nicht.

Dieser höchst eigenwillige Ausstattungsmischmasch aus Haluk- und Menschenstil ergab auf einmal viel mehr Sinn. Das hier war ein Schulzimmer, in dem mein Schatten und ich gemeinsam leben und arbeiten sollten, bis er seine Rolle würde perfekt spielen können.

Interspezifische Gentechnik ... irgendetwas war damit! Ich versuchte herauszufinden, was sich zu diesem Thema in meiner Zerebral-Datenbank befand. Meine Schwester (wie hieß sie doch noch gleich?) war einmal für eine Hybridklonierung vorgesehen gewesen. Man hatte sie gerettet, bevor ein Duplikat von ihr hatte angefertigt werden können, aber sie hatte unter dramatischen Nebenwirkungen der Behandlung gelitten.

So würde es mir wohl auch ergehen.

Einen Außerirdischen in einen Menschen zu verwandeln war schwieriger als die übliche biologische Runderneuerung, und dem Gesetz des CMW nach stand es sogar unter noch strengerer Strafe. Für dieses Verfahren war es erforderlich, einen menschlichen DNA-Spender (in diesem Falle: mich) zunächst durch eine Infusion entscheidender Außerirdischen-Gene so zu verändern, dass der Hybridklonierungs-Patient das menschliche Erbmaterial nicht abstoßen würde. Das vorbereitende Gentechnik-Verfahren veränderte den DNA-Spender äußerlich ...

Verdammt!

Ich hob meine rechte Hand und zog sie unter der Decke hervor. Die Haut war sehr fest und tiefhimmelblau gefärbt. Die vier unnatürlich langen Finger wiesen keine Fingernägel auf. Die Knochen von Ring- und kleinem Finger waren teilweise zusammengewachsen und mit einer gemeinsamen Hautschicht überzogen. Mein Unterarm, fast haarlos, war mit einem erschreckenden Muster aus Schildgraten überzogen, das feine, kaum erkennbare goldene Linien aufwies und mich ein wenig an Emaillearbeiten erinnerte.

Ich berührte mein verändertes Gesicht und fluchte noch ausgiebiger. Sonderbare Wülste und eine flache Nase, wie sie bei Haluk üblich waren. Die Augenhöhlen hatten den für Menschen normalen Durchmesser, waren also etwas kleiner als die der Haluk. Es schien, als hätte ich meine Menschenaugäpfel behalten, genau wie meine große Schwester Eve sie behalten hatte, als die Haluk versucht hatten, sie dem Hybridklonierungs-Verfahren zu unterziehen.

Eve! Sie hieß Eve. Und ich hieß ...

Es lag mir auf der Zunge, die sich ohnehin sonderbar anfühlte, als ob sie für meinen Mund ein wenig zu groß sei. Meine Zähne kamen mir auch komisch vor. Die Abstände dazwischen waren größer als bisher.

Unter der Decke erkundeten meine Hände einen Körper, der zwar humanoid war, aber nicht menschlich. Äußerlich hatte mich das vorbereitende Gentechnikverfahren in einen Haluk verwandelt, einschließlich einer Wespentaille, deren Umfang nur etwa siebzig Zentimeter betragen mochte. Aber unter meiner wulstigen blauen Haut lagen menschliche Muskeln, menschliche Eingeweide und menschliche Knochen, darüber hinaus gab es immer noch ein menschliches Gehirn, das zwar durcheinander war, sich aber schnell wieder erholte. Mir fehlte der verlängerte Haluk-Hals und der generell eher schlanke Körperbau. Meine fremdartigen Hände tasteten sich auf ihrer Erkundungsreise weiter vorwärts, bis sie meinen Schritt erreichten ...

O Gott! Gottverfluchte Scheiße! Nein! Nicht auch das noch!

Ich musste mich sehr zusammennehmen, um mir nicht die Lunge aus dem Hals zu schreien. Diese verfluchten Xeno-Teufel …

Einige Minuten lang hatte ich das Gefühl, von einer schwarzen Flutwelle aus Selbsthass und Verzweiflung überrollt zu werden. Dann erinnerte ich mich, dass meine partiell umgestaltete Schwester (die natürlich genau diese Schmach nicht hatte erfahren müssen) durch einen weiteren Aufenthalt im Dystasis-Tank wieder ihre normale menschliche Gestalt zurückerhalten hatte. Damals erschien das wie ein Wunder der Technik.

Auch ich konnte wieder so gut wie neu werden. Die grässliche Umgestaltung meiner Genitalien konnte wieder rückgängig gemacht werden, ebenso wie die anderen Veränderungen. Vorausgesetzt, ich lebte lange genug und es würde mir gelingen, von diesem Planeten zu flüchten – welcher exotische Himmelskörper es auch immer sein mochte, auf dem die Haluk mich untergebracht hatten.

Sehr langsam stand ich auf und spürte, wie mich Übelkeit und Schwindelgefühl befielen. Ich war so schwach wie ein frisch geschlüpftes Küken, und außerdem spürte ich ein sonderbares Jucken in meinem Nacken. Ich betastete ihn und spürte eine winzige Schwellung an meiner Schädelbasis. Die verdammten Haluk-MediTechs hatten mir ein Implantat verpasst, und es sah ziemlich danach aus, als sei es dazu da, mich unter Kontrolle zu halten.

Vielleicht gab es ihnen gerade in diesem Augenblick ein Signal.

Ich setzte meine sonderbaren blauen Füße auf den Boden – Parkett, das in einem winzigen Fischgrätenmuster ausgelegt war, überzogen von einer kristallklaren ›Eisbahn‹-Glasur, die mindestens einen Zentimeter dick war. Das war arbeitsaufwändige Menschen-Innendekoration, supermodern. Genau das, was die modeverliebten Haluk übernehmen würden. Ich kam zu dem Ergebnis, dass ich in einer ziemlich teuren Außerirdischen-Absteige gefangen gehalten wurde – bestimmt nicht so etwas wie dem gottverlassenen Außenposten im Schützen-Nebel, auf dem ich auf Barky-Jagd gegangen war. Vielleicht hatten mich meine Häscher auf den Planeten Artiuk gebracht, dem Hauptplaneten ihrer Kolonien in der Milchstraße ...

Der im Sektor des Perseus-Sporns der Galaxis lag, 14.000 Lichtjahre von der Erde entfernt. Weitere Datensätze trafen ein: Ich hatte selbst im Sporn gelebt, auf einem kleinen Freistaat-Planeten namens Kedge-Lockaby. Hatte ein Haus auf einer tropischen Insel gehabt, dazu ein gelbes Tauchboot namens ›Pernio II‹ und einen Haufen zwielichtiger Freunde. Es war einmal, da war ich ein Statusloser ohne Bürgerrechte gewesen, Ex-Bulle, sorgloser Kapitän eines Charterbootes, der Sporttauchern seine Dienste angeboten hatte.

Aber nicht in letzter Zeit.

Irgendetwas Bedeutungsvolles war mit mir passiert. Ich war zur Erde zurückgekehrt und hatte dort einige Jahre verbracht, und dort habe ich ...

Was gemacht?

Es hatte etwas mit Politik zu tun. Irgendetwas mit Rechtsanwaltskram. Was immer es gewesen sein mochte, es hatte die Haluk brennend interessiert, wenn man bedachte, dass sie einen Doppelgänger von mir hybridkloniert und diese ganze Heimlichtuerei veranstaltet hatten. Bedauerlicherweise fehlten mir immer noch genauere Informationen über meine letzten Aktivitäten auf der Erde, ebenso wie mein eigener Name.

Mein Name! Wenn mir der nur wieder einfiele, käme ich bestimmt auch wieder auf den ganzen Rest.

Ich wickelte die Decke um meine zierliche Körpermitte, um diese abstoßenden Geschlechtsorgane zu verbergen, die das Interesse der MediTechnikerin erregt hatten, und bemühte mich aufzustehen. Spannte Muskeln an, die viel zu lange nicht benutzt worden waren, und schlurfte mit knackenden Gelenken quer durch den Raum auf das andere Bett zu. Starrte den Typen an, der darin lag, im Tiefschlaf oder bewusstlos, und der winzige, fremdartige MediSensoren an Stirn, Schläfen und im Nacken trug.

Erkannte ihn wieder.

Ich atmete scharf ein, stellte fest, dass ich in einem plötzlichen Schwindelanfall nach vorne kippte – bis ins Innerste schockiert. Ich krampfte meine blauen Finger um das Bettzeug und bewahrte mich so vor einem Sturz, zwang meinen zittrigen blauen Körper wieder in aufrechte Position und stand dort; ich schwankte und japste nach Luft.

Der Mann war hoch gewachsen und von massivem Knochenbau, und er sah aus, als sei seine Konstitution nicht so gut, wie sie hätte sein sollen – obwohl das ein Makel war, dem durch angemessene Kleidung oder sogar wohl überlegten Einsatz von Steroiden abgeholfen werden konnte. Auch an dem Gesicht musste noch gearbeitet werden. Die Haut war von dem langen Aufenthalt im Tank zu blass, und die Gesichtszüge waren zu frisch und zu ebenmäßig. Ihm fehlte eine unverwechselbare Narbe oberhalb seines linken Jochbeins. Seine Nase war ihm nie bei einer Schlägerei auf Big Beach gebrochen und von einem statuslosen Schönheitschirurgen, dem man die Lizenz entzogen hatte, wieder in Form geschoben worden, obwohl der behandelnde ›Arzt‹ einen gewaltigen Kater nach einem Exzess mit danaëischem Fusel hatte. Das Haar des Mannes im Bett hingegen sah ziemlich überzeugend aus; es hatte die

Farbe von frisch gebackenem Brot, und auch die charakteristischen Geheimratsecken waren sehr gut gelungen. Es war ein wenig zu lang, aber das würde ein Friseur schon hinbekommen. Ich war mir sicher: Wenn er seine Augen öffnete, würde ich kalt wirkende grüne Augen zu Gesicht bekommen, deren Pupillen von einem bernsteinfarbenen Ring umgeben waren.

O ja, den kannte ich.

Das war ich.

Mein Hybridklon, der außerirdische Hochstapler, der meinen Platz einnehmen sollte – oder genauer gesagt, den meines Hybridklons Nummer eins, der bereits unbemerkt intrigierte. Wir würden auf der Seite der Haluk bei der Eroberung der Menschheit mithelfen.

Ich hieß Asahel Ethan Frost. ›Asa‹ nannte mich meine Familie, ›Helly‹ meine Freunde, und ›Helmut Icicle‹ war ich für einige ausgewählte Gauner, Taugenichtse und statuslose Gestalten im Perseus-Sporn. Mein Vater hieß Simon Frost, er war der Gründer der Rampart Interstellar Corporation, die inzwischen zur ›Rampart Konzern-Vereinigung‹ geworden war. Meine Mutter war die inzwischen verstorbene Katje Vanderpost gewesen, eine liebenswürdige Philanthropin, deren Mord ich noch zu rächen hatte. Durch das, was sie mir geschenkt hatte, war ich zum Multimilliardär geworden. Meine Geschwister waren Eve, Bethany und der muttermörderische Daniel. Meine Frau – meine Ex-Frau, wir waren seit acht Jahren geschieden –, war Joanna DeVet, *Morehouse*-Professorin für Politikwissenschaften an der *Commonwealth University* in Toronto.

Ich erinnerte mich an alles, einschließlich der Details meiner Anti-Haluk-Politaktivitäten, meines juristischen Triumphes für den Rampart-Konzern und auch an die unklugen Eskapaden im Schützen-Nebel, die mich letztendlich in diese tolle Lage gebracht hatten.

So, und was willst du jetzt unternehmen, du armseliges Stück Pseudohalukscheiße?

Mein Nacken kribbelte, als in mir Zorn aufwallte, und ich zuckte zusammen, als hätte mich jemand erschreckt. Was immer ich auch tun mochte, auf jeden Fall sollte ich es verdammt schnell tun.

Der nachgemachte Helly sah so friedlich aus, wie er dort lag. Einen Augenblick lang fragte ich mich, welche süßen Außerirdischen-Träume sie ihm wohl für die Dystasis programmiert hatten. Dann riss ich das Kissen unter seinem Kopf hervor, drückte es ihm auf das Gesicht und hielt es fest, während er sich kläglich darunter wand und gedämpfte Schreie ausstieß.

Der Biomonitor neben seinem Bett gab auf einmal einen kreischenden Alarmton von sich. Gleichzeitig versetzte mir dieses Dings, das man mir in den Nacken implantiert hatte, zunehmend schmerzhafte Elektroschocks, die in einem Abstand von etwa fünf Sekunden kamen. Wenn mich das von meiner Mordlust oder anderen Adrenalin-gesteuerten Missetaten abhalten sollte, hatte sich irgendjemand beim Abschätzen der menschlichen Schmerzschwelle gewaltig verkalkuliert.

Ich warf mich auf meinen Doppelgänger, nutzte mein Körpergewicht dazu, seine Arme zu fixieren. Keiner von uns beiden war physisch richtig gut in Form, aber ich hatte immer noch meine überlegene menschliche Muskulatur und wusste sie auch einzusetzen. Die regelmäßigen Schocks aus meinem Nackenimplantat waren inzwischen so stark, dass ich vor Schmerzen stöhnte.

Und doch tat ich weiterhin das, was ich tun musste.

Sein Zappeln wurde schwächer und hörte schließlich ganz auf. Ich hielt das Kissen noch eine Minute oder so fest nach unten gepresst, dann zog ich es weg. Seine Lippen waren bläulich und blutverschmiert; er hatte sich auf die Zunge gebissen. In den weit aufgerissenen Augen war das Weiße von winzigen roten Punkten gesprenkelt, und die schwarzen Pupillen waren geweitet. Ich tastete an seinem Hals nach dem Puls und fand ihn nicht. Der Biomonitor stieß immer noch sein schrilles Notsignal aus.

Mein Doppelgänger war klinisch tot, aber sie konnten ihn immer noch wiederbeleben. Es sei denn ...

Die Schmerzen, die mir diese Schocks verpassten, wurden langsam unerträglich, und ich wusste, bald würde ich ohnmächtig werden, wenn ich nicht etwas dagegen unternahm. Ich torkelte durch den Raum in die kleine Küche und kratzte mich hilflos mit meinen nagellosen Haluk-Fingern im Nacken. Schublade um Schublade riss ich auf und fand schließlich eine, in der kleine Küchenutensilien lagen. Was sollte ich nehmen? Ich konnte kein Messer finden, was ja auch zu erwarten war.

Das hier! Wenn es bloß scharf genug ist ...

Hastig griff ich danach, stocherte ungeschickt nach dem kleinen Knoten und hebelte mit aller Kraft aufwärts.

Noch ein Mal stieß ich einen brüllenden Schrei aus. Dann: Schmerz – aber eine andere Art Schmerz, eine, die eher zu zerfetztem Fleisch passte. Ich ließ das Ding, das eigentlich dazu gedacht war, kleine Kugeln aus Melonen auszustechen, zusammen mit seinem heimtückischen Inhalt auf den Boden fallen, schnappte mir ein Küchentuch und presste es auf die Wunde, aus der Blut in Strömen floss. Mein Blut war sehr rot, sehr menschlich.

Genauso wie das von dem da drüben – nur dass seines nicht mehr zirkulierte. Aber die Haluk-MediTechniker würden dagegen etwas unternehmen können, wenn ich es ihnen nicht unmöglich machte.

Ich hastete zurück zu der Schublade mit den Küchenutensilien und stöberte fieberhaft, verfluchte den Umstand, keine scharfkantigen Werkzeuge zu finden, bis mir klar wurde, dass jeder Schaden, den ich damit verursachen konnte, ziemlich einfach zu beheben sein würde. Ich musste diesen Pseudo-Helly *zerstören*, und das innerhalb der nächsten Minuten.

Ein Gedanke.

Die Hausbar. Ob ich da finden würde, was ich brauchte?

Ja! Meine blaue Hand schloss sich um den Mixer, der eigentlich für Getränke gedacht war. Ich stolperte zu dem reglosen Leichnam zurück. Mit im Tode weit aufgerissenen Augen spürte er nicht das Geringste, als ich das Werkzeug ausrichtete und es mit grausiger Wirkung hinabstieß. Zu meiner Überraschung platzte der Augapfel nicht, sondern glitt nur ein Stück zur Seite. Die dünne Knochenschicht dahinter splitterte, und ich hatte das Gehirn erreicht.

Und dann schaltete ich den Mixer auf die höchste Stufe: STEIFSCHLAGEN. Das war wohl eher unfreiwillig komisch – na ja, *steif* würde er ja nun bald werden. Und die effiziente kleine Maschine verursachte noch nicht einmal eine Schweinerei.

Versuch doch mal, das in deinem Dystasis-Tank zu reparieren, Blaubeerfresse.

Ich machte den Fehler, den Stab wieder herauszuziehen, und ließ das Ding sofort fallen, als sich mein Magen heftigst umdrehte und mir dünne Gallenflüssigkeit die Kehle hinaufstieg. Glücklicherweise waren meine Eingeweide wegen der Dystasis fast ganz leer, aber dennoch brauchte ich einige Minuten, um mich zu erholen. Schließlich hatte ich diese Zerebralpüree-Fabrikation gerade an mir selbst vollzogen ...

Genug. Jetzt an Flucht denken.

Ich war überrascht, dass bisher kein Haluk auf den Alarm der Biosensoren reagiert hatte, und ebenso wenig auf das Signal, das meinen Nackenschocker aktiviert hatte. Es wurde Zeit, dass ich mich ein bisschen beeilte. Ein paar Kleidungsstücke stehlen, in die fremdartige Landschaft von Artiuk flüchten, oder auf welchem Planeten ich mich auch immer befinden mochte.

Am besten mal nach dem Wetter da draußen schauen. Ich war erst einmal auf Artiuk gewesen. Das Klima war glühend heiß, und oft fiel dichter Regen.

Ich lief zu der Wand, die mit Vorhängen bedeckt war. Hoffentlich verbargen sich die Fenster dahinter! Ich schob die Stoffe beiseite und stieß einen ungläubigen Kraftausdruck aus.

Jenseits des Glases sah ich eine riesige Stadt – ich sah aus der Höhe auf sie hinab. Es war Nacht. Gigantische Türme reckten sich zu beiden Seiten meines Blickfeldes in den Himmel, so weit ich sehen konnte; ihre leuchtenden, farbigen Konturen waren von einem Netzwerk aus hoch liegenden Skyways und Schnellstraßen umgeben, auf denen dahinschießende Fahrzeuge zu erkennen waren. Luftfahrzeuge bewegten sich auf vollautomatisierten Verkehrslenkungsbahnen wie geregelte Leuchtkäfer vor einem Funken sprühenden, leuchtend goldenen Himmel. Außerhalb des Energieschirms musste es heftig schneien.

Das dort war nicht Artiuk, und auch keine andere Haluk-Kolonie. Es war die Erde. Und die Stadt kannte ich sehr gut: Toronto, Hauptstadt des Commonwealth der Menschenwelten.

Während ich mir immer noch das blutdurchtränkte

Tuch gegen den Nacken presste, begann ich zu lachen wie ein Wahnsinniger. Ich hörte erst auf, als die Außentür des Zimmers ruckartig geöffnet wurde und die beiden MediTechniker hereingestürmt kamen, gefolgt von einem Paar uniformierter Haluk-Wachen, mit Ivanov-Stunnern bewaffnet.

Kapitel 2

Letzten April, als ich noch wie ein Mensch aussah, hatte ich mich von der Belegschaft meiner Rechtsabteilung verabschiedet und mich schleunigst aus der Stadt verdrückt. Während die Richter über das Urteil sinnierten, wollte ich mich in Arizona auf der Sky Ranch meiner Familie ausruhen und über meine Zukunft nachdenken – vor allem, was die Barky-Jagd betraf.

In den ersten paar Tagen tat ich nichts anderes als bloß zu schlafen. Dann trainierte ich in der gut ausgestatteten Sporthalle der Ranch, drehte meine Runden in der Schwimmhalle (draußen im Hochland war es immer noch ein wenig frisch), las ein paar uralte Louis L'Amours und John D. Macdonalds und beendete jeden Abend mit einem Ausritt, um mir dann, immer in einem anderen Gebiet des ausgedehnten Anwesens der Familie Frost, den Sonnenuntergang anzuschauen.

Mein Lieblingsreittier war ein Pferd namens Billy, ein gutmütiger Wallach mit einem Fell, das die Leute aus dem Südwesten als ›flohzerbissen-grau‹ bezeichnet hätten. Das bedeutete nicht, dass er Ungeziefer hatte oder heruntergekommen war; mit diesem sonderbaren Ausdruck werden verschiedene Schimmel beschrieben, die vereinzelt auf dem ganzen Körper rote und dunkle Haare aufweisen. Billy war stark und klug, er gehorchte aufs Wort, und er scheute nicht, wenn plötzlich genau unter seiner Nase eine Wachtel oder ein Hase aus dem Chaparral hervorsprangen. Mehr kann man in Arizona von einem Pferd kaum erwarten.

Am zehnten Tag meines Urlaubs trotteten Billy und ich langsam den Hügel hinauf, während die Schatten länger wurden und die Wolken jenseits des *Tonto Basin* sich langsam von weiß nach rosa verfärbten. Der Frühling in der Sierra Ancha ist in unaufdringlicher Weise schön. Goldene Yuccas, Faulbäume und Bärentrauben blühten, winzige Kolibris mit amethystfarbenen Kehlen stocherten emsig in den Blumen, um sich noch einen letzten Imbiss vor Einbruch der Nacht zu organisieren, und der ätherische Gesang der Drosseln hallte von den Tafelbergen und aus den Cañons wider.

Es war ein großartiger Ort, um sich zu entspannen, so anders als die Hauptstadt des Commonwealth der Menschenwelten als nur irgend möglich.

Als ich Toronto verlassen hatte, war ich ernstlich überarbeitet gewesen. Niemand außer meiner verschwiegenen Assistentin, Jane Nelligan, wusste, wohin ich gehen wollte, und sie hatte die Anweisung erhalten, niemandem meinen Aufenthaltsort zu verraten. Ich hatte den Angestellten der Ranch gesagt, sie sollten meine Anwesenheit einfach ignorieren, und das taten sie auch – abgesehen von dem Stallburschen, der sich um Billy kümmerte, und Rosalia, der Köchin, die mich mit drei Gourmet-Mahlzeiten täglich versorgte und das Plauschen auf ein Minimum beschränkte.

Ich hatte es mir verdient, ein wenig von der Außenwelt abgeschnitten zu leben. Nach mehr als zwei Jahren eines Gerichtssaal-Krieges von kosmischen Ausmaßen stand Ramparts Zivilprozess gegen Galapharma kurz vor der richterlichen Entscheidung. Jetzt war es an den drei Richtern des Commonwealth-Gerichtshofes, ein Urteil über das zu fällen, was die Medien ›das Firmenverfahren des Jahrhunderts‹ nannten – den Kampf von David gegen Goliath.

Klein-Rampart, kleinster und jüngster der Einhundert Konzerne, wollte Galapharma den Arsch wegklagen – Galapharma, einem der ältesten und größten Konzerne! Wir beschuldigten ihn der ›Verschwörung zum Ziele der Abwertung‹, die letztendlich zu einer feindliche Übernahme führen sollte, weiterhin der ›Sabotage‹, ›Industriespionage‹, ›Daten-Diebstahl mit anschließendem Daten-Missbrauch‹, ›Bestechung von Angestellten Ramparts‹ und einer ganzen Liste weiterer zivilrechtlicher Delikte. Gemäß Artikel 129 des Interstellaren Handelsgesetzbuches forderte Rampart als Entschädigung das Höchstmaß, das dieses Gesetz vorsah – nämlich alle materiellen und immateriellen Vermögenswerte der Galapharma Konzern-Vereinigung, einschließlich ihrer 5.345 blühenden planetaren Kolonien.

Würden wir gewinnen, gehörte Galaph uns. Würden wir verlieren, so konnten wir bestenfalls darauf hoffen, dass die Commonwealth-Ankläger wenigstens mit einem Teil der Klagen gegen den großen Konzern durchkamen. Dass das passierte, war unwahrscheinlich. Wichtige Beweismittel waren unauffindbar, und wichtige Zeugen waren verstorben oder verschwunden. Der Einzige, der vielleicht alle Verbrechen Galapharmas ausplaudern konnte, war zugleich der Hauptzeuge für Ramparts Zivilklage; und Oliver Schneider hatte sich eine Art der Immunität ausgehandelt, die ihn jeglicher Verpflichtung zur Aussage gemäß des Strafgesetzbuches entbunden hatte.

Wenn Galaph gewann, würden seine Rechtanwälte nicht zögern, Rampart eine gewaltige zivilrechtliche Gegenklage aufzuhalsen, die auf Jahre hin das Wachstum und die Rentabilität des kleinen Rivalen einschränken würde – wenn sie ihn nicht gleich ganz zerstörte.

Als Interimsdirektor der Rechtsabteilung von Rampart hatte ich die Gesamtverantwortung, unsere Klage zu organisieren, und war ständig hinter den Kulissen zugange. Nicht, dass ich um diese Aufgabe gebeten hätte! Ich hatte wie ein Wilder gekämpft, den Posten nicht übernehmen zu müssen. Doch mein Vater Simon Frost und meine große Schwester Eve (der Vorstandsvorsitzende von Rampart respektive die Vorstandssprecherin) hatten ein wenig Druck ausgeübt und mich eindringlich gebeten, mir einige unumstößliche Tatsachen durch den Kopf gehen zu lassen.

Mein älterer Bruder Daniel, der ehemalige Direktor der Rechtsabteilung von Rampart, konnte den Rechtsstreit kaum leiten. Dan, ein bisher nicht angeklagter Mitverschwörer Galapharmas, befand sich in einem Fischerhäuschen tief in den Wäldern von Ontario, bis Oberkante Unterlippe mit Drogen zugedröhnt und unter schwerer Bewachung; dort beteuerte er stur seine absolute Unschuld.

Keiner der Untergebenen in Ramparts Rechtsabteilung wurde für fähig gehalten, einen derart komplexen, beispiellosen Zivilprozess zu beaufsichtigen. Ein Team außen stehender Rechtsbeistände hinzuzuziehen war ebenfalls keine Möglichkeit. Während dieses Prozesses mochten Dinge zur Sprache kommen, die man lieber nicht genauer unter die Lupe nehmen sollte: So war es beispielsweise höchst wahrscheinlich, dass Dan den Tod meiner Mutter eingefädelt hatte – wobei er auf Anweisung von Galapharma gehandelt haben dürfte.

Und dann gab es da auch noch diese geheime Verbindung zu den Haluk, und das war politisch gesehen natürlich sehr brisant, denn schließlich waren diese Scheißkerle inzwischen rechtmäßige Handelspartner des Commonwealth ...

Simon und Eve behaupteten, dass nur ein Kandidat alle Voraussetzungen für diese Rechtsschlacht mitbrachte: Er war Großaktionär des Konzerns, vertrauenswürdiges Familienmitglied und voll ausgebildeter, geübter Jurist (wenngleich nicht als Anwalt niedergelassen und praktizierend). Und er war mit jedem Gesichtspunkt dieses Falles vertraut.

Meine Wenigkeit, Asahel Frost.

Ich versuchte, mich aus dieser Falle herauszuwinden, die mich einzuschließen drohte, indem ich die beiden darauf hinwies, dass ich kein Mitglied der Anwaltskammer des Commonwealth war und mich auch nicht durch irgendwelche Winkelzüge oder über Beziehungen so schnell würde qualifizieren können. Obwohl ich meine Bürgerrechte durch eine formale Spitzfindigkeit wiedererlangt hatte, standen die Straftaten, die man mir angehängt hatte, immer noch in meinen Akten. Nach dem Gesetz war ich immer noch ein Verurteilter auf Bewährung. Den Medien galt ich als Außenseiter (wenngleich als sehr charismatischer!) und war das schwarze Schaf einer angesehenen Familie, ein notorisches Großmaul mit exzentrischen politischen Tendenzen. Auf keinen Fall konnte ich persönlich Rampart vor dem Gerichtshof vertreten.

Das sei kein Problem, meinten Simon und Eve. Sie bräuchten keinen *Rumpole of the Bailey* oder *Perry Mason*, sondern vielmehr meine Erfahrung, Firmenverbrecher aufzuspüren, die ich in meiner vorzeitig beendeten Karriere als Vollstreckungsbeauftragter im Interstellaren Handelssekretariat gesammelt hatte. Ein ganzer Stab talentierter Mitarbeiter würde das eigentliche Plädoyer vor Gericht übernehmen. Wenn nötig, konnten diese Handlanger bei jedem einzelnen Schritt durch Zerebral-Chips von mir geleitet werden.

Ich schaltete auf den ›Quengel-Modus‹ um. Hatte ich denn nicht mein Leben schon ein halbes Dutzend Mal aufs Spiel gesetzt, um Beweismittel zu beschaffen, die für die Klage Ramparts gegen Galapharma entscheidend waren? Hatte ich Eve etwa nicht aus den Händen der Entführer befreit, die sie hybridkloniert und damit höchstwahrscheinlich die Kontrolle über Rampart erlangt hätten? Hatte ich nicht Simon vor einem Schicksal bewahrt, das schlimmer war als der Tod – eingesperrt zu werden in das berüchtigte Gefängnis, das als *Coventry Blue* bekannt war? Reichte das etwa immer noch nicht aus, verdammt noch mal? Ich hatte keine Lust, Jahre meines Lebens auf irgendein kompliziertes Gerichtsverfahren zu verschwenden. Ich hatte andere Pläne.

»Was denn für welche?«, brüllte mein Vater. »Willst du mit deiner verdammten Reversionisten-Partei wieder in irgendein Wespennest stechen? Oder willst du vielleicht wieder zu deinem alten Leben als Strandgammler auf diesem Hinterwäldlersüdseeplaneten im Perseus-Sporn zurückkehren?«

Ich forderte ihn auf, zur Hölle zu fahren. Er schlug mir Geschlechtsverkehr mit mir selbst vor. Von da an wurde die Diskussion etwas unsachlicher.

Simon und ich sind im Klingen-Kreuzen schon sehr erfahren; es fing vor etwa 15 Jahren an, als ich mich aus Prinzip weigerte, in das Familienunternehmen einzusteigen. Jetzt kritisierte er meine Selbstsucht und meinen Mangel an Sohnes-Loyalität. Er grub wieder die alte Geschichte meines ach-so-tollen Doktortitels aus Harvard aus, den mir zu finanzieren ich ihn mehr oder weniger überlistet hatte.

Schließlich verfiel er in eine Tirade von Möchtegern-Cowboy-Schimpfworten in breitestem Möchtegern-Cowboy-Texanisch, in denen der alte Zausel beteuerte, wenn ich so einfach Rampart (also ihn) im Stich ließe, sei ich nichts als ein ängstlicher Schwanz-Arsch-Bastard, der so feige sei, dass er sich schon beim Anblick seines eigenen Schattens in die Hose machen würde.

Ich war kurz davor, Simon zu sagen, er solle sich seine John-Wayne-Imitation in eine Körperöffnung seiner

Wahl schieben, als meine Schwester Eve uns beiden befahl, die Schnauze zu halten. Dann brachte sie ein einziges Argument vor, das mich direkt ins Herz traf und all meine Versuche, mich herauszulavieren, sofort erstickte.

»Asa, hast du vergessen, dass der Vorstandsvorsitzende von Galapharma selbst hinter dem Mord an unserer Mutter gesteckt hat? Dan war doch nur Erfüllungsgehilfe von Alistair Drummond. Wir würden wahrscheinlich Drummonds Mittäterschaft selbst dann nicht beweisen können, wenn wir ihn lebend zu fassen bekämen, aber sein Konzern ist immer noch ein angemessenes Ziel. Du willst doch, dass Mutter noch irgendwie Gerechtigkeit widerfährt, oder? Willst du sie nicht rächen?«

Ach, Scheiße ... natürlich wollte ich das.

Also gab ich nach.

Und arbeitete mir ganze zwei Jahre den Arsch ab. Als der Fall schließlich den Richtern vorgelegt wurde, rechnete ich mir wirklich gute Chancen aus, zu gewinnen.

Ich führte mein Pferd Billy über den Pfad im *Bear Head Canyon* und näherte mich dem wenig bemerkenswerten Hügel, den wir *Copper Mountain* nennen. Mit seinen 2.071 Metern Höhe ist er die größte Erhebung einer gestrüppbestandenen Bergkette in der Nähe der Südgrenze unserer Sky Ranch.

Als wir noch Kinder waren, hatte man meinen Schwestern und Brüdern und mir verboten, auf den *Copper Mountain* zu gehen, weil sich am Osthang eine gefährliche verlassene Goldmine befand. Natürlich wurde die unser Lieblingsversteck. Sie diente als unsere Räuberhöhle, wenn wir Banditen spielten, und sie wurde zum Lager der Weltraum-Monster, wenn wir so taten, als gehörten wir zur Zonenpatrouille. Genau im Eingang zur Mine hatte ich einmal eine Klapperschlange getötet, die meine kleine Schwester Bethany angegriffen hatte. Ein anderes Mal hatte mein Bruder Dan seinen Hals riskiert, als er einen fast schon eingestürzten Nebengang erkundete und einen glitzernden Gesteinsbrocken mitbrachte, von dem er erklärte, das sei echtes Gold. Dan war immer derjenige, der Glück hatte – bis er erwachsen wurde und den Verlockungen eines wahnsinnigen Schotten verfiel.

Der jetzt vielleicht, vielleicht aber auch nicht, in genau dieser Goldmine verschüttet war.

Vor drei Jahren, in einem letzten Versuch, seine kollabierende Verschwörung noch zu retten, hatte Alistair Drummond es fast geschafft, meine Familie und den gesamten Rest des Rampart-Vorstandes zu töten, indem er das Haupthaus der Sky Ranch in die Luft gejagt hatte. Bei seinem Fluchtversuch fuhr er in einem Range Rover auf den *Copper Mountain*, und als ich ihm folgte, hätte er mich beinahe erledigt. Dann suchte er in der alten Mine Schutz, und ich löste mit einem Harvey-Blaster genau über ihm einen Erdrutsch aus.

Das Problem war, dass wir nie Drummonds Leiche unter dem Geröll in der Mine gefunden hatten.

Das Pferd trug mich zu der Schlucht, die den *Copper Mountain* vom westlich gelegenen *Bear Head Peak* trennte. Ich zügelte Billy, bevor das Gelände zu unwegsam wurde, zog dann ein elektronisches Fernglas aus meiner Satteltasche und betrachtete die Sträucher auf den seitlichen Hängen vom *Copper Mountain.* Natürlich sah ich nichts Außergewöhnliches; die Stelle, an der sich der große Erdrutsch ereignet hatte und an der dann später die Ausgrabung erfolgt war, lag auf der anderen Seite des Berges.

»Na, was meinst du, Billy? Hatte diese verfluchte

Mine noch einen anderen Ausgang? Als wir noch Kinder waren und hier gespielt haben, haben wir nie einen gefunden, und wir haben uns dieses alte Loch im Boden wirklich verdammt gründlich angesehen.«

Das Pferd behielt seine Meinung für sich.

Ich seufzte und packte das Fernglas wieder weg. Zur Hölle mit Alistair Drummond. Zur Hölle mit allem, das mit Galapharma und dem ganzen Verfahren zu tun hatte. Jetzt war die Zeit gekommen, in der ich mich ausruhen und einfach treiben lassen konnte. Ich wendete mein Pferd und widmete meine Aufmerksamkeit dem Sonnenuntergang hinter *Bear Head.* Im Westen schien der Himmel von blutroten und purpurnen Zirruswolken wie aufgeschlitzt. Die Farben verblassten langsam, als ich mich wieder in den Sattel setzte und ganz bewusst von allen Gedanken befreite. Billy befreite sich in geringfügig anderer Hinsicht, rein körperlich, dann knabberte er an ein wenig frischem Grün. Eine Fledermaus jagte einen fliegenden Käfer durch das Chaparral. Das Hochland war völlig ruhig.

Nach einer Weile stellte das Pferd seine Nahrungssuche ein, wieherte leise und stellte die Ohren auf. Es horchte nach etwas, das den Pfad heraufkam. Ich hörte es auch: ein unregelmäßiges metallisches *kling-kling klingedi-kling,* das fast wie ein Löffel klang, der in einer dicken Kaffeetasse klapperte – ein Geräusch, das in dieser Umgebung völlig unnatürlich wirkte. Einen Augenblick später kam ein schwarzes Etwas, so groß wie ein Golfball, auf dünnen Beinen mit zahlreichen Gelenken den steilen Felsenpfad herunter. Die rattenartigen Augen dieses kleinen Objekts leuchteten in der Abenddämmerung, die daran angebrachten Sensoren schwenkten eifrig hin und her.

Eine SPIoNNE. Wie auf Zehenspitzen kam sie bis auf

etwa vier Meter Entfernung an mein Pferd heran, das sie fasziniert anstarrte, dann blieb sie stehen.

»Guten Abend, Bürger Asahel Frost«, sagte sie. »Ich bin nicht hier, um Ihnen zu schaden oder Sie zu bedrohen. Bitte bestätigen Sie das, indem Sie Ihre eigene Waffe ziehen.«

Die Stimme dieses Roboters war in Wirklichkeit die eines Menschen, die fernübertragen wurde. Derjenige, der sie steuerte, hatte mich vermutlich via Satellit beobachtet, seit ich das Haus verlassen hatte. Für die Sky Ranch hatte man sich nicht die Mühe gemacht, sie in Bodennähe mit optischer Dissimulatorentechnik auszustatten, obwohl sie ein ganzes Arsenal an Abschreckungsmitteln gegen Eindringlinge besaß, dazu Mehrphasenalarmsensoren.

»Sie betreten hier Privatbesitz«, sagte ich und zog gehorsam meinen Finnilä-*Bodyguard*-Photonenkarabiner aus dessen Halterung am Sattel. Die Waffe schaltete sich automatisch ein und scannte das Etwas, das mir gegenüberstand.

Das Gerät ist unbewaffnet, meldete meine Waffe. Ich aktivierte dennoch das Zielfernrohr.

»Ich wiederhole!«, sagte die SPIoNNE. »Ich bin nicht hier, um ihnen zu schaden oder Sie zu bedrohen.«

»Prima. Aber eingeladen wurdest du auch nicht. Sag mir mal einen Grund, warum ich dich nicht sofort von deinen Stelzen schießen sollte.«

»Das wäre illegal«, erwiderte die Maschine selbstgefällig, »da Sie gerade eben die Grenze der Sky Ranch passiert haben und bereits neunzehn Meter weit in öffentlich zugängliches Land vorgedrungen sind.«

»Schon möglich«, gab ich zu und senkte die Waffe. Die Grenzen waren in diesem abgelegenen, zerklüfteten Gelände weder durch Zäune abgesteckt noch anderweitig markiert, die Scanner, die Wache hielten, waren nur schwer zu erkennen, und ich hatte bereits vor Tagen den Sattel-Alarm deaktiviert, damit ich nicht davon genervt wurde, wenn ich mal ein paar Meter vom Gelände abkam.

»Hier spricht Jordan Sensenbrenner vom *Wall Street Journal*! Wären Sie bereit, das heutige Urteil des Commonwealth-Gerichtshofes im Rampart-Galapharma-Prozess zu kommentieren?«

Mir klappte die Kinnlade hinunter. »Jetzt schon eine Entscheidung? Mein Gott – das Material liegt doch erst seit zehn Tagen vor! Wie haben die Richter entschieden?«

»Wollen Sie damit sagen, Sie hätten noch nichts darüber gehört?«

»Ich habe mich seit zehn Tagen völlig von der Außenwelt zurückgezogen. Ich brauchte einfach ein paar Tage Ruhe. Erzählen Sie mir, wie es ausgegangen ist?«

Die Stimme der SPIoNNE klang auf einmal ziemlich berechnend. »Dann wissen Sie vielleicht auch nichts von Simon Frosts sensationeller Bekanntgabe. Das *Journal* würde sehr gerne Ihre Reaktion darauf hören.«

»In meinem Sattel sind Daten-Link und Display eingebaut. Warum geben Sie mir nicht, was Ihnen vorliegt? Wann wurde das Urteil verkündet?«

»Hmm ... vielleicht sollten wir Quidproquo vorgehen? Sie geben mir einen angemessenen Kommentar, und ich lasse Ihnen von unserem ComSat den *Journal*-Artikel herunterladen, den wir heute Abend auf unserer Homepage veröffentlichen werden. Darin befinden sich alle Details der Entscheidung des Gerichtshofes, die vor einer Stunde verkündet wurde, dazu noch die Bekanntmachung Ihres Vaters. Abgemacht?«

Diese verdammten Netz-Fuzzies hatten wirklich mehr Nerven als der Weisheitszahn eines Pottwals. Dieser besondere hier wurde mir langsam lästig, also hob ich die Finnilä und zerblies einen Felsen – nur ein ganz kleines bisschen links von diesem Roboter.

Die SPIoNNE huschte zur Seite und aktivierte sofort ein kleines Kraftfeld. »Das können Sie nicht tun! Ich bestehe auf den Privilegien der Presse! Ich mache doch hier nur meinen Job.«

»Ich kann tun und lassen, was ich will – vorausgesetzt, die Konsequenzen sind mir scheißegal. Sie versuchen da gerade, mich unter Druck zu setzen, Sensenbrenner. Es gibt eine ganze Menge Leute, die Ihnen sofort sagen würden, dass das ziemlich unklug ist.«

»Ich versichere Ihnen, ich hatte nicht vor ...«

»Dieses jämmerliche kleine Kraftfeld, mit dem Ihr Roboter da ausgestattet ist, kann vielleicht einem Laserbolzen widerstehen, aber ganz bestimmt nicht roher Gewalt. Was würde wohl passieren, wenn ich Ihr teures kleines Spielzeug einfach in einen Kojotenbau treten und einen Felsen darauf rollen würde? Oder vielleicht so lange darauf herumtrampele, bis es funktionsunfähig ist, und es dann unter den Pferdeäpfeln vergrabe, die Billy gerade hat fallen lassen? Würde das Ihrem Chefredakteur gefallen?«

Die SPIoNNE deaktivierte ihren Verteidigungsschild wieder. Jetzt wurde es Zeit für sie, sich ein wenig kriecherisch zu verhalten. »Bürger Frost, vielleicht hat dieses Interview ganz falsch angefangen ...«

»Das ist noch gar kein Interview. Bisher ist das hier nur eine Zufallsbegegnung zweier Fremder – wie im Wilden Westen ... Obwohl ich zugeben muss, dass es mich sehr reizt, die großen Neuigkeiten zu hören, bevor sie im PlaNet stehen. Ich denke, ich könnte einfach die Leute unten auf der Ranch anrufen und sie bitten, mich zum Rampart-Tower in Toronto durchzustellen, aber es dürfte ein paar Minuten dauern, die Verbindung zu errichten. Also wäre ich Ihnen sehr verbunden, wenn

Sie mir die Informationen einfach aus Herzensgüte zukommen ließen – ohne weitere Bedingungen. Denken Sie nicht, Ihr Chef im *Journal* würde das für eine gute Idee halten?«

»Na gut«, murrte die SPIoNNE. Dann gab sie mir den Zugangskode zu dem Satelliten.

Ich entfernte die Abdeckung der Geräte, die im Sattelknauf eingebaut waren, aktivierte die Antenne und entfaltete den Bildschirm, gab die Daten ein und drückte auf SATELLITEN-DOWNLOAD. Einen Augenblick später las ich den Artikel im *Journal*, der die einstimmige Entscheidung des Gerichtshofs zitierte.

Die Galapharma KV war in allen Anklagepunkten schuldig gesprochen worden; eine Revision ließ der Gerichtshof nicht zu.

Die Entschädigungen, die Galaph an Rampart zu zahlen hatte, mussten noch bestimmt werden, ebenso das Strafmaß, aber unter den Rechtswissenschaftlern herrschte allgemein die Meinung vor, dass die größte Firma unter den Pharmazie- und Gentechnikgiganten der Galaxis am Ende war. Total im Arsch. Der Gerichtshof würde vermutlich entscheiden, dass Galapharma mit allem Drum and Dran auf Rampart zu übertragen sei, womit die Firma meiner Familie mit einem Schlag in den erlesenen Kreis der Großen Sieben aufsteigen würde.

Manche Prozessbeobachter schrieben Ramparts Sieg der brillanten Prozessführung seines inoffiziellen Direktors der Rechtsabteilung zu, des schneidigen, unkonventionellen Asahel Frost. Es wurde auch gemunkelt, er sei persönlich für die Ergreifung der Hauptbelastungszeugen verantwortlich gewesen und habe sich dabei äußerst unorthodoxer Methoden bedient.

Ich las den Artikel zu Ende und beäugte die SPIoNNE. »Sehr hübsch, Jordan. Sie dürfen gerne schreiben, das

Urteil habe mich persönlich sehr befriedigt und mein Vertrauen in das Rechtssystem des CMW bestätigt. Alle Firmen müssen sich in jeder Hinsicht an die Gesetze halten, und das gilt vor allem auch für die Unternehmen mit besonders hohem Status, deren Handlungen die gesamte Integrität des Commonwealth beeinflussen.«

»Haben Sie das auch immer getan, Bürger Frost?«, fragte Sensenbrenner sanft. »Es hat Spekulationen darüber gegeben, der Zeuge Oliver Schneider sei ...«

»Nächste Frage.«

»Vielleicht sollten Sie zuerst die Ankündigung Ihres Vaters lesen.«

Ich überflog die Begleitartikel und den Kommentar zu dem Verfahren, suchte nach Simons Namen. Dann fand ich den entsprechenden Artikel, las die Überschrift und stieß erschrocken einen Kraftausdruck aus.

RAMPART-VORSTANDSVORSITZENDER, GLÜCKLICH ÜBER DAS GALAPHARMA-URTEIL, ERKLÄRT RÜCKTRITT ZUGUNSTEN SEINES EXZENTRISCHEN SOHNES

von Jordan Sensenbrenner

Toronto, Erde, 19. April 2236 – Im Zuge des heutigen historischen Urteils zugunsten des Rampart-Konzerns erklärte dessen Vorstandsvorsitzender, Simon Frost, 88: ›Dies ist der glücklichste Tag meines Lebens.‹ Nachdem er seiner Rechtsabteilung gratuliert hatte, machte er eine sensationelle Ankündigung:

›Während der letzten Jahre‹, sagte Frost, ›hat Rampart nicht nur den Versuch einer feindlichen Übernahme abwehren können. Wir haben es währenddessen auch noch erfolgreich geschafft, unsere Geschäfte auszudehnen. Wir sind von einer kleinen *Interstellar Corporation* zu einer Konzern-Vereinigung aufgestiegen, in erster Linie dank der Bemühungen einer brillanten Gruppe Abteilungsleiter unter der Führung meiner Tochter Eve Frost, der Vorstandssprecherin von Rampart. Ich bin stolz darauf, bei dieser Expansion der Firma mitgewirkt zu haben, ebenso wie ich stolz darauf bin, eines der Gründungsmitglieder von Rampart zu sein.

2183, als mein Bruder Ethan, unser Geschäftspartner Dirk Vanderpost und ich in den Perseus-Sporn aufgebrochen waren, um unser Glück zu machen, hätten wir niemals davon zu träumen gewagt, dass ein Tag wie dieser jemals kommen würde. Wir waren zufrieden, wenn wir mit unserer kleinen Firma unsere Angestellten bezahlen und die Haluk und die Qastt-Piraten davon abhalten konnten, unsere Schiffsladungen zu stehlen.

Na ja, die Zeiten ändern sich. Heute sind diese beiden Rassen Handelspartner des CMW. Im Sporn gibt es inzwischen stolze zweihundertneunzehn florierende Rampart-Planeten, und jeden Monat werden weitere für die Kolonisierung durch Menschen und die ökonomische Entwicklung erschlossen. Ich freue mich wie ein Schneekönig darüber, dass ich das noch erleben darf.

Und jetzt, wo Rampart seine größte Krise überstanden hat und ganz an der Spitze steht, bin ich zu dem Ergebnis gekommen, dass es für mich an der Zeit ist, mich aus der aktiven Leitung der Firma zurückzuziehen und ein paar Jüngeren das Feld zu überlassen. Ich habe beschlossen, vom Vorstandsvorsitz zurückzutreten. Und hiermit ernenne ich meinen Sohn Asahel Frost zu meinem Nachfolger. Ohne ihn wäre Galapharma mit ihrem Plan der feindlichen Übernahme durchgekommen.

Ohne ihn hätten wir niemals unsere Zivilklage gegen Galaph gewonnen.

Ich habe mit Asa noch nicht darüber gesprochen, deswegen wird ihn das wohl ein bisschen überraschen. Aber ich bin zuversichtlich, dass er den Vorstandsvorsitz übernehmen wird, ebenso wie ich zuversichtlich bin, dass der Rampart-Konzern auch in den kommenden Jahren weiterhin gedeihen wird.‹

Nachdem mir der Artikel diesen Antimateriesprengkopf um die Ohren gehauen hatte, ging es darin mit einer Zusammenfassung der Achterbahnfahrt meiner Karriere weiter. Sensenbrenner ging auf meine Zeit als Abteilungsleiter beim IHS nur wenig ein und stellte mich hauptsächlich als Mitglied der heldenhaften, überarbeiteten Truppe dar, die damit beauftragt war, Vergehen des Big Business aufzudecken – dem Big Business, das effektiv das Commonwealth der Menschenwelten regierte. Im Gegensatz dazu beschrieb er genüsslich die Details meiner Verurteilung, meine Entlassung aus der Vollstreckungsabteilung des Handelssekretariats und des Entzugs meines Bürgerstatus. Er hatte sogar ein paar meiner eher als rachsüchtig zu beschreibenden Bekannten auf Kedge-Lockaby interviewt, die geradezu abstoßend und zugleich äußerst akkurat schilderten, wie ich damals, zu meiner Zeit als trunksüchtiger Statusloser, gewesen war.

Meine Rettung Eves aus den Händen ihrer Entführer und mein angebliches Ergreifen von Oliver Schneider im Zuge eines illegalen Stoßtruppunternehmens auf dem Qastt-Planeten Dagasatt wurde sehr viel vorsichtiger dargestellt, um einer Verleumdungsklage zu entgehen (schließlich war ich zu diesem Zeitpunkt schon wieder ein rechtmäßiger Bürger). Über meine Rolle beim mutmaßlichen Ableben von Alistair Drummond schwieg sich der Artikel aus.

Das Schwindel erregende Geschenk, das mir Katje Vanderpost gemacht hatte, ihre Anteile an Rampart – satte 25 Prozent! –, hatten mich in die Reihen der politischen ›Macher‹ gehoben. Der Verfasser des Artikels schien keinerlei Verständnis zu haben, warum ich fast das gesamte Geld, das sich aus den geradezu obszön hohen Erträgen der Anteile meiner Mutter ergab, für Zwecke der gesellschaftlich mit Misstrauen betrachteten Reversionisten-Partei gespendet hatte. (Ich hatte ihr versprochen, ihre Schirmherrschaften fortzuführen, weil die Prinzipien dieser Partei genau meinen jugendlichen Idealen entsprachen, die ich jedoch eingemottet hatte, als ich für das IHS tätig gewesen war.) Jordan räumte ein, dass ich zehn unterhaltsame Monate lang eine ganze Menge Aufsehen erregt hatte, als ich die feige Symbiose des Commonwealth-Rates mit dem Big Business scharf kritisierte, bis der Galapharma-Prozess mich dazu gezwungen hatte, meine politischen Aktivitäten vorerst einzustellen.

Der Artikel endete mit Spekulationen darüber, was ich wohl als Nächstes vorhaben mochte.

Wenn die nur wüssten ...

»Diese Frage kann ich noch nicht beantworten«, erklärte ich Sensenbrenner. »Ich werde lange und intensiv darüber nachdenken müssen. Aber Sie dürfen mich folgendermaßen zitieren: Ich werde nichts unternehmen, was gegen die Leitprinzipien der Reversionisten verstößt, noch beabsichtige ich, mich vollends aus der Politik zurückzuziehen.« Ich konnte es mir nicht verkneifen, noch hinzuzufügen: »Vielleicht ist es möglich, dass unter meiner Leitung der Rampart-Konzern seine Arbeitsweisen so umstellt, dass man darin die Philosophie des Reversionismus erkennen kann.«

Hui – Blasphemie! Es war der Stimme des Reporters anzumerken, dass er einen richtigen Knüller erwartete.

»Aber ... die meisten Reversionisten befürworten eine drastische Beschränkung des politischen Einflusses der Einhundert Konzerne – im Endeffekt zerstören sie damit die ökonomische Struktur der Galaxis.«

Ich lachte. »Ich gebe zu, dass einige Eiferer dieser Partei tatsächlich so denken mögen. Meine eigene Sicht der Dinge ist nicht annähernd so radikal. Nichtsdestotrotz hat das Big Business fast zwei Jahrhunderte lang die Planeten ausbeuten können, wobei das Commonwealth nur eine minimale Form der Kontrolle ausgeübt hat. Ich will, dass die Einhundert Konzerne in viel größerem Maße dem Rat Rechenschaft schuldig sind. Nicht nur dem Rat, sondern allgemein den gewählten Vertretern der Menschen. Ich möchte, dass diese ›*laissez-faire*‹-Ökonomie drastisch eingeschränkt oder sogar ganz abgeschafft wird, und das Gleiche gilt für all diese Gesetze, die es menschlichen Geschäftsleuten gestatten, so ziemlich alles zu tun, wonach ihnen gerade der Sinn steht – vorausgesetzt, es steigert die Profite ihrer Anteilseigner! Ich bin auch dafür, dass vernunftbegabte Eingeborene, die bisher noch nicht über Raumfahrttechnik verfügen, fair behandelt werden, wenn ihre Planeten von den Menschen kolonisiert und erschlossen werden. Und es müssen engere Weisungen erteilt werden, die den interstellaren Handel mit nichtmenschlichen Rassen regeln, deren Interesse an ... interspeziärem friedlichem Miteinander ... nicht eindeutig gesichert ist.«

»Sprechen Sie von den Kalleyni, den Joru, den Y'tata und den Qastt, Bürger Frost? Oder von den Haluk?«

»Derzeit kein Kommentar.«

»Glauben Sie tatsächlich, dass Sie als Vorstandsvorsitzender von Rampart ihre Reversionisten-Ideale durchsetzen können?«

»Vorausgesetzt, ihn nähme diesen Posten an, könnte ich es auf jeden Fall versuchen. Mein leider bereits verstorbener Onkel, Ethan Frost, der ganz am Anfang Rampart geleitet hat, war einer der ersten galaktischen Unternehmer, der vernunftbegabten Eingeborenen anständige Arbeitsbedingungen verschafft und ihnen Löhne gezahlt hat, die denen menschlicher Arbeitskräfte entsprachen. Ich bin davon überzeugt, dass seine Firmenpolitik der Hauptgrund dafür war, dass Rampart im Perseus-Sporn Erfolg hatte, während Galapharma und die anderen repressiven Läden, die es dort versucht haben, gescheitert sind und sich zurückziehen mussten.«

»Aber der Großteil der Wirtschaftswissenschaftler und der Finanzexperten glaubten nicht, dass dieser Ansatz auf den bereits seit längerer Zeit besiedelten Planeten im Orion-Arm praktikabel wäre, geschweige denn im Schützen-Nebel ...«

Ich machte eine abweisende Handbewegung in Richtung der SPIoNNE. »Hören Sie auf. Ich werde das nicht jetzt mit Ihnen durchdiskutieren. Ich habe Ihnen gesagt, dass ich noch nicht weiß, was ich mit meinem Leben anfangen werde. Vielleicht nehme ich den Vorstandsvorsitz von Rampart an. Vielleicht übernehme ich wieder die Rolle des Störenfrieds-vom-Dienst für die Reversionisten. Vielleicht mache ich auch etwas ganz anderes. Im Moment steht mir der Sinn danach, zu irgendeinem kleinen Planeten zu fliegen, auf dem mich niemand kennt. Der Galapharma-Prozess hat mich völlig fertig gemacht. Simons Ankündigung hätte kaum zu einem ungünstigeren Zeitpunkt kommen können. Ich muss erst einmal wieder einen klaren Kopf kriegen, bevor ich mich zu irgendetwas entscheide.«

»Wie lange wird es dauern, bis Sie ...«

»Das reicht jetzt«, sagte ich. »Ende des Interviews.« Ich wendete Billy und machte mich langsam an den Abstieg vom Hügel. Die hoch hängenden Wolken hatten ihre Färbung verloren, im Osten erschienen die ersten Sterne.

Die SPIoNNE kam mir hinterhergehuscht. »Bürger Frost! Nur noch ein paar Worte! Wann, denken Sie, werden Sie wieder nach Toronto kommen? Würden Sie dem *Journal* ein ausführliches Interview über Ihre politischen Ansichten gewähren? Oder über die Richtung, in die der Rampart-Konzern unter Ihrer Leitung ...«

Langsam verlagerte ich mein Gewicht auf dem Sattel, hob den Karabiner, feuerte aus der Hüfte und traf die kleine Maschine in eines ihrer leuchtenden Augen. Sie explodierte in einer kleinen Wolke aus Rauch und Plasma. Billy zuckte nicht einmal.

Dann machte ich mich auf den Rückweg zum Hauptgebäude der Ranch. Ich hatte mir überlegt, dass es nicht mehr lange dauern würde, bis mein Vater auftauchte.

Halbwegs hatte ich erwartet, dass Eve Simon begleiten würde, weil sie besser darin war, mich zu überreden. Doch als ich etwa eine Stunde später zu Hause ankam, fand ich ihn alleine in dem großen Wohnzimmer des vollständig wieder aufgebauten Haupthauses vor; er starrte in die Glut eines Feuers aus großen Pinienholzscheiten im Kamin und nippte an seinem üblichen Bourbon mit Quellwasser. Eine Magazintafel, auf deren Bildschirm das Logo des *Wall Street Journal* prangte, lag auf der polierten Oberfläche des Couchtisches aus versteinertem Holz hinter ihm. Die neueste Ausgabe war erschienen. Ich vermutete, dass darin mein Interview mit Sensenbrenner zu finden war.

Simon nickte finster dreinblickend, sagte jedoch nichts, als ich durch die offen stehende Terrassentür eintrat, noch immer von Kopf bis Fuß staubig vom Ritt.

Ich nahm meinen fleckigen alten Stetson und die Pendleton-Jacke ab und ging zu der kleinen Anrichte, auf der die Drinks standen. Ich ignorierte *Maker's Mark Limited Edition, Hirsch Pot Still* und andere Luxusvarianten von Tarantelsaft, wie sie mein Vater bevorzugte, und nahm mir meinen Lieblings-Arbeiter-Drink: *Jack Daniels*, pur. Ein einziger Schluck genügte mir als Beweis, dass ich noch nicht dem Luxusleben anheim gefallen war. Nachdem ich den Whiskey heruntergekippt hatte, zapfte ich mir ein großes Bier aus dem Fass Dortmunder, das in einem Fach der Anrichte untergebracht war, setzte mich auf eines der Ledersofas, die vor dem Kamin standen, und machte mich daran, meine Stiefel auszuziehen.

Simon stand auf und beobachtete mich aus seinen grünen, tief liegenden Augen. Sein Haar war hellbraun, mit deutlichen Geheimratsecken, genau wie meines. Ich hatte auch seine schmale Nase geerbt, und ebenso den breiten Mund mit den ein wenig herabhängenden Mundwinkeln, der jedoch zu einem Megawatt-Lächeln erstrahlen konnte. Simon hatte alle Vorzüge der modernen Medizin und der Gentechnik in Anspruch genommen, um den Zahn der Zeit abzuwehren, und normalerweise vermittelte er das Gefühl unbezähmbarer körperlicher Vitalität.

Aber nicht heute.

Er trug einen halb-förmlichen Spieleranzug, der den Flussfahrer-Romanen von Mark Twain entsprungen sein konnte, und keinen seiner maßgeschneiderten Rancher-Anzüge, die er normalerweise bevorzugte – vielleicht, um den ›besonderen Anlass‹ zu betonen. Er wirkte müde und misstrauisch, und sein Anzug aus schwarzem Kammgarn machte ihn noch blasser. Ich erinnerte mich, dass ich fast bestürzt gewesen war, als ich im *Journal*-Artikel sein wahres Alter gelesen hatte. Die meisten Leute – mich eingeschlossen – neigten dazu, zu vergessen, wie alt Simon Frost wirklich war.

»Im Rampart-Tower haben die eine Siegesfeier steigen lassen, als ich gegangen bin«, sagte er schließlich zu mir. Seine Stimme wirkte ein ganz klein wenig zu laut. »Alle haben auf dein Wohl getrunken – selbst die, die am lautesten gestöhnt haben, als Evie und ich dich zum amtierenden Direktor der Rechtsabteilung ernannt und dir freie Hand gelassen haben. Der ganze Haufen ist der Ansicht, ohne deine Führung hätten wir niemals ein Urteil bekommen, gegen das keine Berufung eingelegt werden kann. Ich schätze, ein paar Glückwünsche wären jetzt schon angebracht.«

Na, vielen Dank auch, Paps!, dachte ich. Aber ich sagte nichts.

Er fuhr fort: »Du warst der beste Mann für diesen Job, und du hast ihn gemacht. Genug davon. Und jetzt gibt's einen neuen Job, der gemacht werden muss ...« Seine Stimme wurde zum Ende des Satzes hin immer leiser, als wolle er mich herausfordern, ihm seinen Wunsch geradeheraus abzuschlagen.

O nein, du kriegst mich nicht provoziert, du alter Geier. Diesmal spielen wir nach Hellys Spielregeln.

Schließlich hatte ich mich aus den Stiefeln geschält, legte die Füße auf den kleinen Beistelltisch, nahm einen großen Schluck von meinem Bier und rutschte auf den Kissen ein Stück nach vorne, so dass mein Hintern fast auf der Höhe meiner Schultern war. »Es wundert mich, dass Evie nicht mitgekommen ist.«

»Das schnelle Urteil hat sie ziemlich überrascht. Sie ist vier Tage weg, auf dem Weg in den Sporn, und sie wollte nicht einfach umkehren. Da gibt es irgendetwas ziemlich Abgedrehtes, was mit dem Ausbau der Anlagen auf Cravat zu tun hat. Zed schien damit alleine nicht fertig zu werden, deswegen hat sie beschlossen, sich persönlich darum zu kümmern. Sie kommt nach Toronto zurück, sobald das Problem gelöst ist, um dir und den anderen Rechtsverdrehern beim Aufstellen der Entschädigungsforderungen zu helfen.«

»Sam Yamamoto und Marcie Kirov können das wunderbar alleine überwachen – zusammen mit dem ganzen anderen Krempel, der nach dem Verfahren so anfällt. Ich hab dir dieses verdammte Urteil verschafft. Jetzt erwarte nicht von mir, dass ich nach diesem ganzen Zirkus auch noch das Aufräumen übernehme.«

Langes Schweigen, durchbrochen nur von den Rufen der Ziegenmelker in der Ferne. Die Verandatüren standen immer noch offen, und ich konnte den Duft der mehr als hundert Jahre alten Glyzinien riechen, die neben der Essecke unter der Pergola wuchsen, in der Nähe der Grillstelle. Wundersamerweise hatte die Explosion, die das Haupthaus fast dem Erdboden gleichgemacht hatte, die rustikale Pergola und die benachbarten Gärten verschont, und ebenso die meisten Bäume und die Nebengebäude der Ranch.

»Woher wusstest du, wo ich war?«, fragte ich.

»Ein ziemlich aufdringlicher Reporter vom *Wall Street Journal* hat es mir erzählt. Er hat dich vor drei Tagen mit einem Spionagesatelliten aufgespürt. Dachte wohl, du würdest ihm in einem Interview von deiner Strategie erzählen, wenn das Urteil erst einmal gefällt ist. Du hast dir wohl nicht allzu viel Mühe gegeben, dich bedeckt zu halten, nachdem du erst einmal hier angekommen warst. Ich hatte kaum bei dieser Pressekonferenz meine Ankündigung gemacht, da ist mir dieser Komiker vom *Journal* schon nicht mehr von der Seite gewichen und hat dauernd nach einem Exklusiv-Interview gefragt. Hat dann gesagt, dass er auch dich, hier auf der Sky Ranch, kontaktieren wollte. Ich hab ihm viel Glück gewünscht beim Versuch, durch den Sicherheitsschirm zu kommen. Aber er hat's wohl geschafft.«

»Eine Robo-SPIoNNE hat mich aufgespürt, als ich heute Abend außerhalb der Ranch unterwegs war. Ich hab ein paar zitierfähige Bemerkungen gemacht, bevor ich den Roboter mit meiner Finnilä in tausend Stücke zerlegt habe.«

»Verdammt noch mal, Asa! Was hat es denn für einen Sinn, die ordentlichen Medien gegen sich aufzubringen? Das war doch nicht ein Web-Heini von irgend so einem Boulevard-Blättchen!«

»Die wirklich wichtige Frage«, hob ich an, stemmte mich hoch und sah ihm genau in die Augen, »ist, warum zum Teufel du beschlossen hast, mir den Vorstandsvorsitz von Rampart über die Medien anzubieten, statt mich privat zu fragen – von Angesicht zu Angesicht. Glaubst du wirklich, das sei ein Angebot, das ich nicht abschlagen könnte?«

»Das war mehr ein Versuchsballon«, sagte der gerissene alte Mistkerl, »um zu sehen, wie die Einhundert Konzerne auf diese Idee reagieren. Vor allem Adam Stanislawski und seine geldversessenen Sturköpfe bei Macrodur. Rampart wird die mehr denn je brauchen, wenn die Galaph-Konsolidierung erst einmal abgeschlossen ist. Ich wollte die Idee, dass du mein Nachfolger wirst, verbreiten, solange dein Ruf noch gut und unbefleckt ist.«

»Während er wahrscheinlich in der nächsten Sickergrube tauchen gehen wird, wenn ich mich wieder in die Politik einmische? ... Und was ist mit meiner immer noch stehenden Verurteilung? Ollie Schneider ist zwar bereit, zu den falschen Beschuldigungen auszusagen, aber das Aufhebungsverfahren wird vor Gericht doch ewig dauern!«

»Das ist doch Schnee von gestern, Junge. Selbst wenn nicht bewiesen werden kann, dass man dich reingelegt hat, denkt doch jetzt jeder, der auch nur ein halbes Gehirn besitzt, dass Galaph dich außer Gefecht gesetzt hat, damit du nicht aus deiner Position im IHS heraus die Übernahme verhindern kannst. Und was deine verdammte linke Politik angeht – wenn du damit ein bisschen halblang machst ...«

Ich sprang wie eine gespannte Feder vom Sofa auf und schoss auf ihn zu, kam so nah an ihn heran, dass wir fast Nase an Nase vor dem Kamin standen. »Jetzt hör mir mal gut zu, Simon«, sagte ich leise. »Meine Reversionisten-Ideale sind noch genauso aktiv wie früher. Ich werde damit nicht ›halblang machen‹ – völlig egal, wie ich mich entscheide, was Rampart betrifft. Und ich habe auch vor, etwas gegen die ganze Haluk-Sache zu unternehmen.«

»Willst du noch mehr Presseverlautbarungen ausgeben, in denen du die Handelsvereinbarung anprangerst?« Er stieß ein spöttisches, schnaubendes Gelächter aus. »Na, das wird ja 'ne Menge bringen! Das Geschäft ist abgewickelt, und Rampart steht mit beiden Beinen mitten im Haluk-Konsortium.«

»Diese gerissenen Haluk-Arschlöcher machen sich doch über uns lustig – die spielen uns nur vor, dass sie ihre aggressive Expansionspolitik aufgegeben hätten. Jetzt setzen die schon den Rat unter Druck, damit ihnen schnellstmöglich Planeten zugesprochen werden, für die Rampart das Mandat hat.«

Simon zuckte mit den Schultern und nippte an seinem Drink. »Solange diese Xenos einen guten Preis in überschweren Elementen zahlen, werden sie wohl auch kriegen, was sie wollen.«

Ich bekam einen Wutausbruch. »Und für dich und die anderen Konzerne im Konsortium ist das alles ganz prima, oder?! *Business as usual.* Vor lauter Profit schwimmt ihr alle im Geld, und keiner von euch schaut weiter als bis zu der Zeile auf den Rechnungen, in denen steht, wie viel ihr eingenommen habt! In der Zwischenzeit weiß niemand so genau, wie weit die Haluk wirklich expandieren wollen! Wie viele von denen in diesem Sternhaufen sitzen und ungeduldig darauf warten, endlich in die Milchstraße auswandern zu können?! ... Wir *wissen* es nicht! Sie lassen keine Besucher in ihren Sternhaufen, und unerlaubte Eindringlinge verschwinden einfach spurlos. Und eurem Konsortium sind die langfristigen Absichten der Haluk scheißegal, solange das Geschäft nur gut läuft!«

»Die Zonenpatrouille und das SFA passen schon auf, dass die nichts aushecken. Es ist nicht die Aufgabe des Konsortiums, eine souveräne Fremdrasse zu überwachen.«

»Nein«, gab ich zu. »Und deswegen wird sich wohl jemand anderes darum kümmern müssen.«

Kurz war ein Anflug von Besorgnis auf seinem Gesicht zu erkennen. »Wer wäre denn bekloppt genug, das zu tun? Erzähl mir nicht, dass du ...«

»Ich kann einfach nicht glauben, dass du vergessen hast, was die Haluk getan haben!«, schrie ich. Simon blinzelte und trat einen Schritt zurück. »Sie haben mich auf diesem verdammten Kometen ausgesetzt ... haben mit Drummonds Schlägern zusammengearbeitet ... haben Rampart-Kolonisten entführt und sie als Sklavenarbeiter und als Versuchskaninchen benutzt! Und was ist mit diesen zweihundert Menschen, die sie auf Dagasatt als Matrizen benutzt haben – die zusammen mit den Hybridklonen der Haluk bei der Explosion draufgegangen sind? Die Haluk haben ein paar von ihrem Volk in Pseudo-Menschen verwandelt, um uns ausspionieren zu können – und es scheint niemanden zu interessieren, wozu die so was machen!«

»Industriespionage«, meinte er. »Um Rampart und Galaph zu infiltrieren – wozu denn sonst? Sie wollten unbedingt unseren PD32:C2-Gentechnikvektor. Diese Hybridklon-Spione sollten ihnen dabei helfen, auf die eine oder andere Weise noch mehr von diesem Zeug herbeizuschaffen. Aber jetzt können sie diesen Vektor von Rampart auf dem freien Markt kaufen, und damit ist dieser ganze Hybridklon-Zauber Schnee von gestern.«

»Glaubst du das, ja?«

»Ja, verdammt noch mal, das tue ich!« Er stutzte über mein skeptisches, höhnisches Lächeln. »Was denn? Glaubst du, diese Blaubeerfressen hätten irgendwelche Hybridklon-Maulwürfe in irgendeine Regierungsstelle eingeschleust? Glaubst du immer noch, dass die wirklich irgendeinen beschissenen Krieg anzetteln wollen?«

»Wir haben noch eine ganze Menge anderer Dinge, die die Haluk haben wollen, nicht nur PD32:C2. Warum sollten sie das Zeug kleckerweise über lange Zeit zu einem Mordspreis kaufen, wenn sie es sich einfach so nehmen können? Und außerdem nebenbei auch noch unbegrenzten Platz für ihr *Volk ohne Raum* kriegen?«

»Das ist doch Schwachsinn«, sagte Simon spöttisch.

»Sie hassen und fürchten die Menschheit, seit wir in den Perseus-Sporn gekommen sind und die Ausbreitung ihrer Kolonien einfach so aufgehalten haben. Sie sind hinter unserer überlegenen Technologie her und beneiden uns darum, dass wir das ganze Jahr über wach und aktiv bleiben können. Diese Denkweise ist doch nicht einfach verschwunden, bloß weil die vor zwei Jahren ein paar Abkommen unterschrieben haben.«

»Es wäre nicht das erste Mal in der Geschichte, dass zwei alte Feinde einander die Hände schütteln und ihren Streit beilegen«, sagte Simon und hatte nicht ganz unrecht. »Hey – schau dir doch dich und mich an! Die Haluk versuchen, die Vergangenheit wieder gutzumachen. Die haben zugestimmt, den Familien der entführten Ingenieure und der Matrizen-Opfer Schadensersatz zu zahlen. Die haben auch Rampart für den Entzug von Arbeitskräften und für die Schäden auf Cravat bezahlt.«

»Und damit haben sie wieder eine weiße Weste, ja? Dir ist wahrscheinlich völlig egal, dass die Haluk zu Millionen in den Perseus-Sporn kommen. Die fünfzehn neuen T-2-Planeten, die ihnen der Rat im letzten Jahr zugesprochen hat, platzen jetzt schon aus allen Nähten.«

Er leerte sein Glas. »Die müssen für die Planeten, für die Rampart das Mandat hat, ganz schön bluten – und mir ist egal, in welcher Farbe sie bluten. Also warum denn nicht?«

»Wenn zu ihren langfristigen Expansionsplänen ›gewalttätiges Eindringen in die Milchstraße‹ gehört«, sagte ich leise, »›gibt es eine ganze Menge Gründe, warum nicht.«

»Niemand glaubt, dass die einen Krieg planen, außer dir, Junge. Und du hast nicht einen einzigen Beweis für diese Behauptung.«

Ich zählte auf, was ich für beweiskräftig hielt. »*Uno:* Die skrupellose Art und Weise, wie sie hinter PD32:C2 her waren, um ihre Allomorphie zu beseitigen. *Dos:* Die Tatsache, dass sie sich weigern, ihre Heimatplaneten oder ihre Kolonien im Sporn durch die Menschheit inspizieren zu lassen. *Tres:* Die hoffnungslos überbevölkerten Planeten in ihrem Heimat-Sternhaufen. Und wenn die auch noch ihre Allomorphie beseitigen und nicht mehr zu jedem beliebigen Zeitpunkt die Hälfte ihrer Bevölkerung in Winterschlaf liegt, werden sie sogar noch mehr Platz brauchen! ... Hast du eine Vorstellung davon, wie viele funkelnagelneue Transporter die Haluk in den letzten paar Jahren von Bodascon gekauft haben? Fast dreihundert! Und dabei sind natürlich noch nicht die Raumschiffe mitgezählt, die sie selbst bauen, indem sie die High Tech der Menschen kopieren.«

»Das sind keine Beweise, das sind durch nichts gestützte Schlussfolgerungen – genauso wertlos wie ein Eimer Maultierpisse!«

»Ich werde Beweise auftreiben, die nicht einmal diese Vogel-Strauß-Politiker vom Rat ignorieren können. Denk bloß nicht, ich hätte nicht schon daran gearbeitet! Und jetzt, wo dieser Galaph-Prozess gewonnen ist, habe ich vor, noch mehr daran zu arbeiten.«

Simon drehte mir den Rücken zu und ging auf die Hausbar zu. Er zog den Stopfen einer teuren, alten Flasche *Hirsch*-Bourbon und füllte sein *Waterford*-Glas zur Hälfte. Diesmal nahm er kein Wasser, um ihn zu verdünnen. Er ging auf die offen stehenden Verandatüren zu. »Lass uns einen Schritt rausgehen. Ich brauche ein bisschen frische Luft, und du könntest eine Abkühlung auch ganz gut vertragen.«

Zögerlich tapste ich hinter ihm her, in der Hand mein Bier. Die Fliesen auf der Veranda waren kühl, und ein schneidender Wind wehte von Westen. Dezente Gaslaternen auf niedrigen Ständern waren bei Einbruch der Dunkelheit automatisch aufgeflammt und beleuchteten nun sanft die ständig berieselten Rasenflächen, die umgebenden Blumenbeete und die Wege, die zu den anderen Gebäuden führten. Das Haupthaus stand auf einer kleinen Anhöhe, von dort aus hatte man einen wunderbaren Blick auf die Berge, die die Ranch von allen Seiten umgaben. Jetzt, wo die Nacht hereingebrochen war und kein Mond am Himmel stand, überzog eine unglaubliche Anzahl von Sternen das Firmament rings um das funkelnde Band der Milchstraße. Der Perseus-Sporn, am Rande der Milchstraße gelegen und 14.000 Lichtjahre vom Sonnensystem der Erde entfernt, war zu erkennen, wenn man aufmerksam genau nach Norden blickte. Doch der kleine Haluk-Sternhaufen, der weitere 17.000 Lichtjahre hinter der Spitze des Sporns lag, wurde durch dazwischenliegende interstellare Staubwolken verborgen. Niemand hatte gewusst, dass er existierte, bis menschliche Forschungsreisende den Schwarzen Spalt durchquert hatten.

Mein Vater stieß einen Seufzer aus, der schon fast theatralisch wirkte. »Donnerwetter, sieht der Himmel toll aus. Ich kann von diesen Wüstennächten nie genug kriegen.«

»Ich schon«, sagte ich in ruhigem Ton, »vor allem, wenn ich auf einem kalten Steinfußboden stehe und dabei nur Socken trage.«

Er kicherte unbehaglich. Dann folgte langes Schweigen, während die kostspielige Panther-Pisse in seinem Glas immer weniger wurde und ich mein Bier austrank. Seine Stimme klang fast melancholisch, als er schließlich sagte: »Hasst du mich wirklich so sehr, Asa? Würdest du Rampart im Stich lassen, wenn du gebraucht wirst, nur um es deinem Alten heimzuzahlen?«

»Ich hasse dich nicht, Simon. Du und ich setzen nur unsere Prioritäten unterschiedlich. Das haben wir schon immer getan. Vor langer Zeit hast du mal versucht, mich durch Einschüchterung dazu zu bringen, deine Prioritäten zu akzeptieren. Als ich mich dagegen aufgelehnt habe, wolltest du nichts mehr mit mir zu tun haben ... bis du unbedingt meine Hilfe gebraucht hast.«

»Das stimmt wohl. Und du bist ganz wunderbar damit fertig geworden, jedes Mal aufs Neue. Ich bin dir verdammt dankbar.«

»Dann lass es dabei bewenden.« Ich schaffte es nicht, die Bitterkeit aus meiner Stimme herauszuhalten. »Es stimmt nicht, dass Rampart mich jetzt braucht. Eve hat in den letzten drei Jahren als Vorstandssprecherin tolle Arbeit geleistet. Sie hat die Führungsspitze reformiert und das volle Vertrauen der Finanzexperten von Macrodur gewonnen. Sie und ihr Team wären vollkommen dazu in der Lage, die Konsolidierung von Galaph genauso sachkundig zu erledigen, vorausgesetzt, du machst als Vorstandsvorsitzender weiter und lässt sie an deiner Erfahrung teilhaben. Bei Galaph ist nichts von sich aus verdorben, weißt du? Die prinzipielle Firmen-Infrastruktur ist völlig intakt. Alistair Drummond war ein größenwahnsinniger Gauner, aber er war auch ein brillanter Geschäftsmann. Und er hatte Recht mit der Annahme, Rampart und Galapharma seien ideale Waffengefährten im Geschäft. Eve muss nur die paar faulen Äpfel aussieben, die unmittelbar an der Verschwörung beteiligt waren, und das Galaph-Management in das von Rampart integrieren.«

»Das klingt so einfach – ist es aber nicht. Deine Schwester ist eine außergewöhnlich geschickte Vorstandssprecherin, und sie ist in kurzer Zeit sehr weit gekommen. Aber was die einflussreichsten Konzerne angeht, steht sie noch ganz am Anfang; sie lernt gerade erst richtig schwimmen – und das zwischen ein paar sehr großen Haien. Sie will genauso wie ich, dass du zu Rampart gehörst.«

»Das bezweifle ich.«

Er schaute mich mit einem Blick an, der aufrichtige Verwirrung auszudrücken schien. »Was soll das denn heißen?«

»Du hast doch mein Interview mit diesem *Journal*-Reporter gelesen. Eve inzwischen sicher auch. Glaubst du, das waren nur Gedankenspielchen, was ich diesem Typen über die Reversionisten-Prinzipien erzählt habe – und dass ich sie vielleicht bei Rampart zum Einsatz bringen möchte, wenn ich den Vorstandsvorsitz übernehmen sollte?«

Er antwortete mir nicht.

»Komm wieder mit rein«, sagte ich. »Mir frieren fast die Füße ab – und das weißt du auch ganz genau! –, und außerdem habe ich noch nichts zu Abend gegessen. Der Anblick eines sternenklaren Himmels haut mich nicht mehr so um wie früher.«

Er folgte mir und schloss die Verandatüren hinter uns. »Ich hätte auch nichts gegen einen kleinen Imbiss einzuwenden. Ich werd mal mit Rosalia reden.«

»Für mich bitte Chili con Carne und einen großen Salat. Sie weiß schon, was ich mag.«

»Ich nehme nur ein paar Shrimp-Nachos mit Navajo-Schafskäse und Salsa.«

Er sprach mit der Köchin über das altmodische Intercom. Haushalts-Roboter waren auf der alten Sky Ranch tabu gewesen, weil meine inzwischen verstorbene Mutter Katje der Ansicht gewesen war, sie raubten Menschen die Arbeitsplätze und könnten viel leichter in die Privatsphäre eindringen. Als Simon nach der Explosion die Ranch wieder neu aufbaute, stellte er alles wieder genauso her, wie es vorher gewesen war.

Ich stand vor dem Kamin und wärmte mir die Füße; den Whiskey, den Simon mir anbot, lehnte ich dankend ab und nahm mir stattdessen noch ein Bier. Dann setzten wir uns an die gegenüberliegenden Seiten des Tisches aus versteinertem Holz und warteten auf das Essen.

»Also hast du das wirklich ernst gemeint«, sagte

Simon zaghaft, »als du gedroht hast, du würdest Ramparts Politik gegenüber den vernunftbegabten Eingeborenen versauen, wenn du Vorstandsvorsitzender würdest.«

»Nicht ›versauen‹. Humaner machen. Präindustrielle Eingeborene sollten mehr davon haben als nur ein paar Jobs, wenn ihr Planet von der Menschheit ausgebeutet wird. Ihnen steht ein Anteil am Profit zu. Außerdem Subventionen für das Ausbildungsangebot bei Rassen, die davon profitieren könnten. Alles andere ist ungerecht – und ich bin nicht der Einzige, der so denkt.«

»Verdammt noch mal, Asa, das ist einfach nicht machbar! Normalerweise dauert es Jahre, bis eine neu erschlossene Welt Profit abwirft. Was ist mit unseren menschlichen Anteilseignern und den Finanziers von Macrodur? Glaubst du, die bleiben einfach still, drehen sich auf den Rücken und lassen sich von dir das Bäuchlein kraulen, wenn du denen mit solchen Spinnereien kommst? Und was soll denn erst passieren, wenn die Eingeborenen unserer neuen Ex-Galapharma-Planeten im Orion-Arm beschließen, dass sie genauso behandelt werden wollen wie die auf den Perseus-Planeten?«

»Dann werden wir sie auch so behandeln. In vernünftigem Maße, über einen angemessenen Zeitraum. Erst Ausbildung, dann Anteilseignerscheine.«

»Das wird nicht funktionieren! Damals, als der interstellare Handel gerade erst anfing, haben ein paar Schlappschwänze versucht, Genossenschaften von Menschen und Außerirdischen und solchen Scheiß zu organisieren. Die Eingeborenen kamen dann auf einmal auf ganz schön blöde Gedanken – wollten immer größere Stücke von der *Enchilada* abhaben. Und bevor die Menschen sich's versahen, hatten sie es mit einem ausgewachsenen Arbeiter-Aufstand zu tun. Präindustrielle

Xenos können nicht wie Menschen behandelt werden! Manche besitzen doch kaum Verstand. Andere sind auf der Stufe von Stammesvölkern oder feudalistischen Systemen stehen geblieben und respektieren nur jemanden, der mit eiserner Hand durchgreift. Manche haben völlig bescheuerte Bräuche, die völlig kontraproduktiv sind und jede Form von Disziplin von vorneherein ausschließen. Die meisten verstehen doch überhaupt nicht, was ›freies Unternehmertum‹ ist!«

»Ich habe ja nicht gesagt, dass diese Veränderungen für uns leicht sein würden. Vielleicht ist diese Firmenpolitik auch bei so gut wie gar nicht vernunftbegabten Völkern tatsächlich nicht gangbar. Aber wenn ich Vorstandsvorsitzender von Rampart bin, werden die Vorstandsmitglieder diese Politik akzeptieren müssen.«

»Selbst wenn du damit den Konzern ins Chaos stürzt?«

»Ich werde mein Bestes tun, das zu vermeiden. Aber: Ja, ich bin bereit, ein großes Risiko einzugehen, in der Hoffnung, dass das Beispiel, das Rampart gibt, auch auf die Einhundert Konzerne abfärbt. Wenn du und Eve und der Vorstand Angst haben, ich könnte scheitern, dann könnt ihr vergessen, dass ich mitmache. Bleib du Vorstandsvorsitzender. Ich werde dann alles tun, was ich kann, um den Reversionismus auf andere Weise zu fördern.«

Ich lehnte mich zurück und wartete auf die große Rede – dieses Gemisch aus Schmeicheleien und Drohungen, mit dem er mich bisher immer überfahren hatte. Entweder musste das jetzt kommen, oder er würde seine Nominierung unverzüglich zurückziehen.

Alles, was er sagte, war: »Mein Sohn, ich kann nicht noch länger Vorstandsvorsitzender bleiben. Ich kann das nicht mehr. Ich bin zu alt.«

Ich konnte ein ungläubiges Schnauben nicht unterdrücken. »Du bist doch gesund wie ein Pferd! Du könntest noch zwanzig Jahre weitermachen!«

Ein schwaches, wehmütiges Lächeln huschte über sein Gesicht. »Körperlich ist mit mir alles in Ordnung. Aber im Kopf bin ich alt. Ich bin müde. Mir geht die Luft aus, mir fehlt langsam der Schwung. Das kommt vor ... Aber ich bin klug genug, zu erkennen, dass meine Tage gezählt sind und dass es Zeit für mich wird, zurückzutreten. Rampart wird auf die eine oder andere Weise einen neuen Vorstandsvorsitzenden bekommen. Eve will den Job nicht, und Gunter Eckert oder Caleb Millstone auch nicht. Ihnen gefällt der Job, den sie jetzt haben. Wenn du ablehnen solltest, werden wir wohl Ellington oder einen anderen nehmen müssen, den uns Macrodur vorschlägt, weil die ja die zwanzig Prozent halten, die sie von mir für diesen Unternehmenskredit bekommen haben.«

»Ach Scheiße«, murmelte ich, einfach weil mir nichts Besseres einfiel.

»Adam Stanislawski mag dich«, sagte Simon. »Ellington mag dich auch. Die meisten in der Chefetage von Macrodur waren ziemlich beeindruckt von den juristischen Tricks, die du gegen Galaph angewendet hast.« Er machte ein verdrießliches Gesicht und wandte sich ab. »Natürlich war das vor diesem bescheuerten Interview im *Journal* – du musstest ja unbedingt lebensecht und in Farbe vor dem Sonnenuntergang von Arizona posieren und dabei einen Karabiner in der Armbeuge halten wie ein Wyatt Earp für Arme. Wer weiß, wie die Vorstandsmitglieder von Macrodur jetzt über dich denken mögen.«

»Dieser Reporter hat unser gesamtes Gespräch live übertragen?« Ich war entsetzt. In Übereinstimmung mit der alten, unumstößlichen Tradition pflegten konservative Medien wie das *Journal* ausschließlich Textdateien zu übermitteln. Sensationalistische Videos waren den Boulevard-Seiten im Netz vorbehalten.

»J-o-ou«, sagte Simon breit und zeigte mit dem Kinn auf die Magazintafel auf dem Couchtisch. »Sieh's dir an, wenn du magst. Du kommst auf jeden Fall wie ein schießwütiger Cowboy rüber.«

»Verdammt!« Ich machte mir nicht die Mühe, mir die Magazintafel anzusehen. Jordan Sensenbrenner hatte tatsächlich zuletzt gelacht. »Ich glaube, diesmal habe ich mir wirklich ins eigene Fleisch geschnitten. Tut mir Leid. Ich übernehme die volle Verantwortung für meine Blödheit. Werd mal sehen, ob ich das bei Macrodur nicht wieder geradebiegen kann.«

»Mach das bald.« Nur kurz war die Belustigung in Simons Gesicht zu erkennen, dann sah er unendlich müde aus.

»Morgen fahre ich nach Toronto«, erklärte ich. »Und hiermit schwöre ich allen Stegreifinterviews ab – zumindest, bis ich weiß, was ich mit deinem Vorschlag machen soll.«

»Du solltest dich verdammt schnell entscheiden.«

»Ich lass mich nicht hetzen, Paps. So gut solltest du mich doch kennen.« Seine Augen leuchteten auf, als er diese familiäre Anrede hörte, die ich so selten benutzte. »Während dieses Interviews war ich mir ziemlich sicher, dass ich dein Angebot ablehnen würde. Jetzt ...« Ich schüttelte den Kopf. »Würdest du mich denn immer noch wollen, nachdem du jetzt weißt, was ich machen würde, wenn ich den Vorstandsvorsitz übernähme?«

»Ich schätze, du wirst das mit diesem Reversionismus auf jeden Fall ausprobieren. Aber ich glaube nicht einen Moment lang, dass du Rampart in Grund und Boden wirtschaften wirst, bloß weil du einer donquichottischen Philosophie anhängst. Ach Scheiße – vielleicht hast du ja Recht, und die Einhundert Konzerne sind im Unrecht! Man hat schon so manches erlebt.«

»Ich muss nachdenken«, beharrte ich. »Ein paar Dinge könnte ich auf der politischen Bühne erreichen, die mir als bloßem Geschäftsmann schwerer fallen würden.«

»Es wird mindestens ein halbes Jahr dauern, bevor der Vertrag zur Zerschlagung von Galapharma steht und die Konzerne fusionieren«, betonte Simon. »Ich schätze, so lange kann ich noch die Stellung halten. Bis dahin kann nicht viel passieren.«

»Wahrscheinlich nicht.«

Hellseherei war noch nie meine Stärke gewesen, und Simons auch nicht.

»Also mach einen schönen langen Urlaub«, drängte er mich. »Du hast ihn dir weiß Gott verdient.«

»Vielleicht geh ich für ein paar Monate nach Kedge-Lockaby. Dort müsste ich ziemlich in Sicherheit sein, was die Medien betrifft. Die Einheimischen auf den Out Islands mögen neugierige Gestalten nicht allzu gern. Ich kann mit meinem Tauchboot rausfahren und tauchen und die Lage überdenken. Wenn du meine Meinung zu irgendetwas von kosmischer Bedeutung brauchst: Mein Nachbar auf Eyebrow Cay besitzt einen Subraumkommunikator. Er wird wissen, wo man mich finden kann. Du wirst dich an ihn erinnern: Mimo Bermudez.«

Ein Nicken. »Der alte Schmuggler. Der ist ja fast genauso wild wie du.«

»Er ist mein bester Freund. Noch jemand mit donquichottischen Prinzipien.«

Lange Zeit saßen wir dort und betrachteten schweigend das Kaminfeuer. Dann, ganz impulsiv, fragte ich ihn: »Hast du jemals von einem anderen alten Schmuggler namens Barky Tregarth gehört? Der war vor mehr als vierzig Jahren im Sporn aktiv; damals hat er den Haluk und Qastt illegal Waffen und Ausrüstung geliefert.«

»Verdammt! Ich habe seit Jahren nichts mehr von Barky gehört! Woher kennst du ihn denn? Über Bermudez?«

»Ja.« Und Karl Nazarian kannte diesen alten Ganoven auch.

Nachdenklich zog Simon die Augenbrauen zusammen. »Hamilcar Barca Tregarth, der Mann, der so viele wilde Geschichten erzählen kann! Er hat immer berichtet, dass er auf Grund einer Wette zum Haluk-Sternhaufen geflogen ist, damals, als der Sporn noch Galapharma gehörte. Hat gesagt, er sei ihren Patrouillen wie nichts ausgewichen und hätte dann die Haluk-Regierung dazu überreden können, ihn zum Auftanken auf einem ihrer wichtigsten Planeten landen zu lassen. Hat sogar behauptet, diese Außerirdischen hätten ihm den Schlüssel zu ihrer Stadt überreicht, weil er sie an irgendeinen legendären Haluk-Helden erinnert habe. Der arme Kerl hat seine Wette nie einlösen können – und es ging dabei um eine ganze Menge Kohle. Anscheinend hat ihm niemand die Geschichte geglaubt, als er wieder zurück im Sporn war. Das Andenken, von dem er behauptete, er habe es von den Haluk, hätte von überallher stammen können.«

»Hast du Tregarth mal persönlich getroffen?«

»Einmal. Bevor er auf diese angebliche Reise aufgebrochen war. Ich habe mit dem Kerl einen in dem Saloon auf Hadrach getrunken, vielleicht fünf Jahre, nachdem Rampart das Perseus-Mandat bekommen hat. Gottogott, war das ein mieser Kerl! Verdammt heller Kopf und in der Lage, einem wirklich *alles* abzuschwatzen. Meine Güte, Barky müsste über hundertzwanzig sein, wenn der wirklich noch leben sollte!«

»Glaubst du, es ist was dran an der Geschichte, er sei zum Haluk-Sternhaufen geflogen,?«

»Die meisten glauben, dass er das Blaue vom Himmel heruntergelogen hat. Vor allem die, die an der Wette beteiligt waren. Aber Barky hat auf jeden Fall 'ne ganze Menge Waffen an die Blaubeerfressen-Kolonien im Sporn geliefert, als Rampart gerade anfing, sich da breit zu machen. Die Zonenpatrouille hat ihn schließlich irgendwann zu packen gekriegt ... wann eigentlich? Wahrscheinlich irgendwann um die Jahrhundertwende. Irgendjemand hat ihn aus dem Knast auf Tyrins geholt, bevor das Verfahren eröffnet wurde. Ihm wurden *in absentia* die Bürgerrechte aberkannt. Ist danach nie wieder im Sporn aktiv gewesen.« Simon sah mich skeptisch an. »Wieso interessierst du dich überhaupt für Barky Tregarth?«

Mir blieb eine Antwort erspart, weil in dem Moment jemand vorsichtig an der Tür zum Wohnzimmer klopfte. Sie öffnete sich, und Rosalia Alejo-Mertz, unsere Köchin, kam mit einem voll beladenen Teewagen herein. »Ich hoffe, Sie beide haben Hunger«, sagte sie. »Ich habe noch ein paar andere Sachen dazugelegt, die noch in der Küche herumstanden: ein paar Scheiben gerösteter Truthahn auf Spießchen, Entenleberpastete und dazu noch Erdbeertörtchen.«

Sofort hatte Simon Barky Tregarth vergessen. »Rosie, Sie sind ein Engel! Asa und ich sind hungrig genug, eine zusammengefaltete Zeltplane zu futtern und anschließend Gummidichtungen aufzustoßen!«

Wir nahmen uns riesige Portionen von allem. Rosie lächelte uns gütig zu und überließ uns unserem Abendessen.

Es wurde Zeit, dafür zu sorgen, dass Simon weiterhin von der Barky-Jagd abgelenkt blieb.

»Ich habe vor, mich morgen ein wenig mit Adam

Stanislawski von Macrodur zu unterhalten«, kündigte ich an. »Will doch mal sehen, ob ich nicht ein bisschen Schadensbegrenzung nach diesem *Journal*-Debakel betreiben kann.«

»Gute Idee«, sagte Simon. »So erfahren wir wenigstens, wie er darüber denkt, dass ich dich nominiert habe – dann wissen wir auch, wo wir eigentlich stehen.«

Ich schaufelte mir Chili in den Mund und sprach weiter, ohne vorher zu schlucken. »Und ich will auch dem Galapharma-Tower einen Überraschungsbesuch abstatten.«

Simon, der gerade sein fünftes Shrimp-Nacho verschlang, hielt mitten in der Bewegung inne. »Warum?«, fragte er misstrauisch.

Hoppla! Vielleicht hätte ich das nicht sagen sollen. War das etwa eine Freud'sche Fehlleistung? Mein weiser alter Kumpel Mimo hätte es wahrscheinlich ›die Suche nach Papis Zustimmung‹ genannt, obwohl ich gerade dabei war, ihm ins Gesicht zu spucken.

»Das hatte ich mir schon vor langer Zeit vorgenommen – für den Fall, dass wir den Prozess gewinnen würden. Ich will den hohen Tieren da einen formlosen Antrag unterbreiten – am liebsten Lorne Buchanan, dem Vorstandsvorsitzenden –, und das, bevor sie sich von dem Prozess erholt haben. Wenn mir Galaph gibt, was ich will, bin ich bereit, ihnen zu versprechen, das bei der Konsolidierung unvermeidliche Blutvergießen in Galaphs Chefetage auf ein Minimum zu reduzieren. Vielleicht werde ich sogar versuchen, die Strafverfolgung abzuwenden.«

Die Augen meines Vaters verengten sich zu Schlitzen. »Einen ›formlosen Antrag‹? Was zur Hölle für einen ›formlosen Antrag‹?«

»Möchte ich lieber nicht verraten.« Weil dazu bestenfalls unlautere Methoden gehörten, schlimmstenfalls

Verletzungen der Handelsabkommen. Doch es konnte dabei auch gelingen, den Betrug der Haluk ans Tageslicht zu bringen, deswegen dachte ich mir, das Risiko sei es wert.

Simon explodierte. »Verdammt noch mal, Asa! Noch bist du nicht der Boss von diesem Laden! Jetzt erzähl mir, was du vorhast!«

Na ja, ich hatte ja meine große Klappe nicht halten können.

»Ich werde vorschlagen, dass die von Galaph mir unverzüglich alles aushändigen, was ihnen über die gentechnisch bewirkte Ausmerzung des Allomorphie-Zyklus vorliegt – und alles, was zu dem Hybridklonierungs-Verfahren gehört, das sie für die Haluk entwickelt haben. Vor allem will ich den genetischen Marker, den Emily Konigsberg in das Hybridklonierungs-Verfahren eingeschleust hat. Dieses Ding, an dem man Pseudo-Menschen erkennen kann. Dieser Marker war Drummonds Möglichkeit, die Pläne der Haluk im Auge zu behalten. Emily hat Eve erzählt, dass der Anführer der Haluk, der Diener der Diener, nichts von diesem Marker weiß. Ich will auch alle Details über die geheimen Hybridklonierungs-Laboratorien, die vor unserem Dagasatt-Einsatz in Gebrauch waren. Karl Nazarian und seine Truppe haben etwas darüber beim Herunterladen der Daten aus der *Chispa Dos* gefunden – diesem Raumschiff, das ich dem Galapharma-Agenten gestohlen habe. Aber diese Informationen müssen erst noch aus einer anderen Quelle verifiziert werden, bevor man sie als Beweismittel vorlegen kann.«

Simon war so bestürzt, dass er mich nur wortlos anstarrte.

Ich fuhr fort: »Weiterhin will ich wissen, wie viele Pseudo-Menschen diese Hybridklonierungs-Labors hergestellt haben. Irgendjemand bei Galapharma muss das wissen! In fast allen dieser Anlagen wurden schließlich Galaph-Wachleute eingesetzt, und Galaph-Agenten haben jedes Gramm PD32:C2 nachverfolgt, das jemals illegal an diese Xenos verkauft wurde.«

Ein wenig verfrüht entspannte sich Simon erleichtert. »Alle belastenden Akten von Galaph sind vom Sekretariat für Fremdrassenangelegenheiten unter Verschluss genommen worden – als Bestandteil des neuen Nichtangriffspaktes der Haluk.«

»Ich habe vor, ein paar Verschlüsse wieder zu öffnen – ganz vorsichtig natürlich – und ausgewählte Auszüge aus diesen Akten einem einflussreichen Freund von mir zukommen zu lassen. Einem Freund, der im Rat sitzt: Efrem Sontag ist Vorsitzender des Komitees für Fremdrassenangelegenheiten. Er würde dem Vorstand von Galaph Straffreiheit zusichern, wenn ich ihn darum bäte.«

»Was zur Hölle glaubst du denn, damit zu erreichen, verdammt noch mal?«, rief Simon wütend.

»Du täuschst dich, wenn du glaubst, ich sei der Einzige, der den Haluk nicht ganz traut. Sontag hat schon eine geheime Untersuchung dieser Hybridklonierungs-Sperenzchen eingeleitet – gestützt auf Daten, die er nach dem Dagasatt-Einsatz von mir erhalten hat. Er ist auch der Ansicht, dass dieses Abkommen des SFA mit den Xenos, möglichst alles zu vertuschen, zum Himmel stinkt, selbst wenn auf diese Weise eine neue Handelsvereinbarung zustande gekommen ist.«

»Aber ... um Gottes willen! Das könnte das Konsortium zu Fall bringen, wenn die Haluk das herausfinden!«

»Unfug! Es wird den Xenos nicht gefallen, aber sie werden wohl kaum aufhören, Menschen-Produkte zu kaufen. Du wirst mir hierbei schon vertrauen müssen, Paps. *Wir brauchen diese Informationen!* Ich weiß, dass man annimmt, Galaph habe jegliches Belastungsmaterial an die Fremdrassenangelegenheitler weitergegeben. Aber du kannst dein linkes Ei verwetten, dass irgendjemand vom Konzern Kopien aufbewahrt hat – nur für den Fall, das Galaph den Zivilprozess gewinnen sollte und noch für irgendwann später ein Ass im Ärmel braucht. Vielleicht, um es gegen andere Mitglieder des Konsortiums einsetzen zu können. Oder vielleicht sogar gegen die Haluk selbst. Alistair Drummond hat unseren blauhäutigen Freunden auch nie vertraut.«

»Könntest du nicht wenigstens warten, bis ...«

»Nein. Ich bin jetzt gerade in der perfekten Position, ein wenig Druck auf die Chefetage von Galapharma auszuüben – solange sie noch Angst um ihre geliebten Jobs und ihre geliebten Firmenanteile haben. Wenn ich das Konsolidierungsverfahren abwarte, könnte es zu spät sein. Galaph wird eher alle Daten löschen als auch nur das Risiko einzugehen, dass Rampart dieses Material entdeckt. Sie könnten jetzt schon damit beschäftigt sein.«

»Vielleicht ist es ja bereits passiert.«

»Nein – sie werden das Urteil abgewartet haben.«

»Diese Xenos sind wirklich ein blaues Tuch für dich, was?«

»Ich bin überzeugt, dass die Haluk verdammt gefährlich sind, ja.«

»Allmächtiger Gott!« Mein Vater schüttelte den Kopf. »Also gut! Leg diesen verdammten Antrag Lorne Buchanan vor! Sonst niemandem! Er hat bei der Konsolidierung am meisten zu verlieren, und wenn es jemanden gibt, der dir geben kann, was du willst, dann ist er das.«

»Ich verspreche dir, so diskret wie möglich vorzugehen. Ich werde Ef Sontag bitten, dasselbe zu versprechen. Wir werden nicht an die Öffentlichkeit gehen, bevor wir den Haluk keine schlechten Absichten nachweisen können.«

Simon schob seinen Teller fort, schüttelte den Kopf und stand auf. »Du kannst es nicht lassen, was? Immer versuchst du, Ärger zu machen!«

»Wenn es um die Haluk geht – ja, verdammt noch mal! Aber ich versuche das erst einmal so unauffällig wie möglich – Rampart zuliebe. Ich werde nicht versuchen, das Handelsabkommen mit den Haluk außer Kraft zu setzen, und ich werde erst recht nicht versuchen, sie wieder in ihren überbevölkerten Sternhaufen zurückzudrängen. Aber ich werde dafür sorgen, dass sie lernen, sich zu benehmen, wenn sie schon in die Nachbarschaft ziehen.«

»Du arrogantes, selbstgerechtes Arschloch!«, grollte Simon. »Wer hat dich denn zum Vorsitzenden des Commonwealth-Rates ernannt?«

»Niemand«, gab ich zu. »Ehrlich gesagt wäre ich auch viel lieber wieder ein Strandgammler auf Kedge-Lockaby. Aber wenn ich mich dafür entscheide, das mit dem Vorstandsvorsitz von Rampart zu lassen, werde ich vielleicht der hinterhältigste Reversionisten-Strandgammler, den du und der Rat und die Einhundert Konzerne und die Haluk je erlebt haben.«

»Mir ist der Appetit vergangen«, sagte mein Vater unglücklich und ging zur Tür. »Ich geh ins Bett.«

»Du kannst mich jederzeit feuern«, rief ich ihm hinterher. »Von Rechts wegen werde ich dann automatisch wieder zum Statuslosen. Dann bin ich auf Dauer aus diesem intergalaktischen Pokerspiel raus – und kann dir und deiner Firma nicht mehr auf die Pelle rücken.«

»Nö«, sagte Simon Frost. »Ich setz diesmal auf dich! Gott helfe uns!«

Die Tür schloss sich hinter ihm.

Ich kam zu dem Ergebnis, dass es höchste Zeit für

noch einen von *Jack Daniel's* Bestem war. Vielleicht sogar einen Doppelten.

Später, als es eine vernünftige Uhrzeit auf Kedge-Lockabys Eyebrow Cay war, rief ich Mimo Bermudez über den Subraum-Kommunikator der Ranch an. Er hatte den Beitrag im Journal gesehen und gratulierte mir zum Sieg in diesem Prozess – während er taktvoll vermied, Simons Idee zu kommentieren, mir einen Posten zu geben, für den ich wahrhaftig nicht geeignet war.

Dann kam ich dazu, den Grund für meinen Anruf zu nennen: Die Barky-Jagd. Mimo hatte versprochen, bei seinen alten (sprich: inzwischen tatterigen) Bekannten aus der Unterwelt des Perseus-Sporns diskret Erkundigungen über den uralten Waffenschmuggler einzuziehen. Die gepflegten Manieren meines mexikanischen Freundes hatten ihn bisher davon abgehalten, nach Gründen zu fragen.

»Ich habe mehrere Leute gefunden, die Tregarth von damals kannten«, sagte Mimo, »sogar ein paar, die an der Wette beteiligt waren, die ihn zu dieser unglaublichen Reise bewogen haben soll. Bis auf einen haben alle, mit denen ich gesprochen habe, Tregarth als schamlosen Lügner mit übersteigerter Fantasie bezeichnet. Die Ausnahme war ein gewisser *vejarron* namens Clifton Castle, der mal auf Tyrins als Hehler gearbeitet hat. Nachdem Tregarth aus dem dortigen Gefängnis getürmt war, hat er mit Castle Kontakt aufgenommen und ihm einen Edelstein von einer extrem seltenen Sorte verkauft, um seinen Rückflug in den Orion-Arm zu finanzieren. Es war ein exotischer, versteinerter Cabochon, in Platin gefasst – stammte ohne jeden Zweifel von den Haluk. Tregarth hatte behauptet, er habe den Schmuck von der Obrigkeit als Geschenk erhalten, als er einen Planeten im Haluk-Sternhaufen besucht hatte.«

»Er könnte ihn auch in einer der Kolonien im Sporn gekriegt haben.«

»Das ist natürlich gut möglich. Clifton Castle hatte aber noch etwas anderes Interessantes zu berichten: Tregarth hatte es zur Bedingung gemacht, dass er diesen fossilen Cabochon nicht innerhalb des nächsten Monats weiterverkaufe, weil er, wie er sagte, hoffte, ihn zurückkaufen zu können – natürlich mit einem Aufgeld –, da dieses Schmuckstück sein einziges Souvenir der Großen Fahrt sei.«

»Also hat er das Ding versetzt. Und? Hat Barky es wieder ausgelöst?«

»Ja, drei Wochen später. Castle hat es als eingeschriebenes StelEx zum Planeten Famagusta im Sektor 5 geschickt. Das war 2201.«

»Ich nehme mal an, dieser Castle weiß auch nicht, ob Barky noch lebt oder nicht?«

»Er hat keinen Schimmer. Ich könnte natürlich noch ein bisschen meine Fühler ausstrecken, aber du weißt ja, dass meine Hauptinformationsquellen im Perseus-Sporn sitzen, nicht im Inneren des Orion-Arms. Vielleicht hast du mehr Glück bei unserem gemeinsamen Freund, Chief Superintendent Jake Silver. Tregarth steht ja vielleicht in der Datenbank des Commonwealth-Erkennungsdienstes.«

»Ja, vielleicht sollte ich mal mit Jake sprechen. Ich fliege morgen nach Toronto.«

Die dunklen Augen meines Freundes verengten sich nachdenklich zu Schlitzen. »Du hast mir immer noch nicht erzählt, warum du so darauf versessen bist, diesen geriatrischen *contrabandista* zu finden.«

»Mimo, es ist besser, wenn du das nicht weißt.«

Verdrießlich schüttelte er die wirre Mähne. »Helly,

Helly, Helly! Das ist doch ziemlich offensichtlich, oder? Du glaubst immer noch, die Haluk würden einen Krieg gegen die Menschheit planen.«

»Ich halte das für möglich – wenn der Populationsdruck außergewöhnlich hoch wird. Vielleicht ist dieser Tregarth tot, oder er ist großartig darin, anderen wilde Geschichten zu erzählen – der beste Lügner seit Münchhausen. Vielleicht weiß er ja aber auch mehr über unsere geheimnisvollen blauen Freunde als jeder andere Mensch. Ich will mit ihm sprechen.«

»Und was dann?«

Ich lächelte den SR-Kommunikator-Schirm an. »Ich habe jetzt erst mal ein bisschen Urlaub während dieser Abwicklung von Galapharma; da kann ich mir dann überlegen, ob ich den Vorstandsvorsitz von Rampart annehmen soll oder nicht. Ich habe meinem Vater erzählt, ich würde ein bisschen auf K-L rumhängen – aber vielleicht macht es ja mehr Spaß, mit meinem umgebauten Y770-Raumer auf große Fahrt zu gehen!«

»¡Caracoles!« Der Schmugglerkönig des Perseus-Sporns im Vorruhestand erriet sofort, was ich vorhatte, und war entsetzt. »Bitte sag mir, dass das ein Scherz war!«

»Natürlich war es das«, log ich.

»Ich bin erleichtert, das zu hören. Dir ist klar, dass eine Privatperson, die zum Haluk-Sternhaufen reist, sowohl gegen den Nichtangriffspakt als auch gegen das Handelsabkommen mit dieser Rasse verstößt, und damit wird sie sich Sanktionen sowohl von den Fremdrassenangelegenheitlern als auch vom Interstellaren Handelssekretariat zuziehen. Jegliche Vermögenswerte dieser Person könnten eingezogen werden – und man würde ihr nicht nur den Bürgerstatus entziehen, sondern sie wahrscheinlich ohne Bewährung einsperren.«

»Es sei denn, diese illegale Expedition würde unternommen werden, ohne dass die betreffende Person dabei erwischt wird. Und wenn diese Person dann relevante Informationen mitbrächte, die auch den Geheimdienst interessieren könnten.«

»Warum du?!«, rief mein alter Freund wütend aus.

»Wer denn sonst?!«, schoss ich zurück. »Ich habe sowohl Lust dazu als auch Zeit dafür! Und ein Schiff habe ich auch!«

Mein persönlicher Schnellraumer hieß *Makebate* – ein altes, inzwischen ungebräuchliches Wort, das ›Störenfried‹ oder ›Unruhestifter‹ bedeutete. Sie war eines der Privilegien eines Vorstandsmitgliedes von Rampart, das einzige teure Spielzeug, das ich mir geleistet hatte in zwei ermüdenden Jahren arbeitsintensivster Juristerei im Galapharma-Prozess. Ich hatte nur selten kurze Spritztouren damit unternommen, um meine Freunde auf Kedge-Lockaby im Sporn zu besuchen. Eine unbedachte Äußerung Mimos, vor drei Monaten auf Eyebrow Cay, hatte mich auf die Idee der Barky-Jagd gebracht ... und was daraus werden konnte, wenn sie erfolgreich wäre und der alte Ganove wirklich wichtige Informationen über die Planeten im Haluk-Sternhaufen besaß.

Als ich für den Höhepunkt des Prozesses nach Toronto zurückgekehrt war, hatte ich dafür gesorgt, dass die Wartungscrew der Rampart-Flotte das Schiff umbaute, während ich sowieso auf der Erde festsaß. Ihre Treibstofftanks waren deutlich vergrößert worden, und ihre Bewaffnung bedeutend aufgebohrt. Jetzt hatte sie Subraumantriebs-Dissimulatoren auf dem neuesten Stand der Technik, die ihr erlaubten, unbemerkt in Planetennähe zu operieren und sich im Orbit versteckt zu halten. Ich ließ mir ein paar technische Spielereien installieren, mit denen ich heimlich und nur im Vorbeiflug die gesamte Bevölkerungsdichte fremder Planeten ermitteln konnte, und ich hatte auch vor, nach Kriegsraumern Ausschau zu halten. Das Commonwealth schien mit der Erklärung der Haluk zufrieden zu sein, die massiven Käufe von Astrogationsausrüstung hätten lediglich mit Transporten innerhalb ihrer Kolonien zu tun; ich hingegen hielt diese Erklärung schlichtweg für Exkremente.

Mimo seufzte. »Immer musst du Cowboy spielen! Ich hatte schon gehofft, dein Posten als Direktor der Rechtsabteilung bei Rampart hätte dich ein bisschen besänftigt.«

»Tourismus kann unterhaltsam und lehrreich sein«, sagte ich. »Willst du mitkommen? Ich könnte ein wenig menschliche Gesellschaft gebrauchen. Immer nur mit dem Bordcomputer zu sprechen wird nach einigen Tagen auch langweilig. Und dann gibt es ja immer noch die Chance auf einen guten Kampf.«

»Und auf einen schnellen Tod. Oder Schlimmeres, wenn du geschnappt wirst.«

Ich grinste ihn bloß an. »Ich werde ein paar blaue Nasen zählen und nach blauen Kriegsraumern schauen, egal, ob die Barky-Jagd erfolgreich ist oder nicht. Komm schon! Das wird bestimmt lustig!«

»Bedauerlicherweise habe ich schon einen Termin im Tank.«

Ich brauchte einen Moment, bis ich begriff, was er da sagte. »Dem ... dem Tank?!«

»Ich würde dich ja zum Haluk-Sternhaufen begleiten, wenn ich könnte, Helly, und sei es auch nur, um dich aus Schwierigkeiten rauszuhalten. Ich bin schließlich ein viel besserer Schütze mit der Photonenkanone als du! Und ich bin neugierig, wie die Haluk es schaffen, nach Transactiniden zu schürfen, wenn man ihre technische Rückständigkeit bedenkt. Aber mein armer alter

Körper muss dringend repariert werden. Ich muss im großen Krankenhaus von Rampart Central auf Seriphos in Dystasis gehen, weil die Ärzte auf Big Beach nicht die Möglichkeit haben, mir zu helfen.«

Ich bemühte mich, mir meine Bestürzung nicht anmerken zu lassen. Mimo war ein Mann mittleren Alters, vielleicht ein wenig darüber hinaus, aber so weit ich wusste, war er gesund. »Aha. Ist es was Ernstes?«

»Ist es«, sagte er leise. »Ein altes Problem hat sich wieder bemerkbar gemacht. Aber die Prognose ist gut. Alles, was notwendig ist, ist eine geradezu grotesk hohe Geldsumme, um diese sechzehn Wochen dauernde Prozedur zu bezahlen. *No importa dos cojones.*« Seine Standarderklärung: Das ist keine zwei Eier wert.

Natürlich stellte Geld für Mimo kein Problem dar. Jahrzehntelanges Schmuggeln edelster Spirituosen, kubanischer Zigarren, teuersten Kaffees und anderer Luxusgüter, an den Steuereintreibern Ramparts vorbei, hatte ihn zu einem der reichsten Piraten im Perseus-Sporn gemacht. Doch ich hatte ein wenig Gewissensbisse, als ich an das schäbige kleine Krankenhaus von Kedge-Lockaby dachte. Ich hätte diesbezüglich schon längst etwas unternehmen sollen, jetzt wo mir diese Möglichkeit offen stand. Kedge-Lockaby war gut zu mir gewesen.

Und Captain Guillermo Javier Bermudez Obregon auch.

»Lass du dich mal schön lange im Tank einweichen, Mim«, meinte ich. »Kurier alles aus, was dich plagt. Mit ein bisschen Glück werde ich auf Seriphos sitzen und warten, dass man dich wieder rausholt. Dann bringe ich dich nach K-L und werde dich vorne und hinten bedienen, während du anständig rekonvaleszierst. Das bin ich dir schuldig, *amigo.*«

»Bleib am Leben, das ist alles, was du mir schuldig

bist!« Er sah mir nicht mehr in die Augen. »Um der Vorsicht willen habe ich mit StelEx ein kleines Paket zu deinem Büro im Rampart-Tower geschickt. Du solltest es eigentlich vorfinden, wenn du morgen ankommst. Bitte pass gut auf das auf, was darin ist. Tu, was getan werden muss, wenn ... die Notwendigkeit auftaucht.«

Mich umwehte ein eisiger Hauch völlig unsinniger Angst. Ich verdrängte ihn, schließlich wusste ich, dass es Mimo wieder gut gehen würde. Das Krankenhaus in Rampart Central auf Seriphos hatte die beste Abteilung für gentechnische Therapie der ganzen Zone 23, und ich würde ein paar Beziehungen spielen lassen, um dafür zu sorgen, dass Mimo als ›Ultrawichtiger Patient‹ behandelt wurde.

Der Rest unseres Gespräches war kaum mehr als eine Plauderei über gemeinsame Freunde auf Eyebrow Cay. Schließlich wünschten wir einander gute Nacht und unterbrachen die Verbindung.

Ich verließ das Kommunikator-Zimmer, schlurfte durch das dunkle Ranch-Haus auf mein Schlafzimmer zu und grübelte währenddessen über die Sterblichkeit an sich nach, über zwei sehr unterschiedliche alte Männer, und darüber, welchen Einfluss sie auf mein Leben hatten.

Es war ein anstrengender Tag gewesen. Morgen in Toronto würde es sogar noch anstrengender werden. Wenn Lorne Buchanan meinem Druck nachgab, würde ich mit Efrem Sontag Kontakt aufnehmen müssen und dafür sorgen, dass er sich der heiklen Informationen annahm.

Und dann gab es noch Jake Silver. Vielleicht konnte ich mit ihm essen gehen, mir vielleicht mit ihm die hochgelobte *Macbeth*-Inszenierung im *Winter-Garden-Theatre* ansehen, wenn er sie noch nicht gesehen hatte. Wir waren beide Shakespeare-Enthusiasten. Der Barde aus Stratford-upon-Avon hatte großes Verständnis für den kriminellen Geist besessen, und Gleiches galt für Jake und mich.

Doch es ergab sich, dass ich das Stück nie zu sehen bekam. Die verdammten kriminellen Geister arbeiteten bereits an einem ganz anderen Melodram.

Mit mir in der Hauptrolle.

Kapitel 3

Chief Superintendent Jakob Silver von der Commonwealth-Kriminalpolizei war ein Mann, dem das Leben übel mitgespielt hatte und der es dennoch schaffte, selbst unter dem Dunghaufen des Lebens mit einer Rose zwischen den Zähnen hervorzukriechen.

Er erinnerte mich ein wenig an mich selbst.

Weil er es gewagt hatte, etwas gegen einen Vorgesetzten zu unternehmen, der ein ordentliches Bestechungsgeld vom Carnelian-Konzern, dem einflussreichen Hersteller elektronischer Waffen und Alarmsysteme, angenommen hatte, war er an den äußersten Rand des Perseus-Sporns versetzt worden: Man hatte ihn der kleinen Sicherheitstruppe auf dem Freistaat-Planeten Kedge-Lockaby beigeordnet. Ohne jede Aufstiegschance hatte er fast zehn Jahre auf einem wenig bedeutsamen Urlaubsplaneten verbracht, der zugleich eine Oase für Statuslose war, bis ich 2229 eintraf – frisch meines Bürgerstatus enthoben und fest entschlossen, mein Gehirn in Ethanol einzulegen, als wunderbares Vorspiel für meinen Selbstmord.

Als ich einen Antrag auf Erteilung einer Daueraufenthaltsgenehmigung stellte, hatte Jake keine Schwierigkeiten gehabt, die wahre Identität des menschlichen Wracks herauszufinden, das sich selbst ›Helmut Icicle‹ nannte. Während meiner langsam vonstatten gehenden Rehabilitierung griff er gelegentlich auf meine Erfahrungen im IHS zurück, um ein paar vorbeikommende Leute zu überlisten, die versucht hatten, auf nicht ganz legale Weise gewissen Firmen Vorteile zu verschaffen; hervorgehoben werden sollen hier ein paar besonders gerissene amerikanische Ureinwohner vom Infinitum-Konzern, die versucht hatten, die Kontrolle über das Kedgie-Kasino an sich zu reißen. Eine Übernahme hätte die Schulen des kleinen Planeten ihrer Haupteinnahmequelle beraubt. Ich hatte Jake gezeigt, wie man den Rothäuten ganz legal einen Strich durch die Rechnung machen konnte, und er und ich waren in gewisser Weise Freunde geworden.

Er riskierte seinen Hals, zumindest beruflich gesehen, um mir bei Ramparts Kampf gegen Galapharma zur Seite zu stehen. Also hatte ich ihm ein Versprechen gegeben – zu dem Zeitpunkt war das äußerst voreilig und unangemessen gewesen: Ich würde mein Bestes tun, dafür zu sorgen, dass er wieder auf die Erde versetzt wurde. Aber ich konnte tatsächlich etwas tun, als Simon und Eve mich in ihrer unnachahmlichen Weise dazu ›überredeten‹, den Prozess gegen Galaph zu leiten. Rampart selbst besaß nicht den politischen Einfluss, dessen es bedurfte, um den Superintendent wieder zu seiner Familie in Toronto zu befördern. Aber der Macrodur-Konzern, der angesehene Anteilseigner, der Rampart den Unternehmenskredit gewährt hatte, hatte damit keinerlei Schwierigkeiten.

Macrodur mit seinem Monopol auf Computer-Produkte ist der sprichwörtliche 400-Kilo-Gorilla, der größte der Sieben Großen Konzerne – und der mit den meisten Beziehungen und dem größten Einfluss. Ich hatte Jake Silvers Wiedereinsetzung im Hauptquartier der Commonwealth-Kripo – einschließlich einer Beförderung – zu einer der Bedingungen gemacht, die zu erfüllen waren, damit ich vorübergehend die Leitung der Rechtsabteilung übernahm. Macrodur wollte mindestens ebenso dringend wie Rampart, dass ich den Prozess gegen Galaph übernahm. Der Gorilla gab nach. Alles klappte wie am Schnürchen.

Am Ende erhielt Jake Silver einen gemütlichen Job in der Hauptwache der Hauptstadt. Wir feierten groß bei einem Dinner im *Truffles*, dann gingen wir für zwei Jahre fast ständig getrennte Wege.

Am Morgen nach dem großen Urteil rief ich ihn über die gesicherte Überland-Verbindung der Ranch an und stellte mich seinem Assistenten als ›Helmut Icicle, persönlicher Informant‹ vor.

Das Gesicht, das auf meinem Videofon erschien, war schlanker als früher auf K-L, und noch mehr als früher ähnelte es einer Bulldogge. Die Backen hingen noch tiefer herab, und die Augen, die Gerissenheit und Wachsamkeit verrieten, spähten über tiefe Tränensäcke hinweg, die jedoch nicht entstellend wirkten, sondern auf sonderbare Weise passend für einen Wachhund des Gesetzes.

Chief Superintendent Jakob Silver war jetzt 56 Jahre alt, nicht mehr der verschwitzte, in seiner Kleiderwahl mehr als nur geringfügig überforderte menschliche Trümmerhaufen, den ich auf K-Ls Big Beach kennen gelernt hatte. Er trug eine schwarze Kaschmir-Weste über einem teuren, pinkfarbenen Designer-Hemd, sein schwarzes Haar war sorgfältig frisiert.

Jakes Begrüßung hingegen besaß immer noch den alten, vertrauten Charme.

»Ach, du liebes bisschen!«, stöhnte er. »Wenn das nicht Höllen-Helly ist, der siegreiche Winkeladvokat und Zar des *Zores*! Ich rieche Ärger ... sag's mir nicht! Jetzt muss ich mich revanchieren! Du willst die Gegenleistung dafür, dass du meine Versetzung gedeichselt hast, und ich muss wieder einmal meinen altersschwachen Kopf in die Schlinge stecken und riskieren, dass ich meine Pension quitt bin!«

»Ich brauche nur einen ganz kleinen Gefallen«, beschwichtigte ich ihn. »Nichts, wodurch dein Schreibtisch-verwöhntes Hinterteil gefährdet würde. Wie geht's Marie, den Kindern und den Enkeln?«

Seine Furcht einflößende Miene entspannte sich zu einem seiner äußerst seltenen, breiten Lächeln. »Könnte nicht besser sein, danke! Hast du ja gut hingekriegt, Galapharma so abzuschießen.« Er gluckste schalkhaft. »Aber dank dieses Interviews im *Wall Street Journal* stehst du jetzt da wie ein Pferdehintern. Und? Bleibst du jetzt auf Dauer bei Rampart?«

»Ich denke noch drüber nach. Vielleicht schiebe ich die Entscheidung auf unbestimmte Zeit auf. Inzwischen muss ich privat ein bisschen ermitteln. Ich muss einen Kerl finden.«

Jake rollte die Augen. »Jetzt kommt's ...«

»Hamilcar Barca Tregarth«, sagte ich. »Spitzname ›Barky‹. Bürgerstatus etwa 2201 entzogen, wegen Waffenschmuggels und Verkaufs von mit einem Embargo belegter High Tech an Fremdrassen. Er war früher im Sporn aktiv, ist aber in den inneren Orion-Arm geflohen, vielleicht auch in den Schützen-Nebel, nachdem er auf Tyrins aus der Haft entkam. Vielleicht lebt er noch.«

»Ist das alles?« Jake schien enttäuscht.

»Treib Barky Tregarth für mich auf, Superintendent. Ich werde mich als dankbar erweisen. Heute Abend lade ich dich auf ein Steak bei *Carman's* ein. Ich spendier dir auch *Macbeth*, wenn du Zeit hast. Hab zwei gute Plätze gekriegt.«

»›Ha, mir juckt der Daumen sehr,‹«, zitierte Jake den alten Dichter. »›Etwas Böses kommt hieher!‹ Ich hoffe, damit bist nicht du gemeint, Höllen-Helly!«

»Gewisslich nicht! Ich bin ein Vorbild an Firmen-Rechtschaffenheit. Im Augenblick zumindest.«

»Okay. Dein Angebot mit dem Essen nehme ich an. Mit dem Shakespeare tut's mir Leid, aber Marie und ich haben uns die Inszenierung letzte Woche angesehen. Nimm eine deiner Freundinnen mit und mach ihr 'ne Freude. Micklewhite und Dorsey sind wirklich hervorragend als Lord und Lady M. Und die Bühnenausstatter haben das mit den Holo-Effekten gut hingekriegt, ohne dass sie die traditionelle *Mise en scène* versaut hätten.«

»Das ist immer gut.«

»Warte mal 'ne Minute. Ich schau mal gerade in den Listen der ganzen Gauner nach Tregarth. Vielleicht landen wir ja direkt einen Haupttreffer. Warum kommt mir dieser Name so bekannt vor?«

Er wandte sich vom Fon ab und beschäftigte sich mit seinem Computer.

Ich dachte über seinen Vorschlag bezüglich Damenbegleitung nur kurz nach. Mein Sexualleben war während des Prozesses ziemlich karg gewesen, dank der zahllosen Stunden übelster Schinderei. Wenn ich mir mal eine Auszeit genehmigt hatte, war es immer nur eine einmalige Angelegenheit geblieben, und immer hatte es sich um eine der politisch aktiven Kultursnobs gehandelt, die ich über die Reversionisten-Partei kennen gelernt hatte. Deren politisch bedingte Leidenschaftlichkeit hatte stets eine willkommene Abwechslung vom Rechtsstreit dargestellt.

Aber jetzt, wo der Prozess beendet war und mein unbesonnenes Gerede die Buschtrommeln der Hauptstadt anheizten, war eine politisch aktive Begleiterin das Letzte, was ich brauchte. Ich würde mir das Stück alleine ansehen.

Jake Silver summte nachdenklich vor sich hin, während er nach meiner Jagdbeute Ausschau hielt. Schließlich: »Die letzte zuverlässige Aufzeichnung über unseren Freund stammt von Manala in Sektor 4. Das ist eine dieser Auftankstationen auf einem Asteroiden, ganz am Rand des Schützen-Nebels, fast schon im Roten Spalt. Ziemlich übles Drecksloch, wenn ich mich richtig erinnere, aber praktisch für die ganzen Transact-Schürfer. Vor elf Jahren wurde ein gewisser H. B. Tregarth dabei erwischt, das gegen die Y'tata verhängte Handelsverbot bezüglich High-Tech-Waffen zu unterlaufen. Hat sich 'ne ganz schön dicke Strafe gefangen. Dann hat er Manala verlassen und ist seitdem nicht wieder aufgegriffen worden, und er wurde auch nicht wieder aufgefordert, aus irgendeinem anderen Grund eine beglaubigende DNA-Probe abzugeben. Er steht auch nicht in den offiziellen Listen der Verstorbenen – aber das muss nichts heißen. Vielleicht ist er gestorben, ohne dass eine Genanalyse erfolgt ist. Das geht den meisten Statuslosen so. Also, für das Commonwealth der Menschenwelten existiert dein ›Barky‹ nicht.«

»Verdammt! Ich hatte schon befürchtet, dass es nicht einfach werden würde.«

Jake sah mich finster an. »Musst du ihn denn *wirklich* finden?«

»Ja.«

»Darf ich fragen warum?«

Ich sagte nur: »Hast du eine inoffizielle Möglichkeit, ihn aufzutreiben?«

»Es gibt immer Möglichkeiten. Die kosten Zeit, die du nicht hast, und Geld, mit dem ich chronisch knapp bin. Warum heuerst du nicht eine der großen Detekteien an? Oder ...« Er verstummte. Man konnte fast die legendäre Cartoon-Glühbirne sehen, die über seinem Kopf aufflammte. »Warte mal! Das letzte Mal ist uns Tregarth aufgefallen, als er Actin-Strahlenwaffen aus der Produktion einer Tochterfirma von Carnelian an die Y'tata verkauft hat. Mir fällt gerade etwas ein, was schnell geht und ganz schön gemein ist.«

»Leg los!«

»Wir treffen uns um 17.30 Uhr in der Lobby vom Hauptquartier der Commonwealth-Kripo. Bring eine Blanko-Kreditkarte mit ungenanntem Nutznießer mit. Wenn meine Idee funktioniert, kannst du mit der Karte vielleicht noch etwas anderes bezahlen als nur eine Sauftour in der Stadt.«

Er beendete das Gespräch, und ich ging zum Mittagessen; den ganzen Weg über pfiff ich ›*Empty Saddles in the Old Corral*‹ vor mich hin.

Rosalia servierte mir *huevos rancheros* und eine honigsüße chilenische Wassermelone, die so groß war wie eine Grapefruit; dann erzählte sie mir, dass mein Vater bereits in seinem Privat-Hüpfer nach Toronto aufgebrochen wäre. Er sei nicht gerade gut gelaunt gewesen.

»Zu schade«, kommentierte ich. »Ich hoffe, es lag nicht an etwas, was ich gesagt habe.«

Ich hatte bereits mit Jane Nelligan gesprochen – im Rampart-Tower, der Arizona ein paar Zeitzonen voraus war – und hatte sie gebeten, mir einen Lagebericht über die Umbauarbeiten an der *Makebate* zu besorgen und Treffen mit Adam Stanislawski und Lorne Buchanan zu arrangieren. Sie rief mich zurück, als ich gerade meine zweite Tasse Kaffee ausgetrunken hatte, und ich nahm das Gespräch auf meinem Mobilfon entgegen.

»Vorstandsvorsitzender Stanislawski hat heute einen sehr engen Terminplan«, sagte sie flott. »Er hat um 12.00 Uhr in seinem Büro im Macrodur-Tower fünfzehn Minuten Zeit für Sie. Falls Ihnen das nicht ausreicht, wird er vor Montag keine Zeit für Sie finden.«

Jane ist immer flink, dabei sehr taktvoll und geradezu überwältigend effizient. Da mir alle diese Qualitäten abgehen, ist sie für mich ein unbezahlbares Juwel. Sie ist mit dem Chefarzt der Tierklinik der *Sunderland*-Pferderennbahn verheiratet, ihre Söhne, Zwillinge, studieren Betriebswirtschaftslehre an der Commonwealth-Uni, und die 46 hoch motivierten Rechtsanwälte, aus denen die gesamte Rechtsabteilung Ramparts in Toronto besteht, hat sie im Griff wie ein glutäugiger Militärausbilder.

Ich erklärte Jane, eine Blitzbesprechung zur Mittagszeit bei Macrodur sei ganz prima. Ich wollte nur erfahren, wie Adam auf meine Nominierung reagierte. Falls ich mich nicht furchtbar täuschte, würde sich seine Einschätzung mit meiner decken, und das würde mir viel Ärger mit Simon und Eve ersparen.

»Lorne Buchanans Handlanger haben sich nicht gerade vor Entgegenkommen überschlagen«, fuhr Jane fort. »Ich habe mir erlaubt, im Nebensatz den Namen Ihres Vaters zu erwähnen, da Sie mir gesagt hatten, die Besprechung sei dringend. Das hat dann auch geholfen. Bürger Buchanan bevorzugt jedoch, Sie aufzusuchen. Er ist heute nicht in seinem Büro.«

»Ich kann mir gar nicht vorstellen, warum.«

»Ich habe den Termin auf 14.30 Uhr im Besprechungszimmer des Penthauses anberaumt. Bürger Buchanan wird Ihnen so lange zur Verfügung stehen, wie es erforderlich ist. Seine Sicherheitsdienstler bestehen darauf, vor der Besprechung den Raum nach Wanzen abzusuchen. Sie persönlich wollen sie ebenfalls überprüfen. Ich konnte sie davon nicht abbringen.«

Ich musste lachen. »Völlig akzeptabel. Sorgen Sie dafür, dass die Innensicherheitler von Rampart *El Queso Grande* und seinen Lakaien die gleiche Sonderbehandlung zuteil werden lassen. Und informieren Sie Karl Nazarian, er solle mit einer psychotronischen Vernehmung rechnen, sobald meine Besprechung mit Buchanan beendet ist.«

»Mister Nazarian persönlich?« Janes Augen weiteten sich.

»Jou. Und ich möchte die Ergebnisse noch im Laufe des Abends vorliegen haben.«

»Ja ... Die letzten Umbauten an den Treibstofftanks und den Strahlenschutzeinrichtungen Ihres Raumschiffs wurden in der letzten Woche abgeschlossen. Die Vermessungsinstrumente wurden installiert, abgesehen von einem Carnelian LRIR-1400J-Scanner, bei dem scheinbar ständig Lieferschwierigkeiten bestehen.«

»Sagen Sie den Technikern, sie sollen um jeden Preis einen auftreiben und ihn sofort einbauen. Mir ist völlig egal, ob die ihn aus einem Carnelian-Lagerhaus klauen oder das Ding auf dem verdammten Schwarzmarkt kaufen müssen.«

»Sehr wohl.« Sie wandte sich kurz vom Video-Sensor des Fons ab, dann kam sie wieder ins Bild und hielt ein StelEx-Briefpaket in der Hand. »Das ist vor weniger als einer Stunde eingetroffen; es ist mit ›persönlich und vertraulich‹ gekennzeichnet. Absender ist Ihr Freund Captain Bermudez.«

»Würden Sie es bitte öffnen?«

Sie tat wie ihr geheißen. »Eine kleine e-Tafel, die durch Ihre ID aktiviert werden muss. Und das hier.«

Sie hielt eine Halskette aus Platin hoch, an der zwei goldene Eheringe hingen.

Mir stockte der Atem. Mimo hatte diese Ringe für mich aufbewahrt, seit sie aus dem Magen einer Häuser fressenden Seekröte geborgen worden waren. Das waren die Eheringe von mir und meiner Exfrau, Joanna DeVet.

»Bitte legen Sie die Ringe in den Tresor in meinem Büro«, bat ich Jane.

»Jawohl. Es sind noch weitere Nachrichten für sie eingegangen, seit wir vorhin miteinander gesprochen haben – die meisten von den Medien. Ich habe sie wie üblich an die Presseabteilung verwiesen. Geraldo Gonzales hat ebenfalls angerufen und gesagt, es sei sehr wichtig, dass er und Sie sich unterhielten, bevor Sie … ähm … Zitat: ›zu irgendeinem gottverlassenen Hinterwäldlerplaneten abrauschen‹ Zitat Ende.«

Gerry war der Vorsitzende des Nominierungskomitees der Reversionisten, der Gruppe, die den einzigen Abgeordneten im Commonwealth-Rat auswählen sollte, der der Partei dank der letzten Bürgerbefragung des CMW zustand. Weil ich mich vorläufig zur Wahl gestellt hatte, war das Komitee nun zutiefst entzweit, obwohl ich ihr Hauptfinanzier war und sie mir auch die Publicity verdankten, die ihnen letztendlich zu ihrem einzigen Sitz im Rat verholfen hatte. Trotzdem schienen einige besonders idealistische Reversionisten der Ansicht, ich sei nicht anti-*Big-Business* genug, um ihr Vorkämpfer sein zu dürfen. Andere betonten, ich sei dafür ein bisschen zu verrückt. Beide Ansichten waren nicht ganz unbegründet.

Nachdem Gerry und seine Leute die letzte Ausgabe des *Journal* gelesen hatten, waren sie wohl zu Tode erschrocken über die Vorstellung, ich könnte den Vorstandsvorsitz von Rampart annehmen, umgehend zu einem Kapitalistenschwein mutieren und ihnen sofort den geliebten Geldhahn zudrehen.

»Ich gebe Gonzales eine halbe Stunde. Setzen Sie den Termin auf 13.00 Uhr in meinem Büro an. Sonst noch was?«

»Bethany Frost hat gehört, dass Sie hereinkommen wollten. Sie möchte kurz mit Ihnen über Ihren Bruder Dan sprechen.«

»Verdammt!« Das konnte ich jetzt nicht gebrauchen! »Vielleicht ein paar Minuten in meinem Büro, falls noch Zeit dafür bleibt, wenn ich mit Buchanan fertig bin. Aber um Viertel nach fünf muss ich los, um mich mit Jake Silver zu treffen. Zwei Personen zum Abendessen, ich alleine für das Stück. Geben Sie die zweite Karte für den Shakespeare zurück. Jake lässt sich entschuldigen.«

»Ich werde mich drum kümmern. Gibt es sonst noch etwas, was ich arrangieren soll, bevor Sie eintreffen? Eine Limousine mit Begleitschutz für Restaurant und Theater?«

»Nö. Ich gehe inkognito und laufe zu Fuß, wie jeder andere Bürger auch. Die Bluthunde von der Presse werden mich nie im Gewirr der Hauptstadt finden. Ich hab mich verkleidet.« Am ausgestreckten Arm bewegte ich das Fon auf und ab, damit Sie mich von oben bis unten betrachten konnte.

Ich hatte noch nie eingesehen, warum ich mich während meiner Tätigkeit als Direktor der Rechtsabteilung an die Kleiderordnung von Rampart halten sollte, da ich den Turm sowieso kaum verließ. Meine übliche Arbeitskleidung, die aus zerfetzten Jeans, abgetragenen Stiefeln und ebenso abgetragenen Western-Hemden bestand, hatte bei Jane Nelligan bedauerlicherweise keine Gnade gefunden, obwohl sie diesbezüglich nie ein Wort gesagt hatte. Heute jedoch hatte ich mich für einen federleichten, anthrazitfarbenen Straßenanzug aus Kammgarn entschieden, dazu trug ich einen passenden seidenen Rollkragenpullover sowie ein schlichtes, aquamarinblaues Halstuch, zusammengehalten von einer silbernen Brosche, in die ein kleiner Türkis eingelassen war. Das Einzige, was ich mir an Individualismus gegönnt hatte, war ein Paar frisch polierter, nicht allzu hoch reichender Tony-Lama-Cowboystiefel (sehr spitz) aus schwarzem Kroko-Imitat, die unter meiner eleganten Bügelfalten-Hose hervorragten.

»Unglaublich«, murmelte Jane. »Sie werden Stanislawski und Buchanan auf jeden Fall beeindrucken. Wenn die beiden Sie überhaupt wiedererkennen.«

»Och, das werden die schon«, sagte ich trocken. »Das garantiere ich Ihnen.«

Ich verabschiedete mich und trank meinen letzten Schluck Kaffee. Dann verließ ich das Hauptgebäude der Ranch durch die Küche und gab Rosalia, der Köchin, beim Hinausgehen einen Kuss auf die Wange.

Es war ein wunderschöner Arizona-Morgen, klar und kühl, die Sonne schien über der *Buzzard Roost Mesa,* Vögel sangen sich in den Goldkiefern die Kehle aus dem Leib. In der Ferne hörte ich das Wiehern eines Pferdes; es musste aus den Ställen kommen. Vielleicht war es Billy, der mir *hasta la vista* sagen wollte.

Empty saddles in the old corral, leere Sättel im alten Korral.

In der Hand trug ich eine Aktentasche voller Vorstandsmitglieder-Zubehör, als ich den sorgfältig gepflegten Kiesweg zum Hüpfer-Landeplatz hinunterging, wo meine Garrison-Laguna wartete. Kein Pilot. Ich fliege fast immer selbst. Es geht mir dabei irgendwie darum, alles unter Kontrolle zu haben.

Kontrolle.

Ich war letzte Nacht eingeschlafen, während ich genau über dieses Thema gegrübelt hatte. Und als ich aufwachte, stand meine Entscheidung endgültig fest: Ich würde nicht Monate brauchen, um über meine Zukunft zu entscheiden – vorausgesetzt, ich hatte überhaupt noch eine, wenn ich meinen Ausflug zu den Haluk hinter mir hatte. Ich war mir ganz sicher, dass ich nie wieder jemandem oder etwas gestatten würde, die Kontrolle über mein Leben zu übernehmen, weder einer Person noch einer Firma. Nicht der Rampart Konzern-Vereinigung. Nicht der Reversionisten-Partei.

Der Platz am Kopfende im Sitzungssaal von Rampart war mir nie als erstrebenswertes Karriereziel vorgekommen. Es stimmte zwar, dass ich in einer sehr einflussreichen Position wäre, von der aus ich die Ideale der Reversionisten vorantreiben konnte, wenn ich Vorstandsvorsitzender von Rampart wurde. Es auf die Tagesordnung zu bringen und bei der zugehörigen Abstimmung effektiv die Entscheidungsgewalt inne zu haben könnte die Firmenpolitik immens beeinflussen. Aber jegliche persönliche Freiheit, die mir immer so wichtig gewesen war, ginge verloren, wenn ich Simons Posten einnahm. Ich wäre ständig eingeengt durch andauernd zu treffende Entscheidungen, wäre gezwungen, jede einzelne Handlung, jede einzelne Äußerung genau abzuwägen, weil sie das Leben, das Schicksal und das Kapital von Milliarden Menschen beeinflussen konnte, würde schleichend durch ›Sachzwänge‹ vergiftet und mich unweigerlich in genau die Art Firmen-Drohne verwandeln, die zu verabscheuen ich stets beteuert habe.

Ich konnte das nicht tun. Ich war für den Widerstand geboren, nicht für den Vorstand! In meinem Leben war ich schon ein tüchtiger Bulle gewesen, ein gerissener Rechtsstratege und ein verdammt guter Unruhestifter. Aber ich war nie jemand gewesen, dem eine Firma über alles ging. Keine Chance, kein bisschen.

Ernsthaft Politik zu betreiben stand auch nicht zur Wahl. Effekthascherisch den linken Aufwiegler zu spielen, wie ich es zwei Jahre zuvor getan hatte, radikale Ideen hinauszuposaunen, ohne Verantwortung dafür zu übernehmen, wie man sie auch wirklich umsetzen konnte, fröhlich das Establishment zu piesacken, während mich die Medien auch noch anstachelten, war eine Sache: Asahel Frost – ein weiterer reicher Mann mit großer Klappe und einer Meise unterm Pony, der fest davon überzeugt ist, alle Lösungen für die Übel der Galaxis zu kennen!

Ich hielt meine Lösungen immer noch für gut. Trotzdem war die Aufgabe, als einzelner Abgeordneter einer Nachwuchs-Splitterpartei im Rat aktiv zu sein, schlicht und einfach kein gangbarer Weg. Meine Güte, ich würde Takt und Diplomatie erlernen müssen. Legislativen Kuhhandel. Die Kunst, geziemende Kompromisse einzugehen.

Ich?

Wem wollte ich denn da etwas vormachen? Selbst die besten und hellsten Köpfe unter den liberalen Gesetzgebern, wie mein Freund Sontag zum Beispiel, führten einen mühseligen, ermüdenden Kampf im Rat, der von den konservativen Gestalten der Einhundert Konzerne dominiert wurde. Ein Anfänger wie ich hatte da doch gar keine Chance.

Es gab einen angemesseneren Weg, die Ziele der Reversionisten voranzutreiben. Und den wollte ich heute mit Gerry Gonzales besprechen.

Während ich ›*Happy Trails to You*‹ pfiff, stieg ich in meinen Flieger, gab die Zielkoordinaten in den Navigator ein und ließ mich zügig nach Toronto bringen.

Man spricht es ›Trahno‹ aus, mit einem äußerst gutturalen ›R‹, wenn man nicht gerade ein hoffnungsloser Bauerntölpel ist oder einer außerirdischen Rasse angehört – in letzterem Falle lässt man sich von seinem mechanischen Übersetzer sklavisch jeden einzelnen Vokal und jeden einzelnen Konsonanten aussprechen. Und die Torontonianer kichern.

Die Stadt war als natürlicher ›Versammlungsort‹ entstanden. Zwei Flüsse ergossen sich hier in den Ontariosee, und dazwischen erstreckte sich äußerst praktisch ein Sumpfgebiet. Umherziehende Stämme trafen hier aufeinander und führten Tauschhandel mit Fellen, Kupfer und Muschelketten. Im Jahre 1720 wurde daraus eine kleine Handelsniederlassung der Franzosen, später dann kurzzeitig die Hauptstadt von *English Canada.* Im 19. und 20. Jahrhundert kamen ganze Auswandererwellen und brachten beständiges ökonomisches Wachstum und einen einzigartigen kosmopolitischen Charakter mit sich. Der führte dazu, dass man mit Toronto einen sehr beliebten Ort für den ständigen Sitz der Vereinten Nationen auswählte, der später dann auch zur Hauptstadt des Commonwealth der Menschenwelten wurde, als die kommerzielle Nutzung der Raumfahrt begann.

Im Jahre 2236 erstreckte sich die Stadtregion von Toronto nördlich des Sees über mehr als 20.000 Quadratkilometer. Die Bevölkerung betrug etwa 17 Millionen – die meisten davon Menschen. Bei Nacht vom All aus gesehen zeigte sich Toronto in triumphales Licht getaucht, ohne jeden Zweifel die größte und florierendste Stadt des ganzen Planeten Erde.

Das Moskito-geplagte Gebiet zwischen den Flüssen Humber und Don, auf dem früher der Handel betrieben worden war, stellt immer noch das Stadtzentrum dar, jetzt aber um zahllose künstliche Inseln im See erweitert. Ein halbdurchlässiger Energieschirm mit einem Durchmesser von 40 Kilometern hält lästige Wetterphänomene ab. Die Innenstadt von Toronto strotzt nur so vor vielfarbigen Kristalltürmen, voll gestopft mit Büros und Apartments, verbunden durch Skyways und ein computergesteuertes Schnellstraßennetz. Unter der Oberfläche liegen Hochgeschwindigkeits-U-Bahnen und Wartungstunnel, dazu noch ein einzigartiges Labyrinth unterirdischer Fußwege, ›*The Path*‹ genannt.

Viele der modernen Bauten stehen breitbeinig über alten, ehrwürdigen kanadischen Gebäuden, die man sorgfältig erhalten hatte. Kirchen, Grandhotels, Theater und pittoreske alte Einkaufsviertel mit ihren historischen Restaurants sind von glasklaren Pfeilern und Stützbögen gesäumt und durchzogen, auf denen die riesigen Türme ruhen.

Manchmal schwebt das Neue recht gefällig über dem Alten. Das massive Haus des Commonwealth-Rates erhebt sich auf robusten, glasartigen Pfeilern über dem alten Parlamentsgebäude von Ontario, das historische *BCE-Place* ist behaglich vom ausgefallenen Obelisken des Omnivore-Konzerns eingerahmt, der Macrodur-Tower umhüllt gütig die *St. James Cathedral.* In anderen Fällen jedoch ist der Gesamteindruck eher beunruhigend: Carnelians hässliche Nadel aus rinderbrühenbraunem Sial-Glas, umwickelt von Dutzenden von Skyways scheint die alte *City Hall* zu erdrücken, während die 400-Stockwerke messende, phallische Monstrosität, in der Galapharma untergebracht ist, jeden Moment das *Queen's Quay Terminal* zu zermalmen droht.

Der Rampart-Tower, nur 35 Jahre alt und bar jeglichen historischen Unterbaues, ist ein recht bescheidener, blau-weißer Wolkenkratzer, dem *Grange Park* genau gegenüber. Er ist weder besonders reizvoll noch besonders hässlich, nur einhundert Stockwerke hoch, an drei Skyways angeschlossen; er besitzt einen eigenen Skyport, damit man ihn auch aus der Luft erreichen kann. Bevor Rampart den Konzern-Status erreicht hatte, belegte die Firma nur die obersten 15 Etagen, den Rest hatte man vermietet. Das nun größer gewordene Unternehmen belegte jetzt das gesamte Gebäude. Gott allein wusste, was nach der Konsolidierung passieren mochte.

Das Konferenzzimmer, in dem ich mich heute mit Lorne Buchanan treffen wollte, war ein kreisförmiger Saal an der Spitze des Rampart-Towers. Mein Büro und der Rest der Rechtsabteilung nahmen den gesamten 96. Stock in Anspruch. Wenn ich mich in der Hauptstadt aufhielt, bestand mein ›Zuhause‹ aus einer kleinen Zimmerflucht auf der Seeseite des 73.Stockwerkes; baugleich mit den Suiten, in denen durchreisende Juniormanager untergebracht wurden. Der einzige Unterschied bestand in einem Hologramm, das über einem nachgemachten Kamin angebracht war und ein gelbes Tauchboot namens *Pernio II* zeigte, das wehmütig über die Oberfläche einer saphirblauen Lagune auf irgendeinem fremden Planeten dahintuckerte.

Ich hasste mein Apartment im Rampart-Tower. Doch ich hatte Simons Drängen nicht nachgegeben, mir eine angemessenere Wohnung in *The Beaches* oder einem anderen der ›besseren‹ Stadtviertel zu nehmen. Ist die Mühe nicht wert, hatte ich ihm gesagt. Ist ja nicht für lange.

Das hatte er mir nie abgenommen.

Der Himmel wirkte bleiern, und ein Gemisch aus eisigem Regen und Graupeln prasselte auf meinen Flieger, als ich die südlichen Grenzbereiche der Stadtregion von Toronto erreichte. Ich gab der Flugsicherung mein Ziel durch, die obere Plattform des Skyport vom Macrodur-Tower, und wurde sofort in eine Warteschleife über dem trüb-grünen See eingereiht, während Computer versuchten, meinen Hüpfer – und ungefähr vier Dutzend weitere – so anzuweisen, dass sie nicht alle gleichzeitig auf der gleichen Stelle zu landen versuchten.

Es war schon fast Viertel vor zwölf. Eine Panne im Verkehrsvektor-System über Chicago hatte mich aufgehalten. Ich griff nach dem Fon, um Stanislawskis Sekretärin darauf hinzuweisen, dass ich den Termin möglicherweise nicht pünktlich würde einhalten können, es sei denn, ich drängelte mich vor.

»Ich werde dafür sorgen, dass man Ihnen eine Prioritäts-Weiterleitung verschafft«, sagte sie mir. »Sie werden dann in einem Gebiet landen, das eigentlich für den Publikumsverkehr gesperrt ist. Bitte warten Sie in Ihrem Luftfahrzeug, bis eine Transportkapsel eintrifft und Sie abholt.«

Unter dem Kraftfeld lag, vor dem eisigen Regen geschützt, das Stadtzentrum von Toronto. Doch gelegentlich schienen aus einer Laune heraus kalte Luftströme und die hohe Luftfeuchtigkeit zusammenzuarbeiten, um künstliche Wolken unter dem schützenden Dach zu erzeugen. Derartiges geschah heute. Obwohl es genau um die Mittagsstunde war, lag der abgeschirmte Teil der Stadt in düsterem Zwielicht. Nebelschwaden umwehten geisterhaft die hell erleuchteten Türme und verbargen die Spitzen der höchsten unter ihnen.

Die Techniker auf den Skyports gingen mit diesem Ärgernis effizient um und regelten den Luftverkehr mit Infrarot-Signalgebern. Mein Hüpfer setzte auf einem abgelegenen Landeplatz auf, die alphanumerische Kennung und die Transponder-ID diskret in dem Moment durch Sicherheitselektronik verborgen, in dem ich den überwachten Luftraum verließ. Keine Menschenseele war zu sehen, obwohl Dutzende Luftfahrzeuge hier starteten und landeten.

Eine VIP-Transportkapsel mit den charakteristischen Fensterscheiben, die nur von innen durchsichtig waren, glitt auf mich zu und fuhr eine Fluggastbrücke aus, die an der Schleuse meines Hüpfers andockte. Eine Roboterstimme erbat einen Retina-Scan, um meine Identität zu verifizieren. Ich richtete meinen Blick wie gewünscht aus, dann stieg ich wie aufgefordert ein.

Der Skyport war wie der Rest der in Gold und Weiß gehaltenen Fassade des Gebäudes äußerst ansprechend gestaltet. Doch als ich erst einmal in das Innere des Gebäudes kam, wurde ich durch Flure und Durchgangsröhren befördert, die einheitlich in blassem Gelbbraun gehalten waren, kahl und klaustrophobisch, jegliche Orientierungshilfe fehlte. Während ich auf Stanislawskis Büroräume zuschoss, sah ich nichts weiter als gesichtlose Fahrzeuge und Kapseln, die ihren unergründlichen Wegen folgten. Die Türen, die zu den verschiedenen Zugangsplattformen führten, waren unmarkiert und ließen durch nichts erkennen, was sich jeweils dahinter verbarg.

Ich hatte den Macrodur-Tower (nicht aber die Höhle des Vorstandsvorsitzenden) in den letzten Jahren mehrmals besucht. Irgendwelche kleinkrämerischen Finanzexperten waren darüber beunruhigt, dass Macrodur in Rampart investierte, und zitierten mich regelmäßig hierher, damit ich ihnen die etwas absonderlichen Taktiken erläutern konnte, die ich während des Galapharma-Prozesses anwandte. Manchmal wohnte Adam Stanislawski diesen Vernehmungen bei, meist jedoch nicht. Doch er hatte mir stets sein vollstes Vertrauen ausgesprochen, und in einem Falle hatte er mir sogar persönlich versichert, dass er noch immer von seiner Entscheidung überzeugt war, Rampart den so dringend benötigten Unternehmenskredit zu gewähren. Sein Handeln hatte den Weg für Ramparts Aufstieg in den erlauchten Kreis der ›Konzerne‹ geebnet und letztendlich sogar Galapharmas größenwahnsinnigen Vorstandsvorsitzenden, Alistair Drummond, zum Handeln gezwungen, was zu dessen Untergang beigetragen hatte.

Die Zugangsplattform, die zum Vorstandsvorsitzenden von Macrodur führte, war ebenso eintönig wie alle anderen auch. Es gab keine erkennbaren Sicherheitseinrichtungen, die diesen wichtigen Mann schützten, der mich nun in sein privates Büro vorließ. Drei Wände des großen Raumes waren abwechselnd von dunklen Holzpaneelen und schmalen Streifen einer lederfarbenen Gräsertapete bedeckt. Die vierte Wand, hinter einem viktorianischen Schreibtisch mit zwei separaten Arbeitsplätzen, bestand aus einem riesigen Fenster. Schwere Vorhänge aus dunkelgrünem Tuch umrahmten die gespenstische Szenerie, die durch das Glas zu erkennen war. Bei den Bildern, die die Wände zierten, handelte es sich nicht um holographische Aufnahmen; sie zeigten romantische Landschaften, augenscheinlich auf der Erde aufgenommen. Die einzige Ausnahme stellte ein Ölgemälde dar, ein Frauenporträt, das über dem Kamin aus grünem Marmor hing. Kein modernes Datenverarbeitungs- oder Kommunikationsgerät war zu sehen, doch vermutlich waren die meisten der antiken Büroschränke, -vitrinen und Schreibpulte in Wirklichkeit ausgeschält und mit Cyberware voll gestopft.

»Widerliches Wetter«, sagte Adam Stanislawski. »Setzen wir uns doch an den Kamin und trinken einen Kaffee.«

Er war Mitte sechzig, mittelgroß, hatte volles, weißes Haar und einen Großvaterbart, ganz zum Trotze der Gepflogenheiten aller anderen Alphamännchen in diesem Gewerbe. Seine hyazinthblauen Augen waren relativ klein, man konnte Intelligenz und Humor darin lesen – und eine deutliche ›Versuch-gar-nicht-erst-mich-zu-verarschen‹-Autorität.

»Vielen Dank, dass Sie sich Zeit für mich nehmen, Sir«, sagte ich und setzte mich in den Sessel, auf den er gedeutet hatte. Adam ist eine der wenigen Personen, die ich kenne, denen von Natur aus ein Ehrentitel zusteht.

»Es ist mir eine Freude, Helly. Wenn ich mich richtig entsinne, trinkst du heutzutage deinen Kaffee schwarz.« Er reichte mir eine dampfende, schlichte Steinguttasse.

Um der Höflichkeit willen nahm ich einen Schluck. »Ich will Ihre Zeit nicht mit langen Vorreden vergeuden. Sie wissen, dass mein Vater mich als seinen Nachfolger beim Vorstandsvorsitz von Rampart vorgeschlagen hat. Ich würde gerne wissen, was Sie von dieser Idee halten.«

Adam Stanislawski spielte mir den Ball zurück, ohne auch nur einen Moment zu zögern. »Das ist eine Scheißidee. Ungefähr so dämlich, wie direkt in ein schwarzes Loch zu fliegen.«

Ich brach in schallendes Gelächter aus. »Würden Sie das ein wenig erläutern?«

»Der Vorstandsvorsitzende einer Konzern-Vereinigung ist für die langfristige Entwicklung dieser Firma verantwortlich. Er oder sie muss eine stimmige Vision davon haben, wie die Firma in der Zukunft aussehen soll. Aber eine Vision alleine reicht nicht aus. Ein erfolgreicher Vorstandsvorsitzender braucht immense Charakterstärke, um diese Vision in die Tat umzusetzen.«

Peng! Ein direkter Schuss in die Weichteile. Ich wollte etwas sagen, doch er hob eine Hand und sprach weiter.

»Du möchtest Rampart in eine ganz neue Richtung lenken, und das sofort. Das wird nicht funktionieren! Ich will damit nicht sagen, dein Traum, auch die Eingeborenen in gewissem Maße als Anteilseigner zu beteiligen, sei töricht oder unmöglich. Nur wäre es voreilig und zum jetzigen Zeitpunkt auch völlig unangemessen. Die Hochzeit von Rampart und Galapharma wird furchtbar schwierig werden. Der dabei entstehende neue Konzern wird nicht einfach die Summe seiner beiden Einzelteile darstellen. In der Übergangsphase wird ein *Generalissimo* gebraucht werden, der in der Lage ist, diejenigen in den Chefetagen zu finden, die in der Zukunft die besten Manager sein werden – und diese auch zu motivieren. Dieser *Generalissimo* wird jedes größere Vorhaben genau begutachten und entscheiden, ob man es aufrechterhalten sollte oder verändern oder ganz aufgeben. Der neue Vorstandsvorsitzende von Rampart muss ein verdammt abgebrühter Geschäftsmann sein. In gewisser Weise braucht er auch diesen viel zitierten ›Killerinstinkt‹ und darf keine Gnade kennen. Das ist kein Job für« – er lächelte gutmütig – »einen spontan agierenden Paladin.«

»Oder einen einzelgängerischen Cowboy«, ergänzte ich und nahm noch einen Schluck von dem Kaffee.

»Du hast von beidem etwas, Helly Frost. Eines Tages in ferner, ferner Zukunft wirst du vielleicht ein guter Vorstandsvorsitzender für Rampart sein. Aber jetzt noch nicht.«

»Bestimmt nie«, sagte ich.

»Hast du jemals darüber nachgedacht, vielleicht Ramparts Syndikus zu werden? Ich könnte mir vorstellen, dass dieser Job deinen Talenten sehr entgegenkommen würde.«

Der Syndikus einer Firma war eigentlich ein besserer Lobbyist, der Hauptverbindungsmann zwischen einem Konzern oder einer Starcorp und dem Commonwealth-Rat. Derzeit hatte mein Cousin Zared Frost diese Position inne, zusätzlich zu seiner Funktion als Geschäftsführer. Die letztgenannte Tätigkeit nahm einen Großteil seiner Zeit in Anspruch, und sie hatte es auch erforderlich gemacht, dass er sich dauerhaft auf Seriphos im Perseus-Sporn aufhielt. Er war ein tüchtiger Syndikus, wenn dabei auch sehr unspektakulär.

»Der Gedanke ist interessant«, erwiderte ich Stanislawski. »Der Posten reizt mich auf jeden Fall mehr als der des Vorstandsvorsitzenden. Aber vielleicht wäre Simon dafür besser geeignet – vor allem, wenn man sich ansieht, wie viele Jahre Erfahrung er schon hat.«

Der Vorstandsvorsitzende von Macrodur schüttelte den Kopf. »Die Zeit deines Vaters ist vorbei. Wenn die Konsolidierung von Rampart und Galapharma abgeschlossen ist, wird eure Firma einen vitalen Syndikus brauchen, der in der Lage ist, dem Stress der großen Wirtschaft und der hohen Politik standzuhalten. Denk mal ernsthaft darüber nach, Helly!«

Ich lächelte unverbindlich. »Mache ich. Aber jetzt würde ich gerne erst einmal wissen, wen Sie für den besten Vorstandsvorsitzenden für Rampart halten würden.«

Ohne zu zögern, antwortete Adam Stanislawski: »Gunter Eckert, euren Finanzverwalter. Er ist Anteilseigner seit Gründung der Starcorp und einer der hellsten Köpfe im Rampart-Team. Ich weiß, dass er den Job nicht will. Aber er würde ihn übernehmen, und er würde seine Sache gut machen. Es wäre gut, wenn unser Vorstandsmitglied John Ellington den Posten des Stellvertreters übernehmen könnte – als enger Berater ohne eigenes Stimmrecht. Wenn diese beiden mit deiner älteren Schwester zusammenarbeiten, würde das den umstrukturierten Konzern auf der Spur halten. Das ist meine feste Überzeugung. Wenn du möchtest, werde ich meine Meinung gerne Simon und Eve zukommen lassen.

Die ›Meinung‹ eines Vierhundert-Kilo-Gorillas.

»Ich würde das sehr zu schätzen wissen, Sir.«

Adam Stanislawski erhob sich aus seinem Sessel. Ich folgte seinem Beispiel und dachte, unsere kurze Besprechung sei damit beendet. Ich fühlte mich erleichtert und in meinen Ansichten bestätigt. Eines sollte jedoch noch geklärt werden.

»Ich habe nicht vor, meinen Posten bei Rampart aufzugeben«, sagte ich. »Ebenso wenig die Idee, Grundzüge des Reversionismus in das Verhalten des Konzerns gegenüber vernunftbegabten Eingeborenen ohne eigenen Raumflug einzubringen. Selbst wenn ich nicht der Syndikus der Firma werde, habe ich vor, beständig allen Vorstandsmitgliedern Druck zu machen. Rampart wird entsprechende Versuchsprogramme auf geeigneten Planeten starten, auf denen eine angemessene wirtschaftliche Beteiligung der Eingeborenen auch machbar ist.«

»Gut! Ich werde das mit großem Interesse beobachten!« Er warf mir einen Seitenblick zu. Wir hatten uns noch nicht auf die Tür zu bewegt. »Und deine anderen Aktivitäten ebenfalls.«

»Ich werde die Reversionisten-Partei weiterhin finanziell unterstützen, aber ich habe kein Interesse mehr daran, Abgeordneter im Rat zu werden.«

»Diese Art Aktivitäten habe ich nicht gemeint.«

Oh, oh ...

Adam Stanislawski trat an das Fenster heran. Der Ausblick war großartig: Ein Wald aus juwelenartig glitzernden Turmspitzen mit ihren unzähligen Lichtern, geschwungene Straßen, auf denen der Verkehr dahinströmte, gesteuerte Schwärme von Luftfahrzeugen – alles von schimmernden Nebelschwaden umhüllt.

»Ich stehe im Ruf, ein aufrechter Mensch zu sein«, sagte der Vorstandsvorsitzende von Macrodur. »Galapharmas unverschämter Angriff auf Rampart hat mich zu Tode geärgert. Als mir dann deine Schwester Eve diesen Plan mit dem Unternehmenskredit vorgelegt hat, war ich dem gegenüber sofort aufgeschlossen. Einer frechen kleinen Firma dabei zu helfen, dem gierigen Alistair Drummond ein bisschen ins Auge zu pieksen, erschien mir richtig gut. Aber ich bin ein praktisch denkender Geschäftsmann. Macrodur hätte sich niemals an Rampart beteiligt, wenn ich nicht überzeugt gewesen wäre, dass das eine gute Investition sei. Ausschlaggebend dabei war der gewaltige potenzielle Haluk-Markt für euren Gentechnik-Vektor PD32:C2.«

»Dessen bin ich mir bewusst.«

»Ich habe davon gehört, dass du eine kleine Privatfehde gegen die Haluk führst. Dass du eine Möglichkeit suchst, sie zu diskreditieren und dann die neuen Handelsabkommen außer Kraft zu setzen. Stimmt das?«

»Ich glaube, dass man den Haluk nicht trauen kann, und dass unsere Abkommen mit ihnen gravierende Fehler enthalten – insbesondere, da es nicht vorgesehen ist, dass Menschen die Haluk-Planeten aus der Nähe in Augenschein nehmen. Die Haluk haben mit an Sicherheit grenzender Wahrscheinlichkeit ein ernst zu nehmendes Überbevölkerungsproblem in ihrem Sternhaufen, und wenn sie den Allomorphie-Zyklus erst einmal überwunden haben, wird es noch schlimmer werden. Wie ernst dieses Problem tatsächlich ist, wäre etwas, das eine Untersuchung verdient.«

»Aha.« Ein zurückhaltendes Nicken.

»Der einzige Ort, an den diese Außerirdischen noch fliehen können, ist die Milchstraße«, fuhr ich fort. »Um das tun zu können, ohne ihre Ökonomie zu zerstören, brauchen sie unsere fortschrittlichere Raumfahrttechnik, und dazu noch die Sachkenntnis der Menschen in anderen wissenschaftlichen Belangen. Wären die Haluk zufrieden damit, zum Teil in unsere Galaxis abzuwandern und sich dort friedlich und zivilisiert zu benehmen, gäbe es überhaupt kein Problem. Meine persönliche Erfahrung lässt jedoch darauf schließen, dass sie eine drastischere Lösung für ihr Dilemma bevorzugen würden.«

»Aber du besitzt keinen konkreten Beweis für ihre feindseligen Absichten.«

»Ich habe Indizienbeweise. Sie werden unter höchsten Sicherheitsbedingungen vom Ratsabgeordneten Efrem Sontag verwahrt, einem alten Freund von mir, den ich noch vom Jura-Studium in Harvard kenne. Ich hoffe, weitere Beweise zu finden; dabei werde ich sehr diskret als ganz normaler Zivilbürger vorgehen. Ich habe ein gewisses Talent für heimlich durchzuführende Operationen. Da sonst niemand daran interessiert scheint, die Mittel und Wege der Haluk zu untersuchen, bleibt der Job wohl an mir hängen.«

»Ich verstehe. Ich will ganz ehrlich sein: Macrodur und seine Tochtergesellschaften werden keinesfalls etwas unternehmen, um dich bei deinen Ermittlungen zu behindern – vorausgesetzt, du hältst mich persönlich über nachweisliche Gefahren für das Commonwealth auf dem Laufenden.«

Na, wer hätte das gedacht!

»Sie überraschen mich«, bemerkte ich ruhig.

»Wenn du mich besser kennen würdest, Helly, wärst du vielleicht nicht überrascht. Aber du solltest nicht annehmen, dass andere Konzerne darüber ähnlich denken wie ich. Wenn man dich dabei erwischt, dass du *offen* das neue Handelsabkommen gefährdest, riskierst du lebensgefährliche Vergeltungsschläge. Insbesondere von Mitarbeitern von Carnelian und Sheltok, den Konzernen, die am meisten zu verlieren haben.«

»Ich verstehe.«

»Ich frage mich, ob du das wirklich zur Gänze verstehst.« Stanislawski starrte aus dem Fenster, die Hände hinter dem Rücken verschränkt. »Die ultraschweren Transactinide, die für Antimaterietreibstoff und andere Hochenergieanwendungen unerlässlich sind, sind immer noch schwer zu beschaffen. In den meisten Fällen findet man sie auf Planeten der Klasse R im Schützen-Nebel – fürchterliche Planeten in der Nähe regelmäßig aufflammender Novae. Auf diesen Planeten könnten Menschen selbst in Vollschutzkleidung nicht überleben. Die überschweren Elemente von Robotern abbauen zu lassen, die aus dem Orbit gelenkt werden, wird immer teurer, weil die leichter erreichbaren Erzgänge langsam erschöpft sind. Und jetzt, plötzlich, ist eine neue Quelle für diese entscheidenden Energielieferanten aufgetan. Durch eine astrophysikalische Laune der Natur ist der Haluk-Sternhaufen reich an ultraschweren Elementen, vielleicht, weil es eine winzige eingefangene Galaxie ist, kein echter Satellit der Milchstraße. In gewisser Weise haben die Haluk uns also im Griff.«

»Eine hübsche Beschreibung«, bemerkte ich zynisch. »Nur schade, dass die meisten Menschen es nicht für nötig erachten, sich auch mal zu überlegen, was das eigentlich bedeutet.«

»Ich will auf diesem Thema nicht herumreiten.« Stanislawski fasste sanft nach meinem Ellbogen und steuerte mich zur Tür. »Das Handelsabkommen der Haluk mit der Menschheit ist zu beiderseitigem Nutzen. Antimaterie-Energie ist für das weitere Wachstum des interstellaren Handels unerlässlich. Vergiss das nicht!«

»Es ist ja nicht so, als würde ich Amok laufen, Adam«, erklärte ich leise. »Ich bin bloß ein Ex-Bulle, der nicht widerstehen kann, Beweismittel zu analysieren, die man ihm direkt vor das Gesicht hält.«

»Ich weiß das zu schätzen. Deswegen werde ich dich auch nicht davon abhalten, nach weiteren Beweismitteln zu suchen.« Er blinzelte mir aus seinen blauen Augen wohlwollend zu. »Du weißt doch: Wollte ich dich wirklich aufhalten, dann würde ich das auch tun. Ohne jeden Zweifel.«

»Und ob ich das weiß!«

Er öffnete mir die Tür. Davor wartete eine Transportkapsel. »Weißt du, Helly, bisher hatten wir bei der wirtschaftlichen Nutzung des Weltraums wirklich Glück. Wir sind bisher nie auf eine außerirdische Rasse gestoßen, die willens *und* in der Lage gewesen wäre, erfolgreich gegen uns Krieg zu führen. Dieses Glück hat uns selbstgefällig gemacht. Selbstgefälligkeit ist keine gute Grundlage – weder für das Geschäft noch für die Regierung.« Er schüttelte mir die Hand. »Es war gut, mit dir zu reden ... Erzähl mir, was Barky Tregarth zu sagen hat, wenn du ihn findest.«

Er trat einen Schritt zurück, und die eintönige Tür schloss sich gleitend und ließ mich mit wilden Mutmaßungen alleine auf der Plattform zurück.

Geraldo Gonzales kam zu mir in mein Büro im Rampart-Tower, und als er ging, war er doppelt erleichtert: Ich hatte ihm gesagt, dass ich zwar die Reversionisten-Partei und ihre Ideale weiterhin großzügig finanziell unterstützen, nicht aber den Sitz im Rat dafür verlangen würde. Ich war nicht erstaunt, als er mir erklärte, das Nominierungskomitee ziehe ohnehin ihn für diesen Posten vor.

Ich riet Gerry eindringlich davon ab, unser einsames Mandat für aussichtslose Ziele zu verschwenden. Er sagte mir, es sei ihm stets eine Freude, mit mir zu sprechen. Wir trennten uns freundschaftlich, und er bestärkte mich in meiner Ansicht, ich hätte einen langen Urlaub verdient, in dem ich nicht durch politischen Ärger drangsaliert wurde.

Als er gegangen war, öffnete ich den Wandsafe meines Büros und nahm das kleine StelEx-Päckchen heraus, das mir Mimo Bermudez geschickt hatte und das ich mir bisher nicht einmal hatte ansehen können. Ich öffnete es und schüttete eine verschlüsselte Lesetafel und die beiden schlichten Goldringe an ihrer Kette heraus. Der größere der beiden Ringe passte genau über den kleineren. Die Tatsache, dass ich sie behalten hatte, war sowohl für meine große Schwester Eve als auch für Matilde Gregoire – eine Frau, die ich einmal gefragt hatte, ob sie nicht mit mir zusammen leben wolle – Beweis genug, dass ich meine Exfrau immer noch liebte.

Das stritt ich stets ab. Aber ich war es gewesen, der die Scheidung von Joanna DeVet eingereicht hatte, nachdem man mir etwas angehängt hatte und ich schuldig gesprochen worden war. Sie war bereit gewesen, mit mir zusammen in den Perseus-Sporn ins Exil zu gehen. Erniedrigung und Verzweiflung angesichts des Ganzen hatten es mir unmöglich gemacht, diese Aufopferung zu akzeptieren.

Joanna hatte nicht wieder geheiratet. Sie war immer noch Professorin der Politologie am *Central Campus* der *Commonwealth University*, die nur ein paar Häuserblocks vom Rampart-Tower entfernt war. Es hätten genauso gut 14.000 Lichtjahre sein können.

Eve, die nur mit ihrem Beruf verheiratet war, trotzdem aber eine alte sentimentale Romantikerin, drängte mich immer und immer wieder, Joanna anzurufen. Aber ich konnte mich nicht dazu durchringen – und brachte es genauso wenig fertig, mich selbst zu fragen, warum ich mich nicht dazu durchringen konnte.

Ich legte die Ringe beiseite und öffnete Mimos Lesetafel. Der Brief auf dem kleinen Bildschirm war das, was ich schon halb erwartet hatte: Mein Freund hatte mir eine Abschrift seines Testaments geschickt. Da ich in wenigen Minuten zu der Besprechung mit Lorne Buchanan erwartet wurde, überflog ich das Dokument nur kurz. Die Hauptvermächtnisnehmer waren die Schulen und das Krankenhaus auf Kedge-Lockabys Kontinent Big Beach, die sein beträchtliches, mehr oder weniger unrechtmäßig erworbenes Barvermögen erhalten sollten.

Doch Mimo hatte mir seinen wunderschönen Bungalow auf Eyebrow Cay hinterlassen, zusammen mit dem ganzen Rest der Insel.

Nachdem Lorne Buchanan und ich ausgiebig auf am Körper verborgene Abhörgeräte untersucht worden waren, betraten wir Ramparts ebenfalls wanzenfreien geräumigen Konferenzraum. Wir kamen recht schnell zu einer Übereinkunft, die für beide Seiten befriedigend war.

Buchanan war ein junger Mann, gerade erst Mitte vierzig. Er hatte eine athletische Figur sowie eine hohe und erstaunlich breite Stirn. Sein fast spatenförmiger Kiefer verlieh ihm ein ehrliches Aussehen, sein Auftreten wirkte selbstsicher. Nur eine Spur Angst war in seinen tief liegenden Augen zu erkennen und verriet, dass er sich in einem Sumpf gefangen wähnte, in dem er jetzt zu versinken drohte. Er war Galaphs Geschäftsführer gewesen, bevor er nach dem Tode von Alistair Drummond zum Vorstandsvorsitzenden wurde. Er war ein Macher, kein Intrigant, und seine Firmenverantwortlichkeit hatte hauptsächlich darin bestanden, die Produktion der Handelsgüter auf den Tausenden von Galaph-Planeten im Orion-Arm zu beaufsichtigen.

Lorne Buchanan schwor mir – und er bot mir an, das auch durch einen Wahrheitsprüfer bestätigen zu lassen –, dass er in keiner Weise direkt in Galaphs illegales Haluk-Abenteuer involviert gewesen sei, und ebenso wenig in die schmutzigen Tricks, die zu der Verschwörung gehörten, mit deren Hilfe letztendlich die Übernahme von Rampart hatte bewerkstelligt werden sollen. Er behauptete, er habe Drummond bereits von Anfang an von einer Zusammenarbeit mit den Haluk abgeraten, schon als das Thema zum ersten Mal angesprochen worden war. Buchanan ging nicht so weit, seinen ehemaligen Boss als ›völlig Verrückten‹ zu titulieren, aber er deutete es ziemlich offensichtlich an. Andere Mitglieder des Galapharma-Vorstandes, so sagte er, seien erbost und verängstigt ob des Schlamassels, in den Drummond sie hineingezogen habe. Nach Drummonds gewaltsamem Ableben habe der Vorstand Buchanan zum Nachfolger ernannt – in der vergeblichen Hoffnung, noch etwas zu retten.

Als ich ihm meinen Deal als Köder anbot, schluckte Lorne Buchanan ihn voll und ganz. Er willigte sofort ein, auch schriftlich zu bestätigen, dass er sich einer psychotronischen Vernehmung unterzöge, geleitet von meinem vertrauenswürdigen Mitarbeiter Karl Nazarian, noch bevor er heute den Rampart-Tower wieder verließ.

Ich wollte wahrheitsgemäße Antworten auf die folgenden Fragen:

1. Sind Sie ein Haluk-Hybridklon? Können Sie Hybridklone identifizieren, die derzeit für Galapharma KV arbeiten?
2. Sind Sie willens, sich alle Informationen betreffend der Eradikation des Allomorphie-Zyklus und des Hybridklonierungs-Verfahrens zu verschaffen, die Galapharma für die Haluk entwickelt hat, einschließlich der Details und der Standorte aller geheimen Hybridklonierungs-Laboratorien, die jemals in Betrieb waren und/oder es jetzt noch sind, sowie der

Gesamtzahl aller dort produzierten Mensch-Haluk-Hybridklone. Wollen Sie diese Daten dem Abgeordneten Efrem Sontag aushändigen?

3. Sind Sie willens, sich den genetischen Marker zu verschaffen, anhand dessen Mensch-Haluk-Hybridklone identifiziert werden können, und diesen dem Abgeordneten Sontag auszuhändigen?
4. Sind Sie willens, sich alle Informationen betreffend der Beaufsichtigung der Haluk-Hybridklonierungs-Laboratorien durch Sicherheitspersonal von Galapharma zu verschaffen und diese dem Abgeordneten Efrem Sontag auszuhändigen?
5. Sind Sie willens, sicherzustellen, dass ausschließlich Abgeordneter Sontag, keine weitere Person, Regierungsbehörde, Firma oder kein Datenverarbeitungssystem der Medien Zugang zu diesen Informationen erhält – vorzugsweise dadurch, dass Sie alle Spuren persönlich beseitigen?

Lorne Buchanan erklärte nachdrücklich, er sei kein Haluk-Doppelgänger, noch wisse er von anderen Personen, dass sie entsprechende Agenten seien. Wie ich es vermutet hatte, waren die ›Daten unter Verschluss‹, die die Haluk betrafen, immer noch in den Computern von Galapharma gespeichert und durch eine komplexe Verschlüsslung vor Zugriffen weitestgehend geschützt. Buchanan war sich sicher, alle gewünschten Informationen beschaffen zu können, sie dann Sontag zukommen zu lassen und alle Spuren seines Eingriffs in der Galaph-Datenbank tilgen zu können.

Als Gegenleistung erklärte ich mich bereit, ihm ein Dokument auszuhändigen, verifiziert mit meinem persönlichen Retina-Scan, in dem es hieß, dass Rampart sich nicht an der Strafverfolgung seiner Person oder bestimmter namentlich benannter Mitarbeiter beteiligen werde. Weiterhin würden wir ihn in dem konsolidierten Konzern als stellvertretenden Geschäftsführer anstellen und sein Arbeitsverhältnis mindestens zehn Jahre aufrechterhalten, es sei denn, er würde auf eigenen Wunsch früher aus dem Amt scheiden.

Jane Nelligan brachte das entsprechende Dokument in den Konferenzraum. Buchanan und ich bestätigten es beide mit einem Retina-Scan. Der Vorstandsvorsitzende von Galaph schickte eine Kopie des Dokuments an seinen privaten Rechtsanwalt, ich schickte weitere in die Büros von Simon, Eve und Efrem Sontag. Dann reichte ich Jane den Fragebogen für Karl Nazarian, und Jane führte meinen Gast höflich zur Folterkammer.

Lorne Buchanan sollte alle Versprechen peinlich genau einhalten. Leider lebte er nicht lange genug, um in den Genuss aller Vergünstigungen zu kommen, die dieses Abkommen mit sich bringen sollte. Es gab eine weitere Frage, die ich auf die Liste der Fragen hätte setzen sollen:

6. Wissen Sie, ob Alistair Drummond wirklich tot ist?

»Helly! Gratulation zum Galapharma-Urteil!«

»Danke, Ef.«

»Ich nehme an, es wäre dir lieber, wenn ich jegliche Witzelei über dein bescheuertes Interview im *Wall Street Journal* unterlassen würde.«

»Ich habe aus der Tiefe meines Herzens geantwortet«, gab ich zurück, »und dabei aus der Hüfte geschossen. Wie King Edward III. gesagt hat: *Honi soit qui merde y pense.*«

»Das heißt *mal y pense.*«

»Das ist mir scheißegal, Kumpel … Nur zu deiner Information: Ich habe den Vorstandsvorsitz bei Rampart abgelehnt. Und ich werde auch keinen Sitz im Rat annehmen. Gerry Gonzales wird neben dir und deinen Kollegen das Banner des Reversionismus hissen. Seid nett zu ihm!«

Ich hatte meinen Freund Sontag an Bord seines Hüpfers am Fon erreicht. Er flog gerade alleine zu seinem Haus am *Lake Simcoe*, nachdem sich der Rat am Freitagmorgen vertagt hatte. Nachdem er meinen Anruf durch einen Phase-XII-Verschlüssler auf Abhörsicherheit gestellt hatte, gab ich ihm alle Details meines Deals mit Lorne Buchanan durch.

Ef war in bedachtsamer Weise enthusiastisch. »Wenn Buchanan alles liefert, was er versprochen hat, kriegen wir genügend handfeste Daten, um endlich meinem Komitee etwas vorlegen zu können. Dann kann über das Ganze im Rat debattiert werden. Vielleicht kann ich sogar dafür sorgen, dass diese ›keine persönlichen Inspektionen‹-Klausel des Nichtangriffspaktes doch geprüft wird. Die Tatsache, dass eine größere Anzahl Mensch-Haluk-Hybridklonierungsanlagen existiert, ist ein Prima-facie-Beweis für zweifelhafte Absichten dieser Nichtmenschen. Während der Verhandlungen über das Abkommen hat der Diener der Diener der Haluk behauptet, es seien nur eine Hand voll Mensch-Transformationen durchgeführt worden. Wenn ich mich richtig erinnere, war seine Erläuterung dazu zwar sehr einfallsreich, aber vom menschlichen Standpunkt aus betrachtet nicht gerade einleuchtend.

Die Doppelgänger sollten angeblich als eine Art Goodwill-Botschafter auf Haluk-Planeten in ihrem eigenen Sternhaufen eingesetzt werden, wo die Menschen als die ›Bösen‹ angesehen werden. Diese lächerliche Geschichte haben die Haluk schon den Leuten von

Galapharma aufgetischt, um das ganze Hybridklonierungsprojekt überhaupt erst ins Leben rufen zu können. Ich bin mir sicher, dass Alistair Drummond kein Wort von dem Ganzen geglaubt hat. Aber es war zweckmäßig für ihn, es einfach hinzunehmen, genau so wie es für die konzernhörigen Bürokraten unter den Fremdrassenangelegenheitlern und den Angehörigen des Interstellaren Handelssekretariats zweckmäßig war, sich ebenso zu verhalten, als die Abkommen aufgesetzt wurden.«

Kurz besprachen wir die rechtlichen Aspekte des Materials, das wir von Buchanan zu erhalten hofften – vor allem Möglichkeiten unserer politischen Gegner, es zu entkräften. Dann erzählte ich Ef von meinem Vorhaben, Barky Tregarth über sein Leben im Haluk-Sternhaufen auszufragen – vorausgesetzt, ich konnte den alten Statuslosen überhaupt finden. Ich erwähnte nichts davon, dass ich persönlich unser Sternsystem verlassen wollte, aber Mama Sontag hatte keine Dummköpfe großgezogen.

»Mir gefällt der Gedanke, durch einen Informanten ein wenig die Haluk-Demographie zu beobachten«, sagte er. »Selbst wenn dieser Informant des Bürgerstatus enthoben wäre, würde eine psychotronisch erhaltene Aussage seinerseits vor Gericht zugelassen werden, wenn sie die Sicherheit des Commonwealth betrifft. Frag Tregarth nach den militärisch-industriellen Möglichkeiten der Haluk. Frag ihn nach Details ihrer Transactiniden-Förderung. Aber denk noch nicht mal daran, persönlich zum Haluk-Sternhaufen zu jagen, um Barkys Bericht zu bestätigen.«

Ich hob an, jegliche Anwandlung dieser Art abzustreiten, doch Ef unterbrach mich:

»Versuch nicht, mich zu verarschen, Helly. Schnüffelei dieser Art würde den Nichtangriffspakt verletzen.

Ich dürfte keines der von dir gesammelten Beweismittel vor Gericht verwenden.«

»Vielleicht nicht vor einem offiziellen Untersuchungsausschuss des Rates. Aber es könnte immer noch hilfreich sein, so etwas an die Medien durchsickern zu lassen, ein bisschen die öffentliche Meinung zu beeinflussen, Druck auf andere Abgeordnete auszuüben ...«

»Man darf mir nicht vorwerfen können, ich würde einen Bruch der Gesetze des Commonwealth billigen.«

»Nicht mal der völlig unsinnigen? Ich kenne den Unterschied, weißt du? Ich bin ebenso promovierter Absolvent der juristischen Fakultät von Harvard wie du!«

Er schüttelte müde den Kopf. Ich stellte seine Geduld mit meinen unpassenden Witzeleien auf die Probe. »Und *ich* bin ein Politiker, der im Ruf steht, recht redlich zu sein, und der unter einer Regierung tätig ist, die fast vollständig vom galaktischen *Big Business* kontrolliert wird. Die Öffentlichkeit respektiert meine Integrität, und die Medien tun das ebenfalls. Dieser Ruf, ein anständiger Kerl zu sein, ist der Grund, warum ich einen gewissen Einfluss besitze, und ich werde nichts unternehmen, was diesen Ruf gefährdet. Warum war ich wohl so erpicht darauf, die bisher zusammengetragenen Beweise erst zum richtigen Zeitpunkt vorzulegen? Vor zwei Jahren warst du kein glaubwürdiger Zeuge. Heute, dank irgendeines Wunders, bist du das schon ... so gut wie, zumindest ..., es sei denn, du würdest das alles wieder in den Wind schießen, indem du irgendetwas völlig Idiotisches tust.«

Autsch. »Können wir uns wenigstens darauf einigen, dass du deine Große Frage erst dann dem Rat vorlegst, wenn ich Barky Tregarth ausgequetscht habe?«

»Du weißt nicht, wie lange du brauchen wirst, um ihn

zu finden. Und was wird geschehen, wenn dieser Mann ein Reinfall ist?«

Ich musste es wenigstens noch versuchen. »Hör mal: Eine schnelle Vermessung ausgewählter Planeten im Haluk-Sternhaufen wird höchstens zehn Wochen dauern. Ich habe das Schiff, ich habe die notwendige Ausrüstung, und ich *kann* das erledigen. Zehn Wochen, Ef! Ich könnte die Informationen den Medien anonym zuspielen. Klar, die Haluk und das Konsortium werden natürlich vermuten, dass ich die geheimnisvolle Quelle bin – na und? Die werden nicht das Geringste beweisen können!«

»Helly, der Rat steht kurz davor, dem Verkauf von weiteren fünfzig T-2-Planeten unter Rampart-Mandat an die Haluk zuzustimmen. Das wird im Juni passieren, kurz vor den Parlamentsferien. Bis dahin sind es weniger als acht Wochen.«

Ich stieß aus tiefstem Herzen ein »Verdammte Scheiße!« aus. Davon hatte mir im Rampart-Tower niemand auch nur ein Sterbenswörtchen erzählt.

»Es kommt noch schlimmer! Bald wird im Ausschuss eine neue Verfügung abgesegnet, die den Haluk ermöglicht, *noch* dreihundert Rampart-Planeten zu kaufen. Kurz danach wird sie zur Abstimmung vorgelegt werden – direkt nach Wiederaufnahme der Parlamentsgeschäfte Ende August. Alle Konservativen und viele der neuen Liberalen werden dafür stimmen. Sheltok und Bodascon und die anderen Mitglieder des Konsortiums drängen immens darauf, diesen neuen Haluk-Kolonien grünes Licht zu geben. Ich habe nur eine Chance, das Durchkommen dieses Entwurfes zu verhindern: Schon dessen Vorlegen muss unterbunden werden. Ich muss ihn von vorneherein im Komitee absägen. Um das zu schaffen, müssen wir einen Feuersturm der öffentlichen Meinung im PlaNet entfachen, den selbst die korruptesten Abgeordneten nicht ignorieren können.«

»Kannst du nicht auch das Verscherbeln dieser fünfzig Planeten absägen?«

»Völlig unmöglich. Es wäre strategisch äußerst unklug, die Untersuchung gegen die Haluk unmittelbar vor Beginn der Parlamentsferien zu eröffnen. Wir müssen uns ganz darauf konzentrieren, diesen zweiten Gesetzesentwurf zu torpedieren. Idealerweise sollten alle Beweismittel meinem Komitee für Fremdrassenangelegenheiten vorgelegt werden, wenn der Rat sich zum ersten Mal nach den Ferien wieder versammelt. Und du solltest darauf vorbereitet sein, persönlich auszusagen. Wir werden im Komitee keine Psychosonden anwenden – aber das könnte sich als notwendig erweisen, sobald die Untersuchungen vom Rat aufgegriffen werden.«

»Ich verstehe.«

Efrem Sontag und ich starrten einander schweigend an. Wir waren gleichaltrig, aber er wirkte zehn Jahre älter. Der Bildschirm des Kommunikators in meinem Büro zeigte einen zierlich gebauten, wenig attraktiven Mann mit strähnigem schwarzen Haar, übergroßen Ohren und den stechenden Augen eines unbezähmbaren Kriegers. Obwohl er nur der fraktionsstärksten Oppositionspartei angehörte, war er doch einer der einflussreichsten Abgeordneten, einer derjenigen, denen man nichts anhaben konnte, die Geißel aller Mit-Gesetzgeber, die sich gemütlich von den Einhundert Konzernen aushalten ließen.

Die Untersuchung, deren Organisation er übernehmen würde, sollte einen der größten politischen Krawalle in der Geschichte des Commonwealth auslösen. Während die Konzerne angesichts einer drohenden Störung des Handelsabkommens mit den Haluk Zeter und Mordio schreien würden, wären die Medien voller

Begeisterung damit beschäftigt, das Feuer der Kontroverse weiter anzuheizen. Wir hofften, dass die Bürger des Commonwealth der Gedanke an Haluk-Doppelgänger-Spione hinreichend beunruhigen würde, um interaktiv über das PlaNet Druck auf ihre Abgeordneten zu machen, so den Einfluss der Konzerne zu schwächen und eine Revision dieser zweifelhaften Handelsabkommen zu erzwingen.

Und was würden die Haluk dann machen, diese armen Kerle? Zusammenbrechen, alles gestehen, zukünftig vollständige Kontrollen ihrer Planeten zulassen und versprechen, dass sie in Zukunft ganz artig sein würden, wenn wir ihnen nur erlaubten, auch in der Milchstraße zu siedeln?

Vielleicht. Wenn der Druck groß genug wurde.

»Es liegt jetzt in deinen Händen, Ef«, sagte ich. »Ich habe ein paar vertrauenswürdige Leute, die schon mit mir zusammengearbeitet haben; es wäre mir recht, wenn du zumindest in Erwägung ziehen würdest, sie mit ins Boot zu nehmen. Leute, deren Ruf über jeden Zweifel erhaben ist, wie Karl Nazarian oder Beatrice Mangan von der Spurensicherung bei IHS.«

»Deren Hilfe wäre mir sehr willkommen.«

»Ich werde mein Bestes tun, dir die Aussage von Barky Tregarth schnell zu besorgen. Und in der Zwischenzeit: Pass gut auf dich auf, alter Kumpel.«

Sontag stieß ein kurzes, völlig humorloses Lachen aus. »Die Konzerne werden niemals wagen, mir ihre Gorillas auf den Hals zu hetzen.«

»Die Konzerne machen mir keine Sorgen. Das Problem könnten Haluk-Hybridklone sein, die jetzt gerade in Toronto tätig sind. Pseudo-Menschen.«

Er starrte mich einen Augenblick schockiert an, es schien ihm die Sprache verschlagen zu haben. »Meinst du das ernst?«

»Todernst. Ich habe schon ein paar kennen gelernt, die sich als Sicherheitspersonal von Galapharma ausgegeben haben. Die Haluk sind mindestens ebenso intelligent wie wir. Und sie haben eine wirklich steile Lernkurve.«

Seine Miene verzog er nicht, aber ich wusste, dass es schwer vorstellbar für ihn war, ein verkleideter Außerirdischer könne erfolgreich über längere Zeit als Mensch durchgehen.

»Eine der wichtigsten Informationen, die wir von Lorne Buchanan zu erhalten hoffen«, sagte ich, »ist der genetische Marker, an dem man Hybridklone erkennen kann. Gib diese Information so schnell wie möglich an Bea Mangan weiter. Und dann lass sie heimlich alle deiner engsten Mitarbeiter auf schleichende Halukitis untersuchen.« Ich zögerte, weil es mir überhaupt nicht gefiel, das zu sagen, was nun kommen musste. »Und lass auch Liliane testen.«

»Hast du den Verstand verloren, Helly?«, stieß Sontag hervor.

»Du brauchst für eine ordentliche DNA-Analyse doch nur ein verrotztes Taschentuch oder ein Haar, an dem das Follikel noch nicht abgestorben ist. Weder deine Frau noch deine Mitarbeiter müssen jemals erfahren, dass sie überprüft wurden. Verdammt noch mal, Ef, die Hybridklon-Maulwürfe sind wirklich unterwegs! Ich bin mir da ganz sicher! Diese Haluk-Doppelgänger, die damals die Sicherheitsabteilung von Galaph unterwandert haben, sind wahrscheinlich längst weg, aber die müssen noch andere auf Halde haben, die sie langfristig einsetzen wollen.«

»Ich werde mich darum kümmern«, verkündete er grimmig. »Meine Güte, Helly – du weißt wirklich, wie man jemandem den Tag versaut!«

»Überleg doch mal, wie praktisch das für unseren Fall

wäre«, schlug ich vor, »wenn du Haluk-Spione an wichtigen Stellen in der Regierung finden würdest.«

»Praktisch!« Er verzog das Gesicht.

»Ich melde mich, sobald ich irgendetwas weiß.«

»Pass bei dieser Barky-Jagd auf dich auf«, sagte er.

»Pass *du* auch auf *dich* auf, Ef. Das ist ganz ernst gemeint.«

»Ich weiß.« Er beendete das Gespräch.

Danach saß ich einige Zeit lang still hinter meinem Schreibtisch, alleine in meinem vertrauten, unordentlichen Büro; Anzugjacke, Weste und Halstuch hatte ich abgelegt. Ich ging die Ereignisse des heutigen Nachmittags noch einmal durch und war sowohl erschöpft als auch erfreut über all das, was ich in wenigen Stunden erreicht hatte.

Das war fast so gut, wie weit, weit weg auf dem Tropenstrand von Kedge-Lockaby zu liegen.

Die Uhr auf meinem Schreibtisch zeigte 16.42. In weniger als einer Stunde stand das Treffen mit Jake Silver an. Sollte ich meinen Termin mit meiner kleinen Schwester Beth verschieben, oder sollte ich meine Familienpflicht erfüllen?

Vielleicht war sie ja gar nicht gekommen.

Ich aktivierte die Gegensprechanlage. »Jane, hat Lorne Buchanan seine Psychotronik-Sitzung mit Karl Nazarian beendet?«

»Ist sehr gut gelaufen. Alle Fragen wurden beantwortet, und es hat nur wenige körperliche Beschwerden gegeben, weil die zu untersuchende Person auch geistig sehr kooperativ war. Bürger Buchanan hat vor etwa zehn Minuten zusammen mit seiner Entourage den Turm verlassen. Er bat mich, Ihnen auszurichten, dass die entsprechenden Daten umgehend unter strengster Geheimhaltung an das Büro des Abgeordneten Sontag transferiert werden würden.«

»Hervorragend! Ähm … wartet noch jemand am Empfang auf mich?«

»Ihre Schwester Bethany sitzt hier seit mehr als zwei Stunden«, antwortete Jane, und in ihrer Stimme klang der Hauch eines Vorwurfs mit. »Ich hatte ihr gesagt, dass ein Treffen heute eventuell nicht möglich sein würde, Sie würden sich jedoch bemühen, Zeit für sie zu finden.«

Verflixt!

»Bitte schicken Sie sie rein.«

Ich stand von meinem Schreibtisch auf, öffnete meinen nur selten genutzten Kleiderschrank, stellte mich vor den großen Spiegel an der Innenseite der Tür und band mir mein Halstuch wieder um.

Beth kam hereingeweht. »Guten Abend, Asa.« Ihre Stimme war kaum zu verstehen, so leise sprach sie. Ein schlechtes Zeichen. Je leiser sie sprach, desto verärgerter war sie meistens.

»Bitte setz dich«, sagte ich. »Entschuldige, dass ich mich hier so aufmotze, aber ich muss in ein paar Minuten hier weg. Ich habe noch eine dringende Verabredung.«

»Das ist schon in Ordnung.« Sie lehnte den Kaffee ab, den ich ihr anbot, und blieb schweigend sitzen, während ich mich weiter anzog.

Bethany Frost trug einen eleganten Straßenanzug aus Seidentweed in einem Braunton, der im Licht grün schimmerte. Dunkelblaue, knöchelhohe Stiefel, eine dazu passende Handtasche und eine eng anliegende Halskette aus schwerem Gold, in die Myriaden winziger Diamanten eingelegt waren, vervollständigten das Ensemble. Und wie immer wirkte sie trotz ihrer topmodischen Kleidung unauffällig und zerbrechlich, wie ein winziger Schmetterling, den schon der leiseste Windhauch zu zerquetschen droht. Beth ist nicht ganz so zierlich wie Eve, doch auch sie hat die zarten Knochen unserer inzwischen verstorbenen Mutter Katje Vanderpost.

Ich nenne Beth meine ›kleine‹ Schwester, weil sie sieben Jahre nach Eve geboren wurde und immer jünger aussah, als sie wirklich war. Dabei ist sie tatsächlich zwei Jahre älter als ich. Ihr Verstand ist scharf wie ein Skalpell, vor allem in mathematischen Dingen, doch emotional ist sie sehr labil. Fast zehn Jahre lang hat sie als stellvertretende Finanzverwalterin mit Gunter Eckert zusammengearbeitet, bis unser Bruder Daniel in Ungnade fiel und sie einen Nervenzusammenbruch erlitt, in dessen Folge sie sich aus der Geschäftswelt zurückzog. Sie und ihr Mann, ein Kybernetik-Forscher namens Carter Berg, hatten zwei Kinder im Teenageralter.

Beth und ich waren nie sonderlich herzlich miteinander umgegangen. Als wir noch klein waren, waren wir Rivalen um die fast mütterliche Zuneigung unserer großen Schwester Eve, die aus irgendeinem Grunde die Gesellschaft des ungestümen Baby-Cowboys der fast ermüdenden, schüchtern-brillanten Beth vorzog. Beth reagierte darauf, indem sie ihre Geschwisterloyalität Daniel schenkte, der zwei Jahre älter war als Eve. Auch als sie erwachsen waren, blieben sich Bruder und Schwester sehr nah.

Als ich mich weigerte, nach meinem Studienabschluss an der juristischen Fakultät in den Dienst von Rampart zu treten, folgerte Beth daraus, ich verriete auf diese Weise die Familie. Sie hatte mich immer all der Dinge für schuldig gehalten, die man mir ungerechtfertigt zur Last gelegt hatte und die meine Karriere im Interstellaren Handelssekretariat beendeten. Als Galapharma auf seine unnachahmlich rüde Art und Weise Rampart umwarb, hatte sie auf der Seite derer gestanden, die für den Ausverkauf stimmten.

Beth blieb störrisch von Dans Unschuld überzeugt, trotz all dessen, was Eve und ich getan hatten, um ihr zu beweisen, dass Dan ein heimlicher Kollaborateur in Alistair Drummonds Verschwörung und unmittelbar für den Tod unserer Mutter verantwortlich gewesen war.

Ich ging zu meinem Schreibtisch zurück, und wir starrten einander an, ohne ein Wort zu sagen. Das war immer Beths Masche gewesen, um ihr Gegenüber in die Defensive zu drängen. Ihre riesigen blauen Augen schimmerten vor zurückgehaltenen Tränen, doch mit dem Despotismus der Sanftmütigen wartete sie, bis ich gezwungen war, das Schweigen zu brechen.

»Was kann ich für dich tun, Schwesterchen?«

Sie flüsterte: »Lass Dan gehen.«

»Das geht nicht.«

»Es bringt ihn um, Asa – eingesperrt wie ein Hund in dieser verdammten Hütte in der Nähe von Kenora! Sechs Monate im Jahr liegt da nur Schnee, und den Rest des Jahres gibt es nur Elche und Moskitos und Eistaucher. Und diese widerlichen Medikamente, mit denen die Innensicherheitler ihn gefügig halten ... Dan kann doch niemandem etwas zu Leide tun. Lass ihn nach Hause, damit er Norma und Jamie sehen kann.«

»Norma besucht Dan jedes Wochenende. Jamie könnte seinen Vater besuchen, wenn er das wollte.« Aber das wollte er nicht. Mein Neffe, ein ziemlich beschäftigter junger Mikrochirurg, war von der Schuld seines Vaters überzeugt und fuhr nur selten zu der abgelegenen *Kingfisher Lodge* im Norden Ontarios.

Norma Palmer, Dans Frau, lange Zeit Abgeordnete der Konservativen Partei im Rat, war eine sehr viel rätselhaftere Person. Sie hatte sich von der Familie immer distanziert, und jetzt nutzte sie ihren Einfluss dazu, die Medien von ihrem glücklosen Ehemann fern zu halten.

Es war klar, dass Norma Dan immer noch liebte. Ob sie aber das Bedürfnis ihrer Schwägerin guthieß, ihn wieder freizulassen, war nicht gesagt.

»Der Prozess ist doch vorbei«, beharrte Beth. »Wenn erst einmal die Konsolidierung von Rampart und Galapharma beginnt, werden sich die Schreiberlinge von der Regenbogenpresse zurückziehen und sich etwas anderes suchen, worauf sie herumhacken können. Lass Dan nach Toronto zurückkommen und ein normales Leben führen. Er hat versprochen, dass er sich ganz ruhig verhalten wird; er wird nichts tun, was euer geliebtes Rampart in Gefahr bringt.«

»Das ist unmöglich.«

»Warum?«, flüsterte sie unheilschwanger. »Weil du und Eve das sagen?«

»Weil er das getan hat, was er nun einmal getan hat! Er war mit Alistair Drummonds kriminellen Machenschaften während des Kampfes um die Übernahme einverstanden. Unser Bruder ist ein Verbrecher, Beth! Er könnte versuchen, die Konsolidierung zu sabotieren. Von Rechts wegen müsste gegen ihn Strafanzeige erlassen werden!«

»Alistair Drummond hat Dan angelogen! Die Strategie zur Fusion sollte keinerlei illegale Schritte beinhalten! Es sollte einfach rein geschäftlich sein, nur ein wenig Computerspionage, um alles zu vereinfachen. Dan hat nichts von den Sabotageakten gewusst, und auch nicht von Qius Tod, von Eves Entführung oder irgendetwas anderem! Und er schwört, dass er nichts getan hat, was unserer Mutter geschadet hätte. Ich glaube ihm!«

»Dann lass ihn das doch den Maschinen erzählen«, erwiderte ich kalt. »Mal sehen, was die davon halten!«

»Du weißt, dass diese furchtbaren Geräte Hirnschäden verursachen können! Als du vor Gericht gestanden hast, hat dein Anwalt nicht zugelassen, dass du dich davon untersuchen lässt. Warum also sollte Dan das tun?«

»Das haben wir doch schon besprochen. Dan lässt sich nicht von einer Psychosonde untersuchen, weil er schuldig ist! Um Gottes willen, Beth – er hat Simon und mir doch alles gestanden, als er uns mit vorgehaltener Waffe nach Coventry Blue geflogen hat! Er hat uns dazu gezwungen, ihm Vollmachten auszustellen – sonst hätte er uns zu außerirdischen Sex-Sklaven umgestalten lassen!«

»Das ist doch absurd«, widersprach sie. »Diese Geschichte ist so lächerlich, dass sie nicht einmal ein Kind glauben würde! Dan hat euch beide davon überzeugt, dass es keinen Sinn mehr hatte, sich gegen die Fusion mit Galapharma zu stellen. Du und Simon, ihr habt ihm freiwillig eure Vollmachten erteilt, aber dann habt ihr es euch doch anders überlegt und seid in die Sky Ranch hereingestürmt, weil ...«

»Das ist nicht wahr. Dan lügt, er manipuliert dich.«

»Asa, er ist unser *Bruder.* Ein guter Ehemann und Vater. Ein Mann, der zwanzig Jahre lang treu für Rampart gearbeitet hat, der dazu beigetragen hat, dass die Firma so groß geworden ist.«

»Und der übergelaufen ist, als Paps ihn nicht zum Vorstandsvorsitzenden machen wollte.« Ich stand auf. »Es tut mir Leid, Beth. Ich weiß, dass du Dan liebst, aber er ist gefährlich – vielleicht genauso verrückt wie Drummond selbst. Die Beweise, dass er unsere Mutter getötet hat, sind erdrückend. Aber Dan zeigt keinerlei Reue, er leugnet nur. Wir haben das Beste für ihn getan, was wir unter den gegebenen Umständen machen konnten.«

»Ist das deine endgültige Entscheidung?«

»Meine, Simons und Eves. Und jetzt muss ich wirklich gehen. Und du auch.«

Ich ging zum Schrank hinüber und nahm meinen Anonymo-Anorak heraus – ein Kleidungsstück, das vor allem von scheuen Gestalten wie weniger prominenten Prominenten, untreuen Ehefrauen und Großstadt-Misanthropen geschätzt wird. So etwas ist in fast allen Modefarben zu haben. Die Firma garantiert, dass die Privatsphären-Visoren an diesen Jacken absolut Scanner-sicher sind. Mein Anorak hatte sogar noch eine Sonderausstattung: ein leichtes, bequemes, gepanzertes Futter – nicht, dass ich derartigen Schutz noch brauchte. Jetzt, wo Alistair Drummond vermutlich eine neue, unterirdische Behausung sein Eigen nannte und die Haluk noch nichts von meinem Plan wussten, ihnen ins Handwerk zu pfuschen, hatte niemand einen Grund, mir eins überzuziehen. Meine Hauptgegner waren jetzt die Wichtigtuer von den Medien.

Ich schlüpfte in den Anorak, zog die Kapuze hoch und legte den Hebel um. Hokuspokus! Kein Gesicht mehr! Der Träger merkt nichts von diesem winzigen Kraftfeld. Man kann sogar dadurch essen und trinken – nicht, dass ich vorgehabt hätte, das wunderbare Essen bei *Carman's* auf diese Weise zu beleidigen.

Beth blieb in ihrem Sitz, saß still wie eine Statue. Ihre Stimme war immer noch leise und ruhig, doch Tränen strömten ihr über die Wangen und ruinierten ihr makelloses Make-up.

»Dan wollte doch nur das Beste für Rampart. Man hat ihn getäuscht. Er wäre ein wunderbarer Vorstandssprecher gewesen, aber unser Vater hat stattdessen lieber Eve genommen. Seinen tollen Liebling! Simon ist ein arroganter, törichter Narr. Und du, Asa, du bist ...«

Ich öffnete die Tür zu meinem Büro. Jane Nelligan saß an ihrem Schreibtisch.

»Bitte sorgen Sie dafür, dass meine Schwester Beth sicher nach Hause kommt«, sagte ich. »Am besten rufen

Sie Dr. Berg an und berichten ihm, dass seine Frau sich nicht wohl fühlt und ihn braucht. Sollte das nicht gehen, lassen Sie sie von der Innensicherheit in einem Hüpfer nach Hause bringen.« Ich senkte meine Stimme. »Notieren Sie: Ihr Besuchsrecht und ihr Recht, mit Daniel Frost zu telefonieren, sind bis auf weiteres aufgehoben, es sei denn, Eve oder ich widerrufen das. Und ich bin jetzt weg!«

»Du Scheißkerl!«, schrie Beth. »Du verdammter, herzloser Scheißkerl!«

Die erbosten Schreie meiner Schwester hallten mir nach, als ich zu der Reihe normaler Trägheitslosigkeits-Aufzüge des Rampart-Tower zustürmte und damit bis zu den Fußwegen hinunterfuhr, die ›*The Path*‹ genannt wurden.

Kapitel 4

Der Energieschirm, unter dem die Hauptstadt liegt, schützt zwar vor Wind und Niederschlägen, aber er besitzt keinen Einfluss auf die Temperatur oder die Luftfeuchtigkeit. Deswegen entscheiden sich viele Büroangestellte, Jungmanager, Bürokraten und andere Geschäftsleute, die besonders kühles oder besonders heißes Wetter meiden wollen, von einem Ort zum anderen zu Fuß durch ein ausgedehntes Netzwerk unterirdischer Gänge (eigentlich fast Prachtstraßen) zu gehen, das seit über 250 Jahren fester Bestandteil von Toronto ist.

The Path verbindet alle Haltestellen der Hochgeschwindigkeits-U-Bahn und alle Firmen- und Regierungsgebäude der Innenstadt. Auf verschiedenen Ebenen stellt er fast eine eigenständige unterirdische Stadt dar, in der es Transportbänder und Einkaufszentren und Sportanlagen gibt. In den stärker frequentierten Gängen des Path reihen sich Imbissbuden an Spielhallen und Dienstleistungsbetriebe. Es gibt sogar kleine Parks mit Blumen und Bäumen, die im Kunstlicht gedeihen, Springbrunnen sorgen für vernünftig befeuchtete Luft, und die berühmten schwarzen Eichhörnchen der Stadt erbetteln sich einen Happen von Leuten, die auf kleinen Grünflächen picknicken. Von Polizeistreifen auf Zweirädern oder den persönlichen Rollern Schwerbehinderter abgesehen, darf nichts auf Rädern oder Antigrav-Feldern in das fußgängerfreundliche Netzwerk hinein. Es lädt alle Interessierten zu einem Spaziergang ein und hat ebenso ein Herz für zielstrebige Pendler.

Natürlich hat auch *The Path* seine eigenen Überlieferungen. Von gewissen, nur selten betretenen Bereichen des Netzwerks im Norden der Stadt heißt es, dort würden Geister statusloser Bettler und unlizenzierter Händler hausen, die vor 30 Jahren gnadenlos der Stadt verwiesen worden seien. Ganz besonders viel wird über ein labyrinthartiges Gebiet nahe der Haltestelle *University* berichtet: von Liebespärchen, die sich dort gemeinsam umgebracht haben, von einem amoklaufenden Putzroboter, der die Unvorsichtigen einfach aufsaugt, und vom Kopflosen Professor – hinter dessen Privatsphären-Visor *gar nichts* liegt. In den untersten Ebenen, zu denen die Einstiegsluken verschlossen sind, befindet sich ein Irrgarten inzwischen ungenutzter Einkaufsstraßen aus dem letzten Jahrhundert, mit alten Wartungstunneln und moderneren Hochwasserablaufrohren. Angeblich bilden sie einen *Dark Path,* einen dunklen Pfad, den die Gesetzlosen aufsuchen, die hoffnungslos Verarmten und ungezählte Rudel Riesenratten.

Während meiner jüngsten Phase der rechtlich anerkannten Sklaverei hatte ich mir öfters die Zeit genommen, lange Strecken in diesem unterirdischen Toronto zurückzulegen. Ich genoss die ansteckende Vitalität des *Paths* und die Vielfalt der menschlichen Bewohner. Manche davon wanderten anonym umher, so wie ich es stets zu tun pflegte, doch die meisten gingen ihren Geschäften in der ausgelassenen Art einer jugendlichen Elite nach, die das Glück hat, gute Jobs in der aufregendsten Stadt der Welt ihr Eigen nennen zu können.

Eine beträchtliche Anzahl Außerirdischer mischte sich unter die Menschen auf dem *Path.* Im Stadtzentrum lagen die Botschaften von vier der fünf nichtmenschlichen Rassen, die selbst Raumflug betrieben. (Die grotesken Kalleyni, die die Schwerkraft der Erde erdrückend fanden, hatten eine Vertretung in *Luna Landing* – für die Würde der Menschheit durchaus von Vorteil, denn sie spielten anderen sehr gerne Streiche der übelsten Sorte.) Ein Spaziergänger auf dem *Path* konnte damit rechnen, hoch gewachsene Joru in eleganter schwarz-weißer Tracht zu sehen, reizbare kleine Qastt, bleiche Y'tata, die stets unter strenger Anweisung standen, ihre Kohletabletten und ihre Medikamente gegen Flatulenz zu nehmen, und – am häufigsten vertreten – Haluk. Die waren in Scharen in die Hauptstadt der Menschen gezogen, nachdem die Abkommen unterzeichnet waren. Ihre blauhäutigen Handelsattachés bemühten sich ständig, in den verschiedenen Regierungsgebäuden Einfluss zu nehmen, ihre Vertreter fielen in die Managerbüros ein und mauschelten nach Kräften.

Die Haluk waren die einzigen Außerirdischen, die sich während ihres Aufenthaltes auf der Erde der menschlichen Kleidung bedienten. Ich hatte mich nie an den Anblick gewöhnen können, wie sie dreist durch die unterirdischen Straßen stolzierten, stets in Gruppen von drei oder mehr, in teuerster, ultramoderner Kleidung. Angehörige der Joru, Y'tata und Qastt lebten in Apartments, die über die ganze Stadt verteilt waren, doch alle Haluk residierten in ihrer Botschaft, die sich in den oberen zwei Dritteln des gewaltigen Macpherson-Tower auf der Edward Street befand, genau gegenüber dem Hauptquartier von Sheltok, dem Energiekonzern der Großen Sieben.

Genau wie die Planeten der Haluk galt auch ihre Botschaft für die Menschheit als Sperrzone.

Dank meiner Schwester Beth kam ich zu meiner Verabredung mit Chief Superintendent Jake Silver zu spät.

Ich ging den Teil des *Paths* entlang, der unter der McCaul Street entlangführte, nördlich des Campus der *University*, bog dann unter dem vor Menschenmassen nur so wimmelnden Regierungsgelände nach Osten ab, bis ich den Commonwealth-Kripo-Tower auf der College Street erreichte. Eine Rolltreppe brachte mich in die historisch erhaltene Lobby, die noch zum echten, alten Hauptquartier der Polizei von Toronto gehört hatte. Ich sah Jake, der auf sein Chronometer starrte und nervös daran herumspielte. Er trug einen eleganten Kamelhaarmantel und ein schwarzes Barett.

Ich schlich mich an ihn heran und deaktivierte meinen Visor. »Au weia! Ein Bulle!«

Er warf mir einen bösen Blick zu. »Wurde auch Zeit. Weißt du, was mit Leuten passiert, die zu einer Platzreservierung bei *Carman's* zu spät kommen? Na los! Wir sparen Zeit, wenn wir oberirdisch gehen.«

Er trat durch die Eingangstür, ich folgte ihm zaghaft und aktivierte wieder meinen Privatsphären-Visor. »Nu reg dich nicht auf, Jake. Die werden dich da nicht rausschmeißen, wenn ich bei dir bin. Ich bin ein Star! Und reich bin ich auch noch.«

»Klugscheißer! Wann warst du denn das letzte Mal bei *Carman's*?«

»Letztlich«, bog ich die Fakten ein wenig zurecht. In Wirklichkeit war es mehr als zwei Jahre her; damals, als ich gerade damit anfing, in der Politik mitmischen zu wollen, hatte ich dort Abgeordnete der Liberalen mit einem Herz für die Ideale der Reversionisten fürstlich bewirten lassen, in der Hoffnung, sie würden mir gestatten, ihren offenen Komitee-Sitzungen beizuwohnen und böse Dinge über die Haluk zu erzählen.

»Hast du was über Barky Tregarth rausgekriegt?«, erkundigte ich mich.

»Das erzähle ich dir«, sagte Jake, »sobald ich ein Glas

Clynelish Scotch in der Hand habe und mich ein wunderschönes Steak von meinem Teller anlächelt. Bete darum, dass der *Maître d'* heute gut gelaunt ist.«

»Arbeitet Albert immer noch da?«

»Jou. Und mit denen, die zu spät kommen, lässt er immer noch keine Gnade walten.«

Das Restaurant war nur ein paar Hundert Meter entfernt, in der Alexander Street. Ich spürte die nasskalte Luft durch meinen Anorak hindurch, und ich wünschte mir, darin wäre eine Klimaanlage eingebaut gewesen statt einer Panzerung. Gerade in den mittleren Staaten von Nordamerika kann der April wirklich ein grausamer Monat sein. Unten, auf dem *Path*, standen Osterglocken und Tulpen in voller Blüte. Auf der Oberfläche fühlte es sich noch wie tiefster Winter an.

Jake und ich eilten den überfüllten Bürgersteig entlang, ohne miteinander zu sprechen, bis uns eine Ampel an der Yonge Street zum Stehenbleiben zwang. VIP-Fahrzeuge und Taxis standen im Stau, wie üblich, und warteten darauf, auf die computergesteuerten Highway-Rampen auffahren zu können. Der Vorschlag des Stadtrates, Privatfahrzeuge aus der Innenstadt zu verbannen, war wieder einmal von den Einhundert Konzernen abgeschmettert worden.

»War's ein harter Tag, Superintendent?«, fragte ich Jake in neutralem Ton.

»Das Übliche. Musste mich mit dem Verbindungsmann zur Zonenpatrouille kabbeln, die idiotischen Droiden in der Datenverarbeitung zusammenstauchen, mir mit einem Lächeln den Scheiß anhören, den die maßgeblichen Regierungsstellen so verzapfen.« Er machte eine Pause. »Und eine alte und sehr unangenehme Bekanntschaft wieder auffrischen, dank deiner Sonderwünsche. Ich habe gekriegt, was du wolltest, aber es wird dir vermutlich nicht gefallen.«

Er sagte kein weiteres Wort mehr, bis wir das 275 Jahre alte Steakhaus erreichten. Wir hatten 20 Minuten Verspätung, doch Alberts strenge Miene hellte sich auf, als er mich erkannte und ich mich aus meinem Anorak schälte. »Schön, dass Sie uns wieder einmal beehren! Ich hatte schon befürchtet, Sie hätten uns vergessen.«

»Aber nicht doch. Ich habe mir nur den Arsch weggearbeitet und hatte dabei gerade mal genug Zeit, mich von Junkfood zu ernähren.«

Albert nickte. »Der Prozess des Jahrhunderts! Jeder spricht von Ihnen.«

Zumindest jeder, der das *Wall Street Journal* liest. Ich grinste schief, als ich ihm ein dickes Trinkgeld zuschob. »Wie wäre es mit einem Platz in einer sehr, sehr ruhigen Ecke?«

»Selbstverständlich.« Er würde dafür sorgen, dass uns weder irgendwelche Zeitungsfritzen noch aufdringliche Gäste belästigen würden. So etwas gehörte bei *Carman's* zum Service.

Mehrere Leute drehten sich um, als wir den überfüllten Hauptspeiseraum durchquerten, in dem Kupfer- und Zinnpfannen wie metallene Fledermäuse von der Decke hingen. Die Luft war erfüllt vom Duft nach teurem Grillfleisch und Knoblauchbrot.

Unser Tisch stand abseits, in einer der kellergewölbeartigen Anbauten. Wir nahmen die ledergebundene Speisekarte in Augenschein und tranken währenddessen unsere Aperitifs. Ich hatte einen trockenen Sherry bestellt, während Jake einen Doppelten seines bevorzugten Highland-Single-Malts herunterkippte.

»Ist fast eine Schande, dass du in einem derartigen Restaurant deine Geschmacksknospen mit dieser schottischen Sargdeckelpolitur abtötest«, murmelte ich. »Wie viele Umdrehungen hat dieses Zeug eigentlich?«

»Fassstärke 120, Jungchen, und nur ein ignoranter Bauerntrampel aus Arizona würde diesen Trank der Götter beleidigen. In all den Jahren des Exils auf K-L habe ich nur zwei Flaschen *Clynelish* über die örtlichen Schmuggler gekriegt. Jetzt, wo ich wieder zurück in der Zivilisation bin, habe ich vor, alle versäumten Gelegenheiten wieder nachzuholen – vor allem, da *du* zahlst.«

»Ich bitte um Entschuldigung. Dann bestell dir noch ein Schlückchen.«

»Genau das werde ich tun! Und ich erwarte auch einen anständigen Wein zum Essen.«

Also bestellte ich uns einen edlen *Haut Brion*, Jahrgang '21. Jake nahm ein gegrilltes T-Bone-Steak, Kartoffeln und sautierte Morcheln, garniert mit äolischem Krill (von dem er steif und fest behauptete, er sei koscher). Ich entschied mich für ein kurz gebratenes Wagyu-Filet, Spargel mit Senf-Miso und einen exotischen Salat. Jake bestellte als Vorspeise Artischockengefüllte Ravioli, während ich die letzten Quilcene-Austern der Saison wählte, definitiv nicht koscher.

»Erzählst du mir jetzt, was du über Barky Tregarth herausgefunden hast?«, fragte ich, als sein zweiter doppelter Scotch eintraf.

»Erst erzähl ich dir ein bisschen was Allgemeines. Vor langer Zeit, als ich noch so jung war wie du und die gleichen blöden Ideale hatte, erfuhr ich etwas über einen meiner Vorgesetzten namens Ram Mahtani. Ein Hinweis und ein paar Informationen aus den Datenbanken schienen zu beweisen, dass Ram sich hatte schmieren lassen – vermutlich vom Carnelian-Konzern –, um dafür eine Untersuchung einzustellen, die irgendetwas mit dem High-Tech-Waffen-Embargo gegen die Y'tata zu tun hatte. Mahtani war mir gegenüber immer ein anständiger Chef gewesen. Und er war ein aufopfernder Familienvater, dessen Tochter viele gesundheitliche

Probleme hatte. Bevor ich also einen Bericht an die Abteilung für Innere Angelegenheiten weitergereicht habe, bin ich zu ihm gegangen und habe ihn gefragt, ob er sein verdächtiges Verhalten erklären könne.«

»Hoppla!«, sagte ich.

»Ganz genau. Ich war damals ein hoffnungsloser Softie. Wie auch immer, die belastenden Daten gingen dann praktischerweise bei einem Computerabsturz verloren, und mein Informant erzählte plötzlich eine ganz andere Geschichte. Puff!, war das Verfahren gegen Mahtani vorbei. Drei Wochen später wurde ich von der Kripo zur Abteilung für öffentliche Sicherheit versetzt, und das auf einem Hinterwäldler-Planeten irgendwo im Perseus-Sporn. Ram Mahtani hat sich im darauf folgenden Jahr von der Commonwealth-Kripo vorzeitig in den Ruhestand versetzen lassen und wurde dann ein hoch bezahlter Sicherheitsberater bei Carnelian.«

»Traurig.« Ich knabberte an einem Knoblauch-Grissino.

»Ich musste wieder an Ram denken, als du mir von Barky Tregarth erzählt hast. Es ist ein offenes Geheimnis, dass die Carnelian-Grossisten in abgelegeneren Sektoren beim Handel mit Konterbande gerne mal ein Auge zudrücken. Über deren Sicherheitsleute heißt es, sie würden eine geheime Liste vertrauenswürdiger Schmuggler führen. Ich habe mit Mahtani Kontakt aufgenommen – anonym natürlich. Er hat mir erzählt, dass Tregarth sehr wohl am Leben ist. Ich habe ihm berichtet, mein Klient habe ein Angebot für ihn – er sei nicht etwa darauf aus, ihn zu schnappen. Vielleicht hat Mahtani das geglaubt, vielleicht auch nicht. Für Barkys derzeitiges Pseudonym und seinen Aufenthaltsort fordert er zwei Millionen aus nicht nachverfolgbaren Quellen.«

»Ach du Scheiße!«

»Ich hab dir ja gesagt, es wird dir nicht gefallen.«

»Gefallen? So viel *habe* ich nicht!«

»Ach, komm schon! Dir gehört ein Viertel von Rampart, verdammt noch eins! Zwei Millionen zahlst du nicht gerade aus der Portokasse, aber das würde doch nicht einmal für den Treibstoff von deinem Protz-Raumer reichen, wenn du einen Flug zum Sporn und zurück machen wolltest.«

»Rampart zahlt meine Treibstoffrechnungen. Ich bekomme zwar ein ganz ordentliches Gehalt als Angehöriger der Chefetage, aber ich bin damit umgegangen wie mit Monopoly-Geld: hab fast alles für irgendwelche unterstützungswürdigen Aktionen der Reversionisten-Partei weitergegeben, sobald es auf meinem Konto angekommen war. Und das Gleiche habe ich mit meinem Einkommen aus den Anteilseignerscheinen von Rampart gemacht.«

»Dann sag der Partei, dass sie dir etwas davon wiedergeben soll.«

»Ist wahrscheinlich schon ausgegeben. Du weißt doch, wie Politiker sind.«

Die saftigen kleinen Austern wurden gebracht. Ich widmete ihnen meine ganze Aufmerksamkeit – in den wenigen Minuten, die ich brauchte, um sie zu verschlingen.

»Also kannst du die Kohle für die Info nicht lockermachen?«, fragte Jake. »Ich dachte, ihr Frosts wärt alle reicher als Gott persönlich.«

»Ich hab ein bisschen eigenes Geld, aber das wollte ich dazu nutzen, Tregarth ein bisschen zu schmieren.« Und für andere noch anfallende Kosten. »Denkst du, man könnte mit diesem Mahtani feilschen?«

»Der Mann ist doch kein kleiner Spitzel, den man an einer Straßenecke ausquetscht, Helly. Sein Preis sind zwei Mega. Und vielleicht solltest du mal ernsthaft drüber nachdenken, warum er den so hoch angesetzt hat.«

Ich nickte düster. »Um zu schauen, wie dringend irgendeine anonyme Partei den alten Barky haben will.«

»Hier.« Jake zog ein winziges Notizbuch aus seiner Innentasche, riss eine Seite heraus und reichte sie mir. »Mahtanis Nummer.«

Auf das Blatt war ein FonKode gekritzelt. »Ein ultrasicherer Routing-Server, stimmt's?«

»Natürlich ... Und es gibt noch etwas, das du bedenken solltest, bevor du dich mit diesem Komiker auf einen Deal einlässt: Er ist ein erstklassiger Ermittler und hat alle Ressourcen vom Carnelian-Konzern hinter sich. Wenn du ihn bezahlst, selbst mit einer namenlosen Überweisung, kann es sehr gut sein, dass er dich aufspürt und dir deine Pläne versaut.«

»Ja, klar. *Gran dinero* hinterlässt große Spuren.«

Das Letzte, was ich gebrauchen konnte, war irgend so ein Carnelian-Blutsauger, der mir Barky vor der Nase wegschnappte, bevor ich ihn ausfragen konnte. Oder ihn direkt danach befragte, was sogar noch schlimmer wäre – vorausgesetzt, dieser Kerl hatte wirklich wichtige Informationen über die Haluk. Adam Stanislawskis Warnung über ›lebensgefährliche Vergeltungsschläge‹ irgendwelcher Konzerne aus dem von mir bedrohten Haluk-Konsortium hatte ich noch gut im Kopf. Die Frage war: Wusste Ram Mahtani genug über Barkys Vergangenheit, um ihn in Zusammenhang mit den Haluk zu bringen?

Verflixt! Vielleicht sollte ich das mit dem alten Waffenschmuggler einfach vergessen. Es sei denn, ich könnte Mahtani einen Strich durch die Rechnung machen, bekommen, was ich brauchte, und ihn gleichzeitig davon abhalten, mir zu schaden ...

Der Kellner erschien mit den Hauptgerichten. Wir warteten, bis er damit fertig war, die hölzernen Servierplatten mit dem brutzelnden Fleisch und den verschiedenen Beilagen auf dem Tisch anzuordnen.

Dann sagte ich zu Jake: »Ich hatte gerade eine großartige Idee. Ich werde versuchen, einen Kredithai für die zwei Megas anzuheuern. Einen richtig großen Hai, mit dem Mahtani sich vielleicht nicht wird anlegen wollen.«

Jake zuckte mit den Schultern. Er langte mit Genuss zu, während ich einen Kode in mein Mobilfon eingab. Es war ein Kode, den zu benutzen ich bisher nie Gelegenheit gehabt hatte, und ich hielt den Atem an, während ich mich fragte, ob der Anruf auch durchkommen würde.

Doch schließlich erschien ein vertrautes Gesicht auf dem Schirm. Wir starrten einander einen Moment lang an, dann hielt ich das Gerät an mein Ohr und unterbrach so die Videoverbindung.

»Was gibt es, Helly?«

»Es tut mir Leid, Sie zu Hause zu stören, Sir. Ich brauche dringend einen großen Geldbetrag, der nicht nachverfolgt werden kann. Selbstverständlich werde ich Ihnen das Darlehen in naher Zukunft zurückzahlen, einschließlich aller Zinsen, die Sie für angemessen halten.«

»Ich verstehe«, sagte Adam Stanislawski. »Wie viel?«

»Zwei Millionen, jetzt sofort.«

»Gut.«

»Können Sie die Überweisung so kodieren, dass bei entsprechenden Nachforschungen als Quelle ›Macrodur‹ angegeben wird, nicht ›A. E. Frost‹?«

»Ja. Geht diese Zahlung direkt an die Person, die ich zum Ende unseres Gespräches heute Nachmittag erwähnt habe?«

Schlauer alter Adam. »Bedauerlicherweise nicht. Das ist eine Zahlung an einen Mittelsmann, einen hochrangigen Informanten bei Carnelian, der den Aufenthaltsort besagter Person kennt. Dieser Informant könnte mir Schaden zufügen – aber er wird vermutlich nicht wagen, gegen Sie vorzugehen.«

»Name?«

»Ram Mahtani.«

»Ich verstehe vollkommen.«

»Ich will ganz ehrlich zu Ihnen sein: Ich kann mir derartige Bestechungssummen nicht leisten, selbst wenn ich nicht so eine Wahnsinnsangst vor Mahtani hätte.«

Stanislawski lachte. »Ich kann sie mir leisten. Und ich habe keine Angst. Schieb deine Kreditkarte ins Fon.«

Ich tat, wie mir geheißen. Die Anzeige auf dem Display zeigte einen Finanztransfer an, das Dreifache dessen, was ich erbeten hatte.

»Ein Beitrag zur Kriegskasse«, sagte der Vorstandsvorsitzende von Macrodur. »Wenn das mit Tregarth klappt, solltest du ihn zur Erde schaffen, um ihn in Sicherheit zu bringen. Sag ihm, ich würde persönlich dafür sorgen, dass sich die Mühe für ihn lohnt.«

»Wird gemacht! Vielen Dank für das Vertrauensvotum, Sir.«

Er nickte und unterbrach die Verbindung.

»Ach, so machen einfache Leute Geschäfte«, wunderte sich Jake.

»Das müsstest du doch wissen«, sagte ich, sehr leise.

Er blieb stocksteif sitzen, die Gabel auf halbem Wege zum Mund. Einen Augenblick lang blitzte Schuldbewusstsein in seinen Augen auf. Dann aß er langsam weiter.

Erwischt, Jake. Woher sonst hätte Adam Stanislawski von der Barky-Jagd wissen können?

Ich griff wieder nach dem Fon, aktivierte Maximalverschlüsslung, Stimmverzerrer und einen maskierten Sender-Kode – das passte besser zu dem Server-Link von Mahtani.

Eine Computerstimme sagte: *Kode eingegeben. Bitte warten.*

Ich legte das Fon auf den Tisch, und wir aßen und tranken einige Minuten schweigend. Jake sah mir nicht in die Augen. Der Bordeaux war ausgezeichnet, und mein Stück verhätschelten Japan-Rinds so zart, dass mein Messer es fast ohne jeglichen Druck zerteilte. Ich schaffte es gerade, ein paar der äußerst fein gewürzten Fleischstückchen herunterzuschlingen, als mein Fon, das neben dem Spargel lag, zu blinken begann.

Ich hob es auf und sagte: »Ja?«

»Akzeptieren Sie meine Bedingungen?«, fragte eine computerverzerrte Stimme. Der Bildschirm blieb schwarz.

»Die Kreditkarte ist bereits vorbereitet.«

»Dann übermitteln Sie das vereinbarte Honorar.«

Ich schickte das *mordida* auf seine Reise durch den Äther. Sofort erschienen Wörter auf dem Display meines Fons.

BARNEY CORNWALL – PHLEGETHON, ZONE 3

»Es war mir eine Freude, Ihnen behilflich zu sein«, sagte Mahtani – oder wer auch immer. »Die Information ist präzise, Stand: heute. Guten Abend.«

Und die Verbindung wurde unterbrochen.

Ich zeigte Jake das Fon. »Wo ist das? Ich habe noch nie davon gehört.«

Er kaute schmatzend auf einem Pilz herum, der nach Schalotten, Wein und exotischen Schalentieren duftete, bevor er antwortete.

»Das ist ein hohler Asteroid in einem Sheltok-System im Schützen-Nebel. Eine der Zwischenstationen für Shel-TA-Transporter, die von einigen ausgewählten Klasse-R-Höllenplaneten in Zone 1 zum Orion-Arm reisen. Über die Jahre hinweg hat er eine ganze Menge Schmalspur-Unternehmer angezogen, die mit den nahe gelegenen Joru- und Y'tata-Planeten Geschäfte machen. Der Asteroid ist innerlich expandiert – wie so ein alter Baum, der von Termiten-Fraßgängen immer weiter ausgehöhlt wird. Jetzt ist Phlegethon ein Umschlagplatz für alle möglichen Hehler und anrüchige kleine Handelsunternehmen. Manche davon sind sogar legal.«

»Klingt nach einem perfekten Ort für Barky.«

»Schauen wir doch mal, ob wir etwas über sein Barney-Cornwall-Pseudonym erfahren«, meinte Jake.

Er zog seinen eigenen Kommunikator hervor, ein Polizei-Modell, das noch mehr konnte als meiner, klappte ihn auf und rief Informationen aus der Datenbank der Commonwealth-Kripo ab. In keiner der offiziellen Listen gab es einen Eintrag über Barky Tregarths neuen Namen.

»Kannst du über Sheltok auf die Einwohnerlisten von Phlegethon zugreifen?«

»Offiziell: nein. Inoffiziell hingegen ...« Er gab einen Kode ein, mit dem er auch auf als ›vertraulich‹ gekennzeichnete Informationen zugreifen konnte, stieß aber schließlich zwischen zusammengebissenen Zähnen einen frustrierten Fluch aus. »Niemand namens ›Cornwall‹ oder ›Tregarth‹ ist auf den Listen des Asteroiden verzeichnet. Vielleicht hat Mahtani uns verarscht, aber das glaube ich eigentlich nicht. Er hat einen gewissen Ruf zu wahren. Ich denke, der alte Barky ist untergetaucht. Du wist wohl nach Phlegethon reisen müssen und anfangen zu suchen.« Er grinste mich an.

»Ich würde wetten, er weiß, dass jemand nach ihm sucht.«

»Würde passen«, gab ich zu. »Was kannst du mir denn sonst noch über diesen Teil des Universums erzählen? Wie wär's denn, wenn du mal in der ZP-Kriminalitätsstatistik von Zone 3 nachschaust?«

Das tat er. »Hmm ... In den letzten Jahren hat in dieser Gegend die Piraterie gewaltig zugenommen. Mehr als vierzig Sheltok-Mega-Transporter sind spurlos verschwunden, und weitere sind nur knapp entkommen. Ich kann Details von der Zonenpatrouille organisieren.«

»Ich wäre dir sehr verbunden.«

Nachforschungen ergaben, dass die Angriffe auf die Energietransporter direkt vor der Haustür stattgefunden hatten, durchgeführt von Y'tata-Freibeutern, deren Handlungsweise von der rechtschaffenen Y'tata-Föderation verurteilt wurde (na klar!). Jake warf mir eine Datenmünze mit weiteren Informationen zu, die ich für detailliertere Nachforschungen zu einem späteren Zeitpunkt einsteckte.

»Es könnte durchaus weitere Raumschiff-Entführungen gegeben haben, die Sheltok der ZP nicht gemeldet hat«, sagte Jake. In seiner Stimme schwang etwas Unverbindliches mit, auf das ich nicht sofort einging. »Nur so Gerüchte.«

Ich nickte. Shel mochten gute Gründe haben, die gegen sie gerichteten Angriffe nicht publik zu machen, vor allem, falls sie an der Flottensicherheit ein wenig sparten. Es war unüblich, dass Y'tata-Piraten auf derart aggressive Weise Transactinide raubten. Die Y'tata waren eine uralte Rasse fast humanoider Albinos, die etwa 1000 Planeten auf beiden Seiten des Roten Spalts kolonisierten. Aber ihre Population war fast konstant, und sie schienen damit zufrieden, in ihrer interstellaren Zivilisation auf relativ niedrigem technischen Niveau vor sich hin zu existieren; sie griffen nur selten auf Piraterie zurück. Da sie eigene, längst etablierte Quellen für ultraschwere Elemente im Nebel besaßen, richteten sich die gelegentlich erfolgenden Übergriffe meist gegen Schiffe mit weniger speziellen Frachtgütern ...

Eine Zeit lang aßen wir schweigend. Ich beendete meinen Hauptgang und wandte mich dem Salat zu; er war knackig und herb, genau, wie ich ihn mag.

Schließlich fragte Jake beiläufig: »Willst du in den Nebel fliegen?«

»In ein paar Tagen vielleicht. Wenn Barky wirklich in diesem Felsbrocken im Schützen-Nebel steckt, werde ich ihn finden und ausquetschen. Ob er allerdings irgendetwas Interessantes für mich zu berichten weiß, ist eine ganz andere Sache.«

»Er könnte fliehen«, sagte Jake. »Mahtani wird ihn sicher warnen, dass jemand sehr daran interessiert ist, ihn kennen zu lernen.«

»Ich wette, er wird dableiben, um zu sehen, worum es geht. Ich an seiner Stelle würde das tun.«

»Ganz schön viel Geld, und eine ganz schöne Strecke, für so eine Gut-Glück-Aktion.«

Ich warf ihm einen zynischen Blick zu. »Adam Stanislawski weiß schon, warum ich an Barky Tregarth interessiert bin. Du brauchst mich nicht auszuhorchen, Jake.«

Er grinste verlegen. »Was soll ich dazu sagen?«

Nicht viel, dachte ich.

»Du fragst dich, was *mein* Preis war«, fuhr Jake fort. »Die Antwort lautet: Nichts, Null, *nada*. Du weißt, ich schulde dem Großen M sogar mehr als dir. Dafür, dass ich wieder nach Hause versetzt wurde. Wir hatten uns darauf geeinigt, wann immer ich über etwas stolpern sollte, was Macrodur direkt und merklich betrifft, sollte ich es weitergeben. Dein absonderliches Bedürfnis, mit Tregarth zu sprechen, einem Typen, der mal illegalen Handel mit den Haluk betrieben hat, schien mir ein solcher Fall zu sein.«

»Du bist ein kluger Bulle, Chief Superintendent.«

»Und du bist ein bescheuerter Irrer. Wenn du hinter jemandem her bist, geschehen *meschuggene* Dinge. Ich denke da an Hellys Komet. Ich denke an Cravat und Dagasatt. Also, du willst mir *nicht* erzählen, was du von Barky willst. Aber ich weiß zufällig, dass das Einzige, wofür dieser Kerl bekannt ist, seine Alkohol-induzierte Prahlerei ist, dass er einmal zum Haluk-Sternhaufen geflogen und auch wieder zurückgekommen ist.«

»Volltreffer.« Ich schenkte ihm Wein nach.

Er sah mich mit einem Blick an, der durchaus echte Besorgnis ausdrücken mochte. »Du willst doch wohl nicht etwa alleine nach Tregarth suchen, oder? Das wäre nicht klug. Der alte Knacker hat sich eine Müllhalde wie Phlegethon nicht als Ruhesitz ausgesucht. Der ist immer noch aktiv.«

Es gab ein paar Leute, die ich hätte fragen können, ob sie mit mir auf die Barky-Jagd gehen wollten: ein kluger junger Bodybuilder und eine ehemalige ZP-Offizierin, die beide einst als meine Mitarbeiter eingestellt wurden und später zu meinen Freunden geworden waren. Dann noch eine kleine Gruppe Rampart-Sicherheitsbeauftragter im Ruhestand, die Karl Nazarian angeheuert hatte, um mir bei meiner semi-legalen Kampagne gegen Galapharma zu helfen; sogar ein paar Privatdetektive, mit denen ich während meiner Reversionisten-Phase zusammengearbeitet hatte. Aber Ivor Jenkins war weit entfernt im Perseus-Sporn, er hatte ein eigenes Sportstudio auf Seriphos, und Ildiko Szabo hatte den Blumengroßhandel ihrer alternden Eltern in Ungarn übernommen. Zu Karls altersschwächelnder Truppe hatte ich während des langen Prozesses den Kontakt verloren, und die Privatdetektive hatten zwar Erfahrung darin, rechtliche Ungereimtheiten in unserer Hauptstadt aufzuspüren, aber nicht in solchen Weltraum-Aktionen.

Alleine nach Barky Tregarth zu suchen, erschien mir ein durchaus gangbarer Plan. Phlegethon wäre sicherlich auf Joru-Händler ebenso eingestellt wie auf Y'tata, da beide Rassen in diesem Sektor der Galaxis lebten. Das hatte mich auf die Idee gebracht, dort in Verkleidung hinzugehen. Ich hatte jedoch nicht vor, Jake von diesem Plan zu berichten.

»Danke für die Warnung, Chief Superintendent. Eigentlich wollte ich mein übliches Sonderkommando von Schlachtschiffen und eine Brigade von Eingreiftruppen für die Barky-Jagd mitnehmen. Man sollte mit senilen Waffenschmugglern kein Risiko eingehen.«

»Nicht wegen Tregarth, du Blödmann. Wegen seiner Freunde. Das meine ich ernst.«

»Y'tata-Piraten? Oder redest du von Carnelian-Schlägern? Oder Raufbolden von Sheltok?«

»Alles zusammen – und vielleicht auch noch etwas, was wir bisher nicht erwähnt haben.« Er machte eine unbehagliche Pause. »Vielleicht geht da draußen irgendetwas Komisches vor, was auch die Haluk betrifft.«

Mir klappte der Unterkiefer herunter. »Warum hast du das nicht gleich gesagt?«, wollte ich wissen und klang dabei nicht allzu höflich. »Du weißt doch, dass du deinen Preis selbst festsetzen kannst!«

Jake zuckte zusammen. »Das hatte ich wohl verdient ... Aber das, was ich weiß, kannst du auch kostenlos kriegen. Ist weiß Gott wenig genug. Ein einziger Bericht, ungefähr achtzehn Monate alt; ist von den Fremdrassenangelegenheitlern aus der offiziellen Datenbank rausgehalten worden, um unsere neuen, blauen Geschäftspartner nicht zu beunruhigen. Ein Kreuzer der Patrouille hat auf einen Notruf reagiert – irgendjemand hatte versucht, einen Sheltok-Transactiniden-Transporter in Zone 3 des Roten Spalts zu kapern. Der Kapitän der Patrouille hat behauptet, sie hätten während des Angriffs vier Feindraumer auf dem Scanner gehabt. Drei davon typische Y'tata-Piraten. Das vierte Schiff war viel, viel schneller und hat andere Antriebsrückstände hinterlassen. Während des Feuergefechts hat es sich zurückgehalten und ist dann zusammen mit den anderen geflohen. Die Schiffstypenanalyse, die die ZP während des Zwischenfalls bei Schiff Nummer vier versucht hat, ist durch elektromagnetische Interferenzen der Waffensysteme versaut worden, aber das Schiff stammte definitiv nicht von Menschen. Und auch nicht von den Joru oder Kalleyni. Gemäß den Antriebsrückständen könnte es ein Haluk-Schiff gewesen sein.«

»Im Schützen-Nebel?! Das ist doch verrückt! Der ist doch viel zu weit weg von ihren Kolonien im Sporn, viel zu weit weg von ihren Nachschubwegen.«

Jake säbelte am Rest seines T-Bone-Steaks weiter. »Ich habe das von einem halb betrunkenen stellvertretenden Aushilfs-Commissioner der ZP während irgendeiner beschissenen Cocktail-Party gehört. Wir hatten eigentlich über die Expansion der Haluk in den Perseus-Sporn gesprochen. Ihre Raumschiffe schwirren jetzt überall in Zone 23 herum, erkunden potenzielle Kolonien und treiben Handel mit den Rampart-Planeten. Erkundungstrupps der Blaubeeren sind sogar schon in den Randbereichen des Orion-Arms gesichtet worden – und dann war da diese eine anomale Sichtung im Schützen-Nebel, die vielleicht, vielleicht aber auch nicht, mit den Haluk zu tun hatte.«

»Das ergibt doch keinen Sinn. Was könnten die denn da wollen? Und warum sollten sie sich mit Y'tata-Transactiniden-Räubern zusammentun? Die Haluk brauchen keine ultraschweren Elemente zu stehlen. Die *verkaufen* das Zeug, verdammt noch eins! Auf den ersten Blick ist der Gedanke einfach lächerlich.«

»Stimmt. Aber heutzutage gehen eine ganze Menge lächerliche Dinge vor. Ich bin froh, dass ich nur ein einfacher Schreibtischbulle bin und mir um so was keine Sorgen machen muss.«

Aus dem Nichts erschien der Kellner. »Darf ich den Herrschaften vielleicht unsere Dessert-Karte bringen?«

»Wie sieht's aus, Jake?«, fragte ich. »Vielleicht ist das unser letztes gemeinsames Essen für lange Zeit.«

»Kaffee und Cognac«, sagte der Chief Superintendent. »Sie haben nicht zufällig *Ferrand Réserve Ancestrale*?«

»Selbstverständlich. Eine ausgezeichnete Wahl.«

»Zweimal bitte«, fügte ich hinzu.

Der Kellner nickte und ging.

»Noch einmal richtig schlemmen, bevor man in den Sonnenuntergang hinausreitet?«, fragte ich Jake traurig. Der Cognac war einer der edelsten der Erde, sein Preis jenseits aller astronomischen Vorstellungen.

»Das steht wohl nur dir bevor, Helly. Geschieht mir ganz recht, wenn du unsere Freundschaft jetzt in die Tonne trittst.«

»Mein Problem ist: Ich habe nicht viele Freunde.« Und er hatte mir ja eigentlich auch nicht geschadet, indem er Macrodur von der Barky-Jagd erzählt hatte. Vielleicht sogar im Gegenteil.

»Was hältst du davon, wenn ich den *Ferrand* übernehme?«, schlug er vor. »Als Friedenszeichen.«

»Frieden ist gut«, sagte ich.

Als der Kellner mit dem Cognac und dem Kaffee kam, tranken wir auf den Frieden.

An der U-Bahn-Haltestelle *Yonge Street* verabschiedete ich mich von Jake, von dort aus sollte er in 15 Minuten zu Hause in *German Mills* sein; dann ging ich auf dem *Path* in Richtung *Winter Garden Theatre*, das zu Fuß etwa 20 Minuten von *Carman's Restaurant* entfernt war.

Der Andrang der Pendler war inzwischen ein wenig abgeflaut – die Arbeiter der Tagschicht hatten die Türme verlassen, die Nachtwache war inzwischen eingetroffen –, doch noch immer zog es ganze Ströme von Fußgängern zu den Attraktionen der Innenstadt: Einkaufsmöglichkeiten, das Nachtleben, Amüsement, gutes Essen, und vor allem die zahllosen Treffpunkte, an denen man gleich gesinnte Gefährten des einen oder anderen Geschlechts aufreißen konnte.

Ich trat auf ein gerammelt volles Transportband. Viele meiner Mitfahrer gingen in großen Schritten weiter, um ihre Absolutgeschwindigkeit zu erhöhen, doch ich blieb ruhig an der rechten Seite stehen, da ich es nicht sonderlich eilig hatte. Des Öfteren wurde ich heftig von ungeduldigen Leuten angerempelt, die sich an mir vorbeidrängten, doch dachte ich mir nichts dabei, bis ich einen besonders scharfen Stoß an meiner linken Hüfte verspürte, der mich vor Schmerz aufgrunzen ließ. Der Kerl, der ihn mir verpasst hatte, eilte ohne ein Wort der Entschuldigung an mir vorbei. Er war klein und zierlich gebaut und trug eine Bomberjacke, unter dem Arm hielt er eine Mappe, wie sie vor allem von Malern benutzt wurden.

Auf der Höhe von Jolie Jacquelines Miederwarengeschäft verließ ich das Förderband und fluchte leise. Mein Angreifer hatte das Transportband vor mir verlassen, durchquerte nun geschickt den Fußgängerstrom auf der anderen Seite der Halle und verschwand schließlich in einem Gang, der zu den Rolltreppen des Bodascon-Towers führte.

An der Seite meines Anoraks war ein kleines Loch, das fast aussah, als hätte man mit einem Eispickel hineingestochen. Das Panzerfutter quoll ein wenig hervor, und der Rand des Loches wirkte feucht. Womit zum Teufel hatte mich Bomberjacke denn gestochen – einem Stift oder irgendeinem anderen Malerutensil? Vom teuren Alkohol und dem schweren Essen ein wenig träge, wäre ich nie auf die Idee gekommen, dass das kein Unfall gewesen sein mochte. Mein Überlebensinstinkt war während der ganzen drohenden Übernahme durch Galapharma auf Hochtouren gelaufen. Jetzt war er fast drei Jahre nicht gebraucht worden und ein wenig eingerostet.

Ich betrachtete das opulente Schaufenster bei Jolie Jacqueline – nur Seide und Spitze. Dann kam mir ein Gedanke: eine Möglichkeit, Jake den Gefallen zu vergelten und ihm zugleich einen kleinen, harmlosen Streich zu spielen, der ihn noch einmal darauf aufmerksam machte, wie ich über seinen unwesentlichen Verrat dachte. Ich betrat das Geschäft.

»Kann isch Ihnen be'ilflisch sein, M'sieu?« Eine Verkäuferin unbestimmten Alters in einem engen schwarzen Kleid trat mit einem einladenden Lächeln auf mich zu. Auf ihrem Namensschild stand ANNETTE. Ihr französischer Akzent war ziemlich glaubwürdig.

Ich schaltete meinen Privatsphären-Visor um der Höflichkeit willen ab. »Würden Sie mir bitte Ihr schönstes Nachthemd und ihr schönstes Negligé zeigen? Ich weiß zwar die Größe nicht, aber ich glaube, das werde ich abschätzen können.«

»Natürlich. Ich bringen Ihnen mehrere zur Auswahl.«

Ich folgte Annette zu einer Theke. Die Dinge, die sie mir zeigte, waren tatsächlich alle ganz schön teuer. Ich wählte ein Ensemble in kirschrotem Seidenchiffon mit jeder Menge Spitze daran, gab Annette meine Firmen-Kreditkarte und suchte im Adressbuch meines Fons die Privatanschrift von Chief Superintendent Jake Silver und dessen 28-jähriger Frau.

»Bitte packen Sie es als Geschenk ein und schicken Sie es an Marie Warrener, Linden Crescent 163, German Mills, Markham.«

»Gewiss, M'sieu. Möchten Sie eine Karte beilegen?«

Ich suchte mir eines der winzigen Kärtchen aus, die sie mir entgegenhielt, und schrieb darauf: Von *deinem dich anbetenden Kuschel-Hundchen Jake.*

Während Annette das Geschenk für Marie verpackte, ging ich ziellos durch das kleine Geschäft und erlaubte mir einen oder zwei eindeutig zweideutige Gedanken. Es waren keine anderen Kunden in Jolie Jacquelines Geschäft. Der Raum war wie ein Boudoir ausgestattet, mit sanftem Licht, hauchdünnen Wandbehängen, diskret halb transparenten Hologrammen schöner Frauen in sexy Unterwäsche und vielen goldgerahmten Spiegeln. In einem der dreiteiligen Ankleidespiegel konnte ich aus dem Augenwinkel meinen eigenen Rücken erkennen.

Genau auf der Höhe meines Hinterteils war die Außenhaut meiner Anonymo-Jacke an zwei weiteren Stellen beschädigt. Um beide Löcher war ein feuchter Ring zu erkennen.

Meine Kehle zog sich zusammen. Die anderen Rempeleien auf dem Transportband waren weniger kraftvolle Versuche gewesen, mich zu verletzen. Die feuchten Flecken ließen vermuten, dass Bomberjacke versucht hatte, mir eine unbekannte Substanz zu injizieren, wahrscheinlich Gift.

Verdammt! Denk nach, Helly, denk nach! Bring dein lahmes Hirn wieder in Gang!

Der unmotivierte Angriff eines Verrückten? Soll ja schon vorgekommen sein, sogar in dem wundervoll kosmopolitischen Toronto.

Hatte Ram Mahtani mich doch aufgespürt und jemanden auf mich angesetzt, jetzt, wo er das Geld hatte? Unmöglich! Das war nicht lange genug her, und ein Motiv hatte Mahtani auch nicht.

Hatte Jake Silver mich an jemand anderen als Stanislawski verkauft? Keine Chance! Dass Jake mich an Macrodur verpfeifen würde, passte schon, aber nur so, dass mir dadurch kein echter Schaden entstand. Dass er irgendwie an einem Mordanschlag auf mich beteiligt sein könnte, war undenkbar.

Denk nach, Helly, denk nach!

Bomberjacke konnte mir von dem Augenblick an gefolgt sein, in dem ich den Rampart-Tower verlassen hatte. Wenn er ein echter Profi war, wäre es durchaus möglich, dass er mich durch eine Körpersprachen-Analyse identifiziert hatte, trotz meines tarnenden Anonymos. Jeder besaß eine charakteristische Art, zu gehen, die Arme und den Kopf zu bewegen. Während ich mich kurz auf der politischen Bühne ausgetobt hatte, waren zahllose Holovideos von mir aufgenommen worden. Die Charakteristika meiner Bewegungen waren problemlos zu erhalten.

Also, wer wollte mich tatsächlich tot sehen?

Die Verbrecher aus den unteren Rängen bei Galapharma waren schon lange ausgeschaltet. Wenn Galaphs ehemaliger Vorstandsvorsitzender Alistair Drummond noch lebte, war er sicherlich wütend und verrückt genug, sich an mir rächen zu wollen. Aber Bomberjacke war nicht Drummond. Meine alte Nemesis war ein hoch gewachsener Schotte mit einem fürstlichen Vollbart, nicht so ein Hutzelgnom. Und warum hätte Drummond so lange warten sollen?

Die Einzigen, die noch ein Motiv hätten, mich zu töten, sollten noch nichts davon wissen, dass ich eine unmittelbare Bedrohung für ihre galakto-politischen Ambitionen darstellen würde. Aber vielleicht hatten die Haluk andere Gründe, mich aus dem Weg räumen zu wollen. Der Artikel im Journal konnte sie daran erinnert haben, dass ich jetzt wieder verfügbar war – und wieder einmal in einer Position, die ihnen im Commonwealth-Rat ernsthafte Unannehmlichkeiten machen konnte.

Und wenn immer noch Haluk-Hybridklon-Agenten bei Galapharma aktiv waren, hatten sie vielleicht davon erfahren, dass Lorne Buchanan belastende Daten aus den Konzern-Computern auf den Rechner von Efrem Sontag übertragen hatte.

Unwillkürlich stieß ich ein angewidertes Knurren aus. Meinen Theaterbesuch konnte ich vergessen. Ich musste so schnell wie möglich zurück in den sicheren Rampart-Tower, und dann untertauchen, bis ich in den Schützen-Nebel aufbrechen konnte ...

»Kann isch Ihnen sonst noch be'ilflisch sein, M'sieur?«

Unbemerkt hatte sich Annette herangeschlichen. »Nein danke. Ich habe mir nur einen Riss in meiner Jacke angesehen.«

Ich aktivierte wieder meinen Visor und ging langsam zur Tür. Für Außenstehende ohne jedes Gesicht betrachtete ich aufmerksam die Menschenmenge dort draußen. Bomberjacke war nirgends zu sehen. Ich verließ das Geschäft, ging ein paar Meter, bis ich eine feste Wand in meinem Rücken spürte, zog dann mein Fon hervor und rief die Innensicherheit von Rampart an.

»Innensicherheit, Offizier vom Dienst Callahan.«

»Sean? Hier spricht Asahel Frost. Ich brauche eine Streife, die mich hier abholt. Ich bin auf dem *Path* zwischen den Towers von Bodascon und Daimler. Jemand hat gerade versucht, mich niederzustechen. Dreimal. Meine gepanzerte Jacke hat mich geschützt.«

Sean Callahan unterdrückte einen Ausruf des Erstaunens. »Ich verstehe. Ich schicke sofort eine Kradstreife zu Ihnen. Aktivieren Sie nur Ihren Notsignalgeber. In der Zwischenzeit wird mein Einsatzkommando mit einem Hüpfer zu einem der Bodascon-Skyports fliegen und ...«

»Nein. Ich will nicht, dass die Sicherheitskräfte von Bodascon hinzugezogen werden.« Der riesige Raumfahrt-Konzern war eines der führenden Mitglieder im Haluk-Konsortium. »Und auch nicht der öffentliche Sicherheitsdienst von Toronto. Das muss ganz unauffällig vonstatten gehen. Hören Sie mir jetzt genau zu: Stecken Sie drei Ihrer Leute in Zivil in die U-Bahn nach *Osgoode*. Lassen Sie sie von Süden kommen. Ich gehe den gleichen Weg auf dem *Path* zurück, den ich gekommen bin; ich werde dann an der *College Station* zu ihnen stoßen.«

»In die *U-Bahn*?«, fragte Callahan ungläubig. »Es wäre wirklich sicherer, wenn Sie einfach blieben, wo Sie sind, unter Polizeischutz, und wir dann mit dem Flieger kämen. Wenn Sie nicht wünschen, dass wir bei Bodascon landen, können wir auch über Daimler reinkommen.«

»Der Angreifer ist zu Bodascon reingelaufen. Er könnte Verstärkung von den ...« Ich schloss den Mund. Schon seit längerem hatte ich keine Haluk-Fußgänger mehr gesehen, aber ihre Botschaft lag nur ein paar Hundert Meter entfernt. Wie dem auch sei, ich wollte den Verdacht, den ich gegen diese Außerirdischen hegte, nicht unbedingt einem kleinen Angestellten wie Callahan mitteilen.

»Sir?«

»Ich glaube, der Angreifer ist schon längst weg«, sagte ich. »Ich bin eher in Sicherheit, wenn ich mich in der Menschenmenge bewege, als wenn ich hier stehen bleibe. Es muss so laufen, wie ich das sage. Schicken Sie Ihre Leute zur *College Station*, ich werde da sein. Dann können wir alle gemütlich mit dem Taxi zum Rampart-Tower zurückfahren. Frost Over and Out.«

Ich machte mich auf den Weg, den ich auch gekommen war, mied aber diesmal die Transportbänder und hielt mich, wann immer möglich, nahe an der Wand. Ich musste nur zwei Straßen weiter. Die Menschenmassen waren hier dichter, aber der Betrieb erschien mir völlig normal. Ohne Zwischenfall erreichte ich die U-Bahn-Station und wandte mich nach Osten. Zur Transitstation an der Oberfläche führte eine Rolltreppe hinauf. Ich trat auf eine Treppenstufe, genau vor mir stand eine junge Frau in einem roten Mantel, die eine *Bergdorf*-Einkaufstasche trug.

Wir waren fast oben angekommen, als ich einen stechenden Schmerz in der linken Wade spürte. Fast sofort verkrampften sich alle willkürlich kontrollierbaren Muskeln meines Körpers. Ich spürte, das ich nach vorne auf die Frau zustürzte. Sie stieß einen erschreckten Schrei aus.

»Hey! Ganz ruhig, Fred. Wir haben dich, alter Kumpel.«

Ein Mann, der zwei Stufen hinter mir stand, kam zu mir heraufgelaufen und hielt mich am Arm fest, um mich zu stützen. Sofort half ihm ein weiterer Kerl. Durch das Paralytikum steif wie ein Brett, spürte ich, dass mir kleinere Gegenstände unter die Achseln geschoben wurden. Plötzlich fiel ich nicht mehr, ich schwebte.

Die Gesichter meiner Angreifer waren in keiner Weise auffällig. Der eine hatte einen schwarzen Autofahrermantel aus Leder an, dazu Blue Jeans, der andere trug ein braunes Fleece-Jackett über einem Straßenanzug, über seiner Schulter hing eine Sporttasche. In der Tasche musste der Injektor verborgen sein. Die beiden gingen gemeinsam vor, der eine stand neben mir, der andere eine Treppenstufe tiefer; gemeinsam pressten sie meine Arme fest gegen meinen Körper und hielten mich an den Ellenbogen fest. Das Antigrav-Werkzeug unter meinen Achseln machte es ein Kinderspiel, mich überallhin zu schieben, wo sie mich haben wollten.

Irgendwoher drang der Geruch von Alkohol an meine Nase. Ich nahm an, einer der Schläger hatte mich damit bespritzt, um dieser Farce, in der ich als betrunken dargestellt werden sollte, noch mehr Glaubwürdigkeit zu verleihen. Die Frau in dem roten Mantel starrte mit kaum verhohlenem Abscheu über ihre Schulter, ebenso ein paar Gaffer auf den anderen, abwärts führenden Rolltreppen. Dank des Anonymos konnte niemand sehen, dass mein Gesicht wutverzerrt war.

»Wir werden uns um ihn kümmern«, sagte Ledermantel aalglatt. »Machen Sie sich keine Sorgen. Bitte entschuldigen Sie, dass er Sie angerempelt hat.«

»Der arme alte Fred«, fügte Fleece-Jäckchen hinzu. »Hatte wirklich einen schlechten Tag, wissen Sie? Hat einen wichtigen Kunden verloren, und nun hat er den Schmerz mit ein paar Wodka-Martinis zu viel betäubt.«

Die Frau wandte uns den Rücken zu. Ein paar der anderen Rolltreppenpassagiere schauten uns mitfühlend an.

»Ganz ruhig, Kumpel«, sagte Ledermantel launig zu mir. »Versuch einfach, dich nicht über diese netten

Leute zu erbrechen. Wir bringen dich jetzt in ein Taxi und dann ab nach Hause ins Heiabettchen.«

»Wofür hat man denn seine Saufkumpane?«, stimmte Fleece-Jäckchen ein. »Das geht alles in Ordnung, bloß dass du morgen einen tierischen Kater haben wirst.«

Ich versuchte zu sprechen. Mehr als ein gehauchtes Krächzen kam nicht dabei heraus.

Meine Füße schwebten in ihren Cowboy-Stiefeln einen Zentimeter über dem Boden, als die Rolltreppe die U-Bahn-Station erreichte. Aus dem Zug, der gerade dort stand, kamen keine Sicherheitsleute von Rampart heraus. Wahrscheinlich trafen sie mit dem nächsten ein – was immer mir das dann noch bringen mochte.

Ich schwebte zwischen meinen beiden Entführern wie ein menschlicher Ballon. Sie steuerten mich zu einer weiteren Rolltreppe, die zur Straße hinaufführte, und die ganze Zeit über plapperten sie besorgt auf mich ein. Für alle anderen war ich nur ein weiterer Upper-Class-Säufer, dem von seinen Freunden geholfen wurde.

Oben angekommen, überquerten wir den Dundas Square. Fußgänger wandten ihren Blick von uns ab. Ein Polizist musterte uns kurz, dann kam er zu dem Schluss, alles sei in Ordnung. Wir gingen auf dem Bürgersteig entlang, bogen dann in eine schmale Gasse zwischen ein paar kleinen historischen Häusern ein, die sich unter einem massigen Tower zusammendrängten. Sofort lichteten sich die Menschenmassen, und auch die Straßenbeleuchtung wurde deutlich schwächer.

Eine Mercedes-Limousine parkte illegalerweise in der Ausfahrt einer Tiefgarage. Die Türen öffneten sich, als einer meiner Entführer mit seiner Fernbedienung darauf zielte. Gemeinsam entfernten die beiden die

Hebevorrichtungen unter meinen Armen und setzten mich in einen der Sitze in Fahrtrichtung im geräumigen Fond des Wagens. Ledermantel setzte sich neben mich. Fleece-Jäckchen warf seine Tasche auf den Beifahrersitz, glitt hinter das Steuer und öffnete das Schiebedach. Die Türen des Wagens schlossen sich von selbst.

Dann sprach Fleece-Jäckchen den Navigator an: »Eingabe: Hauptstraße Ottawa, Ostroute. Expressspur 6. Bis Peterborough 122. Abfahrt auf die Nordroute, dann auf manuelle Steuerung umschalten.«

Kurseingabe erfolgt, meldete der Wagen.

Wir fuhren los, umrundeten den Ryerson-Tower und blieben dann auf der rechten Spur der Auffahrt zur Hauptstraße stehen. Wir mussten ein wenig warten, bis wir beschleunigen durften – und dann auf, auf und davon, 30 Meter über der Stadt mit all ihrem Gewimmel auf eine zwölfspurige Hauptstraße. Unsere Limousine fädelte sich präzise auf die äußerste Express-Spur ein, ganz zur Linken der Fahrbahn – für die Autofahrer, die es besonders eilig hatten, eine Sonder-Maut bezahlten, um mit einer Höchstgeschwindigkeit von 300 Stundenkilometern fahren zu dürfen. Wegen des hohen Verkehrsaufkommens war die Geschwindigkeit heute allerdings auf magere 230 Stundenkilometer begrenzt, während man auf allen anderen Fahrbahnen sogar nur mit 170 Stundenkilometern dahinkriechen durfte.

Jegliche Hoffnung, meine Entführer könnten Menschen sein, schwand endgültig dahin, als Ledermantel zu Fleece-Jäckchen etwas in der Sprache der Haluk sagte. Fleece-Jäckchen lachte – nicht wie ein Mensch, sondern mit dem Laut der Erheiterung, den die blauhäutigen Außerirdischen von sich zu geben pflegten, und der immer ein wenig so klang, als erwürge man einen Hundewelpen.

Ledermantel griff in den rechten Ärmel meines Anonymos und legte den Schalter um. Der Visor schaltete sich ab, und der Sicherheitsverschluss des Anoraks öffnete sich. Ledermantel schob meine Kapuze zurück und sprach mich auf Englisch an.

»Wenn du dich sehr anstrengst, wirst du blinzeln können. Ich würde dir empfehlen, das so oft wie möglich zu tun, damit deine Hornhaut nicht austrocknet. Du solltest auch versuchen, deinen Speichel herunterzuschlucken, es sei denn, du sabberst gerne. Das Betäubungsmittel hat keine unerwünschten Nebenwirkungen. Der Rest deines vegetativen Nervensystems sollte ganz normal funktionieren, bis wir dir später das Gegenmittel geben.« Er lächelte. »Viel später.«

Ich brachte ein Grunzen zustande, dann blinzelte ich und schluckte.

Es war nicht schwer, es fiel mir sogar ziemlich leicht. Und meine Finger und Zehen, die zuvor völlig taub gewesen waren, begannen zu kribbeln.

Oho!

Sie hatten mir ein Toxin verpasst, das einem nicht das Bewusstsein raubte, und hatten auf mein Bein gezielt, weil mein Anorak alle Angriffe abgewehrt hatte. Ein Stich in den unteren Teil der Wade hätte sicherlich wunderbar bei jemandem funktioniert, der konventionelles, seriöseres Schuhwerk getragen hätte.

Aber ich war ein Cowboy.

Der Injektor hatte das zähe Leder meines Stiefels nur mit Schwierigkeiten durchdringen können. Wahrscheinlich war die Nadel ein wenig abgelenkt worden, so dass ich nicht die gesamte Dosis abbekommen hatte. Ich hatte zwar genügend von dem Wirkstoff abgekriegt, um gelähmt zu werden, aber vielleicht hörte das Zeug schon langsam auf zu wirken.

Ich saß ganz still. Wir fuhren durch die regnerische

Nacht, hatten jetzt schon den Energieschirm hinter uns gelassen und jagten über die östlichen Vororte Torontos hinweg. Kurz grübelte ich darüber nach, warum meine Entführer mich nicht zur Haluk-Botschaft oder gar zum Oshawa-Raumhafen draußen am Ontariosee brachten, statt aus der Stadt heraus und nach Peterborough zu fahren.

Nördlich des Autobahnkreuzes auf Kilometer 122 führten andere Straßen in die Kawarthas, eine malerische Gegend mit Seen, sanften Hügeln und hübschen kleinen Städten: Bridgenorth und Dutzende anderer Schlafstädte, einfacher Künstlerkolonien und Ferienorte wie Fenelon Falls, in dem meine Freundin Bea Mangan und ihr Mann ein hoch technisiertes Landhaus besaßen. Außerdem lagen dort einige Gegenden geradezu erschreckenden Reichtums, wie Mount Julian, in denen leitende Angestellte der Konzerne pseudorustikale Zweitwohnungen am *Stony Lake* unterhielten.

Dabei fiel mir ein, dass auch Alistair Drummond in den Kawarthas gelebt hatte, wenn er sich nicht gerade im Galapharma Hauptquartier in Glasgow aufhielt.

Die Hybridklone sprachen ganz offen in der schwierigen Sprache der Haluk miteinander, überzeugt, dass ihr gelähmter Gefangener, wie so viele der Übersetzerabhängigen Erdlinge, kein Wort verstand.

Mächtig großer Fehler.

Während meiner politisch aktiven Phase hatte ich mich offen vor einem der Komitees des Handelssekretariats gegen die Geheimniskrämerei der Haluk ausgesprochen. Da es so aussah, als nähmen die Abgeordneten mich ernst, beschloss der Diener der Diener von Luk, mit Hilfe einer diplomatischen Geste die sich immer weiter verschlechternden Public-Relations ein wenig zu entschärfen.

Der Anführer der Haluk schlug eine Führung auf Artiuk vor, ihrer wichtigsten Kolonie im Sporn, um zu zeigen, dass sein Volk nichts zu verbergen hatte. Die Einladung erstreckte sich auf zwölf einflussreiche Mitglieder des Komitees, drei Pressevertreter, von *Newsweek, Cosmos Today* und der *Times*, ... und mich, den unerträglichen, nicht zum Schweigen zu bringenden Star. Wegen der komplexen Tabus der Haluk durften keine audiovisuellen Aufnahmegeräte mitgeführt werden, es war den Besuchern jedoch gestattet, ausführliche Notizen in ihre Organizer zu diktieren.

Die Einladung des DDL wurde begeistert angenommen.

Als einziger meiner menschlichen Reisegefährten entschloss ich mich, während des achttägigen Fluges in den Sporn einen Schlaflehrgang über die Sprache der Haluk zu absolvieren. Das hatte ich schon seit geraumer Zeit tun wollen: seine Feinde studieren und so. Die anderen Mitglieder der Gruppe entschieden sich für die größere Bequemlichkeit und Effizienz mechanischer Übersetzer. Auch ich wollte einen tragen; aber ich hatte in etwa den Plan, irgendwann während der Reise das Ding möglichst auffällig zu verlieren, in der Hoffnung, das könne unsere Haluk-Gastgeber dazu provozieren, unbesonnene Bemerkungen fallen zu lassen – in dem festen Glauben, ich würde sie ohnehin nicht verstehen.

Doch es stellte sich heraus, dass mein Täuschungsmanöver überhaupt nicht erforderlich war. Die Übersetzer, die wir Menschen trugen, waren bereits fast in dem Augenblick defekt, als wir auf Artiuk ankamen – vielleicht, weil in dessen Sonnensystem gerade ein heftiger Ionensturm tobte, vielleicht auch aus einem ganz anderen Grund. Was auch immer die Ursache für das Problem gewesen sein mochte, auf jeden Fall gaben die abgewrackten Dinger nur noch unverständliches Kauderwelsch von sich, und mit den auf diesem fremden Planeten verfügbaren Werkzeugen konnten sie auch nicht repariert werden.

Das hätte der ganzen Reise ernsthaft einen Dämpfer verpassen können, hätte der Diener der Diener nicht liebenswürdigerweise jedem von uns einen persönlichen Haluk-Begleiter zugewiesen, der des Englischen mächtig war. Also begleiteten uns diese hochrangigen Angehörigen seines persönlichen Stabes überallhin und filterten jegliche Konversation zwischen uns und den Bewohnern Artiuks.

Die Gesichtszüge der Haluk sind nicht gerade förderlich, wenn es darum geht, Emotionen erkennen zu lassen. Und doch konnte ich erkennen, dass die Simultanübersetzungen, die unsere Begleiter uns anboten, oft ziemlich kreativ waren.

Wie ich schon erwartet hatte, war diese ›Informationsreise‹ wenig mehr als eine Farce. Wir erhielten nur oberflächliche Einblicke in das Alltagsleben der Haluk und erfuhren nicht das Geringste über ihre militärischen und industriellen Errungenschaften. Persönlicher Kontakt war uns nur zu Individuen in der grazilen, humanoiden Phase gestattet.

»Es wäre zu deprimierend für Sie, wenn Sie unsere armen Lepidodermoiden oder gar unsere schlafenden Testudinalen sehen müssten«, hatten unsere Gastgeber gesagt und allzu neugierige Mitglieder unserer Delegation sanft gerügt. »Abgesehen davon gibt es nicht mehr viele nicht-grazile Haluk auf Artiuk – dank Ihres herrlichen PD32:C2-Gentechnik-Vektors, der unser Leben auf so wunderbare Weise verändert, indem er uns vom Fluch der Allomorphie befreit.«

Also bekamen wir genau das zu sehen, was die Haluk uns sehen lassen wollten: Konzerte mit dissonanter Haluk-Musik, Ausstellungen mit wunderschönen Haluk-Kunstwerken, schüchterne Haluk-Kinder in überfüllten Haluk-Grundschulen, die uns Buketts aus fremdartigen Blumen überreichten, Haluk-Agronomen, die beeindruckende Hydrokultur-Farmen betrieben, deren Erzeugnisse jedoch für den menschlichen Verdauungstrakt schwach toxisch sind. Das war ja alles sehr erbaulich und für den geistig anspruchsvollen Galaxis-Bummler ungefähr so spannend, wie sich am eigenen Bauchnabel zu kratzen.

Es sei denn, man verstand, was die Haluk, die nicht Englisch sprachen, tatsächlich über ihre geschätzten Gäste sagten.

Die erwachsenen Haluk hassten uns allesamt, weil wir grausamerweise ihren Zug in die Milchstraße aufgehalten hatten und Wucherpreise für PD32:C2 und andere lebenswichtige Technologie verlangten. Die armen kleinen Haluk-Kinder hatten eine Todesangst vor uns, weil die Erwachsenen ihnen erzählten, dass Menschen Kannibalen seien, die unartige Kinder fraßen.

Ich tat mein Möglichstes, das, was ich aufgeschnappt hatte, den anderen Ratsmitgliedern und den Reportern mitzuteilen, doch meine bekannte Abneigung gegen die Haluk verringerte meine Glaubwürdigkeit. Letztendlich gewannen der Diener der Diener und sein Gefolge mit seiner Gastfreundschaft das Herz der ganzen Gruppe.

Als wir zur Erde zurückkehrten, überschlugen sich die Sonderberichte in den Medien nur so vor Begeisterung. Einen Monat später ratifizierte der Rat die Haluk-Abkommen.

Für mich alten Schwarzseher war diese Reise mehr als nutzlos gewesen. Alles, was ich dadurch gewonnen hatte, waren gerade mal oberflächliche Kenntnisse einer abstrusen Sprache, die fast sofort wieder aus meinem Gedächtnis entschwunden waren.

Aber nicht ganz.

Gesteuert vom Navigationscomputer schoss die Limousine über den sturmgepeitschten Freeway. Der Regen war jetzt mit kleinen Eisstückchen durchsetzt. Fleece-Jäckchen entspannte sich hinter dem Steuer, zündete sich eine Zigarette an (dieses Laster hatte sich wie ein Lauffeuer unter den blauhäutigen Besuchern der Erde verbreitet) und sprach in der Sprache der Haluk auf den Hybridklon im Ledermantel zu meiner Rechten ein.

»*Bla bla* wird ganz aus der Kopulationsöffnung sein, weil wir so spät sind. Dieser Hier fürchtet, dass die Straße *bla bla bla*. Das ist der letzte Tag der normalen Arbeits-*bla* für Menschen und *bla bla bla*.«

»Dieser Hier könnte genauso gut wieder zu Hause auf *[irgendeinem Haluk-Planeten]* sein und gegen die *bla* kämpfen. Der Große, Allmächtige Luk helfe unseren *bla* Hinterteilen, wenn wir *bla bla bla*.«

Fleece-Jäckchen: »Dieser Hier beobachtet sorgfältig den *bla bla*. Zur Zeit ist der Freeway bla von hier bis Peterborough.«

Ledermantel: »Dank dem Allmächtigen Luk.«

Die Hybridklone beklagten sich über den Freitagnacht-Verkehr. Die jetzt also auch.

»Dieser Hier nimmt an«, fuhr Fleece-Jäckchen fort, »unser nächster *bla bla* wird sein, den Bruder zu holen.«

Was?!

Ledermantel: »Das wird Ru Balakalak entscheiden. Der verärgerte Mensch *bla* stellt sich noch sehr gegen diesen Gedanken. Er *bla bla bla.* Und er denkt, dem Bruder fehlt *bla bla.*«

Ich musste alle Willenskraft aufbringen, um nicht vor Bestürzung zusammenzuzucken. Redeten diese Schwachköpfe von meinem zwielichtigen Bruder Daniel?

Fleece-Jäckchen: »Dieser hier glaubt, der veränderte Plan, den Bruder zu nehmen, ist besser. Und die *bla* jüngere Schwester würde sein Verschwinden *bla bla bla.*«

Ledermantel: »Vielleicht. Der Bruder ist gewiss leichter *bla* als der scheußliche menschliche *bla.* Aber besitzt er *bla bla,* um *bla bla bla* zu erreichen?«

Fleece-Jäckchen: »Vielleicht nicht, wenn man sich auf das *bla* des verärgerten *bla* Menschen verlassen kann.«

»Verflucht sollen alle Menschen sein!«, stieß Ledermantel hervor. »Der Plan selbst ist ausgezeichnet, aber *bla bla* davon stinkt wie Lepido-Nasenwachs. Dieser Hier wird weiterhin darauf bestehen, dass ein Haluk-*bla bla* verwendet wird, statt irgendein menschlicher *bla.*«

»Wer wird denn auf diesen Hier hören?«, fragte Fleece-Jäckchen. »Ru Balakalak leitet das Ganze. Er ist ein sturer *[Schimpfwort]* und bevorzugt den schnellsten *bla bla,* um den Diener der Diener zufrieden zu stellen. Die Gefahr *bla bla bla.*«

Ledermantel: »*[Schimpfwort.]* Dieser Hier wünschte sich, wir könnten *bla bla bla* und es beenden.«

Fleece-Jäckchen: »Wir sind noch nicht bereit. Dieser hier weiß das. Wenn wir bereit sind, wird es passieren.«

Es folgte ein längeres, unheilvolles Schweigen, während dessen sich meine Eingeweide zu einem gordischen Knoten zusammenzogen. Sprachen die hier gerade von einem Angriff auf die Menschheit? Und was für ein Plan war das, zu dem ich gehörte, ebenso mein elender Bruder, meine Schwester Beth und ein weiterer Mensch? Ich versuchte, das alles zu ordnen, als meine Gedanken plötzlich von einem lautstarken Haluk-Fluch von Ledermantel unterbrochen wurden.

»Werden wir langsamer?«, rief er seinem Landsmann zu. »Ja, tatsächlich!«

Vorne studierte Fleece-Jäckchen das Display des Navigationscomputers, das vom Fahrgastraum aus nicht sichtbar war. »Allmächtiger Luk! Das *bla* zeigt ein *bla bla*!« Er verfiel in eine ganze Tirade außerirdischer Kraftausdrücke.

Ledermantel sprach ungeduldig in englischer Sprache auf das Fahrzeug ein. »Navigator, warum wird der Verkehr verlangsamt?«

Der Bordcomputer eines Fahrzeugs hatte eine schwerwiegende Fehlfunktion, erklärte eine Computerstimme. Bei Streckenkilometer 100,4 hat ein Unfall mit mehreren beteiligten Fahrzeugen stattgefunden. Alle sechs Fahrstreifen nach Osten sind an dieser Stelle blockiert.

Ein ganzes Meer roter Bremslichter ließ den Schneeregen vor uns aufleuchten, als sich der wunderbar automatisierte Freeway in etwas verwandelte, auf dem nur noch Ochsenkarren unterwegs zu sein schienen. Die automatische Fahrbahn-Entfrostung hatte sich aktiviert, und nun stiegen auch noch Dampfwolken in das nasskalte Schneegestöber auf.

»Zur Abfahrt!«, wies Ledermantel seinen Gefährten an. »Beeil dich, bevor wir *bla* sind!«

Aber wir hatten gerade die Ausfahrt Enniskillen passiert. Fleece-Jäckchen fragte den Navigator: »Was ist die nächste Möglichkeit, den Freeway zu verlassen?«

Ausfahrt 80, auf den Lindsay-Clarington-Freeway, in 15 Kilometern Entfernung. Geschätzte Ankunftszeit dort: 21.10 Uhr.

Ledermantel spie weitere exotische Obszönitäten aus

und schlug mit der Faust auf die Erfrischungs-Konsole vor unseren Sitzen. Wir fuhren jetzt kaum 40 Stundenkilometer und wurden immer noch langsamer. Es sah so aus, als würden wir mindestens eine Stunde warten müssen, während wir im Schneckentempo auf die nächste Ausfahrt zukrochen – zusammen mit Hunderten anderer Luxus-Fahrzeuge und ihren stinkwütenden Insassen.

Ich krümmte meine Zehen. Das Kribbeln hatte aufgehört.

»Können wir nicht ein Luftfahrzeug rufen, das uns *bla* aus dieser *[Kraftausdruck]* herausholt?«, fragte Ledermantel seinen Gefährten.

Natürlich konnte die Limousine so programmiert werden, dass sie von ganz alleine den Freeway verließ, wenn wir uns von einem Hüpfer evakuieren ließen. Vielleicht dachten auch andere reiche Gestalten, die hier gefangen waren, an diese etwas extreme Möglichkeit, obwohl es privaten Luftfahrzeugen verboten war, auf dem Freeway zu landen; und der Sturm ließ den Gedanken, sich durch das Schiebedach hochziehen zu lassen, wenig einladend erscheinen.

»Dieser hier bezweifelt, dass dadurch bedeutend Zeit gespart würde,« sagte Fleece-Jäckchen, »schließlich *bla bla* unser *bla* Luftfahrzeug am Mount Julian.«

Ledermantel stöhnte. »*[Komplizierter Kraftausdruck.]* Dann sind wir wirklich *bla*, mein Freund.«

Murmelnd öffnete der Außerirdische zu meiner Rechten die Erfrischungs-Konsole und nahm ein Päckchen Zigaretten heraus. Die Limousine rollte immer langsamer. Falls die Geschwindigkeit unter 10 Stundenkilometer fiel, wäre es möglich, die sonst automatisch gesicherten Türen manuell von innen zu entriegeln.

Ich bewegte die Finger meiner linken Hand. Sie funktionierten. Das Gleiche galt auch für alle anderen Muskeln dieses Arms, den ich behutsam anspannte, ohne eine auffällige Bewegung zu machen. Die Wirkung des Betäubungsmittels schien schon fast ganz aufgehört zu haben.

Gut. Auf den richtigen Moment warten.

Langsamer. Langsamer.

Jetzt.

Ledermantel hielt gerade einen elektrischen Zigarettenanzünder an seinen Glimmstängel. Ich verpasste ihm einen heftigen Schwinger genau ins Gesicht und verbrannte mir die Fingerknöchel an der Glut, als ich die Zigarette zusammen mit dem glühend heißen Anzünder gegen seinen Mund trieb.

Ledermantel stieß einen furchtbaren Schrei aus und fing an, wie ein Verrückter nach mir zu schlagen. Ich rammte seinen Kopf gegen die Konsole und entriegelte die Tür. Auf dem Vordersitz wirbelte Fleece-Jäckchen herum und brabbelte etwas auf Halukisch. Er war zu weit von mir entfernt, um mich zu erreichen. Ich riss die Tür auf, ließ mich auf den Randstreifen fallen, rappelte mich wieder auf und stolperte auf die Leitplanke zu.

Fleece-Jäckchen öffnete gerade seine eigene Tür, als ich über die Leitplanke auf den Sicherheits-Laufsteg sprang, der die Fahrbahn in östlicher Richtung von der Fahrbahn in westlicher Richtung trennte. Es war lausig kalt. Der Verkehr stand jetzt fast, und Dampf vom schmelzenden Eis auf dem Straßenbelag wirbelte durch den windgepeitschten Schneeregen. Ich duckte mich und lief in die Richtung zurück, aus der wir gekommen waren, dachte nicht daran, dass ich mich im Licht der mir entgegenkommenden Fahrzeuge wunderbar abhob. Ich trug immer noch meinen Anonymo-Anorak. Mit der zurückgeschlagenen Kapuze blendeten mich die im Sturm dahinfliegenden Eisstückchen fast. Sie prasselten gegen die Karosserien der Fahrzeuge, klangen dabei fast wie ein Nest Klapperschlangen und übertönten beinahe das Röhren der Turbo-Motoren, von denen die Autos der vom Schicksal begünstigteren Fahrer auf der unverstopften Fahrbahn in westlicher Richtung angetrieben wurden.

Durch das Gitter des Laufstegs war in 30 Metern Tiefe der Boden zu erkennen, fast verborgen durch den Nebel und das purpurne Leuchten des Antigrav-Netzwerks, das die Stahlbeton-Fahrstreifen trug. Das AG-Feld wurde von Geräten aufrechterhalten, die in riesigen Pfeilern im Abstand von jeweils 500 Metern entlang des Freeways untergebracht waren. Die einzigen Notausgänge für Fußgänger befanden sich im Inneren dieser Pfeiler. Unter normalen Umständen wurden im Falle des Zusammenbrechens der Computersteuerung, oder wenn es Unfälle mit Verletzten gab, Hüpfer der Freeway-Behörde eingesetzt. Auch die Polizei benutzte Hüpfer.

Über den Lärm des Verkehrs auf der Westroute und den Sturm hinweg hörte ich ein bedrohliches, klirrendes Pfeifen. Eine Salve Betäubungs-Pfeile schwirrte über meinen Kopf hinweg, prasselte gegen die Keramlegierung der Pfosten und des Geländers.

Ich rannte so schnell ich konnte über den Laufsteg, schaffte es dabei, meine Kapuze hochzuziehen – keine Sekunde, bevor einer der Pfeile meinen Hinterkopf traf, nun jedoch abprallte. Doch allein schon die Wucht des Aufpralls ließ mich einen Moment lang Sterne sehen und vor Schmerzen taumeln.

Ich kam wieder richtig zu Sinnen, begriff endlich, dass ich auf dem offen liegenden Laufsteg eine perfekte Zielscheibe abgab, und sprang wieder über die Leitplanke auf den Randstreifen. Ich duckte mich immer wieder, schlug Haken und jagte wie eine riesige Küchenschabe über die sechs Fahrspuren, auf denen die Wagen jetzt kaum im Schritttempo vorankamen; sie hielten, der Computersteuerung sei Dank, jeweils präzise drei Meter Abstand zueinander. Einige erschreckte Fahrer hupten und gaben dazu hektisch Lichtzeichen. Die meisten jedoch ignorierten mich einfach.

Fleece-Jäckchen galoppierte über den Randstreifen, er machte keine Anstalten, mir zwischen die Fahrzeuge zu folgen. Pfeile voller Schlafsaft blitzten im scheinwerferbestrahlten Schneeregen auf wie Hochleistungs-Glühwürmchen, verfehlten mich und prallten von den Fahrzeugen ab.

Niemand öffnete eine Wagentür und bot mir ein sicheres Versteck an. Mein geprellter Schädel schmerzte höllisch. Der Schneeregen ging langsam in dicke, nasse Schneeflocken über, die Sicht war grässlich.

Ein weiterer Pfeil traf mich im Rücken, wieder rettete mich die gepanzerte Jacke. Ich dankte Gott dafür, dass meine ungeschützten Beine durch die Fahrzeuge abgeschirmt wurden. Alles, was ich tun konnte, war im Zickzack durch den Verkehrsstau zu laufen, beruhigend war nur, dass Fleece-Jäckchen gewiss den Befehl erhalten hatte, mich lebendig einzufangen. Seine Waffe war höchstwahrscheinlich eine Ivanov-Betäubungspistole, die normalerweise kleine Geschosse mit sehr eingeschränkter Reichweite verschoss. Es würde für den Haluk-Hybridklon so gut wie unmöglich sein, das ohnehin nicht allzu verlässliche Zielerfassungs-System der Waffe einzusetzen, während er mitten in einem Sturm Schnellschüsse abgab.

Ich bewegte mich schneller vorwärts als Fleece-Jäckchen, doch eine Zeit lang hielt er fast mit mir Schritt, schließlich verlor er keine Zeit damit, immer wieder in Deckung gehen zu müssen. Zwei weitere Pfeile trafen mich am rechten Arm und am Oberkörper, schmerzhaft, aber nichts, was mich kampfunfähig gemacht hätte. Es gab eine kurze Feuerpause, vielleicht wechselte er gerade das Magazin, dann kamen die Schüsse schneller und heftiger. Alle Pfeile verfehlten ihr Ziel. Ich war inzwischen weit vor ihm.

Weniger als 100 Meter vor mir lag einer dieser massiven Pfeiler, in dem immer dichter werdenden Schnee kaum noch zu erkennen. Wenn ich den erreichen konnte, sollte ich auf die Wendeltreppe in seinem Inneren flüchten können. Vielleicht würde mir der Außerirdische dorthin nicht folgen. Es konnte ja sein, dass einige der Fahrer die Schießerei bereits der Polizei gemeldet hatten, und sei es auch nur, weil ein Querschläger den Lack ihres teuren Autos zerkratzt hatte.

In der Ferne hörte ich einen Schrei in der Sprache der Haluk, verstand aber nur ein einziges Wort: *komme.*

Ich wagte nicht, mich umzusehen, hatte aber das dumpfe Gefühl, dass der leicht angesengte Ledermantel sich endlich wieder zusammengerissen hatte und jetzt bei der Jagd mitspielte. Trotz der Entfrostungs-Automatik sammelte sich Schneematsch auf der Fahrbahn.

Lauf, Helly, lauf! Es ist nicht mehr weit! Jetzt nicht langsamer werden …

Wurde ich aber. Die Überreste des Wirkstoffs in meiner Blutbahn setzten meine Ausdauer deutlich herab. Meine Lunge stand in Flammen, meine Sicht wurde verschwommen und immer bizarrer, und meine Beinmuskulatur verkrampfte sich.

Verflixt!

Die beiden Haluk hinter mir riefen einander immer wieder Dinge zu, die ich nicht verstand. In den schalldichten Fahrzeugen würde niemand sie hören und schon gar nicht den fremdartigen Tonfall bemerken.

Fleece-Jäckchen schoss nicht länger mit der Ivanov auf mich. Vielleicht war ihm die Munition ausgegangen.

Ich hörte jetzt damit auf, immer wieder zwischen den Fahrzeugen in Deckung zu gehen, und rannte im Spurt auf der Mittellinie (die aus kleinen Lämpchen bestand) zwischen der fünften und der vierten Spur entlang, während ich mit zusammengekniffenen Augen in das verschwommene Scheinwerferlicht spähte. Der Schnee peitschte mir ins Gesicht. Mein Hirn war völlig leer, ich dachte nur daran, den Schutz des massiven Pfeilers zu erreichen, der vor mir aufragte, von kräftigen Schweinwerfern angestrahlt, an der Spitze leuchtend rote Warnlichter für die Luftfahrzeuge.

Ich war nur noch 40 Meter davon entfernt, als ich auf einer vereisten Stelle ausrutschte, den Halt verlor und auf die matschige Fahrbahn krachte – genau vor ein Taxi, das langsam näher kam. Ich rollte mich gerade rechtzeitig zur Seite, um nicht überrollt zu werden, dann hörte ich plötzlich ein lautes Krachen, gefolgt vom spitzen Schrei einer Frau.

Mein Sturz hatte mich anscheinend gerettet. Ich stützte mich auf und sah, dass das Sicherheitsglas der Windschutzscheibe einer Acura-Limousine neben mir von einem Geschoss getroffen war. Um das Einschussloch herum setzten sich Sprünge in der Scheibe fort und bildeten ein Muster wie ein Spinnennetz. Die hysterische Frau hinter dem Steuer kauerte sich zusammen, möglichst weit von dem leeren Fahrersitz entfernt, in dessen Kopfstütze ein schmales, schwarzes Objekt von unverwechselbarer Form steckte. Das war ein Magnum-Betäubungspfeil aus einer Allenby SM-440 oder einem anderen Hochleistungs-Karabiner. Ledermantel hatte schwere Artillerie mitgebracht.

»Runter, Lady!«, schrie ich. Sie verschwand aus dem Blickfeld und heulte immer noch, als ihr Wagen wieder weiterfuhr. Ein zweiter Betäubungspfeil verfehlte meinen Kopf nur knapp und jagte über den Verkehr in die Dunkelheit hinter Spur eins hinweg.

Ich ging ebenfalls zügig in Deckung, krabbelte auf Händen und Knien weiter, nutzte die Deckung, die mir die fast stehenden Fahrzeuge boten. Dann änderte Ledermantel seine Taktik: Große Pfeile schwirrten unter den Fahrzeugen entlang, klirrten gelegentlich gegen Fahrgestelle und Reifen. Die Pfeile stellten für die selbstreparierenden Reifen oder die stabilen Fahrgestelle keine Bedrohung dar, aber ich war mir nicht so sicher, ob die dünne Panzerung meines Anoraks mich schützen würde.

Benutzte Ledermantel einen Thermoscanner oder einen Restlichtverstärker, um mich aufzuspüren? Die Leistungsfähigkeit beider Geräte würde in einem Schneegestöber bis aufs Äußerste getestet werden, wenn das Ziel zwischen eng hintereinander fahrenden Autos hin und her huschte, die Motoren der Fahrzeuge Infrarotlicht abstrahlten und dichter Nebel über einem geheizten Straßenbelag wirbelte. Vielleicht versuchte er ja gar nicht, mich zu treffen, sondern wollte mich nur aus dem Verkehr heraustreiben, damit sein Kumpel dann auf dem Randstreifen auf mich schießen konnte.

Ich ging in die Hocke, watschelte in einem geradezu absurden Entengang zwischen den Fahrstreifen entlang, patschte durch den eisigen Matsch und bemühte mich, so gut es ging, meine Beine mit meinem Anorak zu schützen. Wer weiß, was die Fahrer der vorbeifahrenden Wagen gedacht haben mochten, als sie dieses sonderbare Schauspiel mit ansahen. Nicht einer hatte bisher versucht, einzugreifen. Wäre ich an ihrer Stelle gewesen, hätte ich mich wohl auch für eine Politik der Nichteinmischung entschieden.

Das Feuern hörte auf. Und ich hörte kurz darauf auch auf zu laufen.

Ich hatte es geschafft – in gewisser Weise.

Endlich war ich unter der riesenhaften Pfeiler-Konstruktion angekommen, zitterte vor Kälte, kauerte zwischen den Fahrzeugen auf Spur fünf und der Express-Spur. Jetzt musste ich nur noch den ungeschützten Randstreifen überqueren, durch eine Öffnung im Sicherheitslaufsteg gehen und drei Stufen auf eine kleine Plattform hinunterklettern, von der aus man eine Tür in der Außenwand des Pfeilers erreichte. Darüber hing ein beleuchtetes Schild:

NOTAUSSTIEG
BENUTZEN SIE DAS FON, UM HILFE HERBEIZURUFEN

Wenn das so einfach wäre! Das Fon hing an der Wand rechts neben der Tür. Während ich das nutzlose Gerät gedankenversunken anstarrte, schlug genau dort ein Ivanov-Betäubungspfeil ein und fiel dann klirrend auf die Plattform.

Wunderbar! Fleece-Jäckchen spielte wieder mit, wahrscheinlich hatte er vom Sicherheits-Laufsteg aus geschossen und wollte mich nun dazu bringen zu flüchten.

Was für ein Idiot! Hätte er sich nicht auf diese Weise verraten, wäre ich ihm vielleicht genau ins Schussfeld gerannt. Ich versuchte erfolglos, ihn in dem Gemisch aus Schneegestöber und Dampfwolken auszumachen, in dem man kaum weiter als bis zum Ausgang des Pfeilers sehen konnte, doch ich dachte mir, dass das dumme Xeno-Arschloch nicht allzu weit weg sein konnte. Und sein Kumpel ...

Ein Magnum-Betäubungspfeil schoss summend wie eine Wespe an meinem Kopf vorbei. Die Flugbahn ließ darauf schließen, dass Ledermantel vom selben Mittelstreifen aus geschossen hatte, auf dem auch ich mich befand. Ein plötzlicher Windstoß ließ den Nebel kurzzeitig aufreißen, und dann sah ich ihn, den Körper schaurig angeleuchtet von den Fahrzeugen, die zu beiden Seiten an ihm vorbeifuhren. Er war keine 25 Meter entfernt und hielt den Kolben seines Karabiners an der Wange.

Ich bot ein ganz leichtes Ziel.

»Der nächste Pfeil erledigt dich, Frost!«, rief er. »Steh auf! Auf die Beine! Los!«

Warum erledigte er mich nicht einfach da, wo ich jetzt war?

... Weil er Angst hatte, ich könnte zusammenbrechen, wenn ich eine Magnum-Ladung des Toxins abbekam, dann einem Wagen unter die Räder geraten und verletzt oder gar getötet werden. Des wilde Geschieße vorhin war nur eine Kurzschlusshandlung gewesen. Ledermantel hatte eindeutig vor, mich auf den Randstreifen zu locken, wo Fleece-Jäckchen mich dann problemlos mit seiner Ivanov betäuben konnte.

Idee!

Ich wandte mich von Ledermantel ab, ignorierte sein Geschrei und sah mir den näher kommenden Verkehr auf der Express-Spur an. Ein VW-Käfer (das Sondermodell für Damen) rollte langsam vorbei, gefolgt von einem dieser superflachen Maseratis – ziemlich spärliche Deckung. Hinter dem italienischen Wagen kam ein riesiger schwarzer Dodge-Bighorn-Geländewagen mit verchromtem Überrollbügel, Frontschutz und wirklich großen Ballonreifen mit richtig tiefem Profil. Es war die Art Fahrzeug, wie unerschrockene Wildnis-Begeisterte sie für Spitztouren zur Hudson Bay oder der kanadischen Tundra bevorzugten. Und dumme Angeber fuhren mit so etwas zur Arbeit.

»Steh auf, Frost!«, brüllte Ledermantel. Er schoss einen weiteren Pfeil genau über meinen Kopf und verfehlte mich nur um Haaresbreite. »Steh auf, verdammt noch mal!«

Stattdessen krümmte ich mich und stöhnte, als sei ich getroffen worden, und ließ mich auf den feuchten Straßenbelag fallen. Der Maserati fuhr an mir vorbei. Als der schwerfällige Geländewagen auf gleicher Höhe mit mir war, rollte ich mich seitwärts darunter, hielt mich an dem vereisten Stoßdämpfer der riesigen rechten Vorderreifen fest, hakte ein Bein über eine Stange des Getriebes und zog mich ein Stück hoch.

Und schrie mir die Lunge fast aus dem Leib. Hörte dann abrupt auf.

Ich hörte, wie die beiden Haluk-Hybridklone einander unverständliche Dinge in ihrer Muttersprache zubellten. Ob der Trick funktionieren würde? Nur wenn Fleece-Jäckchen, da drüben auf dem Laufsteg und hoffentlich näher bei mir als Ledermantel, anbiss.

Jemand kam herbeigelaufen, patschte durch den Schnee, der sich inzwischen mit Schmelzwasser voll gesogen hatte. Ich konnte Beine erkennen, in durchweichten Hosen, die auf dem Randstreifen entlangliefen, immer neben diesem schweren Wagen her. Fleece-Jäckchen rief: »Dieser Hier kann ihn nicht sehen! Vielleicht ist er darunter, wird von diesem *bla* mitgeschleift!«

O ja! Ich ließ los und fiel unbeschadet zwischen die vier großen Räder. Lag einen Augenblick still, dann rollte ich mich schnell auf den Randstreifen, als der große schwarze Geländewagen weiterfuhr. Es war überhaupt nicht schwer, dem Toyota-Kombi auszuweichen, der ihm langsam folgte. Fleece-Jäckchen hatte mich nicht gesehen. Er hastete immer noch hinter dem Dodge her, die Ivanov in der Hand, und versuchte, das Fahrgestell dieses Schlachtschiffes zu betrachten.

Ledermantel sah mich und schrie seinem Kameraden eine Warnung zu.

Zu spät. Ich warf mich auf Fleece-Jäckchen. Gemeinsam gingen wir hart zu Boden, weniger als einen halben Meter vom langsam, aber stetig voranrollenden Verkehr entfernt. Die Betäubungs-Pistole fiel aus Fleece-Jäckchens Hand und verschwand zwischen den Autos. Einige Augenblicke lang rangen wir auf dem Randstreifen miteinander, dann gelang es ihm, sich meinem Griff zu entwinden. Er kam auf die Füße, während ich noch fast ausgestreckt im Schneematsch lag, und verpasste mir einen üblen Tritt gegen den Kopf. Als er versuchte, auf meinen Kopf zu treten, ergriff ich seinen Fuß mit beiden Händen, drehte ihn brutal herum und hörte ein zufrieden stellendes Knacken in seinem Fußgelenk. Er heulte auf und stürzte zu Boden.

Dann rollte er auf die Leitplanke zu, versuchte, trotz seines verletzten Knöchels aufzustehen und brüllte vor Schmerzen und Wut. Ich lag sehr viel näher an der Express-Spur und hatte selbst Schwierigkeiten, aufrecht zu stehen. Als ich mich auf Fleece-Jäckchen stürzte, hatte ich mir beide Knie übel geprellt, und der Tritt gegen den Kopf hatte meine Neuronen ziemlich durchgeschüttelt.

Fleece-Jäckchen sprang auf mich zu, schleuderte mich auf den Rücken, setzte sich rittlings über mich, klemmte mit dem Knie meinen rechten Arm ein und begann dann, mit beiden Fäusten auf mein Gesicht einzuschlagen. Mein Schlag mit der Linken in seine Nieren schien ihm nicht viel auszumachen, sein Fleece-Jackett war eine ausgezeichnete Polsterung. Ich stützte mich auf die Hüften, warf ihn, der nicht damit gerechnet hatte, ruckartig vorwärts und zwang ihn so, sich mit ausgestreckten Armen gegen den Sturz abzustützen. Dann packte ich ihn im Schritt und quetschte seine Genitalien mit aller

Kraft zusammen. Er schrie und wand sich seitwärts auf die Express-Spur zu, beide Hände immer noch an seinen edelsten Teilen, als eine große Daimler-Luxuslimousine gemächlich heranrollte.

Beide linke Reifen fuhren über seinen Hals. Der Luxuswagen wich nicht einen Millimeter vom seinem computerbestimmten Vektor ab. Die Passagiere im Inneren des Wagens hatten wahrscheinlich nicht einmal mitbekommen, was passiert war. In diesem Kokon-Fahrzeug hatte es sich vermutlich so angefühlt, als seien sie über zwei winzige Hubbel gefahren.

Im Südwesten des stürmischen Nachthimmels war durch das Schneetreiben ab und zu eine kleine Anordnung blauer Lichter zu erkennen. Irgendetwas flog sehr niedrig auf uns zu.

Kapitel 5

Ich war halb betäubt, hatte Schmerzen, war klatschnass und halb erfroren. Mein Gesicht war eine einzige Schwellung, an meinen Hände war fast keine Haut mehr, und der Rest meines Körpers fühlte sich an, als hätte ich mich mit einem Büffel angelegt.

Unter Schwierigkeiten zog ich Fleece-Jäckchen wieder auf den Randstreifen und kauerte mich neben ihm zusammen. Blut strömte aus seinem Mund. Sein Kopf war in einem unmöglichen Winkel zur Seite geneigt, sein Kiefer war ausgerenkt, die Luftröhre zerquetscht. Seine Pupillen waren vollends geweitet, und ein immer stärker zunehmender Gestank ließ darauf schließen, dass sein Schließmuskel sich entspannt hatte. Als ich daran dachte, nach seinem Puls zu fühlen, fand ich ihn nicht. Die außerirdische Seele, die seinen menschlichen Körper belebt hatte, war fort.

...Aber der unbekannte Mann, dem man DNA gestohlen hatte, um Fleece-Jäckchen zu tarnen, lebte wahrscheinlich noch, schwebte komatös in einem Dystasis-Tank auf irgendeinem exotischen Planeten, war gezwungen, immer und immer wieder sein Erbmaterial mit anderen zu teilen, damit noch mehr Kopien seiner selbst angefertigt werden konnten.

Ich verspürte keinen Triumph über Fleece-Jäckchens Ableben. Stattdessen hatte ich das Gefühl, eine Rückblende in einem Film mitzuerleben. Ich wurde in die Zeit zurückgerissen, als ich das letzte Mal Haluk getötet hatte, die sich als menschliche Wesen ausgaben.

Auf dem Planeten Dagasatt hatte ich Hunderte Hybridklon-Patienten in paarweise aufgestellten Tanks in einem Geheimlabor entdeckt. Viele der dort in den Tanks schwebenden Haluk waren bereits zu perfekten Kopien von Menschen umgestaltet worden, während die bemitleidenswerten menschlichen Matrizen-Individuen teilweise Haluk-Züge angenommen hatten, eine Nebenwirkung des Gentechnikverfahrens, mit dem die Abstoßung der menschlichen DNA bei den außerirdischen Empfängern verhindert werden soll.

Ich hatte jedem Einzelnen dieser Hybridklone in den Kopf geschossen. Das war nichts, worauf ich stolz war, aber ich bedauerte es auch nicht.

Bevor ich die gefangenen menschlichen DNA-Spender auf Dagasatt hatte retten können, waren Kampfluftfahrzeuge aufgetaucht und hatten die Anlage mit schwerem Blasterbeschuss dem Erdboden gleichgemacht. Ich war der Vernichtung entkommen, doch in meinen Albträumen lief ich immer noch durch diese verdammten Labors, starrte ungläubig die Dystasis-Tanks an, mit ihren halukartigen Menschen und ihren menschenartigen Haluk ...

Genug! Es wurde Zeit, sich um den Albtraum zu kümmern, der sich um mich herum abspielte.

Erst jetzt bemerkte ich, dass der Außerirdische, den ich immer Ledermantel genannt hatte, nicht mehr auf mich schoss. Der Grund dafür war in der schneeverhangenen Luft sporadisch zu erkennen. Die pulsierenden blauen Lichter stammten von einem Geschwader Bullen-Hüpfer, das von der Freeway-Behörde in Pickering gekommen sein musste. Der Angreifer, der noch lebte, hatte jetzt ganz andere Sorgen, als Asahel Frost einzufangen. Er raste wahrscheinlich gerade den Laufsteg hinunter zu seiner Limousine. Wenn er auch nur ein wenig Grips besaß, hatte er seinen Allenby-Betäubungskarabiner längst durch eine der Abflussöffnungen auf dem Randstreifen entsorgt.

Inzwischen begann der Verkehr auf den ostwärts gerichteten Fahrbahnen langsam wieder zu fließen. Die getönten Scheiben verbargen die Passagiere vor meinem Blick. Ob die Insassen mit offenem Mund das Schauspiel bestaunten, das sich ihnen neben der Fahrbahn bot, während sie vorbeifuhren? Oder hatten sie das einzig Vernünftige getan und die Fensterprojektoren aktiviert, die ihnen jetzt Bilder reizvoller Landschaften lieferten, statt sie die langweilige Realität sehen zu lassen, in der eine endlose Fahrzeugschlange im Schritttempo durch die stürmische Nacht kroch?

Die undeutlich erkennbaren blauen Lichter kamen näher.

Jetzt würden mich die Bullen aufgreifen.

Ledermantel würde in aller Ruhe seine Limousine erreichen, irgendwann dem Stau entkommen und in dem unüberwachten Landstraßenlabyrinth, das die *Kawartha Lakes* umgab, spurlos verschwinden. In der Zwischenzeit wäre die Freeway-Behörde damit beschäftigt, mich zum nächsten Gericht zu schleppen. Ein Medienzirkus sondergleichen würde losbrechen, bei dem ich versuchen würde, alles zu erklären: Meine Entführung, meine spektakuläre Flucht, mein anschließendes Handgemenge mit tödlichem Ausgang für eine makellos gekleidete Person (die zweifellos makellose Papiere besaß) – und den wahren Grund dafür und alles, was dahinter stand, würde ich nicht zu äußern wagen.

Vielleicht würde mir die Polizei glauben, dass es Notwehr war. Vielleicht würde man mich aber auch wegen Totschlags anklagen.

Wie betäubt wartete ich darauf, dass die Hüpfer ihre Suchscheinwerfer auf mich richteten. Vier Luftfahrzeuge schwebten jetzt über dem Pfeiler und bewegten sich weiter auf die Unfallstelle in der Ferne zu.

Ich konnte mein Glück nicht fassen. Falls die Frau mit der zerschossenen Windschutzscheibe oder irgendein anderer Fahrer eine Schießerei auf dem Freeway gemeldet hatte, war die Meldung augenscheinlich noch nicht vom Wachhabenden an die Bullen weitergeleitet worden, die jetzt knapp über mir schwebten.

Zeit zu verschwinden, Cowboy.

Das Adrenalin, das während des Kampfes angeflutet war, hielt mich immer noch warm, doch jeder Knochen in meinem Leib schien einzeln zu schmerzen, vor allem in meinem Schädel. Ich stand auf und wollte gerade auf die Plattform vor dem Pfeiler zugehen, als mir klar wurde, was ich dann zurücklassen würde: den einzigen greifbaren Beweis dafür, dass es tatsächlich Haluk gab, die sich als Menschen ausgaben – der Beweis, den meine Mitarbeiter und ich seit mehr als drei Jahren vergeblich zu finden hofften. Wenn ich diesen Hybridklon-Leichnam zurückließ, würde er sicherlich zum nächstgelegenen Leichenschauhaus gebracht werden. Für Fleece-Jäckchens außerirdische Komplizen wäre es geradezu lächerlich einfach, sich dessen Überreste zurückzuholen.

Das würde nicht passieren, wenn ich es verhindern konnte.

Ich öffnete den Reißverschluss meines Anoraks und holte mein Mobilfon heraus. Gab den Kode ein, über den ich den Computer meines eigenen Privathüpfers erreichte. Ich sollte ihn dazu programmieren können, mich abzuholen, sobald ich nur von diesem Freeway herunter war. Schon wenige Hundert Meter vom Pfeiler entfernt war der Luftraum nicht mehr eingeschränkt.

Wir bedauern, sagte das Fon. Der Kode, den Sie eingegeben haben, ist vorübergehend nicht erreichbar.

Verflixt! Die verdammten Haluk mussten das Gerät sabotiert haben, vielleicht um sicherzustellen, dass ich ihnen nicht mit dem Luftfahrzeug entkommen konnte. Mein Auto war bestimmt auch nicht einsatzfähig.

Na gut. Also gab ich den Kode meines Freundes und Mitarbeiters Karl Nazarian ein.

Karl war ein Anteilseigner von Rampart Starcorp seit deren Gründung und der erste Leiter ihrer Sicherheitsabteilung gewesen, damals, als das Hauptquartier sich noch auf Seriphos im Perseus-Sporn befunden hatte. Mein Vater hatte den großen Fehler gemacht, ihn nach vielen Jahren Dienstzeit in Ruhestand zu schicken und einem Heißsporn namens Oliver Schneider Karls Stelle zu geben. Schneider lief dann zu Galapharma über und wurde deren Maulwurf innerhalb von Rampart.

Dann kam ich daher und berief ihn wieder ein, damit er mir bei der Suche nach meiner verschwundenen Schwester Eve half. Dank der Hilfe des kampferprobten Sicherheitsdienstlers wurde der Einsatz ein voller Erfolg, und auch bei späteren, heimlich durchgeführten Aktionen leistete er gute Arbeit – bei Aktionen, die letztendlich zur Gefangennahme des unentbehrlichen Belastungszeugen Schneider und der Anklageerhebung gegen Galapharma führten. Seitdem hatte ich mit Karl die Ergebnisse aller meiner privaten Untersuchungen besprochen, die etwas mit den Haluk zu tun hatten.

Als Rampart zu einer Konzern-Vereinigung wurde und ich mich darauf einließ, kommissarisch der Direktor der Rechtsabteilung zu werden, sorgte ich dafür, dass Karl zum Vizepräsidenten für Sonderprojekte (d. h. sonderbare Projekte) ernannt wurde – das war ein Posten, den zu übernehmen Simon ursprünglich mich gezwungen hatte. Karl war ausschließlich mir persönlich unterstellt. Während der Vorbereitungsphase auf den Prozess gegen Galapharma hatte er alle ›Entdeckungen‹ überwacht, die dann meinem Rechtsverdreher-Trupp vorgelegt wurden. Außerdem half er mir dabei, besonders heikles Beweismaterial zu verwalten – und gegebenenfalls nach Bedarf zu redigieren. Als das erledigt war, beschäftigten sich er und seine kleine Gruppe vertrauenswürdiger alter Freunde damit, Informationen über die zwielichtigen Machenschaften der Vertreter des *Big Business* zu sammeln, die sich ›das Haluk-Konsortium‹ nannten. Nicht dass ich während des Prozesses irgendetwas mit den gesammelten Informationen hätte anfangen können, außer, das Pikanteste davon an Ef Sontag weiterzureichen.

Karl war der Einzige, dem ich etwas derart prekäres anvertraut hätte wie die psychotronische Vernehmung von Lorne Buchanan. Ich hatte ihm auch anvertraut, was ich mir ursprünglich von der Barky-Jagd erhofft hatte. Und jetzt brauchte ich dringend wieder seine Hilfe.

»Nazarian hier.« Das knorrige Gesicht, das ein wenig an eine topographische Karte von Armenien erinnerte, allerdings geteilt durch einen gewaltigen Felsbrocken (seine Nase), starrte mich vom Bildschirm des Fons aus an. »Mein Gott, Helly, du bist ja nass wie eine Katze. Und diese Katze sieht aus, als hätte man vorher noch wer weiß was mit ihr angestellt.«

»Ich fühl mich sogar noch übler. Ich sitze hier auf dem Randstreifen des Ottawa-Freeways in einem Schneesturm neben der Leiche eines Haluk-Hybridklons.«

»Das ist ja fantastisch! Bist du sicher, dass es ein Haluk ist?«

»Absolut sicher! Diesen Hybridklon sacke ich ein, wenn ich es schaffe, ihn hier wegzuschmuggeln, bevor die County Mounties uns entdecken. Und das kann jeden Augenblick passieren. Kannst du kommen und uns mit deinem Hüpfer hier wegschaffen? Meiner ist gerade nicht einsatzfähig.«

Schockiertes Schweigen, dann: »Ich bin nicht im Umkreis von Toronto. Ich bin fast zwölfhundert Kilometer weit weg, in der *Kingfisher Lodge* in Kenora.«

Ich wusste, was das zu bedeuten hatte. »Oh, Scheiße! Dan?«

»Leider ja! Dein Bruder ist vor ein paar Stunden getürmt. Man hat ihm geholfen. Vier der sechs Wachleute sind tot. Die zwei, die überlebt haben, können uns nicht viel sagen. Die Hütte war einfach nicht gegen einen massiven bewaffneten Angriff abgesichert. Ein gezielter EMP hatte alle Sensoren und die ganze restliche Elektronik lahm gelegt. Ein einzelner großer Hüpfer mit einem Dutzend Angreifern hat das Ganze in weniger als zehn Minuten durchgezogen.«

»Karl, es ist sehr gut möglich, dass Dan gar nicht geflohen ist! Vielleicht wurde er von Haluk entführt!«

»Um Gottes willen!«

»Vielleicht ist auch meine Schwester Beth in Gefahr. Es kann gut sein, dass diese Außerirdischen auch hinter ihr her sind. Sie muss rund um die Uhr bewacht werden!«

»Ich schicke ihr sofort Innensicherheitler. Was für 'ne Scheiße läuft denn hier?«

»Es ist sogar noch schlimmer, als du denkst! Heute Abend haben *mich* zwei Haluk-Hybridklone entführt! Frech wie Gossendreck! Die Mistkerle haben mich einfach mitten im Freitag-Abend-Gewühl auf dem *Path* eingesackt. Die beiden haben miteinander über irgendeinen Plan gesprochen, in dem es auch um Dan und vielleicht auch um Beth ging. Ergab für mich keinen Sinn. Meine Halukisch-Kenntnisse sind zu eingerostet. Ich habe es geschafft, aus ihrem Wagen rauszukommen, als der Ottawa-Freeway wegen irgendeines Riesen-Auffahrunfalls gesperrt wurde. Einer dieser außerirdischen Schläger liegt jetzt hier bei mir – mausetot auf dem Asphalt. Der andere ist abgehauen.«

»Oh, Mann! Noch mehr aktive Hybridklone! Das ist genau das, was wir befürchtet haben ...«

»Hör zu, Karl! Du weißt, wie wichtig es für uns ist, diesen Leichnam zu Bea Mangan zu schaffen, damit sie eine Genanalyse durchführt. Aber ich kann nicht einfach die Sicherheitsleute von Rampart den Transport übernehmen lassen. Ich kann denen auf keinen Fall die ganze Situation erklären. Und wenn wir mit der Leiche geschnappt werden, kann es sogar sein, dass Rampart selbst unter Anklage gestellt wird. Ich habe diesen Haluk in Notwehr getötet, aber ›Leichenraub‹ ist ein schwerwiegendes Verbrechen, und wenn wir uns irgendwie an der Unfallstelle zu schaffen machen, ist es gut möglich, dass man uns zumindest wegen ›Behinderung der Justiz‹ anklagt. Hast du eine Idee?«

»Du sagst, du willst diesen Leichnam direkt zu Mangan bringen?«

»Ich werde sie erst fragen, aber ich weiß, dass sie keine Skrupel haben wird, mit uns zusammenzuarbeiten. Das ist genau das, worauf wir gewartet haben – noch mehr in flagranti können wir die Haluk nicht dabei erwischen, dass sie versuchen, sich in die Menschheit einzuschmuggeln.«

»Dann frag doch Bea, ob sie dich abholt«, schlug Karl vor. »Ihr Haus in Fenelon Falls ist ... wie weit weg? ... nur fünfzig Kilometer oder so nördlich vom Freeway. Sie hat doch bestimmt einen Hüpfer zur Verfügung. Oder sonst ihr Mann Charlie.«

»Verdammt! Auf die Idee hätte ich auch selbst kommen können. Die Haluk haben mir fast den Verstand aus dem Schädel geprügelt – ich bin immer noch ziemlich benommen.«

»Kann ich sonst noch was tun?«

Ich versuchte nachzudenken. Leicht war es nicht. »Erzähl Sean Callahan von der Innensicherheit im Rampart-Tower irgendwas. Kurz bevor die Haluk mich auf dem *Path* einsackten, habe ich Sean angefont und um Hilfe gebeten. Er hat ein Einsatzkommando losgeschickt, aber die kamen zu spät, um noch irgendetwas tun zu können. Erzähl ihm, ich sei bei dir – und das sich das bei mir doch als falscher Alarm rausgestellt hat. Er wird vielleicht misstrauisch sein, aber dagegen können wir nichts machen.«

»Hör zu, Helly, falls du Bea Mangan nicht erreichst, fonst du mich wieder an! Dann komm ich dich holen, aber das dauert ein bisschen.«

»Wollen wir mal hoffen, dass es dazu nicht kommt. Aber ich glaube, du solltest so schnell wie möglich zurück nach Toronto fliegen. Am besten, wir treffen uns bei Bea. Ich will fürs Erste noch nicht zurück in mein Apartment. Vielleicht überwachen die Haluk das ja. *Hasta luego.*« Ich trennte die Verbindung.

Langsam kroch die Kälte durch meinen ganzen Körper. Meine Kapuze war mir wieder vom Kopf gerutscht, und der schmelzende Schnee lief mir aus den Haaren und in zwei frische blaue Augen. Ich versuchte, sie trocken zu reiben, zuckte vor Schmerz zusammen, zog die Kapuze wieder hoch und rief Mangans FonKode aus dem Adressenbuch auf. Das Fon summte.

»Heb schon ab«, betete ich. »Bitte, Bea!« Ich starrte auf den kleinen leeren Bildschirm und wartete, inzwischen am ganzen Körper zitternd. Nach fünfmaligem Summen fragte mich eine Computerstimme, ob ich weiterhin versuchen wolle, Beatrice Mangan persönlich zu erreichen, oder ob ich lieber eine Nachricht auf ihrer

Mailbox hinterließe. »Weiter versuchen«, antwortete ich. Die Stimme hatte nicht gesagt, dass sie nicht erreichbar sei; aus irgendeinem Grunde hatte sie sich bisher dagegen entschieden, das Gespräch entgegenzunehmen. Viel beschäftigte Leute machen so was dauernd.

Das Summen fing wieder an, dauernd unterbrochen von dieser künstlichen Stimme. Ich sagte immer wieder »Weiter versuchen« und schaute auf das Display, das die ganze Zeit BITTE WARTEN, VERBINDUNG WIRD AUFGEBAUT meldete. Schneeflocken fielen auf mich und den Hybridklon-Leichnam herab, sprenkelten uns mit winzigen hellen Flecken, die im Licht der vorbeijagenden Autoscheinwerfer funkelten.

Beatrice Mangan, die den Dienstgrad eines Chief Superintendenten bei der Spurensicherung des IHS innehatte, war eine anerkannte Expertin auf dem Gebiet der Molekularbiologie und der kriminalistischen Aspekte der Gentechnik. Sie war außerdem eine alte Freundin aus meiner Zeit als Vollstreckungsbeauftragter des Interstellaren Handelssekretariats und eine der wenigen, die nicht an die falschen Beschuldigungen geglaubt hatte, die letztendlich zu meiner Entlassung und meinem Niedergang geführt hatten.

Ich hatte sie fast sofort, nachdem ich selbst in die Galapharma-Verschwörung hineingezogen worden war, in alles eingeweiht. Sie half mir dabei, Bronson Elgar zu schnappen, einen Auftragskiller von Galapharma und ein Meister der dreckigen Tricks – der sich bedauerlicherweise als echter Mensch erwiesen hatte. Später hatte sie mir ihre Sachkenntnis zur Verfügung gestellt bei meiner Suche nach Beweisen dafür, dass Haluk-Hybridklone mit schädlichen Absichten menschliche Körper annahmen.

Bea war ebenso frustriert wie ich darüber, dass jeder Hinweis, den Karl und seine Mitarbeiter aufgetrieben hatten, sich als Fehlschlag oder als zu ungewiss entpuppte. Die effizienten Putzroboter, die in der modernen Gesellschaft allgegenwärtig waren, machten es fast unmöglich, Überreste belastender DNA in Raumschiffen oder Gebäuden aufzufinden, in denen sich Pseudo-Menschen aufgehalten hatten. Die Bioproben, die Karls Leute gefunden hatten, waren von den mechanischen Hausmeistern samt und sonders zu stark beschädigt worden, um wirklich schlüssig zu sein.

Aber jetzt hatte ich einen ganzen Hybridklon-Leichnam, den Bea analysieren konnte – wenn sie nur endlich an ihr verdammtes Fon ginge!

Um Fleece-Jäckchen als getarnten Haluk zu überführen, musste sie ihm nur ein paar Gewebeproben entnehmen, diese durch einen hochauflösenden Genom-Analysator schicken und das DNA-Profil mit dem genetischen Marker vergleichen, den Lorne Buchanan gerade an Efrem Sontag übergeben hatte. Wenn sie die Bürger-Datenbank konsultierte, konnte sie sogar ermitteln, wer das Matrizen-Individuum für Fleece-Jäckchens Transformation gewesen war. Zusammen mit all unseren anderen Beweismitteln wäre der Hybridklon-Leichnam ein handfester Beweis für den Commonwealth-Rat, dass die Haluk die Menschheit zu infiltrieren suchten.

Was Fleece-Jäckchens Leichnam nicht zwingend beweisen würde, wären die schädlichen Absichten der Haluk, obwohl wir damit belegen könnten, dass der Anführer der Haluk mit seiner Behauptung gelogen hatte, alle noch lebenden Hybridklone seien in den Haluk-Sternhaufen gebracht worden, um dort als Goodwill-Botschafter eingesetzt zu werden. Noch konkretere Hinweise dafür zu finden, dass diese Außerirdischen Übles im Schilde führten, dürfte ziemlich lange dauern – es sei denn ...

Das unablässige Summen hörte auf.

»Bea? Gott sei Dank! Ich hätte beinahe schon aufgegeben.«

»Helly?«, fragte eine echte menschliche Stimme. »Bist du das? Dein FonKode ist ausgeblendet, und die Bildübertragung von deinem Fon ist auch nicht gerade besonders.« Bea Mangan lächelte mich aus ihrem runden, liebenswürdigen Gesicht an, um ihren Kopf war turbangleich ein weißes Handtuch lose geschlungen. Sie musste gerade gebadet haben.

»Wahrscheinlich stört der schmelzende Schnee den Video-Sensor. Ich sitze hier mitten in einem Schneesturm auf dem Randstreifen des Ottawa-Freeways, und ich habe ein ganz besonderes Geschenk für dich. Der einzige Haken ist: Du musst es dir persönlich abholen kommen – und mich noch dazu. Hast du einen Hüpfer, den du nehmen kannst? Ich bin nicht weit vom Straßenkreuz Clarington entfernt.«

»Charlie und ich können in fünfzehn Minuten da sein!«

»Nein, es wäre besser, wenn dein Mann nichts davon erführe – zumindest im Augenblick. Es hat etwas mit den ... außerplanmäßigen Aktivitäten unserer außerirdischen Freunde zu tun.«

Sie starrte mich einen Augenblick schweigend an. »Gib mir deine genaue Position durch!«

Ich nannte sie ihr und bemühte mich dabei, meine Stimme nicht zittern zu lassen. »Bea? Bring eine Thermoskanne mit Kaffee mit und eine Heizdecke, ja? Vielleicht auch noch ein paar Schmerzmittel und irgendein Antibiotikum-Zeugs.«

»Ach du meine Güte! Was hast du denn *angestellt*?«

»Einen Leichensack brauchen wir auch noch.« Ich

streckte einen fast steif gefrorenen Finger aus, der beinahe so blau war wie die Haut eines durchschnittlichen Haluk.

Dann führte ich noch ein letztes Gespräch und sprach auf den Anrufbeantworter von Efrem Sontags ultrageheimem Privat-FonKode. Dort hinterließ ich die Bitte, Bea Mangan uneingeschränkten Zugriff auf alle Dateien zu gewähren, die er von Lorne Buchanan erhalten hatte. Ich erzählte ihm auch, dass ich jetzt endlich eine brauchbare Gewebeprobe eines Haluk-Hybridklons hatte, die Bea würde analysieren können, gab ihm aber keine weiteren Details. Zum Abschluss bat ich ihn, mich *nicht* anzurufen – *ich* würde mich bei *ihm* melden.

Dann packte ich Fleece-Jäckchen an den Handgelenken und stöhnte vor Anstrengung, während ich ihn auf die Plattform am Pfeiler schleppte. Es kostete mich fast den gesamten Rest meiner schwindenden Kräfte, ihn durch den Notausgang auf die obere Plattform am Fuße der freiliegenden Wendeltreppe zu schaffen. Ich hatte keine Chance, ihn dort hinunter zu tragen, aber ich bin nicht zimperlich, und Fleece-Jäckchen war ohnehin alles egal, also wuchtete ich ihn über das Treppengeländer und ließ ihn die 30 Meter bis zum Boden des Schachtes hinunterfallen. Dann zerrte ich ihn in den Schnee hinaus.

Anschließend versteckte ich mich mit ihm in einem nahe gelegenen Gebüsch – ich zitterte krampfartig, er nahm es etwas leichter –, und wartete, bis endlich Beas Hüpfer eintraf. Sie flog sehr niedrig und hatte die Positionsleuchten abgeschaltet, um nicht vom Freeway aus gesehen zu werden. Dicht fiel der Schnee um uns herum. Ich stolperte aus dem Versteck heraus, um sie zu begrüßen, die Arme zur Seite gestreckt, verbrauchte dafür mein letztes Erg an Energie und brach zusammen, ausgestreckt, das Gesicht auf dem Boden. Inzwischen war ich so unterkühlt, dass meine Körpertemperatur sich wahrscheinlich nicht deutlich von Fleece-Jäckchens unterschied. Aber Beas Thermoscanner entdeckte mich trotzdem.

Sie setzte einen Antigrav-Schlitten ein, um mich in das Passagier-Abteil des Luftfahrzeugs zu befördern, zog mir einen Großteil meiner eiskalten Kleidungsstücke aus, wickelte mich in eine Heizdecke und drückte mir eine Tasse dampfend heißen Kaffees in die steif gefrorenen Hände. Ich stieß Mitleid erregende Geräusche aus, als der Auftauprozess einsetzte.

»Du musst in ein Krankenhaus, Helly. Ich rufe Charlie an, der kann einen Krankenwagen ...«

»N-n-n-nein!«, stieß ich stöhnend zwischen klappernden Zähnen hervor. Beas Mann, Charlie White, war praktischer Arzt in der kleinen Gemeinde Fenelon Falls. Er wusste sehr wohl, dass mir Bea inoffiziell dabei geholfen hatte, Beweise für die Galapharma-Verschwörung zu sammeln, doch er wusste nichts davon, dass es Haluk-Hybridklone gab.

»Ich werde dafür sorgen, dass Charlie sich dich mal ansieht, ob dir das jetzt passt oder nicht!«, beharrte sie stur. »Ich will einen Ganzkörper-Scan von dir sehen!«

Dabei würde der Einstich der Nadel entdeckt werden, und wahrscheinlich auch Spuren verdächtiger Substanzen in meinem Blut. Vielleicht würde man Dr. White dann doch in das Geheimnis einweihen müssen.

»Schau dir mal an, was ich für dich habe, Bea.« Ich deutete mit dem Kinn auf das Gebüsch. »Da hinten, zwischen den Wurzeln. Tut mir Leid, dass er ein bisschen mitgenommen ist.«

»Jetzt kriegst du erst mal ein Analgetikum. Das macht dich vielleicht ein bisschen schläfrig.«

Sie hielt mir ein Gerät mit einem gläsernen Knauf an die Halsschlagader. *Hui! Flieg mich zum Mond! Verstehe, Frankie!* Dann schmierte sie mir ein Antibiotikum in mein ramponiertes Gesicht und auf meine Hände und drückte mir kratzige Prellungsdämpfer-Kissen auf die Augen. Ein fast, aber nicht ganz schmerzhaftes Kribbeln war die Folge. Ich spürte, dass die Schwellungen schon zurückgingen.

»Fühlst du dich besser?«

»Viel besser! Hast du den Leichensack dabei?«

Sie nickte resigniert. »Wer ist der Verstorbene?«

»Weiß nicht, wie er heißt. Aber er ist ein echter, hundertprozentiger Haluk-Hybridklon. Ich habe ihn umgebracht ... wollte ich eigentlich nicht. Ist für eine umfassende Genanalyse aber verdammt praktisch.«

»Jesses, Maria und Joseph!«, stieß Bea Mangan hervor.

»Ich glaube nicht, dass der zu denen gehört. Frag lieber mal beim Allmächtigen Luk nach.«

Bea trug einen orangefarbenen Anzug, wie er von Motorschlitten-Fahrern verwendet wird, ihre Kapuze war pelzbesetzt. Sie zog Schutzhandschuhe aus Plastik über ihre Lederhandschuhe und ging zum Leichnam hinüber.

Endlich schmerzfrei, nippte ich an dem koffeinhaltigen Elixier und spürte, wie die Wärme langsam in meinen Körper zurückkroch. Nach wenigen Minuten kam Bea zurück, hinter sich den beladenen AG-Schlitten, und lud den versiegelten Leichensack in den Frachtraum des Hüpfers. Dann hoben wir ab. Bea ließ die Positionsleuchten immer noch ausgeschaltet und flog niedrig, bis wir in sicherer Entfernung vom Freeway waren.

Ich trank den Kaffee aus, zog die Decke fester um mich und gestattete mir ein gehässiges Grinsen, als ich an Ledermantel dachte. Der dürfte eine ganze Menge zu erklären haben, wenn er erst einmal Mount Julian erreichte. Er hatte mich nicht nur entkommen lassen, er hatte auch noch zugelassen, dass sein Hybridklon-Gefährte der einzigen Person in die Hände gefallen war, die in der Lage war, diesen Außerirdischen so richtig Schaden zuzufügen.

Langsam sanken meine Augenlider herab, doch ich kämpfte gegen den Schlaf an. Irgendetwas war mit dieser Stadt Mount Julian ... *aber was?*

Andere Dinge schwirrten mir durch meinen ramponierten Schädel: Ich musste so schnell wie möglich die Erde verlassen ... außer Reichweite von Haluk-Entführern und den Schlägern des Konsortiums bleiben ... nach Phlegethon gehen, ohne dass jemand erfuhr, wer ich war ... getarnt ... Barky durfte nicht erfahren, dass ich derjenige war, der Ram Mahtani bezahlt hatte ... brauchte irgendeine Masche, um an Barky heranzukommen ... irgendwelche Handelsware .., in der Zwischenzeit konnte Karl mit Bea und Ef zusammenarbeiten ... konnte die Suche nach meinem Bruder koordinieren.

Der arme alte Dan! Einst war *ich* der verlorene Sohn gewesen und er der Goldjunge, der sich große Hoffnungen machte, eines Tages Rampart zu leiten. Jetzt hatten die Haluk ihn verschleppt ...

Plötzlich glaubte ich zu wissen, *wohin* sie ihn mitgenommen hatten.

»Bea?«, murmelte ich.

»Ja, Helly?«

»Du musst etwas sehr Wichtiges für mich erledigen. Mein Fon ... in der Innentasche. Such Karl Nazarians Privatkode aus dem Adressbuch raus. Ruf ihn an, sobald du zu Hause angekommen bist. Sag ihm ... er soll unbedingt sofort eine Sicherheitstruppe zu Alistair Drummonds ehemaligem Landhaus in Mount Julian schicken. Könnte ein Versteck der Haluk sein ... vielleicht haben sie da meinen entführten Bruder Dan hingebracht ... vielleicht lebt sogar der alte Scheißkerl *persönlich* noch da ... völlig verrückt, dieser Mistkerl, dass der mit den Blaubeerfressen zusammenarbeitet. Sag Karl das!«

»Ich werde ihm alles sagen, was du mir erzählt hast«, antwortete Bea Mangan, »obwohl es nicht allzu viel Sinn ergibt. Ruh dich jetzt aus, Helly. Das ist das Beste für dich.«

Also tat ich, wie mir geheißen.

Ich erwachte in einem gar putzigen Gästezimmer und fand mich auf einem Himmelbett unter einer Daunendecke mit Blümchenmuster wieder. Ich trug allen Ernstes ein Flanellnachthemd, an meiner Stirn, meinem Brustbein und meinen Handgelenken waren selbstklebende MediSensoren angebracht, die ich abzog und in den Papierkorb warf. Auf dem altmodischen Wecker, der wirklich noch ein externes Schlagwerk oben auf dem Gehäuse hatte, konnte ich ›7.13‹ erkennen. Die Türkis-Brosche meines Halstuchs, mein Mobilfon, meine Brieftasche und mein Chronometer lagen auf dem Nachttisch. Ein kurzer Blick auf letzteren sagte mir, dass es Samstag Nachmittag war. Ich hatte fast einen ganzen Tag geschlafen.

Ich rollte mich aus dem Bett, schlurfte zu den Chintz-Vorhängen hinüber und öffnete die Jalousien. Graues Zwielicht. Schwacher Regen fiel, der ganze Schnee war geschmolzen. Im Garten des Landhauses waren Beete mit rosafarbenen Narzissen zu erkennen, purpurne und weiße Krokusse, deren Knospen noch fest geschlossen waren, und gelbe Forsythienbüsche. Grün gestrichene, schmiedeeiserne Gartenmöbel standen auf einer kahlen, winterlichen Rasenfläche, auf der schon die ersten neuen Grashalme sprossen. Hinter einer Reihe Impatiens, zwischen denen winzige Ahorne ihre ersten Knospen trugen, lag der *Sturgeon Lake*, ein silbernes Glitzern unter einem wolkenverhangenen Himmel.

Hinter mir wurde die Schlafzimmertür geöffnet. Ich drehte mich um und sah Dr. Charles White, der mich freundlich ansah und in seinem offen getragenen Hemd, seinen Khaki-Hosen und seiner abgetragenen braunen Strickjacke irgendwie beruhigend wirkte. Er war ein hoch gewachsener Mann, gertenschlank, seine Haut hatte die Farbe von poliertem Teakholz, seine Augen waren geradezu erstaunlich meergrün. Sein kurzes, lockiges Haar trug er in einer Frisur, als hätte sie ein Bildhauer gemeißelt, dazu lange Koteletten, die wie der Wangenschutz eines Römerhelms aussahen.

»Ach, Helly! Sie sind also endlich auf den Beinen.« Er sprach mit einem deutlich erkennbaren kanadischen Akzent. »Die Medi-Monitore haben schon angezeigt, dass Sie gute Fortschritte machen, bevor Sie die armen Dinger weggeschmissen haben. Wie fühlen Sie sich?«

»Ganz brauchbar. Danke für die Reparatur, Charlie. Ich nehme mal an, ich bin wieder ziemlich einsatzfähig?«

»Abgesehen von ein paar Schürfwunden auf Ihren Fingerknöcheln und ein paar abheilenden Prellungen ist alles wieder ganz normal. Auch von dem Betäubungsmittel sind keine Nachwirkungen mehr zu erwarten. Die Nadel hat Sie nur an der Wade gestreift, und Sie haben bloß eine minimale Dosis abbekommen.«

»Glück gehabt!« Ich warf einen Blick auf meine nackten Beine. Ein blassroter Strich war das einzige Andenken an meine so brenzlige Flucht.

Taktvollerweise fragte er nicht, in was für einen Schlamassel ich mich diesmal wieder gebracht hatte. »Frische Kleidung finden Sie im Schrank. Ihr Anzug ist ruiniert, aber ihre handgemachten Cowboy-Stiefel haben das Ganze überstanden – hatten nur ein bisschen Hilfe von der Pflegemaschine nötig. Die Stelle, an der die Nadel das Leder durchdrungen hat, ist schon wieder repariert. Unten steht Abendessen – Pizza und Spinat-Tomaten-Salat. Karl und ich haben schon gegessen, aber wir leisten Ihnen gerne Gesellschaft – bei Kaffee und selbst gemachter Schwarzwälder Kirschtorte.«

»Pizza und Salat wären prima, und Sie wissen ja, dass ich nach Beas Torten ganz verrückt bin! Ist sie auch hier?« Charlie schüttelte den Kopf. »Sie ist in ihr Labor im IHS-Tower gegangen, um noch etwas zu arbeiten. Machen Sie sich keine Sorgen um ihren verstorbenen Freund. Ich bin der stellvertretende Leichenbeschauer von *Victoria County*. Der Tote ist im Leichenschauhaus unseres kleinen Krankenhauses untergebracht, am Zeh ein ›John Doe‹-Schildchen, und niemand hat gesehen, dass Bea und ich ihn hineingebracht haben. Dort ist er so lange in Sicherheit, wie es nötig ist.«

Ich zögerte. »Was hat Ihnen Bea über diesen Kerl erzählt?«

»Dass er Sie unter Drogen gesetzt und entführt hat. Dass er wichtig ist. Dass übereifrige Mitarbeiter des Sekretariats für Fremdrassenangelegenheiten versuchen könnten, den Leichnam zu stehlen, und dass wir das verhindern müssen.«

»Ich wollte nicht, dass Sie da mit reingezogen werden, Charlie. Das könnte ganz schön viel Ärger bedeuten.«

Er zuckte mit den Schultern, lächelte und ging zur Tür. »Na ja, jetzt *bin* ich halt reingezogen worden. Machen Sie sich keine Sorgen deswegen.«

»Lassen Sie mir ein paar Minuten, mich anzuziehen«, sagte ich. »Ich komme gleich runter.«

Ich streifte das Nachthemd ab, entleerte meine Blase, klatschte mir Enthaarungsgel ins Gesicht und sprang noch schnell unter die Dusche. Die Kleidung, die mir mein Gastgeber zurechtgelegt hatte, entsprach ganz meinem Stil: Levi's, ein schwarzer Rollkragenpullover und ein rotschwarzes Holzfällerhemd aus Wolle.

Bevor ich das Gästezimmer verließ, gab ich Beas Privatkode in mein Fon ein. Sie hob nicht ab. Dann rief ich einen Kerl namens Cosmo Riendeau an, den Leiter der Nachtschicht bei der Wartungscrew der Rampart-Flotte im Oshawa-Raumhafen. Auf Grund besonderer Überlegungen hatten er und seine Leute die außerplanmäßigen Umbauarbeiten an der *Makebate* beschleunigt.

»Sie kann los, wann immer Sie sie brauchen, Helly«, erzählte mir Riendeau fröhlich. »Wir haben in Chicago einen LRIR-1400J-Scanner für Sie aufgetrieben – sollte eigentlich in ein Astrophysik-Vermessungs-Schiff eingebaut werden. Bestechung macht's möglich – morgen wird er hier sein! Ich hab den neuen Dissimulator und die Waffensysteme selbst getestet. Ihr Schiffchen ist jetzt ein echter Piraten-Killer.«

Ich beschloss, den ständig unterfinanzierten Vermessern so schnell wie möglich einen Ersatz-Scanner zu besorgen, und ihnen dazu noch eine großzügige Firmenspende zukommen zu lassen. »Und der ganze Umbau ist auch schon fertig?«

»Voll und ganz! Extra-Abschirmung und neue Kanonen. Die Vorräte und die persönliche Ausrüstung, die Sie angefordert hatten, sind verstaut, und die Treibstoff-Tanks sind voll bis zum Anschlag. Die Reichweite der *Makebate* beträgt jetzt vierzigtausend Lichtjahre bei einer Reise-Pseudogeschwindigkeit von Energie sparenden fünfzig Ross – achtundzwanzigtausend, wenn sie das Gas ganz durchtreten und über achtzig gehen. Natürlich müssen Sie jetzt im Cockpit essen und schlafen. Das Einzige, was wir nicht rausgerissen haben, um Platz für die Riesen-Treibstofftanks zu schaffen, waren die Toilette und ein kleiner Nahrungsmittelgenerator. Ist ganz schön eng da drin.«

Cosmo Riendeau und seine Mannschaft hatten keine Ahnung, warum ich den Raumer so radikal hatte umbauen lassen. Mir war nichts anderes übrig geblieben, nachdem ich meine letzte Erkundung des Haluk-Sternhaufens hatte abbrechen müssen: Der Sternhaufen war schließlich 17.200 Lichtjahre von der nächsten Rampart-Auftankstation im Perseus-Sporn entfernt; doch der extreme Aktionsradius des umgebauten Schiffes verschaffte mir einen taktischen Vorteil dabei, Barky Tregarth in Zone 3 aufzuspüren. Normalerweise würde ein Y770-Flitzer wie die *Makebate* drei Zwischenstationen machen müssen, um die 9.600 Lichtjahre nach Phlegethon mit maximaler Pseudogeschwindigkeit hinter sich zu bringen. Rampart besaß keine Planeten entlang der Route zum Inneren Arm der Galaxis, auf denen ich hätte auftanken und mich dabei auf ein vernünftiges Maß an Verschwiegenheit hätte verlassen können. Und für unfreundliche Zeitgenossen wäre es viel zu einfach, meine Route nachzuverfolgen, falls ich öffentliche Auftankstationen aufsuchen würde. Doch jetzt konnte ich mich Barkys Planet aus einer völlig unerwarteten Richtung nähern, wenn ich das wollte, und mir blieb immer noch reichlich Treibstoff, um wieder zurück zur Erde zu kommen.

»Gute Arbeit, Cosmo«, sagte ich. »Das gibt einen saftigen Bonus für Sie und Ihre Leute – vorausgesetzt, niemand erfährt etwas von diesen Umbauarbeiten, so wie wir das vereinbart hatten.«

»Darüber muss kein Wort verloren werden«, sagte Riendeau. »Das war ein Scherz!«

Ich kicherte pflichtschuldigst. »Noch etwas: Haben Sie oder Ihre Leute irgendwelche Fremden gesehen, die in den letzten Tagen in der Werkstatt aufgetaucht sind? Die sich vielleicht danach erkundigt haben, wann mein Schiff fertig sein würde?«

»Während der Nachtschicht war niemand da. Ich kann bei der Früh- und der Spätschicht nachfragen. Ich werd Sie anrufen.«

»Tun Sie das! Und schnappen Sie sich Monte Gill von der Flottensicherheit und sagen Sie ihm, er soll bewaffnete Wachposten vor dem Hangar der *Makebate* aufstellen, bis ich abfliege.«

»Wird gemacht!«

Ich dankte Riendeau und beendete das Gespräch, dann ging ich zur Küche des Landhauses hinunter. Durch das Fenster konnte ich auf dem Landeplatz im verregneten Garten einen Hüpfer erkennen: Karl Nazarians Fahrzeug. Karl saß mit Charlie White am Tisch und trank Kaffee. Eine köstlich aussehende Torte, von der bisher nur wenig abgeschnitten worden war, stand unter einer Glasglocke auf dem Tisch.

»Du siehst ganz ordentlich aus, den Umständen nach«, sagte Karl.

»Ich habe keine Schwierigkeiten, die nicht durch eine ordentliche Mahlzeit behoben werden könnten.«

»Sie sollen auch viel trinken«, wies mich Charlie an. Er hatte bereits Salat aufgetragen und einen Krug mit Wasser bereitgestellt, und nun holte er einen Teller mit drei riesigen Stücken Salamipizza aus der Mikrowelle und reichte ihn mir.

»Jawohl, Herr Doktor! Danke sehr, Herr Doktor!« Ich nahm eines der dick belegten Stücke, bemühte mich, die Käsefäden unter Kontrolle zu halten, und begann dann, geräuschvoll zu mampfen. Selbst aufgewärmt war diese Pizza sehr gut. Ich war sowohl ausgehungert als auch durstig.

»Es sind ein paar Dinge passiert, während du geschlafen hast«, kündigte Karl an.

Taktvoll sah Charlie uns an. »Vielleicht sollte ich gehen, damit Sie Ihre Angelegenheiten ungestört besprechen können.«

»Gehen Sie nicht«, sagte ich. »Sie gehören jetzt auch zum Baker-Street-Hilfskorps, kraft Ihres Amtes als Leichenräuber. Mittäter bei einem schweren Verbrechen. Sie können genauso gut auch den Rest der Geschichte erfahren. Ich würde nur gerne erst von Karl auf den neuesten Stand gebracht werden.«

Der Arzt nickte und setzte sich wieder. Dann nahm er die Schutzhaube von der Torte, schnitt drei großzügig bemessene Stücke ab und reichte sie uns.

»Deine Schwester Beth ist in Sicherheit«, berichtete mir Karl. »Sie hat ihr Haus nicht verlassen. Ich habe ihr persönlich erzählt, dass Dan dank der Hilfe unbekannter Helfershelfer entkommen ist, und sie schien wirklich überrascht. Zuerst war sie erfreut, aber die Tatsache, dass vier von Dans Wachen getötet wurden, hat sie dann doch ein wenig abgekühlt. Sie hat versprochen, nicht damit an die Medien heranzutreten oder in irgendeiner anderen Weise unsere Untersuchungen zu behindern. Ich schätze, sie wird jetzt noch einmal über die Unschuldsbeteuerungen ihres lieben großen Bruders nachdenken.«

Das bezweifelte ich. »Wir müssen Beth gut bewachen lassen oder sogar vom Planeten wegschaffen. Die beiden Haluk-Schläger, die mich gestern Abend verschleppen wollten, hatten irgendwelche Pläne mit ihr ... Was ist mit Dan selbst? Hast du Alistair Drummonds altes Haus in Mount Julian überprüfen lassen?«

Karls Miene verfinsterte sich. »Ich habe sofort ein

Einsatzkommando von Rampart rübergeschickt, nachdem Bea mich angerufen hat. Die waren in weniger als einer Stunde dort. Als sie ankamen, hatten die Feuerwehrleute die Situation schon mehr oder weniger im Griff.«

Mit pizzagefülltem Mund stieß ich einen Schrei aus. »Ein Feuer ...!«

»Das große alte Holzhaus war völlig zerstört – runtergebrannt bis aufs Fundament. Der Einsatzleiter hat gesagt, das Anwesen sei hochgegangen wie eine Bombe. Das Ganze muss ungefähr zu dem Zeitpunkt passiert sein, als du mich vom Freeway aus angerufen hast. Es wurden keine menschlichen Überreste gefunden. Auch keine von Haluk. Es ist ein ziemlich hoch entwickelter Brandbeschleuniger eingesetzt worden, um das Haus abzufackeln. Hat verdammt hohe Temperaturen entwickelt. Da ist nur noch weiße Asche und Schlacke übrig.«

»Verdammt! Der Klon, der entkommen ist, muss Alarm geschlagen haben. Ein Feuer sorgt wunderbar dafür, dass kein bisschen belastende DNA übrig bleibt.«

»Ich habe mir das Ganze heute Morgen persönlich angesehen und die Leute vom Brandstiftungsdezernat befragt. Hab auch mit den Nachbarn gesprochen – soweit man in so einer Edelgegend davon reden kann. Das Grundstück ist verdammt groß: Die Grenze ist bewaldet und hat einen Sicherheitszaun, zum *Stony Lake* hin ist das Gelände auch noch durch Strahlen-Selbstschussanlagen geschützt. Für Unbefugte ist es nicht gerade einfach, da nah heranzukommen. Die anderen Häuser in der Nähe gehören irgendwelchen reichen Typen oder Firmen, die sie hauptsächlich im Sommer nutzen. Niemand hat kurz vor dem Feuer irgendetwas Außergewöhnliches gesehen. Allerdings hat zu dem

Zeitpunkt auch ein mittelgroßer Schneesturm getobt. Eine Hausverwalterin, die einen halben Kilometer weiter an der Küste wohnt, hat gesagt, das Haus sei in den letzten zwei Monaten bewohnt gewesen. Sie glaubt, gestern Abend gesehen zu haben, wie ein Hüpfer auf dem Grundstück gelandet sei, als das Wetter sich etwas gebessert hatte.«

»Wer ist als Eigentümer eingetragen?«, fragte ich.

»Livonia Holdings SC, eine Tochtergesellschaft von Carnelian; die hat es Galapharma nach Alistair Drummonds Tod abgekauft. Vor etwa einem Jahr hat Livonia es an S'yoma tib Katatosi vermietet – eine Y'tata-Handelsgesellschaft –, nachdem sie eine hochleistungsfähige Lüftungsanlage hatten einbauen lassen. Die Ys wollten es als Ferienparadies für leitende Angestellte haben. Ein Wesen, das ich in der Y'tata-Botschaft erreicht habe, behauptet, dass dieser Katatosi-Laden nur sporadisch auf der Erde vor Ort sei. Praktischerweise sind sie derzeit nicht hier. Dieses Wesen war der Ansicht, dass Katatosi das Haus *eventuell* an irgendwelche menschlichen Geschäftskunden untervermietet haben könnte. Das Haus wurde automatisch mit Lebensmitteln und dergleichen beliefert, von RoboGrocer; gereinigt wurde es von Haushaltsrobotern, die Livonia selbst programmiert hat. Natürlich lebten dort keine menschlichen Helfer.«

»Ah, ja. Was ist mit den Sicherheitssystemen?«

»Deren Daten wurden an einen Y-Laden in Toronto weitergeleitet, der dann die örtliche Feuerwehr informiert hat. Die Wesen von der Y'tata-Sicherheit haben sich geweigert, Details herauszugeben.«

»Der Hinweis auf eine Verbindung zwischen den Y'tata und den Haluk könnte durchaus wichtig sein, Karl. Als ich am Freitagabend mit Jake Silver über die Barky-Jagd gesprochen habe, erzählte er mir von einem unter den Teppich gekehrten ZP-Bericht, in dem es um die Zusammenarbeit von Piraten dieser beiden Rassen in Zone 3 ging; die haben da wohl Transactiniden-Transporter gekapert.«

»In Zone 3?« Karls Miene verriet Unglauben. »Haluk im Schützen-Nebel? Das klingt nicht gerade wahrscheinlich!«

»Das habe ich auch gedacht. Aber laut Jakes Quelle haben die Fremdrassenangelegenheitler die Beteiligung der Haluk an der Sache bewusst vertuscht. Vielleicht ermuntern die Blaubeerfressen die Y'tata-Freibeuter, ultraschwere Elemente zu stehlen, damit die auf dem Markt knapp werden.«

»Um so den Profit ihres eigenen Transact-Handels mit uns zu erhöhen?«

»Möglich. Angeblich hängt auch Barky Tregarth in Zone 3 'rum. Jake hat mir einen viel versprechenden Hinweis besorgt, dem ich nachgehen will, so schnell ich kann. Wenn die Haluk im Nebel aktiv sind, weiß Barky unter Garantie davon.«

»Es gibt noch mehr schlechte Nachrichten«, sagte Karl, »aber vielleicht haben die nichts mit dem Ganzen zu tun. Lorne Buchanan ist tot. Anscheinend Selbstmord.«

»Mein Gott! Die geheimen Daten von Galapharma ...«

»Ganz ruhig! Alles, was irgendwie die Haluk betrifft, ist Freitagabend zu Efrem Sontag transferiert worden, genau wie Buchanan es uns zugesichert hatte. Buchanan wurde Sonntagmorgen in seinem Haus in Rosedale tot aufgefunden. Einen Abschiedsbrief gab es nicht. Scheinbar hat er sich mit einer antiken *Glock* in den Kopf geschossen.«

»Der arme Kerl hat sich nicht selbst umgebracht«, erklärte ich. »Das weißt du genauso gut wie ich, Karl! Die Haluk haben herausgefunden, was er getan hat, und haben ihn ermordet. Vielleicht, um andere Galapharma-Mitarbeiter davon abzuhalten, irgendwelche Beweismittel gegen sie vorzulegen.«

»Das werden wir niemals beweisen können!«

»Wahrscheinlich hat einer der Sicherheitsleute, die Buchanan zum Rampart-Tower mitgenommen hat ...«, hob ich an.

»Alle Klone in dem Laden werden längst weg sein, bis wir in der Lage sind, deren DNA zu überprüfen. Das ist eine Sackgasse, Helly. Jetzt, wo sie wissen, dass wir sie anhand dieses genetischen Markers identifizieren können, werden sie ultravorsichtig werden.«

»Scheiße! Ich hatte gehofft, wir könnten die Haluk darüber noch ein bisschen im Unklaren lassen – wenigstens noch eine Zeit lang.«

Die Miene des guten Herrn Doktor war während unseres geheimnisvollen Zwiegesprächs immer bestürzter geworden. »Charlie«, verkündete ich, »es wird Zeit, dass wir Sie in das Ganze einweihen.«

»Habe ich das richtig verstanden?«, fragte er. »Sie sagen, dass *Haluk* für Ihre Entführung gestern verantwortlich waren? Und auch für Buchanans Tod?«

»Jou. Und die haben wahrscheinlich auch meinen Bruder Daniel entführt.«

»Das ist ja fürchterlich! Warum haben Sie denn nicht das Sekretariat für Fremdrassenangelegenheiten benachrichtigt?«

»Weil das SFA mit dem Konsortium und den anderen Mitgliedern der Einhundert Konzerne unter einer Decke steckt – die haben alle ein persönliches Interesse daran, dass die Haluk zufrieden sind. Das SFA weiß ganz genau, dass ich unsere verschlagenen blauhäutigen Brüder und Schwestern ziemlich auf dem Kieker habe. Wie wir Rechtsanwälte sagen würden: Ich bin kein glaubwürdiger Belastungszeuge.«

»Dann informieren Sie die Commonwealth-Polizei ...«

»Das ist noch nicht alles, Charlie! Bea versucht vermutlich gerade jetzt, während wir uns unterhalten, genau das zu beweisen, was ich Ihnen nun erzähle: Die Haluk, die mich entführen wollten, waren Hybridklone. Sie sind illegalerweise durch einen gentechnischen Eingriff zu perfekten Menschen-Nachahmungen umgestaltet worden.«

»Was?! Und der Tote in meinem Leichenschauhaus?«

»Ist mit fast hundertprozentiger Sicherheit ein Außerirdischer. Bea wird es genau wissen, wenn die Genanalyse abgeschlossen ist. Die Haluk setzen schon seit mehreren Jahren Hybridklone ein, um die Menschheit auszuspionieren – sogar schon bevor die Abkommen zwischen ihnen und uns in Kraft getreten sind.«

»Ich kann einfach nicht glauben, dass niemand bei den Behörden etwas darüber weiß!«

»Den Fremdrassenangelegenheitlern und dem IHS liegen ganz bestimmt Beweise dafür vor, dass Hybridklone auf der Erde und anderen Menschenwelten aktiv sind, aber diese Beweise halten sie vor der Öffentlichkeit und dem Commonwealth-Rat unter Verschluss. Aber niemand vom SFA und vom IHS wird irgendetwas verraten, weil die Obersten von beiden Läden tief im Big Business drinstecken. Man darf ja schließlich nicht den Profit des Haluk-Konsortiums gefährden.«

Ich aß den letzten Bissen der Pizza und den Rest des Salats und machte mich dann über die Schwarzwälder Kirschtorte her. »Ich erzähl Ihnen jetzt mal die ganze Geschichte, Charlie. Das ist wirklich ein ziemlicher Hammer.«

Der ganze Plan war aus einer Mischehe von fehlgeleitetem Idealismus und Firmengier hervorgegangen. Es hatte mit der verrückten Idee einer naiven Frau angefangen, die gehofft hatte, mit Hilfe modernster Gentechnik Liebe und Frieden zwischen den Haluk und der Menschheit zu stiften.

Emily Blake Konigsberg war eine brillante und äußerst attraktive Wissenschaftlerin gewesen, die für Galapharma gearbeitet hatte, bevor deren skrupelloser Vorstandsvorsitzender beschlossen hatte, die Rampart-Planeten zu übernehmen. Emily und Alistair Drummond hatten ein Verhältnis miteinander. Im Verlauf ihres Bettgeflüsters erzählte sie ihm von ihrem großen Traum.

Emily hatte sehr großes Interesse an den Haluk und bedauerte sehr, dass sie und die menschliche Rasse verfeindet waren. Die Haluk waren zutiefst verbittert darüber, dass wir ihre aggressive Expansion in den Perseus-Sporn gestoppt hatten, sie zu einem demütigenden Waffenstillstand zwangen und uns dann auch noch weigerten, unsere überlegene Technologie mit ihnen zu teilen. Emily war der Ansicht, die Tatsache, dass die Haluk eine Politik der Entspannung noch nicht einmal in Erwägung zogen, wurzele hauptsächlich darin, dass sie ihren Feind um dessen stabile Physiologie beneideten. Wahrscheinlich hatte sie Recht.

Die Menschheit stammte von einem ziemlich milden Planeten. Abgesehen von kleineren Problemen, die wir gelegentlich, abhängig von den Jahreszeiten, hatten, waren wir eigentlich das ganze Jahr über körperlich und geistig einsatzfähig. Doch die Haluk hatten sich auf einem Planeten mit einer äußerst exzentrischen Umlaufbahn entwickelt, die dazu führte, dass er jährlich einen Bereich mit extrem hoher Belastung durch Solarstrahlung durchquerte. Das Ergebnis war Allomorphie, eine Adaptation, die ursprünglich dafür sorgte, dass die Rasse überhaupt überleben konnte.

Etwa 200 Tage des Jahres, in denen der Planet hinreichend weit von der Sonne entfernt war, existierten die Haluk als intelligente, aktive, geschlechtliche, weitestgehend humanoide Individuen, die als ›Grazilomorphe‹ bezeichnet wurden. Doch wenn der Planet sich dem Bereich mit gesteigerter Sonneneinstrahlung näherte, machten die Körper der Haluk einige schützende Veränderungen durch. Etwa 60 Tage lang, während der ›lepidodermoiden‹ Phase, wurden sie immer dickhäutiger und immer träger. Sie verloren ihre Geschlechtlichkeit. Die Leistungsfähigkeit ihrer Gehirne wurde reduziert, bis sie nicht mehr in der Lage waren, geistig anspruchsvollere Tätigkeiten durchzuführen. Schließlich, während des Höhepunkts der Großen Veränderung, gingen die Lepidos in die ›Testudinalphase‹. Innerhalb strahlengeschützter, sargartiger goldener Puppen schliefen sie 140 Tage lang. Wenn ihr Heimatplanet sich dann wieder von der unbarmherzigen Sonne entfernte, erwachten sie als grazile Haluk aus ihrem Sommerschlaf und krochen aus ihren schützenden Hüllen, um wieder ihr so unsanft unterbrochenes Leben zu führen.

Letztendlich entwickelten die Haluk die Raumfahrt. Auf den neuen Planeten jedoch war die Allomorphie nicht mehr für das Überleben erforderlich, sondern nur noch eine immense Last, die den Fortschritt der Rasse behinderte. Jahrtausende vergingen. Während die Haluk sich in ihrem Sternhaufen immer weiter ausbreiteten, verloren die Allomorphie-Zyklen der einzelnen Individuen ihren angestammten Synchronismus. Das schränkte das jährliche Ärgernis zumindest ein wenig ein. Wenigstens schliefen jetzt nicht mehr alle zur gleichen Zeit. Doch ihre Zivilisation – und im Besonderen ihre Wissenschaft – hatte dadurch einen immensen Nachteil im Vergleich zu der aller anderen Rassen, die den Raumflug bereits entwickelt hatten.

Vor allem im Vergleich zu den Menschen.

In unsere Milchstraße kamen die Haluk über die Spitze des Perseus-Sporns und errichteten auf elf Planeten Kolonien. Zu diesem Zeitpunkt waren die einzigen Eingeborenen dieser Region, die bereits über Raumfahrttechnologie verfügten, die Qastt, und die ließen sich leicht unterwerfen. Doch als die Menschheit ihre mächtige Hegemonie in den Sporn ausdehnte, wurde die Expansion der Haluk dank unserer überlegenen Technologie im Handumdrehen gestoppt.

Also hassten und fürchteten sie uns und weigerten sich, mit uns Handel zu treiben oder auch nur normale diplomatische Beziehungen aufzunehmen.

Emily Konigsberg erzählte ihrem Liebhaber, Drummond, sie sei davon überzeugt, die Feindseligkeit der Haluk könne besänftigt und das gewaltige Potenzial dieser Rasse entfaltet werden, wenn man den Allomorphie-Zyklus überwand. Sie war der Ansicht, das Ganze ließe sich mit modernen Methoden der Gentechnik relativ leicht bewerkstelligen. Sie hielt die Politik des Commonwealth, den Haluk diese Technologie vorzuenthalten, in jeder Hinsicht für unmoralisch. Wenn der Galapharma-Konzern sich in der Lage sähe, die strikten CMW-Regelungen zu umgehen (heißt: ihr dabei zu helfen, Gentherapie-Programme für die blauen Außerirdischen aufzustellen), könne auf diese Weise ein großes Unrecht wieder gutgemacht werden.

Alistair Drummond besaß keine Spur von Altruismus, aber Konigsbergs Idee sagte ihm trotzdem zu. Gerüchten zufolge gab es im Haluk-Sternhaufen reichliche Vorkommen wertvoller Transactinide, die zu verkaufen die Außerirdischen sich bisher strikt geweigert hatten. Das

Unternehmen ›Gentherapie‹ sollte Galapharma gewaltigen Profit bringen: gutes Geld durch gute Taten.

Also trat Alistair in geheime Verhandlungen mit dem Anführer der Haluk, dem Diener der Diener von Luk, und das Geschäft kam zustande. Emily richtete ein Gentechnik-Labor auf Artiuk ein, der Hauptkolonie der Haluk im Sporn; das gesamte Personal bestand aus Galapharma-Mitarbeitern. Das Projekt erzielte Erfolge, indem den Haluk menschliche Gene insertiert wurden. Auf diese Weise modifizierte Individuen verblieben auf Dauer in der aktiven, intelligenten grazilen Phase. Und weil die Therapie sich auch auf die Keimzellen auswirkte, galt das ebenso für die Nachkommen.

Gemäß den Gesetzen des Commonwealth war diese große Errungenschaft in doppelter Hinsicht illegal, denn besagten Gesetzen zufolge war es untersagt, sich am Erbmaterial einer souveränen Rasse zu schaffen zu machen – von der Weitergabe menschlicher DNA an Außerirdischen ganz zu schweigen. Das kümmerte Alistair Drummond nicht im Geringsten. Galapharma war einer der allmächtigen Sieben Großen Konzerne. Drummond rechnete sich aus, dass, wenn man sie wirklich erwischte, die Firma den Rat des Commonwealth so weit unter Druck würde setzen können, dass der Rat den ganzen Plan rückwirkend legalisierte – schließlich war er ja gut fürs Geschäft.

Und letztendlich war auch genau das passiert.

Ein wenig peinlich war es für Emily Konigsberg, dass der einzige virale Vektor, der sich für die Therapie zur Eradikation des Allomorphie-Zyklus eignete, nicht von der Galapharma Konzern-Vereinigung patentiert war: PD32:C2 war ein Produkt, das exklusiv von Galaphs kleinem Rivalen, der Rampart Starcorp, produziert wurde. Rampart hatte das CMW-Mandat für den Perseus-Sporn erhalten, nachdem sich Galapharma im Jahre 2176 aus dem Sporn zurückgezogen hatte. Der Vektor konnte nicht unter Laborbedingungen gezüchtet oder synthetisiert werden; die einzige bekannte Quelle war der Planet Cravat – der Rampart unterstellt war.

PD32:C2 konnte man selbstverständlich auf dem freien Markt kaufen (natürlich vorsichtig, damit Rampart nicht merkte, dass das Zeug mit enormem Gewinn weiterverkauft wurde), oder man konnte es stehlen. Galaph-Agenten und Haluk-Piraten gingen beiden Handlungsweisen nach. Inzwischen versuchte Alistair Drummond eine feindliche Übernahme zu arrangieren, um endlich wieder die Planeten im Sporn, insbesondere natürlich Cravat, kontrollieren zu können, die Galapharma sich unbesonnenerweise hatte durch die Finger schlüpfen lassen.

Zu diesem Zeitpunkt ermutigte der gerissene Vorstandsvorsitzende von Galaph andere große Konzerne – Sheltok, Carnelian, Bodascon und Homerun –, sich dem Schwarzhandel mit den Haluk anzuschließen. Zu mehreren war man sicherer, und es gab jede Menge Profit einzusacken. Die Haluk hungerten nach jeglicher fortgeschrittener Menschen-Technologie, und sie waren auch bereit, Wucherpreise zu zahlen.

Inzwischen waren Emily und Alistair kein Paar mehr. Ihr idealistisches Bemühen um das ›hehre Ziel‹ ermöglichte es ihr, die kommerziellen Winkelzüge ihres Ex-Geliebten geflissentlich zu übersehen, während sie ihr Gentherapie-Programm ausweitete und Haluk-Wissenschaftler lehrte, Geräte zur dynamischen Stasistherapie zu bauen und einzusetzen. Die Außerirdischen lernten schnell.

Viel zu schnell – aber die menschlichen Verschwörer ahnten die schreckliche Wahrheit nicht einmal ansatzweise.

Eines Tages schlug der Diener der Diener von Luk Emily ein neues Gentechnik-Projekt vor. Er hatte einen Plan ersonnen, der ein neues Zeitalter der Beziehungen zwischen Haluk und Menschen einleiten sollte. Benötigt wurde dafür ›eine kleine Anzahl‹ Hybridklone. Diese Haluk in Menschengestalt sollten als kulturelle Sonderbotschafter auf den dicht besiedelten Planeten im Haluk-Sternhaufen eingesetzt werden. Angeblich, um dort die immense Fremdenfeindlichkeit einzudämmen, die jegliche Hoffnung einer Annäherung der beiden Rassen seit ihrem ersten Zusammentreffen vor mehr als 100 Jahren zunichte gemacht hatte.

Emily Konigsberg kam diese Idee etwas fragwürdig vor. Die Hybridklonierung war ebenso wie andere Extremformen der Gentechnik im Commonwealth der Menschenwelten schon seit langem für ungesetzlich erklärt worden. Aber schließlich gab sie dem Druck des Dieners der Diener nach und steuerte sogar ihre eigene DNA zu dem Projekt bei.

Als Alistair Drummond von den Hybridklonen erfuhr, war er hochgradig erbost. Er glaubte, der Diener der Diener beabsichtige in Wirklichkeit, mit Hilfe der Pseudo-Menschen die Konzerne auszuspionieren und sich so Handelsvorteile zu verschaffen. Sein erster Gedanke war, das Hybridklonierungsprojekt sofort zu beenden, doch er ließ sich erweichen, nachdem der DDL darauf hinwies, dass das ernsthafte Konsequenzen nach sich zöge. Der illegale Handel mit den Haluk hatte inzwischen fast unermessliche Profite eingebracht, auf die Galapharma und ihre Konzern-Kollaborateure nur ungern verzichten wollten.

Drummond heckte einen Plan aus, um die Gefahr von Industriespionage zu minimieren. Er wies Konigsberg an, einen genetischen Marker in den Hybridklonierungsprozess zu integrieren, und das so, dass die

Haluk nichts davon erfuhren. Zusätzlich wurde die einzige Gentechnik-Anlage, in der kloniert wurde, strengstens von Menschen überwacht und auf einer abgelegenen Menschenwelt untergebracht. Galapharma selbst übernahm die Aufgabe, die armen menschlichen DNA-Spender zu liefern.

Alistair Drummonds Vorsichtsmaßnahmen funktionierten auch ganz gut ... bis die Außerirdischen gelernt hatten, wie sie das komplizierte Hybridklonierungs-Verfahren auch ohne die Hilfe menschlicher Wissenschaftler durchführen konnten. Sie bauten eigene Labors und erfuhren, wie einfach es war, die DNA-Tests zu überlisten, die sporadisch bei Firmenangestellten durchgeführt wurden, um zu verhindern, dass Haluk-Doppelgänger die menschliche Rasse infiltrierten.

Als ich mit meinem Bericht an dieser Stelle angekommen war, trillerte mein Mobilfon. Es war Cosmo Riendeau. Ich ließ mich entschuldigen, stand vom Tisch auf und ging in das Wohnzimmer des Landhauses, um das Gespräch anzunehmen; zuvor drängte ich Karl, die Geschichte weiterzuerzählen.

Was Cosmo zu berichten hatte, war beunruhigend. »Nur ein einziger Fremder hat Interesse an Ihrem Schiff gezeigt, Helly – eine sehr hübsche junge Frau aus der Buchhaltung von Rampart-Tower. Sie ist gestern hier in Oshawa aufgetaucht, gegen Mittag. Hatte wohl eine gültige Zugangsberechtigungskarte und persönliche ID. Die Süße hat Ole Wiren, dem Leiter der Frühschicht, erzählt, sie sei zum Raumhafen gekommen, um die Buchungsroutinen unserer Superrechner zu rekonfigurieren. Sie meinte, sie habe gerade Mittagspause und habe sich schon immer mal richtige Raumschiffe ansehen wollen. Dann bat sie Ole um eine kleine Führung. Er gibt zu, dass er sofort scharf auf die Kleine war, deswegen hat er sie auch rumgeführt.«

»Sie hat die *Makebate* gesehen.«

»Leider ja. Ihr Schiff war ganz offensichtlich etwas Besonderes – nicht einfach nur so ein Frachter oder ein Kreuzer der Außensicherheit. Ole hat ihr erzählt, Ihr Schiff sei schon fast fertig zum Auslaufen – ihm ist sogar rausgerutscht, dass wir die Treibstofftanks aufgebohrt haben. Tut mir Leid, Helly! Das ganze Team wusste, dass dieser Umbau geheim gehalten werden sollte, aber diese Mieze hat Ole so um den Finger gewickelt, dass der nicht mehr wusste, wo oben und unten war.«

»Ist wahrscheinlich nicht schlimm«, log ich. »Hat die Frau ihren Namen genannt?«

»Dolores da Gama. Ich habe Ihnen ihr Bild und ihre Stimmsignatur aus dem Sicherheitsmonitor der Werkstatt gezogen. Warten Sie, ich hol's mal von 'ner Münze.«

Er schob eine Datenmünze in sein Fon, und ein viel sagendes Bild erschien auf meinem Display. Da Gama hatte so viel Holz vor der Hütte, dass man daraus eine ganze Scheune bauen konnte, relativ weit auseinander stehende dunkle Augen, einen Schmollmund und langes schwarzes Haar mit einer weißen Strähne über der linken Schläfe. Sie redete sich am nur locker bewachten Eingang zur Werkstatt der Rampart-Flotte vorbei, und das mit einer Stimme, die so süß und so verlockend war wie Honig. Wenn Dolores ein Hybridklon war, musste ihr ›Original‹ ein echter Feger sein.

Ich beendete die Wiedergabe der Aufzeichnung. »Danke für die Information, Cosmo. Ich werd mir das mal ansehen, aber es ist bestimmt alles in Ordnung.«

»Kann ich sonst noch etwas für Sie tun, Helly?«

»Ich würde gerne Anfang nächster Woche starten. Meinen Sie, Sie haben die Zeit, einfache Arm- und Beinfesseln am Copilotensitz anzubringen – und noch ein Schloss an der Toilettentür, das man von außen verriegeln kann?«

»Gefangenentransport, was?«

»So was in der Art.«

»Ich werd mich persönlich darum kümmern.«

Ich bedankte mich, drückte auf die Auflegen-Taste und griff dann über das Fon auf die Datenbank zu, in der alle Angestellten von Rampart verzeichnet waren.

Eine Dolores da Gama gab es nicht. Warum bloß überraschte mich das nicht?

Ich schickte eine Kopie ihres Verbrecher-Fotos zu Sean Callahan von der Innensicherheit und wies ihn an, es an seinen Vorgesetzten weiterzugeben. Ich bezweifelte, dass diese entzückende Frau übermütig werden und ein zweites Mal versuchen würde, in die Firma einzudringen, aber die Pförtner im Rampart-Tower mussten auf jeden Fall alarmiert werden.

Und ich musste die Stadt verlassen, bevor mir ein frisches Team Hybridklone hinterher schnüffelte.

Trotzdem gab es immer noch ein paar Dinge, die bisher unerledigt geblieben waren – mit Simon, Ef Sontag und ein paar anderen Leuten. Ich musste auch noch bestimmte Sachen zusammensuchen, die für eine erfolgreiche Barky-Jagd unerlässlich waren und die ich wahrscheinlich nicht mehr würde bekommen können, wenn ich die Erde erst einmal verlassen hatte.

Für ein paar Minuten saß ich nur so da und dachte nach, dann erledigte ich zwei kurze Anrufe. Der erste ging an Tony Becker, Ramparts brillanten, aber leicht reizbaren Vizepräsidenten der Abteilung für Biotechnologie; der grollte und meckerte und stellte Fragen, die ich nicht beantworten wollte. Er erklärte sich erst bereit, mir alles zurechtzulegen, was ich brauchte, als ich Zuckerbrot *und* Peitsche einsetzte: Ich versprach ihm einen saftigen Bonus und drohte ihm, nur halb im Scherz, dass ich ihn feuern würde, wenn er sich nicht bald in Bewegung setzte.

Als Zweites rief ich Halimeda Opper an, eine ehrbare und vertrauenswürdige Anhängerin der Reversionisten-Partei, von Beruf Medien-Produktions-Designerin. Sie hörte sich an, was ich zu sagen hatte, dann verwies sie mich an einen Kostümverleih in Mississauga, der genau das haben müsste, was ich brauchte.

Ich kehrte in die Küche zurück und nahm mir ein zweites Stück von der Schwarzwälder Kirschtorte. Neben Snickerdoodle-Keksen und Roskos-Kuchen ist das mein Lieblings-Süßkram. Karl erzählte Charlie immer noch begeistert von unseren jüngsten Abenteuern mit den Haluk – sowohl hybridkloniert als auch *au naturel* – auf Dagasatt und auf der Reise zurück zur Erde, nachdem ich Oliver Schneider gefangen genommen hatte. Während der besonders heldenhaft klingenden Passagen senkte ich bescheiden den Blick; im Nachhinein klang das alles viel lustiger, als es eigentlich gewesen war.

Als Karl sich langsam wieder ein wenig beruhigt hatte, sagte Charlie: »Mir ist immer noch nicht klar, was diese Außerirdischen eigentlich beabsichtigen. Jetzt findet doch ganz regelmäßiger Handel zwischen der Menschheit und den Haluk statt. Oberflächlich betrachtet sind wir jetzt Freunde. Also warum sollten diese Hybridklone uns weiterhin ausspionieren?«

»Ja, warum wohl?«, murmelte ich. »Vielleicht hegen die Haluk noch andere Pläne, in denen es um mehr geht als nur um die Wirtschaft. Vielleicht hatten sie diese Pläne schon, noch bevor sie diesen Plan mit den Hybridklonen ersonnen hatten! Was, wenn ihre Maulwürfe sich tief in die Zentren der Einhundert Konzerne eingegraben haben? Was, wenn sie inzwischen ins Innerste unserer Wissenschaftsgemeinschaft vorgedrungen sind, ins Innerste aller Ämter, ins Innerste unserer Regierung?«

»Wozu denn?« Er stellte die Frage, doch einem intelligenten Menschen wie Charlie White musste die Antwort schon längst klar sein. Trotzdem sprach ich es noch einmal deutlich aus:

»Vielleicht wollen die Haluk einfach nicht warten, bis der Rat des Commonwealth ihnen als Almosen ein paar Planeten aus der Milchstraße als Kolonien zuteilt. Ich habe da so eine Theorie, dass da drüben im Haluk-Sternhaufen der Populationsdruck ziemlich übel ist – warum hätten die denn sonst diese gefährliche, verzweifelte Reise in unsere Galaxis überhaupt unternehmen sollen? In den paar Haluk-Kolonien im Sporn, die ich gesehen habe, blieb denen auf jeden Fall nicht mehr viel Spielraum. In dieser Schule, durch die man uns geführt hat, waren die gestapelt wie die Heringe. Und jetzt, wo die Allomorphie schon *in der Keimbahn* überwunden werden kann, vererben die Eltern diese Allomorphie auch nicht mehr an ihre Nachkommen. Es dauert nicht mehr lange, dann sind *alle* im Haluk-Sternhaufen hellwach, genau so wie in den Kolonien im Sporn. Wenn die jetzt schon ein Problem mit der Überbevölkerung haben, wird die Überwindung der Allomorphie das Ganze noch viel schlimmer machen.«

»Glauben Sie, dass die Haluk vorhaben, Planeten in der Milchstraße mit Gewalt zu erobern?«, fragte Charlie.

»Ich halte das für durchaus möglich. Und ebenso Karl und Bea und ein paar andere Rufer in der Wüste.«

»Das Problem«, warf Karl ein, »ist es, den Haluk die schädlichen Absichten *unstreitig* nachzuweisen. Man muss dem Commonwealth-Rat eindeutige Beweise vorlegen, damit die Angelegenheit offen diskutiert wird – und nicht unter den Teppich gekehrt, wie das einige korrupte Gestalten im SFA und im IHS bevorzugen würden. Bis jetzt konnten wir noch nicht einmal schlüssig beweisen, dass Hybridklone überhaupt existieren.«

»Und der Leichnam in meinem Leichenschauhaus …«, sagte Charlie.

»Ist ein *Corpus delicti*«, erklärte ich. »Rechtlich hat dieser Ausdruck nichts damit zu tun, dass es dabei tatsächlich um eine Leiche geht. Es soll nur heißen, dass es sich um ein wichtiges Beweisstück handelt, mit dem das Vorliegen eines Verbrechens gleich welcher Art belegt wird.«

Charlie nickte langsam. Seine klaren grünen Augen starrten in die Ferne, fast als blickten sie in die Zukunft – eine Zukunft, die zu entsetzlich war, sie sich vorzustellen. »Wenn die Haluk bloß nicht so intelligent wären! Es heißt, die hätten nicht nur unsere High Tech gekauft – die sollen sie sogar weiterentwickelt haben!«

»Dem ist auch so.« Karl blickte finster drein, während er sich ein weiteres Riesenstück von der Torte abschnitt. Sie war schon fast ganz verputzt. »Manche ihrer Schiffe stehen unseren besten in nichts nach. Die meisten sind weniger leistungsfähig. Aber diese Differenz wird ganz schnell verschwinden, sobald sie uns fortschrittlichere Ausrüstung abgekauft haben. Der Verkauf von Waffen an die Haluk ist immer noch mit einem Embargo belegt, aber ihr wisst ja selbst, was das bringt. Für Fremdrassen Waffen zu schmuggeln ist eine schöne alte Tradition bei den Menschen – und immens profitabel noch dazu.«

»Die werden einen Krieg gegen uns anzetteln«, sagte ich, »es sei denn, wir könnten ihre feindseligen Absichten beweisen. Wir müssen sie dazu zwingen, eine

Inspektion ihrer Planeten zu erlauben – notfalls müssen wir ihnen damit drohen, ein vollständiges Handelsverbot auszusprechen.«

»Sie zwingen?«, rief Charlie White aus. »Wie denn, um Himmels willen?«

»Daran arbeite ich gerade«, erwiderte ich.

»Wissen die Haluk das?«

»Wahrscheinlich«, gab ich zu.

»Vielleicht war das der Grund, weswegen die Sie entführen wollten«, mutmaßte Charlie.

Zu etwa derselben Überlegung war ich auch schon gekommen. »Jou. Aber ich verstehe zum Verrecken nicht, warum die mich nicht gleich umgebracht haben. Wofür wollen sie mich denn lebend haben? Ich besitze keinerlei wichtige Beweismittel gegen sie. Die hat Efrem Sontag, und der wird Sicherungskopien anlegen und alles so tadellos verwahren, dass nicht einmal ich da noch rankomme. Es ist noch viel zu früh, anzunehmen, wir hätten unsere Anti-Haluk-Strategie schon vollständig ausgearbeitet, also kann ich noch nicht einmal bei einer psychotronischen Vernehmung irgendwelche großen Geheimnisse ausplaudern. Und warum wollen die dazu auch noch meinen Bruder Dan und meine Schwester Beth haben?«

Charlie schüttelte bloß den Kopf.

Inzwischen war die Nacht hereingebrochen. Die Lampen im Innenhof schimmerten im Regen und spiegelten sich auf der glatten Außenhülle von Karls großem Hüpfer. Ich aß das letzte Stück Torte. Charlie machte noch einmal Kaffee, und dann saßen wir dort, tranken Kaffee und warteten, ohne viel zu reden.

Endlich, gegen 21.00 Uhr, schwebte Bea Mangans Hüpfer vom Himmel herab und landete neben Karls. Sie kam durch die Hintertür herein, sah müde, aber durchaus zufrieden mit sich aus und warf eine Magazintafel auf den Platz, wo eben noch mein Kuchen gestanden hatte. »Hier ist der Bericht, Helly. Ich habe schon eine Kopie davon an den Abgeordneten Sontag geschickt.«

Charlie half seiner Frau aus dem Mantel, setzte Wasser auf und warf ein paar Pfefferminztee-Beutel in eine große Porzellantasse mit der Aufschrift ›$C_{10}H_{19}OH$‹*. Ich schob Bea den Stuhl zurecht und entschuldigte mich dafür, dass wir die ganze Torte verschlungen hatten. Sie sagte, sie habe bereits in der Cafeteria im IHS-Tower gegessen. Nachdem sie sich ein paar Minuten entspannt und ein paar Schlucke ihres Beruhigungstees getrunken hatte, stellte ich die große Frage:

»Was ist bei der Genanalyse herausgekommen? Du kannst ganz offen reden. Charlie weiß jetzt, worum es geht.«

Bea warf mir einen missbilligenden Blick zu. »Helly, ich dachte, wir hätten …«

»Dein Mann steckt jetzt genauso wie wir bis zum Hals mit drin«, unterbrach ich sie. »Es ist sein Recht, zu erfahren, worum es dabei wirklich geht.«

»Es ist besser so«, sagte Charlie zu ihr. »Jetzt weiß ich wenigstens, wie wichtig diese Leiche wirklich ist, die wir da unter Vorspiegelung falscher Tatsachen in meinem Leichenschauhaus untergebracht haben.«

»Also …«, fragte ich Bea jetzt. »Ist er ein Hybridklon?«

»Ist er«, sagte sie, »vorausgesetzt, die Daten, die Lorne Buchanan Sontag geschickt hat, sind korrekt. Bei dem so genannten Marker, den Emily Konigsberg da eingebracht hat, handelt es sich in Wirklichkeit um eine einzigartige Sequenz von Introns – mehrere nichtkodierende DNA-Sequenzen –, die auf vier verschiede-

---

* Summenformel von Menthol, dem Hauptaromastoff der Pfefferminze (Mentha piperita) (A. d. Übersetzers)

nen Chromosomen liegen, und dazu gibt es noch eine Exon-Mutante der komplexen Telomer-Regulator-Proteine. Das Genprofil dieses Individuums, das du als ›Fleece-Jäckchen‹ bezeichnet hast, weist sowohl die Intron-Sequenz als auch die Exon-Mutation auf, die für Hybridklone charakteristisch ist.«

»Was bitte sind ›Telomer-Regulator-Proteine‹?«, fragte ich.

Dr. Charlie antwortete. »Telomere sind bänderartige Anhängsel an den Enden der Chromosomen. Jedes Mal, wenn sich eine Zelle teilt – und das machen die in einem normalen menschlichen Körper etwa 70 Mal, bevor sie den Löffel abgeben –, werden diese Telomere ein Stückchen verkürzt. Junge Zellen haben lange Telos, bei alten, abgenutzten Zellen sind sie kürzer. Das Beeinflussen der Gene, durch die die Telo-Proteine reguliert werden, ist einer der wichtigsten Schritte der Dystasis-Therapie, die Zellverjüngung und Heilungsprozesse ermöglicht. Zu diesem Thema gibt es gewaltige Mengen Fachliteratur.«

»Fleece-Jäckchens Telomere scheinen eine für einen Menschen seines Alters angemessene Länge aufzuweisen«, sagte Bea. »Es ist durchaus möglich, dass diese Exon-Mutation vernachlässigt werden kann.«

Ich runzelte die Stirn. »Warum sollte Konigsberg sich dann die Mühe gemacht haben, sie überhaupt in diesen Hybridklon-Marker einzubauen? Würde die Intron-Sequenz nicht ausreichen, um Pseudo-Menschen eindeutig zu kennzeichnen?«

»Würde sie schon«, entgegnete Bea. »Emily wurde *gezwungen*, diese Exons zu insertieren – aus einem sehr ungewöhnlichen Grund, den ich euch gleich erzählen werde.«

»Was macht denn dieses mutierte Dingsbums?«, fragte Karl.

»Anscheinend gar nichts«, erwiderte Bea, »zumindest, wenn man sich Fleece-Jäckchen ansieht. In allen Gewebeproben, die ich mir kurz angesehen habe, schienen seine Telomer-Proteine sich völlig normal zu verhalten.«

»Kann man das nicht irgendwie etwas genauer überprüfen?«, fragte ich.

»Man müsste ein paar ziemlich zeitaufwändige Tests durchführen«, erläuterte sie, »Zellkulturen *in vitro* von verschiedenen Zellarten, aus verschiedenen Organen des Hybridklons – künstliche Beschleunigung der Zellteilung, um herauszufinden, ob der allgemeine Alterungsprozess oder bestimmte Körperfunktionen signifikant beeinflusst werden. Vielleicht ist dieses Exon ein Proto-Gen – eins, das effektiv noch im Ruhezustand ist, ohne jede Funktion, bis irgendein externer Faktor es ›anschaltet‹. Wenn das der Fall ist, ist es durchaus möglich, dass ein Forscher die Wirkung dieser Mutation überhaupt nicht herausfindet, bis irgendwann der auslösende Faktor gefunden wird. Vielleicht haben Haluk-Wissenschaftler dieses sonderbare Exon schon entdeckt und erforscht. Aber wenn ich bedenke, wie weit sie uns bisher auf dem Gebiet der Molekularbiologie hinterher hinken, bin ich geneigt, das zu bezweifeln.

»Ich auch«, sagte ich. Das alles war mehr Genetik, als ich im Augenblick wirklich hören wollte, obwohl ich vermutete, dass es wichtig sein könnte.

Bea nahm einen großen Schluck von ihrem Pfefferminztee und seufzte. »Kommen wir jetzt zu dieser anderen interessanten – und sehr verwirrenden – Sache, die ich gefunden habe. Erinnert ihr euch noch an den Haluk-Leichnam, den Rampart zur Universität von Tokio geschickt hat? Das war vor ein paar Jahren, kurz bevor Hellys Schwester Eve entführt wurde.«

Karl und ich nickten. Erklärend sagte ich zu Charlie:

»Dieser Leichnam war ein Grazilomorph. Er sah aus wie ein normaler Allomorph, war er aber nicht. In seiner Haluk-DNA befanden sich auch Fragmente von Human-DNA. Während der langen Zeit der Feindschaft hatten die menschlichen Wissenschaftler nur sehr selten Gelegenheit, das Haluk-Genom zu untersuchen. Als also Rampart ein Qastt-Piratenschiff aufgriff, das auch einen Haluk an Bord hatte, der kurz zuvor Selbstmord begangen hatte, verkaufte man den Leichnam für ein hübsches Sümmchen an die Tokio-Uni. Und dieser Leichnam stellte unerwarteterweise den ersten Beweis dafür dar, dass durch nicht genehmigte Gentherapie gegen den Allomorphie-Zyklus der Haluk vorgegangen wird.«

»Du erinnerst dich vielleicht auch noch, dass es zur Bedingung für das Zustandekommen des neuen Handelsvertrages gemacht wurde, dass dieser Tokio-Leichnam an die Haluk zurückgegeben wurde«, fuhr Bea fort, »angeblich, um eine entsprechende Bestattungszeremonie durchführen zu können. Das Sekretariat für Fremdrassenangelegenheiten hat alle Forschungsergebnisse der Japaner beschlagnahmt und unter Verschluss genommen – aus politischen Gründen, die den Wissenschaftlern nicht wirklich klar gemacht wurden ... Vielleicht wisst ihr das offiziell noch *nicht*, aber die Forschung am Haluk-Genom ist mit dem Kenntnisstand vor dem Versuch der Allomorphie-Eradikation jetzt faktisch eingefroren. Neue Untersuchungen der Haluk-Biologie durch menschliche Wissenschaftler sind nur mit Genehmigung des SFA gestattet. Und derartige Genehmigungen wurden bisher nicht erteilt.«

Ich konnte mir ein zynisches Schmunzeln nicht verkneifen. »Klar. Die Haluk – und unsere verdammte Regierung – wollen ja nicht gerade publik machen, dass menschliches Genmaterial illegalerweise dazu genutzt wurde, den Allomorphie-Zyklus zu überwinden. Deswegen blieben ja auch die Ergebnisse aus Tokio unveröffentlicht. Mein Vater hat zwar eine Zusammenfassung davon bekommen – na gut, er musste auf ein paar Wissenschaftler ein bisschen Druck ausüben –, aber der vollständige Bericht wurde zurückgehalten.«

»Nichtsdestotrotz«, offenbarte Bea mit zur Schau gestellter Bescheidenheit, »ist es mir vor zwei Jahren gelungen, eine Kopie dieses Berichts zu erhalten. Auch ein paar andere Leute meines Berufsstandes haben das geschafft. Als ich heute die Analyse von Fleece-Jäckchen fertig hatte, habe ich sein Genprofil mit dem des Tokio-Haluk verglichen. Einfach nur aus technischen Gründen, um rauszukriegen, wie viel redundante Human-DNA dieses Tokio-Leichnams sich auch in einem Hybridklon wiederfindet. Natürlich besaß der Tokio-Haluk nicht die Intron-Marker-Sequenz, die für Hybridklone typisch ist ... aber in dem Leichnam fand sich *sehr wohl* die Mutante des Telomer-Exons.«

»Und was zum Teufel bedeutet das alles?«, wollte ich wissen. So langsam war ich wirklich verwirrt. Von diesem ganzen Wissenschaftsgerede bekam ich gewaltige Kopfschmerzen – oder vielleicht hatte ich auch nur zu viel Schwarzwälder Kirschtorte gegessen.

»Ich denke«, sagte Bea, »wir können davon ausgehen, dass jeder nicht-allomorphe Haluk diese kleine Exon-Mutation aufweist. Ältere Untersuchungen der Haluk-Genetik bestätigen, dass dieses veränderte Gen nicht in Haluk auftaucht, die noch der Allomorphie unterliegen. Ebenso wenig wurde diese Mutation jemals bei Menschen beobachtet. Daraus muss ich folgern, dass es sich bei diesem Exon um ein Artefakt handelt. Emily Konigsberg hat es künstlich erzeugt.«

Fragend hob Karl seine buschigen Augenbrauen.

»Sie hat *sowohl* in die Eradikation *als auch* in das Hybridklonierungs-Verfahren zusätzlich etwas eingebaut?«

»So sieht es aus«, bestätigte Bea, »aber in ihren Unterlagen ist nichts darüber verzeichnet. Ich habe natürlich noch nicht die gesamten geheimen Galapharma-Dateien lesen können, aber es befand sich darin ein ausführlicher Abschnitt über die Allomorphie-Eradikation, den ich mir genau angesehen habe. Ich fand keinen Hinweis auf die Insertion der Exon-Mutante. Konigsberg muss es in einem anderen Gen-Resequenzierungs-Verfahren versteckt haben, so dass weder die Haluk noch die Galapharma-Techniker etwas davon wussten. Als dann später das Hybridklon-Projekt in Angriff genommen wurde, war sie gezwungen, diese Exon-Mutante des Markers zu beschreiben. Natürlich würde diese Mutante entdeckt werden, wenn Galaph die DNA ihrer Angestellten überprüfte, um Haluk-Spione zu identifizieren.«

Und diesen Job hatten sie verdammt schlampig durchgeführt ...

»Also taucht Emilys Wunder-Exon sowohl in Allos als auch in Hybridklonen auf«, sagte ich, »und wir haben keinen blassen Schimmer warum. Sind nicht die meisten Mutationen nachteilig für den Organismus?«

»Nicht unbedingt«, widersprach Bea. »Wenn man bedenkt, mit welchem Idealismus Konigsberg an das Projekt herangegangen ist, erscheint es nicht sehr wahrscheinlich, dass dieses Exon negative Auswirkungen besitzt. Sie würde doch ihren Haluk-Freunden nicht schaden wollen. Diese Mutation ist wahrscheinlich neutral – oder vielleicht sogar vorteilhaft.«

»Für wen?«, murmelte ich. »Für Menschen oder für Haluk?«

Schweigen.

Schließlich ergriff ich wieder das Wort. »Was du da

gerade erzählt hast, macht mich verdammt nervös. Was, wenn diese dusselige Kuh eine Möglichkeit gefunden hat, die Lebenserwartung der Haluk zu verlängern oder ihnen Superheilkräfte zu verpassen oder so was?«

»Das ist äußerst unwahrscheinlich«, entgegnete Bea sanft. »Aber ich könnte mal ganz diskret meine Kollegen von der Gerichtsmedizin zu Rate ziehen. Vielleicht erklärt sich ja einer von denen bereit, unauffällig ein paar Zellkultur-Experimente durchzuführen – mit ein paar Zellproben von Fleece-Jäckchen. Sie bräuchten ja noch nicht einmal zu wissen, dass es sich bei dem Versuchsobjekt um einen Haluk-Hybridklon handelt, um die Auswirkung dieser Mutation zu eruieren.«

»Nur zu!«, ermunterte ich sie. »Aber betone um Himmels willen noch einmal, wie wichtig es ist, dass niemand etwas davon erfährt.«

»Ich glaube nicht, dass wir uns um deren Diskretion Sorgen machen müssen.« Sie machte eine Pause. »Wie dem auch sei, es gibt da noch einen anderen Bereich, bei dem wir uns um die Diskretion Gedanken machen sollten. Habt ihr schon einmal darüber nachgedacht, ob es Hybridklon-Spione in Efrem Sontags Stab geben könnte? Es ist ja nun allgemein bekannt, dass er mit dir zusammenarbeitet, und ebenso, dass er dem Haluk-Konsortium äußerst skeptisch gegenübersteht.«

»Man wird Sontag, seinen Stab und sogar seine ganze Familie testen müssen«, sagte ich. »Er hat sein Einverständnis dazu bereits gegeben. Wir werden DNA-Proben nehmen, ohne dass die betreffenden Personen etwas davon erfahren; du kannst dann die Analysen durchführen.«

Ich blickte Karl und Charlie entschuldigend an. »Uns wirst du auch testen müssen, Bea.«

»Och, das hab ich schon gemacht, Helly.« Sie lächelte über den Rand ihrer Tasse Pfefferminztee hinweg. »Ich habe Gewebeproben von euch ins Labor mitgenommen und sie mit der BioProb-Datenbank verglichen. Ihr drei seid absolut echt. Aber ich fürchte, *mir* werdet ihr einfach so vertrauen müssen – zumindest vorerst.«

»Das Risiko werden wir wohl eingehen müssen«, sagte ich.

Nur kurze Zeit später gingen Karl und ich an Bord seines kleinen Hüpfers und stiegen in den verregneten Nachthimmel auf. Einfach nur, weil der alte ehemalige Leiter der Sicherheitsabteilung ein Faible für technische Spielereien besaß, hatte er ein hoch entwickeltes Verteidigungssystem in seinem Haus in Port Perry, südlich von Fenelon Falls, installiert. Es war eine Anlage, die selbst die entschlossensten Haluk-Entführer abhalten würde, viel besser als das Sicherheitssystem meines Apartments in Rampart-Tower. Ich fragte Karl, ob ich bei ihm bleiben könne, und er stimmte sofort zu. Er war verwitwet und lebte allein, abgesehen von einer reinrassigen zehn Kilo schweren Bluepoint Ragdoll namens Max. Und diese Katze mochte mich sogar.

»Nur für drei Tage«, sagte ich, »bis wir zusammen mit Sontag einen Langzeitplan entwickelt haben, der die neue Beweislage berücksichtigt. Danach verschwinde ich zu einem Asteroiden im Schützen-Nebel namens Phlegethon. Barky Tregarth soll sich da irgendwo verkrochen haben – im wahrsten Sinne des Wortes. Das ganze Ding ist ein einziger riesiger Kaninchenbau. Völlig ausgehöhlt.«

Karl drehte sich im Pilotensitz um und schaute mich erstaunt an. »Aber du kannst doch jetzt nicht verschwinden – nicht nach all dem, was passiert ist!«

»Klar kann ich.« Ich schaute mir die Musik-Datenbank an Bord des Hüpfers an. Verflixt, hauptsächlich Klassik, und dann auch noch reichlich Khachaturian. Schließlich fand ich ein paar Stücke von Cal Tjader und rief ›Running Out‹ auf. Passend, oder?

»Du wirst hier gebraucht!«, protestierte Karl.

»Nein, werd ich nicht. In Wirklichkeit brauchst du Cassius Potter, Hector Motlaletsie und Lotte Dietrich.« Die drei waren Mitarbeiter der Sicherheitsabteilung von Rampart im Ruhestand und hatten während des Versuchs der feindlichen Übernahme durch Galapharma mit uns im Perseus-Sporn eng zusammengearbeitet. Die drei gehörten zu den Wenigen, die über das gesamte Ausmaß der Haluk-Hybridklon-Bedrohung unterrichtet waren.

»Meine altersschwächelnde Bande?«

»Heure sie wieder an«, sagte ich ihm. »Wenn du denen die Situation erklärst, sind die doch sofort zur Stelle. Wir werden Lottes Computergenie brauchen, um das Archivmaterial auszuwerten, das wir von Lorne Buchanan erhalten haben. Sie wird wissen, wie man Sontag die Echtheit bestätigen kann, für den Fall, dass das SFA später versuchen wird, die Beweisführung zu diskreditieren. Cassius und Hector bekommen einen noch heikleren Auftrag: Zellproben von allen Abgeordneten im Commonwealth-Rat nehmen. Die müssen alle getestet werden. Und so viele Berater dieser Abgeordneten, wie wir kriegen können. Wenn wir irgendwelche Hybridklone finden, dann lassen wir sie in Ruhe – schauen wir doch mal, wie Sontag die hochgehen lässt, wenn seine Anhörungen im Komitee anfangen.«

»Für die solltest du hier sein. Du *musst* einfach hier sein! Du bist einer der Hauptbelastungszeugen!«

»Die Barky-Jagd wird nicht lange dauern. Vielleicht noch nicht mal zwei Wochen. Ich brauche fünf Tage bis Phlegethon, vielleicht ein paar mehr, um den alten

Waffenschmuggler zu finden und ihn an die Wahrheitstester anzuschließen, die ich in die *Makebate* packe. Wenn der was Wichtiges zu erzählen hat, werde ich dir das Ergebnis seiner Befragung umgehend über verschlüsselten Subraum-Funk zukommen lassen. Dann jage ich schleunigst zur Erde zurück, mit einem gefesselten Barky auf dem Sitz des Copiloten.«

»Und was, wenn irgendetwas schief geht? Nichts, was dieser abgehalfterte Gauner dir erzählen kann, ist es wert, dass du dafür dein Leben riskierst!«

»Das ist nicht wahr.« Ich erzählte ihm von der bevorstehenden Rats-Abstimmung, die dem Verkauf von 50 T-2-Planeten unter Rampart-Mandat an die Haluk zustimmen würde. Ebenso erwähnte ich die Verfügung, die zu Beginn der nächsten Sitzungsperiode eingebracht werden sollte und den Außerirdischen weitere 300 Planeten einbringen würde. »Sontag hält es für strategisch unklug, diesen Fünfzig-Planeten-Verkauf zu torpedieren, indem man in den letzten acht Wochen der Sitzungsperiode des Rates die Hybridklon-Beweise vorlegt. So sehe ich das nicht. Vielleicht kann mir Barky Tregarth helfen, Ef umzustimmen.«

Obwohl Karl ruhig blieb, merkte man, wie sehr ihn diese jüngsten politischen Entwicklungen entsetzten. »Ich hätte nie gedacht, dass die Pro-Haluk-Fraktion das Ganze so vorantreiben würde! T-2-Planeten ... Nicht ganz so attraktiv wie T-1er, aber schlimm genug. Kannst du nicht als Vorstandsmitglied von Rampart irgendwas unternehmen, um diesen Verkauf hinauszuzögern?«

»Ich?!« Wieder musste ich zynisch lachen. »Keine Chance! Der Vorstand von Rampart würde mich so was von überstimmen, wenn ich versuchen würde, auch nur einen von diesen beiden Deals zu blockieren. Eine gewaltige Finanz-Infusion ist genau das, was der Arzt verordnet hat, um die Galapharma-Konsolidierung ein bisschen zu fördern. Die einzige Möglichkeit, die Haluk in Bezug auf das Handelsabkommen zu einer Politik der offenen Tür zu bringen und ihren Zustrom ein wenig zu bremsen, ist, sie im Rat zu diskreditieren.«

»Mit Fleece-Jäckchen und dem neuen Material von Galapharma haben wir doch schon genug Beweismittel, um genau das zu tun. Verdammt noch mal, Helly! Jetzt abzuhauen und einem Phantom wie Barky Tregarth hinterher zu jagen ist leichtsinnig und unverantwortlich. Von ›verdammt gefährlich‹ ganz zu schweigen.«

»Wenn ich auf der Erde bleibe, ist mein Leben in Gefahr«, betonte ich. »Also kann ich genauso gut gehen. Zumindest werden im Schützen-Nebel keine Haluk-Hybridklone hinter meinem Arsch her sein.«

»Um Gottes willen«, murmelte Karl finster. »Warum gibst du nicht einfach zu, dass du heiß darauf bist, mal wieder ein Abenteuer auf einem anderen Planeten zu erleben – nach zwei Jahren langweiligem Rechtskram?«

»Das auch«, gestand ich grinsend.

Er wandte sich ab und starrte aus dem Seitenfenster seines Hüpfers. Cal Tjader spielte gerade das Latin-Solo in ›'round Midnight‹.

»Also vertraust du mal wieder auf deine verdammten Cowboy-Instinkte«, sagte Karl leise. »Wenn du draufgehst, wird der Rest von uns den Kreuzzug trotzdem fortführen.«

»Ich weiß«, erwiderte ich ganz ruhig. »Ich verlass mich darauf.«

»Dir ist ja wohl klar, dass die Bösewichte dich schon auf Phlegethon erwarten werden.«

»Deswegen fliege ich ja auch verkleidet dahin. Ich werde mich als Joru-Händler ausstaffieren. Als sehr *kleiner* Joru-Händler. Und ich werde Ware dabei haben, der kein Haluk-orientierter Schmuggler widerstehen kann.

Ich habe mit Tony Becker gesprochen, er stellt mir das Zeug zusammen.« Dann erzählte ich Karl, welche Ware ich anbieten wollte, und er lachte. »Wenn ich meine Rolle anständig spiele, wird keiner der örtlichen Klugscheißer auf die Idee kommen, diesen Joru mit einem gewissen Kerl aus Toronto in Verbindung zu bringen, der mit Geld um sich geschmissen hat, um den Aufenthaltsort eines gewissen Hamilcar Barca Tregarth zu erfahren.«

Karl dachte einen Augenblick darüber nach. »Hmm. Diese Schwachsinnsidee könnte tatsächlich funktionieren.«

Ich grinste ihn voller Selbstvertrauen an. »Natürlich wird sie das! Und weißt du was? Sich als Außerirdischer zu verkleiden könnte sogar Spaß machen.«

Mann, war ich ein Idiot.

Kapitel 6

Tony Becker, der Vizepräsident von Ramparts Biotechnologie-Abteilung, war ein ultraeffizienter Manager und ein exzellenter Wissenschaftler, der Dummköpfe – oder Cowboys – nicht ertragen konnte. Er war geradezu skrupellos aufrichtig, loyal, er arbeitete hart, und er konnte ein gewisses extravagantes schwarzes Schaf der Familie, von Beruf Rechtsanwalt, das auch noch den Namen seiner Familie ausnutzte, um politisch Wellen zu machen, nicht im Geringsten ausstehen.

Außerdem war Tony der Einzige, dem ich den Auftrag anvertrauen konnte, meinen Köder für Barky zusammenzustellen.

Als ich ihn an diesem Samstag zur Zusammenarbeit nötigen musste, hatte ich sehr deutlich betont, dass ich das entscheidende Material allerspätestens am Mittwochmorgen um 04.00 Uhr brauchte – an dem Tag wollte ich vom Oshawa-Raumhafen aus die Erde verlassen. Grollend hatte Tony versprochen, den Termin einzuhalten, aber er hatte mir auch gesagt, dass er die Ware wahrscheinlich erst in allerletzter Minute zur Wartehalle für Piloten würde bringen können.

Auf dem Raumhafen der Hauptstadt des Commonwealth der Menschenwelten herrschte so viel Verkehr, dass alle Starts und Landungen bereits zwei Tage im Voraus angemeldet werden mussten. Um den Haluk-Agenten nicht zu viel zu verraten, hatte ich mich dazu entschlossen, einfach das Start-Fenster eines anderen Rampart-Schiffes zu übernehmen, das für 04.40 Uhr terminiert war. Diese Methode war bei ungeduldigen

VIP-Managern gang und gäbe. Das Schiff, das ich dabei ausbootete, würde dann an das Ende der Warteschlage verwiesen werden und eine Verspätung von 48 Stunden in Kauf nehmen müssen. Wenn die *Makebate* einfach dessen Platz einnahm, würde sie erst auf die letzte Minute in den Daten der Raumhafen-Computer auftauchen.

Pünktlich um vier Uhr morgens saß ich also alleine in der Wartehalle für Piloten im Haupt-Modul der Plattform, einer künstlichen Insel mitten im See, und wartete auf Tony. Durch das Panoramafenster konnte ich sehen, wie sich im Osten der wolkenverhangene Himmel aufhellte. Alle sechs Minuten stieg lautlos ein massiges Raumschiff von einem der 36 schwimmenden Startschlitten ab, die das turmartige Gebäude kreisförmig umgaben, dann verschwand das Schiff unter Subluminal-Antrieb im bedeckten Himmel.

Die *Makebate* lag bereits auf dem Förderband, sie wurde von unserer Werkstatt am Ufer des Sees durch den unter der Wasseroberfläche entlangführenden Tunnel zum ihr zugewiesenen Startschlitten transportiert. Um 04.30 Uhr musste ich im Cockpit sein und die Checklisten für die Startvorbereitung durchgehen, sonst würde ich mein Startfenster verlieren.

Das Chronometer an der Wand zeigte 04.10, und noch immer kein Tony Becker weit und breit. Ich konnte einfach nicht glauben, dass dieser so leicht reizbare Mistkerl mich wirklich auflaufen ließ, aber es würde mich nicht im Geringsten wundern, wenn er bis zur allerallerletzten Sekunde warten würde, nur um mich nervös zu machen.

Ihn anfonen? Nö. Ich fluchte nur und wartete.

04.15. Die Würstchen, die Frikadellen, die Rühreier und die Grilltomaten, die mir Karl zum Frühstück vorgesetzt hatte, tanzten in meinem Magen einen fröhlichen Fandango. Aus einem mir unerfindlichen Grund empfand ich den Gedanken als unerträglich, die Reise nach Phlegethon zwei Tage zu verschieben. Wenn der Vizepräsident der Abteilung für Biotechnologie nicht bald auftauchte, würde ich eben ohne meine Köder abreisen und mir unterwegs etwas Neues ausdenken, womit ich mein Opfer anlocken konnte. Was Tony Becker betraf ... würde ich ihn wirklich feuern, wenn er mich im Stich ließ, so wie ich es ihm angedroht hatte? Würde ich einen geschätzten Rampart-Mitarbeiter entlassen, jemanden, der unermüdlich auf der Suche nach Spenden für Wohlfahrtseinrichtungen war, einen frommen Kirchgänger, einen liebenden Familienvater, nur weil er sich geweigert hatte, zum Komplizen einer meiner hirnverbrannten Ideen zu werden?

Und ob ich das würde!

Doch um 04.19 Uhr spazierte er gemütlich in die Wartehalle, so gleichgültig wie nur was. Ich stand auf und sagte: »Hey, Tony. Fast hätten wir uns verpasst.«

Becker war ein pausbäckiger blonder Mann Ende dreißig in einem weißen Trainingsanzug, der nicht nur makellos sauber war, sondern *gebügelt.* Er sah mich an wie etwas, das dringend von den Sohlen seiner funkelnagelneuen Turnschuhe abgekratzt werden müsse, dann drückte er mir einen gepolsterten Stoff-Brotbeutel in die Hand. Es war genau das, was kleine Kinder normalerweise zur Schule mitnahmen, es waren sogar Bilder des alten Cartoon-Charakters Daffy Duck aufgedruckt.

»Hier«, sagte er schnippisch. »Eines meiner Kinder hat diese wunderschöne Tarnung beigesteuert. Haben Sie überhaupt eine Vorstellung, wie schwierig es war, dieses Material zusammenzustellen? Sie sollten verdammt darauf achten, dass niemand diesen unmoralischen Einfall bis zu mir zurückverfolgen kann!«

In dem Daffy-Duck-Paket befanden sich nur zwei Dinge: Das eine war ein etwas altmodisches elektronisches Notizbuch der Firma Macrodur mit verschrammtem Gehäuse und verschmutztem Bildschirm. Das andere war ein wichtig aussehender kleiner Technik-Behälter, etwa so groß wie eine Brotdose, mit eingebauter Kühlung, Selbstzerstörungsvorrichtungen und dem Symbol für ›biologischer Gefahrstoff‹ auf allen Seiten. Ich hielt das Paket ein wenig schräg und ließ die Box vorsichtig auf den Tisch vor mir gleiten.

»Hier ist der Schlüssel.« Tony reichte mir eine Datenmünze.

In dem Behälter lagerten sechs selbstkühlende Bio-Container in einer extra für sie zurechtgeschnittenen Polsterung. Ich öffnete einen der Container und fand darin eine versiegelte, unbeschriftete Phiole, die mit einer zähflüssigen, purpurnen Flüssigkeit fast bis zum Rand gefüllt war.

»Das ist der echte Vektor«, erklärte Tony Becker, »es sind nur noch ein paar harmlose Verunreinigungen und ein wenig Farbstoff beigemischt worden, damit das Ganze exotischer aussieht. Wird jeden Test bestehen. Auf dem Notizbuch ist ein kompliziertes Produktions-Protokoll gespeichert, das ich mir anhand der Daten unserer eigenen Produktionsstätten aus den Fingern gesogen und dann in Joru übersetzt habe. Für Ihre Zwecke wird das ausreichen. Ich muss Sie aber warnen, dass ein wirklich sachkundiger Biotechniker wahrscheinlich merken wird, dass die beschriebenen Produktionsverfahren reiner Schwindel sind. Die sind einfach zu effizient.«

»Das wird schon klappen«, sagte ich, »solange nur der Vektor selbst durchgeht.«

»Ich habe Ihnen doch gesagt, dass er das tun wird, oder?«, fauchte Tony.

Ich reichte ihm eine Plastik-Karte. Darauf waren 500 Vorzugsanteile von Rampart gespeichert, von meinen persönlichen Anteilen an der Firma auf ihn überschrieben. »Ein handfestes Zeichen meiner Wertschätzung, wie ich versprochen habe. Aber vielleicht wird Ihr empfindliches Gewissen Ihnen ja nicht gestatten, Bestechungsgelder oder Ähnliches anzunehmen.«

Ich schwöre Ihnen, er hat mich angefaucht wie eine Katze. Dann schnappte er sich die Karte, schob sie in seine Brieftasche (an seinem Gürtel diebstahlssicher befestigt!) und stapfte davon. Grinsend blieb ich zurück. Ich warf noch einen Blick auf die Phiole, bevor ich sie zurück zu den anderen stellte. Was aussah wie abgeranzter Traubensaft war in Wirklichkeit der Gentechnik-Vektor PD32:C2. Barky Tregarth sollte glauben, diese Phiolen seien Produktproben – von einer ganz neu erschlossenen Quelle dieses so wichtigen Virus, die sich auf einem Joru-Planeten befand.

Ich verschloss den Container wieder, hängte mir das Daffy-Duck-Paket über die Schulter und sprintete zum Transporter. Ich kam beim Startschlitten der *Makebate* sogar noch zwei Minuten vor Ablauf des Countdowns an.

Den ersten Teil meiner Reise nach Phlegethon verbrachte ich hauptsächlich mit Kostümproben für meine bevorstehende Rolle als Joru. Ich schritt gebieterisch durch das beengte Cockpit und übte Xeno-Gesten, während ich wallende schwarz-weiße Brokat-Roben trug, die ein wenig an die Gewänder erinnerten, in die sich im Mittelalter Dominikaner-Mönche gehüllt hatten. Ich tat mein Möglichstes, den Eindruck zu erwecken, ich sei 30 Zentimeter größer und würde 45 Kilo mehr auf die Waage bringen. (Nur ein paar zwergwüchsige Joru waren so groß wie ich, 193 Zentimeter.) Ich musste die gewaltige Chuzpe einer Person ausstrahlen, die wie alle selbstsicheren männlichen Joru dachte, Sonne, Mond und Sterne schienen aus ihrer Kloake.

Das Kostüm hatte ich in dem Theaterbedarfsgeschäft in Mississauga gekauft, das mir Halimeda Opper empfohlen hatte. Es war detailliert gearbeitet und sehr teuer; eigentlich wurde so etwas nur von menschlichen Schauspielern verlangt, die in Holo-Großaufnahmen Joru darstellen sollten. Selbst bei genauerer Betrachtung wirkten der Stoff und alle Accessoires authentisch. Mein Körperbau, dessen wahre Natur unter den weiten Roben verborgen war, wurde durch einen gepolsterten Anzug ein wenig verändert, so dass er an den richtigen Stellen etwas massiger oder fülliger wirkte. Dazu trug ich weich gepanzerte lange Unterhosen, und auch die Kapuze des Kostüms war entsprechend gepanzert. Meine Hände steckten in Handschuhen mit sechs Fingern (die Fingerprothese konnte sogar richtig bewegt werden), die etwa aussahen wie haarige, orangefarbene Pfoten – selbstverständlich komplett mit den schweren Goldringen, wie sie die Joru so gerne trugen. Um meine Handrücken zu schützen, schob ich auch noch kleine Panzerungs-Polster in die Handschuhe.

Meinen Schädel und mein Gesicht entsprechend umzuarbeiten war schon kniffliger; dazu bedurfte es einiger Konturen-Make-up-Hilfsmittel, hervortretender falscher Augen mit vertikalen Pupillen, Haut-Texturierer und einer falschen kahlen Kopfhaut mit einem höckerigen Wulst, aus dem kleine Büschel aprikosenfarbenen Fells heraussprossen.

Geräte, wie sie diese Außerirdischen zum Aufkonzentrieren von Sauerstoff benötigen, verdeckten den unteren Teil meines Gesichtes – und machten die ganze Verkleidung überhaupt erst möglich und plausibel, da Joru sonderbar schmale Kiefer besitzen, die an einem normalen menschlichen Schädel unmöglich zu simulieren sind. Natürlich erfüllte die Maske nicht den Zweck, nach dem sie aussah – stattdessen war darin ein besonderer mechanischer Übersetzer eingebaut, der meine geflüsterten Worte in die Sprache der Außerirdischen übersetzte und sie durch eine ebenfalls unauffällig eingebaute Außensprechanlage mit normaler Lautstärke weitergab.

Dazu trug ich ein kleines ›Hörgerät‹, das die Sprache der Joru für mich übersetzte – nur für den Fall, dass mich doch ein Vertreter dieser Rasse in meiner angeblichen Muttersprache ansprechen sollte. Einen zweiten Übersetzungsanhänger hatte ich, wie es üblich war, an meinen Kragen gesteckt. Er konnte so eingestellt werden, dass er die Worte, die ich vorgeblich in der Sprache der Joru sprach, wieder in angemessen flüssiges Standard-Englisch *rückübersetzte*. So gut war ich als Schauspieler auch wieder nicht, dass ich es mir zugetraut hätte, diese äußerst mechanische Sprechweise selbst zu imitieren.

Nachdem ich die Bewegungen aus dem Effeff beherrschte und die typische Sprachmelodie der Joru genug trainiert hatte, nutzte ich die Computer-Bibliothek des Schiffes, um meine Kenntnisse über die Joru-Kultur ein wenig aufzupolieren. Außerdem überlegte ich mir eine passende Hintergrundgeschichte für meinen Charakter, die ein wenig auf dem basierte, was ich über einen kriminellen Joru wusste, den ich noch aus meinem alten Beruf kannte.

Ich nahm die Identität eines gewissen Gulowjadipallu Gulow ein, geboren auf dem Planeten Didiwa in Sektor 7, tief im Inneren des Orion-Arms. Ich hatte drei Frauen, vierzehn Nachkommen und hielt als Haustier zu Hause einen *Wulip*. Von Beruf war ich Zwischenhändler, Informations-Makler, wie so viele andere Angehörige meiner weltmännischen und diskreten Rasse. Ich war im Vorruhestand, behielt aber immer noch eine Pfote im Spiel, wenn sich eine wahrhaft einzigartige Gelegenheit ergab. Weil ich reich war, und meine Zeit so kostbar, reiste ich in einem modernen Raumschiff menschlicher Fertigung durch das All. Niemand auf Phlegethon würde es scannen, weil ich es im Orbit lassen wollte, versteckt in einem undurchdringlichen Dissimulator-Feld; an dem Asteroiden andocken wollte ich dann mit dem ganz gewöhnlich wirkenden Raumgleiter meines Schiffes.

Mit ein bisschen Glück würden die ganzen Lakaien von Ram Mahtani oder irgendwelche anderen unfreundlich gesonnenen Zeitgenossen meine wohldurchdachte Tarnung nicht durchschauen; und Barky Tregarth, selbst wenn er vorgewarnt und auf der Hut sein sollte, würde meine wahre Identität erst erfahren, wenn es zu spät war.

Ich war vier Tage von der Erde entfernt, durchquerte gerade den Roten Spalt zwischen dem Orion-Arm und dem Schützen-Nebel, da fing ich auf dem allgemeinen Subraum-Kommunikations-Kanal ein Notsignal auf. Zu diesem Zeitpunkt befand sich die *Makebate* abseits der üblichen Schiffsrouten, jagte durch blass leuchtende interstellare Gaswolken knapp unterhalb der Hauptebene der Galaxis. Im Umkreis von 350 Lichtjahren war kein Stern in der Nähe, und innerhalb der nächsten 100 nichts, was größer war als ein Klümpchen Mäusekot.

Das Subraumsignal des automatisierten Funkfeuers war so schwach, dass ich es fast nicht empfangen hätte. Aber die ganzen abgedrehten High-Tech-Spielereien der *Makebate* waren tatsächlich in der Lage, einen der

Impulse sauber zu fokussieren, sodass ich einen brauchbaren Empfang bekam. Ich zögerte nur einen Augenblick, ehe ich eine Antwort sendete.

»Schiff in Not«, sprach ich sie an, »empfangen Sie auf Kanal 6113?«

»... empfangen auf Kanal 6113. Danke für die Meldung.«

Es war eine menschliche Stimme mit einem deutlichen Akzent, der recht eindeutig auf seine Herkunft schließen ließ. Der Mensch am Kommunikator war vermutlich auf der Erde geboren und hatte zu Hause die Sprache seiner Vorfahren dem Standard-Englisch vorgezogen. Es gab viele Leute, die auf diese Weise der Sprachpolizei trotzten.

An meinen Instrumenten konnte ich ablesen, dass der Kommunikator-Strahl sehr schwach war. Das Raumschiff, das hier SOS funkte, war anonym unterwegs – wie es in Regionen durchaus üblich war, die häufig von Piraten heimgesucht wurden. Ich war natürlich ebenfalls anonymisiert. Mein Entfernungsmesser zeigte an, dass das andere Schiff 154 Lichtjahre in Richtung des Schützen-Nebels entfernt war – weit außerhalb der Reichweite jeglicher Scanner.

»Geben Sie die Art des Notfalls durch, Schiff in Not«, sagte ich.

»Antwortendes Raumschiff, bitte identifizieren Sie sich!«

Den Teufel würde ich tun. Jetzt, wo eine fokussierte SR-Kommunikationsverbindung aufgebaut war, konnte das andere Schiff ganz genau meinen Hyperraum-Pseudovektor ermitteln. Wenn es wirklich harmlos war, würde ich nach Kräften helfen. War es aber ein Piratenschiff, das auf Beute lauerte und auf diese Weise versuchte, mich in Angriffsreichweite zu locken, würde ich ihm eine verdammt schmerzhafte Lektion erteilen.

»Geben Sie die Art des Notfalls durch«, wiederholte ich. »Mein Name ist Hugo. Ich bin ein menschlicher Händler, der es zur Zeit bevorzugt, inkognito zu bleiben.« Dies war eine sehr schüchterne Art, anzudeuten, ich sei ein Schmuggler. Einigen von denen, wie meinem alten Kumpel Mimo Bermudez, waren menschliche Rührungen nicht ganz fremd. »Ich werde versuchen, für Sie Kontakt mit der Zonenpatrouille aufzunehmen, wenn Sie das wünschen.«

Augenblicklich wurde an Bord des in Not geratenen Schiffes das Gerät deaktiviert, das den ID-Transponder unkenntlich machte. Die Daten auf meinem Display verrieten mir die Registrierung und die vom IHS genehmigte Reiseroute. SBC-11942 war ein Transact-Schwertransporter, der sich auf dem Weg vom Planeten Shamiya im Schützen-Nebel zu einer der großen Auftankstationen auf Lethe in Zone 8 des Orion-Arms befand.

»Bürger Hugo, hier spricht Ulrich Schmidt, Kapitän der *Sheltok Eblis*. Wir werden von sechzehn Feindraumern angegriffen. Unsere UL-Antriebe sind funktionsuntüchtig, wir fahren jetzt unter minimalem Subluminalantrieb – effektiv sind wir manövrierunfähig mitten im tiefen Raum. Wir haben keine AM-Torpedos mehr. Fast unsere gesamte Rest-Energie haben wir auf die Schutzschilde umgeleitet. Äh ... ich schätze, wir können uns noch etwa zwei Stunden halten, dann werden wir uns ergeben müssen.«

»Ich verstehe. Wie kann ich Ihnen helfen?«

»In der ersten Angriffswelle wurde unser Kommunikationssystem schwer beschädigt. Unser SR-Komm-Input ist zu schwach, um die Sheltok-Flottensicherheit auf Lethe oder eine unserer Einheiten im Schützen-Nebel zu erreichen. Der Versuch, die Zonenpatrouille zu kontaktieren, war ebenfalls erfolglos. Bitte setzen Sie die Patrouille über unsere Situation in Kenntnis, wenn es möglich ist.«

»Verstanden. Ich werde mich bemühen, Captain Schmidt«, versprach ich. Dann fuhr ich mit einer Lüge fort: »Meine Langstreckenscanner haben vor weniger als einer halben Stunde in meinem Hyperraum-Abschnitt einen schweren Kreuzer der ZP geortet. Es ist sehr gut möglich, dass der rechtzeitig bei Ihnen eintrifft, um die Feindraumer zu verjagen. Haben Sie eine Rassen-ID von Ihren Angreifern?«

»Es sind wieder die *verfluchten* Haluk!« Aha, zumindest bei Kraftausdrücken bediente er sich immer noch bevorzugt seiner Muttersprache. »Ohne jeden Zweifel! Ich hatte gehofft, sie auszutricksen, wenn ich einen Vektor nehme, der unter der Hauptebene der Galaxis liegt, aber die haben uns trotzdem gefunden. Zwanzig dieser Schweinehunde! Vier habe ich mit den AM-Torpedos erwischt, aber dann haben die mir meinen Antrieb zerschossen.«

»Haluk? Sind Sie sich bei dieser Identifizierung ganz sicher, Cap'n?« Ich bemühte mich, nicht allzu aufgeregt zu klingen. Die Barky-Jagd hatte sich jetzt schon gelohnt!

»Natürlich bin ich mir sicher, du *Scheißkopf*! Denkst du denn, dass das hier der erste Transporter ist, der von diesen Drecks-*Doppelgurken* angegriffen wird? Die lassen Sheltok in Zone 3 und Zone 4 doch praktisch ausbluten!«

»Na ja, das tut mir ja herzlich Leid, Cap'n, aber das ist ja nun ganz bestimmt nicht meine Schuld.«

Sofort tat es Schmidt Leid, mich so angefahren zu haben. »Bitte entschuldigen Sie, dass ich die Fassung verloren habe, Hugo. Bitte – wenn Sie die Zonenpatrouille nicht in … einer angemessenen Zeit erreichen sollten … ich bitte Sie, dann auf Lethe zu berichten, was uns passiert ist, sobald Sie die Möglichkeit dazu haben.«

»Durchhalten, Partner! Ich werde mein Bestes tun, diesen Blauärschen die Patrouille auf den Hals zu hetzen. Viel Glück! Hugo Over and Out.«

»Ich danke Ihnen, Hugo. *Sheltok Eblis* Over and Out.«

Ich hatte Schmidt angelogen, für den Fall, dass der ganze Notfall ein Trick war. Ich hatte seit mehr als 30 Stunden kein ZP-Schiff mehr auf meinem Scanner gehabt. Das letzte Mal hatte ich sie in Zone 8 gesehen, noch im Orion-Arm, in fast 2.200 Lichtjahren Entfernung. Die Patrouille besaß nur herzlich wenige Schiffe, die genügend Ross machten, und mit denen patrouillierten sie normalerweise häufig genutzte Reiserouten, nicht die gottverlassenen Außenbezirke des Roten Spalts.

Aber keine Sorge, Cap'n! Die *Makebate* konnte problemlos einen schweren ZP-Kreuzer vertreten. Und ich langweilte mich und hatte sowieso Lust darauf, ein wenig den *Lone Ranger* zu spielen.

Ich jagte mit maximaler Pseudogeschwindigkeit durch den Hyperraum und erreichte den Schauplatz des Angriffs problemlos innerhalb der zwei Stunden, die Schmidt sich und seinem Schiff noch zugestanden hatte. Trotzdem wurde die Lage für die *Sheltok Eblis* langsam heikel. Die Schutzschilde des riesigen, acht Kilometer langen Transporters flackerten schon purpurrot, und viel länger würden sie nicht mehr durchhalten.

Die Feindraumer waren so eifrig damit beschäftigt, die *Eblis* zu attackieren, dass sie ewig brauchten, überhaupt zu bemerken, dass ich aus den interstellaren

Staubwolken auf sie herabstieß. Als einer von denen endlich die *Makebate* scannte, brach der ganze Haufen sein Bombardement ab, aktivierte den ULA und scherte in 16 verschiedene Richtungen auseinander. Es waren schnelle kleine Schiffe, die aussahen wie Nachbauten von Bodascon-Y60Cern, verziert mit diesen sonderbaren kobaltblauen Positionsleuchten, auf die die Haluk so wild sind. Die hatten genügend PS, um einen so langsamen Leviathan wie die *Eblis* in die Tasche zu stecken, aber mit meinem aufgebohrten Schlitten und seinen ausgefallenen Waffensystemen konnten sie es kaum aufnehmen

Eigentlich verhielt ich mich richtig fair (abgesehen davon, dass ich meinen ID-Transponder so eingestellt hatte, dass ich auf allen Displays als ein Schiff der Zonenpatrouille gekennzeichnet war): Ich gab Warnschüsse aus meinen Actinkanonen auf die Haluk-Schiffe ab und funkte ihnen zu, sie sollten das Handtuch werfen, sonst würden sie es bitter bereuen. Sie flohen weiter, die meisten waren von der Angst einflößenden Bauart meines Schiffes und meiner überlegenen Geschwindigkeit zu sehr in Panik versetzt, um auch nur auf mich zu feuern. Ich machte von jedem Schiff eine Bildaufzeichnung und ließ eine Analyse der Antriebsrückstände durchführen, bevor ich es zerlegte. Es dauerte fast zwei Stunden, bis ich den letzten der 16 erledigt hatte, und bis dahin hatte ich fast schon die Lust an diesem einseitigen Kampf verloren – aber mir blieb ja keine andere Wahl, als sie so abzuschlachten. Hätte ich sie laufen lassen, hätten die sich bloß ein neues Opfer gesucht.

Ich hatte keine Möglichkeit herauszufinden, ob die todgeweihten Haluk an ihre Basis noch SR-Alarm funken konnten. Ich fragte mich ohnehin schon, ob diese ritterliche Aktion wirklich so klug gewesen sei, doch ich schob meine Bedenken beiseite und rechnete mir aus, dass ich auf diese Weise den ganzen Einsatz auf Phlegethon eigentlich nicht gefährdet hatte. Falls das Oberkommando der Haluk die *Makebate* aus den Beschreibungen von ein Paar Piraten wiedererkannte – na und? Sie wussten doch ohnehin schon, dass ich die Galaxis durchstreifte; dafür hatte die liebliche Dolores da Gama ja gesorgt. Aber sie wussten weder, wo ich hinwollte, noch was ich vorhatte, und sie hatten ganz gewiss keinen blassen Schimmer, dass ich diesmal in der Verkleidung eines Joru auftrat.

Sieh es von der positiven Seite, Helly! Du hast deine gute Tat für heute schon getan.

Und jetzt besaß ich einen Beweis dafür, dass es tatsächlich Haluk-Piraten im Schützen-Nebel gab; noch etwas, das ich als Beweismittel gegen die Haluk vorlegen konnte. Außerdem gab es da ein paar interessante Fragen, auf die ich Antworten brauchte:

Operierten die Haluk-Transact-Piraten von einer unabhängigen Basis im Nebel aus, oder bedienten sie sich der Anlagen der Y'tata? War es möglich, dass die Haluk ein geheimes Bündnis mit den ausgelassenen Albino-Furzern eingegangen waren? Wurden diese Angriffe durchgeführt, um einen künstlichen Lieferengpass ultraschwerer Elemente zu erzeugen, oder hatten die Haluk ein anderes Motiv dafür, sich das Zeug zu greifen?

Vielleicht konnte mir das Barky Tregarth erzählen.

Falls nicht, musste ich mir womöglich einen Y-Piraten aus irgendeiner heruntergekommenen Phlegethon-Absteige schnappen und ihn an die Wahrheitstester anschließen. Das würde für uns beide eine unangenehme Vernehmung werden. Es kam vor, dass Außerirdische eine psychotronische Befragung nicht überlebten. (Gelegentlich geschah das allerdings auch bei Menschen.) Und wenn ich mein Opfer nicht anständig dicht verkorkte, würde der Stress dieser Prozedur einen Gestank entstehen lassen, der einem den Magen umdrehen konnte. Vielleicht sollte ich einen Raumanzug tragen, wenn ich den Y grillte ...

Ich kehrte zu dem Transact-Transporter zurück, der inzwischen fast nur noch ein Wrack war, und verließ ganz in dessen Nähe den Hyperraum. Von dem vorangegangenen Bombardement kochte der ganze Raumabschnitt immer noch vor Fremd-Ionen, so dass die Scanner des großen Schiffes völlig unbrauchbar sein mussten. Aber um auf Nummer sicher zu gehen, errichtete ich das Dissimulator-Feld der *Makebate*, bevor ich Captain Schmidt über das Kurzstrecken-Intercom anfunkte. Ich wollte nicht, dass er oder seine Crew mich zu genau unter die Lupe nehmen konnten.

»*Sheltok Eblis*, hier ist Ihr alter Kumpel Hugo. Empfangen Sie? Die Feindraumer sind weg und kommen auch nicht wieder. Sie können sich jetzt entspannen.« Einige ausgiebige Flüche in deutscher Sprache drangen aus dem Lautsprecher meines Kommunikators, und dann erschien auf meinem Display das Bild eines erregten Mannes mittleren Alters in der hässlichen, hellbraunen Sheltok-Uniform. Er trug einen Bürstenhaarschnitt, und sein Hals war auffallend dick.

»Sie haben die Haluk-Piraten zerstört! Alle sechzehn! Wer sind Sie? *Was* sind Sie?«

Ich hatte meine Geräte schon wieder auf Aufnahme gestellt. Die Aufforderung des Kapitäns, die Videoübertragung einzuschalten, ignorierte ich geflissentlich. »Captain Schmidt, herzlichen Glückwunsch dafür, dass Sie überlebt haben! Irgendwelche Verluste?«

»Nein, *Gott sei Dank!* Aber für die Techniker wurde es verdammt knapp, als unser ULA-Generator getroffen wurde. Wir ... sind Ihnen sehr dankbar für Ihre Hilfe, Hugo.«

»Ihnen ist sicher bekannt«, sagte ich förmlich, »dass das Sheltok-Management Informationen darüber zurückgehalten hat, dass Haluk-Piraten Transporter angreifen, die ultraschwere Elemente geladen haben? Die Medien und die Öffentlichkeit wissen darüber nichts.«

Die tief liegenden blauen Augen des Captains blickten auf einmal in eine ganz andere Richtung. »*Ach*, das hat etwas mit Politik zu tun, wissen Sie? Jeder, der das erwähnt ...« Er beendete den Satz nicht und schüttelte nur den Kopf.

»Seit wann greifen die Haluk schon Sheltok-Schiffe an?«

Aber er war zu gerissen, um in diese plumpe Falle zu tappen. »Ich weiß, was Sie vorhaben«, grollte er. »Sie wollen mein Geständnis an die Sensationsreporter des Boulevard-Nachrichtennetzes verkaufen. Die würden doch bestimmt für so eine sensationelle Story ein hübsches Sümmchen bezahlen! Also, aus mir kriegen Sie jedenfalls nichts mehr raus, wer zum Teufel auch immer Sie sein mögen! Was nutzt es denn, vor Piraten gerettet zu werden, wenn einem dann wegen Illoyalität gegenüber der Firma der Bürgerstatus entzogen wird, hä? Sagen Sie mir das doch mal!«

»Wenn kriminelles Verhalten der Haluk bekannt wird, kann man Sie dazu zwingen, jegliches weitere Fehlverhalten zu unterlassen. Damit würden Sie die anderen Opfer rächen und verhindern, dass ...«

Er unterbrach mich mit einem spöttischen Lachen. »Ich habe vorhin schon gesagt, dass Sie ein *Scheißkopf* sind, Hugo. Jetzt weiß ich, dass das wirklich stimmt. Sheltok wird diesen Haluk-Abschaum und ihre abtrünnigen Y'tata-Verbündeten ausrotten, ohne dass diese Firmenangelegenheiten in den Drecksmedien ausgebreitet werden. In der Zwischenzeit muss über die Situation Stillschweigen bewahrt werden, um nicht das Vertrauen der Öffentlichkeit in den Konzern zu unterminieren. Verstehen Sie das?«

»Ich will ja nur helfen.«

Auf einmal klang er sehr müde. »Dann nehmen Sie mit Ihrem SR-Kommunikator Kontakt mit Lethe auf und bitten Sie darum, dass uns ein Schlepper geschickt wird, und das möglichst bald, Hugo. *Eblis* Over and Out.«

Der Bildschirm wurde schwarz. Und das war das.

Ich tat, worum Schmidt mich gebeten hatte, wenn ich auch einen gewissen Umweg dafür einschlug: Ich ging wieder auf meinen ursprünglichen Kurs und setzte so die unterbrochene Reise fort, dann nahm ich über den SR-Kommunikator Kontakt mit Karl Nazarian auf und schickte ihm alle Aufzeichnungen, die ich während des Piratenangriffs gemacht hatte.

»Zwanzig Haluk, die einen Schwertransporter angreifen?«, fragte er verwundert. »Meine Güte! Das klingt ja, als hätte dein Krieg schon angefangen!«

»Gib die neuesten Informationen an Ef Sontag weiter. Und dann überleg dir, wie du den Wunsch der *Eblis* nach einem Schlepper anonym an den Sheltok-Tower weiterleiten kannst. Die Außensicherheitler von Sheltok werden die Meldung ernst nehmen, wenn sie die Koordinaten ihres manövrierunfähigen Schiffes erhalten.«

»Soll auch die Zonenpatrouille informiert werden?«

»Spar dir die Mühe! Die vertuschen das Ganze sowieso wieder. Der Captain des Transporters hat durchblicken lassen, dass Haluk-Angriffe hier ziemlich häufig sind. Sheltok redet nur nicht darüber, um das Konsortium nicht nervös zu machen ... Hast du denn wenigstens ein paar gute Nachrichten für mich?«

»Also, es gibt in Sontags Stab und in seiner Familie

keine Hybridklone. Hector und Cassius drücken sich in den Speiseräumen der Abgeordneten herum und schnappen sich gebrauchte Wassergläser und angebissene Croissants. Bisher ist der Test noch bei keinem Abgeordneten positiv ausgefallen. Lotte hat alle geheimen Dateien von Galapharma analysiert und inhaltlich verglichen. Jetzt arbeitet sie mit Sontags Leuten daran, zu sehen, wie die neuen Daten zu den alten passen. Und Bea Mangan hat sechs Wissenschaftler gefunden, die bereit waren, ein paar Zellkultur-Versuche mit dem geheimnisvollen Gen durchzuführen.«

»Das ist prima!«

»Weitere Neuigkeiten: Simon hat Gunther Eckert als neuen Vorstandsvorsitzenden von Rampart nominiert, John Ellington wird der Vize. Der Vorstand wird darüber abstimmen, sobald Eve nächste Woche aus dem Sporn zurück ist. Keine Spur von deinem Bruder Dan. Aber immerhin hat sich einer der verletzten Wachmänner wieder so weit erholt, dass er den Innensicherheitlern helfen konnte, Computer-Modell-Bilder von dreien der Leute anzufertigen, die Dan entführt haben. Ich zeig sie dir mal. Könnten dich interessieren!«

Die Gesichter dreier Männer erschienen auf meinem Display, eines neben dem anderen. Zwei davon waren völlig unscheinbar, doch etwas kam mir an dem dritten erschreckend vertraut vor, und plötzlich wurde meine Kehle ganz trocken.

»Karl, bilde ich mir das nur ein, oder sieht der Typ in der Mitte ein bisschen aus wie Alistair Drummond? Nimm den Schnurrbart und die Ringe unter den Augen weg, mach die Wangen ein bisschen dicker und verpass ihm einen Designer-Haarschnitt ...«

»Die Ähnlichkeit ist nicht allzu groß, aber aufgefallen ist mir das auch schon.«

»Drummond und die *Haluk*? Diese Außerirdischen

wollten doch nichts mehr mit dem zu tun haben – die haben ihn doch praktisch selbst an uns verraten!«

»Ja«, bestätigte Karl. »Wahrscheinlich ist das mit der Ähnlichkeit reiner Zufall. Aber zeigen wollte ich es dir trotzdem. Dann hast du noch ein bisschen was zum Grübeln.«

»Na, vielen Dank auch«, grummelte ich. »Sonst noch was?«

»Das Wetter in Toronto ist sensationell – dreiundzwanzig Grad, schönster Sonnenschein, milde Frühlingsluft. Der Stadtrat hat zum ersten Mal dieses Jahr den Energieschirm abgeschaltet.«

»Da wär ich jetzt auch gern.«

»Stimmt ja gar nicht«, widersprach Karl Nazarian.

Er verabschiedete sich, und ich nahm meine unterbrochene Reise nach Phlegethon wieder auf. Etwa einen Tag später erreichte ich den Asteroiden ohne weitere Zwischenfälle.

Vom All aus sah diese kleine Welt nach nichts aus – am ehesten noch wie ein pockennarbiger, verrottender Kürbis, von dunkelorange-schwarzer Farbe, eine Hand voll winziger Raumschiffe umschwirrten ihn im Orbit wie Fruchtfliegen. Hier und dort schienen bernsteinfarbene Lichter aus den Kratern an der Oberfläche. Was dort an Dutzende kleiner Silberfische erinnerte, die an der Schale dieses Kürbisses knabberten (zusammen mit einem Rudel noch kleinerer Futtergenossen), waren in Wirklichkeit riesige Transactiniden-Transporter und kleinere Raumschiffe, die entweder auftankten oder mit dem Bug des Schiffes voran angedockt waren, während ihre Mannschaften sich ausruhten und Vergnügungen innerhalb dieses nicht gerade himmlischen Himmelskörpers suchten.

Man hat mir erzählt, dass der echte Phlegethon aus der griechischen Mythologie ein feuriger Fluss des Hades sei. Dem Sheltok-Konzern gehörten rund ein Dutzend ähnlicher Auftankstationen, die allesamt solch endzeitliche Namen trugen: Gehenna, Styx, Sheol, Tophet, Avernus, Niflheim und dergleichen. Alle waren ebenfalls hauptsächlich auf Schiffe ausgerichtet, die auf dem Weg zu den entsetzlichen Planeten der Klasse R waren, auf denen die ultraschweren Elemente abgebaut werden, oder auf Schiffe, die von dort kamen. Im Vergleich zu dem wahrhaftigen Inferno des Schützen-Arms der Milchstraße – praktisch ohne jedes Leben, überall tödliche Gamma- und Röntgen-Strahlung aus dem Zentrum der Galaxis, umwirbelt von gewaltigen intergalaktischen Staubwolken und ganzen Minenfeldern aus kosmischen Trümmern, dazu noch umgeben von bösartigen kleinen schwarzen Löchern und sonderbaren oszillierenden Novae, in denen die stabilen Transactinide entstanden – war das trostlose Phlegethon geradezu ein Garten Eden.

Mein Computer verriet mir, dass der Asteroid einen Durchmesser von nur 163 Kilometern besaß. Er befand sich auf einem weit entfernten Orbit um eine melancholisch-blutorangefarbene Sonne in der Nähe der Außenbezirke des Nebels. Die anderen Planeten in diesem Sonnensystem waren altersschwache Gasriesen und wasserlose Wüstenwelten. Was Phlegethon für Raumfahrer reizvoll machte, war die Tatsache, dass er nicht aus massivem Gestein oder sterilem Meteor-Metall bestand, wie das bei den meisten Asteroiden der Fall ist. Phleg war ein Kohlenstoff-Chondrit.

KCs sind in unserer Galaxis genauso häufig wie Kometen. Die meisten von ihnen sind kleiner als ein Schuhkarton; sie bestehen aus einem Gemisch aus Eisen- und Magnesium- Silicaten, ein paar anderen

Mineralien und geradezu großzügigen Mengen Diwasserstoffoxids (klingt wissenschaftlicher als ›Wasser‹, ist aber dasselbe). Dazu kommen reichlich einfache organische Verbindungen – einschließlich Aminosäuren, den Bausteinen des Lebens. Kleine KCs, die als Meteoriten herabstürzen, können die Ozeane neugeborener Planeten animpfen und so eine Ursuppe entstehen lassen. Große KCs, idealerweise auch noch mit Kratern und Höhlensystemen, sind die bestmögliche Grundlage für interstellare Auftankstationen.

Man nehme einen dieser Klumpen, erwärme ihn mit einem stationären Energiegenerator, um das eingeschlossene Eis zu schmelzen, füge Lichtquellen und genügend künstliche Schwerkraft hinzu, damit Ortsansässige und Besucher in angemessenem Komfort durch die Gegend gehen können. Anschließend knacke man ein paar der organischen Verbindungen, um Sauerstoff, Stickstoff und Kohlendioxid freizusetzen, bis eine atembare Atmosphäre in den Tunneln herrscht, und *voilà*: eine *Instant*-Raumstation. Jetzt noch ein paar düngende Spurenelemente zu dem pulverisierten Grundmaterial des Asteroiden hinzufügen, und man kann sich einen ganzen Garten im Weltraum bauen, denn effektiv gesehen ist ein Kohlenstoff-Chondrit nichts anderes als ein riesiger Klumpen felsendurchzogener Mutterboden. Auf einem in dieser Weise aufgebohrten KC werden alle Lebensmittel auf Kohlenstoffbasis wachsen wie verrückt. Und ebenso Marihuana, Psilos, Kokasträucher, Dröhnbohnen, Pseudopoon, Rakka, Hebenon und eine Reihe anderer Pflanzen, die gern zur Freizeitgestaltung herangezogen werden. Natürlich wurden auch die auf Phlegethon angebaut, aber Phlegethon war ebenso für seine saftigen Veggie-Burger bekannt, seine Suzybeeren, seine süßen Melonen und seine Gerste.

Jou. Gerste. Für Bier. Auf diesem kleinen Asteroiden gab es fünf Mikro-Brauereien.

Obwohl Phlegethon Eigentum von Sheltok war, fühlte man sich dort eher, als befinde man sich auf einem Freistaat-Planeten. Es gab keine der üblichen Formalitäten, als mein Raumgleiter in einem der Hangars für Kleinst-Raumer andockte. Ich trat durch die Luftschleuse; das Einzige, was ich bei mir führte, war ein verschlossener Titan-Koffer, den ich auf Hüfthöhe an einem Gurt über meiner Schulter trug. Darin befand sich der Inhalt des Daffy-Duck-Pakets und ein Niederstrom-Hogan-H-18-Psychotronik-Vernehmer, mit dessen Hilfe ich herausfinden wollte, ob Barky überhaupt irgendetwas Interessantes wusste. Falls ja, würde ich ihn zur *Makebate* bringen und ihn an die richtig effizienten Wahrheitstester anschließen, um ein etwas ernsthafteres Gespräch mit ihm zu führen.

Ich hatte ohnehin vor, regelmäßig zu meinem Raumschiff zurückzukehren, um dort zu schlafen und zu essen. Die Maske meines Kostüms hatte zwar Öffnungen, die es mir erlaubten, durch einen Strohhalm zu trinken und festes Essen in winzig kleinen Portionen zu mir zu nehmen – und die Joru konsumierten begeistert fast alle Arten menschlicher Alkoholika und Fast Food –, aber ich wollte nicht für die Dauer meines Aufenthalts auf die typischen fetttriefenden Cowboy-Fressalien verzichten. Um alle anderen persönlichen Belange würde ich mich in einer der öffentlichen Toiletten des Asteroiden kümmern; das waren kleine Kabinen, die für alle Rassen gleichermaßen geeignet waren und nach jedem Gebrauch durch Hochenergie-Strahlung automatisch sterilisiert wurden.

Unter meinen Roben verborgen trug ich ein ganzes Sammelsurium an Sonderausstattung, darunter eine Betäubungspistole und einen Kagi-Blaustrahl-Blaster, dazu Handschellen in verschiedenen Größen, Antigrav-Halterungen, ähnlich denen, die Ledermantel und Fleece-Jäckchen bei meiner Entführung verwendet hatten, und einen kleinen Projektor, mit dem man ein transportables, halbkugelförmiges Kraftfeld aufbauen konnte. Meine flexible Panzerung sollte mich vor Betäubungs-Pfeilen und den meisten Photonenwaffen schützen, dennoch hoffte ich, nicht in ein Feuergefecht verwickelt zu werden. Diese verdammten sechsfingrigen Pfoten machten den Gebrauch von Handfeuerwaffen nicht gerade einfacher.

Die Ankunfts- und Abflughalle auf Phlegethon war eine roh behauene Höhle, hell beleuchtet, in der sich Vertreter aller vier Rassen tummelten. Dabei waren Menschen am häufigsten vertreten, doch es gab auch reichlich Y'tata und Joru. Auch ein paar schwerfällige Kalleyni schlurften umher, sie kicherten und starrten die bescheuert aussehenden humanoiden Gestalten um sie herum an.

Auf diesem Teil des Asteroiden betrug die Schwerkraft etwa sieben Achtel des Erdstandards, das reichte, um das normale Gehen in ein leichtes Hüpfen zu verwandeln. Die Luft war kühl und feucht und roch schwach nach Formaldehyd, einer der einfachen organischen Verbindungen, die auf KCs fast immer im Überfluss vorhanden sind. Um die Lampen herum war ein feiner Nebel zu erkennen. Ich hörte das dumpfe Grollen leistungsstarker Belüftungsanlagen.

Der Boden schien aus feuchtem Asphalt zu bestehen, am Rand etwas gewölbt, damit Flüssigkeiten besser durch die von Gittern aus Keramlegierung bedeckten Öffnungen abfließen konnten. Die Wände und Decken, die so pockennarbig und löcherig waren, dass sie an dunklen Schweizer Käse erinnerten, waren von einem farblosen Dichtungsmaterial überzogen, das an vielen

Stellen schon geborsten war, so dass Schmelzwasser und Gase hindurchsickern konnten. Überall waren Einschlüsse von dunklem, verunreinigtem Eis zu erkennen. Ein unüberschaubares Gewirr aus freiliegenden Kabeln, Leitungen und Rohren zierte die Decke.

In regelmäßigen Abständen verliefen in diesem Abschnitt des Asteroiden große Tunnel in alle Richtungen, allesamt mit Richtungsweisern ausgestattet. Sie dienten als Straßen für die Fußgänger oder führten zu den Aufzügen und dem kleinen Verkehrsnetz mit Transportkapseln. Andere Öffnungen in der Lobby, die durch schwere, abgedichtete Glastüren verschlossen waren, führten zu den Sheltok-Büros, den gehobeneren Hotels für Menschen und den Quartieren der rechtmäßig tätigen Handelsgesellschaften.

Letztere interessierten mich nicht.

Während ich noch in einem kleinen Alkoven stand und eine Holo-Karte der Gegend studierte, kam ein junger Y'tata auf mich zugeschlichen. Seine faltige Albino-Haut wirkte ungesund gräulich, und seine roten Knopfaugen waren mit irgendetwas verkrustet. Er trug eine eng anliegende grüne Hose mit Schottenmuster und ein langärmeliges grünes Hemd, dazu eine Weste und über der Hose einen Kilt, beide mit einem schuppenartigen, kupferfarbenen Muster. Seine Kleidung war typisch für Crewmitglieder auf Y-Schiffen, doch sie war abgetragen und schmutzig.

»Hey, Mister Joru, willkommen auf Phleg! Brauchen Se vielleicht 'nen Fremdenführer? Dann bin ich genau Ihr Mann! Na, was sagen Se dazu?« Er sprach Standard-Englisch, so wie es für Außerirdische auf Menschen-Planeten verpflichtend war – zumindest, wenn die Gefahr bestand, dass Menschen sie hörten. Die Übersetzungsgeräte der Y'tata neigten dazu, eine etwas übertriebene, geringfügig veraltete Umgangssprache zu produzieren.

»Gehen Sie«, sagte ich kurz angebunden. Ich hielt ihn für einen Gestrandeten, einen jener Unglücksraben, die man auf fast jeder Auftank-Station der Galaxis antreffen konnte: Irgendwann waren sie vom Schiff geworfen worden, vermutlich, weil sie irgendwelche Regeln an Bord verletzt hatten, und nun versuchten sie, mit allerlei Gelegenheitsarbeiten genügend Geld zusammenzukratzen, um wieder auf ihren Heimatplaneten zurückzukommen. Bei den meisten Gestrandeten handelte es sich um Menschen oder um Ys, obwohl gerade in letzter Zeit die Zahl der Qastt-Gestrandeten im Perseus-Sporn immens zunahm – seit die Qastt ein Handelsabkommen mit dem CMW getroffen hatten.

»Ich heiße Sh'muz. Praktisch für 'nen Schnellsprecher, was? Oder kommt das beim Übersetzen nicht rüber? Ha ha! Hey, ich kann Ihnen wirklich, echt aber auch absolut *alles* besorgen, was Se brauchen! Wie wär's mit 'nem gemütlichen Hotel mit reichlich Sauerstoff und schön harten Betten? Oder 'nem Restaurant, in dem Se *Juwulimopsh* kriegen, genau so, wie Ihre liebe Mutter das immer gekocht hat? Hey, oder wollen Se Sex? Erstklassiges Dope? Oder suchen Se 'n Spielkasino, wo Se garantiert nicht abgezockt wer'n?«

Hochmütig sah ich dieses ... *Etwas* in der herablassenden Weise meiner Artgenossen an. Die Joru und die Y'tata stammten aus fast der gleichen Region in den Tiefen der Galaxis und waren dort über 20.000 Erdenjahre lang die Einzigen gewesen, die Raumfahrt betrieben. Ihre Beziehungen hätte man am ehesten mit ›geringschätziger Toleranz‹ beschreiben können, bis dieses entsetzliche Commonwealth der Menschenwelten ankam, mit seiner überlegenen Technologie und seiner Politik der unablässigen Glorifizierung ihrer eigenen Rasse. Eine Art gemeinsam empfundener Erniedrigung hatte die Joru und die Y'tata näher zusammenrücken lassen.

Aber nicht zu eng.

Bei den Verdauungsprozessen der Y'tata entstehen eigentümlich übel riechende Gase, die dereinst auf ihrem Heimatplaneten Raubtiere sehr effektiv verscheuchten. Diese Ausdünstungen beleidigen aufs extremste die Nasen der pingeligen Joru, deren Atemgeräte neben dem Luftsauerstoff auch Gerüche aufkonzentrieren. Auf der Erde und den größeren Menschenkolonien wurden Gesetze erlassen, die den Y'tata gewisse Medikamente vorschrieben, damit diese Fehlzündungen zumindest seltener vorkommen. Doch kleinere Siedlungen wie Phlegethon, die sich extra bemühen, auch nichtmenschliche Kunden anzuziehen, neigen dazu, das alles etwas lockerer zu sehen. Außerdem kann sich der durchschnittliche Y'tata Normalverbraucher in fast allen Situationen, die den gesellschaftlichen Kontakt auch mit anderen Rassen erfordern, recht effektiv beherrschen.

Sh'muz bemühte sich nach Kräften um Beherrschung, doch wirklich effektiv waren diese Bemühungen nicht. Ich war viel größer als er, sah vermutlich Angst einflößend aus und machte ihn nervös.

Vielleicht war es dieser olfaktorische Angriff, der mich dazu brachte, auf meinen gesunden Menschenverstand nicht zu hören. Auf jeden Fall tat ich etwas, was sich letztendlich als ziemliche Dummheit erwies. Ich trat ein paar Schritte zurück, um dem Mief wenigstens ein bisschen zu entkommen, und murmelte: »Es gibt nur eines, wobei Sie mir eventuell behilflich sein könnten, Sie abstoßende, lärmende Gestalt. Wissen Sie, wo ich einen menschlichen Händler namens Barney Cornwall finden könnte?«

Sh'muz zwinkerte mehrmals mit seinen roten Augen, ein Verhalten, das sowohl Enttäuschung als auch Verzweiflung verriet. »Nie von dem Kerl gehört.« Dann hellte sich seine Miene auf. »Aber ich kenne einen Bernie Cohen! Wenn Sie irgendwelche Konterbande kaufen wollen, ist Bernie genau Ihr Mann! Wenn Se wollen, kann ich Se sofort zu sei'm Schuppen auf dem Basar führen.«

»Danke, nein.« Ich drehte mich um und wollte schon gehen.

»Hören Se – ich schau mich mal um, ob irgendjemand schon mal was von diesem Barney Cornwall gehört hat. Ham Se'n FonKode, oder in welchem Hotel sind Se untergebracht?«

»Nein! Hinfort, Sie unerträgliche Person!«

Sh'muz hatte offensichtlich nicht vor, sich jemanden durch die Lappen gehen zu lassen, an dem man etwas verdienen konnte. »Ich werd diesen Kerl für Sie finden. Vertrauen Se mir. Ich hab Beziehungen! Was halten Se davon, wenn wir uns in, sagen wir mal, zehn Stunden wiedertreffen – mal schauen, was sich bis dahin ergeben hat? Da gibt es doch diese Bar, *La Cucaracha Loca.* Is'n Menschenschuppen, die lassen aber alle Rassen rein. Auf Ebene 4, in der Nähe der Betankungs-Hangars für die ganz dicken Schiffe. Mitternacht. Na, was sagen Se?«

Die Antwort, die mir auf der Zunge lag, war: *Au, Scheiße!* Ich hatte mir sorgfältig Methoden überlegt, wie ich Barky Tregarths Pseudonym unauffällig in Gespräche mit den Ortsansässigen auf Phlegethon einflechten konnte, in der Hoffnung, ihn so anlocken zu können. Aber in keines der von mir entwickelten Szenarien passte ein Clown wie Sh'muz, der Barney Cornwalls Namen auf dem gesamten Asteroiden herumbrüllte wie ein Marktschreier mit Blähungen.

»Bitte machen Sie sich meinetwegen keine Mühe«, betonte ich. »Ich bin doch nicht in dem Maße daran interessiert, mit diesem Händler, Cornwall, zu sprechen. Ist das klar? Vergessen Sie ihn und vergessen Sie mich!«

»Ooch ...« Jetzt war er ganz niedergeschlagen. Dieser armselige, gestrandete Y'tata hatte vermutlich auf ein Trinkgeld gehofft, um sich etwas zu essen kaufen zu können.

Ich öffnete eine kleine Tasche, die an meinem Schultergurt befestigt war, zog einen Hundert-Dollar-Schein heraus und reichte ihn Sh'muz. »Bitte lassen Sie mich in Ruhe. Das hier sollte Ihnen über die Runden helfen, bis Sie einen anderen Kunden finden, der einen Fremdenführer braucht.«

Vor Dankbarkeit leuchteten die Augen des Y'tata wie die Rücklichter eines BMW.

»Hey – vielen Dank auch, Mr. Joru. Sie sind ja echt Klasse oder 'ne Wucht oder was auch immer! Ich werd diesen Cornwall für Sie finden, und wenn ich diesen fliegenden Schrotthaufen auseinander nehmen muss! Also, nicht vergessen: *La Cucaracha Loca*, fünfundzwanzig Uhr, aber kommen Sie wirklich!«

Mit kurzen, schnellen Schritten verschwand er in der Menschenmenge und ließ mich fluchend in einem Miasma zurück.

Ich bestieg einen Fahrstuhl und fuhr nach unten.

In den obersten Ebenen von Phlegethon befanden sich die Treibstofftanks, die Wartungshangars für die Raumschiffe, die Büros von Sheltok und die komfortablen Wohnquartiere für die Durchreisenden. Darunter lagen riesige, ultrahoch gesicherte Lager-Höhlen. In vielen davon, allesamt nur alphanumerisch beschriftet, gab es Tunnel, die an die Oberfläche des Asteroiden führten. Einige der dort gelagerten Waren mochten tatsächlich normale, legale Handelsgüter sein, zu einem hohen Prozentsatz handelte es sich jedoch um unverzeichnete Konterbande. Die Hafenmeister von Sheltok kümmerten sich nicht darum, was in ihre Lagerräume kam oder von dort fortgeschafft wurde, sie verlangten einfach nur horrende Mieten sowie saftige Gebühren, wann immer etwas an dem Inhalt der Lagerräume verändert wurde.

Nach den Ebenen mit den Lagerräumen durchquerte der Fahrstuhl einige Stockwerke mit Gewächshäusern, von blendenden Natriumdampflampen beleuchtet. Dazwischen befanden sich immer wieder Zwischenetagen, in denen die Anlagen für das Aufrechterhalten der künstlichen Atmosphäre untergebracht waren. Im dichter gepackten Kern des Asteroiden, in dem Eiseinschlüsse und leicht flüchtige organische Verbindungen nur noch in minimalem Maße vorhanden waren, befand sich das ameisenbauartige Labyrinth der Quartiere für diejenigen, die sich dauerhaft auf Phlegethon niedergelassen hatten, sowie die Katakomben, in denen zwielichtige Händler ihre Besprechungen abzuhalten pflegten.

Die erfolgreicheren dieser Profitjäger führten ihre Geschäfte in einem Bereich auf Ebene 32, welcher ›der Basar‹ genannt wurde. Hier waren Hunderte kleiner Räume aus dem Inneren des Asteroiden ausgehöhlt worden. Manche davon waren einfach nur Löcher in den Wänden, die man am ehesten mit dem Wort ›schäbig‹ bezeichnen konnte; offen einsichtig für jeden Vorübergehenden, konnte man in diesen grob behauenen Höhlen Tische, Computer, Kommunikatoren und ein paar Sitzgelegenheiten erkennen. Andere, die auch Warenproben ausstellten, waren abgeschlossene Räume, ähnlich aufgebrezelt wie manche Warenhauskette auf dem unterirdischen *Path* von Toronto. Beide Arten der Geschäftsführung zogen reichlich Kunden an.

Ein Branchenverzeichnis, nach Kategorien geordnet, war neben dem Fahrstuhl angebracht. Ich schaute es mir an und stellte eine Liste aller Waffenhändler zusammen. Es gab mehr als ein Dutzend, und sie verkauften alles von kalleynianischen Zeremonien-Schweif-Säbeln bis zu Antimaterie-Torpedos. Da Waffen und jegliche Form des Zubehörs Barky Tregarths Fachgebiet im Perseus-Sporn gewesen waren, hoffte ich, dass er auch hier im Nebel den gleichen Geschäften nachginge. Es würde auf jeden Fall zu seinem Interesse an den Haluk passen.

Ich suchte der Reihe nach jeden Einzelnen dieser Händler auf, die mit dem Tod Geschäfte machten, angefangen bei den Menschen. Die meisten schickten mich fast sofort wieder fort – sobald sie erfuhren, welch exotischer Art meine Ware war. Bei denen, die zumindest ein gewisses Interesse zeigten, zog ich immer die gleiche Schau ab. Sie ging etwa folgendermaßen:

TODESLIEFERANT: Was willst du? Ich habe sehr viel zu tun, Joru, also mach's kurz. Ich will nichts von deinem zeitverschwenderischen Geplapper ertragen müssen.

HELLY ALS JORU: Ich habe eine äußerst wertvolle Ware anzubieten, wenngleich sie gewiss als eher ungewöhnlich angesehen werden wird. Sie passt eigentlich in keine der Kategorien des Branchenverzeichnisses des Basars; doch da die Ware einen gewissen strategischen Wert besitzt, hielt ich es für möglich, dass Sie eventuell daran interessiert sein könnten.

TL: Äußerst wertvoll? ...

HAJ: [Nimmt einen einzelnen, kleinen Biocontainer aus seiner Schultertasche und lässt gleichzeitig seinen Ärmel ein Stück zurückfallen, so dass ein Armholster mit einer Kagi-Pistole erkennbar wird, deren Leuchtdiode den Status ›schussbereit‹

anzeigt.] Gestatten Sie mir, diesen Kühlzylinder zu öffnen. So – schauen Sie! Darin befindet sich ein Viral-Vektor, der in der Gentechnik eingesetzt wird. Er ist unter dem Namen PD32:C2 bekannt.

TL: Nie davon gehört. Und ich mach nicht in biologischer Kriegsführung. Verzieh dich.

HAJ: Dieser Viral-Vektor ist von besonderem Interesse für die Rasse der Haluk. Sie zahlen der menschlichen Firma Rampart-Konzern dafür enorme Summen.

TL: [Mit abnehmender Feindseligkeit] Ach. Das Zeug.

HAJ: Exakt. Im Perseus-Sporn würde eine vergleichbare Phiole dieser wertvollen Substanz auf dem Schwarzmarkt Zweihundertfünfzigtausend bringen – doppelt so viel, wenn man es direkt an die Blauhäutigen verkauft.

TL: [Ungläubig] Eine halbe Million für eine dieser kleinen Phiolen? Willst du mich verarschen, Lulatsch?

HAJ: Das ist immer noch zwanzig Prozent weniger als der Verkaufspreis von Rampart. Doch jetzt kommt das Interessante: Dieses PD32:C2 wurde nicht von Rampart produziert! Es stammt aus einer völlig neuen Viral-Quelle auf einem gewissen Joru-Planeten. Die Einfaltspinsel dort sind sich nicht im Klaren darüber, dass der Vektor, den sie für die gentechnische Manipulation ihrer Nutztiere produzieren, identisch ist mit der Substanz, die die Haluk so dringend benötigen. Bei der Phiole, die ich Ihnen gezeigt habe, handelt es sich lediglich um eine Warenprobe. Ich kann auf unbegrenzte Mengen zurückgreifen – und mein Preis beträgt lediglich Einhundertzwanzigtausend pro Phiole.

TL: [Schüttelt den Kopf] Du solltest dieses Zeug im Perseus-Sporn verkaufen, Kumpel. In dieser Gegend hier ... könnte es ziemlich schwierig werden, das Zeugs loszuwerden. Niemand hier wird jemandem wie dir auch nur ansatzweise so viel geben, wie du verlangst. Vielleicht noch nicht einmal ein Zehntel des Preises.

HAJ: [Versteht scheinbar nicht, dass dies eine unterschwellige Aufforderung zum Feilschen ist.] Man hört Gerüchte. Sehr hartnäckige Gerüchte, dass sich Haluk heimlich in dieser Zone des Schützen-Nebels aufhalten – sie sollen mit einigen Individuen der ekelhaften Y'tata-Rasse zusammenarbeiten. Und daher habe ich mich entschlossen, statt von meinem Heimatplaneten Didiwa zum fast unerreichbar fernen Perseus-Sporn zu reisen, wo alle Transaktionen der Haluk durch arrogante Mitarbeiter des Rampart-Konzerns und des Menschen-Commonwealth überwacht werden und wo ich oder meine Mitarbeiter in Gefahr geraten könnten, lieber den Roten Spalt zu durchqueren, um zu diesem Ort von ... eigentümlichem Ruf zu gelangen, an dem ich nie zuvor Geschäfte getätigt habe. Obwohl Phlegethon rechtlich dem Sheltok-Konzern gehört (Möge ein Verstorbener maslaw auf ihre Geschäftsbücher defäkieren!), bin ich mir darüber im Klaren, dass hier vertraulich Geschäfte getätigt werden können, ohne dass man ein persönliches Risiko eingeht. Ich gebe zu, gehofft zu haben, auf diesem Asteroiden kompetente und tüchtige Geschäftspartner zu finden, die eventuell auch Kontakt zu den Haluk haben, die ansonsten für mich in unerreichbarer Ferne sind.

TL: [Unangenehm berührt] Ich habe Gerüchte darüber gehört, dass Haluk-Piraten Sheltok-Transporter im Nebel angreifen, aber soweit ich weiß, sind das bloß Gerüchte. Hier kommt nie eine dieser Blaubeerfressen hin, um aufzutanken oder die Kasinos zu besuchen.

HAJ: Ich muss jetzt ganz offen sprechen. Der Name eines gewissen Menschen, von dem bekannt ist, dass er auch mit den Haluk Handel treibt, wurde mir auf Didiwa von einem Kollegen hinterbracht. Ich gebe zu, dass ich ursprünglich nach Phlegethon gekommen bin, um mit diesem Händler Kontakt aufzunehmen. Aber keiner der Menschen, mit denen ich bisher gesprochen habe, scheint ihn zu kennen. Oder, falls sie es doch tun, scheinen sie nicht willens, einem Joru den Aufenthaltsort dieser fraglichen Person bekannt zu geben. Ich wäre bereit, eine äußerst großzügige Belohnung an die Person auszuzahlen, die mich zu ihm bringt.

TL: Und wie heißt dieser Clown?

HAJ: Er nennt sich Barney Cornwall.

TL: [Betont beiläufig] Hmm. Der Name kommt mir irgendwie bekannt vor. Ich glaube, das ist jemand, den man nur schwer zu fassen kriegt. Der kommt und geht, verstehen Sie?

HAJ: Dann kennen Sie ihn also?

TL: Das hab ich nicht gesagt.

HAJ: [Nimmt ein etwas ramponiertes elektronisches Notizbuch aus seiner Schultertasche.] Hierin ist das gesamte Produktionsverfahren der Joru-Anlage verzeichnet, in der dieser Vektor gewonnen wurde. Der Text selbst ist selbstverständlich in der Sprache der Joru verfasst, aber das sollte kein allzu großes Hindernis darstellen. Um die Echtheit meiner Ware zu beweisen, bin ich willens, meinem Geschäftspartner zu gestatten, die Produktionsdaten zu kopieren und diesem Mann Cornwall zukommen zu lassen.

TL: Wie wäre es, wenn Sie mir eine dieser Warenproben überließen? Nach allem, was ich bisher gehört habe, könnte das, was Sie da verscherbeln, auch abgeranzter Traubensaft sein.

HAJ: [Beleidigt] Das ist der echte PD32:C2, nur aus einer anderen Quelle. Ich schwöre es Ihnen bei meiner Ehre als Joru! Jede Analyse wird Ihnen das bestätigen. Wenn Sie es wünschen, können wir die Probe sofort zu einem Analytik-Labor bringen. Ich habe gesehen, dass eines im Branchenverzeichnis des Basars steht.

TL: Na ja ... das wird vielleicht nicht notwendig sein.

War dieser Moment der Wahrheit erst einmal gekommen, erzählte ich dem jeweiligen Händler immer, er könne die Probe für 50.000 kaufen und zu jedem Preis, den er dafür kriegen konnte, an Cornwall weiterverkaufen. Dann folgte immer ein spöttisches Lachen, gefolgt von der Anschuldigung, ich sei ein Trickbetrüger. Also wurde ich ob dieser Beleidigung immens ungehalten, raffte mein Zeug zusammen und stürmte aus dem jeweiligen Geschäft.

Vier Händler riefen mir etwas hinterher, noch bevor ich den Laden verlassen hatte, entschuldigten sich dafür, meine Gefühle verletzt zu haben, und überredeten mich schließlich, ihnen eine Gratis-Produktprobe zu überlassen, dazu noch eine Datenmünze, auf die ich ihnen eine Kopie aller Texte aus meinem elektronischen Notizbuch gespeichert hatte. Sie beteuerten noch einmal ihren exzellenten Ruf unter den ortsansässigen Unternehmern und gaben ihrer Hoffnung Ausdruck, Barney Cornwall ausfindig zu machen.

Ich versprach ihnen, sie am nächsten Tag anzufonen.

Nachdem ich auch dem letzten Händler mein Angebot unterbreitet hatte, kehrte ich zur *Makebate* zurück, entledigte mich meines Kostüms und nahm eine lange, heiße Dusche. Dann rührte ich mir ein paar Instant-Spare-Ribs mit Barbecue-Sauce, eine gebackene Kartoffel und ein paar grüne Bohnen vom *Blue Lake* an und gönnte mir als Nachtisch eine Hand voll Snickerdoodle-Kekse. All das aß ich dann, während ich im Pilotensitz saß und mir ein paar ruhige Jazz-Stücke von Bill Evans und Marian McPartland anhörte.

Alles in allem war ich ganz zufrieden mit der heutigen Maskerade. Wenigstens einer der vier Händler, die eine Produktprobe erhalten hatten, würde sie gewiss an Barky Tregarth weitergeben – oder ihm wenigstens die sensationelle Nachricht von dieser Entdeckung zukommen lassen. Dann bestünde die Schwierigkeit nur noch darin, mir einen sicheren Weg zu überlegen, wie ich Barky schnappen und einer ersten Vernehmung unterziehen konnte. Ich hoffte nur, der alte Mann wäre nicht zu gebrechlich, um die Unbilden einer Vernehmung zu überstehen. Vielleicht würde er ja gegen eine angemessene Summe mit seinem Wissen herausrücken, so, wie Adam Stanislawski es vorgeschlagen hatte. Dann bräuchte ich nur den generellen Wahrheitsgehalt seiner Aussagen zu überprüfen.

Ich legte eine andere Aufnahme auf – Brandung an einem Riff, raschelnde Minzpalmen, der Gesang von Elvisvögeln –, klappte meinen Sitz ein wenig zurück und schlief ein. Ich träumte von Kedge-Lockaby, meiner Tropeninsel, die satte 23.600 Lichtjahre entfernt war, und von meinem neuen gelben Tauchboot, dass ich noch nicht einmal richtig hatte einfahren können.

Am nächsten ›Morgen‹ aß ich ein großes Frühstück, denn solange ich in dem Kostüm steckte, würde ich wohl kaum etwas Anständiges zu essen bekommen. Es dauerte fast anderthalb Stunden, mein Joru-Make-up wieder anzulegen. Dann stieg ich in den Gleiter und kehrte auf den Asteroiden zurück. Von unterwegs fonte ich die vier Waffenhändler an.

Zwei von ihnen berichteten, sie hätten bisher kein Glück bei der Suche nach Barney Cornwall gehabt. Sie boten mir an, die Produktproben meines Gentechnik-Vektors wieder zurückzugeben. Die beiden anderen, die mir ein wenig verschlagener erschienen, sagten mir, sie seien immer noch auf der Suche. Ich solle doch morgen noch mal anfonen. Oder vielleicht den Tag darauf.

Verflixt!

Also würde ich meine Schau bei den anderen Händlern abziehen müssen, die allgemein Konterbande an- und verkauften. Davon gab es auf dem Basar fast hundert, und sie boten alles an, von Scandium-Treibstoff-Katalysatoren bis zu Kalleyni-Pornografie, und die meisten von ihnen machten ihre Geschäfte in Bars oder mitten auf den öffentlichen Korridoren. Selbst wenn ich meine Suche auf Menschen und Y'tata beschränkte: gerade diese beiden Rassen stellten den weitaus überwiegenden Teil der Händler dar. Das konnte sich ganz schön hinziehen.

Dass die Y'tata äußerst beleidigend auftreten würden, stand ohnehin schon fest. Und wenn meine Erfahrungen vom gestrigen Tag repräsentativ waren, würden auch die menschlichen Händler äußerst unhöflich sein. In den Hinterwäldler-Bereichen der Galaxis war es mit der Harmonie zwischen den Rassen nicht allzu weit her, vor allem zwischen den Menschen, die man eher der Unterschicht zuordnen musste, und den patzigen Joru, die allgemein dafür bekannt waren, äußerst knauserig zu sein. Sich als Außerirdischer zu verkleiden würde vielleicht doch nicht so viel Spaß bringen ...

Nachdem der Gleiter angedockt hatte, stieg ich aus und trat wieder in die große Lobby des Asteroiden, und zum ersten Mal dachte ich darüber nach, dass meine clevere Strategie vielleicht doch einfach nur Scheiße war. Vielleicht hatte dieser Ram Mahtani mich doch schlicht um die riesige Bestechungssumme von Stanislawski betrogen. Vielleicht war Barky Tregarth schon seit Jahren tot. Oder, wenn er doch noch lebte: Vielleicht hatte Ram dem alten Knacker geraten, um sein Leben zu rennen. Vielleicht war ich ein Vollidiot, der sich die ganze Zeit etwas vorgemacht hatte und jetzt auf einer völlig aussichtslosen Jagd war; vielleicht hätte ich auf Karl hören und auf der Erde bleiben sollen, um stattdessen lieber etwas mit den Beweismitteln anzufangen, die uns schon vorlagen ...

»Hey, Mister Joru! Hab sie gestern Abend im *Cucaracha Loca* vermisst!«

Ich wirbelte herum und sah Sh'muz. Seine Kleidung war ein wenig sauberer, und auch seine Haut sah nicht mehr ganz so aus, als würde er jeden Moment tot umfallen. Ein bisschen Geld, ein bisschen Hoffnung darauf, noch mehr davon zu kriegen, kann so etwas schon mal bewirken.

»Ich hatte Ihnen doch gesagt, dass ich Ihre Dienste nicht werde in Anspruch nehmen müssen«, schnaubte ich.

»'türlich werden Se das«, schoss er mir unbekümmert entgegen. »Ich habe jemanden gefunden, den Se vielleicht echt gerne kennen lernen würden.«

»Was?! Wollen Sie damit sagen, Sie hätten Barney Cornwall gefunden?«

»Eine Person, die ihn kennt.« Er machte eine Pause, dann rieb er sich seine oberen Extremitäten in einer Art und Weise, die unter vernunftbegabten Wesen fast überall in der Galaxis das Gleiche bedeutete.

»Selbstverständlich werde ich Sie für diese Information entlohnen.« Ich nannte eine Summe, die ausreichte, um zu jedem beliebigen Y'tata-Planeten in Zone 3 zu gelangen. »Sie sagten ›eine Person‹. Hat das zu bedeuten, es handelt sich nicht um einen Menschen?«

»Ein Y'tata-Raumschiff-Captain. Ein Privatunternehmer.« Sh'muz meinte also einen Piraten. »Der wird natürlich auch bezahlt werden wollen. Und das deutlich besser als ich.«

»Dieser Teil der Transaktion braucht Sie nicht zu interessieren. Wann und wo kann ich diese Person kennen lernen?«

Er rollte schnell mit den Augen – das Y-Gegenstück zu einem ironischen Achselzucken. »Hätten Se gestern Abend gekonnt, wenn Se ins *La Cuca* gekommen wären. Kommen Se heute Abend. Sagen wer, wieder um Mitternacht. Ich stell Sie einander vor, Sie bezahlen mich, ich verzieh mich.«

»Sind Sie *absolut* sicher, dass diese Person mich zu Barney Cornwall bringen kann?«

»Hey – ist der Papst katholisch?«

Ich schnaubte verächtlich in meine Maske hinein. »Diese idiomatische Wendung ist nicht ins Joru übersetzbar, aber ich nehme an, es handelt sich um Zustimmung. Also gut. Dann erwarten Sie mich in besagtem Getränkeausschank um fünfundzwanzig Uhr.«

Mit beschwingten Schritten machte Sh'muz sich auf den Weg – glücklicherweise, ohne dabei die Kontrolle über seine Eingeweide zu verlieren – und verschwand in der Menschenmenge. Eine Weile blieb ich nachdenklich stehen. Ich hielt es für nicht dumm, die beiden PD32:C2-Proben zurückzuholen (immerhin waren sie ja Eigentum vom Rampart), also tat ich das und gab den beiden ehrlichen Waffenhändlern ein bescheidenes Trinkgeld. Dann schaute ich mir das *La Cucaracha Loca* und seine unmittelbare Umgebung an – vor allem unter dem Gesichtspunkt, wie man von dort möglichst schnell und unauffällig wieder verschwinden konnte.

Die Bar hatte eine gewisse Ähnlichkeit mit den überfüllten Betankungshangars von Phlegethon – eine praktische kleine Oase für Raumfahrer auf der Durchreise und für Konterbande-Händler, die mit ihnen mauschelten. Lauter Latin Jazz vermischte sich mit einem tosenden Stimmengewirr. Es wurden dort nur Getränke und Snacks serviert, die für Menschen gedacht waren, doch der Raum war voll gestopft mit Menschen, Y'tata und Joru, die allesamt den Getränken zusprachen. Selbst einige der grotesken Kalleyni drängten sich in eine Ecke, in der die Schwerkraft etwas niedriger gestellt war, schlürften *White Lightning* aus Bechern und lachten begeistert über ihre eigenen Witze.

Ich bestellte einen Martini. Ich hasse Martinis, aber so was trinken Joru nun mal in Menschen-Absteigen: Martini mit Extra-Oliven, weil die nun mal das Beste am ganzen Drink sind. Diese Nichtmenschen stopfen sich die Gin-getränkten Früchte durch die Nahrungsmittel-Zuführungen in ihren Masken und kauen dann wie die Raubtiere. Ein derartiges Opfer war mir meine Schauspielkunst dann doch nicht wert ...

»Stimmt etwas mit den Oliven nicht?«, fragte mich der Barkeeper, ein zäh aussehender Mensch mit bleistiftdünnem Schnurrbart und blassgelber Haut.

»Sie sind ausgezeichnet«, versicherte ich ihm, »aber ich fühle mich ein wenig unwohl. Bitte sagen Sie mir doch, wo ich die sanitären Anlagen finde.«

Er warf mir einen sonderbaren Blick zu, als müsse ich die Antwort auf diese Frage sehr wohl wissen. »Hinten, in der Gasse! Bezahlen Sie Ihren Drink, bevor Sie gehen!«

Die nur schwach beleuchtete Gasse grenzte an einige andere Trinkhallen, billige Nachtclubs und bescheidene Bistros. Dort befanden sich zwei Abfall-Wiederaufbereitungs-Anlagen, eine Dreifach-Latrine, an deren Außenwand ein Kotzbecken angebracht war, ein wahllos zusammengeworfener Stapel leerer Kisten und ein Lastenaufzug. Letzterer war gerade in Gebrauch.

Ich lehnte mich gegen das Toilettenhäuschen neben dem Kotzbecken, fummelte an meiner Maske herum und tat so, als ginge es mir nicht gut; dabei beobachtete ich einen menschlichen Arbeiter, der Bierfässer aus dem Lift holte und sie in eine der anderen Kneipen schleppte. Als er gegangen war, rief ich den Aufzug und schaute mir sein Inneres an. Die Knöpfe waren mit den Namen verschiedener Nahrungsmittel- und Getränkefirmen beschriftet, die alle in den unteren Ebenen untergebracht sein mussten. Neben dem einzigen Knopf, der auf eine Fahrt nach oben schließen ließ, stand HANGAR G-6.

So, so.

Ich drückte auf den Knopf, und eine kurze Fahrt aufwärts begann. Als die Tür sich öffnete, schaute ich in eine Halle, in der mittelgroße Frachter und ein paar der Leichter standen, mit denen die ganz großen Schiffe versorgt wurden. Alle wurde gerade be- oder entladen. Trage-Robots mit überfüllten Ladeflächen sausten in alle Richtungen. Ein menschlicher Schauermann steuerte einen ganzen Zug kleiner Fahrzeuge, alle beladen mit Kisten eines vertrauten Erden-Fusels, hinein in eine Art Käfig, direkt neben meinem Aufzug. Dort fing er an, sie zu entladen. Unglücklicherweise bemerkte er mich in dem Aufzug, dessen Tür noch immer offen stand.

»Hey, Joru! Was willst du denn hier?«

Wenn man in einer verdächtigen Situation in flagranti erwischt wird: besoffen spielen!

»Uahh! Ich ... ich fürchte, starker Drink hat mich verwirrt. Ich suche mein Schiff, die *Julog-Wul*. Es scheint mir, als sei ich in den falschen Hangar geraten.«

»Ja?! Also, mach mal, dass du schleunigst wieder nach unten kommst, und dann nimm den richtigen Scheiß-Aufzug! Das hier ist ein Hangar nur für Menschen! Die Joru-Schiffe liegen in D-3 und D-4.«

Ich entschuldigte mich und kehrte zu meinem Ausgangspunkt zurück. Als ich wieder im *La Cucaracha Loca* war, genehmigte ich mir einen *Jack Daniel's*. Der Barkeeper sah mich ein wenig misstrauisch an, da Joru eigentlich nie Whiskey trinken, aber das war mir scheißegal. Es gab etwas zu feiern!

Ich hatte eine Möglichkeit gefunden, Barky Tregarth unauffällig von Phlegethon zu entführen. Ich musste ihn nur ins *La Coca* locken, ihm ein Betäubungsmittel in seinen Drink schmuggeln, ihn in diese Gasse schleppen, mein Joru-Kostüm loswerden und uns beide in Hangar G 6 bringen. Die *Makebate* würde uns dann über Autopilot abholen, wenn ich sie über mein Fon-Link rief. In dem Hangar war so viel los, dass nicht einer der Aufsichtshabenden es bemerken würde, wenn ein weiterer kleiner Raumgleiter hier einfach hereinkäme und zwei Menschen auflas.

Ja. Das würde funktionieren ... vorausgesetzt, dieser Sh'muz und sein Freibeuter-Freund zogen nicht irgendeine Masche mit mir ab.

Ich ging zu meinem Raumschiff zurück, um alles vorzubereiten.

Ich traf schon eine halbe Stunde vor der vereinbarten Zeit im *La Cucaracha Loca* ein, einfach, weil es mir eine gute Idee zu sein schien, und saß unauffällig an einem Ende der Theke, ganz in der Nähe der Eingangstür. Die Musik im Latin-Stil war weniger wild als bei meinem ersten Besuch. Sh'muz und ein bedrohlich wirkendes Wesen, das eindeutig sein Informant sein musste, saßen zusammen an einem der kleinen Tische und tranken Bier. Y'tata sind ganz verrückt nach Bier. Vor dem Gestrandeten stand eine langhalsige Flasche Bud, während der große, hässliche Y in seiner funkelnden Kapitäns-Uniform gerade nach dem Krug griff, der ihm soeben an den Tisch gebracht worden war, ihn ansetzte und dann in einem Zug leerte.

Aber das Bier schien nicht nach dem Geschmack des außerirdischen Kapitäns zu sein. Er verzog angeekelt sein teigiges Gesicht, knallte den Humpen auf den

Tisch, so dass der arme Sh'muz bespritzt wurde, und brüllte: »Fräulein! Diese überteuerte Brühe ist schal!«

»Das ist die beste Hausmarke unserer Mikro-Brauerei«, sagte die überarbeitete Kellnerin über ihre Schulter. »Wenn du mehr Kohlensäure willst, dann blas doch mit dem Strohhalm ein paar Bläschen rein! Aber pass auf, dass du auch wirklich dein oberes Ende dafür benutzt – sonst lass ich dich von unserem Rausschmeißer so dicht verkorken, dass du echt nicht mehr weißt, wo oben und unten ist!«

Das führte zu allgemeiner Heiterkeit unter den Nicht-Y'tata-Gästen. Ein menschliches Mannschaftsmitglied irgendeines Schiffes rief: »Ja, sag's ihm, Gigi! Verdammte Y-Arsch-Tröte!«

Um der Wahrheit die Ehre zu geben: Alle Vertreter dieser intestinal benachteiligten Rasse, die an diesem Abend im *La Cucaracha Loca* waren, schienen sich ordentlich zu benehmen. Die Luft in diesem Raum war von keinerlei außerirdischen Blähungen verpestet, es roch nach Tabakrauch, Gras, Hopfen, Popcorn, angebratenem Speck und dem eigenartigen, aber nicht unangenehmen Aroma von Kalleyni-Schleim. Aber es zogen, bildlich gesprochen, Sturmwolken über dem Horizont auf.

»Unverschämter Menschen-Idiot!«, schrie der Y'tata-Captain den Raumfahrer an, sprang auf und öffnete zur Herausforderung seine kupferbesetzte Weste. »Komm mit vor die Tür, und ich tröte dich von diesem verdammten Asteroiden runter!«

Eine Kneipenschlägerei wäre meinen Zwecken nicht gerade dienlich gewesen. Ich drängte mich schnell bis zu dem Tisch vor, an dem die Konfrontation gerade ihren Anfang nahm, und stellte mich zwischen Beleidiger und Beleidigten. Obwohl ich für einen Joru geradezu ein Knirps war, überragte ich doch immer noch reichlich sowohl den Y-Kapitän als auch den großmäuligen Menschen.

»Wenn ich bitten darf, Getränke-Verteiler!«, rief ich dem Barkeeper donnernd zu und wedelte dabei mit einem großen Geldschein. »Bitte servieren Sie diesen beiden edlen Personen ein *Pilsner Urquell.* Berücksichtigen Sie bei der Rechnung bitte eine Zuwendung im Werte von dreißig Prozent an Sie und die weibliche Verteilerin, und lassen Sie uns auf diese Weise Frieden und Eintracht wieder herstellen.«

Gigi, die Kellnerin, brachte zwei Flaschen dieses sündhaft teuren Edelbräus an den Tisch; über die Hälse der bereits geöffneten Flaschen hatte sie Kristallgläser gestülpt. Eine der Flaschen reichte sie dem anerkennend nickenden menschlichen Raumfahrer, der ein »Wow! Das Zeug wollte ich schon immer mal probieren!« hervorstieß.

Ich nahm das zweite Urquell entgegen und setzte mich an den Tisch zu den beiden Y'tata. »Gestatten Sie, Captain«, sagte ich höflich, ließ die goldene Flüssigkeit in das schräg gestellte Glas strömen und dabei eine angemessene Schaumkrone entstehen. »Ich hoffe, Sie werden diese ausgezeichnete Biersorte mit meinen besten, herzlichsten guten Wünschen genießen. Es wird nur in einer einzigen Stadt auf der Erde gebraut.«

Der Captain starrte mich misstrauisch an, während er sich wieder hinsetzte. Dann nahm er mir das Pils-Glas aus der Hand, setzte es an und trank das Bier in einem einzigen, heldenhaften Zug aus. »Gute Bläschen. Ich nehme noch eins, Joru.«

Ich gab Gigi ein Zeichen, die darauf nickte und zur Theke ging.

»Das ist Captain B'lit«, sagte Sh'muz. Während sich diese Schlägerei angebahnt hatte, war er noch ein wenig blasser geworden, und auch seine Stimme bebte.

»Ich heiße Gulow«, sagte ich. »Ich hoffe, mit Ihnen heute Abend ins Geschäft zu kommen, Captain.«

»Wie viel ist Ihnen das wert?«, fragte der Schiffskapitän daraufhin unverhohlen.

Ich senkte die Stimme, bis sie fast unhörbar wurde. Die anderen Gäste ignorierten uns inzwischen, so dass die Gefahr eines plötzlichen Gestank-Angriffs deutlich nachgelassen hatte. »Falls Sie wirklich ein Bekannter des menschlichen Händlers Barney Cornwall sein sollten«, erklärte ich, »und es Ihnen möglich wäre, mich ihm in kurzer Zeit vorzustellen, damit ich ihm eine gewisse, seltene Ware anbieten kann, dann werde ich mir erlauben, Ihnen eine angemessene Vergütung zukommen zu lassen.« Daraufhin nannte ich eine Summe, die Sh'muz nach Luft schnappen ließ.

»Verdoppeln Sie's«, grinste mich B'lit höhnisch an, »und wir sind im Geschäft.«

»Die soeben erwähnte Summe ist nicht weiter verhandelbar«, entgegnete ich frostig. »Vulgäres Feilschen ist unter der Würde der Joru.«

»Geizhals«, murmelte B'lit. Sein zweites Urquell traf ein, und er nahm sich Zeit, es einzugießen und schlückchenweise davon zu trinken. Schließlich: »Und wie wollen Sie zahlen?«

»Mit Hilfe einer bereits geladenen anonymisierten Kreditkarte einer finanziellen Institution der Menschen. Sobald sie aktiviert ist, kann sie auf jedem Menschen-Planeten und auf vielen Planeten anderer Rassen eingesetzt werden, ohne dass Fragen gestellt würden.«

»Hmmm. Diese ›seltene Ware‹, die Sie Cornwall anbieten wollen …« Der Captain war betont beiläufig. »Haben Sie sie dabei?« Eine pinkfarbene Klaue deutete auf den verschlossenen Metall-Behälter an meinem Schultergurt.

»Selbstverständlich nicht«, erwiderte ich. »Das Wertvollste, was ich zu verkaufen habe, Captain B'lit, sind Informationen. Und die sind besonders wirksam geschützt. Ebenso wie meine eigene Person.« Ich ließ ihn die Armholster sehen, indem ich wieder einmal die Ärmel ein Stück weit zurückrutschen ließ. »Halten Sie mich nicht für einen Narren. Weiterhin werde ich einen Beweis für Barney Cornwalls Identität benötigen, bevor ich Sie bezahle.«

»Frag ihn doch selbst, du blöder Joru-Sack«, sagte der Y-Captain. »Er sitzt da drüben in der Ecke. Ihm gehört dieser Scheißladen hier! Komm mit – ich stell euch einander vor!«

Die beiden Y'tata und ich drängelten uns durch die dicht an dicht stehenden Gäste. Doch der Mann in der Ecke hatte um seinen Tisch herum unerwartet viel freien Raum. Er saß mit dem Rücken zur Wand, hielt einen Bierkrug in der Hand und betrachtete mit einem ironischen Lächeln unser Näherkommen.

Das Ganze war ein abgekartetes Spiel. Aber welcher Art genau? Ich kam zu dem Ergebnis, ich müsse mich einfach weiter an meinen Plan halten.

Der Mann, der vielleicht Hamilcar Barca Tregarth sein mochte, sah überhaupt nicht so aus, wie ich ihn mir vorgestellt hatte: Das war kein tatteriger Hundertjähriger; er war vielleicht fünfzig, vielleicht sogar noch jünger, hatte schulterlanges braunes Haar und ein faltenloses, recht gut aussehendes Gesicht. Wenn er wirklich der Mann war, nach dem ich gesucht hatte, hatte er sich ausgiebigst verjüngen lassen – und musste dabei Unmengen ausgegeben haben! Er war nicht gerade groß, doch sein Körper war sehr muskulös, was sich unter seinem eng sitzenden Jumpsuit aus dunkelblauem Leder vorteilhaft abzeichnete; der Reißverschluss war bis zur Taille geöffnet, und man konnte ein modisches T-Shirt aus Netzstoff darunter erkennen. Um seinen Hals hing eine schwere Platinkette mit einem großen Anhänger. Als wir näher herangetreten waren, konnte ich in dem Stein des Anhängers ein exotisches Fossil erkennen, etwa so groß wie eine Pflaume. Ich hatte so etwas schon einmal gesehen, im Perseus-Sporn ...

»Hey, Barney«, grüßte der Y-Captain.

»Hey, B'lit. Lange nicht gesehen.«

Der Y'tata blinzelte mit einem seiner roten Schweinsäugelein. »Das ist der Kerl.«

Ich zog wieder meine Joru-Nummer ab. »Habe ich das Vergnügen, mit Barney Cornwall zu sprechen?«

»Vergnügen?« Der Mann im blauen Jumpsuit lachte heftig. »Ob das ein Vergnügen ist, werden wir erst noch sehen müssen.«

»Bevor wir fortfahren«, verkündete ich energisch, »muss ich Ihnen sagen, dass ein gewisser Kollege auf meinem Heimatplaneten mir den Händler Cornwall als die Person geschildert hat, die am ehesten in der Lage wäre, den Wert ... gewisser äußerst spezieller Handelsgüter zu erkennen, die ich anzubieten habe. Sie werden mir verzeihen, dass ich Ihre Identität überprüfen muss.«

»Was?!«, stieß B'lit hervor. »Du willst ein DNA-Profil? Das ist der leibhaftige Barney Cornwall, du dämlicher Joru! Alle großen Freibeuter im Nebel kennen den. Und jetzt zahl mich aus!«

»Mich auch«, flüsterte Sh'muz. »Bitte?«

Ich zog zwei Kreditkarten aus der Tasche an meinem Schultergurt und programmierte die verabredeten Beträge ein, deutete mit einer Pfotenbewegung den beiden Y'tata ein ›Wartet-mal-einen-Moment‹ an und wandte mich dem Mann am Tisch zu. »Es gibt eine ganz einfache Methode, herauszufinden, ob Sie wirklich

Barney Cornwall sind. Bitte sagen Sie mir Ihren anderen Spitznamen.«

Seine dunklen Augen verengten sich zu Schlitzen, und einen Augenblick lang fühlte ich mich unbehaglich. Doch nach längerem Schweigen lächelte er wieder und sagte leise: »Manche Leute nennen mich Barky.«

»Das war die Antwort, die zu hören ich gehofft hatte! Vielen Dank, dass Sie meine Taktlosigkeit auf so zivilisierte Art und Weise erduldet haben.« Ich reichte den beiden Y'tata je eine Kreditkarte. »Und jetzt muss ich darauf bestehen, dass Sie beide sofort gehen.« Sh'muz lief hastig davon, doch B'lit blieb einfach stehen und grinste uns unverschämt an. »Gehen Sie!«, brüllte ich. Dann krallte ich mich in die Kupfer-Epauletten seiner Uniform-Weste, wirbelte ihn herum und gab ihm einen beschleunigenden Tritt in die Kehrseite.

Dumme Idee. Er lachte, und dann rächte er sich auf eine Art und Weise, zu der nur Y'tata in der Lage sind: Er spazierte hoch erhobenen Hauptes davon und feuerte währenddessen eine ganze Salve Fürze ab, sodass die Gäste der Kneipe ihm stöhnend und fluchend aus dem Weg sprangen. Doch nur einen Augenblick später ging eine Art leistungsfähiger Ventilator an und sog den Gestank schnell ab. Ich nehme an, in dieser Art Kneipe gibt es einen speziellen Sensor für derartige soziale Entgleisungen. »Die nächste Runde geht aufs Haus!«, rief der Barkeeper, und jegliche Aufbruchsgedanken seitens seiner Gäste wurden im Keim erstickt.

Barky Tregarth schien von all dem unbeeindruckt. Er deutete auf den Stuhl ihm gegenüber und sagte: »Setzen Sie sich.« Als ich seiner Aufforderung nachkam, starrte er mich einige Zeit schweigend an und leerte währenddessen seinen Bierkrug. Dann nickte er mir kurz zu, als sei er zufrieden mit dem, was er sah, und legte einen kleinen Gegenstand in die Mitte des Tisches.

Es war einer der Biocontainer des gepanschten PD32:C2, die ich am Vortag einem der Waffenhändler überlassen hatte.

»*Groß*artiger Köder!«, sagte er. »Und auch noch echt. Ich hab's überprüfen lassen. Und die Verkleidung ist auch verdammt gut.«

Meine Eingeweide verwandelten sich in Eis. Ich saß völlig regungslos da. Er hatte erkannt, dass ich ein Mensch war und ein Betrüger, wahrscheinlich wusste er, dass ich Ram Mahtanis geheimnisvoller Kunde war. Aber kannte er auch meine wahre Identität? Und hatte ich immer noch eine Chance, den Plan mit der Entführung durchzuziehen?

Er fuhr fort: »Ich habe sofort gewusst, dass Sie nach mir suchen, als Ihr Y'tata-Kumpel mit Captain B'lit Kontakt aufgenommen hat. Ich musste Sie überprüfen, nachdem mich ein Freund von der Erde gewarnt hat. Deswegen habe ich einen meiner Leute Ihre Pfote mit einem Diagnostikon checken lassen – im siebten Waffengeschäft, in dem Sie gestern waren. Ein Medi-Scanner, verstehen Sie? Sie haben das kleine Spielzeug auf dem Tresen wohl nicht einmal gesehen. Und das Gerät hat gemeldet, dass das Gewebe Ihrer Hand gar nicht durchblutet ist. Man stelle sich das mal vor! Also sind Sie kein Joru, und es gibt auch keine neue Quelle für PD32:C2, und ich bin irgendwie ziemlich sauer, weil ich echt gehofft hatte, irgendjemand hätte den Schlüssel fürs El Dorado gefunden und würde ihn jetzt verkaufen wollen.«

»Man kann auch jetzt noch eine ganze Menge Geld machen«, sagte ich und griff nach der Tasche an meinem Schultergurt.

»Keine Bewegung!«, zischte Barky. »Sie werden ja

wohl nicht so dämlich sein, hier eine Waffe ziehen zu wollen, oder? Einer meiner Mitarbeiter an dem Tisch hinter Ihnen hat Sie genau im Visier. Und ich weiß von der Kagi und der Ivanov, die Sie in den Ärmeln verbergen!«

Aber weißt du auch von meiner Schutzpanzerung? Und von meinem Kraftfeldgenerator?

»Ich hole jetzt noch eine Kreditkarte raus«, erklärte ich. »Das darf man doch als freundliche Waffe betrachten, oder? Gestatten Sie?«

Er neigte den Kopf, ich zog die kleine Plastikkarte hervor und reichte sie ihm über den Tisch. Es war Adam Stanislawskis Beitrag zur Kriegskasse, den er noch in letzter Minute geleistet hatte. Barky Tregarth hob die Augenbrauen, als er las, wie viel darauf gespeichert war. »Ein hübsches Sümmchen! Nicht gerade El Dorado, aber ... hübsch. Was wollen Sie?«

»Nur Informationen. Psychotronisch bestätigt.«

Er lachte. »Ich bin bloß ein Waffenschmuggler und Kneipenbesitzer! Auf meine alten Tage in bescheidenem Maße wohlhabend. Was sollte ich schon wissen, was so viel Geld wert wäre?«

Ich beugte mich vor und deutete auf den Anhänger an seiner Halskette. »Woher haben Sie dieses Schmuckstück?«

Er erstarrte, dann sagte er: »Also darum geht es.«

»Ich habe so ein Fossil schon einmal gesehen, auf dem Planeten Artiuk, einer Haluk-Kolonie im Sporn. Einige der lokalen Amtsinhaber und andere Würdenträger, die ich dort während eines Besuches kennen gelernt habe, trugen solche Anhänger als Rangabzeichen. Aber Sie haben Ihren nicht auf einer Haluk-Kolonie im Sporn bekommen, stimmt's, Barky?«

»Nein«, sagte er ruhig.

»Man hat Ihnen den im Haluk-Sternhaufen gegeben,

richtig? Deswegen wollten Sie ihn auch unbedingt bei Clifton Castle wieder auslösen, dem Hehler, der Ihnen das Geld geliehen hat, damit Sie von Tyrins fliehen konnten – vor fünfunddreißig Jahren.«

»Sie scheinen eine ganze Menge über mich zu wissen.«

»Ich habe nicht vor, irgendetwas davon gegen Sie zu verwenden. Ich bin nicht im Geringsten an Ihrer zwielichtigen beruflichen Laufbahn interessiert. Aber ich möchte wissen, was Sie gesehen haben, als Sie zum Haluk-Sternhaufen gereist sind. Ich möchte alles wissen, was Ihnen über die Bevölkerungsdichte bekannt ist, über die Anzahl der bewohnten Planeten, den Bevölkerungszuwachs, der die Haluk dazu gezwungen hat, in den Perseus-Sporn auszuwandern. Ich möchte wissen, wie groß deren Vorräte an Transactiniden in ihrem Sternhaufen sind und wie sie die überschweren Elemente abbauen – angesichts ihrer unterlegenen Technologie. Und ich möchte gerne wissen, was Sie *hier* tun, im Nebel.«

»Wer sind Sie?«, fragte Barky Tregarth.

»Mein Name tut nichts zur Sache, aber ich habe einige einflussreiche Freunde. Einer von ihnen ist auch für die Summe auf dieser Kreditkarte verantwortlich. Ich glaube, dass die Haluk der Menschheit immer noch feindlich gegenüberstehen und dass sie planen, in unsere Sternensysteme einzufallen. Zu ihrer Strategie gehören auch die Angriffe auf unsere Raumschiffe. Das ist das, was hier und jetzt passiert, hier im Schützen-Nebel. Haluk-Piraten entführen Transact-Transporter, und der Sheltok-Konzern vertuscht das Ganze – er wird von den anderen Mitgliedern des Haluk-Konsortiums unter Druck gesetzt, die mit diesen Außerirdischen Geschäfte machen. Zum Plan der Haluk, uns zu erobern, gehört auch die Strategie der Infiltration – sozusagen Eroberung von innen heraus. Meine Freunde und ich haben Beweise dafür, dass Haluk, die sich als Menschen ausgeben, sich bereits bis in die Einhundert Konzerne eingeschlichen haben. Vielleicht haben sie sogar schon in unsere Regierung Spione eingeschleust. Wir brauchen mehr Beweise für unseren Verdacht, dass die Haluk eine ernsthafte Bedrohung für die Menschheit darstellen. Sobald wir die haben, werden wir sie dem Commonwealth-Rat vorlegen. Die öffentliche Meinung wird die Abgeordneten dazu zwingen, den Nichtangriffspakt und das Handelsabkommen mit den Haluk zu prüfen.«

Barky hielt immer noch die bisher nicht aktivierte Kreditkarte in der Hand und vollführte den alten Spielertrick, diese Karte von einem Fingerknöchel zum anderen ›wandern‹ zu lassen. »Politik!« Er lachte spöttisch, ein meckerndes Lachen. »Scheiß drauf! Ich bin ein Statusloser, kein ›anständiger Bürger‹! Für das Commonwealth gibt es mich doch überhaupt nicht! Warum sollte es mir irgendetwas ausmachen, wenn diese Blaubeer-Piraten irgendwelche Transact-Transporter ausrauben? Hier im Nebel verlangt Sheltok für Treibstoff von Nichtmenschen und Privatunternehmern doppelt so viel wie von den Konzernschiffen. Also sorgen die Haluk hier ein bisschen für Ausgleich – mit Hilfe der Y'tata. Na und?«

»Ich glaube, dass die einen Krieg gegen uns planen, Barky. Sie unterbrechen unseren Nachschub an Elementen, die wir für Treibstoff brauchen – und das ist nur ein Teil ihrer Strategie!«

»Das ist doch Schwachsinn! Die Haluk wollen Handel treiben, nicht Krieg führen!«

»Kaufen die bei Ihnen Waffen?«

»Klar! Das hat doch nichts zu bedeuten! Das machen auch die echten Joru und die Kalleyni und auch die Ys.

Ich bin der größte Waffenhändler auf ganz Phleg. Und wissen Sie, woher ich meine Waren kriege? Von Carnelian und von mehr als einem Dutzend weiterer Konzerne, die gegen ein bisschen Handel mit Konterbande nichts haben. Was interessiert es denn diese Arschlöcher in Toronto, wohin das Zeug geht, wenn bloß der Preis stimmt? Und was Ihre Idee mit dem Krieg da betrifft: Das ist doch völliger Scheiß! Es gibt überhaupt nicht genug Kampfschiffe der Haluk hier im Nebel, um auch nur einen Krieg gegen die winzige Flotte der Kalleyni zu führen – vom Commonwealth ganz zu schweigen!«

»Wissen Sie, wie viele Haluk-Schiffe hier unterwegs sind?«

Mit zwei Fingern hielt er die Kreditkarte hoch. »Erfahren die Blaubeeren, dass ich sie verpfiffen habe, wenn ich mit Ihnen rede?«

»Nein«, log ich. »Was auch immer ich von Ihnen erfahre, werde ich nur auf der Erde verwenden. Für politische Zwecke, wie Sie schon sagten. Meine Freunde und ich sind nicht im Geringsten daran interessiert, Ihr Geschäft auf Phlegethon dichtzumachen oder Ihnen den Handel mit den Haluk zu untersagen. Selbst wenn wir das vorhätten – wie sollten wir das denn anstellen? Dieser Asteroid gehört Sheltok. Die Commonwealth-Polizei und die Vollstreckungsbeauftragten vom Sekretariat haben hier keinerlei Befugnisse, es sei denn, Sheltok würde sie ihnen explizit einräumen. Und das wird nicht passieren.«

»Ich kann meine Kontakte zu den Haluk nicht kompromittieren.«

»Müssen Sie auch nicht! Alle Fragen, die ich Ihnen stelle und die Sie nicht beantworten wollen, beantworten Sie eben nicht! Wir können immer noch ins Geschäft kommen!«

»Vielleicht.« Wieder spielte er mit der Karte, augenscheinlich wägte er jetzt die Vor- und Nachteile ab. Wie er schon sagte, es ging um ein hübsches Sümmchen.

»Wenn Sie mit mir reden«, fuhr ich fort, »sind Sie bloß eine weitere vertraulich zu behandelnde Quelle. Das CMW kann Ihnen nichts tun. Wie Sie selbst eben schon sagten: Sie sind hier auf Phlegethon ein wichtiger Mann.«

»Ganz genau«, grinste Barky Tregarth. »Und wenn Sie irgendwelche komischen Sachen vorhaben, sind Sie ein ganz schön toter ›Joru‹.«

Ich nickte, fast schon ein wenig unterwürfig. »Ich habe eine Miniatur-Hogan für eine psychotronische Vernehmung in meiner Tasche – damit kann man nicht die Wahrheit aus einer Person rausholen, die sich dagegen wehrt, aber bei einer Person, die willentlich mitarbeitet, kann damit festgestellt werden, ob sie die Wahrheit sagt. Sie können einfach hier sitzen bleiben und mir von Ihren Abenteuern im Haluk-Sternhaufen erzählen – die interessieren mich am meisten –, und dann verraten Sie mir über die Aktivitäten der Haluk im Nebel alles, was Sie mir erzählen möchten. Danach werde ich nur eine einzige Frage stellen: ›Ist alles, was Sie gesagt haben, die Wahrheit?‹ Wenn die Maschine ihre Antwort auf diese Frage bestätigt, aktiviere ich die Kreditkarte, und Sie sind um vier Millionen reicher. Was halten Sie davon?«

»Was soll ich davon halten? Warum nicht? Ich meine, es ist ganz schön erfreulich, zur Abwechslung mal jemanden zu finden, der mir glaubt, dass ich die Große Fahrt tatsächlich gemacht habe.«

Hinter mir erschien eine Kellnerin und fragte uns, ob wir noch etwas trinken wollten.

Barky lächelte ihr zu. »Noch einen Krug *Peg-Leg* für mich, Lola. Und für meinen Freund hier . . .«

»*Jack Daniel's*«, sagte ich. »Pur.«

»Ich dachte, Joru mögen keinen Whiskey«, wunderte sich die Kellnerin.

»Das ist ein Geschmack, an den man sich bloß erst gewöhnen muss«, erklärte ich ihr über die Schulter hinweg. »Und ich habe mich gerade ganz plötzlich daran gewöhnt.«

Es war eigentlich weniger die große Entfernung zum Haluk-Sternhaufen, die das Commonwealth der Menschenwelten von einer Erkundung abhielt, als vielmehr die Nutzlosigkeit dieses Unterfangens. Die unerbittlich feindseligen Außerirdischen wollten mit der Menschheit nichts zu tun haben, und in der Frühzeit der Erforschung des Weltraums durch die Menschen konnten die Haluk ihre Antipathie auch mit genügend Feuerkraft untermauern, um CMW-Vermesser und neugierige Abenteurer abzuschrecken.

Später dann, als die Galapharma KV den Perseus-Sporn übernahm und dort von Haluk-Kolonien aus angegriffen wurde, reagierten der große Konzern und die Zonenpatrouille massiver. Haluk und Menschen lieferten sich eine kurze Interstellarschlacht in der Nähe der Menschen-Kolonie Nogawa-Krupp, und die Außerirdischen wurden vernichtend geschlagen. Angesichts der drohenden Vernichtung ihrer elf Kolonien im Sporn unterzeichneten die Haluk einen Waffenstillstand. Zu dessen Bedingungen gehörte auch, dass die Haluk nicht weiter in die Milchstraße expandierten; im Gegenzug wurde der Menschheit untersagt, den Haluk-Sternhaufen zu erkunden.

Barky Tregarth hatte sich überlegt, er könne die Reise dorthin und auch wieder zurück schaffen, weil er schließlich ein Schmuggler war, nicht etwa ein Repräsentant eines Konzerns oder des CMW. Die Haluk benötigten dringend die überlegene technische Ausrüstung, die von den Menschen produziert wurde, und Konterbande-Lieferanten wie Barky waren die einzige Möglichkeit, daran zu kommen. Die meisten Händler, die sich nicht an die geltenden Gesetze hielten, führten ihren Handel mit den Haluk im Tiefenraum durch; doch es gab einige wenige Auserwählte, die kurze Abstecher zu den Haluk-Kolonien im Sporn machten.

Einer dieser Auserwählten war Barky.

Ohne seinen wettbegeisterten Kumpels davon zu erzählen, überredete er einen Haluk-Geschäftspartner auf Artiuk dazu, ihm ein Empfehlungsschreiben auszustellen. Dann kehrte er zu seinem Stützpunkt auf dem Freistaat-Planeten Yakima-Zwei zurück, einem berüchtigten Schmuggler-Treffpunkt, und dort schloss er seine Wette ab. Sogar eine mit einem ziemlich großen Einsatz.

Er stattete sein Raumschiff, das doppelt so groß war wie die Makebate, mit übergroßen Treibstofftanks aus, genau wie ich, und ihm blieb immer noch genügend Platz im Laderaum, um eine Fracht mitzunehmen, die ihm hoffentlich einen herzlichen Empfang garantierte, wenn er erst einmal angekommen war. Er hatte in sein Schiff Hochleistungscomputer gepackt, Kraftfeld-Generatoren, tragbare Antimaterie-Aggregate, programmierbare *Virtual-Reality*-Anzüge, einen funkelnagelneuen Ultraluminalantrieb von Bodascon und 1.500 japanische Seiden-Kimonos in gedeckten Farben, Größe XL, wie sie bei den männlichen Haluk als Hochzeitsgewänder äußerst begehrt waren.

Dann machte er sich auf den Weg dorthin, wo noch nie ein Mensch zuvor gewesen ist.

Schon vor 35 Jahren war die Scanner-Technologie von Barkys Schiff der jedes Haluk weit überlegen. Es gelang ihm, allen Haluk-Patrouillen auszuweichen, er fand das Sonnensystem, in dem der Cousin seines Artiuk-Bekannten lebte, und nachdem er einige Haluk über Funk ausgiebig beschwatzt hatte, wurde ihm tatsächlich gestattet, mit seinem Raumgleiter zu landen.

Besagter Cousin namens Ratumiak gehörte zum Stab des Gouverneurs dieses Planeten und war eine Person mit beachtlichem Einfluss. Er gab Barky den Rat, die Idee, seine wertvolle Fracht hier zu verkaufen, schleunigst aufzugeben. Stattdessen machte der Schmuggler seine gesamte Ladung dem Gouverneur zum Geschenk. Auf Ratumiaks Rat hin erzählte Barky dem Machthaber im Wesentlichen die Wahrheit: Er habe diese Reise auf Grund einer Wette gemacht.

Der Gouverneur hielt das für äußerst belustigend.

Er verglich Barkys irrsinnige Heldentat mit einer ähnlichen Spritztour, die einst ein legendärer Haluk-Held unternommen hatte, und verkündete, der mutige Mensch solle als Ehrengast behandelt werden. Barky erhielt eine ausgiebige Führung über den gesamten Planeten und stellte viele Fragen zu der außerirdischen Kultur. Sein schalkhafter Humor, seine unverhohlene, zugleich aber immer geistreiche Kritik an der Politik des Commonwealth und seine erschreckenden Berichte über die Korruption der Konzerne beeindruckte seine Gastgeber immens. Daraufhin überhäuften sie ihn mit Geschenken – manche dieser Geschenke waren allein schon materiell sehr wertvoll, wie etwa ein Diamant-Ohrstecker, den er von Ratumiak erhielt, und das in Platin gefasste Fossil, das ihm der Gouverneur überreichte.

Barky fühlte sich während seines 18-tägigen Aufenthaltes ausgesprochen wohl, es störte ihn nicht, dass er für die meisten Haluk eine Art unterhaltsamer Freak war. Erstaunlicherweise fanden ihn einige Haluk-

Frauen sexuell attraktiv und lehrten ihn ein paar erstaunliche Dinge, die ihm in seinem späteren Liebesleben zugute kamen. Als es Zeit wurde, sich zu verabschieden, sagte man ihm herzlich Lebewohl und warnte ihn, er solle niemals wieder den Haluk-Sternhaufen besuchen – das würde er mit dem Tode büßen müssen.

Er brach in Richtung Milchstraße auf und hatte seinen Stützpunkt auf Yakima-Zwei schon fast erreicht, als er von menschlichen Piraten angegriffen wurde.

Deren Scanner waren noch besser als Barkys, und ihr Schiff war schneller und schwerer bewaffnet. Die Piraten zwangen Barky dazu, sich zu ergeben, enterten das Schiff und nahmen alle Geschenke der Haluk mit, abgesehen von dem Fossil, das Barky unbemerkt von seiner Halskette hatte entfernen und in einer nicht näher zu bezeichnenden Körperöffnung verstecken können. Dann stahlen ihm die Piraten auch noch sein Schiff.

Er wurde in einer Rettungskapsel ausgesetzt und schließlich von einem Rampart-Frachter gerettet, der ihn dann auf Hadrach absetzte; von dort aus gelangte Barky zurück nach Yakima-Zwei und erfuhr die herzzerreißende Neuigkeit, dass er die Wettschulden nicht würde eintreiben können.

»Das ist ja wirklich ein unglücklicher Zufall«, sagte ich, als er seinen Bericht beendet hatte. »Zu allem anderen dann auch noch sein Schiff verlieren!«

»Och, das habe ich ungefähr ein Jahr später wiedergekriegt – dank der tatkräftigen Mithilfe einiger Freunde«, erklärte er. »Ich wusste ja, wer es gestohlen hatte. Aber die ganzen Juwelen, die ich von den Haluk bekommen hatte, und all das andere Zeugs war natürlich längst weg.« Er zuckte mit den Schultern. »Dann hat mich die Patrouille geschnappt und auf Tyrins eingelocht. Ich nehme an, den Rest der Geschichte kennen Sie.« Wieder dieses ironische Lächeln. »Ich konnte fliehen, bin kreuz und quer durch die Galaxis gezogen, schließlich hier gelandet, und in Phlegethon hatte ich dann echt Glück. Und jetzt stellen Sie sich mal vor, wie überrascht ich war, als plötzlich hier im Nebel Haluks aufgetaucht sind. Die hatten mich nicht vergessen. Wir machen gute Geschäfte. Und ich würde auch gerne weiter gute Geschäfte mit ihnen machen.« Sein Lächeln wurde kalt, und wieder lief mir ein unbehaglicher Schauer über den Rücken.

Die Kellnerin tauchte wieder hinter mit auf und fragte, ob wir noch eine Runde wollten.

»Ein Peg-Leg für mich, Lola«, sagte Barky. Er schien ganz entspannt und gut gelaunt. »Und für meinen Freund hier etwas aus meinem privaten Whiskey-Vorrat – den *Wild Turkey Single-Barrel.*« Sie ging, und er sagte zu mir: »Daran werden Sie Spaß haben! Ist der beste, den ich je getrunken habe.«

»Nie von gehört, noch nie probiert.«

Er streckte mir die Kreditkarte entgegen. »Sind Sie jetzt bereit, die zu aktivieren?«

»Nur noch ein paar Fragen: Ist Ihnen der Haluk-Planet, den Sie besucht haben, sehr dicht besiedelt vorgekommen?«

»Na, und ob! In den Innenstädten Wolkenkratzer, so weit das Auge reicht, in den Vororten die Reicheren – mit Häuschen auf Grundstücken, die nicht größer sind als ein Taschentuch. Ratumiak hat mir erzählt, auf seinem Planeten beträgt die Bevölkerung fast zwölf Milliarden. Auf anderen Planeten soll es noch schlimmer sein.«

»Wie viele Planeten waren in dem Sternhaufen besiedelt?«

»Ratty meint, ungefähr dreißigtausend. Am besten sind für Haluk T-2-Planeten. Die haben sie alle schon besiedelt, dazu noch alle T-1er und ein paar T-3er, bei denen es den Versuch zumindest wert war. Aber jetzt geht denen echt langsam das Land aus. Deswegen haben die ja den großen Sprung in unsere Galaxis gemacht, obwohl das ihre Wirtschaft da ganz schön belastet hat.«

Im Kopf hatte ich diese entsetzliche Gleichung schon ausgerechnet. Zwölf Milliarden mal 30.000 macht ... 360 *Billionen Haluk*? Das war das Vierzigfache der Menschen in der Galaxis!

»Äh ... wissen Sie, wie es den Haluk gelingt, ohne hoch entwickelte Robotik Transactinide abzubauen?«

Seine Miene wurde grimmig. »Das lassen sie die Lepidos machen. Sie wissen schon: diese dickhäutige Zwischenstufe in ihrer Entwicklung. Selbst in dicken Schutzanzügen halten die armen Schweine auf den Planeten der Klasse R nicht lange durch. Strafgefangene, klar? Gefangene, die gerade grazil sind, arbeiten in den Sammelstationen im Orbit, bis sie selbst Lepidos werden. Dann geht's ab in die Mienen. Sobald ein Lepido da unten den Löffel abgibt, holen sich die Vorarbeiter den Anzug zurück, und dann schicken sie jemand anderen runter.«

»Entsetzlich!«

Er zuckte mit den Schultern. »Jedem das Seine. Wird aber wohl ziemlich abschreckend sein, oder?«

»Haben die Haluk große Ressourcen an überschweren Elementen?«

»Keinen blassen Schimmer.«

»Würden Sie sagen, die Haluk wären hoch industrialisiert?«

»Und ob! Zwar nicht auf dem Stand der Menschheit, als ich damals den Sternhaufen besucht habe, aber ich habe gehört, das hätte sich inzwischen geändert. Die Haluk lernen ziemlich schnell. Die sind gut darin, unsere Technologie nachzubauen. Oft verbessern sie das Ganze dann im Vergleich zum Original sogar.«

Na ja, dafür hatten wir ja schon Beweise. Einer meiner Freunde hatte den Einfallsreichtum der Haluk mit dem der prä-industriellen Japaner verglichen.

»Drinks, meine Herren!« Lola, die Kellnerin, stellte sie auf den Tisch.

Ich dankte ihr über die Schulter hinweg. »Noch eine letzte Frage, Barky.« Danach wollte ich ihn an die kleine Maschine anschließen und – *zack*! Ich hatte meinen ursprünglichen Plan ein wenig abgeändert. Statt ihm irgendetwas in seinen Drink zu schütten, hatte ich das Vernehmungs-Gerät so umgebaut, dass es ihm einen Taser-Bolzen verpassen würde. Wenn ich schnell genug handelte, könnte ich innerhalb von Sekunden um uns beide herum ein halbkugelförmiges Kraftfeld aufbauen. Dann raus durch die Hintertür und ab in den Fahrstuhl ...

»Probieren Sie den Wild Turkey!«, drängte er. »Ich möchte wissen, was Sie davon halten.«

Durch den in meiner Maske eingebauten Strohhalm nippte ich an dem erlesenen Bourbon – nicht gerade die beste Methode, eines der edelsten Alkoholika der Erde zu verkosten, doch das Bouquet kam trotzdem gewaltig zur Wirkung. »Ganz vorzüglich«, sagte ich. »Mit das Beste, was ich je probiert habe.«

»Das denke ich auch. Wie lautet Ihre letzte Frage?«

»Was wollen die Haluk hier im Schützen-Nebel?«

»Sich Transactinide holen. Die denken wohl, wenn die uns erst einmal ausgehen, könnten sie die Preise anziehen.«

»Klingt einleuchtend«, bemerkte ich. »Sind Sie dann jetzt bereit, sich dem Wahrheitstest zu unterziehen?«

Ich zog die kleine Maschine hervor und stellte sie auf den Tisch, gleich neben die Kreditkarte. Barky hatte sie abgelegt, als sein letzter Humpen Bier eingetroffen war.

»Ich glaube, das lasse ich lieber«, entgegnete er und schob mir die Karte zu. »Unser Deal ist geplatzt, Bürger Frost. Aber es war nett, mit Ihnen zu reden.« Dann rief er laut: »Lola!«

Oh, Scheiße! Der Kraftfeld-Projektor war in einer Tasche unter dem vorderen Schultertuch meiner Robe. Ich wollte danach greifen, aber plötzlich gehorchte mir mein Arm nicht mehr. Ebenso wenig die Muskeln meiner Beine, als ich aufspringen wollte. Als ich mir vorhin vorgestellt hatte, wie es ablaufen könnte, falls mein großartiger Plan fehlschlagen sollte, hatte ich mir Ram Mahtani als den großen Schurken vorgestellt. Doch es war nicht Ram gewesen, der mit Barky Tregarth zusammengearbeitet hatte, um mich reinzulegen.

Die Kellnerin namens Lola kam um den Tisch herum, und zum ersten Mal konnte ich sie richtig sehen. Sie war atemberaubend schön, mit glänzendem schwarzen Haar, das durch eine weiße Strähne über ihrer linken Schläfe noch betont wurde.

»Dolores da Gama?«, brachte ich flüsternd hervor. »Sie haben mir was in meinen Drink getan?«

»Das erschien mir das Einfachste«, erklärte der Hybridklon selbstzufrieden, »so wie du gepanzert bist. Das Mittel ist eine harmlose und effiziente Methode, dich kaltzustellen.«

Barky stand neben ihr. »Meine Rausschmeißer werden ihn zu deinem Raumschiff bringen. Es war mir eine Freude, mit dir Geschäfte zu machen, Lola. Du gibst eine ziemlich gute Kellnerin ab. Bist du sicher, dass du den Job nicht behalten willst?«

Dolores da Gama lachte volltönend und versetzte

ihm einen spielerischen Schlag auf seinen strammen, lederbedeckten Hintern. Ich spürte, wie starke Hände nach mir griffen, mich aufrecht stellten und dann zur Hintertür schoben. Dolores benutzte genau das Entführungs-Muster, dass auch ich mir überlegt hatte.

»Warum ...«, japste ich. »Warum ... wollt ihr mich lebend?«

»Wir werden uns etwas richtig Hübsches für dich ausdenken, Schätzchen.« Obwohl ich immer weniger erkennen konnte, kam mir ihr Lächeln wie ein Megawatt-Strahler vor.

»Wie ... habt ihr mich gefunden?«

»Dein Gefecht mit unseren Kaperschiffen. Eine Pilotin hat die Kennung deines Schiffes und eine Analyse deiner Antriebsrückstände an unsere Basis auf Amenti übermittelt, bevor du sie abgeschossen hast. Dein Schiff ist einzigartig. Wir haben andere Kaperschiffe ausgeschickt und dich schließlich hier auf Phlegethon gefunden.«

Wir waren jetzt im Fahrstuhl und fuhren aufwärts. Ich sah die Welt nur noch durch einen immer enger werdenden, in Nebel gehüllten Tunnel. »Aber wie sind ... *Sie* so schnell hierher gekommen?«

»Ich bin einen Tag, nachdem du uns entkommen warst, von der Erde abgereist – ebenso wie ein paar weitere Haluk-Agenten. Dieser gewaltige Umbau deiner Treibstofftanks hat mir verraten, dass du auf eine lange Reise gehen wolltest – heimlich natürlich. Es war nur noch die Frage, wo du hinwolltest: entweder in den Sporn, um von da aus in unseren Sternhaufen vorzudringen, oder in den Nebel. Wir hatten schon angenommen, dass du etwas von unserem Feldzug gegen Sheltok erfahren hattest. Andere Haluk haben in der Nähe von Seriphos und Tyrins auf dich gewartet, falls du deine Tanks auf einem dieser Planeten noch mal solltest auffüllen wollen, bevor du diese Galaxie verlässt. Ich habe den Auftrag bekommen, in den Nebel zu fliegen, und bin dann zusammen mit meinen Mitarbeitern auf Amenti gelandet. Und plötzlich warst du da. Knallst einfach unsere Leute ab. Du bist ein unbarmherziger Mensch, Asahel Frost.«

»Was ist ... mit der *echten* Dolores? Waren Sie ... ihr gegenüber irgendwie barmherzig, verdammt?«

Wir verließen den Fahrstuhl und gingen auf einen Gleiter zu. Ich bezweifelte nicht, dass ein schneller Haluk-Raumer im Orbit wartete, verborgen durch ein Dissimulator-Feld, dass nur geringfügig weniger effizient war als das der Makebate.

Mein Kopf wackelte hilflos unter der Joru-Maske hin und her. Noch eine Minute, und ich würde ohnmächtig werden, und Dolores schien das zu wissen. »Du wirst gleich das erleben, was auch mit Dolores passiert ist. Es wird nicht unangenehm sein. Aber bevor du einschläfst: hier noch ein paar Informationen, damit du angenehme Träume kriegst. Wir haben noch einen weiteren Grund, Transactinide zu stehlen: Unsere Schiffe brauchen zusätzlichen Treibstoff für die Invasion.«

»Das habe ich gewusst«, sagte ich und versank in der Dunkelheit.

Kapitel 7

Ich rechnete damit, dass sie mich nach Amenti bringen würden – eine Asteroiden-Station, die Sheltok schon vor fast 80 Jahren aufgegeben hatte –, oder sogar auf eine der Haluk-Kolonien im Perseus-Sporn. Stattdessen, wie ich erst viel später entdeckte, brachten sie mich nach Toronto zurück, in den Handels- und Wohn-Tower, in dem sie ihre Botschaft und ihre abgesicherten Wohnquartiere untergebracht hatten.

Dann wurde ich hybridkloniert. Zweimal. Dieser komplizierte Prozess dauerte etwa sieben Monate. Als man mich schließlich aus dem Dystasis-Tank herausließ, war es Mitte November, obwohl ich das genaue Datum nicht sofort erfuhr.

Oberflächlich sah ich wie ein Haluk aus – eine Nebenwirkung der Vorbereitungsphase des Hybridklonierungs-Verfahrens. Diese verwirrende Entdeckung hielt mich nicht davon ab, die Helly-Frost-Kopie zu töten, die in den Räumlichkeiten untergebracht war, in denen ich mein Bewusstsein wiedererlangte – den Hybridklon, der einen Großteil seines Lebens als Haluk verbracht hatte. Doch eine weitere perfekte Kopie von mir war bereits auf freiem Fuße und beging in meinem Namen weiß Gott was für welche Verbrechen. Dieser erste Hochstapler war ein Mensch, der mit den Außerirdischen kollaborierte.

Mir blieb nicht viel Zeit, über die wahre Identität von Pseudo-Helly Nummer eins nachzudenken. Als der MediSensor für die Vitalfunktionen von Pseudo-Helly Nummer zwei nur noch eine Flat Line anzeigte, wurde ein Alarm ausgelöst. Die zuständigen Außerirdischen waren ziemlich schwer von Begriff. Sie ließen sich eine ganze Menge Zeit, bis sie in den Aufwachraum kamen und dort nach dem Rechten sahen. Keiner von ihnen trug einen Übersetzer. Zwei der Haluk waren MediTechniker, die gleichen, die sich um mich und Pseudo-Helly Nummer zwei gekümmert hatten, als wir uns von der Dystasis erholten. Die beiden anderen waren Botschaftswachen in Uniform, sie trugen Ivanov-Betäubungspistolen.

Die Außerirdischen standen dicht gedrängt beieinander, etwas mehr als drei Meter von mir entfernt. Ich stand mit dem Rücken zur Wand, einer riesigen Glasscheibe. Bevor sie gekommen waren, hatte ich die Vorhänge geöffnet, um herauszufinden, wo ich eigentlich war, und was ich gesehen hatte, war die nächtliche Ansicht der Innenstadt von Toronto gewesen: ein glitzernder Wald aus farbigen Glastürmen.

Die größere der beiden Wachen bellte mir etwas in ihrer Muttersprache zu: »Keine Bewegung, Mensch!«

Das verstand ich. Mit zwei Lichtpunkten genau auf meinem Brustbein, die eindeutig von Laser-Zieleinrichtungen stammten, war das auch nicht allzu schwer. Ich blieb reglos stehen.

Die MediTechnikerin, von der ich wusste, dass sie ›Avilik‹ hieß, rannte auf das Bett zu, in dem der tote Hybridklon lag, und untersuchte den Leichnam mit einem Diagnostikon. Sie stieß einen entsetzten Kraftausdruck hervor, dann kam sie von dem Bett aus auf mich zu und sprach mich in der Sprache der Haluk an: »Wah! Was hast du getan? Ru Balakalak ist nicht nur tot, er ist *bla bla*!«

»Klar. Und ob der das ist«, antwortete ich auf Englisch. Meine Zunge fühlte sich sonderbar an, und meine Zähne schienen zu weit auseinander zu stehen. Der

Kehlkopf fühlte sich zwar an wie mein eigener, schien aber in bizarrer Weise durch irgendetwas behindert zu werden. Meine Stimme war rau, dabei aber sehr tief und volltönend – klang fast wie Louis Armstrong. In grauenhaftem Halukisch verkündete ich: »Dieser Hier war es! Ru Blak wird auch durch Dystasis nicht wieder leben. Dieser Hier denkt, das ist sehr, sehr gut!« Dann schaltete ich wieder auf Englisch zurück: »Und ansonsten könnt ihr mich alle mal an meinem Blaubeerarsch lecken!«

»Wah!«, schrien die vier wie aus einem Munde.

Dann schnatterte Avilik auf ihren männlichen Kollegen ein, von dem ich noch wusste, dass er ›Meruviak‹ hieß. Ich verstand vielleicht ein Zehntel von dem, was in dieser hitzigen Debatte gesagt wurde, aber es schien im Großen und Ganzen darum zu gehen, dass ein gewaltiger Haufen Dung immensen Geruch verströmen werde, wenn der Diener der Diener von dieser Katastrophe erführe. ›Schadensbegrenzung‹ war jetzt der wichtigste Punkt auf der Tagesordnung.

Ich war splitternackt. Meine Körperformen waren immer noch eher menschlich, nicht annähernd so gertenschlank wie die eines normalen männlichen Haluk. Ich hatte eine Wespentaille und vierfingerige Hände ohne Fingernägel. Meine Haut war himmelblau, abgesehen von den Stellen, an denen ich mich mit meinem eigenen Blut beschmiert hatte. Meine Brust, meine Arme und meine Oberschenkel trugen ein kompliziertes Muster, fast wie schimmernde Narben, von denen manche so aussahen, als seien sie golddurchwirkt – fast hübsch. Ich hatte mein Gesicht kurz im Spiegel gesehen, bevor die Außerirdischen gekommen waren. Nach menschlichen Begriffen sah ich scheußlich aus. Ich hatte kurzes, silbriges Haar. Meine Augen, normalerweise grün, glänzten jetzt leuchtend saphirblau, mit Iriden, die so groß waren, dass man den eigentlichen Augapfel nicht sehen konnte. Meine Augenhöhlen waren ein wenig kleiner als die eines echten Haluk, aber jeder normale menschliche Betrachter würde mich sofort für eine echte Blaubeerfresse halten.

Hey, alle Haluk sehen irgendwie gleich aus.

Ich presste ein blutverschmiertes Handtuch auf die Wunde in meinem Nacken. Dort hatte ich einen kleinen Schocker herausgeschnitten, den man mir implantiert hatte, um mich kontrollieren zu können. Das mit der Kontrolle hatte wohl nicht funktioniert.

Avilik und Meruviak beendeten ihr Gespräch und starrten mich böse an. Die große Wache bellte ihnen eine Frage zu – in unverständlichem Halukisch. Wahrscheinlich etwas wie: »Soll ich dieses Arschloch jetzt betäuben?«

»Nicht schießen!«, befahl Avilik. »Fügen Sie ihm keinen Schaden zu!«

Ihr männlicher Partner stellte eine Frage, die ich nur teilweise verstand: »*Bla bla* ihn jetzt mit *bla bla*?«

»Ja«, sagte Avilik. »Seien Sie vorsichtig und schnell. Er *bla bla*, aber wir müssen *bla* und einen neuen Hybridklon anfertigen.«

Meruviak trug eine kleine Tasche bei sich, die er jetzt öffnete; darin war ein glänzendes kleines Gerät untergebracht. Es hatte einen pistolenartigen Griff, einen zylindrischen Körper aus Metall und einen kleinen Lauf, an dessen Ende sich eine gläserne Verdickung befand. So etwas hatte Bea Mangan schon einmal bei mir angewendet: in der Nacht, als sie mich in dem Schneegestöber abgeholt hatte. Das Ding war ein Subkutan-Injektor – eines der Modelle ohne Kanüle, die kleine Flüssigkeitsmengen injizieren, ohne die Haut oder die Kleidung zu beschädigen. Wahrscheinlich war er mit einem milden Betäubungsmittel geladen.

»Mensch?«, fragte mich Meruviak sanft. »Dieser Hier wird dir nicht wehtun. Nur *bla bla* schlafen.«

Er kam auf mich zu. Um mir die Droge zu injizieren, musste er mich mit der gläsernen Verdickung berühren. Die beiden Wachen hatten mich immer noch im Visier. Sie hielten ihre Ivanovs mit beiden Händen, eine typisch menschliche Kampfstellung. Ich nahm an, Haluk-Hybridklone hatten die Betäubungswaffen auf dem blühenden Schwarzmarkt in Toronto gekauft. Außerirdischen war es auf der Erde nicht gestattet, Waffen zu tragen.

Meruviak kam von rechts auf mich zu. Wegen all der Wülste in ihren Gesichtern ist es schwer, die Mimik der Haluk zu entschlüsseln, doch mir kam es vor, als sei er ein wenig nervös angesichts des Gedankens, eine derartige Bestie wie mich betäuben zu müssen.

Das Gleiche musste die größere der beiden Wachen auch gedacht haben. »*Bla* Vumilak und Dieser Hier *bla* zielen auf seinen Kopf *bla bla.* Er ist zu stark und groß, um *bla bla bla.*«

»Seid still«, wies Avilik den Großen an. Sie benahm sich, als sei sie die Chefin des Ganzen. »Dieser Mensch ist verängstigt und *bla.* Außerdem ist er von *bla bla* der Dystasis noch geschwächt und *bla bla.* Sie schießen *bla bla bla.*«

Klar! Nur im Notfall. Also, los geht's ...

Ich berührte mein blutverschmiertes Genick, stöhnte auf und torkelte ein wenig umher, bis ich mit meinem Rücken gegen die Fensterbank stieß. Ich kauerte mich zusammen und wimmerte in gebrochenem Halukisch: »Nein! Bitte nicht! Nicht wieder in Dystasis!«

Umklammerte mit einer Hand das Ende des triefenden Handtuchs.

Meruviak näherte sich und stieß dabei leise, beruhigende Laute aus. Ich drehte mich zu ihm herum und ließ das Handtuch wie eine Peitsche knallen – genau in sein Gesicht. Dann schleuderte ich das blutige Teil in Richtung der Wachen.

Igitt! Sie konnten nicht anders, sie schreckten zurück. Bis sie sich wieder erholten, hatte ich schon den erschreckten MediTechniker an beiden Handgelenken gepackt – Mann, waren die dünn! –, und hielt ihn nun wie einen Schild vor meinen Körper. Die Wachen feuerten ihre Betäubungspistolen ab. Meruviak bekam zwei Bolzen in den Rücken, sank in sich zusammen und ließ den Injektor fallen.

Ich hob seinen schmächtigen Körper hoch und warf ihn in Richtung der Wachen. Avilik schrie Befehle, die vollständig ignoriert wurden. Der Körper des bewusstlosen MediTechnikers traf beide Haluk und riss sie zu Boden. Schnell hob ich den Injektor auf, machte dann einen Hechtsprung auf die beiden zu und schlitterte über den glatten Parkettboden auf den zappelnden Stapel Außerirdischer zu. Fand ein uniformiertes Bein. Presste die Injektor-Kugel gegen einen Oberschenkel und schoss den Hochdruckstrahl der Flüssigkeit durch das Tuch hindurch. Der kleinere der beiden Wachleute stieß einen kurzen Schrei aus und ließ seine Ivanov fallen. Die schnappte ich mir.

Der Große lag auf dem Rücken, immer noch in einem gemeinsamen Extremitätengewirr mit dem bewusstlosen MediTechniker; er schwenkte fluchend seine Waffe. Dann feuerte er einen Betäubungs-Pfeil in die Decke und einen zweiten in die Wand. Ein dritter verfehlte meinen Kopf nur knapp. Dann schoss ich ihm in die Rippen, und er beruhigte sich.

Avilik stieß einen heulenden Schrei aus und rannte auf die Tür zu. Vom Boden aus schoss ich ihr in die Schulter. Sie brach zusammen und blieb wie ein unordentlicher Wäschestapel auf dem Boden liegen.

Ziemlich hoch dosiert! Ich blieb noch eine Weile liegen, völlig erschöpft von dem Hormonschub, der mir dazu verholfen hatte, die vom Dystasis-Tank hervorgerufene Schwäche vollständig zu ignorieren. Avilik hatte Recht gehabt, als sie meinte, ich sei von der Behandlung noch geschwächt und verängstigt. Außerdem hatte ich reichlich Blut verloren. Aber ich war ein robuster Mensch, kein Haluk, und in gewissen Notsituationen können wir wundersame, großartige Dinge vollbringen. Ich atmete tief ein und aus, bereitete mich geistig auf das vor, was nun kommen musste, und stand auf. Der völlig erledigte Superbulle reißt sich noch einmal zusammen, verflucht, und der Gedanke, dass die Zeit immer weiter davonläuft, spornt ihn an.

Raus hier, verdammt noch mal, Helly! Und zwar pronto!

Mit Gummibeinen schaffte ich es bis zur Tür und versuchte, sie zu öffnen. Sie war abgeschlossen. Irgendjemand musste eine Schlüssel-Karte haben. Ich kniete mich neben Avilik. Wenn sie die Chefin war … ja! Eine rot gestreifte Plastikkarte steckte in einer der Außentaschen ihres Kittels. Über die Steuereinheit neben der Tür schaltete ich die gesamte Raumbeleuchtung aus, dann entriegelte ich das Schloss und schob die Tür einen winzigen Spalt breit auf. Nun vollführte ich wieder mein patentiertes ›Erkundungsmanöver auf Kniehöhe‹. Niemand rechnet damit, dass ein Eindringling von da unten aus die Gegend sondiert.

Die Tür, durch die ich den Aufwachraum verließ, war eine von dreien, die in ein kleines Foyer am Ende eines langen Flures führten. An den beiden anderen Türen waren Haluk-Ideogramme zu erkennen, die ich nicht entziffern konnte. Entlang des Flures gab es weitere Türen, alle geschlossen, und auf halber Strecke eine kleine Nische, von der ich hoffte, dass sich darin ein Fahrstuhl befand. Niemand war zu sehen.

Ich schloss die Tür wieder, verriegelte sie und schaltete das Licht wieder ein. Dann fing ich an, den Großen auszuziehen. Er trug einen hübschen Chronometer aus dem Hause Breitling, den ich mir überstreifte. Seine schicke graue Uniform mit den schwarzen Paspeln schien mir für meinen doch eher menschlichen Körperbau ein wenig zu eng, aber wenigstens sollten meine Arme nicht aus den Jackenärmeln hervorstehen wie bei einer Vogelscheuche, und die Stiefel sahen aus, als könnten sie genau auf meine komischen neuen Füße passen. Darunter trug der Große schmuddelige Unterwäsche, von der ich die Finger ließ.

Sein Gemächt war als kleine Beule in seiner Unterhose erkennbar, und es kam mir deutlich kleiner vor als meine eigene, neu erworbene Ausstattung. Vielleicht erklärte das Aviliks anerkennende Bemerkung von vorhin ...

Bevor ich die Kleidung überzog, stellte ich mich schnell unter die Dusche. Die verdammte Wunde in meinem Nacken tropfte immer noch (später erfuhr ich, dass während der Dystasis dem Blut gerinnungshemmende Mittel zugesetzt werden, bei denen es einige Stunden dauert, bis ihre Wirkung abklingt). Also riss ich einen Kopfkissenbezug in schmale Streifen und bandagierte die Wunde, so gut es ging. Versuchen Sie doch mal, sich einen Druckverband am Hals anzulegen ...

So fein herausgeputzt, die Ivanov vom Großen im Halfter, die zweite Betäubungspistole unter der Jacke verborgen, sah ich aus wie ein richtig gefährlicher Haluk. Ich fühlte mich, als könnte ich jeden Moment umkippen, aber das kam ja nun überhaupt nicht in Frage. Als ich die anderen drei durchsuchte, fand ich eine ganze Sammlung verschiedenfarbener Schüssel-

Karten und steckte von jeder Art eine in die Tasche meines Patronengurtes. Alle Außerirdischen im Raum hatten Fons dabei, einen Augenblick dachte ich schon, ich hätte das große Los gezogen. Doch als ich Karl Nazarians Privatkode eingab (einen der wenigen, die ich auswendig kannte), ertönte eine Haluk-Stimme, und ich drückte schnell auf die VERBINDUNG-BEENDEN-Taste. Ein Blick auf das Adressenverzeichnis des Geräts verriet mir, dass nur einige wenige vorprogrammierte Kodes erreichbar waren – und das alles mussten Haluk-Verbindungen sein. Ich hätte mir denken können, dass es nicht einfach sein würde, von hier aus das allgemeine Netz zu erreichen.

Verflixt! Ohne Mobilfon, das persönliche Adressenverzeichnis und alle dazugehörigen Möglichkeiten zur Datenübertragung existierte man im 23. Jahrhundert praktisch nicht.

Na ja, wenn ich keine Hilfe rufen konnte, dann musste ich eben hier rausspazieren. Oder fahren.

Bedauerlicherweise hatten die Außerirdischen weder Menschen-Geld noch Kreditkarten bei sich, die sicherlich hätten nützlich werden können. Das Einzige, was ich noch an mich nahm, waren der Betäubungsmittel-Injektor (wieder im zugehörigen Behältnis), eine Taschenlampe, ein Paar Handfesseln und eine Magazintasche, die zuvor am Gürtel vom Großen befestigt gewesen war. Hinzu kam ein fremdartiges Klappmesser, das ich erstaunlicherweise bei Meruviak fand, und eine Stahlflasche aus der inneren Jackentasche des Kleinen. Darin befand sich nachgemachter, hochprozentiger Wodka.

Die Wissenschaft hat uns gelehrt, dass Alkohol kein Stimulans ist. Ich bin da anderer Ansicht: Ein kleiner Schluck munterte mich beträchtlich auf.

Nach kurzem Überlegen stahl ich dem Großen auch

noch seinen Platinring, in den ein Feueropal-Cabochon eingesetzt war, und schob ihn mir auf einen meiner langen, dünnen, fremdartigen Finger. Wenn ich schon weder Geld noch Kreditkarten besaß, konnte ich vielleicht wenigstens den verschachern.

Bevor ich den Raum verließ, ging ich zurück zum Fenster und versuchte, mich zu orientieren. Die Botschaft der Haluk war in den oberen 210 Stockwerken eines riesigen Gebäudes namens Macpherson-Tower untergebracht, auf der Edward-Street, in der Nähe der Yonge-Street, genau gegenüber vom Sheltok-Hauptquartier. Mein Fenster blickte nach Süden, genau auf den Sheltok-Tower, und mit ein wenig Abschätzen kam ich zu dem Ergebnis, ich müsse etwa im 180. Stockwerk sein. Die meisten Wolkenkratzer in der Nähe besaßen Zufahrtsrampen für die Skyways über der Innenstadt, normalerweise auf dem 50., 100. und 200. Stock. Vielleicht konnte ich an einem der Tore zur obersten Rampe ein Fahrzeug requirieren.

Das wäre mir am liebsten so. Falls das nicht funktionieren sollte, konnte ich immer noch versuchen, bis zum Path hinunterzugehen – vorausgesetzt, ich kam durch die Kontrollen und Sicherheitssysteme, die den Haluk-Teil des Turms von den darunter liegenden Etagen abriegelten, in denen Menschen ihre Suiten hatten. Anders, so hatte ich es mir überlegt, konnte man das Gebäude höchstens über den Skyport auf dem Dach verlassen, und der wurde nur von den nichtmenschlichen Mietern genutzt. Aber die Suiten, die ganz oben waren, gehörten ausschließlich Personen, die ganz oben waren – in ihrer jeweiligen Hierarchie. Wahrscheinlich waren die Sicherheitsvorkehrungen dort und am Skyport selbst ganz besonders strikt. Bei der Fahrzeugrampe im 100. Stockwerk hatte ich wahrscheinlich die besten Chancen.

Ich verließ den Aufwachraum, fand den Fahrstuhl, zog die Ivanov aus meiner Jacke und drückte auf die ABWÄRTS-Taste. Das Warten schien ewig zu dauern.

Abgesehen von einigen Schildern und Türbeschriftungen in der Sprache der Haluk und einer hübschen, fremdartigen Statue am Fenster neben der Fahrstuhl-Nische erschien mir alles, was ich in diesem Flur gesehen hatte, völlig normal – es sah in jeder Hinsicht aus wie ein ganz gewöhnliches Gebäude, das von Menschen genutzt wurde: der Teppichboden, die Beleuchtungskörper, die Kartenschlösser an den Türen, hier und dort ein Topf mit einer ordinären Erdenpflanze. Aber es war ja auch ein Gebäude, das Menschen gehörte. Das Management von Macpherson hätte gewiss keine ernst zu nehmenden Umbauten nach Maßgabe der Außerirdischen gestattet.

Ein Glockenton signalisierte die Ankunft des Fahrstuhls, und ich spürte, wie sich meine Muskeln anspannten. Ich hatte meine rechte Hand unter meine Jacke geschoben, wie Napoleon, und umklammerte die Ivanov. Falls sich die Tür öffnete und eine ganze Haluk-Truppe auf mich zustürmte, als Verstärkung für die drei, die ich ausgeschaltet hatte (das nur als Worst-Case-Szenario), war ich jederzeit bereit, die ganze Fahrstuhlkabine mit Betäubungsgeschossen zu bestreichen. Aber die resultierenden Schläfer unauffällig zu beseitigen, dürfte schwierig werden, wenn nicht sogar unmöglich.

Sollte ich Glück haben, und im Fahrstuhl waren nur unbewaffnete Haluk oder Hybridklone, dann musste ich improvisieren. Immer schön den reservierten Bullen spielen und den Mund halten, falls mich jemand ansprechen sollte. Ich würde wohl nur raten können, welcher Knopf für das 100. Stockwerk stand, es sei denn, die Haluk hätten die Originalbeschilderung noch nicht entfernt. Allerdings gab es in den meisten Aufzügen der Firmentower Piktogramme von Hüpfern oder Autos neben den Knöpfen für die entsprechenden Stockwerke.

Die Tür glitt auf. Im Fahrstuhl stand nur eine einzelne Person, ein hoch gewachsener schlanker Mensch.

Mein älterer Bruder Daniel.

Einen Augenblick stand ich dort wie vom Donner gerührt. Doch sein glasiger Blick glitt an mir vorbei, er schien mich kaum zu sehen. Für ihn war ich nur ein Außerirdischer unter vielen.

Ich trat in den Fahrstuhl, stellte mich neben ihn und warf einen kurzen Blick auf das Bedienfeld. Es gab keine Piktogramme, die auf Skyway-Zufahrten schließen ließen, und auch die einzelnen Stockwerke waren nur durch fremdartige Symbole markiert. Ich berührte den Knopf, der für das unterste Stockwerk gelten musste. Sofort blinkte ein rotes Lämpchen an einem Schlitz für Zugangsberechtigungskarten, neben dem etwas in der Sprache der Haluk stand. Die Fahrstuhltüren blieben offen, und aufdringlich ertönte die Glocke.

Holla! Ich wollte jetzt noch nicht meine Kartensammlung ausprobieren. Hastig tippte ich auf einen Knopf, der sich ein paar Zeilen oberhalb des ›verbotenen Knopfes‹ befand. Die Türen schlossen sich, und der Fahrstuhl fuhr abwärts. Mein Bruder hatte meinen Patzer nicht einmal bemerkt. Er wirkte völlig benommen.

Dan fuhr längst nicht bis zu der Etage hinunter, die ich aufs Geratewohl ausgewählt hatte. Der Aufzug hielt an, und als er ausstieg, ging ich unmittelbar hinter ihm her. Er schlurfte vorwärts wie ein Schlafwandler. Dan trug eine breit geschnittene Hose, eine Argyll-Weste aus Baumwollstoff und ein gelbes Hemd. Er hatte abgenommen, und unter seinen Augen lagen dunkle Ringe. Ich fragte mich, ob er immer noch unter Drogen stand.

Wir befanden uns auf einer Wohnetage des Gebäudes. Einige andere Leute kamen uns in dem Flurlabyrinth entgegen, augenscheinlich aus anderen Fahrstühlen. Sie sahen aus wie Menschen, waren aber vermutlich keine. Einige trugen Aktentaschen und teuere Kleidung. Sie wirkten wie Manager auf dem Heimweg, und ich fragte mich, welche Konzerne sie wohl gerade infiltrierten. Haushalts-Roboter rollten die Flure entlang, sie brachten saubere Handtücher und anderweitigen Nachschub. Aus einer kleinen Tür kam ein Servitron heraus, das irgendjemandem Zimmerservice zukommen ließ. Haluk, die in Menschen verwandelt worden waren, mussten auch Menschennahrung zu sich nehmen. Die exotischen Nahrungsmittel, die Haluk normalerweise essen, sind für den menschlichen Metabolismus in geringem Maße toxisch. Ich erschnupperte eine angenehm duftende Vorspeise, und mein leerer Magen krampfte sich zusammen wie eine Faust.

Mein Bruder Dan hatte immer noch nicht bemerkt, dass er verfolgt wurde. Er schob eine Schlüsselkarte in das Schloss seiner Tür und öffnete sie. Ich ahmte den Klang einer mechanisch übersetzten Haluk-Stimme nach, als ich ihn ansprach: »Daniel Frost! Dieser Hier wünscht Sie zu sprechen!«

Er wirbelte herum, warf mir einen Blick zu, der Furcht und Ärger gleichermaßen verriet, verschwand dann flink wie ein Kaninchen im Inneren seiner Suite und schlug mir die Tür vor der Nase zu.

Ach, Scheiße.

Ich betrachtete meine neu erworbene Sammlung an

Zugangsberechtigungskarten. Die rote funktionierte nicht, die blaue, grüne und goldene ebenso wenig. Ich versuchte es mit einer äußerst wichtig aussehenden mit silbernen Streifen: Volltreffer!

Als ich eintrat und die Tür hinter mir schloss, stand Daniel vor mir, zitternd vor Wut. »Ach, verdammt noch eins! Ich habe gerade eine sechsstündige Sitzung mit diesen verfluchten Tutoren hinter mir! Ich durfte noch nicht mal aufs Klo gehen! Könnt ihr Xeno-Arschlöcher mir nicht mal fünf Minuten Ruhe geben?«

»Dieser Hier muss Sie etwas fragen«, hob ich an.

»Bevor du anfängst, geh ich erst mal pinkeln«, sagte er. »Wenn dir das nicht passt, betäub mich doch.«

Ich durchstreifte kurz sein Apartment. Überwachungsgeräte waren keine zu sehen, aber das hieß ja nicht, dass der Raum nicht verwanzt war. Wahrscheinlich hatten die Außerirdischen lediglich Instrumente installiert, die Dans Atmung überwachten, damit er nicht unbemerkt Selbstmord begehen konnte.

In dem gemütlich eingerichteten Wohnraum gab es ein Infomedia-Center und ein gut ausgestattetes Bücherregal. Bilder mit friedlichen Motiven an den Wänden, ein hübscher gasbetriebener Kamin, sogar ein Keyboard. Dan liebte es, auf dem Klavier zu klimpern, und ein paar Jazz-Stücke konnte er sogar leidlich nachspielen. Im Schlaf- und Arbeitszimmer standen ein Doppelbett (mit geradezu militärischer Präzision gebaut) und ein Computer. Ich setzte mich vor das Gerät und versuchte, eine allgemeine Telecom-Verbindung aufzubauen. Ich hatte kein Glück, aber das überraschte mich nicht.

Im Schrank fand ich eine hübsche Auswahl an Kleidung und Schuhen, äußerst pedantisch sortiert. Der gute alte, anal fixierte Dan. Es gab da ein paar Trainingsanzüge, die mir passen könnten. Ich nahm den, der am weitesten aussah, und fand gleich noch passende Turnschuhe und eine Sporttasche. In einer Garderobe entdeckte ich Socken, Unterwäsche und sogar noch eine Baseball-Kappe mit dem Logo der Toronto Blue Jays. All das stopfte ich in die Tasche.

Dan kam vom Klo zurück und stutzte ungläubig. »Was soll die Scheiße denn?! Du klaust meine Klamotten?«

»Gib mir dein Fon!«, befahl ich. »Sofort!« Ohne Zweifel war dieses Gerät genauso nutzlos wie die, die ich bei den Haluk gefunden hatte, aber ich musste dafür sorgen, dass Dan nicht die Außerirdischen zu Hilfe rief.

Er griff in seine Taschen und reichte mir das Fon. Auf sofortigen Gehorsam gedrillt. Gut. Wenn ich ihn genau im Auge behielt, sollte es ihm nicht gelingen, einen Alarm auszulösen.

Ich rief das Adressbuch des Fons auf und fand nur die gleichen vorprogrammierten Kodes, die auch in den Haluk-Fons gestanden hatten. Ich überprüfte das Gerät auf erweiterte Auswahlmöglichkeiten, aber es gab keine.

»Hast du was zu essen, Dan?«, fragte ich. Ich sprach jetzt nicht mehr wie ein Haluk, nachdem ich mir überlegt hatte, wie ich bei ihm vorgehen wollte. Aber das schien ihm gar nicht aufzufallen.

»In der Küche«, erwiderte er mürrisch. »Ist aber alles Menschenfutter. Wir können was bestellen, wenn du willst.«

»Ist nicht nötig«, sagte ich.

Ich schob ihn vor mir her in die Küche und ließ ihn den Kühlschrank öffnen. Fand darin Schinken, Jarlsberg-Käse, Tomaten, Grey-Poupon-Senf. *¡Perfecto!* Ich wies ihn an, mir zwei Sandwichs zu machen und sie in die Mikrowelle zu schieben.

»Du machst wohl Witze!«, stieß er hervor. Seine

Augen waren blutunterlaufen und verquollen, seine Pupillen winzig. Er war auf irgendetwas, aber wenn er bis eben mit den Haluk-Tutoren gearbeitet hatte, musste sein Verstand ja funktionstüchtig sein.

Der kleine Esstisch bestand aus Ahorn, ebenso die dazu passenden Lehnsessel. Ich setzte mich, zog die Ivanov aus meiner Jacke und legte sie vor mir auf den Tisch. »Ich hätte auch gerne noch einen starken Kaffee mit Zucker. Und ein großes Glas Wasser, bitte!«

Er ging hin und her, leistete allen Anweisungen Folge und stellte mir schließlich meine Mahlzeit auf den Tisch. Ich sagte ihm, er solle sich setzen und warten, dann fiel ich über Essen und Trinken her wie ein ausgehungerter Kojote. Als ich das letzte Mal in Dystasis gewesen war, damals im kleinen Krankenhaus von K-L, hatten sie mir danach Babybrei vorgesetzt. Vielleicht würde mir von festem Essen übel werden. Egal.

Dan beobachtete mich, runzelte die Stirn und biss sich auf die Lippen, die ohnehin schon blutig waren. Ich hatte fast aufgegessen, als er die Augen zusammenkniff, und ich sah, dass er endlich hinter das Geheimnis gekommen war. Er stieß ein entsetztes Gurgeln aus und sprang auf, wobei er fast seinen Stuhl umwarf.

»Du!«, keuchte er. »Asa ... mein Gott, das bist doch du, oder?!« Schweiß war ihm auf die Stirn getreten, seine Augen schienen aus ihren Höhlen zu quellen. Er sah aus, als stünde er unmittelbar vor einem Herzanfall.

»Setz dich!« Ich hob die Betäubungspistole und schwenkte sie gemächlich. »Ja, ich bin's. Ganz ruhig, Dan. Alles in Ordnung! Wir werden uns ein bisschen unterhalten müssen. Die werden bald nach mir suchen, aber ich schätze, ein wenig Zeit habe ich noch.«

»Wie bist du entkommen? Jessas! Wir wollten doch

morgen mit den Übungen für deinen zweiten Hybridklon anfangen! Das ist ...«

»Sei still! Ich brauche ein paar Antworten! Also: Auf welcher Etage ist der Zugang zum Skyway?«

Er zögerte nur einen Augenblick, bevor er mir antwortete. »Auf der zweihundertsten ist der, den die Haluk benutzen. Der auf der hundertsten ist aus Sicherheitsgründen gesperrt. Er liegt genau zwischen den Etagen, auf denen die Haluk wohnen, und denen, die von Menschen genutzt werden. Aber über den zweihundertsten Stock wirst du nie türmen können. Da sitzen die ganz hohen Tiere der Haluk. Es gibt da mindestens drei Checkpoints, und die Wachen da oben sind mit Kagi-Blastern bewaffnet.«

»Und wie sieht die Sicherheit auf den untersten Haluk-Etagen aus? Auf der Hundersten?«

»Die Türen sind durch Doppelkartenschlösser gesichert – blau und gold –, und die Wachen tragen Betäubungspistolen. Das ist der Hauptausgang. Da gehen Haluk den ganzen Tag und die ganze Nacht über rein und raus.«

Okay. Also würde ich genau das ebenfalls tun.

»Dan, ich werde von hier türmen. Willst du mitkommen?«

»Ja«, sagte er niedergeschlagen. »Aber ich kann nicht. Und du kannst hier wahrscheinlich auch nicht weg! Die haben uns Kontroll-Implantate verpasst!«

»Im Nacken. Ich weiß. Ich hab mir meins rausgeschnitten, und das kann ich bei dir auch machen.«

Er stieß ein hohles Lachen aus und tippte sich auf das Brustbein. »Da sitzt noch eins, Asa! In der Thoraxhöhle. Sobald du einen blauen Checkpoint überquerst, ohne dass einer deiner Begleiter den zugehörigen Kode eingibt, detoniert eine kleine Sprengladung und zerfetzt dir Herz und Lunge.«

Verflixt! ... Aber waren die MediTechniker überhaupt dazu gekommen, mir dieses kleine, tödliche Spielzeug einzubauen? Erinnerte ich mich nicht daran, dass einer von denen irgendetwas davon gesagt hatte, sie wollten mit irgendwas noch warten? Oder täuschte ich mich da? Hatten sie das eingebaut, bevor ich wieder zu Bewusstsein gekommen war?

»Ich hol dich hier raus!«, versprach ich. »Vertrau mir! Wenn du mir ein paar Antworten gibst, die mir weiterhelfen, komme ich zurück und helfe dir! Und wenn du erst mal hier raus bist und dieser ganze Haluk-Schlamassel vorbei ist, dann lasse ich dich auch wieder bei deiner Familie wohnen ... wenn die dich noch wollen.«

Wieder ein freudloses Lachen. »Ich bin im Arsch, Asa. Und du auch!«

»Dan, ich komme hier raus, und ich werde so einen Krawall bei den Medien schlagen, dass die Haluk darum betteln werden, ihre Abkommen neu formulieren zu dürfen! Die werden uns anflehen, endlich Inspektoren zu ihren Kolonien zu schicken!«

»Davon träumst du aber auch nur!«

»Wer ist der erste Hybridklon?«, fragte ich.

Er starrte mich wie betäubt an. »Ich weiß ...«

»Pseudo-Asahel-Frost Nummer eins«, half ich ihm auf die Sprünge. »Wer ist der Mensch, den die Haluk als Ersten umgemodelt haben? Der Typ da draußen, der sich für mich ausgibt, genau jetzt? Diese Außerirdischen trauen diesem Idioten nicht, aber sie mussten warten, bis ihr eigener Hybridklon aus dem Tank kommt: Ich hatte schon vermutet, dass die Haluk dich dafür genommen hätten, aber das hätte ja gar keinen Sinn ergeben. Also muss es jemand anderes sein. Wer?«

Dan war bleich geworden. Er schüttelte den Kopf. »Nein. Die werden mich umbringen, Asa. Ich kann dir nicht sagen ...«

Ich stand auf, krallte mich mit beiden Händen in sein Hemd und riss ihn halb über den Tisch, bis seine Nase fast die meine berührte. »*Ich* werde dich umbringen, du Arschloch, und zwar mit bloßen Händen! Aber das wird nicht so schnell gehen! Du wirst schreien, bis dein Kehlkopf den Geist aufgibt! Sag mir, wie er heißt! Sag es mir! Sag es mir!« Ich schüttelte ihn, bis er mit den Augen rollte, dann stieß ich ihn kräftig zurück. Er krachte in seinen Sessel. Der umgestoßene Kaffee verteilte sich auf dem Tisch und tropfte auf den Boden. Mein Bruder saß zusammengekauert dort, vor Angst wie erstarrt: Dann begann er zu weinen.

Erst Böser Bulle, dann Guter Bulle.

Ich setzte mich wieder. »Danny, Danny! Ich weiß, was passiert ist. Die haben dich aus der *Kingfisher Lodge* in Kenora geholt und hierher gebracht. Haben dir erzählt, du dürftest weiterleben, wenn du kooperierst. Die brauchten Hintergrundinformationen über mich, damit ihre Hybridklon-Scharade funktionieren konnte. Immens detaillierte Informationen. Damit ihr Klon nicht nur Eve und den Abgeordneten Sontag überzeugte, sondern auch meine Mitarbeiter.«

»Die haben mich fast drei Wochen an ihre Geräte angeschlossen«, flüsterte er und wischte sich mit dem Handrücken über das Gesicht. »Ich dachte, ich wäre erledigt. Diese Schmerzen, Asa! Als ob jeder einzelne Nerv in meinem Körper in Flammen stünde! Als wäre ich in einem brennenden Netz gefangen! Die haben mich völlig ausgequetscht! Dann haben sie mich wieder auf die Beine gebracht und mir ein bisschen Ruhe gelassen, damit ich mich erholen konnte. Ich hab denen geholfen, den ersten Hybridklon richtig auszubilden. Die wollten, dass ich das auch mit dem zweiten mache. Und du hättest denen auch dabei geholfen. Ob du gewollt hättest oder nicht!«

Er zitterte, und erneut strömten ihm Tränen über die Wangen. Ich beugte mich vor, dehnte meine Lippen zu einem äußerst haluk-untypischen Lächeln und legte ihm eine fremdartige Hand auf die Schulter. »Danny, du weißt, was die vorhaben. Die wollen unsere Galaxis mit Gewalt kolonisieren. Im Notfall die ganze Menschheit ausrotten! Wie passt mein Klon in diesen ganzen Plan? Benutzen sie den politisch – im Rat? Oder haben die es so gedeichselt, dass dieser Doppelgänger wieder in der Chefetage von Rampart sitzt?«

»Beides. Du bist ... er ist Präsident und Syndikus von Rampart. Eve und die anderen waren so erleichtert, dass du wieder da warst, nachdem man dich im Schützen-Nebel verschollen glaubte, dass sie sich über deinen Sinneswandel gar nicht weiter gewundert haben. Cousin Zed ist immer noch Geschäftsführer, aber er hat jetzt auf Dauer seinen Standort auf Seriphos. Du ... ich meine, dieser Hybridklon ... und Eve haben effektiv von Toronto aus das Sagen – und Gunther Eckert und Ellington, dieser Heini von Macrodur, applaudieren während der Sitzungen nur, zusammen mit dem Rest des Vorstands.«

»Eve hat keine Ahnung, dass sie es mit einem Doppelgänger zu tun hat?«

»Der ist wirklich gut vorbereitet. Ein geborener Schauspieler, mit einer verdammt beeindruckenden Ausstrahlung.« Er grinste kurz. »Ganz wie du, Kleiner. Es hat das Ganze ziemlich vereinfacht, dass du immer so ein störrischer Einzelgänger warst und so gut wie nie was mit der Familie zusammen gemacht hast. Und das Geschäft kennt er natürlich in- und auswendig. Die Konsolidierung von Rampart und Galapharma lief unter seiner Leitung wie am Schnürchen, und das Haluk-Konsortium trottet ihm hinterher wie ein treuer Hund. Die fünfzig neuen Haluk-Kolonien im Sporn laufen wie geschmiert, die neuen Siedler strömen zu Millionen herbei.«

»Hat der Rat die dreihundert zusätzlichen Kolonien genehmigt?«, fragte ich grimmig.

»Noch nicht. Das Abstimmungsergebnis wird in den nächsten Tagen erwartet. Nach dem, was ich zuletzt gehört habe, wohl innerhalb der nächsten zwei Wochen. Dein Hybridklon hat die Führung der anderen Konzern-Lobbyisten übernommen und hat ihnen gezeigt, wo man Druck ausüben muss und wie man am besten gegen den Widerstand des Abgeordneten Sontag vorgeht. Der und sein Komitee für Fremdrassenangelegenheiten haben bei allen ihren Sitzungen die Medien zugelassen. Haben jede Menge Beweismittel vorgelegt, die den Haluk schaden könnten, und ein Riesenspektakel angefangen. Die Hybridklon-Leiche und die Anschuldigungen wegen Spionage haben mächtig Staub aufgewirbelt.«

Guter Junge, Ef! »Das ist sehr gut! Versuchen die Bürger schon, den Rat zur Revision der Haluk-Abkommen zu bewegen?«

»Klar. Aber die Lobbyisten der Konzerne kämpfen mit Klauen und Zähnen dagegen. Die schleppen ihre eigenen Experten an, um zu beweisen, dass Sontags ›Beweismittel‹ für eine weit reichende Infiltration durch Hybridklone gar keine sind. Nur Macrodur und ein paar der kleineren Konzerne testen die DNA ihrer leitenden Angestellten. Die anderen großen Firmen blocken das Ganze ab. Bisher ist kein einziger lebender Hybridklon-Spion entdeckt worden, und diese Leiche wird allgemein als Ausnahme angesehen.« Dan warf mir mit saurer Miene einen Blick zu. »Es hilft Sontag nicht gerade, dass der Hauptzeuge seine ursprüngliche Aussage widerrufen hat und jetzt behauptet, unter seinem Namen seien gefälschte Aussagen eingereicht worden.«

»Hauptzeuge …«

»Du.« Dan brachte eine schwaches Glucksen zustande.

»Wer ist es?«, fragte ich, leise und ermutigend. »Wer ist der erste Hybridklon von Pseudo-Helly?«

Er schüttelte den Kopf und blickte wie wild in der Gegend umher.

»Ich muss es wissen. Ich muss ihn aufhalten.«

»Die werden mich töten.«

»Letztendlich wirst du es mir doch erzählen, Dan. Ich werde dir wehtun, wenn das nötig sein sollte. Erspar dir die Schmerzen …«

»Was weißt du denn über Schmerzen?«, schrie er mich an. *»Mein ganzes Leben besteht doch nur aus Schmerzen!«*

Also wieder ›Böser Bulle‹.

Ich schlug ihn mit dem Handrücken quer über das Gesicht. »So eine Scheiße! Du! Redest! Doch! Nur! Scheiße! Die ganzen Schmerzen, die du spürst, sind doch nichts weiter als verletzter Stolz und vergeblicher Ehrgeiz! Du arrogantes, egozentrisches Arschloch! Du bist nichts als ein triebhaftes, berechnendes Monster! Du wolltest, dass Paps dich zum Chef von Rampart macht. Als er das nicht getan hat, bist du völlig durchgedreht. Du hast dich mit einem Wahnsinnigen zusammengetan, der dir versprochen hat, was du haben wolltest. Du hast alles getan, um Alistair Drummond die Kontrolle über Rampart zu geben. Es war deine wahnsinnige Idee, Eve in einen Hybridklon zu verwandeln. Du hast diesen Plan ersonnen, Simon und mich diesem durchgeknallten Zuhälter in Coventry Blue zu verkaufen … Und du hast unsere Mutter vergiftet, Dan, weil Alistair Drummond gedroht hat, dich umzubringen, wenn Mutter dir nicht die Kontrolle über ihre Firmenanteile von Rampart überlässt.«

»Hab ich nicht«, murmelte er und betastete seine geschwollene Nase. Sie blutete ein wenig.

»Doch, hast du!«, sagte ich mit trauriger Stimme. »Und das bereitet dir die größten Schmerzen.«

Ich wartete, während er fluchte und schluchzte und alles abstritt. Dann fragte ich: »Es ist Alistair Drummond, stimmt's? Er lebt, und er sieht jetzt aus wie ich.«

Dan zuckte heftig zusammen und starrte mich mit offenem Mund an. »Nein! Der ist es nicht!«

Doch das war alles, was ich brauchte, um meine Vermutung bestätigt zu sehen. Ich hatte nie glauben können, dass Drummond wirklich tot war, und es hatte ja diese Andeutung eines Hinweises gegeben, er sei vielleicht an Dans Entführung aus der Kingfisher Lodge beteiligt gewesen. Während ich in diesem Tank steckte, hatten die Anführer der Haluk über einen unzuverlässigen menschlichen Überläufer gesprochen, dessen Absichten zum Großen Plan passten. Die Haluk hielten diesen Mann für wahnsinnig. Ich wusste aus Erfahrung, dass Alistair Drummond ein charmanter, äußerst glaubwürdig wirkender, brillanter Soziopath war.

Und jetzt lebte er *mein* Leben.

Ich erhob mich, griff nach der Ivanov und ging um den Tisch herum, zu meinem Bruder, der dort zusammengekauert saß. »Mehr Zeit kann ich mit dir nicht verschwenden! Wenn die Haluk dich nachher an ihre Wahrheitstester anschließen, vergiss nicht zu erwähnen, dass ich vorhabe, ihnen die ganze Sache so richtig zu versauen! Ich werde Drummond bei lebendigem Leib meine Haut abziehen, und aus dem Rest mache ich Hackfleisch!«

»Asa, die werden mich an diesen Maschinen zu Tode foltern!«

»Ja, vielleicht. Aber bevor du den Löffel abgibst,

erzähl dem Diener der Diener gefälligst, dass ich über die Invasionspläne Bescheid weiß. Sag ihm, es wäre besser für ihn, jetzt aufzugeben und den Rat um Gnade anzuflehen – jetzt sofort, bevor er sich noch mehr Schaden zufügt. Wenn er das nicht tut, wird die Menschheit seinen babyblauen Arsch wieder in den Haluk-Sternhaufen scheuchen und dafür sorgen, dass er und seine Leute bis ans Ende aller Tage da bleiben und verrotten.«

»Asa, um Gottes willen ...«

Ich verpasste Dan zwei Betäubungs-Pfeile. Er würde mindestens einen halben Tag bewusstlos bleiben. Dann legte ich den Waffengurt meiner Uniform ab, weil ich wusste, dass ich niemals aus dem Gebäude herauskommen würde, solange ich dieses Ding trug. Ich nahm die nützlichsten Dinge daraus an mich und stopfte sie in die Sporttasche mit den Kleidungsstücken.

Dann lief ich wieder zum Fahrstuhl zurück. Vielleicht würden mir ja wirklich ein paar lebenswichtige Organe explodieren, wenn ich den Checkpoint im 100. Stockwerk passierte, vielleicht aber auch nicht. Es gab nur eine Möglichkeit, das herauszufinden.

Nachdem ich in den Fahrstuhl gestiegen war, stellte ich fest, dass die Schlüsselkarte mit den goldenen Streifen mir tatsächlich den Zugang zum untersten Haluk-Stockwerk ermöglichte. Ich befand mich auf dem Weg in die Freiheit.

Kurz bevor ich mein Ziel erreichte, stiegen bei einigen Stopps ein paar Außerirdische ein, doch Hybridklone mit menschlichem Aussehen waren nicht dabei. Ich kam zu dem Schluss, dass diesen wohl eigene, exklusive Fahrstühle zur Verfügung gestellt worden waren. Es wäre ja auch wirklich nicht sehr klug, sich dabei beobachten zu lassen, wie sie Fahrstühle benutzten, die ausschließlich für die Haluk-Bewohner dieses Gebäudes reserviert waren.

Manche der Xeno-Passagiere trugen Gewänder, wie sie für ihre Heimatwelten typisch waren, andere waren wie Menschen gekleidet – vielleicht hatten sie vor, in der Stadt einen draufzumachen. Niemand beachtete mich. Ich blieb in der Nähe der Tür stehen, für den Fall, dass etwas Unvorhergesehenes passierte.

Und dann passierte etwas Unvorhergesehenes.

Die Türen öffneten sich und ließen einen weiteren Passagier ein, einen männlichen Haluk, der einen hellbraunen Kittel trug und ein elektronisches Notizbuch unter dem Arm hielt. Als er mich sah, erweiterten sich seine Pupillen – die Art seiner Rasse, Überraschung zu zeigen. Er starrte mich die ganze Fahrt über an, der Fahrstuhl hielt immer und immer wieder, langsam wurde die Kabine voll. Dann wurde der Fremde in den hinteren Teil des Fahrstuhls geschoben, so dass ich ihn nicht mehr sehen konnte.

Aber ich hatte ihn erkannt: Senfkittel! Er war derjenige, den die anderen ›Archiator Irgendwas‹ genannt hatten, derjenige, der mich dem Diener der Diener und dieser Haluk-VIP präsentiert hatte, während ich noch in diesem Tank gesteckt hatte. Damals hatte er sich benommen, als sei er der Leiter des Hybridklonierungsprojekts oder irgendein anderes hohes Tier aus der Technikabteilung.

War er aufmerksam genug, meine anatomischen Anomalien zu bemerken?

Jou!

Ich spürte, dass jemand mich am Arm festhielt, dann wurde ich leise auf Halukisch angesprochen. »Wache! Nennen Sie mir Ihre *bla bla*!« Senfkittel fragte nach meiner ID.

Wieder öffneten sich die Türen, drei weitere Passagiere betraten den schon fast vollen Aufzug: MediTechniker in blassgrünen Kitteln, wie sie in Krankenhäusern auch von Menschen verwendet wurden, um den Hals trugen sie an Bändern Diagnosegeräte. In seiner Muttersprache sagte ich Senfkittel: »Tut mir Leid, keine Zeit.« Dann riss ich mich von ihm los und glitt gerade noch aus den Türen, die sich bereits schlossen. Er versuchte noch, mir zu folgen, schaffte es aber nicht mehr.

Mein Herz hämmerte mir bis zum Hals, als ich aus der Nische heraustrat, in der sich der Fahrstuhl befand, dann presste ich mich gegen die Wand, gerade außer Sicht, und erwartete dabei, jeden Moment den Klingelton zu hören, der mir verriet, dass sich die Aufzugtüren wieder öffneten. Nichts geschah. Vielleicht hatte Senfkittel nicht schnell genug das Tastenfeld erreichen können, um den Fahrstuhl noch aufzuhalten. Vielleicht hatte er auch seine Bedenken beiseite geschoben und sich dazu entschlossen, einfach mit dem weiterzumachen, was er vorher getan hatte.

Vielleicht würde er auch die Wachen am Checkpoint informieren.

Auf diesem Stockwerk gab es keine Skulpturen oder hübsche Dekorationen, und auch keine Fenster. Dieser Teil des Gebäudes war nur schwach beleuchtet, die Luft relativ kühl. Ich widerstand meinem Instinkt, der mich dazu drängte, den nächsten Aufzug zu nehmen, zum Checkpoint zu fahren und den Fluchtversuch zu wagen, bevor der ganze Krawall losging.

Ganz ruhig, Helly. Haluk-Wachen sehen nun mal alle gleich aus. Ich musste mich umziehen. Vielleicht würde ich ja noch ein paar andere Aufzüge finden.

Auf diesem Flur gab es jedenfalls keine mehr. Ich ging an einigen Türen vorbei, bevor ich meinen Hauptschlüssel einsetzte, glitt dann lautlos in einen dunklen Raum und schloss mich ein. Dann schaltete ich das Licht an und stieß erstaunt einen Kraftausdruck aus.

Der ganze Raum war mit goldenen Sarkophagen angefüllt, allesamt aufrecht, jeder in einer eigenen kleinen, nach vorne offen stehenden Nische. Sie waren an allen Wänden aufgereiht, und auch in der Mitte des Raumes standen welche, in engen Reihen aufgestellt wie Regale in einer Bibliothek, so dass man gerade noch zwischen ihnen hindurchgehen konnte. An jeder dieser eleganten, sargartigen Puppen waren Biomonitore angeschlossen. Ich wusste sehr wohl, was sich darin befand: Haluk in ihrer Testudinal-Phase, der Phase, in der diese allomorphen Außerirdischen ihren Sommerschlaf verbrachten.

Aber Haluk, die mit Hilfe von PD32:C2 ihren Allomorphie-Zyklus überwunden hatten, fielen nicht mehr in Sommerschlaf. Und es war allgemein bekannt, dass die Haluk keine noch allomorphen Mitglieder ihrer Rasse zur Erde schickten. Es war nicht rentabel, wenn Botschaftsangehörige und Handelsattachés die Hälfte des Jahres schliefen, und normalerweise achteten die Haluk sehr auf Rentabilität.

Also, was machten diese Testudos dann hier?

Ich ging zurück zur Tür, schaltete das Licht aus und überprüfte wieder einmal aus der Froschperspektive den Flur. Leer. Ich öffnete die Tür auf der gegenüberliegenden Seite und fand noch mehr aufgereihte Testudos. Ich rannte zu einer anderen Tür, den Gang weiter hinunter, und entdeckte weitere Exemplare. Diesmal schloss ich mich in den Raum ein und zog Dans Sportkleidung an.

Mir schwirrte der Kopf, und mein überfüllter Magen stand kurz davor, sich umzudrehen. Es schien nur eine Erklärung zu geben: Bereits behandelte Haluk verfielen irgendwie wieder in ihren alten Allomorphie-Zyklus.

Hatte Emily Konigsberg das beabsichtigt? Mit Hilfe ihrer Exon-Mutante? Oder war dieses sonderbare Stück DNA ein Notbehelf, der den unausweichlichen Umwandlungsprozess nur aufschob?

Konnten diese Testudos erneut behandelt werden, sobald sie ihren Sommerschlaf beendet hatten und als Grazile geschlüpft waren? Falls ja: Wie dachten die Haluk darüber, dass sie der Menschheit – und insbesondere Rampart – gegenüber für alle Zeiten verpflichtet sein würden?

Rampart ... langsam ließ sich das Puzzle zusammensetzen.

Ich schnürte meine Schuhe zu, setzte die Baseball-Kappe auf und zog sie mir tief ins Gesicht. Dann nahm ich alle Geräte aus der Sporttasche, abgesehen von der Ersatz-Ivanov und dem Betäubungsmittel-Injektor, und stopfte das ganze Zeug in den geräumigen Känguru-Beutel unterhalb des kurzen Reißverschlusses meines Sportsweatshirts, der nur bis knapp unter mein Brustbein reichte. Die Schlüsselkarten steckte ich in meine Hosentasche. Dachte kurz darüber nach, die Uniform und die Stiefel zusammen mit der Tasche, dem Injektor und der Ersatz-Waffe zurückzulassen, bis mir einfiel, dass es draußen, außerhalb des Macpherson-Towers, ja fast Winter war. Also stopfte ich die Uniform in die Tasche, für den Fall, dass mir in der Sportkleidung zu kalt werden sollte, und legte auch die anderen Sachen wieder dazu. Den Ring mit dem Feueropal trug ich immer noch an der Hand.

Als ich die Tür wieder öffnete, sah ich, dass ich nicht der Einzige auf dem Flur war. Ein Haluk-Lepidodermoide schob eine Krankentrage vor sich her, auf der eine goldene Puppe zu erkennen war. Zum Glück jedoch ging er in die andere Richtung. In der geschlechtslosen Übergangsphase der Lepidos sind diese Außerirdischen äußerst dickhäutig und schwerfällig, sehr langsam im Denken und nur zu niederen Tätigkeiten zu gebrauchen. Der Lepido, der die Krankentrage schob, blieb vor einer Tür auf der anderen Seite der Fahrstuhl-Nische stehen, zog eine Schlüsselkarte und schob seine Fracht hinein.

Ich rannte zum Fahrstuhl und erwischte fast sofort einen, der nach unten fuhr. Er war auch nur mäßig voll. Doch als wir das unterste Haluk-Stockwerk erreicht hatten, öffneten sich die Türen nicht. Stattdessen klingelte die Glocke in einer Art und Weise, die nur einen Alarm darstellen konnte. Ich spürte, wie sich mein überfüllter Magen zusammenkrampfte, und beinahe hätte meine Hose eine andere Funktion erfüllt als die, für die sie eigentlich vorgesehen war.

Einer der Passagiere sagte: »*Bla bla [Kraftausdruck]* hat vergessen, den goldenen Schlüssel zu *bla*?«

Neben dem Schlitz für die Schlüsselkarte blinkte ein rotes Lämpchen. Ein Sensor im Inneren der Kabine hatte uns durchgezählt und das Ergebnis mit der Anzahl der eingeführten Karten verglichen. Eine fehlte.

Die anderen murmelten angewidert vor sich hin und starrten einander an, um herauszufinden, wer wohl der gedankenlose Trottel sein mochte, der sie nun alle aufhielt.

»'tschuldigung«, murmelte ich, zwang mich zu einem Haluk-›erwürgter-Welpe‹-Lachen und führte meine Karte ein. Das Licht sprang auf grün um, die Türen öffneten sich, und gemeinsam gingen wir in eine Lobby, in der es vor Haluk nur so wimmelte.

Vor den Checkpoints, die zum Ausgang führten, gab es acht Schlangen. Alle, die dort standen, hielten eine blaue Schlüsselkarte bereit und wurden schnell durchgelassen. Ich wühlte in meiner Hosentasche und fand meine eigene. Was würde passieren, wenn ich meine Karte in den Schlitz einführte? Würde mein Herz explodieren? Würde das wehtun? Wie lange würde es dauern, bis ich tot war?

Vor einer anderen Reihe Aufzüge standen Wachen – vor den Aufzügen, die in die Freiheit führten. Suchten die etwa einen dreisten Hochstapler? Falls ich es schaffen sollte, durch den Checkpoint zu kommen, ohne dass meine Pumpe explodierte, würden die mich dann aufhalten und wieder nach oben eskortieren, zurück in den Tank?

Ich atmete tief ein, straffte die Schultern und schob die Karte ein.

Das Licht über dem Durchgang sprang auf grün um.

Mein Herz schlug noch immer, und ich ging durch das Tor hindurch. Mit gesenktem Kopf drängte ich mich in einen Fahrstuhl, der so voll war, dass wir eng gepackt standen wie Ölsardinen. Ein paar Augenblicke später öffneten sich die Türen, und ich trat auf den *Path* hinaus.

Zunächst einmal musste ich jetzt so weit wie möglich vom Macpherson-Tower wegkommen. Danach musste ich eine vernünftig abgelegene Fon-Zelle finden. Die zu benutzen war gefährlich. Ohne Geld und ohne die Möglichkeit, meine ID durch einen Retinascan zu verifizieren – nicht mit meinen exotischen neuen Iriden! –, würde ich entweder meinen Privatkode oder den Generalkode von Rampart eingeben müssen, dazu noch die jeweiligen Kennwörter, um einen Kreditkartenanruf zu schaffen. Ich zweifelte nicht daran, dass den Haluk beide Kodes bekannt waren. Wenn die auch noch in die Datenbank der Telecom eingedrungen waren, würden sie nicht nur erfahren, von wo aus ich anrief, sondern auch, wen.

Also musste ich gewaltig nachdenken. Falls ich versuchen sollte, meine Verwandten, meine Freunde oder meine engsten Mitarbeiter zu kontaktieren, brachte ich sie damit vielleicht unmittelbar in Lebensgefahr.

Und selbst wenn ich jemanden erreichen sollte – wer würde denn schon glauben, dass dieser Spinner, der so klang wie ein Haluk, in Wirklichkeit *ich* war? Macht doch keiner! Alle öffentlichen Videofone übertrugen ein Bild des Anrufers, es sei denn, man hielt den zugehörigen Video-Sensor zu, und das wiederum musste berechtigterweise jedem, der das Fon abnahm, verdächtig erscheinen. Leute in den oberen Rängen der Gesellschaft – und dazu gehörten Eve, Simon, Karl, Ef Sontag und Bea Mangan – überwachten sehr sorgfältig ihre elektronisch übertragenen Kommunikationen. Wahrscheinlich würden sie ein Gespräch von einem öffentlichen Fon nicht einmal annehmen, wenn der Anrufer sich weigerte, sein Gesicht zu zeigen.

Aber ich kannte jemanden, der diesen Anruf doch entgegennehmen würde.

Fast instinktiv ging ich auf dem *Path* in westlicher Richtung, unter der Dundas Street entlang, auf den alten Rampart-Tower zu. (Ich begriff allerdings erst später, dass Rampart natürlich sein Hauptquartier in Toronto in den phallischen Monolithen verlegen musste, in dem früher Galapharma residiert hatte.) Als ich die University Avenue erreicht hatte, fuhr ich mit einem Aufzug zu den oberen Etagen hinauf und fand eine geeignete Fon-Zelle in einer Reihe von Kommunikatoren in der U-Bahn-Station *St. Patrick.*

Mit dem Rampart-Kode und dem entsprechenden Kennwort rief ich im Hauptquartier der Commonwealth-Kripo an: die Bullenhauptwache. Mit einer Hand bedeckte ich den Sensor des Videofons. Als der Offizier vom Dienst sich meldete, fragte ich nach Chief Superintendent Jakob Silver. Natürlich machte der keine Nachtschicht, aber ich war mir ziemlich sicher, dass die mich zu ihm nach Hause durchstellen würden, wenn ich einen Notfall in der Familie meldete und meinen Namen sowie meinen Privatkode durchgab. Und das Fon-Link zur Polizei war sicher vor Haluk-Schnüfflern geschützt.

»Ich bedaure«, sagte der Mann. »Chief Superintendent Silver ist verstorben. Darf ich Ihren Anruf an eine andere Stelle weiterleiten?«

»Nein ...«

Wie betäubt unterbrach ich die Verbindung. Stand dort, als hätte mich ein Betäubungspfeil getroffen.

Jake. Jake war tot. Etwa meinetwegen? Weil Alistair Drummond während einem seiner Auftritte in der Öffentlichkeit einen Fehler gemacht hatte und es nur Jake, dem weisen alten Bullen, aufgefallen war? Und Jake, nicht ganz so weise, meinen Hybridklon zur Rede gestellt hatte?

Jake.

Verflixt ...

Ich weiß nicht, wie lange ich dort einfach nur stand. Meine nur vorübergehend wiedergewonnene Energie schien sich rapide aufzubrauchen. Mehrere Züge fuhren ein, ließen Passagiere aus- und andere einsteigen, setzten sich geräuschlos wieder in Bewegung, glitten dahin und schienen der Schwerkraft zu trotzen. Es war nicht allzu viel los. Laut einer Wanduhr war es 20.02.

Ich wusste, ich musste von diesen öffentlichen Fons weg, also ging ich zum nächsten Magazin-Kiosk und tat so, als schaute ich mir die stündlich übertragenen Nachrichten von PNN an. Die Hauptmeldung: Ein Tsunami vor Hokusai hat schwere Schäden in einer großen Fertigungsanlage des Homerun-Konzerns verursacht. Ach ja – 5.000 Leute sind dabei auch noch gestorben.

Ich kam mir irgendwie benommen und dumm vor. Wieder krampfte sich mein Magen zusammen. Unter dem improvisierten Verband im Nacken spürte ich einen heißen, pulsierenden Schmerz. Vielleicht hatte ich mir die Wunde mit außerirdischen Bakterien infiziert.

Eines stand jedenfalls fest: Mein erschöpfter Körper hatte genug durchmachen müssen. Jetzt verlangte er nach der Horizontalen. Wenn ich mich nicht bald freiwillig hinlegte, würde ich zusammenbrechen.

Wo zum Teufel konnte sich ein Haluk in einem Trainingsanzug eine Mütze Schlaf gönnen?

Auf einer der einladend aussehenden Bänke, die überall auf dem *Path* aufgestellt waren, konnte ich mich nicht ausruhen. Dort würden mich die Trupps, die jetzt bestimmt schon nach mir suchten, sofort finden. Ich hatte kein Geld, um in ein Badehaus oder in ein Theater zu gehen.

Das Schild der U-Bahn-Station fiel mir ins Auge: *St. Patrick Station.* Eine Kirche? ... Viele davon waren abends geöffnet. Darin dösten Menschen die ganze Zeit über, aber ein schlafender Außerirdischer würde den Küster gewiss stutzig machen. Eine öffentlich zugängliche Datenbank? ... Viele Leute ruhten ihre Augen in der Bibliothek ein wenig aus, aber die nächstgelegene war mehr als zwei Kilometer weit entfernt auf der Yonge Street. Eine weitere gab es auf dem Campus der Universität – die lag zwar näher, aber immer noch mindestens zwölf Straßen weiter. Das würde ich niemals ...

Oh, Scheiße! Da waren sie schon! Die ersten Haluk-Spürhunde!

Ich hatte sie aus dem Augenwinkel gesehen (mein Peripheriesehen war jetzt ganz toll!), sie stiegen gerade aus einem Zug aus, der nach Norden weiterfuhr. Zwei Männchen in blauen Uniformen und ein Weibchen in Freizeitkleidung. Sie suchten sich einen Punkt, von dem aus sie die ganze Station gut überblicken konnten, stellten sich dann neben den Aufzügen auf, nicht zu nah beieinander, und betrachteten aufmerksam die Menschenmenge. Einer von ihnen sprach in einen kleinen Kommunikator, den er in der Handfläche hielt; zweifellos berichtete er ihnen, dass ich mich nicht mehr bei den Fon-Zellen befand. Ich schob mir die Baseball-Kappe noch tiefer ins Gesicht, zog die Schulter hoch und versuchte, irgendwie etwas weniger auffällig zu sein.

Klar, Helly – du Volltrottel! Warum kniest du nicht gleich auf den Fußboden nieder und gibst dieser schnöden Welt einen Abschiedskuss?

Ich streckte mich wieder und schob die Mütze zurecht. Versuchte, ganz selbstsicher und normal auszusehen. Ließ mich von den anderen Passagieren langsam in Richtung des Drehkreuzes am Ausgang treiben und plante schon, einfach darüber zu springen, sobald der nächste Zug kurz vor der Abfahrt stand. Dann würde ich zwischen den Türen, die sich natürlich schon schließen würden, noch hindurchschlüpfen und einfach hoffen. Und dabei fragte ich mich, ob ich überhaupt noch genügend Kraft für diesen Sprung hatte.

Hörte auf, mir darüber Gedanken zu machen, als die Haluk-Frau mich erkannte und ihre beiden Begleiter mit Handzeichen auf mich aufmerksam machte.

Das Trio ging zielstrebig auf mich zu.

Ich verfiel in Panik.

Es gab nur einen Weg, auf dem mir zu folgen sie nicht wagen würden. Ich ließ meine Sporttasche fallen, warf mich mit dem ganzen Körper über die Drehkreuz-Sperre und krachte mit so viel Schwung auf den Boden, dass es mir alle Knochen durchschüttelte. Ein paar Leute fingen an, zu kreischen und zu schreien. Die drei Haluk liefen los. Ich rollte mich bis zur Kante des Bahnsteigs, dann darüber hinaus. Als ich diesmal den Boden berührte, genau gesagt: das Antigrav-Reflektoren-Gitternetz aus Keramlegierung, hatte der Aufprall mehr zur Folge, als mich nur noch einmal durchzuschütteln. Irgendetwas in meiner linken Schulter knackte, und Schmerz durchfuhr mein Hirn wie ein weißer Blitz. Schlüsselbein gebrochen! Das hatte ich schon einmal erlebt – damals, auf Kedge-Lockaby, als ich von der Laufbrücke meines Tauchbootes gefallen war. Allerdings war ich damals auch blau wie die Sau gewesen.

Nicht ohnmächtig werden! Nur noch einmal aufstehen, Helly! Komm schon, du heldenhaftes blaues Arschloch! Aufstehen! Auf auf auf!!!

Ich kämpfte mich wieder auf die Beine und humpelte in den U-Bahn-Tunnel, so schnell ich konnte. Er war schnurgerade und wurde von gelblichen Lampen schwach beleuchtet, die im Abstand von etwa einem Dutzend Metern an der Decke angebracht waren. Kein Zeichen eines nahenden Zuges.

Ich öffnete halb den Reißverschluss meiner Jacke und streckte meinen verletzten Arm in die auf diese Weise improvisierte Armschlinge. Besser! Schwerfällig lief ich neben dem Energiegitternetz entlang, zwischen den Reflektoren und der Wand war kaum Platz. Hinter mir hörte ich einen vielstimmigen Tumult. Ich wagte einen Blick über die Schulter. Die drei Haluk folgten mir nicht.

Schmerz Schmerz Schmerz! Meine Schulter! Meine Lunge! Mein Herz dröhnte wie ein Sandsack, der auf vollen Touren von einem Profiboxer bearbeitet wurde: *Wummp Wummp Wummp.* Schon wieder eine Verfolgungsjagd, schon wieder mit mir in der Hauptrolle. Langsam wurde es eintönig.

Mein Kopf schmerzte wie Hölle, und inzwischen sah ich alles doppelt. Mein Hirn stand kurz davor, den Funkkontakt zu meinen Beinen zu verlieren, ich stolperte über einen Stützbalken und hätte beinahe einen Köpper gemacht. Mit meiner unverletzten Hand schaffte ich es gerade noch, mich an der Wand abzustützen, und schon ging es weiter.

Irgendwo musste es hier doch einen Notausstieg geben! Ich hatte sie selbst gesehen; man konnte sie erkennen, wenn man während der Fahrt aus dem Fenster sah: unauffällige kleine Nischen mit Türen.

Ein sanfter Windstoß fuhr mir über das Gesicht, und ich hörte ein sonderbares Brausen, nicht gerade laut. Weit, weit weg konnte ich zwei winzige leuchtende Punkte erkennen. Scheiße! Bitte nicht dieses uralte Klischee! Ich versuchte, meinen Schritt zu beschleunigen, jedoch erfolglos. Setzte langsam einen bleischweren Fuß vor den anderen. Mir war schwindelig, mir war schlecht, mir ging es miserabel, mir schwand jegliche Hoffnung.

Die tanzenden Schweinwerfer wurden immer heller, kamen immer näher. Bald würden die Sensoren in der Zugmaschine das Objekt melden, das sich unbefugterweise auf dem Energiegitternetz befand. Das würde den Zug anhalten lassen, so dass ich im Licht der Scheinwerfer stehen würde wie ein paralysiertes Reh und mir nur noch blieb, auf die Ankunft der U-Bahn-Polizei zu warten.

Schmerz und Schwindel ließen mich jetzt taumeln, ich war schon bereit, einfach aufzugeben, als ich endlich zu einer dieser Nischen kam. Wäre fast daran vorbeigetorkelt, beinahe hätte ich meine Fluchtmöglichkeit einfach übersehen. Es gelang mir, die kleine Metalltür aufzuziehen, ich stürzte hindurch auf meine verletzte Schulter und schloss die Tür hinter mir mit einem Tritt.

Dann folgte ein surrealistisches Zwischenspiel. Der Raum, in dem ich lag, drehte sich um mich herum, oder ich selbst drehte mich, und ich wurde von einer Flut ohrenbetäubenden Lärms und farbenfroher kaleidoskopartiger Formen überrollt. Nach einiger Zeit, es kam mir sehr lange vor (obwohl es wahrscheinlich nur Minuten waren), nahm der Lärm ab und wurde zu einem fast unhörbaren Brummen, und die psychedelische Lightshow verwandelte sich in ernst zu nehmende Netzhautbilder: verschwommen, aber glaubwürdig und echt.

Ich stand auf, alles tat mir weh, aber wenigstens war dieses Schwindelgefühl fort, das es mir unmöglich gemacht hatte, irgendetwas zu unternehmen. Bei meinem Zufluchtsort handelte es sich um einen beleuchteten Technikraum, der kaum drei Meter lang und ebenso breit und hoch war. Das sonore Brummen, von dem ich vermutete, dass es von Antigrav-Generatoren stammte (die ich allerdings nicht sehen konnte), war gerade laut genug, um mir auf die Nerven zu gehen.

An den Wänden war ein Gewirr aus mehrfarbigen Rohren zu erkennen, dazwischen Kabel und beeindruckend große Verteilerkästen, auf denen Schilder angebracht waren, die vor Hochspannung warnten. Mit trüben Augen sah ich ein prähistorisches Nicht-Video-Fon an der Wand neben dem Eingang in den Tunnel, daneben hing ein kleiner Schrank, der mit Notausrüstung beschriftet war. An der gegenüberliegenden Wand war eine eiserne Leiter befestigt. Sie führte in einen dunklen Schacht hinauf durch die Decke, und ebenso durch ein ähnlich schwarzes Loch im Boden hinunter in die Tiefe.

Ich öffnete den Schrank und fand einen großen Kanister mit einem Schaumlöscher, ein paar dick isolierte

Handschuhe, zwei Keram-Brecheisen unterschiedlicher Länge, einen Schneidbrenner, mehrere sonderbar geformte Schraubenschlüssel und einen kleinen Verbandskasten. Den nahm ich mir, steckte ihn in meinen praktischen Känguru-Beutel und wandte meine Aufmerksamkeit dann der Eisenleiter zu.

Ich beschloss, nach unten zu gehen, gar keine Frage. Zum Hochklettern fehlte mir einfach die Kraft.

Schalten, walten, festgehalten! Hier kommt Superbulle! Er steigt in einen gespenstischen Schacht hinab! Sein Arm ist so verletzt, dass er ihn nicht mehr bewegen kann, jedes Mal, wenn er mit seiner Schulter etwas berührt, zuckt er vor Schmerz zusammen, und hinter ihm sind seine Haluk-Feinde!

Ich stellte fest, dass ich grinsen musste – irgendwie verlieh mir diese bizarre Situation sogar wieder Energie.

Man stelle sich das mal vor.

Ich musste etwa 20 Meter tief in diesen engen Schacht hinabgelitten sein, bevor sich das Ganze ein wenig erweiterte und ich schließlich wieder festen Boden unter den Füßen hatte. Ich zog die Taschenlampe hervor, die ich der Wache abgenommen hatte, und schaltete sie ein. Wieder war ich in einem kleinen Raum, der fast genauso aussah wie der Technikraum, aus dem ich gekommen war. Auch hier gab es einen kleinen Schrank, der wohl Geräte enthielt, doch die Wände waren weniger dicht von Rohren und Leitungen übersät. Die Beleuchtungskörper waren durchgebrannt, der ganze Raum wirkte, als werde er nicht mehr benutzt. Am Ausgang war ein massiver Riegel zu erkennen, ein Schlitz für Schlüsselkarten und ein Schild, auf dem stand:

Unbefugter Zutritt verboten
Öffnen der Tür ohne entsprechenden Schlüssel
wird Alarm auslösen

Ich war zu dem Schluss gekommen, diese Tür müsse auf den University Avenue-Abschnitt des *Paths* hinausführen – als Fluchtweg für mich völlig sinnlos, selbst wenn ich es gewagt hätte, diesen Alarm auszulösen. Die Jagd war eröffnet, und bald würde es auf dieser unterirdischen Promenade vor Haluk nur so wimmeln. Ich wusste genau, was sie den Bullen erzählen würden: »Officer, haben Sie einen der unsrigen hier gesehen? Offensichtlich geistesgestört? Der arme Kerl ist aus seinem Krankenzimmer weggelaufen. Nein, nein, überhaupt nicht gefährlich! Nur sehr krank, leidet an Wahnvorstellungen. Wir wären Ihnen sehr dankbar, wenn Sie uns bei der Suche helfen würden.«

Bis jetzt hatte ich noch keine Anzeichen dafür wahrgenommen, dass man mir gefolgt war. Aber das würde noch kommen.

¡Andale! Noch weiter runter ...

Die Leiter war auf dieser Ebene nicht zu Ende. Ihre Stützen führten geradewegs durch zwei Öffnungen in eine halbkreisförmige Einstiegsluke im Boden am anderen Ende des Raumes. Die Abdeckung dieser Luke wirkte sehr alt. In ihrer Mitte war ein Ring eingelassen, an dem man sie hochziehen sollte, und ich zerrte schwächlich daran. Das Ding bewegte sich keinen Millimeter. Ich hatte nicht die Kraft, das Teil anzuheben.

Der Schrank mit der Notausrüstung. Das längere der beiden Brecheisen als Hebel benutzen. Hinhocken. Langsam anheben, Kraft aus dem rechten Arm und den schlaffen Beinmuskeln holen. Mit einem rostigen Kreischen hob sich der Deckel ein paar Zentimeter und fiel dann wieder zurück an seinen alten Platz. Er musste um die fünfundzwanzig Kilo wiegen.

Okay. Ausruhen, dann Manöver wiederholen. Als sich der Deckel diesmal ein wenig anhob, schob ich mit dem

Fuß das kleinere der beiden Brecheisen in die Öffnung. Dann brach ich zusammen. Ein schimmeliger, feuchter Geruch wehte mir aus dem Spalt entgegen.

Nach ein paar Minuten, als ich mich ein wenig erholt hatte, schob ich die Abdeckung mit Hilfe beider Brechstangen beiseite. In die Unterseite der Metallplatte war ein weiterer Ring eingelassen. Daran war ein langes Seil festgeknotet.

Ein Kribbeln lief mir das Rückgrat hinab. Das Seil war neu.

Abgesehen von der Fortsetzung der Leiter war dort unten nur absolute Schwärze zu sehen. Wieder schaltete ich meine Taschenlampe ein. Dieser Schacht war doppelt so breit wie der, den ich bereits überwunden hatte, und er glitzerte vor Feuchtigkeit. An den Sprossen der Leiter klebte eine Ekel erregende Masse. Der kräftige Schein meiner Lampe brach sich auf Wasser, das vielleicht ein Dutzend Meter weiter unten lag. Die Leiter führte dort hinein.

Oberhalb der Wasserfläche waren zwei recht große, kreisförmige Öffnungen zu erkennen. Die eine befand sich in der Westwand des Schachts, die andere genau gegenüber.

Ich zögerte keinen Moment mehr. Das kleinere Brecheisen legte ich in den Schrank zurück und schloss ihn dann. Anschließend ließ ich mich auf die Leiter hinunter, stieg ein paar Sprossen weiter hinab und zog mühsam die Abdeckung wieder zurück in ihre alte Position, teils mit der anderen Brechstange, teils mit dem Seil. Schließlich wickelte ich das Seil um das Brecheisen und zog die Abdeckung mit meinem Körpergewicht weiter hinunter, Millimeter um Millimeter, damit sie wieder genauso lag wie vorher. Es war stockfinster. Ich hatte mich nicht getraut, die Lampe auf eine der Sprossen zu legen, weil ich befürchtete, sie könne bei meinen

Anstrengungen herausrutschen, und sie war einfach zu groß, um sie zwischen die Zähne zu klemmen; deswegen hatte ich sie sicherheitshalber im Känguru-Beutel verstaut.

Schließlich fiel der Deckel an seinen alten Platz zurück. Und auch ich fiel beinahe, denn in dem Moment rutschte mein Fuß von der Sprosse. Ich klammerte mich mit einer Hand an Seil und Brecheisen fest, schaukelte mich zurück zur Leiter und klemmte meinen Knöchel hinter eine der Streben; vor Erleichterung und erneutem Schmerz stieß ich einen schluchzenden Laut aus.

Als ich mich wieder ein wenig erholt hatte, schob ich die Brechstange durch den Eisenring der Abdeckung, so dass sie auf beiden Seiten der halbkreisförmigen Öffnung zu gleichen Teilen hervorragte. Dann knotete ich sie mit dem Seil fest. Jetzt war es unmöglich, dass jemand diese Luke von oben öffnete. Anschließend kletterte ich langsam weiter hinunter, zugleich benommen und begeistert. Die Taschenlampe, die aus meinem Känguru-Beutel hervorragte, gab mir genügend Beleuchtung. Etwa einen halben Meter über der Wasseroberfläche trat ich in den runden Tunnel neben der Leiter. Es war eine große Röhre, völlig trocken, aus altmodischem Gussbeton. Vielleicht eines der alten Hochwasserablaufrohre.

Nicht weit von mir entfernt lagen in dieser Röhre eine leere Marlboro-Zigarettenschachtel, ein Kaffeebecher von Starbucks und eine Tüte, die zu einem *Happy Meal* von McDonald's gehörte. Die waren nicht alt und staubig. So wie sie aussahen, hatte sie jemand gestern hier liegen lassen.

Um Gottes willen ...

Ich war nicht bereit, darüber nachzudenken, was dieser Fund für mich zu bedeuten hatte. Nicht, bis ich mich nicht wenigstens ein bisschen ausgeruht und etwas gegen die Schmerzen unternommen hatte.

Ich setzte mich und öffnete den Verbandskasten. Darin fand ich Verbandsmaterial, eine Antibiotikasalbe und – das Beste von allem! – ein paar selbstdosierende Analgetika. Eines von diesen kleinen, kissenförmigen Dingern legte ich mir an die linke Halsschlagader (genauer gesagt dahin, wo ich meine Halsschlagader wähnte) und presste dann heftig meinen Daumen darauf. Explosionsartig wurde das Medikament injiziert. Nach ein paar Sekunden waren die Schmerzen von meinem gebrochenen Schlüsselbein weg. Und auch alle anderen Leiden.

Die Wunde in meinem Nacken betupfte ich mit einem Antiseptikum, schmierte mir das Antibiotika-Zeugs darauf und verband sie wieder, so gut mir das mit einer Hand gelang. Dann improvisierte ich eine effektivere Schlinge. Zur Feier meiner Reparatur gönnte ich mir einen Schluck von diesem Xeno-Wodka aus der Stahlflasche. Dann ging ich los. Korrektur: Ich *schlurfte* los.

Ich folgte dem Ablaufrohr einen knappen halben Kilometer, bevor ich eine handgemachte Leiter fand, die gegen eine trockene Überlaufrinne gelehnt war. Am oberen Ende der Schräge war ein dünnes Gitter angebracht, durch das schwaches Licht fiel. Mit letzter Kraft kletterte ich die Leiter hinauf, hakte das Gitter aus und kam endlich auf den *Dark Path.*

Ich sah eine gespenstische unterirdische Promenade, die mich in unheimlicher Weise an den *Path* erinnerte, der mir so vertraut war, nur dass sie furchtbar heruntergekommen war. Das Licht kam von tragbaren Glühlampen, wie man sie beim Camping benutzte; irgendjemand hatte sie in einem Abstand von etwa zehn Metern an der rissigen Wand angebracht.

Die Öffnung, aus der ich trat, befand sich am Fuße einer abgeschalteten Rolltreppe, die dereinst in ein Bürogebäude geführt hatte, das es längst nicht mehr gab. Jetzt endete sie als Sackgasse vor einer nackten, spinnwebbehangenen Plasbeton-Wand. Ein gigantischer Stützpfeiler aus einem moderneren Baustoff ragte durch diese Wand hindurch. An seiner Basis versperrten Schotterhügel den Durchgang zur anderen Seite der defekten Treppe. Auf der gegenüberliegenden Seite erstreckte sich eine Reihe verfallener Geschäfte, manche davon mit vertrauten Namen. Fensterscheiben gab es nicht mehr, und die Räume selbst waren schon vor Jahrzehnten geplündert worden. Erstaunlicherweise war der Boden dieser ehemaligen Einkaufsstraße ziemlich sauber und trocken. Ein paar Abluftschächte surrten über mir, sie tauschten die verbrauchte Luft aus.

Zunächst begriff mein verwirrtes Hirn nicht, dass der *Dark Path* bewohnt war. Niedrige Wände aus unverputzten Betonklötzen bildeten etwa ein Dutzend kleiner Nischen vor der kahlen Wand, die den alten Geschäften gegenüberlag. In jeder dieser Nischen standen einige Möbelstücke und ein paar aufgestapelte kleine Container. Auf einer dieser Schlackensteinwände stand ein matt glimmendes Nachtlicht.

Ich zog meine Ivanov und schlurfte aus meinem Versteck unterhalb der Rolltreppe hervor wie ein Zombie. Sah eine Art Gemeinschaftsküche vor einem abbruchreifen Taco-Bell-Restaurant, daneben eine Nische, die als ›Lesesaal‹ diente. Regale mit Magazintafeln und elektronischen Büchern waren darin aufgestellt, ein Billard-Tisch und eine Ansammlung verschiedener Videospiele. Daneben hing Wäsche auf einer Leine, die bis zu einer alten öffentlichen Toilette reichte. Ich hörte ein Schnarchen …

Dann sagte eine Frauenstimme leise: »Die Pistole wirst du nicht brauchen, Schätzchen.« Die Frau saß auf ihrem einfachen Bett in der Nische mit dem Nachtlicht. Sie beobachtete mich, hatte aber anscheinend noch nicht entdeckt, was für eine Art Lebewesen in ihre kleine, geheime Welt eingedrungen war.

Ich wankte, ließ meine Waffe fallen und muss wohl aufgestöhnt haben, denn sie sagte: »Ich bin Mama Fanchon. Alles ist in Ordnung, mein Schätzchen. Bist du gerade erst angekommen?«

Ich wusste instinktiv, was sie meinte. »Die ... die Polizei ist hinter mir her. Und die Haluk. Ich bin verwundet ... mein Schlüsselbein und mein Nacken. Ich kann nicht ... ich ...«

Dort stand ich, schwankte hin und her, sah immer wieder farbige Blitze vor meinen Augen, und in meinen Ohren dröhnte Lärm, der immer lauter wurde.

Mama Fanchon zog einen Bademantel und ein Paar Pantoffeln an. Kurz darauf stellte sie ihr Nachtlicht heller und stieß einen Schreckensschrei aus, als sie mich richtig sehen konnte. »Santa! Mohammed! Leah! Mein Gott, das ist ja ein Außerirdischer!«

Aus den angrenzenden Nischen hörte ich gedämpfte Flüche und Schreie. Ein großer, alter Mann mit wallendem Bart, von dem ich später erfuhr, dass er ›Santa Claus‹ hieß, erklärte mir schon im Vorhinein, wie er zu diesem Namen gekommen war: Er sprang aus seiner Nische und richtete sofort einen Claus-Gewitter-Photonen-Blaster auf mich. »Hoch die Flossen, oder du bist fällig, Blaubeerfresse!«

Zwei Teenager, ein Junge und ein Mädchen, kamen näher, beide mit Brechstangen bewaffnet. »Du hast den Mann gehört!«, gellte das Mädchen. »Hände hoch, Xeno!«

»Ich bin keiner!«, schrie ich. »Bin kein Außerirdischer! Die haben mir das angetan! Ich bin ein Mensch! Ein Mensch, um Gottes willen!«

»Aber klar doch!«, feixte der Junge.

»Hat irgendjemand hier ein Fon?«, fragte ich höflich.

Dann brach ich zusammen.

Mama Fanchon glaubte mir.

Sie, als die Heilerin des Stammes, kannte sich in Anatomie aus, und allein schon mein breiter Nacken reichte aus, ihr zu beweisen, dass ich kein echter Haluk war. Außerdem verfolgte sie regelmäßig die Nachrichten auf ihrem kleinen, tragbaren Fernseher und wusste um Beschuldigungen, die gewisse Mitglieder des Commonwealth-Rates gegen die Haluk erhoben: illegale Hybridklonierung.

Andere Mitglieder des *Grange-Place*-Stammes waren nicht so schnell bereit, ihre gütige Sichtweise der Dinge zu akzeptieren, doch Mama wischte deren Einwände einfach vom Tisch, steckte mich in ein Bett ihres ›Hospitals‹ und pflegte mich die ganzen drei Tage über, die ich brauchte, um mich halbwegs wieder zu erholen.

Einen Teil dieser Zeit verbrachte ich im Delirium. Ich bin sicher, dass ich ihr meinen Namen genannt hatte, ebenso bin ich mir sicher, dass sie ihn erkannt hatte und daraus ihre eigenen Schlüsse zog.

Einmal, als ich nur halbwegs klar im Kopf war, flehte ich wieder um ein Telefon. »Bitte, Mama! Muss doch meine Schwester Eve anrufen, die Vorstandssprecherin vom Rampart-Konzern! Ich muss sie warnen! Er ist nicht ich! Der Syndikus! Sie muss ihn feuern! Muss ihn offen der Spionage beschuldigen! Muss dem Rat sagen, dass er gelogen hat! Das ist ein Hochstapler! Bring mir ein Fon! Ruf Eve an, bring sie hier runter! Du musst sie überzeugen! Ein Fon! O Gott, Mama, bitte besorg mir ein Fon ...«

»Nein, mein Schätzchen! Du wirst niemanden anrufen, solange es dir so geht! Wenn dieses hohe Tier da wirklich deine Schwester ist, wird sie ganz bestimmt nicht mit einem armen kranken Haluk sprechen. Und mit einem gesunden auch nicht. Denk dir lieber jemand anderen aus, den du anrufen willst, wenn es dir besser geht. Schlaf jetzt und denk später darüber nach, Helly!«

Ich versank wieder in Bewusstlosigkeit.

Später, als ich dem klaren Denken wieder ein paar Schritte näher gekommen war, erzählte sie mir ihre eigene Geschichte. Vor neun Jahren hatte Fanchon als Krankenschwester gearbeitet. Versehentlich hatte sie dem Sohn eines leitenden Angestellten von Bodascon das falsche Medikament gegeben, und das Kind wäre fast gestorben. Ihr wurde der Bürgerstatus entzogen und all ihre Besitztümer wurden konfisziert, um den Schadensersatz abzudecken, zu dem sie in einer Zivilverhandlung verurteilt worden war. Sie hatte keine Verwandten oder Freunde, die willens gewesen wären, sie zu unterstützen oder ihr die Überfahrt zu einem entlegenen Planeten zu finanzieren, wo sie ein neues Leben hätte anfangen können.

Also war sie in die Dunkelheit geflüchtet und hatte eine neue Laufbahn eingeschlagen: Mitglied des Grange-Place-Stammes. Sie waren zu zwölft – acht Erwachsene, denen man den Bürgerstatus entzogen hatte, drei Kinder, die ausgerissen waren, um der Kindesmisshandlung in ihrer eigenen Familie zu entkommen, und ein Mann, der wegen Mordes an seiner untreuen Ehefrau gesucht wurde. Sie lebten zusammen, wehrten sich gegen die menschlichen Räuber und die gewalttätigen Wahnsinnigen, die in einigen Gebieten der Unterwelt auf Jagd gingen. Ihre Lebensmittel und ihren sonstigen Nachschub organisierten sie, indem sie auf dem hellen *Path* ›shoppen‹ gingen, wenn dort nicht allzu viel los war. ›Shoppen‹ war ein stammeigener Euphemismus, der nicht nur ›Durchsuchen von Abfall‹ bedeutete, sondern auch ›unbemerktes Requirieren‹. Der Stamm hatte das Seil an der Schachtabdeckung angebracht, das ich gefunden hatte. Sie hatten auch den Türenalarm abgestellt und die Glühlampen im Technikraum zerstört, der für sie nur ein Ausgang unter vielen in die andere Welt darstellte.

Mama Fanchons Pflegekünste wurden schnell auch von den anderen Bewohnern des *Dark Path* geschätzt, weil sie bereit war, den anderen zu helfen, ohne Bezahlung zu fordern. Viele ihrer Patienten machten ihr trotzdem Geschenke. Die teilte sie immer mit ihrem Stamm.

Als ich endlich wieder mit völlig klarem Verstand erwachte, war Mama Fanchon die erste Person, die ich sah: eine Frau in einem roten Rollkragenpullover und einer Daunensteppweste. Mama saß in einem Klappstuhl vor der ›Hospital-Kabine‹, rauchte eine Bruyèrepfeife, strickte und sah sich währenddessen auf ihrem kleinen Fernseher, bei dem sie den Ton abgeschaltet hatte, ein Hockey-Spiel der *Maple Leafs* an.

Hinter ihr, in der Gemeinschaftsküche, die jetzt von Glühlampen erhellt war, grillte Santa Claus irgendein würzig riechendes Stück Fleisch und röstete dazu ein paar Brötchen. Es roch sehr einladend. Santa trug ein Wollhemd und einen verschmutzten *Carhartt*-Thermo-Overall, darüber eine gestreifte Stoffschürze. Neben dem zweiflammigen Gasherd stand ein Tisch, auf dem sauberes Zeitungspapier als Tischdecke diente. Darauf war mit verschiedenen, nicht zusammenpassenden Tellern und Tassen gedeckt, außerdem standen dort noch ein Riesenglas Mixed Pickles, ein paar fleckige Bananen und eine Schachtel *Krispy-Kreme*-Doughnuts.

»Wie geht's dir, Helly?«, wollte Mama Fanchon wissen. Sie legte ihr Strickzeug beiseite und stellte sich neben mein Bett, die Hände in die ausladenden Hüften gestützt. »Funktioniert das mit dem Knochenstützmaterial? Das Zeug ist schon ein bisschen über das Haltbarkeitsdatum raus, aber seit über einem Monat war niemand mehr in einer Klinik shoppen. Nicht mehr, seit Johnny Guitar in die Zisterne unter Spadina Chinatown gefallen ist und sich beide Beine gebrochen hat.«

»Ich fühle mich viel besser, Mama Fanchon«, sagte ich. Dann öffnete ich meinen Schlafsack und setzte mich auf. Ich war nackt wie eine paraguanaische Eidechse. Die Farbe kam auch hin. »Muss mal die sanitären Einrichtungen aufsuchen. Gehen kann ich. Krieg ich meine Klamotten zurück?«

»Ich glaube, du lässt dich besser von jemandem begleiten, falls du Hilfe brauchst.« Dann rief sie: »Mohammed!«

Ein dürrer Teenager mit tief liegenden Augen und schlechtem Gebiss, vier Schneidezähne fehlten, kam in die Kabine. Wie die anderen trug auch er Winterkleidung. Es war kalt auf dem Dark *Path.* Meine Ivanov-Betäubungspistole steckte in seinem Gürtel.

Das Kind sah mich finster an. »Ist der Haluk also endlich wach, ja? Wird auch Zeit.«

Ich erinnerte mich, dass er Mama Fanchon dabei geholfen hatte, mich zu pflegen, als ich zu nichts anderem in der Lage gewesen war als nur auf dem Rücken zu liegen und immer wieder bewusstlos zu werden. Er war viel kräftiger, als er aussah. Der junge Mohammed liebte Mama Fanchon über alles und traute mir kein bisschen.

Mama Fanchon wühlte in einem der kleinen Container und sagte zu dem Jungen: »Bald gibt es Essen, mein Engel. Bitte such Helly eine schöne warme Jacke aus der ›Guten Kiste‹ und bring ihn zur Toilette, sobald ich ihn mir noch mal angesehen habe. I-aah hat endlich eine neue Energiezelle für mein Diagnostikon gefunden. Ist das nicht toll?«

Fachmännisch wedelte sie mit dem Gerät vor meinem Körper herum. »Sehr gut! Sehr gut! Dein Schlüsselbein ist wieder in Ordnung. Es wird noch ungefähr eine Woche ein bisschen empfindlich sein, aber eigentlich ist es sogar besser als vorher. Zieh dir was an, mein Schätzchen. Du kannst heute Abend mit uns zusammen am Tisch essen.« Sie verließ die Kabine.

»Die Würstchen sind fast fertig!«, rief Santa Claus. Mir lief das Wasser im Munde zusammen. Drei oder vier Stammesmitglieder kamen langsam zur Küche.

Mohammed kehrte zurück und sah mir zu, wie ich meinen Sportanzug anzog und in die Turnschuhe schlüpfte; ich machte mir nicht noch die Mühe, erst Socken anzuziehen. Der Junge reichte mir einen *Eddie-Bauer*-Autocoat, an dem noch das Preisschild befestigt war. In dieser ›Guten Kiste‹ gab es ein paar schöne Dinge.

Mit dem bewaffneten Jungen hinter mir trottete ich zu etwas, das einst eine öffentliche Toilette gewesen sein musste. Jetzt waren die meisten der weißen Kacheln rissig und von schwarzen Schimmelflecken überzogen, und die Spiegel waren so milchig, dass sie fast kein Licht mehr widerspiegelten. Aber irgendjemand hatte das Wasser mit Plastikschläuchen provisorisch wieder an die Leitungen angeschlossen, und die alten Toiletten – noch mit Wasserkästen! – und die Waschbecken funktionierten.

Mohammed verzog das Gesicht, während ich mich erleichterte. »Sie können kein Mensch sein. Nicht mit so was!«

Ich zuckte mit den Schultern. »Ich hab dir doch schon erzählt, so was passiert, wenn Haluk-Gentechniker von jemandem einen Hybridklon machen. Erst verpassen sie dir ein paar Haluk-Gene. Und dann sieht man am Schluss äußerlich selbst wie ein Haluk aus.«

»Da würd ich mich umbringen!«, erklärte der Junge.

»Wenn ich mein Leben erst mal wieder im Griff habe, gehe ich zurück in den Tank und lass das wieder reparieren. Und dann sehe ich wieder genauso aus wie früher.« Ich hatte mein Geschäft beendet, wusch mich schnell und zog dann meinen Mantel aus. »Wie sieht die Wunde an meinem Hals aus?«

»Ist trocken und hat Schorf drauf. Der Schorf ist purpurn. Sie sind gesund, Mann ... ich meine: Mister Haluk. Wird Zeit, dass Sie wieder abhauen!« Er streifte mit der Hand kurz die Pistole, sein Gesicht schien aus hochglanzpoliertem goldenem Marmor zu bestehen. »Sie hängen hier nicht noch länger rum. Egal, was Mama Fanchon sagt.«

»Nein«, gab ich ihm Recht. »Ich bin dir für deine Hilfe sehr dankbar, Mohammed. Und auch Mama und all den anderen vom Stamm. Aber ich werde gar nicht versuchen, bei euch zu bleiben. Ich habe noch was zu tun, ich muss noch wo hin. Aber ich werde Hilfe brauchen, diesen Ort zu finden, weil ich den *Dark Path* nehmen muss.«

»Wohin?«, fragte er misstrauisch.

Ich nannte ihm eine Adresse im ultraschicken Cabbagetown, einem Viertel, das östlich unmittelbar neben dem Stadtkern lag; der Name stammte daher, dass vor langer, langer Zeit dort die armen Immigranten aus Irland ihr Lieblingsgemüse einfach in den Vorgärten gezogen hatten.

»Ist weit bis dahin«, sagte er und verzog unschlüssig das Gesicht. »Direkt kann man da nicht hin. Der *Dark Path* ist bei Yonge durchbrochen. Man muss einen Umweg nach Süden über den Inner Harbour machen und dann wieder durch die Abwasserkanäle der Parliament Street nach Norden gehen.«

»Bringst du mich da hin?«

Er lachte.

»Das wird sich für dich lohnen! Sobald ich wieder ein echter Mensch bin.«

»Reden Sie doch keinen Scheiß!«, spottete Mohammed.

»Mein Name ist Asahel Frost. Ich war einmal ein verurteilter Verbrecher und ein Statusloser, genau wie Mama und die anderen. Dann bin ich Direktor der Rechtsabteilung vom Rampart-Konzern geworden. Ich war mal reich und wichtig. Deswegen haben die Haluk mir auch meine Persönlichkeit gestohlen. Siehst du dir die Nachrichten auf Mamas Fernseher an? Hast du jemals den Mann gesehen, der meinen Namen benutzt? Der erzählt, wie wahnsinnig nett die Haluk in Wirklichkeit sind?«

»Ich schau mir nie diese Quatschköpfe an. Viel zu langweilig.« Doch kurz hatte der Junge den Blick abgewandt. O ja, er hatte Alistair Drummond gesehen.

»Dieser Pseudo-Asahel-Frost ist ein Verräter«, erklärte ich. »Verrückt wie eine tollwütige Scheißhausratte, und genauso gefährlich. Es wäre ihm scheißegal, wenn die Erde und alle Planeten, auf denen Menschen leben, auf einmal den Außerirdischen gehören würden. Ich werde ihm die Eier abschneiden und sie ihm ins Maul stopfen, damit seine Lügen endlich ein für alle Mal aufhören.«

Seine jungen, verquollenen Augen blitzten kurz auf. »Wer wohnt da in Cabbagetown?«

Ich erzählte es ihm.

Erstaunt riss er den Mund auf, sodass seine Mitleid erregenden Zahnlücken zu sehen waren. Zahnersatz anzufertigen ging über Mamas Kräfte hinaus. Ich fragte mich, was man Mohammed in der Welt dort oben noch alles angetan haben mochte. Wer dafür verantwortlich war. Ich fragte mich, ob ich eines Tages etwas dagegen würde unternehmen können, ebenso, wie ich vorhatte, etwas für Mama und die anderen zu tun, falls ich jemals wieder ein Mensch werden sollte.

»Sie verarschen mich.« Seine Skepsis nahm immer weiter ab.

»Nö. Das ist die reine Wahrheit. Ich weiß nicht, an wen ich mich sonst wenden soll, Mohammed.«

Er schwieg. Dann: »Das haben Ihnen *wirklich* ... die Haluk angetan?«

»Sie hatten Hilfe von ein paar dummen und sehr bösen Menschen. Aber: ja. Die Haluk haben das gemacht, weil das zu ihrem Großen Plan gehört, mit dem sie die ganze verdammte Galaxis übernehmen wollen. Ganz schön dreist, was?«

»Scheißkerle«, sagte er kopfschüttelnd. »Stimmt das wirklich? Das mit diesem Plan?«

»Das Ganze ist ein einziger Albtraum, und der ist auch noch wahr.«

»Ach du Scheiße.«

»Mama Fanchon habe ich den Ring mit dem Opal gegeben«, sagte ich. »Wenn wir nach Cabbagetown kommen, werde ich dafür sorgen, dass du Geld kriegst.«

»Okay«, willigte er leise ein. »Ich bring Sie da hin, wo Sie hinwollen. Machen Sie diese Blaubeer-Säcke *fertig*, okay?«

»Genau das habe ich vor«, antwortete ich. »Jetzt lass uns was essen.«

Gemeinsam gingen wir durch den düsteren Flur zurück in die Gemeinschaftsküche, wo die anderen schon am Tisch saßen.

Als mich Mama Fanchon am nächsten Tag noch einmal mit dem Diagnostikon untersuchte und schließlich widerwillig ihr Einverständnis gab, konnten wir aufbrechen. Santa Claus hatte uns Reiseproviant und ein paar Flaschen Wasser zusammengepackt. Er hatte sogar in meine Metallflasche ein wenig von seinem Brandy gefüllt. Ich trug meinen Sportanzug über dicker Polypro-Unterwäsche aus der Guten Kiste, darüber den neuen Autocoat, dazu die Baseball-Kappe der *Blue Jays* und Handschuhe. Mohammed ging ganz in Schwarz gekleidet. Er trug immer noch meine Ivanov und die Magazintasche mit den Betäubungs-Bolzen. Ich war mit dem exotischen Klappmesser und dem Betäubungsmittel-Injektor bewaffnet. (Den wollte Mama nicht für ihr Hospital. Sie arbeitete lieber mit Mini-Dosierern, die viel häufiger waren und viel leichter zu stehlen als Hochdruck-Pharma-Kartuschen.)

Der ganze *Grange-Place*-Stamm hatte beschlossen, Mohammed und mich bis zum alten Spadina-Street-Wartungstunnel zu begleiten, der den Anfang unserer Hauptroute nach Süden darstellte. Santa Claus, den Blaster in der Hand, führte uns an. Das Mädchen Leah, eine der Ausreißerinnen, ging neben ihm, sie leuchtete ihm den Weg mit einer grellen Argon-Laterne. Die meisten anderen trugen Glühlampen. Mama rauchte gemütlich ihre Pfeife, sie ging neben dem statuslosen Ex-Omnivore-Angestellten namens Johnny Guitar, der in gemessenem Marschtempo sein Instrument anschlug: *brrrump, brrrump, brrrump-brrrump-brrrump.* Es dauerte nicht lange, und wir alle pfiffen zusammen den ›River-Kwai-Marsch‹.

Es war geradezu unheimlich: Andere troglodytische Gestalten, ebenfalls mit Lampen, traten von allen Seiten aus den Schatten und schlossen sich uns an, während wir uns über die trümmerübersäte Dundas-West-Promenade bewegten. Als wir den Wartungstunnel erreichten, hatte sich eine Gruppe von fast 50 Leuten um uns versammelt, die lächelten und mir schüchtern viel Glück wünschten. Ich war erstaunt und zutiefst gerührt.

»Es hat sich rumgesprochen«, erklärte Santa Claus. »Mohammed konnte noch nie etwas für sich behalten. Diese anderen hier ... die haben gehört, dass du ein Statusloser bist und was dir die Haluk angetan haben. Die meisten davon wissen, wie es ist, wenn man ein gutes Leben führt, dann eines Tages aufwacht und feststellt, dass sich das Universum auf den Kopf gestellt hat.«

Also hielt ich eine kleine Rede, dankte den Leuten, machte ein paar vollmundige Versprechungen, die mit ungläubigem Gejohle und vereinzeltem Applaus aufgenommen wurden. Dann gingen die Leute vom *Dark Path* davon.

Mama Fanchon gab mir einen Kuss auf die Wange und schob mir etwas in die Hand. »Hier ist das, was du haben wolltest, Helly. Mein Mobilfon. Nimm's mit! Hier unten gibt's nicht viele davon. Die meisten von uns können so was hier kaum gebrauchen, aber manchmal rufen andere Stämme an, wenn irgendwer richtig krank oder schwer verletzt ist.«

»Das kann ich nicht annehmen«, widersprach ich. »Lass mich jetzt einfach meinen Anruf machen, hier und jetzt.«

»Ich glaube nicht, dass das sehr klug wäre. Warte, bis du in Cabbagetown bist – bis du dir das Haus angesehen hast. Du musst doch sichergehen, dass deine Freundin auch zu Hause ist – und du solltest sie auch vor deiner großen Überraschung warnen.« Sie wandte sich Mohammed zu und sagte in ernstem Ton: »Und du wirst kein Geld von Helly nehmen! Keinen einzigen Dollar!«

Er zuckte mit den Schultern. »Ich bring dir dein Fon zurück.«

Die Reise war lang, öde, dreckig, kalt und des Öfteren gefährlich. Unsere verschlungene Route war mehr als acht Kilometer lang, wir brauchten dafür 17 Stunden. Sie erinnerte mich an meine Reise durch die Höhlen von Cravat, die schon einige Jahre zurücklag. Aber in der Unterwelt dieses kleinen Planeten hatte es keine wahnsinnigen Menschen gegeben; Bronson Elgar und seine Mörderbande waren geistig äußerst gesund gewesen, und die Haluk, die sich in den Höhlen von Cravat verborgen gehalten hatten, unerwarteterweise ohne jede Arglist.

Auf dem *Dark Path* von Toronto gab es reichlich arglistige Bewohner. Ohne Mohammed hätte ich es nie nach Cabbagetown geschafft.

Er wusste genau, wie man nervös werdende Stämme beruhigen musste, die bereit waren, jeden Fremden, der in ihr Revier eindrang, einfach zu töten – vor allem einen Fremden, der wie ein Außerirdischer aussah. Wurde Mama Fanchons Name erwähnt, wurden aus den Feinden vorsichtige Verbündete. Die umherstreifenden Banden bis an die Zähne bewaffneter Räuber und Vergewaltiger, die in jedes Niemandsland einzudringen pflegten, hätten sicherlich eine größere Herausforderung dargestellt; glücklicherweise begegneten wir auf dem Abschnitt unseres Weges, der uns Richtung Süden führte, keiner größeren Truppe von Gesetzlosen.

Kleineren Gruppen und Einzelgängern schon.

Zwei Räuber sprangen mit gezückten Messern aus der Dunkelheit auf uns zu, als wir gerade die Hälfte des Spadina-Tunnels hinter uns gelassen hatten. Mohammed betäubte sie fachmännisch, und nachdem er sie mit den Plastik-Handschellen gefesselt hatte, die ich den Haluk-Wachen abgenommen hatte, rief er über Mama Fanchons Fon den nächstgelegenen Stamm an und bat um ›Abfallentsorgung‹.

Ich fragte nicht nach, was das genau bedeutete.

Wir gingen weiter. Ein paar Minuten später ließ sich ein dritter Räuber von einer der Deckenleuchten in der verfallenen U-Bahn-Haltestelle King Street auf uns herabfallen. Ich ging mit ihm ins Handgemenge, während mein junger Weggefährte um uns herumtanzte und die Pistole schwenkte – er wollte nicht schießen, weil er Angst hatte, er könne mich treffen. Der Schläger war völlig durchgeknallt, wohl auf Crack, und die Droge verlieh ihm fast übermenschliche Kräfte. Schließlich schaffte ich es, ihm meine Daumen in die Augen zu drücken, er ließ mich los und gab damit Mohammed endlich eine Chance, auch etwas zu unternehmen. Der verpasste dem rasenden Angreifer drei Betäubungspfeile.

»Diese Dosis ist normalerweise tödlich«, erklärte ich ihm, als ich wieder zu Atem gekommen war. »Nicht, dass ich mich beschweren wollte.«

»Dann müssen wir uns wohl nicht die Mühe

machen, die Abfallentsorger zu rufen. Die Ratten werden sich schon um ihn kümmern.« Mohammed nahm das Geld und die Armbanduhr des tatsächlich verstorbenen *bandidos* an sich, bevor er wieder seine so unsanft unterbrochene Aufgabe als Reiseführer aufnahm.

Wirklich eng wurde es Stunden später, unten, ganz in der Nähe des Inner Harbour, fast genau unterhalb dessen, was früher der Galapharma-Tower gewesen war. Ich nahm an, dass sich darin jetzt das Toronto-Hauptquartier von Rampart befand, oder zumindest bald befinden würde. Auf jeden Fall konnte mir dieses Gebäude nicht als Zufluchtsort dienen. *Au contraire* . . .

Nachdem wir mühsam durch einen aufgelassenen Abwasserkanal gekrochen waren, kamen wir schließlich zu einem uralten, noch aus einzelnen Steinen gemauerten Wasserzulauf, Teil eines veralteten Verteilersystems, das tief unter dem alten Kai lag. Reißendes, schwarzes Wasser füllte den hohen, gewölbten Tunnel bis zur Hälfte. Inzwischen war ich erschöpft, schließlich waren wir fast ohne Pause seit beinahe acht Stunden unterwegs.

Ich setzte mich auf einen steinernen Vorsprung, neben mir eine Laterne, und ruhte mich einen Moment aus, während Mohammed mit seiner Taschenlampe die Gegend nach der behelfsmäßigen Brücke absuchte, die über das Wasser führte. Man erzählte sich auf dem *Dark Path*, dass eine solche Brücke existierte. Wir konnten nur hoffen.

Plötzlich kam aus der Dunkelheit ein ganzes Rudel schrecklich aussehender Gestalten auf uns zugerannt. Krankheiten hatten sie grauenhaft entstellt, sie schrien wie wild und hatten offensichtlich vor, uns unserer Habe zu berauben. Ich glaube, dass es Menschen waren, doch das Wenige, was ich im Schein der Laterne erkennen konnte, reichte nicht aus, um es eindeutig zu sagen. Wir kämpften. Vier dieser übel riechenden Wesen konnte ich in das reißende Wasser stoßen, wo sie wohl entweder ertranken oder letztendlich mit Hilfe der guten alten Hundepaddeltechnik in den Lake Ontario geschwommen sein mussten. Mohammed verbrauchte seine letzten Ivanov-Pfeile, um die anderen fünf auszuschalten.

Schließlich fanden wir die Brücke, überquerten sie und kamen auf den Queen's-Quay-Abschnitt des *Dark Path*. Das war ein inzwischen längst aufgegebenes Warenauslieferungssystem, das einst für die Gebäude im Hafengebiet zuständig gewesen war. Heute lebten in all diesen Gebäuden nur noch Ratten, und die kümmerten sich nur um ihre eigenen Angelegenheiten. Also folgten wir ihrem Beispiel und wanderten drei trostlose Kilometer Richtung Osten – durch Gänge, Röhren und Schächte, die teilweise mit eisigem Wasser halb geflutet waren. Wir wären beinahe an Unterkühlung gestorben, bis wir unter der Anschlussstelle Parliament Street endlich auf einen freundlichen Stamm stießen, richtige, echte Indianer diesmal: Statuslose, die einst zu Infinitum gehört hatten, dem Giganten aus der Glücksspiel- und Unterhaltungsindustrie. Sie luden uns ein, uns vor ihren Heizgeräten zu trocknen, und boten uns eine warme Mahlzeit und heißen Kaffee an. Dass ich aussah wie ein Haluk, schien sie nicht im Geringsten zu stören.

Im Vergleich dazu war das Ende unserer Wanderung geradezu langweilig: anderthalb Kilometer knochentrockener Regenwasser-Abläufe (wir befanden uns ja schließlich immer noch unter dem Kraftfeld-Schirm der Stadt), beengte Technik-Tunnel, an deren Wänden ein Gewirr aus Glasfaserkabeln und elektrischen Leitungen hing, und die abgeteilten zweiten Keller unterhalb längst nicht mehr existierender Wohnblöcke.

Kurz vor Mitternacht erreichten wir Cabbagetown, und durch einen Kanaldeckel kletterten wir in einen kleinen Park hinaus.

»Das Reihenhaus, das Sie suchen, liegt eine Straße weiter«, erklärte mir Mohammed. »Machen Sie jetzt Ihren Anruf!«

Ich setzte mich in den tiefen Schatten unter einen Baum und lehnte mich gegen den Stamm. Der kleine Park war einsam und verlassen, alle Büsche kahl, die Blumenbeete leer und der Springbrunnen die Wintermonate über abgeschaltet.

Mohammed hockte sich neben mich. »Machen Sie schon«, drängelte er. »Worauf warten Sie denn noch? Ich will noch heut Nacht nach Hause kommen!«

Ich zögerte, weil ich Angst hatte. Der lange, gefährliche Weg hatte mir keine Angst eingejagt, aber dieser bevorstehende Anruf tat es. Ich wollte noch etwas Zeit schinden. »Wie willst du denn heute Nacht noch zum Grange Place kommen? Das ist viel zu weit. Und viel zu gefährlich!«

»Ganz genau, Mann! Aber nur, wenn man über den *Dark Path* geht. Ich werde *auf der Oberfläche* quer durch die Stadt gehen, die ganzen drei Kilometer bis zur Dundas Street, bis ich nach Spadina komme und dann zu unserem üblichen Einstieg. Ist doch ein Kinderspiel, jetzt, wo ich nicht mehr so einen Scheiß-Haluk-Flüchtling mitschleppen muss. Jetzt rufen Sie endlich an!«

Dank des Adress-Assistenten fand ich den Kode. Ich gab ihn ein, deaktivierte aber die aktive Bildübertragung. Dann erhielt ich eine Verbindung und das dazugehörige Gesicht auf den Schirm.

»Ja? Wer ist da, bitte?«

»Ich bin's«, flüsterte ich. »Helly. Ich muss sofort zu dir kommen.«

»Helly?«

»Bitte hör mir zu! Ich bin in Schwierigkeiten. Richtig dicken Schwierigkeiten! Du weißt, was ... was derzeit im Rat vorgeht. Dieses wilde Gerangel um die dreihundert neuen Haluk-Planeten. Und du weißt auch, was ich damit zu tun habe – als Syndikus von Rampart.«

»Ja, aber ich verstehe nicht ...«

»Die Anschuldigungen wegen der Hybridklone – die sind alle wahr! Dieser ... dieser Mensch, der mit meinem Namen auftritt und die Pressemitteilungen macht, ist ein Hochstapler. Ein Klon! Ich bin in den letzten sieben Monaten von den Haluk gefangen gehalten worden, und dieser andere Mann hat meine Identität angenommen, um die Ergebnisse von Efrem Sontags Ermittlungen zu diskreditieren.«

Längeres Schweigen. »Soll das ... soll das irgendwie ein geschmackloser Scherz sein?«

»Nein. Kein Scherz. Das ist die Wahrheit. Ich konnte den Haluk erst vor ein paar Tagen entkommen. Ich hab mich auf dem *Dark Path* versteckt – unterhalb der Stadt.«

»Mein Gott! Und du brauchst ...«

»Deine Hilfe. Bitte! Es gibt sonst niemanden, an den ich mich wenden könnte. Niemand würde mir glauben.«

»Deine Stimme ...«

»Ich weiß. Ich habe 'ne ganze Menge durchgemacht. Und die Stimme ist auch nicht das Einzige, was sich an mir geändert hat. Aber ich kann dir beweisen, dass ich es wirklich bin. Hier ist das Zauberwort: Kashagawigamog.«

»Der See, in dem du beinahe ertrunken wärst, als du fünf warst.«

»Wo Eve mir erst das Leben gerettet und mich anschließend furchtbar vermöbelt hat, weil ich nicht auf sie gehört hatte und alleine mit dem Kanu rausgefahren war, und das auch noch ohne Schwimmweste. Das habe ich dir erzählt, als wir in dieser Kunstgalerie in Haliburton waren.«

Wieder eine Pause, die sich endlos hinzuziehen schien. Dann: »Also gut. Ich werd mir anhören, was du zu erzählen hast. Komm zu meinem Reihenhaus. Du weißt, wo das ist?«

»Ja. Ich bin ganz in der Nähe, nur eine Straße davon entfernt. Ich komme zur Hintertür. Ich glaube nicht, dass es dir recht wäre, wenn die Nachbarn sehen würden, dass ich zu dir gehe.«

»Warum das denn?«

»Glaub mir einfach.«

»Also gut. Ich lasse das hintere Gartentor offen. Komm einfach über die Allee.«

»Ich muss dich noch vor etwas warnen: Ich sehe jetzt anders aus – ich will dich ja nicht erschrecken, aber ...«

»So leicht lass ich mich nicht erschrecken. Gerade du solltest das wissen!«

»Ja, natürlich, tut mir Leid. Aber ich denke, es wäre trotzdem besser, wenn ich dir jetzt zeigen würde, was die Haluk mir angetan haben. Ich bin nicht mehr der Mann, an den du dich erinnerst.« Ich aktivierte die Bildübertragung.

»Um Gottes willen!«, flüsterte Joanna.

»Die haben einen Haluk hybridkloniert – mit meiner DNA. Diese ... diese Veränderungen gehören zu den Nebenwirkungen des Gentechnik-Verfahrens.«

In ihren Augen standen Tränen. »Oh, Helly!«

Mein Name! Sie hatte meinen Namen benutzt! »Ich bin es *wirklich*, Joanna. Ich brauche dich so sehr!«

»Komm«, sagte meine Ex-Frau.

Also tat ich das.

Kapitel 8

Müde trabte ich zu Joannas Haus, die Baseball-Kappe tief ins Gesicht gezogen; die ganze Zeit über betete ich, dass ich nicht einem anderen Mitternachts-Jogger begegnete, dem meine verdreckte Sportkleidung und meine fremdartigen Körperformen auffallen mussten. Die Chance, dass Haluk-Agenten Joannas Haus tatsächlich persönlich überwachten, hielt ich für verschwindend gering. Es gab raffinierte Methoden der Überwachung – bis hin zu Spionagesatelliten. Aber ich hatte seit Jahren keinen Kontakt mehr zu Joanna gehabt, und ich war mir ziemlich sicher, dass diese außerirdischen Agenten sie gewisslich nicht für jemanden hielten, den ich um Hilfe bitten würde. Die würden ihre Kontrollen auf Karl Nazarian und meine anderen Mitarbeiter beschränken, dazu auf meine Familie und auf Efrem Sontag.

In dieser Nacht wirkten die hübschen Straßen von Cabbagetown fast verlassen. Gepflasterte Bürgersteige, Straßenlampen, die fast aussahen wie Gaslaternen, massive alte Bäume. Hohe Zäune aus kunstvoll gearbeitetem Schmiedeeisen, zwei Meter hoch, umschlossen jeweils eine Häuserreihe. Die abgeschlossenen Tore vor jeder Häusereinheit wurden durch Sicherheitsanlagen mit Bildschirmen gesichert. Ganz gemäß den Regeln des innerstädtischen Verkehrs gab es hier in der Nähe keine privaten Skyports. Zu einer Enklave der Reichen wie Cabbagetown flog man doch nicht – man fuhr mit dem Auto oder mit dem Fahrrad, oder man ging zu Fuß! Und sein Fahrzeug ließ man auch nicht über Nacht vor dem Haus stehen.

In Joannas Straße standen sechs große Reihenhäuser, erbaut im geschmackvollen Stil des letzten Jahrhunderts – graue Holzverschalung, schwere weiße Fensterrahmen, ausladende Gesimse, im zweiten Stock Dachgauben, mehrere Schornsteine, kleine Säulenvorbauten, unter die man sich bei Regen zurückziehen konnte, Laternen über jeder Tür. Zu allen Häusern der Straße gemeinsam gehörte ein umgebauter Stall, der unterirdisch Platz für zwölf Fahrzeuge bot, oberirdisch waren dort auf zwei Etagen Sport- und Hobbyräume untergebracht.

Ich trabte zu einer kleinen Seitenstraße und bog dann in die Allee ein. Sie wurde schwach beleuchtet von bronzenen Kutschenlampen, die an der Außenwand der alten Scheune aufgehängt waren. Daneben bot eine Pforte Einlass in den gemeinschaftlichen Garten. Die Anzeige neben dem Schlitz für die Zugangsberechtigungskarten leuchtete grün, und als ich versuchte, das Tor zu öffnen, schwang es lautlos nach innen.

Joanna hatte die Beleuchtung der Veranda nicht eingeschaltet, und das Erdgeschoss lag im Dunkeln. Im ersten Stock waren in zwei Zimmern, in denen Licht brannte, die Vorhänge zugezogen.

Leise stieg ich die Treppenstufen zur Veranda hinauf. Noch bevor ich auf die Klingel drücken konnte, öffnete sich die Tür, und ich sah eine schlanke, hoch gewachsene Frau, deren Silhouette sich vor der indirekten Flurbeleuchtung abhob. Mit einem Gürtel hatte sie sich einen leuchtend roten Samtbademantel eng um den Körper geschlungen, darunter war ein hochgeschlossenes weißes Nachthemd zu erkennen. Sie trug ihr blondes Haar immer noch lang, genau so, wie ich es in Erinnerung hatte. Jetzt ohne Chignon, fiel ein einzelner, glänzender Zopf über ihre rechte Brust.

Sie starrte mich an, ihre herben Gesichtszüge wirkten finster; in ihren weit aufgerissenen Augen spiegelte sich das Licht der Kutschenlampen. Joannas Lippen waren zu einem lautlosen Schreckensschrei geöffnet. Mein grotesk verzerrtes Gesicht auf dem kleinen Bildschirm eines Fons zu sehen war doch noch etwas ganz anderes als die nackte, entsetzliche Realität.

»Ich bin's, Joanna«, sagte ich sanft. »Ich bin es wirklich.«

»Ja. Komm rein.« Ihre Stimme klang völlig beherrscht. Sie trat einen Schritt zur Seite, als ich eintrat und dann die Tür hinter mir abschloss. Ein paar Sekunden standen wir regungslos dort, betrachteten einander im Dämmerlicht wie lebende Klischee-Charaktere eines alten Science-Fiction-B-Movies: die attraktive Frau im Nachthemd und der grässliche, Furcht erregende Außerirdische.

»Puh!«, bemerkte sie dann. »Warum hast du mir nicht gesagt, dass du dich in einer Kloake versteckt hast.« Bevor ich etwas sagen konnte, ging sie schon in Richtung Küche. »Komm mit! Bevor wir irgendetwas anderes tun, wirst du lange und heiß duschen!«

Widerstandslos folgte ich ihr in die Küche und von dort aus die Treppe hinauf in ein luxuriös ausgestattetes Badezimmer im ersten Stock. »Steck diese ekligen Klamotten in den Reiniger und stell ihn auf DESINFIZIEREN. Programmier am besten auch gleich die Dusche auf ›antibakterielle Scheuerwirkung‹. Die hat alle möglichen Einstellungen – obwohl ich zugeben muss, dass ich noch nie die ganz harten Methoden gebraucht habe. In dem großen Schrank da sind alle möglichen Körperpflegemittel – für Gäste. Zahnbürsten und so was.« Sie hielt inne und schaute mich fragend an. »Ähh ... du hast doch noch Zähne, oder?«

Ich brach in schallendes Gelächter aus und fletschte

dann meine Zähne zu einem äußerst un-halukischen Grinsen. Sie fühlten sich an wie meine eigenen, auch wenn die Zahnzwischenräume sich ein wenig vergrößert zu haben schienen. Zum Scherz streckte ich Joanna auch noch die Zunge heraus – und bereute es sofort. Ich hatte vorher schon das Gefühl gehabt, dieses Organ sei ein wenig ungewöhnlich. In den Spiegeln dieses hell erleuchteten Badezimmers konnte ich nun sehen, dass sie geradezu obszön lang und beweglich war. Ich konnte problemlos die Unterseite meines Kinns damit berühren. Und sie war so dunkelrot wie eine reife Pflaume.

»Ach du Scheiße!«, stieß Joanna DeVet, Morehouse-Professorin für Politikwissenschaften, hervor. Erschrocken wich sie vor mir bis in den Flur zurück. Als mir ein Mitleid erregender Laut herausrutschte, zwang sie sich zu einem Lächeln. »So schlecht ist diese Zunge gar nicht. Eigentlich sogar ganz nett. Kannst du die auch aufrollen wie ein Chamäleon und damit Fliegen fangen?«

»Muss ich in den nächsten Tagen mal ausprobieren«, sagte ich jammervoll.

Sofort tat es ihr Leid. »Entschuldige, Helly. Ich sollte wirklich keine Witze darüber machen. Die ist bloß so ...«

»Unmenschlich«, sagte ich leise.

»Ja«, pflichtete sie mir bei. »Hast du Hunger? Verträgst du überhaupt Menschen-Nahrung?«

»Mein letztes Essen war Ratteneintopf – den haben mir verwilderte amerikanische Ureinwohner vorgesetzt, die in alten Kellerräumen im Hafenviertel leben. Ich sterbe fast vor Hunger.«

»Ich habe noch ein halbes Hähnchen-Tandoori mit scharfer Joghurt-Sauce und Nan-Brot da, und Roskos-Mohn-Kuchen von Granowska's.« Joanna kochte nicht gerne, aber sie kannte die besten Restaurants mit Straßenverkauf und die besten Lieferservices der Stadt.

»Das Hähnchen klingt ganz toll«, sagte ich.

»Brauchst du sonst noch etwas, Schatz?«

Sie sagte das so nett und klang dabei so natürlich und aufrichtig besorgt, dass es mir die Kehle zusammenschnürte und ich auf einmal nur noch unscharf sehen konnte.

Oh, Joanna. Warum hatte ich so ein egozentrischer Idiot sein müssen?

Aber jetzt war keine Zeit für Gefühlsduselei. Trotz ihrer Beherrschtheit war meine Ex-Frau zweifellos innerlich immens aufgewühlt. Ich musste sie beruhigen, wenn sie mir noch in irgendeiner Weise nutzen sollte.

Nutzen.

Das war doch der einzige Grund, warum ich zu ihr gegangen war, oder? Nicht als Zufluchtsort oder zum Trost, sondern nur, um mir bei meinem Don-Quichotte-artigen Feldzug gegen die Haluk zu helfen. Also machte ich am besten damit weiter ...

»Kann dein Fon einen Phase-XII-Verschlüsselungsfilter aufbauen?«, fragte ich.

»Ja. Aber *den* habe ich auch noch nie gebraucht.« Sie seufzte. »Sieht ganz so aus, als würden wir jetzt richtig auf den Spionage-Modus umschalten, was?«

»Ruf die Spurensicherung im Interstellaren Handelssekretariat an. Lass dir den Notfall-VoiceMail-Kode von Chief Superintendent Beatrice Mangan geben. Sie ist die Leiterin der molekularbiologischen Abteilung vom IHS und eine alte Kollegin von mir, die alles über die Hybridklon-Bedrohung durch die Haluk weiß.«

»Ja, ich weiß, wer das ist. Sie war eine der beeindruckendsten Zeugen während der offenen Sitzungen des Abgeordneten Sontag, und sie hat über den Hybridklon-Leichnam ausgesagt.«

»Zeig deutlich dein Gesicht«, fuhr ich fort, »und übertrag deine Retina-ID, und dann hinterlass eine Nachricht, dass Bea dich so schnell wie möglich zu Hause anrufen soll – maximale Verschlüsselung!«

»Soll ich deinen Namen erwähnen?«

»Auf gar keinen Fall. Du wirst eine Zeit lang mein Sprachrohr sein müssen – zumindest, bis ich wieder glaubwürdig bin. Wie auch immer du das hinkriegen kannst, ohne Bea irgendetwas über mich oder meine aktuelle Situation zu erzählen: Bring sie dazu, morgen früh zu dir nach Hause zu kommen. Es ist unbedingt notwendig, dass sie nicht verfolgt wird, und ich will nicht, dass sie es riskiert, noch in der Nacht hierher zu kommen. Die Haluk werden sie unter Garantie überwachen. Bitte sie darum, ein transportables Genanalyse-Kit mitzubringen, und ein Fon mit einem Daten-Link zum IHS.«

»Ich verstehe, worauf du hinauswillst. Deine DNA wird dich eindeutig identifizieren.«

»Es kommt sogar noch besser: Bea kann bestätigen, dass diese netten Haluk-Verzierungen in meinem Genom das Ergebnis eines illegalen Hybridklonierungs-Verfahrens sind.«

»Und was hast du dann vor? Willst du dich an die Medien wenden?«

»Letztendlich sicher. Aber ich muss mich erst einmal um dringendere Angelegenheiten kümmern. Ich war sieben Monate lang in einem Dystasis-Tank, und ich muss erst einmal auf den neuesten Stand gebracht werden, bevor ich irgendetwas Drastisches unternehme. Und dafür könnte ich gut deine Hilfe gebrauchen, Joanna. Wenn du Lust hast, natürlich.«

»Natürlich. Ich habe reichlich Material zum Nachschlagen da. Ich kann dir jede Information geben, die du brauchst.«

»Sobald Bea Mangan bereit ist, für mich zu bürgen, werde ich mich dem Abgeordneten Efrem Sontag und meinem engen Mitarbeiter Karl Nazarian zeigen – und vielleicht auch noch Eve und meinem Vater. Gemeinsam werden wir uns dann überlegen, wie wir die Blaubeerfressen am besten fertig machen können. Keine Sorge, wir werden dein Haus nicht zur Kommandozentrale machen. Ich werde dich nicht in Gefahr bringen – auf jeden Fall nicht mehr, als ich es ohnehin schon getan hab; indem ich hierher gekommen bin.«

»Ich bin bereit, Risiken einzugehen«, sagte sie nur. »Wenn dir das hilft.«

»Joanna. Ich danke dir. Aber ich muss aus Toronto raus. In der Hauptstadt wimmelt es nur so von Haluk. Jedermann weiß, dass zu ihrer Botschaft und zu ihrer Handelsdelegation Tausende von Mitarbeitern gehören. Und ich verwette die ganze Ranch, dass ein beträchtlicher Anteil von denen gerade jetzt in diesem Augenblick damit beschäftigt ist, sämtliche Büsche nach mir abzuklopfen.«

»Was ist mit diesem Haluk-Hochstapler, der dir deine Identität gestohlen hat? Der wirkt ziemlich überzeugend, weißt du? Ich wäre auf jeden Fall nie auf die Idee gekommen, seine Echtheit anzuzweifeln.«

»Der gerade im Moment aktive ›Pseudo-Helly‹ ist kein Außerirdischer, sondern ein umgewandelter Mensch. Die Haluk haben zwei Kopien von mir angefertigt.«

»Willst du den denn nicht sofort entlarven?«

»Ich werde Hilfe brauchen, um ihn auffliegen zu lassen. Der ist mehr als bloß ein Haluk-Apologet und ein Geheimagent – er ist wahnsinnig und gemeingefährlich.«

»Weißt du das ganz genau?«

»O ja. Und ich bin auch nicht der Einzige, der so denkt.«

»Wer um alles in der Welt ist dieses Monstrum?«

»Alistair Drummond, der ehemalige Vorstandsvorsitzende von Galaph. Der ist damals in Arizona doch nicht umgekommen.«

»Um Gottes willen!« Sie dachte einen Moment nach. »Wie ... absolut perfekt.«

»Ich bin sicher, die Haluk haben das ganz genau so gesehen, als Drummond ihrem Anführer seinen raffinierten kleinen Plan vorgelegt hat. Die haben aber auch gemerkt, dass dieser Mann eine tickende Zeitbombe ist, und sie hatten vor, ihn so schnell wie möglich durch einen weitaus vertrauenswürdigeren ›Pseudo-Helly‹ auszutauschen. Diesmal durch einen Haluk-Hybridklon. Jetzt wird das nicht mehr passieren. Mein zweiter Klon ist sehr, sehr tot.« Ich konnte es nicht verhindern, dass bittere Befriedigung in meiner Stimme mitklang.

Joanna warf mir einen Blick zu. Politologen sind nicht gerade langsam dabei, unschöne taktische Realitäten zu begreifen. »Also sind die Haluk jetzt auf Drummond angewiesen, der ganz ohne Zweifel eigene Pläne verfolgt.«

»Und ob der das tut! Als er Eve und den Vorstand von Rampart dazu gebracht hat, ihn zum Präsidenten des Konzerns zu ernennen, hat er sich selbst in eine Position manövriert, von der aus er immensen Schaden anrichten kann. Jetzt, wo die Konsolidierung von Galapharma abgeschlossen ist, werden fast sechstausend Planeten von Rampart kontrolliert. Drummond kann auf all deren Datenbanken zugreifen. Er kann deren Raumflotten kommandieren, ihre Innen- und Außensicherheit manipulieren, sogar die Dienstpläne ihres Managements. Was weiß ich, der könnte Haluk-Hybridklone auf die Posten von leitenden Rampart-Angestellten gesetzt haben, und genauso in leitende Positionen auf einer ernst zu nehmenden Anzahl von Rampart-Planeten im Perseus-Sporn und im Orion-Arm. Er hatte ja genug Zeit. Personelle Umgruppierungen während der Konsolidierung hätte jede seiner Handlungen erklärt. Ich bin sicher, dass er auch seinen Posten als Konzern-Syndikus ausgenutzt hat, um die Sache der Haluk effektiv bei den Rats-Abgeordneten zu fördern.«

Joanna nickte. »Er war sehr leidenschaftlich, wenn es darum ging, die Außerirdischen zu verteidigen, trat sehr ansprechend auf und wirkte absolut überzeugend. Niemand würde auf die Idee kommen, er sei ...« Sie tippte sich gegen die Schläfe.

»Völlig wahnsinnig? Wohl kaum. Als er die Verschwörung zur Übernahme von Rampart organisiert hat, war er von Hybris und maßlosem Ehrgeiz getrieben. Ich nehme an, jetzt geht es ihm um Rache – an mir, an Rampart, vielleicht sogar an der ganzen menschlichen Rasse. Wir können Drummond nicht einfach nur diskreditieren und erwarten, dass er sich in aller Ruhe ergibt oder davonläuft. Er wird einen Weg finden, sich zu wehren, sobald er begriffen hat, dass er und seine Haluk-Verbündeten ernstlich bedroht werden. Vielleicht gibt es nur einen gangbaren Weg, mit ihm fertig zu werden.«

»Ich verstehe.« Und das tat sie tatsächlich. »Du und deine Freunde stehen bald vor ein paar kniffligen *Realpolitik*-Problemen. Die Abstimmung des Rates über die neuen Haluk-Planeten steht kurz bevor. Vielleicht findet sie schon innerhalb der nächsten zwei Wochen statt.«

»Wir müssen diese Verfügung stoppen, Joanna.« In meiner Stimme klang verzweifelte Dringlichkeit mit. »Man darf diesen Außerirdischen nicht gestatten, noch mehr Kolonisten in den Sporn zu schaffen. Mit Drummonds Hilfe werden die einen Weg finden, die ganze Zone 23 in ihre Gewalt zu bringen. Und das ist noch nicht das Schlimmste. Die Haluk haben eine geheime Basis auf einem Asteroiden im Schützen-Nebel. Letzten April haben deren Piraten diese Basis dazu genutzt, Sheltok-Transactiniden-Transporter auszurauben. Inzwischen könnte der ganze verdammte Asteroid zum Ausgangspunkt für einen Großangriff auf unsere Treibstoffversorgung ausgebaut worden sein.«

»Helly, das ist ja entsetzlich! Du musst dich sofort an die Medien wenden! Sich nur auf die Mitglieder des Rates zu konzentrieren reicht vielleicht nicht aus. Die Einhundert Konzerne wollen, dass diese neue Verfügung durchgeht! Die meisten Abgeordneten werden sich deren Druck beugen, wenn die Wählerschaft sie nicht zu einer anderen Entscheidung zwingt!«

»Und das ließe sich machen, indem wir an die Medien gehen.«

»Genau! Die Verfassung des Commonwealth sieht unter bestimmten Umständen eine Bürgerbefragung vor. Aber der Rat muss dafür …«

Ich unterbrach sie, plötzlich überkam mich eine entsetzliche körperliche wie geistige Müdigkeit. »Später, Joanna. Bitte! Ich weiß, dass Sontag und die anderen deine Expertenmeinung werden zu schätzen wissen. Lass uns morgen darüber sprechen. Aber jetzt überzeug Bea Mangan bitte erst einmal, dass sie morgen früh hierher kommt. Bevor ich irgendetwas anderes unternehmen kann, muss ich erst einmal beweisen, dass ich überhaupt existiere.«

»Ich ruf sie sofort an.« Impulsiv streckte sie ihre Hand aus. Ich nahm sie sehr vorsichtig in meine unmenschlich blauen Hände, neigte meine Stirn in einer archaischen Geste der Höflichkeit darüber, die mir völlig instinktiv erschien, und ließ sie dann los.

Joanna blinzelte erstaunt, dann senkte sie ihren Blick. »Ich bringe dir das Essen in das kleine Wohnzimmer am anderen Ende des Flurs.« Sie drehte sich um und ging die Hintertreppe hinunter.

Ich schloss die Badezimmertür und zog mich aus; meine völlig verdreckte Kleidung legte ich in den Reiniger, wie sie es mir gesagt hatte. Dann ging ich unter die Dusche und versuchte, alles abzuwaschen.

Klappte natürlich nicht.

Joanna saß da und wartete, als ich auf Socken in das Wohnzimmer tappte. Die durchgeweichten, arg mitgenommenen Adidas-Turnschuhe hatten die Anstrengungen des Reinigers nicht überstanden, und der Autocoat war ebenfalls nicht mehr zu retten, aber die anderen Sachen, die ich Dan abgenommen hatte, waren wieder sauber und frisch.

Während ich mich angezogen hatte, waren mir ein paar Gedanken über meinen missratenen Bruder durch den Kopf gegangen. Ich fragte mich, ob die Haluk ihn schon verhört hatten. Er hätte natürlich nicht das Geringste erzählen können, was diesen Außerirdischen bei ihrer Suche nach mir geholfen hätte, aber sie würden deswegen sicherlich nicht mit dem Verhör aufhören. So ein Pech für Dan aber auch ...

»Du riechst schon viel besser«, bemerkte Joanna. »Jetzt erzähl mir nicht, du hast das Lavendel-Badeöl genommen.«

»Ich habe eine beruhigende Aromatherapie einfach gebraucht«, erklärte ich und versuchte dabei, möglichst unbekümmert zu klingen. »Du weißt ja, dass ich Lavendel schon immer gemocht habe. Das entspannt mich so schön.« Und geilt mich immer auch ein bisschen auf – was mir jetzt gar nicht passte.

Drei Sofas waren im Halbkreis vor einem großen Holoschirm aufgestellt. Joanna hatte eine Unterwasser-Landschaft angewählt: blauschwarzes Wasser, eindeutig tropisch, durch das ein Schwarm glänzender Luna-Quallen zog. Er wurde inmitten eines gespenstischen Korallenriffs von den Wellen auf und ab getragen. Die Musik, die dazu eingespielt wurde, war sonderbar: leise, anschwellende Akkorde, die von Olivier Messiaen stammen mochten.

»Das Holo gefällt mir«, sagte ich. »Es erinnert mich fast an Zuhause. Lockaby, meine ich. Der Freistaatenplanet im Perseus-Sporn, auf dem ich gelebt habe. Nur dass sich auf diesem Planeten nie Quallen entwickelt haben.«

»Ist das ein schöner Planet?«, fragte Joanna mich.

»Oh, ja!«

»Und du warst glücklich da.«

»Am Anfang nicht. Später, als ich mich wieder eingekriegt hatte, war ich da sehr glücklich.«

Das Essen stand auf einem abgedeckten Warmhalteteller auf einem kleinen Tischchen vor den Sofas. Ich setzte mich ihr gegenüber und sah das aufgeklappte Videofon, das neben einer Kaffeekanne und einer Flasche *Jameson*-Whiskey lag.

»Hat Bea Mangan noch nicht zurückgerufen?«, wollte ich wissen.

»Doch, hat sie. Sie wird morgen früh um sieben hier sein, und sie bringt die Geräte für die Genanalyse mit. Sie hat gesagt, sie wird vom IHS-Tower aus ein Taxi nehmen.«

»Bei Tageslicht sollte das sicher genug sein, wenn sie vorsichtig ist.«

»Helly ... Ich fürchte, sie ahnt, wie es aussieht. Es tut mir Leid, wenn das deine Pläne durcheinander bringt. Ich habe nichts angedeutet ...«

»Ist schon in Ordnung. Ich hätte wissen müssen, dass Bea von alleine darauf kommt. Schließlich gehört sie zu den Bullen.«

»Sie will sofort mit dir sprechen. Hat gesagt, es sei extrem dringend.«

»Verflixt!« Das konnte nur schlechte Nachrichten bedeuten. Ich schlug mir mit der Faust gegen meine gerippte Stirn und versuchte so vergeblich, mein Hirn wieder auf Touren zu bringen. Dann schaltete ich die Bildübertragung des Fons ab und ließ das ganze Verschlüsselungs-Brimborium über mich ergehen. Bea hob nach dem ersten Summen ab.

»Beatrice Mangan hier.«

»Hier ist Helly. Die komische Stimme gehört zu dem ganzen Rest meines Haluk-Daseins.«

»Also haben diese Außerirdischen dich den Vorbereitungen für das Gentechnikverfahren unterworfen ...«

»Ja. Und ich konnte entkommen. Tut mir Leid, dass wir das nicht von Angesicht zu Angesicht machen können, aber ich bin es so satt, blaue Haut zu haben, und kann einfach keine Kommentare darüber mehr hören.«

Das Mitgefühl war ihrem freundlichen, mütterlichen Gesicht deutlich anzumerken. »Wie schrecklich für dich. Ich werde tun, was ich kann, um dir zu helfen. Das weißt du.«

»Danke, Bea. Verifizier bitte morgen einfach meine DNA. Danach werde ich mit Ef Sontag und ein paar anderen Kontakt aufnehmen, um einen Schlachtplan auszutüfteln. Ich habe mich noch nicht entschieden, ob ich mich sofort an die Medien wenden will oder ob ich noch ein paar Wochen warte und meine große Enthüllung unmittelbar vor der Abstimmung des Rates über die neuen Haluk-Kolonien durchziehe. Auf jeden Fall möchte ich, dass du mein Genprofil auch noch einmal in aller Öffentlichkeit überprüfst – als Teil der großen Show.«

»Helly, genau deswegen wollte ich unbedingt sofort mit dir sprechen! Joanna hat die Abstimmung des Rates auch schon erwähnt. Aber du hast keine zwei Wochen, um dich darauf vorzubereiten! Ef Sontag hat mich heute am frühen Abend angerufen und mir erzählt, dass die Konservativen plötzlich einen Antrag auf Abschluss der Debatte über die Haluk-Kolonien gestellt haben. Es wurde beschlossen, die Abstimmung am Mittwoch durchzuführen – übermorgen!«

»Nein!«, flüsterte ich. »Nein, nein, nein!«

Und los geht das Spiel: Haluk gegen Menschen – 300 zu 0.

»Am Dienstag, also morgen«, fuhr Bea fort, »dürfen Ef und seine Leute noch einmal ein Resümee ihrer Argumente für eine Ablehnung des Gesetzesentwurfes vortragen. Ef hat mich gebeten, als Expertin ein weiteres Mal die Beweismittel vorzulegen, die wir durch Fleece-Jäckchens Leichnam erhalten haben. Dann wird das Pro-Haluk-Komitee sein eigenes Resümee präsentieren. Anschließend wird der Vorsitzende die Abstimmung auf zehn Uhr morgens des kommenden Tages festlegen – also Mittwoch.«

»Ich weiß, warum diese Debatte abgewürgt worden ist«, sagte ich dumpf. »Die Anführer der Haluk haben die Panik gekriegt, nachdem ich entkommen war. Die haben Angst, sie würden mich nicht mehr einfangen, bevor ich die Katze aus dem Sack lasse.«

»Damit hast du sicher Recht. Der Diener der Diener und der gesamte Neunerrat der Haluk sind hier in Toronto. Ich hab sie auf der VIP-Galerie im Sitzungssaal selbst gesehen.«

»Der Diener ist ja auch in einer Position, die es ihm

erlaubt, zusätzlich zu dem üblichen Haluk-Lobbyismus der Einhundert Konzerne auch noch Druck auszuüben. Die Syndizi der Konzerne haben die Abgeordneten so im Griff, dass sie die gezwungen haben, die Abstimmung vorzuziehen. Ach, Scheiße! Das bedeutet wahrscheinlich, dass die Mehrheit des Rates den Kolonisierungsplänen auch zustimmen wird.«

»Das denkt Ef zumindest. Aber ich glaube, du solltest mit ihm reden, Helly! Er hat die ganze Nacht mit seinen Mitarbeitern im Regierungsgebäude verbracht und über Notfalltaktiken gegrübelt. Vielleicht ...«

»Tut mir Leid! Das läuft nicht. Ich bin völlig erledigt. Zu k.o., um auch nur klar zu denken.«

Der sprichwörtliche schwarze Abgrund gähnte vor mir, und Vergessen hatte noch nie so attraktiv gewirkt. Ich würde mich einfach verstecken und den aussichtslosen Kampf an einem anderen Tag austragen ...

Doch Bea fuhr fort. »Womöglich sollte ich einfach morgen früh zu Ef fahren, ihm von deiner Rückkehr berichten und ihn bitten, mit mir zusammen zum Haus von Frau Professor DeVet zu kommen?«

»Wenn es in seiner Abteilung einen Maulwurf gibt ...«, widersprach ich.

»Alle Mitarbeiter von Ef geben wöchentlich DNA-Proben ab, und bei ihm herrschen höchste Sicherheitsbedingungen. Da gibt es keinen Maulwurf! Falls die Haluk seine Büroräume tatsächlich observieren, dann nur, indem sie gelegentlich einen Blick auf die Büroflure werfen. Ich kann ihn da unbemerkt rausholen, Helly. Vertrau mir!«

»Das tue ich ja ... Aber verdammt noch mal, Bea! Was können wir denn schon innerhalb eines einzigen Tages ausrichten? Ef kann mich dem Rat als ›Beweisstück A‹ präsentieren, und ich kann eine hübsche kleine Rede halten. Aber würde das wirklich irgendwelche Auswirkungen auf das Abstimmungsergebnis haben?«

Plötzlich sagte Joanna: »Abgeordnete, die man in der Tasche hat, Helly! Die von Rampart!«

Ich musste völlig verblödet sein! Ich verstand nicht, was sie meinte. »Was?!«

»Was?!«, echote Bea über das Fon.

Ich aktivierte die Raumschaltung, und Joanna sagte lauter: »Es gibt eine ganze Menge Abgeordnete, die jetzt bei Rampart in der Schuld stehen – jetzt, nach der Galapharma-Konsolidierung. Auf deren Stimmen kann man Einfluss nehmen, wenn man Drummonds Einfluss sofort unterminiert. Man muss ihn nur von seinem Syndikus-Posten abziehen und durch einen unserer Verbündeten ersetzen. Fällt dir nicht irgendein gerissener Anwalts-Trick ein, mit dem du es so einrichten kannst, dass du dich diesem Hochstapler nicht persönlich stellen musst?«

Endlich verstand ich, was sie meinte. Der Damm in meinem Hirn brach, nein, er explodierte geradezu in plötzlich aufkeimender Hoffnung. »In Gottes Namen, ja! Wenn das wirklich funktionieren würde ...«

Ich hatte über Rampart hartnäckig immer weiter so gedacht, wie ich es von früher her kannte: eine von allen Seiten belagerte, kleine Firma ohne jeglichen politischen Einfluss. Gemäß der komplexen Kontingentierungsformel, die sowohl die jeweilige Bevölkerung als auch das Betriebsvermögen berücksichtigte, hatten die Planeten unter Rampart-Mandat in Zone 23 vor der Konsolidierung magere vier Sitze im Commonwealth-Rat eingebracht. Zählte man all die Abgeordneten noch hinzu, die zuvor durch Galapharma kontrolliert worden waren, kamen wir jetzt auf 80 oder 90. Das könnte ausreichen ...

Bea Mangan riss mich mit ungläubiger Stimme aus

dem Gedankengang. »Habe ich gerade eben richtig gehört? Hat Frau Professor DeVet Alistair Drummond erwähnt?«

»Er ist ich«, sagte ich knapp. »Pseudo-Helly der Erste. Es hat auch noch eine Haluk-Kopie von mir gegeben. Die ist tot. Wenn du die ganze Geschichte von ›Asahel in Hybridklonland‹ erfahren willst, erzähle ich sie dir morgen.«

Joanna brachte uns wieder zum Thema zurück. »Wie ersetzt ein Konzern seinen Syndikus?«

»Gemäß den Richtlinien von Rampart«, erklärte ich, »wird er normalerweise durch den Präsidenten ernannt oder entlassen. Mit einfacher Mehrheit kann das auch der Vorstand alleine tun. Nun ist Drummond nicht nur Syndikus, sondern auch Präsident, und er wird sich nicht selbst entlassen. Also bleibt uns nur der Vorstand. Gunter Eckert, eines der Vorstandsmitglieder, könnte eine Dringlichkeitssitzung einberufen. Aber ich kann Ihnen gleich versichern, meine Damen, dass ein nüchterner Geschäftsmann wie Eckert mich nicht als den ›echten Helly‹ akzeptieren wird, es sei denn, er hätte mit eigenen Augen gesehen, wie meine DNA verifiziert wurde, und mich anschließend noch psychotronisch vernommen.«

»Dann mach das!«, sagte Joanna.

Über diese Naivität musste ich lachen. »Ich habe doch noch nicht einmal Gunters gottverdammten Privatkode! Er steht bestimmt nicht in der öffentlich zugänglichen Datenbank! Aber das ist ohnehin egal. Wir werden ihn niemals dazu bringen, eine Sitzung einzuberufen oder sich die DNA-Analyse auch nur anzusehen, weil er niemals glauben wird, dass es sich bei dem Asahel Frost, der jetzt Präsident von Rampart ist, in Wirklichkeit um einen Hochstapler handelt. Er wird das nicht glauben wollen! Und genauso wenig Eve oder mein Vater oder irgendwer sonst aus dem Vorstand! Denn wenn das wahr wäre und die Haluk so richtig einen auf die Mütze kriegen, hat Rampart viel mehr zu verlieren als alle anderen der Einhundert Konzerne. Es gibt im ganzen Vorstand niemand, der ...«

Ich schloss den Mund, denn plötzlich hatte ich begriffen, dass ich mich täuschte. Es *gab* jemanden.

»Helly?«, fragte Bea Mangan besorgt.

»Mir ist gerade etwas eingefallen. Ich muss diesem Gedanken jetzt erst mal nachgehen. Die Chancen stehen schlecht, aber vielleicht ist die Lage von Rampart doch noch nicht ganz aussichtslos. Hör zu, Bea! Du kommst morgen früh mit Ef Sontag und deiner Genprofil-Testausrüstung hierher. Und ich wäre dir dankbar, wenn du auch noch einen kleinen Niederstrom-Hogan-H-18-Psychotronik-Vernehmer mitbringen könntest.«

»Natürlich. Den kann ich mir von der Vollstreckungsabteilung ausleihen. Sonst noch was?«

»Ja. Bete!«, sagte ich und verabschiedete mich.

Joanna sah mich verwirrt an. »Gib mir eine Minute Zeit«, bat ich sie. Dann setzte ich mich reglos hin, schloss die Augen und versuchte, mich an einen Fon-Kode zu erinnern, den ich bisher erst ein einziges Mal benutzt hatte, und das vor Monaten. An einen Kode, von dem die Entscheidung zwischen galaxisweitem Krieg und Frieden abhängen konnte.

Das ist er, du gerissener blauer Bastard!

Ich tippte auf den Tasten herum. Diesmal ließ ich die Bildübertragung aktiviert. Es gab keinen Grund für eine gesonderte Verschlüsselung. Der Mann, den ich anrief, war von den besten Sicherheitseinrichtungen der Galaxis umgeben.

Er nahm ab, starrte mich an und sagte: »Mein Gott!«

»Nein, Sir«, korrigierte ich ihn. »Helly Frost, der von

einer ganz üblen Reise zurück ist. Der Feind hat mich im Schützen-Nebel gefangen genommen. Haluk-Verbrecher haben mich hybridkloniert und aufs Grässlichste umgestaltet. Aber meine Barky-Jagd war dennoch kein Misserfolg. Ich habe die Antworten, die wir gesucht haben. Wollen Sie sie hören?«

»Ja«, entgegnete Adam Stanislawski ruhig. »Wenn Sie beweisen können, dass Sie wirklich derjenige sind, für den Sie sich ausgeben.« Kein Zögern, keine Aufregung. Er wägte Drummonds Helly-Darstellung gegen meine unwahrscheinlich klingende Behauptung ab und war dennoch bereit, mich anzuhören! Was für ein Kerl ...

»Haben Sie jemals von Joanna DeVet gehört, Professorin der Politologie an der *Commonwealth-University*?«

»Die Ex-Frau von Asahel Frost. Ich habe mehrere ihrer Bücher gelesen. Fand sie brillant.«

»Ich befinde mich jetzt gerade in ihrem Haus in Cabbagetown. Wenn Sie morgen früh gegen sieben Uhr hierher kommen, werde ich Ihnen anhand eines DNA-Tests und eines Wahrheitstesters beweisen, dass ich der bin, der zu sein ich behaupte. Danach würde ich bitten, dass Sie sich Ihren John Ellington schnappen, den stellvertretenden Vorstandsvorsitzenden von Rampart. Sorgen Sie dafür, dass er Gunter Eckert dazu bringt, sofort eine Dringlichkeitsvorstandssitzung von Rampart einzuberufen – in Abwesenheit des Individuums, das sich derzeit als Asahel Frost ausgibt.«

Stanislawski runzelte nachdenklich die Stirn, dann überzog ein breites Grinsen seine schlaue, zurückhaltende Miene. »Ich verstehe. Sie wollen Abgeordnete umstimmen, die Sie in der Tasche haben, was?«

»Sie kann man wirklich nicht so schnell reinlegen, Sir. Sie haben es erraten. Das war Joannas Idee.«

»Ist Frau Professor DeVet da? Lassen Sie mich bitte mit ihr sprechen!«

Ich reichte ihr das Fon. »Guten Abend, Bürger Stanislawski«, begrüßte sie ihn. »Vielen Dank für Ihre freundlichen Worte über meine Bücher. Ich bin ziemlich erstaunt, dass sie Ihnen gefallen, schließlich missbilligen sie die Zwangsherrschaft der Firmen über die galaxisweite Politik. Ich bin sogar noch mehr darüber erstaunt, dass mein Ex-Mann gerade Sie in dieser außergewöhnlichen Situation kontaktiert hat.«

»Ist es *wirklich* Helly?«

»Zweifelsfrei. Es ist aus der Haluk-Gefangenschaft entkommen. Man hat ihn geklont.«

»Nicht zu fassen! Erklären Sie mir bitte, wie ich zu Ihrem Haus komme.«

Das tat sie. »Dann also bis morgen um sieben, Bürger Stanislawski.«

»Ich freue mich schon darauf, Frau Professor.«

Sie beendete das Gespräch, klappte das Fon zusammen und nahm den Deckel von dem Teller mit dem indischen Hähnchen.

»Iss jetzt, bevor es kalt wird. Möchtest du einen Irish Coffee? Ich mach mir auf jeden Fall einen. Vielleicht sogar ein paar. Ist koffeinfrei, also wird er dich nicht vom Schlafen abhalten.« Sie nahm die Kaffeekanne und goss sich etwas davon in eine gläserne Tasse.

Schlafen! Mein Hirn verarbeitete noch die sensationellen Entwicklungen der letzten halben Stunde, also war an Schlaf wohl kaum zu denken. Dennoch sagte ich: »Klingt gut, Süße.«

Aus der Kanne goss sie auch noch etwas in den anderen Becher, gab ein wenig Zucker dazu, rührte beide Getränke um, dann schüttete sie eine großzügig bemessene Menge Whiskey dazu. Anschließend drehte sie einen Löffel um und ließ darüber vorsichtig dicke Sahne fließen, bis eine Schicht den Kaffee bedeckte. Wir hoben die Becher, stießen an und murmelten gleichzeitig »Cheers«. Dann nippten wir, und beide wichen wir dem Blick des anderen aus.

Pflichtschuldigst begann ich in meinem Essen herumzustochern. Das gebratene Hähnchen war köstlich und so zart, dass es auf der Zunge zerging, aber ich hatte keinen Appetit. Ich hätte Smalltalk betreiben sollen, hätte Joanna fragen müssen, wie es mit ihrer Arbeit an der *Commonwealth University* gelaufen war, oder mit ihrem Leben, in all den Jahren, in denen wir uns nicht gesehen hatten.

Ich konnte nicht. Ihre Nähe, die durchaus realistische Möglichkeit, dass ich morgen von einem außerirdischen Agenten oder einem der Mietlinge Alistair Drummonds getötet wurde – selbst der immer noch wahrnehmbare Duft dieses verdammten Lavendel-Badeöls – hatten meinen Blutdruck so angekurbelt, dass ich mich nicht einmal mehr traute, mit der Frau, die mir gegenübersaß, zu sprechen.

Ich begehrte sie so sehr.

Zu der bescheuerten Natur des Menschen gehört dieser geradezu paradoxe Instinkt, der sich gelegentlich auch in Situationen unmittelbar bevorstehender Gefahren zu Wort meldet: bevor der männliche Neandertaler auf die Mammutjagd geht, bevor der Ritter sich auf den Weg in die Schlacht gegen den unbezwingbaren Widersacher macht, bevor der Sioux-Krieger gegen die Siebte Kavallerie antritt, bevor der mitgenommene Blaue Superbulle blindlings in den Bau der Firmen-Bösewichte stürmt.

Doch dieses Mal war das dringende Bedürfnis meines Körpers, sich des Lebens an sich zu versichern, von vorneherein zum Scheitern verurteilt. Wenn es denn nur ein Bedürfnis war, nicht ein Anzeichen für etwas viel Tiefergehendes ...

Ich beobachtete meine fremdartigen Hände, die

ungeschickt mit Messer und Gabel hantierten, und schmerzlich war ich mir des entsetzlichen Gesichtes bewusst, das mir aus dem Badezimmerspiegel entgegengeblickt hatte. Die Verzweiflung brannte, ich ekelte mich unerträglich vor mir selbst, und das hatte nur zum Teil mit meinem schrecklichen Aussehen zu tun. Ich hatte meine Frau aus dummem Stolz zurückgewiesen, hatte all meine Gefühle für sie verleugnet, weil ich Angst hatte. Ich war nur deswegen zu ihr zurückgekehrt, weil sie meine letzte Hoffnung war.

Menschen, die ich sehr respektierte, hatten mir gesagt, dass ich niemals aufgehört hatte, Joanna zu lieben: Mimo Bermudez, Matilde Gregoire, meine Schwester Eve. Ich hatte es mit aller Kraft geleugnet, obwohl ich immer noch die beiden Eheringe an ihrer Platin-Kette aufbewahrte. Ich versuchte weiterhin, es zu leugnen, jetzt, wo wir wieder zusammen waren und die Lage hoffnungslos erschien.

Ich war kein Mann mehr, und war es doch.

Joanna saß dort, anscheinend ganz entspannt, die nackten Füße über den Knöcheln gekreuzt, der rote Samtbademantel hatte sich ein wenig geöffnet, ein Stück ihres weißen Nachthemds war zu sehen; sie beobachtete die dahintreibenden Luna-Quallen, jetzt, da es offensichtlich schien, dass ich zu einer Konversation völlig unfähig war. Schließlich konnte ich nicht mehr weiteressen. Sie räumte den Tisch ab und stellte das Geschirr in den Speisenaufzug.

»Möchtest du noch einen Irish Coffee, Helly?« So höflich und so mitfühlend dem armen Monstrum gegenüber.

»Ja, bitte. Diesmal ohne Sahne.«

Sie reichte mir den Becher, setzte sich aber nicht wieder, sondern ging stattdessen zu den Fenstern hinüber, von denen aus man auf die Straße schauen konnte, und schob kurz die Vorhänge ein Stück weit auseinander. »Das hier ist ein wirklich ziemlich sicherer Stadtteil – wird regelmäßig patrouilliert und ist mit guten Schutzeinrichtungen ausgestattet. Ich bin sicher, dass dir nichts passieren kann, wenn du hier bei mir bleibst.«

»Zeig mir doch bitte das Gästezimmer«, sagte ich. »Ich kann aber auch einfach hier auf einem der Sofas schlafen.«

»Du kannst so lange bleiben, wie du möchtest«, betonte sie. »Wenn wir vorsichtig sind, gibt es keinen Grund, weswegen deine Gegner dich hier vermuten sollten. Außerdem würde ich dir gerne bei deinen ... Verabredungen morgen im Rampart-Tower und im Rat helfen.«

»Ich darf dich auf keinen Fall in noch größere Gefahr bringen oder dir mehr aufbürden, als ich es ohnehin schon getan habe.«

»Aber wo willst du denn hin?« Sie wirkte ernstlich besorgt. »Helly, das wird einen Medien-Wirbel sondergleichen geben! Und du kannst sowohl durch Drummond als auch durch die Haluk in Gefahr kommen, egal, wie die Abstimmung ausgeht!«

»Ich hab schon eine Idee, wo ich mich verstecken kann«, erwiderte ich schroff. »Mach dir um mich keine Sorgen!« Sobald ich in Toronto getan hatte, was ich konnte, wollte ich genau dorthin gehen, woran ich vorher schon gedacht hatte. Zuerst hatte ich an das fast wie eine militärische Festung gesicherte Landhaus von Karl Nazarian gedacht, aber diese Idee sofort wieder verworfen. Das wäre einer der ersten Orte, an dem meine Gegner nach mir suchen würden.

Und Karl war vielleicht schon den gleichen Weg gegangen wie Jake Silver ...

Ich trank den letzten Schluck Kaffee und brabbelte etwas darüber, wie dankbar ich Joanna für alles war.

Wenn sie mehr tun wolle, könne sie mir ein paar Nachrichtenmagazine und Holovideo-Nachrichtensendungen geben. Ich würde sie dann in der Nacht durchschauen, da ich unter diesen Umständen vermutlich ohnehin nicht schlafen konnte.

»Armer Helly«, sagte sie lächelnd. »Natürlich suche ich dir das gerne zusammen, wenn du willst. Aber es gibt bessere Möglichkeiten, sich zu entspannen.« Sie knotete ihren Gürtel auf, streifte ihren Bademantel ab und warf ihn auf einen Sessel. Dann begann sie, ihren langen goldenen Haarzopf zu lösen.

Der Kaffeebecher fiel mir beinahe aus der Hand. »Joanna!«, stotterte ich.

»Mein Schatz«, sagte sie. »Ich habe dich so vermisst!«

»Nein«, stöhnte ich. Außerirdisches Fleisch, menschliche Hormone. O Gott! Ich lebte wieder auf. Die Hormone lebten wieder auf.

»Lass mich dich anschauen!« Mit einem Fingerschnippen schaltete sie die Beleuchtung des Zimmers aus und öffnete dann die Knöpfe ihres züchtigen Nachthemdes, einen nach dem anderen. Das Nachthemd bestand aus zartem und doch undurchsichtigem Stoff, an den Ärmeln und dem Halsausschnitt war es mit weicher Spitze besetzt. Jetzt wurde der Raum nur noch durch die schillernden Meerestiere beleuchtet, die in dem virtuellen Wasser hinter ihr zu schweben schienen. Ich konnte Joannas aufgerichtete Brustwarzen sehen, und ihre glänzenden Augen.

»Ich bin so grauenhaft«, stieß ich heiser hervor. »Verändert. Du verstehst das nicht!«

Sie schüttelte den Kopf, und ihr Lächeln wurde noch breiter. »Du bist faszinierend. Eine Fleisch gewordene Fantasie. Erzähl mir nicht, du hättest noch nie über so etwas nachgedacht. Das haben doch alle Menschen!«

Das Nachthemd fiel zu Boden. Ihr wunderbarer Körper war genau so, wie ich ihn in Erinnerung hatte: blass und wie von innen heraus strahlend, mit einem aschblonden Dreieck, das zu ihrem langen Haar passte. Sie öffnete den Reißverschluss meines Trainingsanzugs, zog mir die Jacke aus, schob ihre kühlen Hände unter mein T-Shirt und zog es hoch.

»Oh!« Das klang nicht angeekelt, es klang interessiert. Sie streichelte die bizarren, kobaltblauen Trapunto-Grate auf meinem Brustkorb, dann die Doppelreihe rudimentärer Brüste, die wie goldene Zierknöpfe auf der Uniformjacke eines Husaren hervortraten. »Was um alles in der Welt ist das?«

»Scheiß-Zusatzausstattung«, murmelte ich. »Die verdammten Haluk werfen immer gleich mehrere Junge.« Sie zog mir das T-Shirt ganz über den Kopf. »Und das ist noch nicht das Schlimmste. Bitte nicht ...«

Sie umfasste mit ihren Händen meine dämliche Wespentaille. »Das ist unglaublich! Wie um alles in der Welt passen denn dein Zwerchfell und dein Verdauungstrakt da rein?«

»Ich weiß es nicht! Joanna, um Gottes willen ...«

Sie nahm mein Gesicht in beide Hände, zog es zu sich herab und küsste mich, lang und zärtlich, genoss meinen fremdartigen Geschmack, gestattete die Reaktion meiner schrecklichen Zunge, drängte ihren Körper erwartungsvoll gegen den meinen, spürte meine Erektion, war sich aber noch nicht dieser entsetzlichen Schmach bewusst.

»Also«, meinte sie schließlich und zog mich zu dem großen Sofa in der Mitte. Ihre Augen funkelten wie Sterne. »Mein Liebster! Mein wunderbarer, außerirdischer Liebster!«

Gebrochen, verzweifelt, kurz vor einem Zusammenbruch, rief ich: »Schau doch!«

Ich riss mir den Rest meiner Kleidung vom Leib und gestattete ihr, mich völlig nackt zu sehen.

»Zwei?«, flüsterte sie ungläubig. »Aber wie ...«

»Ich weiß es doch nicht!«, brüllte ich; Tränen enttäuschter Lust traten mir in die Augen. »Ich weiß es nicht!«

»Dann werden wir wohl experimentieren müssen«, befand sie entschlossen. Ihr Gesicht strahlte, ihre Berührungen waren sanft. »Das Ganze ist viel stromlinienförmiger. Elegant. Natürlich ganz anders, aber eigentlich sogar ziemlich schön.«

»Schön? ...«

»Sei still!«, flüsterte sie und begann zu experimentieren.

Kurz nach fünf Uhr morgens kroch ich aus ihrem Bett, sie schlief noch tief und fest. Dann stellte ich mich kurz unter die Dusche. Nachdem ich meine Klamotten aus dem Wohnzimmer geholt und mich angezogen hatte, nahm ich das Fon mit in die Küche hinunter und rief Karl Nazarian an.

Wieder stellte ich die Bildübertragung ab. Bevor ich seinen Privatkode eingab, programmierte ich einen Notfall-VoiceMail-Override und aktivierte sein Klingelzeichen. Als ich das Klingeln hörte, hielt ich gespannt die Luft an.

Bitte sei da, alter Freund. Sei jetzt nicht meinetwegen tot!

Sein Gesicht erschien auf dem Schirm, vom Schlaf noch ein wenig verquollen – er war wütend wie eine Hornisse. »Wer ist da?! Wissen Sie eigentlich, wie viel Uhr es ist?«

»Es ist fünf Uhr zweiundzwanzig an einem düsteren Novembermorgen«, antwortete ich.

»Zeig mir dein Gesicht, du rücksichtsloser Scheißkerl!«, tobte er. »Hector, wenn du mich um diese Uhrzeit von deiner verdammten Jagd aus anrufst, dann drehe ich dir den Hals um!«

»Hector ist es nicht.« Ich versuchte, meine Stimme so normal wie möglich klingen zu lassen. »Aktivier einen Phase-XII-Verschlüssler, Karl. Jetzt sofort. Es könnte sein, dass jemand mithört!«

Ich hörte ein paar Flüche, ein paar davon in einer Sprache, die Armenisch sein konnte, und dann zeigte mir ein kleines Symbol auf dem Display, dass die Verbindung jetzt gesichert war.

»Also?!«, knurrte Karl. »Wenn Sie mich so gut kennen, dann wissen Sie auch, dass niemand, wirklich *niemand* mein Fon anzapft. Wer zum Teufel sind Sie?«

»Helly Frost. Der echte, nicht der Hybridklon, der sich seit einem Jahr als ›Helly Frost‹ ausgibt.«

»Der echte ...«

»Asahel Ethan Frost, alias Helmut Icicle, alias Cap'n Helly, der Fischer-Freak von Eyebrow Cay auf dem Freistaaten-Planet Kedge-Lockaby in Zone 23 des Perseus-Sporns.«

»O Gott!«

»Die Haluk haben mich geschnappt, als ich im Schützen-Nebel war, und dann einen Helly-Hybridklon gebaut. Vor ein paar Tagen bin ich diesen Xeno-Arschlöchern endlich entkommen – und ich bin wütend, aufgedreht und stinkig wie ein Chuckwalla-Leguan, der nicht aus dem Scheiß-Stiefel rausfindet, in den er sich verkrochen hat!«

»Ja, das klingt eindeutig nach dir«, gab Karl nach kurzem, ungläubigen Schweigen zu. »Wenn ich es recht überlege, ist dein Double nie wie ein richtiger Cowboy rübergekommen.«

»Das kann ich mir vorstellen! Der Mensch, von dem

wir hier reden, ist niemand anderer als unser alter Kumpel Alistair Drummond.«

»Jesses, Maria und Josef! Die haben aus Drummond einen Hybridklon von *dir* gemacht?!«

»Jou. Und ich werde scheißviel Arbeit haben, *den* zu erledigen. Aber entweder ich schaffe das, oder ich gehe dabei drauf!«

»Dieser hinterlistige Scheißkerl! Der hat seine Sache echt unglaublich gemacht! Hat dich verdammt gut imitiert! Du kannst dir vorstellen, dass es mir fast das Herz gebrochen hat, als es plötzlich so aussah, als würdest du auf einmal alle Beweismittel für unverbindlich erklären, für die wir Blut und Wasser geschwitzt hatten. Ich konnte es mir nur damit erklären, dass du die Seiten gewechselt hast, um auf jeden Fall Rampart retten zu können. Erzählst du mir die ganze Geschichte?«

»Später. Ich brauche deine Hilfe, Karl. Jetzt sofort, wenn du das hinkriegst.«

»Von wo rufst du an?«

»Ich bin im Haus meiner Ex-Frau, in Toronto.« Ich gab ihm die Adresse durch, erzählte ihm auch, dass es keine Skyports in der Nähe gab, bat ihn darum, so schnell wie möglich zu kommen, und das so heimlich wie möglich, mit einem Bodenfahrzeug.

»Kein Problem. Meine Freundin betreibt einen Catering-Service. Ich leih mir einfach einen ihrer Laster aus.«

»Deine Freundin?« Seit ich ihn kannte, war Karl ein einsamer Witwer gewesen.

»Während du in diesem Tank gesteckt hast, ist 'ne ganze Menge passiert. Manches davon gut, manches eher nicht. Was brauchst du? Waffen?«

»Eine Ivanov-Squire wird reichen. Und außerdem brauche ich ein Fon, das auf einen neuen Privatkode zugelassen ist – nimm den Namen Helmut Icicle. Klink dich in die Datenbank von Rampart ein, lad alle Einträge aus meinem alten Adressenverzeichnis runter und speicher sie gleich in das neue Gerät ein.«

»Okay. Sonst noch was?«

»Einen leichten Ganzkörper-Panzeranzug, Größe XLT, einen normalen Anonymo-Anorak in XL, ein paar leichte Handschuhe, robuste Stiefel, Größe 12 M. Ach ja, und noch einen Satz Joru-Roben. Diesmal brauche ich aber kein Make-up und keine Perücke.«

Ich erklärte ihm kurz, was ich an diesem Tag zu erreichen hoffte, im Rampart-Tower und im Commonwealth-Rat. Er stieß einen enttäuschten Kraftausdruck aus, als ich ihm mitteilte, wie knapp der Zeitrahmen bemessen war, innerhalb dessen wir dafür sorgen mussten, dass das Projekt mit den neuen Haluk-Kolonien abgeblasen wurde. Dann wollte er wissen, wie man diese Bürgerbefragung herbeiführte.

»Darüber weiß ich nicht allzu viel. Lass dir das von Joanna erklären, wenn du hierher kommst. Aber pass während der Fahrt auf dich auf. Die Haluk überwachen dich wahrscheinlich schon seit mehreren Tagen, vermutlich bereits seit ich aus ihrer Botschaft im Macpherson-Tower ausgebrochen bin.«

»Der Tag, an dem ich einen Verfolger nicht mehr abschütteln kann, ist der Tag, an dem ich meinen Heiligenschein anprobiere und mit dem Harfenunterricht anfange. Kann ich dir sonst noch irgendetwas mitbringen?«

»Nein, aber es gibt noch ein paar Dinge, die du tun könntest. Erinnerst du dich an den Bericht, den ich dir über den Angriff von Piraten auf einen Sheltok-Transporter geschickt habe?«

»Was, die Haluk-Kaperer, die im Schützen-Nebel aktiv waren? Klar! Habe ich selber abgezeichnet!«

»Kannst du darauf schnell zugreifen und eine Kopie an Ef Sontags Büro schicken?«

Er antwortete nicht sofort. Dann: »Ja, das kann ich tun. Was noch?«

»Wenn wir das Ganze durchgezogen haben, werde ich mich erst einmal eine Zeit lang verstecken und warten, bis sich die Lage ein wenig entspannt hat. Ich brauche einen schnellen, schwer bewaffneten Hüpfer. Bitte requiriere doch einen von einem der großen Rampart-Standorte ...«

»Tut mir Leid«, unterbrach mich Karl. »Geht nicht! Dein Alter Ego hat dafür gesorgt, dass ich meinen Job losgeworden bin. Ein paar Wochen, bevor du angeblich von dieser lebensgefährlichen Reise in den Schützen-Nebel zurückgekehrt und plötzlich zu einem hochgradigen Kapitalisten mutiert warst, habe ich mir ein geheimnisvolles Virus eingefangen, gegen das die Rampart-Ärzte machtlos waren. Also hat man mich meines Vizepräsidenten-Postens enthoben und mir eine nette Pension verpasst, von der ich dachte, dass ich die nie im Leben würde ausgeben können. So eine Überraschung! Als ich dann zu einem unabhängigen Arzt gegangen bin, ist dieses geheimnisvolle Virus auf einmal nicht mehr nachzuweisen. Na, wie gefällt dir diese Scheiße? Pseudo-Helly und seine Freunde haben mal kurz klar Schiff gemacht.«

Das erklärte, warum er bei dem Sheltok-Bericht gezögert hatte. Er würde ihn aus der Rampart-Datenbank heraushacken müssen, zusammen mit meinen Fon-Daten. Ich zweifelte nicht daran, dass er diese Aufgabe tadellos erledigen würde.

»Ich nehme an, Lotte, Cassius und Hector sind zeitgleich mit dir abgeschossen worden, stimmt's?«, fragte ich.

»Stimmt. Die wohnen jetzt alle hier in der Gegend –

pensioniert und zu Tode gelangweilt. Hast du irgendwas vor?«

»Ich brauche unbedingt sofort die gesamte Truppe deiner alten Abteilung für Sonderprojekte – vorausgesetzt, ich kann heute Morgen bei Rampart ein bestimmtes Manöver durchziehen. Informier schon mal deine Leute, aber warn sie vor: Diesmal wird es hart auf hart gehen! Ich nehme an, dass es bei Rampart noch weitere Hybridklone gibt außer Pseudo-Helly. Du und deine Truppe kriegen vielleicht die Aufgabe, die alle zu schnappen, und es ist gut möglich, dass der Job schon heute Abend losgeht.«

»Jesses! Also gut, ich kümmer mich drum. Sonst noch was?«

»Kannst du überhaupt einen Hüpfer besorgen?«

»Cassius hat eine Tupo, die er immer auf dem *Toronto Island Airport* abstellt. Ziemlich langsam und unbewaffnet. Ich bin sicher, er ...«

Joanna war in die Küche gekommen und hörte hemmungslos mit.

»Hol dir den, wenn es geht«, sagte ich, »aber das andere Zeug brauche ich wirklich! Komm so schnell es geht. Wir kriegen das alles geregelt, wenn du hier bist.«

»Okay. Wird verdammt gut tun, dich wiederzusehen, Helly!«

»O nein, das wird es nicht«, entgegnete ich und drückte auf die Auflegen-Taste meines Fons.

Joanna trug Jeans, meinen goldmetallischen Rollkragenpullover und darüber eine weitmaschige weiße Strickjacke mit Schalkragen.

»Du hast dich deinem Freund nicht gezeigt?«

»Nicht jeder hält einen Haluk für schön.«

»Es ist ja auch nicht alles an dir schön«, sagte sie verschmitzt. »Nur das Wesentliche.«

»Na ja, Karl Nazarian ist zwar ein alter Geier, aber ich wollte mich ihm mit meinem neuen Look doch etwas taktvoller vorstellen. Das gilt auch für die anderen Gäste. Ich werde vielleicht deine Hilfe brauchen.«

»O je. Dann solltest du vielleicht meine Entschlossenheit ein wenig aufmuntern, indem du mich mit einer Tasse starken, heißen Kaffees versorgst. Weiß du noch, wie man den macht? Falls nicht, bin ich auch anderen Formen der Überredungskunst gegenüber aufgeschlossen.«

»Ach ja?«, murmelte ich. »Na, dann überreden wir mal.«

Kurz nach sieben Uhr traf ein Taxi mit Beatrice Mangan und Efrem Sontag ein. So wie wir es geplant hatten, verbarg ich mich im ersten Stock im Wohnzimmer, während Joanna Bea und dem Abgeordneten Kaffee, Pfefferminztee und Muffins mit Bonne-Maman-Schwarzkirsch-Marmelade anbot. Nach etwa zehn Minuten führte Joanna Bea und ihre Ausrüstung nach oben, um den DNA-Test durchzuführen. Das Erstaunen meiner ehemaligen IHS-Kollegin war kurz, und ihr Interesse an meinem exotischen Körper rein klinischer Natur.

Joanna blieb während des Blutabnehmens und der oberflächlichen medizinischen Untersuchung bei mir. Ich weigerte mich strikt, mich auszuziehen.

»Verdammt«, sagte Bea Mangan. Dann lächelte sie Joanna an.

Ich schwöre: Bea wusste Bescheid. Wie *machen* Frauen das? ...

Mit ihrer beeindruckenden Maschine auf dem Tisch vor dem jetzt ausgeschalteten Holoschirm hatte Bea schnell aus meiner Blutprobe ein Genprofil erstellt und studierte nun einen Bildschirm völlig unverständlicher Daten nach dem anderen.

»Faszinierend! Ja, das bist eindeutig du, Helly, aber überlagert von Suppressor-Sequenzen deines verstorbenen Haluk-Hybridklons. Du bist ein genetisches Palimpsest, Kumpel! Ein menschliches Pergament, auf dem der Originaltext noch nicht völlig entfernt wurde, und über den jetzt etwas schrecklich Neues geschrieben wurde.«

Joanna lachte anerkennend. »Was für eine treffende Metapher.«

»Ich hasse Intellektuellenwitze«, grollte ich, »vor allem, wenn sie auf meine Kosten gehen! Kann ein Laie eigentlich irgendwas mit diesen Daten anfangen? Kann man damit auch Leute von meiner Identität überzeugen, die überhaupt keine Ahnung von Genetik haben, wie Ef Sontag und Adam Stanislawski zum Beispiel?«

»Stanislawski?«, fragte Bea. »Du warst aber *wirklich* ganz schön eifrig.«

»Er wird jeden Moment hier sein, und Karl auch.«

»O je«, sagte Joanna. »Ich hoffe, die haben keinen Hunger. Bea und Ef haben gerade die letzten Muffins aufgegessen, und viel mehr habe ich nicht im Haus.«

»Gastfreundschaft«, murmelte ich, »ist ja nun wirklich unser geringstes Problem.«

Bea tat irgendetwas an dieser Maschine. »Also schau mal: Wir fangen ganz von vorne an. Hier die DNA vom echten Helly eingeben, comme ça. Jetzt die DNA vom Haluk-artigen Helly, comme ça. Jetzt auf die Vergleichen-Taste drücken, dann Übersicht anwählen, *et voilà!* Komm, jetzt mach du das mal!«

Sie ging alle Schritte mit mir durch. Als ich fertig war, erschien auf dem Bildschirm: ÜBEREINSTIMMUNG PLUS 1623 ANOMALE KODE-SEQUENZEN, DIE NORMALERWEISE

NICHTKODIERENDE DNA-ABSCHNITTE ERSETZEN. WÜNSCHEN SIE EINZELAUFSCHLÜSSELUNG ALLER CODONS DER ANOMALEN GENABSCHNITTE? J/N.

Ich erklärte ihm N.

»Sieht gut aus, Bea. Danke! Kann ich die Maschine heute mitnehmen, wenn ich mit ein paar Leuten rede?«

»So schnell wirst du mich nicht los«, sagte sie. »Falls du mit Hilfe dieser Daten andere davon überzeugen willst, dass du wirklich der bist, der du zu sein behauptest, brauchst du einen Experten, der für die Testergebnisse bürgt. Sonst kannst du denen genauso gut ein Videospiel vorführen. Ich melde mich freiwillig als Expertin mit untadeligem Ruf – solange du mich brauchst. Wenn du willst, werde ich auch das Psychotron bedienen.«

»Bea ... ich weiß gar nicht, wie ich dir danken soll.«

»Ich auch nicht«, ergänzte Joanna.

»Dann lasst es«, entgegnete Bea. »Sind wir jetzt bereit für Sontags Vorstellung?«

»Ich würde lieber noch warten, bis Stanislawski auftaucht. So sparen wir Zeit, und vielleicht steigert das sogar noch die Glaubwürdigkeit. Auf Karl Nazarian werden wir nicht warten. Der muss ein paar wichtige Dinge zusammensuchen, und das könnte ein bisschen dauern. Du und Joanna solltén runtergehen und Ef Gesellschaft leisten. Zeigt ihm die Testergebnisse. Ich bleibe noch was hier oben und lasse mir ein paar Ideen durch den Kopf gehen.«

»Natürlich«, sagte Bea.

Sie ließen mich allein. Joanna hatte mich schon über die Ereignisse des letzten halben Jahres informiert – nach dem ›Überreden‹. Die Holovideos von ›mir‹ sehen zu müssen war schon schlimm genug gewesen. Aber noch mehr hatte mich schockiert, wie schnell die Haluk sich in die gesamte Ökonomie des Commonwealth eingeschmeichelt hatten; ich war bestürzt, wie bereitwillig ihre Beteuerungen hingenommen wurden, dass sie nur Gutes im Sinne hätten , trotz der Versuche Ef Sontags, Alarm zu schlagen. Nicht einmal der Hybridklon-Leichnam vom Fleece-Jäckchen hatte ausgereicht, die Öffentlichkeit in erkennbarer Weise gegen die Haluk aufzubringen. Die Konzerne hatten eigene ›Experten‹ aus dem Hut gezaubert, die Beas Beweisführungen einfach widersprachen.

Ef und sein Komitee hatten ihr Bestes gegeben. Bedauerlicherweise war es nun einmal Tatsache, dass die blauhäutigen Außerirdischen gut für das Geschäft waren, und die Einhundert Konzerne hatten Angst, die Konjunktur zu gefährden. Die Abgeordneten, die sie in der Tasche hatten, würden bezüglich der neuen Kolonien so abstimmen, wie man es ihnen befahl – es sei denn, ich konnte rechtzeitig einen regelrechten Proteststurm der Bürger entfachen, der dann auch noch Wirkung zeigen musste.

Ich fing an, meine Ideen in ein kleines elektronisches Notizbuch zu diktieren. Bemühte mich, mir so viele belastende Bemerkungen wie möglich ins Gedächtnis zurückzurufen, die die beiden Haluk-Anführer von sich gegeben hatten, während ich noch im Dystasis-Tank gesteckt hatte. Versuchte, möglichst viele Details von Barky Tregarths Geschichte zu wiederholen, ebenso die gehässigen Prahlereien von Dolores da Gama und die erdrückenden Eingeständnisse des Sheltok-Kapitäns, dass die Haluk-Piraterie vom nervösen Konzern-Management einfach unter den Teppich gekehrt werde.

Es klingelte an der Tür.

Ich schaute aus dem Fenster, sah einen kleinen roten Honda Civic vor dem Haus stehen und nahm an, Karl habe seine Pläne geändert und sich doch ein anderes

Fahrzeug organisiert. Ungefähr zehn Minuten später kam Joanna zu mir ins Wohnzimmer.

»Adam Stanislawski, der reichste Mann der Galaxis, ist eingetroffen. Sowohl er als auch Ef Sontag haben den Beweis deiner Identität akzeptiert. Ihretwegen musst du dich nicht an die Wahrheitstester anschließen lassen. Auf die Bühne, Blauer! Das Publikum für die Generalprobe wartet schon.«

Ich folgte ihr hinunter in die Küche. Ef und Adam Stanislawski saßen am Tisch, darauf standen Tee- und Kaffeetassen zwischen High-Tech-Geräten der Abteilung für Gerichtsmedizin.

Mein Auftritt führte zu doppeltem erstaunten Keuchen. Die beiden Männer saßen reglos dort, wie Statuen.

»Guten Morgen, meine Herren«, sagte ich sanft. »Danke, dass Sie gekommen sind, und danke, dass Sie mir glauben. Ich bin mir sicher, Sie sind neugierig, die Umstände zu erfahren, die zu meiner körperlichen Veränderung geführt haben. In wenigen Minuten werde ich ihre Neugierde befriedigen und Ihnen die ganze Geschichte erzählen. Aber zuerst: Ich hoffe, niemand von Ihnen braucht einen Defibrillator.«

Gezwungenes Lachen.

»Nein? Ausgezeichnet! Es gibt zunächst einmal zwei wesentliche Ziele, die ich heute mit Ihrer Hilfe erreichen möchte: Das eine ist die Absetzung eines Hybridklon-Agenten, der meine Position als Präsident und Syndikus des Rampart-Konzerns eingenommen hat. Adam Stanislawski hatte sich erboten, mir dabei zu helfen. Sobald dieser Hochstapler durch den Vorstand abgesetzt wurde, hoffe ich, dass der derzeitige stellvertretende Vorsitzende, John Ellington, seines Zeichens der Repräsentant aller Macrodur-Anteile, zum neuen Syndikus gewählt wird. Er hat das notwendige Format – und auch die Motivation –, die Abgeordneten, die Rampart – wie man so schön sagt! – in der Tasche hat, zu einer Kehrtwende zu bewegen.«

Ef Sontag schaute mich an. »Kann man sich denn darauf verlassen, dass dieser neue Syndikus auch seine Anweisungen befolgen wird?«

Adam Stanislawski lachte. »John wird tun, was ich ihm sage.«

»Und Sie sind sich auch sicher«, warf Joanna ein, »dass John *wirklich* der Mann ist, für den Sie ihn halten?«

»Die DNA aller meiner Angestellten wurde wöchentlich überprüft«, erklärte Stanislawski. »Die offenen Komitee-Sitzungen des Abgeordneten Sontag, in denen er die Infiltration durch Haluk-Hybridklone beschrieben hat, haben mir eine Scheiß-Angst eingejagt. Ich habe diese DNA-Kontrollen Anfang September zu einem Bestandteil unserer Firmenpolitik gemacht.« Der Vorstandsvorsitzende von Macrodur zwinkerte mir mit seinen leuchtend blauen Augen freundlich zu. »Und bevor du fragst – ich habe mich auch nicht selbst von diesen Tests ausgenommen. Obwohl ich noch nicht die Berichte über Hellys neueste Heldentaten kannte, habe ich seine Theorie, es gebe eine gewaltige Haluk-Verschwörung mit unmittelbarer Gefahr für die gesamte Menschheit, zunächst einmal akzeptiert. Ich werde den gesamten ... ähem ... politischen Einfluss von Macrodur geltend machen, um diese Verfügung über die neuen Haluk-Kolonien zu Fall zu bringen. Ich will mein Bestes tun, damit Rampart ebenso handelt. Darauf hast du mein Wort.«

Der 400-Kilo-Gorilla hatte gesprochen. Ef Sontag nickte nur und stellte so in bewundernswerter Weise die Gelassenheit von Politikern zur Schau.

»Machen wir weiter«, sagte ich. »Das zweite Ziel, das ich vorhin meinte, hat Vorstandsvorsitzender Stanislawski gerade eben erwähnt. Zu diesem Zweck melde ich mich freiwillig dafür, heute als Zeuge bei Efs Resümee aller Standpunkte der Opposition aufzutreten. Vor meinem Erscheinen werde ich mich in einer Medienkonferenz erneut einem DNA-Test und einer kurzen psychotronischen Vernehmung unterziehen. Dann werde ich den Mann, der sich als Asahel Frost ausgibt, auffordern, vorzutreten und dasselbe zu tun. Natürlich wird er das ablehnen. Übrigens handelt es sich bei diesem Hochstapler um einen Menschen, nicht um einen Haluk. Er verrät also seine eigene Rasse, und vielleicht kann sein Verhalten dadurch erklärt werden, dass er ein gefährlicher Soziopath ist. Sein Name lautet Alistair Drummond.«

»Dieser alte Hurensohn«, murmelte Adam Stanislawski.

»Ich habe Gründe dafür, dass ich mich zuerst den Medien stellen will, bevor ich vor dem Rat erscheine«, fuhr ich fort. »Es ist psychologisch sinnvoller, die Abgeordneten vor einer Nachricht, die einschlagen wird wie eine Bombe, erst zu warnen.«

»Ich stimme dieser Taktik voll und ganz zu«, warf Ef Sontag ein. »Wir wollen ja nicht, dass sie von der Enthüllung selbst so geschockt sind, dass sie dir gar nicht mehr zuhören.«

»Es gibt noch etwas, was für eine vorbereitende Enthüllung vor den Medien spricht«, verfolgte ich meine Erklärung weiter. »Sie wird die Bevölkerung darüber informieren, dass während dieser Sitzung des Rates etwas äußerst Dramatisches geschehen wird, und das wird für eine maximierte Einschaltquote sorgen. Frau Professor Joanna DeVet hat auf die Möglichkeit einer interaktiven Bürgerbefragung bezüglich der Kolonien-Frage hingewiesen. Meines Wissens ist etwas Derartiges in der Verfassung des Commonwealth vorgesehen.«

Sontags Miene war alles andere als ermunternd. »Ich bezweifle, dass in dieser Situation die Mehrheit der Abgeordneten willens wäre, ihr Stimmrecht dem Volk zu übertragen. Ursprünglich war diese Regelung nur für Notfallsituationen vorgesehen, etwa wenn die einzelnen Abgeordnetenfraktionen hoffnungslos festgefahren scheinen. Eine Abstimmung über neue Kolonien für die Haluk wird eventuell nicht als hinreichender Notfall betrachtet werden – vor allem nicht von meinen Kollegen der Konservativen.« Er dachte einen Moment nach. »Wenn jedoch diese Abstimmung morgen zu unseren Ungunsten verlaufen sollte, wie es sehr gut denkbar ist, so haben wir immer noch die verfassungsmäßig verankerte Möglichkeit, ein interaktives Veto einzulegen, wenn genügend Bürger unmittelbar nach der Abstimmung ihrem Missfallen Ausdruck verleihen. Habe ich Recht, Frau Professor?«

Joanna nickte. »Abgeordneter Sontag kann die Bürger noch aus dem Sitzungssaal zur Beteiligung aufrufen, sobald die Abstimmung ausgezählt ist. Im Gegensatz zu einer Bürgerbefragung erfordert ein Bürger-Veto nicht die Zustimmung des Rates. Es kann auch einfach durch die Vorsitzende bestätigt werden.«

»Sie könnte unserer Sache gegenüber durchaus aufgeschlossen sein«, sagte Ef, »vorausgesetzt, eine hinreichende Anzahl an Bürgern hat nach den Resümees der beiden Standpunkte ihre Ablehnung deutlich kundgetan. Ich werde das während unserer Medien-Show besonders betonen.«

»Und erwähn das auch noch mal zum Abschluss deines Resümees«, drängte ich ihn.

»Dir ist aber klar«, merkte Joanna an, »dass die Endauszählung des Vetos wahrscheinlich ein paar Tage dauern wird, weil ja auch noch die PlaNet-Einwahlen der ganzen abgelegeneren Planeten zusammengesucht und verifiziert werden müssen.« Gedankenverloren blickte sie vor sich hin. »Du weißt, dass es seit sechzig Jahren kein Bürger-Veto mehr gegeben hat. Nicht, seit die Todesstrafe für Statuslose abgelehnt wurde.«

Und wenn die Bürger damals nicht ihre faulen Ärsche hochgekriegt und dieses drakonische Strafmaß unterbunden hätten, wäre meine Wenigkeit heute nicht mehr am Leben – und nicht mehr in der Lage, Ärger zu machen ...

»Gibt es sonst noch Fragen oder Anmerkungen zu dem, was heute Nachmittag im Rat passieren soll?«, fragte ich.

»Haltet ihr es für klug, Alistair Drummond während einer Medienkonferenz zu entlarven?« Bea Mangan stellte die Frage allen Anwesenden gleichermaßen. »Ich bin ebenso Ärztin wie Genetikerin, und ich habe auch mal Psychologie studiert – obwohl ich zugeben muss, dass die ein bisschen eingerostet ist. Aber ich habe das Gefühl, dass die Gefahr besteht, diesen Mann dadurch zu unüberlegten Handlungen zu provozieren. Vielleicht wird er sogar versuchen, die Konferenz platzen zu lassen. Es wäre durchaus sinnvoll, die Sicherheitsabteilung des Rates von dieser Möglichkeit in Kenntnis zu setzen.«

»Guter Gedanke«, pflichtete ich bei. »Aber ich halte es für notwendig, dass Drummonds Glaubwürdigkeit umgehend ruiniert wird. Ich gehe davon aus, dass er Hybridklon-Agenten auch noch in andere Konzerne als Rampart eingeschleust hat.«

»Ich stimme dem zu«, befand Stanislawski, »aber nur unter einer Bedingung: Entlarvt den falschen Helly, aber erwähnt nicht den Namen Drummond.« Er runzelte die Stirn. »Es wird ohnehin schon zu Verwirrung führen, dass Helly aussieht wie ein Haluk, wenn sein Hybridklon ein Mensch ist. Schließlich bin sogar *ich* verwirrt!«

»Ich hoffe, dass ich über dieses Thema heute nicht werde sprechen müssen«, sagte ich. »Es wurden zwei Duplikate von mir angefertigt: das erste war Drummond, das zweite ein Haluk. Den Haluk-Hybridklon habe ich kaltblütig getötet, während er noch bewusstlos war. Das war notwendig, aber ich habe nicht vor, mein Handeln in einer Schnellschuss-Medienkonferenz zu rechtfertigen.«

Lange Zeit starrten mich alle wortlos an.

Dann räusperte sich Ef Sontag taktvoll. »Der Raum im Ratsgebäude, der normalerweise für Medienkonferenzen genutzt wird, ist vermutlich zu klein für unsere Zwecke. Wenn wir den Grund für diese Konferenz bekannt geben, wird jeder dabei sein wollen, der einen Presseausweis besitzt. Es kann gut sein, dass wir es dann schon mit einer Massenunruhe zu tun haben, selbst wenn Drummond nicht einzugreifen versucht. Ich weiß nicht, ob mein Stab damit fertig würde.«

»Und wenn ich meine eigenen Leute von der Öffentlichkeitsarbeit zur Unterstützung abstellen würde?«, warf der Vorstandsvorsitzende von Macrodur ein. »Das können wir beide ja besprechen, nachdem uns Helly von seinen neuesten Umtrieben berichtet hat.« Er drehte sich zu mir um. »Ich bin sehr gespannt darauf zu erfahren, warum du jetzt blaue Haut hast. So bedauerlich das für dich persönlich derzeit auch sein mag, ich glaube, dass es für unsere Zwecke äußerst dienlich sein könnte. Ein humanoider Haluk-Leichnam war nicht dramatisch genug, um die Leute zu schockieren. Ein lebender, halukartiger Mensch ist etwas ganz anderes.«

Ich spannte meine fremdartigen Lippen an, um eine Art Lächeln zu simulieren. »Meine eigenen Erlebnisse stehen als Nächstes auf der Tagesordnung. Aber zunächst einmal, Sir, müssten Sie sich bitte ans Fon begeben und John Ellington bitten, diese Notfall-Vorstandssitzung von Rampart zu organisieren. Setzen wir sie doch auf 11.00 Uhr im Rampart-Tower an. Und bitte weisen Sie Ihren Mann darauf hin, wie wichtig es ist, dass der falsche Helly Frost nichts von dieser Sitzung erfährt. Sonst könnte es passieren, dass wir am Rampart-Tower ankommen, nur um zu erfahren, dass alle Vorstandsmitglieder außer den Hybridklonen plötzlich verschwunden sind.«

»Überlassen Sie das mir«, sagte der 400-Kilo-Gorilla. Aus der Innentasche seines Jacketts zog er ein Fon und drückte auf den Tasten herum.

In dieser kurzen Gesprächspause schellte es, und Joanna ging zur Tür. Sofort kehrte sie wieder zurück, gefolgt von einem älteren Mann mit charakteristischen, wettergegerbten Gesichtszügen. Er trug einen weißen Overall mit der Aufschrift C'EST CHEESE CATERING SERVICE und hielt einen ziemlich großen Container in beiden Händen; über der rechten Schulter trug er eine Tasche. Auf den Rücken seines Overalls war das Logo einer Cartoon-Maus mit Kochmütze gestickt.

Karl Nazarian sah mich, stutzte erwartungsgemäß und sagte: »Oh, Scheiße! Oh, *Scheiße*! Bist du das, Helly?«

»Ja.«

»Scheiße!«, sagte er ein drittes Mal. Einen Augenblick blieb er wie angewurzelt stehen, sein Gesicht zu einer wütenden Maske verzerrt. Dann stellte er den Container und die Schultertasche ab, trat an den Tisch heran, zog mich auf die Füße und nahm mich heftig und schwungvoll in die Arme. »Dafür machen wir diese Haluk-Scheißkerle fertig!«

»Ja«, stimmte Bea Mangan leise zu. »Das machen wir.«

Ich stellte Karl den anderen vor. »Ich wollte gerade diese netten Herrschaften mit den Abenteuern von ›Helly dem Haluk‹ erfreuen. Jetzt kannst du dir die Geschichte gleich mitanhören. Was hast du in dieser Schachtel? Waffen?«

»Die sind draußen im Wagen. Das hier ist was Besseres.« Er öffnete den großen Container und breitete den Inhalt auf dem Tisch aus. »Meine Freundin, der dieser Catering-Service gehört, hat gedacht, ich könnte euch auch gleich noch was von ihrem tollen Essen mitbringen. Möchte jemand Quiche? Hab sechs verschiedene Sorten dabei. Außerdem noch Schweinepastetchen, Croissants, Brioche, Walnussbrote ...«

»Von jedem eins bitte«, sagte ich. »Irgendwie habe ich das Gefühl, dass ich heute meine ganze Kraft brauchen werde.«

Als ich meine Geschichte endlich beendet und alle Frage beantwortet hatte, war es fast zehn Uhr. Wir hatten alles aufgegessen, was Karl mitgebracht hatte. Gelegentlich war mein Bericht von Anrufen unterbrochen worden – teilweise wurden meine gebannten Zuhörer angerufen, teilweise mussten sie selbst telefonieren.

Sontag erhielt Neuigkeiten von seiner Presseabteilung. Die äußerst effizienten Medienleute von Macrodur fragten bereits zur Vorbereitung der großen Show nach, wie sie das Podium ausleuchten sollten. Ef gab Informationen weiter und erteilte Anweisungen.

John Ellington rief zurück und informierte seinen Boss darüber, dass er die Dringlichkeitssitzung des Rampart-Vorstandes einberufen hatte. Acht der zwölf Vorstandsmitglieder hielten sich gerade in Toronto auf, und damit war Beschlussfähigkeit erreicht. Ich würde den Fall vor Gunter Eckert vortragen, meiner Schwester

Eve, meinem Vater Simon, John Ellington, dem Finanzverwalter Caleb Millstone, vor Crista Wenzel, Leiterin der technischen Abteilung, der Sprecherin der Kleinanleger Thora Scranton und dem Direktor der Rechtsabteilung Satoshi ›Sam‹ Yamamoto.

Laut Ellington wusste niemand im Rampart-Tower, wo sich der angebliche Asahel Frost derzeit aufhielt. Seit drei Tagen hatte ihn niemand mehr in seinem Büro zu Gesicht bekommen.

Mein Bericht über die Haluk-Anführer, die mich im Tank begutachtet und dort über ihren Großen Plan gesprochen hatten, brachte Bea Mangan zu der völlig korrekten Schlussfolgerung, dass Alistair Drummond keine so perfekte genetische Kopie meiner selbst war wie Pseudo-Helly V2.0. Da Drummond lediglich vier Wochen im Dystasis-Tank verbracht hatte, mussten noch beträchtliche Überreste seiner eigenen DNA verblieben sein. Dann lud Bea Drummonds Daten von ihrem Computer im IHS herunter. Auf ihren Vorschlag hin wies Adam die Spürhunde von Macrodur an, nach auswertbaren Bioproben des Hochstaplers zu suchen – und nach Drummond selbst.

Als ich den Angriff der Piraten auf das Schiff von Kapitän Schmidt beschrieb und erwähnte, dass Dolores da Gama den Namen der Haluk-Basis im Schützen-Nebel erwähnt hatte, traten Sontag und Stanislawski zeitgleich in Aktion.

Der Abgeordnete wies seinen Stab an, den Geschäftsführer von Sheltok als Belastungszeugen zur heutigen Präsentation vorzuladen. Ef hatte eigentlich geplant gehabt, exakt den Bericht über dieses Ereignis vorzulegen, den ich Karl geschickt hatte. Doch selbst, wenn dieser Bericht inzwischen von einem Zuständigen abgezeichnet worden war, blieb er doch offiziell nur Hörensagen und wurde damit, als mittelbarer Beweis, nicht anerkannt – es sei denn, er wurde von einer unabhängigen Person bestätigt. Wenn der Geschäftsführer von Sheltok das tat, hatten wir einen Beweis für die Feindseligkeit der Haluk, der endlich auch anerkannt werden musste.

Der Vorstandsvorsitzende von Macrodur beorderte einen schnellen, schwer bewaffneten Kreuzer seiner Flotte von Katahdin unverzüglich in Zone 3. Der Auftrag lautete, unbemerkt die angeblich aufgegebene Auftankstation auf dem Asteroiden Amenti zu scannen. Es war zwar unwahrscheinlich, dass diese Überprüfung der angeblichen Basis der Haluk-Piraten noch vor der Abstimmung des Rates abgeschlossen wäre, doch Stanislawski wollte die Beweismittel trotzdem – und er vertraute der Zonenpatrouille nicht genug, um ihr diesen Auftrag zu erteilen.

Zum Abschluss meiner Schilderung beschrieb ich meine Wanderung über den *Dark Path* von Toronto und lieferte einen zensierten Bericht meiner Versöhnung mit Joanna, um deren Mund ein rätselhaftes Lächeln spielte. Alle anderen, die mit uns am Tisch saßen, applaudierten ironisch, als ich geendet hatte.

Adam Stanislawski fasste es perfekt zusammen: »Ich habe noch nie eine so wilde Geschichte gehört! Ich glaube jedes einzelne Wort davon.«

»Danke sehr, Sir«, sagte ich.

»Nenn mich Adam«, erwiderte er. »Was haltet Ihr davon, wenn wir uns fürs Erste vertagen und Helly jetzt die Chance geben, im Sitzungssaal von Rampart gewaltig Staub aufzuwirbeln?«

»Ich komme mit dir mit«, sagte Joanna. »Mit in den Tower, und auch mit zum Rat! Und schauen Sie mich nicht so missbilligend an, Bürger Stanislawski!«

»Adam«, wiederholte er und grinste.

»Aber Joanna ...«, protestierte ich.

»Jede Politologin würde ihr Seele dafür verpfänden, diesen beiden Ereignissen beiwohnen zu dürfen«, erklärte sie. »Begreift ihr nicht, dass man daraus ein ganzes Buch machen kann? Außerdem wäre ich doch ein hervorragender Leumundszeuge für Helly.« Sie dachte einen Moment nach. »Vielleicht sollte ich mir etwas anziehen, was eher für die Medien geeignet ist.«

»Ich war schneller!«, verkündete Bea Mangan. Sie stand auf und führte ihr kleidsames schwarzes Kostüm vor. »Und ich komme auch mit zum Rampart-Tower.«

Joanna ging nach oben, und Bea begann, an ihrer Genanalyse-Ausrüstung herumzuspielen.

»Wo wir gerade von Kleidung sprechen«, merkte Karl Nazarian an. Er hob die Tasche, die er vorhin mitgebracht hatte, und reichte sie mir. »Hier sind der Ganzkörper-Panzeranzug, der Anonymo und die Schuhe, die du haben wolltest. Das neue Fon auch. Aber wozu um alles in der Welt brauchst du das Joru-Kostüm?«

»Das werd ich anziehen, wenn ich nachher zu dieser Medienkonferenz gehe«, erklärte ich. »Die werden mich nicht reinlassen, wenn ich ein Anonymo-Privatsphären-Schild trage. Also werde ich als scheuer, freundlicher Außerirdischer in das galaxisweite Rampenlicht treten – ganz dick eingemummelt. Außerdem wird das die Neugier des Publikums nur noch anstacheln. ›Wer ist das denn?‹ ›Sollte es bei dieser Konferenz nicht um *Haluk* gehen?‹ Dann gibt mir Ef das geheime Signal, ich reiße mir die Joru-Kutte vom Leib und ...«

»Iiiek!«, kreischte Bea gespielt auf.

»Und nimmst deinen Platz in den Annalen des Show-Business ein«, sagte Sontag mit einem schiefen Grinsen. »Ich muss zurück ins Büro! Es gibt noch ein paar Dinge zu erledigen, vor allem, wenn wir die Beweise für die Sheltok-Piraterie noch berücksichtigen wollen. Die

Medienkonferenz ist für 13.15 Uhr anberaumt – in der Rotunde, während der Mittagspause. Exakt fünfundvierzig Minuten später werden wir im Sitzungssaal des Rates erwartet – dann wird die Sitzung fortgesetzt. Helly, du und Bea, ihr dürft mich nicht im Stich lassen! Sonst stehe ich nicht nur ziemlich dumm da – dann stehe ich bis zum Hals in der Scheiße!«

»Ich krieg ihn schon pünktlich zur Hochzeit!«, versprach Karl. »Ich bring ihn, Joanna und Bea im Catering-Wagen zum Rampart-Tower. Nach der Vorstandssitzung wird für den Trip zum Ratsgebäude schon einer meiner Mitarbeiter mit einem Hüpfer auf dem Skyport von Rampart warten.«

»Cassius in seiner Tupo?«, fragte ich nach.

»Er trommelt jetzt gerade die altersschwache Truppe zusammen. Die stehen bereit, wenn du sie brauchst.«

»Sie scheinen die Organisation fest im Griff zu haben, Bürger Nazarian«, kommentierte Adam.

Karl zuckte mit den Schultern. »Ich war der Vizepräsident für sonderbare Projekte, bis Drummond mich rausgeschmissen hat. Helly hat gesagt, vielleicht werde ich bald wieder eingestellt.«

»Ich hoffe, Ihr Laster bietet mehr als einem Passagier Platz. Ich würde auch gerne mit zu Rampart kommen, um selbst die neuesten Entwicklungen im Auge zu behalten.« Das herzliche Funkeln in Adam Stanislawskis Augen wurde auf einmal eiskalt. »Und vielleicht kann ich ja auch einem der Situation angemessenen Ergebnis förderlich sein.« Er verteilte kleine Karten an alle Anwesenden. »Hier ist mein Privatkode – falls irgendjemand von euch mich irgendwann mal dringend erreichen muss.«

»Ihr solltet euch meinen neuen Kode auch gleich notieren«, sagte ich. »Falls ihr den alten wählt, habt ihr Alistair Drummond dran!«

Das führte zu einigen witzigen Bemerkungen und Zwischenrufen. Ich fand die meisten eigentlich gar nicht so lustig.

Ef Sontag schaute auf sein Armband-Chronometer. »Ich sollte mir jetzt ein Taxi rufen.«

Adam reichte ihm einen Wagenschlüssel. »Nehmen Sie meinen kleinen Honda. Steht vor dem Haus. Wenn Sie ihn nicht mehr brauchen, sagen Sie ihm einfach, er soll nach Hause fahren. Lassen Sie sich nicht von seinem bescheidenen Äußeren täuschen. Er ist rundum gepanzert und hat so viele technische Spielereien eingebaut, dass sogar James Bond noch seine Freude dran hätte.«

»Kann es auch Kaffee kochen? Ich meine, so richtigen, echten, extrastarken Caffè Latte ohne Schaum?«

»Wie können Sie nur daran zweifeln?«

Ef nahm den Wagenschlüssel entgegen, küsste ihn ehrfurchtsvoll und ging zur Haustür.

Plötzlich legte Karl Nazarian den Kopf schräg, als sei ihm spontan etwas richtig Gutes eingefallen. »Herr Vorstandsvorsitzender, darf ich Sie vielleicht um einen Gefallen bitten? Wenn die Ratssitzung heute vorbei ist, wird Helly schnell aus der Stadt raus müssen, um den Medien zu entkommen und ... gewissen anderen Leuten. Unser Freund Cassius Potter hat uns zwar sein privates Luftfahrzeug angeboten, aber das ist ziemlich langsam. Und unbewaffnet.«

Ich merkte, worauf Karl hinauswollte. »Mein Versteck ist ein Stückchen weit weg von hier. Einen Hüpfer von Rampart zu nehmen kommt aus Sicherheitsgründen nicht in Frage. Falls du mir einen leihen könntest ...«

Mit einem billigen Kugelschreiber tippte Stanislawski einen Kode in eine seiner Karten ein und gab sie mir dann. »Geh zum Skyport des Ratsgebäudes, wenn du los willst, und gib das hier dem Fahrdienstleiter.«

»Vielen Dank!«

»Erzählst du mir, wo du dich verstecken wirst?«

»Damit warte ich, bis ich wirklich da bin. Vielleicht muss ich meine Pläne ja noch ändern.«

»Zieh dich an, Helly!«, befahl Karl. »Wir müssen uns auf den Weg machen.«

Adam lächelte Bea Mangan zu. »Ich kann Ihnen ja helfen, Ihre Ausrüstung zum Wagen zu tragen, Chief Superintendent.«

»Erst wenn ich bei Ihnen und Karl einen DNA-Test gemacht habe.« Beide starrten sie verdutzt an. »Wir dürfen mit niemandem ein Risiko eingehen, oder?«, erklärte sie – und das war sehr vernünftig gedacht.

Ich ging nach oben, in der Hoffnung, Joanna noch ein letztes Mal vor der Schlacht überreden zu können.

Kapitel 9

Während wir Richtung Süden fuhren, am Hafen entlang und an dem Gebäude vorbei, das seit neuestem den Namen ›Rampart-Tower‹ trug, fonte Adam noch einmal John Ellington an und beauftragte seinen schwer geprüften Untergebenen damit, die Innensicherheitsdienstler an der VIP-Auffahrt zum Skyway davon zu unterrichten, dass wir jeden Moment ankommen mussten. Und das in einem unmöglichen Gefährt.

Das musste ich den Rampart-Wachen lassen: Sie verzogen keine Miene, als dieser Lastwagen einer Catering-Firma, der dringend mal gewaschen werden musste, unter dem eleganten Säulenvorbau hielt, unter dem sonst nur die Limousinen leitender Angestellter und andere Edelfahrzeuge standen. Einer der beiden Wachleute öffnete mir die Beifahrertür, der andere half Joanna, Bea und Adam aus dem Fond des Wagens. Höflich nahmen die Wachen Beas Geräte entgegen, die sie dann sofort in den Sitzungssaal bringen lassen sollten.

Inzwischen war John Ellington persönlich eingetroffen, um uns zu unserem Treffen mit dem Schicksal der Firma zu geleiten. Der stellvertretende Vorstandsvorsitzende war ein untersetzter, dunkelhäutiger Mann in einem ausgezeichnet geschnittenen dreiteiligen italienischen Seidenanzug, in einer Farbe, die an alten Bourbon erinnerte; dazu trug er ein grün gestreiftes Halstuch mit einer goldenen Spange in Form einer kleinen afrikanischen Maske. Die Augen dieser Maske bestanden aus zwei winzigen Smaragden.

Stanislawski stellte Joanna und Bea mit ihren offiziellen Titeln vor, auf mich ging er demonstrativ nicht ein.

»Herr Vizevorsitzender«, fragte ich, »haben Sie den Skyport-Zugangsberechtigungskode für Bürger Nazarian und die Gruppe, die später hierher einfliegen wird?« Ellington blickte mich nervös an. Manche Leute reagieren auf Anonymos so. Dann nickte er.

»Dann geben Sie ihn mir bitte.«

Durch das heruntergelassene Fenster des Lastwagens reichte ich Karl die Karte und flüsterte: »Wir sehen uns bald, hoffe ich!« Wir hatten uns schon Alternativpläne überlegt, während wir uns durch den Verkehr auf den Tower zugeschlängelt hatten. Karl salutierte ironisch, dann fuhr er auf die Rampe zu, die zum Skyway hinunterführte.

»Vielleicht möchten Sie Ihr Gepäck in der Gäste-Garderobe abstellen und sich vor der Sitzung ein wenig frisch machen?«, schlug Ellington vor. Er führte uns in eine geräumige Lobby, in der genügend tropische Topfpflanzen standen, um den Raum für den Anbau des *Allen Gardens Palm House* zu halten. Eine Frau in der Uniform eines Captains der Innensicherheit kam mit ernster Miene auf uns zu und wandte sich an den stellvertretenden Vorstandsvorsitzenden.

»Es tut mir Leid, Sir. Aber diese ... Person ist bewaffnet.« Sie deutete mit ihrem Kinn auf mich. »Sie wird nicht weitergehen dürfen, wenn sie ihre Waffe nicht abgibt.«

Vorsichtig holte ich die kleine Ivanov-Squire aus der Tasche meines dunkelgrauen Anoraks und hielt sie ihr entgegen – am ausgestreckten Arm und so, dass ich den Abzug nicht betätigen konnte. Meine halukartigen Hände waren durch dunkelgraue Handschuhe verborgen. »Ich würde meine Waffe lieber behalten.«

»Und er trägt einen Ganzkörper-Panzeranzug«, fuhr Miss Captain fort. Wir waren allesamt gescannt worden, als wir durch die Tür getreten waren.

»Danke«, sagte Adam Stanislawski. »Der Gentleman wird seine Waffe und seine Rüstung behalten. Das wäre alles.«

Miss Captain wollte gerade widersprechen, doch Ellington machte nur eine knappe Geste, und sie zog sich hinter ihren Schreibtisch zurück. Adam und die beiden Damen legten Jacken und Mäntel ab. Der stellvertretende Vorstandsvorsitzende blieb neben mir stehen.

»Sieht aus, als würde sich das Wetter ändern«, merkte ich an.

»Meinen Sie das wörtlich«, fragte John Ellington höhnisch, »oder im übertragenen Sinne?«

Ein Klugscheißer. Ich wünschte, ich hätte mehr von seinem Fongespräch mit Adam mitanhören können. Wie viel wusste er schon?

»Sind alle Vorstandsmitglieder von Rampart eingetroffen?«, fragte ich.

»Acht von uns sind hier, einschließlich des Vorstandsvorsitzenden Eckert. Wie ich Adam bereits gesagt habe, sind wir damit beschlussfähig.« Er hatte sich jetzt sprachlich ein wenig gemäßigt, sodass er fast schon höflich klang. Schließlich war ich unter der Schirmherrschaft des 400-Kilo-Gorillas hier.

»Wie ich höre, wird Asahel Frost sich uns heute nicht anschließen«, sagte ich. »Wurde er über diese Sitzung informiert?« Kontrollieren kann nie schaden.

»Genau, wie Adam es mir ausdrücklich aufgetragen hat, habe ich ihn nicht eingeladen.«

»Gut. Sagen Sie dem Captain der Innensicherheit hier, sie soll alle Innensicherheitsposten im Tower in Alarmbereitschaft versetzen. Wenn Asahel Frost hier auftaucht, sind Sie unverzüglich zu informieren. Und dann werden Sie mir noch schneller Bescheid sagen!«

Frustriert starrte er in meinen Privatsphären-Visor, die Lippen fest zusammengepresst, dann fragte er sehr leise: »Was zur Hölle geht hier eigentlich vor? Eine Art Palastrevolution?«

»Sprich mit dem Captain, John, und nicht übermütig werden!«

Seine dunklen Augen weiteten sich vor Empörung darüber, wie er hier behandelt wurde. »Wer sind Sie?«

Als ich schwieg, ging er kopfschüttelnd zum Tisch der Sicherheitsbeauftragten und tat, wie ihm geheißen. Kurze Zeit später gesellten sich die anderen wieder zu uns, und wir traten in einen sehr großen, sehr eleganten Aufzug – sogar mit einer eigenen tropischen Topfpflanze. Nachdem Ellington seine Karte durchgezogen hatte, wurden wir weitere 100 Stockwerke nach oben getragen, bis in die Spitze dessen, was einst ›Galapharma-Tower‹ geheißen hatte: das auffälligste Bauwerk in der Skyline der Hauptstadt, und das einzige Gebäude, das einen obszönen Spitznamen erhalten hatte.

Es freute mich, zu sehen, dass die Furcht einflößende Mevanery Morgan, Chefsekretärin *extraordinaire*, immer noch als Hüterin des Firmen-Allerheiligsten diente. Sie war aus den Büroräumen auf Seriphos hierher versetzt worden, als Rampart der Konzernstatus verliehen worden war. Heute trug Morgan nicht ihre Medusen-Kamee, aber ihre finstere, argwöhnische Miene machte das wieder wett.

Ihr neuer Schreibtisch war noch atemberaubender ausgestattet als ihr alter; er stand inmitten des Vorzimmers, sodass ich an eine Spinne im Netz denken musste. Tiefroter Teppich, mit einem geradezu dramatischen ockerfarbenen Muster, umgab den Tisch. Die

Wandtäfelungen des Raumes bestanden abwechselnd aus mattgeschliffenem goldfarbenen Metall und dunklem Rosenholz. Hier gab es keine Topfpflanzen. Die edle Braque-Statue, Simons ganzer Stolz, die im letzten Rampart-Tower das Vorzimmer geziert hatte, war nicht mit in die neue Bude umgezogen; sie war durch ein entsetzliches Arrangement aus tiefroten Glasröhren ersetzt worden, die wie die Innereien eines bedauernswerten Meeressäugers aussahen. Im Inneren wurde das Ganze von einem glühenden Kotklumpen erleuchtet. Ich fragte mich, ob der neue Präsident von Rampart es nicht schon vor Jahren ausgesucht hatte, weil es eigentlich den Galapharma-Tower hatte zieren sollen …

Mevanery Morgan begrüßte uns förmlich und führte uns dann durch die Tür zum Sitzungssaal – eine der vier Türen des Vorzimmers. An keiner dieser Türen gab es etwas so Banales wie ein Türschild. Wir marschierten hinein, die Damen zuerst. John Ellington ging zu seinem Platz nahe dem Kopfende des großen Tisches, zur Rechten von Gunter Eckert, dem Vorstandsvorsitzenden. Adam Stanislawski setzte sich ans Fußende des Tisches, ohne irgendjemanden um Erlaubnis zu fragen. Uns niederen Sterblichen wies Morgan Plätze zu beiden Seiten Adams zu, dann ging sie hinaus und schloss die Tür hinter sich.

Hinter Gunter Eckerts Stuhl gab es hohe, schmale Fenster, von denen aus man einen wunderbaren Ausblick auf die bleigrauen Wasser des *Lake Ontario* mit seinen zahllosen Inseln und Inselchen hatte. Jenseits der Südkante des Energieschirms war die Landschaft nur unscharf, verwischt zu erkennen – vielleicht kam das von Nebel oder Schnee.

Eve und Simon standen neben einer Bar mit Erfrischungsgetränken am anderen Ende des Raumes, sie unterhielten sich leise und hatten uns dabei den Rücken zugewandt. Caleb Millstone, der manierierte Finanzverwalter, Crista Wenzel, die Leiterin der technischen Abteilung, und Thora Scranton, die seit mehr als zwei Jahrzehnten die Interessen der Kleinanleger vertrat, saßen der Reihe nach neben John Ellington am Tisch und starrten mich an. Drei Stühle zu Gunters Linken waren leer. Im vierten saß Sam Yamamoto, mein Freund und Kollege in Ramparts Rechtsabteilung und mein wichtigster Mitarbeiter während des Galapharma-Prozesses. Ich war froh, dass Sam zum Direktor der Rechtsabteilung befördert worden war, und fragte mich, was er so aufmerksam auf dem Computerbildschirm las, der vor ihm in die Tischplatte eingelassen war.

»Meine Damen und Herren«, ergriff Gunter Eckert das Wort, »hiermit eröffne ich die heutige Sitzung.«

Eve und Simon kamen an den Tisch und setzten sich in die Stühle zu Gunters Linken, ließen aber einen Platz zwischen sich frei – vermutlich für den Fall, dass Präsident Asahel Frost doch noch auftauchte. Meine Schwester ließ sich nicht einmal dazu herab, uns am Ende des Tisches auch nur zur Kenntnis zu nehmen. Sie hatte schon immer immens auf ihr Äußeres geachtet, doch heute war sie so aufgestylt, dass sie genauso gut ein Androiden-Mannequin hätte sein können: ein elfenbeinfarbenes Futteralkleid, große Saphir-Ohrringe, jedes Haar ihrer Frisur perfekt an Ort und Stelle festgelackt. Ein Androiden-Mannequin, aber ein ziemlich kleines – und ein ziemlich widerborstiges.

Simon stellte dazu einen geradezu entsetzlichen Kontrast dar: In den letzten sieben Monaten hatte sich mein Vater schrecklich verändert. Er war abgemagert bis auf die Knochen, sein Markenzeichen, die Cowboy-Kluft aus Jeans, schien ihm mehrere Nummern zu groß zu sein, und sein Ledergürtel mit dem Prägemuster war bis zum letzten Loch zugezogen. Mit eingesunkenen, entzündeten Augen blickte er ruhelos von einem zum anderen, bis er mich entdeckte, wie ich dort saß, völlig unpassend gekleidet. Besorgt verengten sich seine Augen zu Schlitzen.

Ich dachte nur: Was um Gottes willen haben die dir angetan, Paps?

Aber ich wusste die Antwort darauf bereits. Zweifellos hatte Simon sich geweigert zurückzutreten, und der Vorstand konnte ihn auch nicht dazu zwingen. Also war man mit ihm ebenso verfahren wie mit Karl Nazarian. Wenn ich nicht etwas unternahm, würde dieses bösartige Virus in meinem Vater wüten, bis er starb.

Gunter Eckert rief die Anwesenden zur Ordnung, verzichtete darauf, das letzte Sitzungsprotokoll zu verlesen, und bat John Ellington, zum ersten Tagesordnungspunkt zu kommen.

»Bevor ich das tue, gestatten Sie mir bitte, Ihnen unsere Gäste vorzustellen«, sagte Ellington. »Sie alle kennen Adam Stanislawski, Präsident und Vorstandsvorsitzender des Macrodur-Konzerns. Er hat um die heutige außerordentliche Sitzung ersucht. Zu Adams Linken sitzen Joanna DeVet, die bekannte Autorin und Professorin der Politologie an der *Commonwealth University*, und Chief Superintendent Beatrice Mangan von der Spurensicherung des Interstellaren Handelssekretariats. Der Mann, der rechts neben Adam sitzt, wurde mir bisher nicht vorgestellt. Vielleicht würde jetzt freundlicherweise Vorstandsvorsitzender Stanislawski kurz die Rolle des Gastgebers übernehmen?«

»Chief Superintendent Mangan, Professorin DeVet und ich haben uns gemeinsam von der Identität dieses Mannes überzeugt. Diese schönen High-Tech-Spielsachen dort auf dem Wagen werden sie ebenfalls bestätigen.« Er ergriff mich beim Arm und stand auf, sodass er mich ebenfalls hochzog. »Dieser Mann hier ist der echte Asahel Frost.«

Erstauntes Murmeln und entrüsteter Unglaube.

»Nein«, sagte Eve. Ihr Gesicht war aschfahl geworden.

Adam fuhr ungerührt fort. »Die Person, die in den letzten sechs Monaten Hellys Namen benutzt hat, ist ein Hochstapler. Ein genetisch veränderter Hybridklon genau der Art, die der Abgeordnete Efrem Sontag in seinen Anhörungen im Komitee beschrieben hat. Heute Nachmittag wird der Abgeordnete Sontag den Medien und dem Commonwealth-Rat Beweise für Hellys Identität vorlegen.«

»Nein!«, widersprach Eve erneut, diesmal nachdrücklicher. »Das ist unmöglich!«

Zahlreiche der anderen Anwesenden pflichteten ihr lautstark bei. Doch Sam Yamamoto lächelte mich an, und er schloss langsam ein Auge zu einem unmissverständlichen Zublinzeln.

»Adam!«, bellte Gunter Eckert, »hast du deinen Verstand verloren, verdammt noch mal?«

Mit einem ironischen Lächeln wandte sich Stanislawski an Joanna und Bea. »Meine Damen? Wollen Sie übernehmen?«

»Ich habe die DNA dieser Person überprüft«, sagte Bea. »Er wurde einem Gentechnikverfahren unterzogen, und sein Aussehen hat sich dabei verändert. Aber es handelt sich um Asahel Frost, ohne jeden Zweifel.«

Joanna stand aus ihrem Stuhl auf, stellte sich neben mich und legte mir eine Hand auf die Schulter. »Ich kenne ihn besser als jede andere Person hier im Raum. Besser als Eve, besser als Simon. Dieser Mann ist mein Ehemann.«

Ich spürte, wie sich mir vor plötzlicher, atemberaubender Freude die Brust zusammenschnürte, wollte ausgelassen herumspringen und -schreien und -tanzen und dem Rampart-Vorstand erzählen, dass es mir scheißegal war, was sie jetzt dachten – was die ganze gottverdammte Galaxis dachte! –, so lange sie mir nur glaubte.

Trotzdem sagte ich kein Wort, rührte ich keinen Muskel.

Eve sah uns alle voller Geringschätzung an. »Ich weiß nicht, was das alles soll, Adam! Wie es dir gelungen ist, diese beiden Frauen und den Abgeordneten Sontag für dumm zu verkaufen, oder wie du sie einer Gehirnwäsche unterzogen hast ...«

»Er soll es beweisen«, forderte Thora Scranton. »Nehmen wir den Wahrheitstester.«

»Geräte kann man manipulieren«, wandte Gunter Eckert ein.

Bea Mangan schaltete sich ein. »Dann lassen Sie Ihr eigenes Psychotron und Ihre eigenen Vernehmer holen. Fonen Sie das IHS an und verlangen Sie einen anderen DNA-Experten, der seinen eigenen Analysator mitbringen soll. Dieser Mann hier wird jeden Identitäts-Test überstehen, dem sie ihn unterziehen. Er ist der echte Asahel Frost.«

»Nein!«, beharrte Eve. Ihre Augen glühten in ihrem blassen Gesicht, sie hatte beide Hände zu Fäusten geballt. »Kein Hochstapler hätte die Dinge erreichen können, die mein Bruder Asa erreicht hat! Er hat viel mehr bewirkt, als nur die Rampart-Galapharma-Konsolidierung abzuschließen. Er ist zu meiner rechten Hand geworden! Er ist liebenswürdig und energisch, und er unterstützt mich, wo er kann. Er hat niemals versucht, meine Autorität zu untergraben. Es ist ihm zu verdanken, dass Rampart zu einem angesehenen Mitglied der Großen Sieben Konzerne geworden ist.«

»Es ist ihm zu verdanken«, sagte ich und ließ zum ersten Mal meine neue, so veränderte Stimme ertönen, »dass der Handel mit den Haluk das Bollwerk ist, das Ramparts Konjunktur ermöglicht. Aber das wird nicht halten, Eve. Die Außerirdischen werden das alles für sich behalten. Der Hochstapler hat Haluk-Hybridklone in die Führungsspitze von Rampart eingeschleust.«

»Der Gesichtslose spricht!«, bemerkte Crista Wenzel gedehnt.

»Und Sie sollten alle lieber zuhören«, sagte Adam Stanislawski.

»Das ist doch lächerlich!«, rief Eve. »Jeder Mitarbeiter dieses Konzerns lässt regelmäßig seine DNA überprüfen – seit August, seit das Sontag-Komitee diesen ganzen Wirbel macht. Jeder! Auch ich. Auch Asa!«

»Wer hat diese Tests durchgeführt?«, fragte ich nach. »Die Innensicherheit von Rampart?«

»Selbstverständlich!«

»Evie ...«

»Wagen Sie es nicht, mich so zu nennen!«, schrie sie.

»Frau Vorstandssprecherin«, versuchte ich es erneut, »wenn der Präsident von Rampart in Wirklichkeit ein Hybridklon wäre, meinen Sie nicht auch, dass die Innensicherheit genau die Abteilung des Konzerns ist, die er als erste untergraben würde? ... Hast du unseren Überläufer, Ollie Schneider, so schnell wieder vergessen? Ich weiß, wie entsetzlich und wie unglaublich das hier ist! Joanna hat mir Holovideos dieses Hochstaplers gezeigt, Holovideos, die ihn bei öffentlichen Auftritten zeigen. Er ist absolut überzeugend. Jemand, der das Firmen-Teamwork beherrscht – genau die Sorte Mann, die du und Simon sich gewünscht haben. Genau die Sorte

Mann, zu der ich euren Wünschen nach hätte werden sollen, sobald der Prozess erst einmal vorbei war – der Mann, der endlich bereit ist, alle Hoffnungen zu erfüllen, die die ganze Familie in mich gesetzt hat und die ich immer und immer wieder zerschlagen habe. Aber tief in deinem Herzen weißt du, dass der echte Asahel Frost niemals ein solcher Mann hätte werden können.«

»Ich weiß nichts dergleichen!«, widersprach sie, aber es schien fast, als würden ihre zuvor so unumstößlichen Überzeugungen ins Wanken geraten.

Abgesehen von Sam Yamamoto, der etwas in das Stiftmikro seines Computers flüsterte, beobachteten alle Vorstandsmitglieder den Wortwechsel zwischen Eve und mir, und in ihren Gesichtern standen alle Emotionen von schierer Verwirrung bis zu entsetzter Ungewissheit.

»Würdest du zulassen, dass unabhängige Experten die DNA eines jeden leitenden Angestellten von Rampart überprüfen?«, fragte ich sie. »Einschließlich der deines angeblichen Bruders Asa?«

Sie hob ihr Kinn und lächelte mich kühl an. »Aber natürlich. Ich werde den Auftrag persönlich abzeichnen – nachdem die Verfügung über die neuen Haluk-Kolonien angenommen wurde.«

»Den Teufel werden Sie tun!«, rief Adam Stanislawski wütend.

»Versuchen Sie nicht, mich einzuschüchtern, Herr Präsident«, fauchte Eve. »Rampart ist meine Firma, nicht Ihre, und ich werde nicht zulassen, dass etwas unternommen wird, was gegen das Interesse dieser Firma ist. Wenn Ihnen meine Entscheidung nicht passt, dann geben Sie Ihren Anteil zum Verkauf frei, und wir werden Sie auszahlen.«

»Oh, Evie«, sagte ich traurig. »Willst du wirklich all

dein eigenes Misstrauen den Haluk gegenüber vergessen, all ihren Verrat und all die Dinge, die du persönlich hast ertragen müssen – was die dir angetan haben? Abgesehen davon, dass das Commonwealth der Menschenwelten durchaus in ernsthafter Gefahr sein kön ...«

»Es gibt keinen glaubhaften Hinweis dafür, dass die Haluk eine Bedrohung für die Menschheit darstellen«, erklärte sie. Ihre Stimme war völlig tonlos. »Der echte Asahel Frost hat das zu unserer vollsten Zufriedenheit versichert.«

»Während einer psychotronischen Vernehmung?«

»Reden Sie keinen Unsinn!«

Plötzlich fragte Simon: »Wer ist es?«

Alle schauten meinen Vater an, der mit einem zitternden Zeigefinger auf mich deutete; seine Stimme war ein gequältes Krächzen. »Wenn du Asa bist, wer ist dann diese gerissene Klapperschlange, die uns alle aufs Kreuz gelegt hat? Die uns alle zum Narren gehalten hat?«

»Alistair Drummond«, sagte ich.

»Das ist eine Lüge!«, rief Eve. Die anderen Vorstandsmitglieder waren wie versteinert.

Simons hageres Gesicht verzog sich, von seinen Gefühlen überwältigt. »Schalt deinen Visor ab! Jetzt gleich! Ich will wissen, ob du wirklich mein Sohn bist!«

»Besser nicht, Paps«, erwiderte ich. »Die Haluk haben mich im Dystasis-Tank umgestaltet.« Zu meiner Schwester gewandt, ergänzte ich: »Genau wie damals bei dir, Eve, vor langer, langer Zeit auf einem Planeten namens Cravat.«

»Jetzt mach endlich, verdammt noch mal!«, sagte Simon. »Zeig uns dein Gesicht.«

»Also gut.« Ich zog meine engen Handschuhe aus und schaltete den Visor ab.

Tumult.

Während der Raum sich in einen Hexenkessel verwandelte, legte ich den Anorak ab und reichte ihn Joanna, die schweigend neben mir stand. Dann flüsterte ich ihr ein paar Worte zu.

»Bist du sicher?«, fragte sie.

»Beobachte ihn einfach. Geh rüber zu den Erfrischungsgetränken. Ich glaube nicht, dass unmittelbare Gefahr besteht, aber lass ihn nicht aus den Augen, keinen Moment. Während der Tests werde ich nicht das Geringste tun können. Ich muss mich da ganz auf dich verlassen. Kriegst du das hin?«

Sie faltete den Anonymo zusammen und presste ihn sich eng an den Körper. »Ja.«

Adam Stanislawski ertrug den Aufruhr nur ein paar Minuten, bis er schließlich »Genug jetzt!« brüllte.

Als wieder Stille eingekehrt war, sagte Gunter Eckert: »Chief Superintendent Mangan. Bitte überprüfen Sie mit Ihren Maschinen die DNA dieses ... dieses Mannes.«

»Gut«, sagte Bea nur. Sie schob den Wagen mit den Geräten neben meinen Stuhl und machte sich an die Arbeit.

Joanna nahm sich Kaffee. Simon saß zusammengesunken in seinem Stuhl, die Augen geschlossen; seine Lippen bewegten sich, als murmele er lautlos vor sich hin. Eves Gesicht war unbewegt und abweisend. Adam Stanislawski ging zum Kopfende des Tisches und sprach halblaut mit Gunter Eckert und John Ellington. Millstone, Scranton und Sam Yamamoto warteten und sahen erwartungsvoll zu. Crista Wenzel, die Leiterin der technischen Abteilung, stand auf und stellte sich in unsere Nähe, sodass sie das Display des DNA-Analysators im Blick hatte.

Nach wenigen Minuten bestätigte das Gerät meine Identität.

Jetzt wandte Wenzel sich an mich. »Ich würde jetzt gerne das Psychotron anschließen und Sie kurz befragen, wenn es Ihnen recht ist.« Die Andeutung eines Lächelns. »Oder auch, wenn es Ihnen nicht recht ist.«

Ich ließ mich anschließen. Als der Wahrheitstester aktiviert wurde, spürte ich ein unangenehmes Gefühl, als sei ein ganzer Schwarm NanoBot-Bienen in meinen Schädel eingedrungen. Wenzel stellte mir nur eine einzige Frage.

»Sind Sie Asahel Frost?«

»Ja, der bin ich«, antwortete ich.

Zapp! Kurz: Schwärze. Schmerz.

Wenzel schaute zu, wie Bea mehrere Knöpfe der Steuerung drückte. Die Leiterin der Technikabteilung studierte das Display, nickte und verkündete dann dem Vorstand: »Dieses Gerät bestätigt ebenfalls seine Identität. Meines Erachtens bleibt uns nichts anderes übrig, als diese Testergebnisse vorläufig zu akzeptieren. Wir sollten darüber aber erst endgültig entscheiden, wenn ein unabhängiges Expertenteam sie bestätigt. Ich stelle einen entsprechenden Antrag und bitte um Unterstützung.«

»Ich unterstütze den Antrag der Leiterin unserer technischen Abteilung«, sagte John Ellington.

Gunter Eckert übernahm: »Wir stimmen ab. Wer dafür ist, hebt die Hand.«

Ellington, Crista Wenzel, Thora Scranton.

»Gegenstimmen?«

Eve, Caleb Millstone und – Scheiße! – Sam Yamamoto.

Ich sah ihn an. Er zuckte mit den Schultern.

»Simon?«, fragte Gunter. »Du enthältst dich?«

Dem alten Mann strömten die Tränen über die Wangen. Er drehte sich zu mir um und sagte: »Das wird Rampart zerstören, das weißt du. Und das nach allem, was wir durchgemacht haben. Dafür, dass wir den Handel mit den Haluk versauen, werden uns die anderen Konzerne ausradieren.«

»Das werden harte Zeiten werden, Paps«, erwiderte ich. »Für uns alle, nicht nur für Rampart. Die Raffgier und die Dummheit der Einhundert Konzerne hat die ganze Menschheit in schreckliche Gefahr gebracht. Ich werde mich heute Nachmittag an die Medien wenden, um genau darüber zu sprechen, und dann werde ich meine Aussage vor dem Rat wiederholen. Wie auch immer der Vorstand entscheiden wird, ich habe nicht vor, Alistair Drummond und die Haluk gewinnen zu lassen.«

In Simons grünen Augen loderte ein wenig von ihrem alten Feuer. »Und danach bleibst du bei uns?«

Ich zögerte, weil ich genau wusste, was er da eigentlich fragte. Seufzte. »Ja, du erpresserischer alter Zausel. Wenn ich diesen ganzen Scheiß hier überlebe.«

»Ich stimme mit ›Ja‹«, verkündete Simon.

Eve schüttelte den Kopf. »O Paps. Was hast du nur getan?«

»Was ich tun musste«, entgegnete er ihr kühl. »Und das weißt du auch ganz genau, Fräulein! Rampart gehört dir genauso wenig wie mir. Und dein *Kind* ist Rampart schon gar nicht! Vergiss das ja nicht!«

Dieses Virus hatte also weder den Kampfgeist meines Vaters angegriffen noch seinen gesunden Menschenverstand.

Gunter Eckert berührte das Computer-Display auf dem Tisch vor ihm. »In Abwesenheit unseres Schriftführers nehme ich hiermit zu Protokoll, dass der Antrag angenommen wurde.« Er ließ seinen Blick einmal in die Runde schweifen. »Wir sehen uns nun in einer eigenartigen Situation. Unsere Wahl des ehemaligen

Asahel Frost zum Präsidenten und Syndikus ist ungültig ...«

»Nein, das ist sie nicht«, widersprach ich. »Sie haben Asahel Frost gewählt. Ich bin Asahel Frost. Ich bekleide dieses Amt, und ich habe immer noch einen Sitz in diesem Vorstand, auf Grund meines Besitzes eines Viertels der Firmenanteile.« Auf diese Weise gab ich zu verstehen, dass sie mich nicht abwählen könnten, weil die notwendigen Stimmen der Anteilseigner fehlten. Dann wandte ich mich an Yamamoto. »Gehen Sie diesbezüglich in Ihrer Position als Direktor unserer Rechtsabteilung mit mir konform?«

»Meines Erachtens haben Sie Recht«, stimmte Sam milde zu. »Obwohl ich bezweifle, dass es dafür einen Präzedenzfall gibt.«

»Das könnt Ihr nicht tun!«, rief Eve aus. »Dazu habt Ihr kein Recht!«

Ich ignorierte ihren Einwand und fragte mich, wie es Alistair Drummond gelungen war, aus dieser intelligenten, entschlossenen Person eine Närrin zu machen, die sich Illusionen hingab. Vielleicht hatte Simon mit seiner Einschätzung Recht, dass sie den Konzern als eigenständige Person betrachtete. Natürlich war dem rechtlich gesehen auch so – eine juristische Person. Moralisch hingegen hatte sie Unrecht. Sie können sich darauf verlassen, dass ein Rechtsanwalt den Unterschied kennt.

»Als Präsident von Rampart«, verkündete ich, »nehme ich mein Recht wahr, auf mein Amt als Syndikus zu verzichten, und ernenne John Ellington zu meinem Nachfolger. Nehmen Sie die Ernennung an, John?«

Fast unhörbar: »Ja.«

»Dann weise ich Sie hiermit an, unverzüglich Kontakt mit allen Abgeordneten des Commonwealth-Rates aufzunehmen, die Planeten unter Rampart-Mandat repräsentieren. Sie werden diese Abgeordneten mit Nachdruck dazu auffordern, *gegen* die bevorstehende Verfügung zu stimmen, die den Haluk dreihundert weitere Kolonien im Perseus-Sporn zugestehen würde. Wenn Ihre Überredungskünste nicht ausreichen, müssen Sie mit den schlimmstmöglichen Konsequenzen rechnen.«

»Ich verstehe.« Er warf Adam Stanislawski einen verbitterten Blick zu. »Ich vertraue vollends darauf, dass die Abgeordneten entsprechend handeln werden.«

Stille.

»Gibt es noch weitere Punkte, die bisher nicht auf der Tagesordnung verzeichnet sind?«, fragte Gunter Eckert förmlich.

Simon brach in meckerndes Gelächter aus, das fast schon an Hysterie grenzte. »Scheiß auf die Tagesordnung! Lasst uns doch alle zum Sitzungssaal rüberfahren und uns das Feuerwerk anschauen!«

»Es ist meine Absicht«, erklärte ich, »den Antrag zu stellen, dass Teams des IHS, der Commonwealth-Kriminalpolizei und des Erkennungsdienstes unverzüglich damit beginnen, Genprofil-Vergleiche aller hochrangigen Management-Angehörigen und aller Mitglieder der Sicherheitskräfte von Rampart zu erstellen. Langfristig wird jeder Rampart-Angestellte überprüft werden. In Toronto wird diese Maßnahme durch den Vorstandsvorsitzenden Gunter Eckert überwacht werden, sobald seine Identität durch Chief Superintendent Mangan und Karl Nazarian bestätigt wurde. Karl Nazarian wurde von ihr bereits getestet. Karl wird mit sofortiger Wirkung wieder auf seinen alten Posten als Vizepräsident für Sonderprojekte eingesetzt, autorisiert von mir. Weiterhin werde ich darauf bestehen, dass die Kriminalpolizei des Commonwealth in unserem

Hauptquartier auf Seriphos sofort Zared Frost, den Geschäftsführer unserer Aktivitäten im Perseus-Sporn, und Matilde Gregoire, die Vizepräsidentin der Rampart-Sicherheitskräfte im Perseus-Sporn, überprüft. Diese beiden werden dann die Überprüfung aller leitenden Angestellten von Rampart in dieser Region beaufsichtigen. In unserem Hauptquartier auf Hygeia werden entsprechende Tests unter der Aufsicht des Orion-Geschäftsführers Edison Vivieros und des Vizepräsidenten der Orion-Sicherheitskräfte, Reinhard Fournier, durchgeführt werden. Möchte ein Vorstandsmitglied dagegen Einwände erheben?«

Niemand sagte ein Wort. Eve starrte ihre zusammengekrampften Hände an.

»Dann stelle ich den Antrag, die Sitzung zu schließen«, sagte ich.

»Ich unterstütze diesen Antrag«, sagte Thora Scranton. »Helly, hast du noch Freikarten für den Medienzirkus drüben beim Rat?«

Die gute alte Thora; wir waren immer gut miteinander ausgekommen. Ich schenkte ihr mein unmenschliches Grinsen. »Wer Lust hat, darf sich gerne der Party anschließen ... wenn Bea Mangan vorher die DNA getestet hat.«

»Von John abgesehen«, fügte Adam Stanislawski hinzu. »Er muss sich um andere Dinge kümmern.«

Ellington war bereits aufgestanden und ging auf die Tür zu. Säuerlich sagte er: »Nun reit nicht darauf rum, Adam. Ich habe dir gesagt, ich werde die Abgeordneten überzeugen!«

»Das glaube ich nicht«, widersprach Sam Yamamoto. Er stand plötzlich von seinem Stuhl auf, in der Hand eine Kagi-Pistole. »Komm zurück zum Tisch, John. Und der Rest von euch bleibt ganz ruhig sitzen.«

Wie vom Donner gerührt, flüsterte Eve: »Sam?«

»Oh, Scheiße!«, fasste Adam Stanislawski die Lage zusammen.

»Ist Alistair Drummond schon auf dem Weg hierher, Sam?«, fragte ich mit einem schiefen Grinsen. »Oder hast du über den Computer nur sämtliche Maulwürfe alarmiert?«

»Rate doch mal!«

»Er ist ein Hybridklon«, erklärte ich.

»Sei still!«, schrie Pseudo-Sam. Er feuerte zweimal auf mich. Die blauen Strahlen trafen mich mitten in die Brust. Alle am Tisch schrien entsetzt auf, als ich von meinem Stuhl fiel und auf den Boden stürzte – und dabei darum betete, dass Sam nicht versuchen würde, mir in den Kopf zu schießen. Der scharfe Geruch von Ozon und verbrannter Kleidung schwängerte die Luft.

Ich hörte, wie der stets auf Formen bedachte Caleb Millstone Sam mit einem unerwartet obszönen Schimpfwort bedachte. Ich lag auf der Seite und konnte den Hybridklon genau dabei beobachten, wie er Simon auf die Füße riss und dem alten Mann die Mündung der Photonen-Pistole gegen die Schläfe presste. »Alle bleiben jetzt sitzen und sind ruhig! Meine Leute werden in ein paar Minuten kommen, dann werden wir das alles klären.«

»Oh, Asa ...«, stöhnte Eve.

Ich konnte ihr Gesicht nicht sehen, doch ihre Stimme verriet mir, dass sie die Wahrheit endlich akzeptiert hatte. Ich hoffte nur, dass es nicht zu spät war, um noch von Bedeutung zu sein.

John Ellington wandte sich an den Hochstapler. »Glauben Sie ernsthaft, dass Mevanery Morgan unbefugten Personen den Zugang zum Exklusiv-Aufzug gestatten wird?«

Pseudo-Sam lächelte. »Das wird sie, wenn die Alternative darin besteht, zuzuschauen, wie Simon Frosts Hirn extraknusprig gebraten wird.« Er wirbelte seine Geisel herum und blickte Gunter Eckert an. »Rufen Sie sie herein, Herr Vorsitzender!«

Natürlich war ich nicht verletzt. Mein Ganzkörper-Panzeranzug hatte mich gerettet. Ich wartete nur auf eine Gelegenheit, etwas unternehmen zu können, ohne meinen Vater zu gefährden.

Eckert zögerte, und das machte den Klon nervös. »Mach schon, Gunter! Mach endlich, verdammt noch mal!«

Um seiner Aufforderung Nachdruck zu verleihen, schwenkte er seine Pistole, und einen Augenblick lang war sie nicht mehr auf Simons Kopf gerichtet, sondern harmlos auf die Wand des Sitzungssaales hinter Eckert. Ich stützte mich auf einen Arm und ein Bein und warf mich seitwärts wie eine Krabbe auf die Beine der beiden zu …

… als Joanna, die immer noch hinter Pseudo-Sam an der Bar stand, ihm mit der Ivanov in den Rücken schoss, die ich in der Tasche meines Anoraks gelassen hatte.

Ich fonte Karl Nazarian an, der mit seiner Bande am Skyport des Rampart-Towers wartete, und bat ihn um Vorschläge, was wir als Nächstes unternehmen sollten. Unsere Alternativpläne waren nicht von einem Hybridklon unter den Vorstandsmitgliedern ausgegangen, der seine außerirdischen Verbündeten im Gebäude alarmieren würde.

Karl sagte uns, wir sollten die Bullen rufen.

Die Commonwealth-Kripo war völlig platt, als sie von einer Konzern-Vereinigung um bewaffnete Unterstützung gebeten wurde (normalerweise kümmerte sich das Big Business immer alleine um seine eigenen Sachen), doch Gunter Eckerts Hilfegesuch konnten sie schlecht ignorieren. Nach weniger als 20 Minuten war der Rampart-Tower vollständig abgeriegelt; es wimmelte von Polizisten, die alle leitenden Rampart-Angestellten und alle Sicherheitsdienstler zusammentrieben. Eine halbe Stunde danach waren Sachverständigen-Teams vom IHS und einem halben Dutzend weiterer Regierungs-Behörden damit beschäftigt, DNA-Proben zu nehmen und auszuwerten.

Nur eine Hand voll Klone von der Innensicherheit leistete bewaffneten Widerstand. Noch weniger Personen gelang die Flucht. Alle leitenden Angestellten unterzogen sich widerstandslos den Tests.

Kurz nachdem die Polizei eingetroffen war, kamen Karl und seine Mannschaft vom Skyport in den Sitzungssaal, um sich neue Instruktionen zu holen. Bis er eingetroffen war, hatte Bea Mangan bereits die DNA von Gunter Eckert und allen anderen Vorstandsmitgliedern überprüft, und ebenso die von Medusa-Morgan, die völlig empört darüber war, dass wir auch nur glauben könnten, ein Haluk könne *sie* nachahmen. Abgesehen vom schlafenden Sam waren alle ohne Befund.

Ich gab den bewusstlosen Hybridklon in Karls Obhut und sorgte dann dafür, dass ein Sondereinsatzkommando der Commonwealth-Kripo ihn und seine Mitarbeiter zum Psychotronik-Labor der Rampart-Innensicherheit begleitete. Karl hatte die Anweisung erhalten, diesen Raum zu requirieren und jedermann im Gebäude zu vernehmen, dessen DNA nicht absolut einwandfrei war. Ich versprach ihm, mich wieder bei ihm zu melden, sobald der zweite Akt des großen Melodrams im Ratsgebäude abgeschlossen war.

Ein Steckbrief wegen Identitäts-Diebstahls wurde für einen menschlichen ›Mister Unbekannt‹ ausgestellt; dieser Unbekannte identifizierte sich mit einer gefälschten Retina, die ihn als ›Asahel Frost‹ auswies.

Sein Steckbrief wurde unter anderem an alle Raumhäfen der Erde gesandt. Ich hoffte nur, dass wir nicht den Brunnen zudeckten, nachdem das Kind hineingefallen war. Eine der Nachrichten, die Pseudo-Sam verschickt hatte, war an meinen alten Privatkode gegangen, und das hieß, Alistair Drummond wusste, dass wir ihm dicht auf den Fersen waren.

Als wir gerade aufbrechen wollten, erklärte Adam Stanislawski, er habe für heute genug Aufregung und Abenteuer am eigenen Leib erleben dürfen. Den Rest der Show werde er aus der Sicherheit seiner eigenen Privatsuite im Macrodur-Tower verfolgen. Cassius Potter brachte ihn noch schnell dorthin, bevor er Bea, Joanna und mich zur Medienkonferenz flog.

Es lief ziemlich genau so ab, wie Ef Sontag und ich uns das vorgestellt hatten.

Seite an Seite, ich getarnt durch die Joru-Roben, traten wir vor das kleine, improvisierte Podium genau in der Mitte der Rotunde, die dem Sitzungssaal des Rats gegenüberlag. Unmittelbar hinter uns standen Bea Mangan, zusammen mit ihrer Ausrüstung, und Joanna; sie warteten auf ihr Stichwort. Erfahrene Mitarbeiter von Macrodurs Abteilung für Öffentlichkeitsarbeit halfen Efs Stab dabei, alle technischen Probleme zu lösen.

Es mussten sich um die 600 Reporter in das runde Foyer mit der gläsernen Kuppel gezwängt haben, und alle waren mit dem Handwerkszeug ihrer Zunft behangen. In den angrenzenden Räumen waren riesige Holovideo-Monitore aufgestellt worden – für alle Interessenten, die nicht zu den Medien gehörten, und das waren ein paar Tausend. Auf Wunsch interessierter Abgeordneter wurde diese Pressekonferenz auch auf die Displays in den Speisesälen der Abgeordneten übertragen.

Ich hoffte, der Diener der Diener von Luk und sein Gefolge würden ebenfalls sehr aufmerksam zuschauen. Ein Mitglied von Efs Komitee hatte berichtet, die Haluk seien bereits im Gebäude.

Nachdem Sontag die Journalisten begrüßt und einige einleitende Worte gesprochen hatte, warf ich meine schwarzweiße Robe ab – ein herrlich dramatischer Moment! – und blieb dann einfach mit bloßem Oberkörper auf dem Podium stehen, während die Kameraleute um mich herum völlig durchdrehten. Ef erklärte der Menschenmasse, wer ich war, warum ich wie ein Haluk aussah und worüber ich heute im Sitzungssaal des Rates sprechen würde.

Dann überprüfte Bea meine Gene und bewies dabei nicht nur, dass ich wirklich Asahel Frost war, sondern auch, dass ich einem illegalen Hybridklonierungs-Verfahren unterzogen worden war – mutmaßlich von Angehörigen genau der Rasse, deren äußeres Erscheinungsbild ich jetzt trug. In einer rührenden Aussage als Leumund erklärte Joanna erneut, dass ich ohne jeden Zweifel ihr Ex-Ehemann sei, ein Mann, den man zu Unrecht wegen eines angeblichen Vergehens verurteilt hatte, dem man zu Unrecht den Bürgerstatus entzogen hatte und den zu respektieren sie nie aufgehört hatte.

Dann wurde ich an den Hogan-Wahrheitstester angeschlossen und von Sontag befragt. Ich erzählte den Bürgern des Commonwealth der Menschenwelten, wie mich die Haluk entführt und geklont hatten. Ich schilderte, wie mein böser Zwilling meinen Platz bei Rampart eingenommen hatte, um so die Kontrolle über den Gentechnik-Vektor PD32:C2 zu erlangen, und wie er meinen Namen und meinen Ruf dazu benutzt hatte, die

Sache der Haluk voranzutreiben. Ich bestritt alle Aussagen, die Zweifel an den Beweismitteln von Sontags Komitee hatten aufkommen lassen. Ich forderte den Hochstapler, der jetzt mein Gesicht trug, auf, sich den Medien zu stellen und den gleichen Test abzulegen, dem ich mich gerade unterzogen hatte.

Ich sagte nichts darüber, dass der Pseudo-Helly-Hybridklon in Wirklichkeit Alistair Drummond war.

Das Publikum aus allen Teilen der Galaxis bekam einen ziemlich ausgiebig redigierten Bericht über die Vorstandssitzung von Rampart zu hören, während der ich wieder meinen Posten als Präsident von Rampart eingefordert und eingenommen hatte. Während mich die andauernden Zapps! dieser widerlichen kleinen Hogan immer weiter quälten, damit jede meiner Aussagen auch wirklich verifiziert war, beschrieb ich, welche Maßnahmen gerade durchgeführt wurden, um alle bei Rampart eingesetzten Hybridklone aufzuscheuchen. Ich drängte auch alle anderen Konzerne und alle Behörden des Commonwealth dazu, die DNA eines und einer jeden ihrer Beschäftigten genauestens zu überprüfen.

Ich erwähnte noch etwas, das eigentlich die Nachrichtendienste betraf: die Tatsache, dass Sam Yamamoto hybridkloniert worden war. Wo (so fragte ich rhetorisch) wurde mein Freund, der echte Sam Yamamoto, gefangen gehalten? Wo waren all die anderen unfreiwilligen DNA-Spender, deren Plätze von Haluk-Spionen eingenommen worden waren? Waren sie Gefangene dieser Außerirdischen – genauso blauhäutig und genau so elendig wie ich –, oder waren sie kaltblütig ermordet worden, nachdem sie ihren Zweck erfüllt hatten?

Ich erzählte meinen Zuhörern, dass die Geständnisse der Klone, die bereits gefangen genommen wurden, mit größter Wahrscheinlichkeit zu spät kämen, um noch im Resümee des Abgeordneten Sontag vor dem Rat berücksichtigt zu werden. Mit ein wenig Glück kämen sie wenigstens noch rechtzeitig, um die morgige Abstimmung zu beeinflussen.

Bleiben Sie dran für die Spätnachrichten um zehn und um elf! . . .

Die letzte Frage Ef Sontags lautete: »Entsprechen die Aussagen, die Sie hier und heute gemacht haben, der Wahrheit?«

»Das tun sie«, antwortete ich. Das Psychotron verpasste mir noch einen letzten Schlag, dann bestätigte es, dass ich die Wahrheit gesagt hatte.

Und während die Gestalten von den Medien Fragen durcheinander brüllten und Ef einigen wenigen Auserwählten antwortete, kabelte mich Bea Mangan von der Hogan ab. Joanna gab mir ein Glas Wasser und ein paar Kapseln mit einem Schmerzmittel. Sie trocknete mir meine tränenden, fremdartigen Augen und wischte mir über meine verschwitzte himmelblaue Stirn.

»Abgeordneter Sontag!«, fragte PNN. »Welchen Grund sollten die Haluk haben, die Menschheit mit Hilfe von Hybridklonen auszuspionieren?«

»Diese Frage wird im Rat diskutiert werden«, antwortete Ef.

»Gibt es Hinweise darauf, dass Hybridklone das Haluk-Konsortium der Konzerne unterwandert oder beeinflusst haben?«, fragte das *Wall Street Journal*.

»Bisher noch nicht. Das wird derzeit noch überprüft.«

»Namhafte Mitglieder der konservativen Partei haben behauptet, der Handel mit den Haluk sei für die anhaltende Konjunktur der Einhundert Konzerne unerlässlich«, konstatierte die Times. »Sind Sie ebenfalls dieser Ansicht?«

»Nein, das bin ich nicht.«

20/20 Interactive fragte: »Wird die *Liberal Party* die Revision des Nichtangriffspaktes und des Handelsabkommens mit den Haluk verlangen, wenn zuungunsten der neuen Kolonien abgestimmt werden sollte?«

»Ich kann nicht für die anderen Abgeordneten sprechen. Ich werde die Revision persönlich verlangen, unabhängig vom Abstimmungsergebnis.«

Er schüttelte ablehnend den Kopf, als weitere Fragen in den Raum gerufen wurden.

»Wir haben leider keine Zeit mehr für weitere Fragen, meine Damen und Herren! Es ist fast vierzehn Uhr, die Sitzung des Rates wird gleich fortgesetzt. Mein Komitee und ich werden neue Beweise vorlegen, die für eine gewaltige Verschwörung der Haluk gegen die Menschheit sprechen. Einer unserer Zeugen wird der echte Asahel Frost sein. Sobald wir unsere Position dargelegt haben, werden die Abgeordneten, die für die neuen Haluk-Kolonien eintreten, ihren Standpunkt ein letztes Mal zusammenfassen. Die abschließende Abstimmung zu dieser Verfügung wird morgen um zehn Uhr Toronto-Zeit stattfinden.«

Er machte eine Pause, atmete tief ein und fügte dann mit einem für ihn äußerst untypisch leidenschaftlichen Schlusswort an: »Bürger des Commonwealth, ich bitte Sie alle inständigst, die kommende Sitzung des Rates zu verfolgen. Nutzen Sie das PlaNet, um den für Sie zuständigen Abgeordneten darüber zu informieren, wie Sie zu dieser Medienkonferenz und zu der bevorstehenden Abstimmung des Rates stehen! Einflussreiche Firmen haben Druck auf Ihre Abgeordneten ausgeübt – sie wollen, dass diese dreihundert neuen Haluk-Kolonien genehmigt werden. Diese Firmen wollen sicherstellen, dass der Handel mit dieser Rasse auch weiterhin ohne nennenswerte Kontrolle durch die Menschen und ohne Inspektionen der Haluk-Planeten in der Milchstraße, fortgesetzt wird. Lassen Sie das nicht zu! Erklären Sie Ihren Abgeordneten, dass man den Haluk nicht trauen darf! Erklären Sie Ihren Abgeordneten, dass Sie nicht dulden werden, dass Haluk-Hybridklone menschliche Institutionen infiltrieren und unsere Wirtschaft unterminieren! Bürger – erklären Sie es ihnen! ... Ich danke Ihnen für Ihre Aufmerksamkeit.«

»Bisschen theatralisch«, flüsterte ich Ef zu, als wir das Podium verließen, umringt von einer ganzen Wand aus Sicherheitsleuten. »Aber genau die Sorte Tag war es ja auch bisher!«

Viele Politiker genießen es, im Rampenlicht der Öffentlichkeit zu stehen – sie sind echte Showmen. Trotz aller Bescheidenheit war Ef Sontag keine Ausnahme. Er war zu dem Ergebnis gekommen, es sei am besten für unser galaxisweites Publikum (und auch für die Abgeordneten, von denen die meisten die Medienkonferenz eifrig verfolgt hatten, auf die eine oder andere Weise), meinen Gentest und meine psychotronische Vernehmung im Sitzungssaal des Rates zu wiederholen. Also brauchten Bea und Joanna letztendlich doch nicht auszusagen.

Ef sorgte dafür, dass die beiden das Ganze von der VIP-Galerie aus beobachten konnten. Vielleicht würden sie da oben ja Simon oder Thora Scranton oder Crista Wenzel treffen. Die anderen Mitglieder des Rampart-Vorstandes hatten es abgelehnt, der Sitzung beizuwohnen: Teilweise hatten sie Angst davor, von den Medien belagert zu werden, teilweise waren sie noch mit der Schadensbegrenzung im Rampart-Tower beschäftigt.

Als die Glocke ertönte, die auf die Fortsetzung der Sitzung hinwies, führten mich Ef und die sechs Abgeordneten seines Komitees in den Saal. Ich hatte auch den Rest des Joru-Kostüms abgelegt und trug nun wieder Dans Trainingsanzug, an dem man deutlich die beiden Einschusslöcher in Brusthöhe erkennen konnte. Wir nahmen unsere Plätze an kleinen Tischen auf der engen Tribüne (auch bekannt als ›der Zeugenstand‹) ein, die dem Platz der Vorsitzenden genau gegenüberlag. Über dem Platz hing das Großsiegel des Commonwealth, und dahinter erhob sich ein riesiger Holoschirm, auf den stets Nahaufnahmen der Person projiziert wurden, die gerade zum Rat sprach.

Der Saal war in halbkreisförmigen Rängen angelegt, zwischen denen unauffällig die muschelförmigen Arbeitsplätze der 1.500 Ratsmitglieder untergebracht waren. Etwa drei Viertel der Abgeordneten waren physisch anwesend, die anderen nahmen virtuell teil. Die Zuschauergalerien und die Schaukästen, die den Medien vorbehalten waren, quollen fast über. Ich ließ mir auf das Display meines Tisches einen kurzen Schwenk über die VIP-Galerie geben. Von Rampart konnte ich niemanden sehen, aber Bea und Joanna hatten gute Plätze. Die meisten außerirdischen Besucher saßen in speziellen Logen weiter vorne.

Ich schaute mich sorgfältig um – und da war er: das blauhäutige hohe Tier persönlich, der Diener der Diener von Luk!

Dem Anlass angemessen, hatte er auf extravagante Menschenkleidung verzichtet und trug formale Gewänder in prächtigen Regenbogenfarben, dazu ein auffälliges Platin-Diadem und rituellen Fossil-Schmuck. Der DDL war von düster wirkenden Gestalten in schwarzen Roben umgeben, von denen ich annahm, dass sie den Neunerrat darstellten. Niemand schien zu wissen, ob sie lediglich beratende Funktion ausübten oder tatsächliche Entscheidungsgewalt besaßen. Andere Haluk, in stattlicher Paradeuniform, mussten Sicherheitskräfte sein. Davon hatten sich mindestens zwei Dutzend in die Loge gezwängt.

Erneut erscholl die Glocke. Es wurde still im Saal.

Die Vorsitzende, Aziza Alameri, eröffnete die Sitzung und forderte die Partei, die sich gegen die Verfügung zur Genehmigung neuer Haluk-Kolonien aussprach, zu ihrer abschließenden Aussage auf. Erst kam ein verfahrensrechtliches Hin und Her. Mitglieder von Sontags Komitee präsentierten ein kurzes Resümee aller bisher vorgebrachten Argumente, dann rief Ef persönlich den ersten von lediglich zwei Zeugen auf, die alle im Rahmen des Resümees vorgebrachten Argumente und alle aufgestellten Behauptungen stützen sollten:

»Wenn Madame Vorsitzende und der Rat gestatten: Als Zeuge der weiterhin andauernden Feindseligkeit der Haluk gegenüber dem Commonwealth der Menschenwelten rufe ich Bürger Hengpin Kang auf, Leitender Angestellter im Außendienst von Sheltok. Er wurde unter Strafandrohung zur Aussage vorgeladen und wird via Subraum-Kommunikator von seinem Büro auf dem Planeten Lethe in Zone 8 aussagen.«

Der riesige Holoschirm wurde aktiviert, und die eigentliche Show begann.

SONTAG: Bürger Kang, wurden Sie von der Rechtsabteilung von Sheltok über Ihre Rechte und Pflichten bezüglich dieser Vorladung des Rates informiert?

KANG: Jawohl.

SONTAG: Versichern Sie, dass die Erklärung, die Sie jetzt abgeben werden, in jeder Hinsicht der Wahrheit entspricht?

KANG: Jawohl.

SONTAG: Sind Sie sich darüber im Klaren, dass auf Antrag der Abgeordneten des Rates Ihre Erklärung *sub duritia* verifiziert werden kann, vermittels psychotronischer Befragung?

KANG: Jawohl.

SONTAG: Also gut. Derzeit benötigt der Rat Antworten nur auf ausgewählte Fragen. Wir behalten uns das Recht vor, Sie zu einem anderen Zeitpunkt tiefer gehend zu befragen ... Meine erste Frage: Wissen Sie aus persönlichen Erfahrungen von Angriffen durch Piraten auf Transactiniden-Transporter des Sheltok-Konzerns, die innerhalb der letzten zwölf Monate erfolgt sind, während besagte Transporter den Schützen-Nebel durchquerten?

KANG: Jawohl.

SONTAG: Wie viele derartige Angriffe gab es während dieses Zeitraumes schätzungsweise?

KANG: Aus erster Hand weiß ich von vierunddreißig Angriffen. Es mag weitere gegeben haben, von denen ich nichts erfahren habe.

SONTAG: Bei wie vielen dieser Angriffe kam es zu einer Entführung des Transport-Schiffes oder zu dessen unerklärlichem Verschwinden?

KANG: Bei achtundzwanzig.

SONTAG: Auf welche Rasse ließen die Raumschiffe der Piraten schließen?

KANG: Das war nicht immer eindeutig erkennbar. Einige davon ganz gewiss auf Y'tata. Wir hatten in den Zonen 3 und 4 schon immer Probleme mit gesetzlosen Ys, allerdings meist nichts Beunruhigendes. Aber seit etwa letztem Jahr .. wurden bei etwa der Hälfte aller Zwischenfälle eindeutig Haluk-Kaperer identifiziert, manchmal zusammen mit Y'tata, manchmal auch nicht.

SONTAG: Können Sie nach bestem Wissen etwas darüber aussagen, ob der Sheltok-Konzern willentlich die Kenntnis über besagte Angriffe durch Haluk den

Behörden des Commonwealth, den Medien oder den Anteilseignern von Sheltok vorenthalten hat?

KANG: Unser Personal hat vom Erd-Management von Sheltok die direkte Anweisung erhalten, die Angriffe der Haluk nicht den Medien oder der Öffentlichkeit gegenüber zu erwähnen. Ob die Anteilseigner informiert wurden, ist mir nicht bekannt. Meine Mitarbeiter haben feindliche Aktivitäten der Haluk stets vorschriftsmäßig der Zonenpatrouille und dem Sekretariat für Fremdrassenangelegenheiten gemeldet.

SONTAG: Sind auf Ihre Berichte hin jemals weitere Schritte unternommen worden?

KANG: Keine, von denen ich jemals Kenntnis erhalten hätte.

SONTAG: Warum wurden, Ihrer Ansicht nach, diese Aktivitäten der Haluk verschwiegen?

KANG: Meiner Ansicht nach . . ., um die Bürgerschaft nicht gegen das Handelsabkommen mit den Haluk und das Haluk-Konsortium der Konzerne aufzubringen.

SONTAG: Trifft es zu, dass vor etwa sieben Monaten der mit überschweren Elementen beladene Transporter SBC-11942, *Sheltok Eblis*, unter dem Kommando von Ulrich Schmidt, den Planeten Lethe erreichte und einen Angriff durch zwanzig Haluk-Piratenschiffe meldete?

KANG: Das trifft zu.

SONTAG: Trifft es weiterhin zu, dass besagtes Schiff unter dem Kommando von Captain Schmidt vor der Entführung oder Zerstörung durch das Eingreifen eines bewaffneten Kreuzers bewahrt wurde, eines Kreuzers, dessen Schiffstyp auf einen menschlichen Piloten schließen lässt und dessen ID unbekannt war?

KANG: Das trifft zu. Captain Schmidt hat berichtet, dass das nicht identifizierte Menschenschiff sechzehn

Haluk-Feindraumer abgeschossen habe. Der Kommandant des besagten Kreuzers habe sich lediglich als ›Hugo‹ bezeichnet. Captain Schmidt nahm an, er sei ein Schmuggler mit einem ›Barmherziger-Samariter‹-Syndrom, wenn man sich etwas Derartiges vorstellen kann ...

SONTAG: Ich danke Ihnen, Bürger Kang. Sie sind aus dem Zeugenstand entlassen. [An die Versammlung des Rates gerichtet:] Der nächste Zeuge, Asahel Frost, wird ebenfalls auf diesen Zwischenfall eingehen. Zuerst werden mein Komitee und ich ihn jedoch bitten, uns Hintergrundinformationen über sein persönliches Verhältnis zu den Haluk zu geben.

Sontag las mir die gleiche Rechtsmittelbelehrung vor, die auch Kang schon zu hören bekommen hatte. Nach dem Ermessen des Rates konnte ich später noch vernommen werden, bis mir die Augäpfel platzten und mir das Blut aus allen erdenklichen Körperöffnungen floss. Vorerst jedoch brauchte ich nur den einfachen Eid abzulegen, die Wahrheit zu sagen, die ganze Wahrheit und nichts als selbige.

Dann begann ich, behutsam mit Stichworten von Ef und den anderen Abgeordneten seines Komitees versehen, meine ganzen Abenteuer mit den Haluk zu berichten. Ich fing mit dem Auftauchen des riesenhaften Haluk-Schiffes in der Nähe von Hellys Komet an, das Bestandteil von Alistair Drummonds Plan gewesen war, die Kontrolle über die *Rampart Interstellar Corporation* zu erlangen. Ich beschrieb meine entsetzlichen Abenteuer auf Cravat und Dagasatt. Ich beklagte die geheime Absprache der Einhundert Konzerne, die dazu geführt hatte, dass die Haluk fortschrittlichste Astrogations-Technologie und andere Technikgüter der Menschen erhielten, die eigentlich mit einem Embargo belegt waren – einschließlich des Gentechnik-Verfahrens, das unerlaubterweise die Eradikation der Haluk-Allomorphie ermöglicht hatte.

Emilys geheimnisvolles Wunder-Exon erwähnte ich mit keinem Wort, und ebenso wenig meine Vermutung, dass diese Eradikations-Therapie eventuell nicht dauerhaft war.

Ich zog meine Jacke aus und präsentierte meinen halukartigen Oberkörper (der in riesenhafter Vergrößerung auch auf dem Holoschirm hinter dem Sitz der Vorsitzenden erschien), als Beweisstück dafür, dass die Haluk immer noch Hybridklone herstellten. Ich berichtete, dass meine eigene DNA gestohlen worden sei und dass man einen Hybridklon von mir angefertigt habe, um Rampart übernehmen zu können und damit auch alle Planeten im Perseus-Sporn unter Rampart-Mandat – und somit auch die Kontrolle über den Gentechnik-Vektor PD32:C2, der zur Eradikation der Allomorphie erforderlich war. Ich legte meine Ansicht dar, die Haluk beabsichtigten, ihre Kolonien im Perseus-Sporn als Ausgangsbasen für eine allgemeine Invasion in unsere Galaxis zu nutzen, und dann legte ich Beweismittel vor, die meine Ansicht stützen sollten.

Ich beschrieb meine donquichottische Barky-Jagd und erzählte, was ich von Tregarth über den bedrohlichen Bevölkerungsdruck im Haluk-Sternhaufen erfahren hatte. Ich gab zu, dass es mir nur vom Hörensagen bekannt war, dennoch, so legte ich dar, lieferte es ein Motiv für die hartnäckige, ja verzweifelte Zielstrebigkeit der Haluk, ihren eigenen Sternhaufen zu verlassen.

Ich gab zu, dass ich persönlich in den Angriff der Haluk-Piraten auf die *Sheltok Eblis* eingegriffen hatte, und gestand, dass ich ›Hugo‹ war. Ich hatte meine wahre Identität Captain Schmidt gegenüber nicht preisgegeben, da mir bekannt war, inwieweit ich bereits traurige Berühmtheit erlangt hatte, und ich zudem nicht meine Suche nach Barky Tregarth hatte gefährden wollen. Ich sagte aus, ich sei mir sicher, dass es sich bei den Schiffen der Piraten um Haluk-Schiffe gehandelt habe.

Zum Beweis legte Ef Sontag den Bericht über den Piratenangriff vor, den ich Karl Nazarian geschickt hatte, und dazu den Bericht von Captain Schmidt, der seinerzeit Hengpin Kang vorgelegt worden war. Die Abgeordneten konnten diese Dokumente dann einsehen, wann immer es ihnen beliebte.

Ich fuhr damit fort, zu berichten, wie ich auf Phlegethon gefangen genommen worden war und wie sich die Hybridklon-Agentin Dolores da Gama mir gegenüber damit gerühmt hatte, dass die Haluk die als Treibstoff verwendeten überschweren Elemente stehlen würden, um sowohl die Einsatzfähigkeit der Menschenschiffe einzuschränken wie auch zugleich eine Invasionsflotte der Außerirdischen anzutreiben.

Schließlich erzählte ich, was ich über den Großen Plan der Haluk wusste, die Menschheit zu überwältigen – die Dinge, die ich erfahren hatte, als ich den Diener der Diener und Rats-Locutorin Ru Kamik belauscht hatte, während ich in einem Dystasis-Tank im Macpherson-Tower trieb. Ich deutete mit einem blauen Zeigefinger auf den Diener der Diener persönlich (eine plötzliche Nahaufnahme seines entrüsteten Gesichts auf dem Holoschirm) und forderte ihn auf, sich einer psychotronischen Befragung zu unterziehen und dabei zu bestätigen, dass sein Volk *nicht* beabsichtige, die Kolonien im Perseus-Sporn als Sprungbretter und Ausgangsbasen für eine Invasion in die Milchstraße zu nutzen.

Dann erklärte ich dem Abgeordneten Sontag und

dem Rat, ich hätte dem nichts mehr hinzuzufügen, und man entließ mich aus dem Zeugenstand.

Vorsitzende Alameri forderte den Diener der Diener auf, eine Stellungnahme zu meiner Aussage abzugeben.

Der Anführer der Haluk lehnte es ab, sich an einen Wahrheitstester anschließen zu lassen. Er erklärte sich allerdings bereit, freiwillig eine kurze Erklärung abzugeben, falls der Rat willens sei, sie zuzulassen.

Der Rat war willens. Also trat der Diener der Diener auf einen Antigrav-Transporter, der ihn bis zum Zeugenstand hinabtrug, in dem immer noch Sontag, sein Komitee und ich saß. Ich winkte ihm zum Gruß mit den Fingerspitzen zu. Der Diener der Diener ignorierte mich starr und hielt seine Rede – die simultan übersetzt wurde.

»Verehrte Vorsitzende! Abgeordnete des Menschen-Commonwealth! Dieser Hier erbittet den Segen des Allmächtigen Luk, die Wahrheit zu betonen, die nun folgt, nämlich:

Dieser Hier erklärt nachdrücklich, dass die Person, die sich selbst ›Asahel Frost‹ nennt, ein ungeheuerlicher Lügner ist – ein Schurke, der aus niederen eigenen Motiven heraus versucht, eine edle Rasse zu verunglimpfen. Er hat das Erscheinungsbild eines Haluk lediglich angenommen, um uns zu verspotten und zu verleugnen. Möge der Allmächtige Luk diese niederträchtige Person strafen, wie es ihr zukommt!

Abgeordnete des Rates des Menschen-Commonwealth: Dieser Hier erklärt, dass keine Haluk-Menschen-Hybridklone erschaffen wurden, seit der Nichtangriffspakt unterzeichnet wurde, der genau dies ausdrücklich untersagte. Keine! Wenn es Pseudo-Menschen auf dem Planeten Erde gibt, dann handelt es sich dabei um Agenten, die von Personen erzeugt und eingesetzt wurden, die der Souveränen Haluk-Konföderation unbekannt sind.

Dieser Hier erklärt weiterhin, dass, so denn Haluk-Kaperer tatsächlich im als ›Schützen-Nebel‹ bezeichneten Arm der Galaxis tätig sind, diese ohne Genehmigung unserer Souveränen Haluk-Konföderation handeln. Es handelt sich bei diesen Schiffen um die Schiffe von Gesetzlosen. Wir erkennen sie nicht als zu uns gehörig an und sind willens und begierig, zu ihrer Vernichtung beizutragen.

Abschließend gelobt dieser Hier dem Menschen-Commonwealth und den ehrwürdigen Einhundert Konzernen, die das Bollwerk von dessen Konjunktur sind, die guten Absichten des gesamten friedliebenden und gesetzestreuen Volkes der Haluk, jetzt und immerdar. Es gibt keinen finsteren Großen Plan der Haluk, der Menschheit Schaden zuzufügen. Die Haluk beabsichtigen keine Invasion in die Milchstraße. Bereits der Gedanke ist unlogisch. Eine friedliche Einwanderung war stets unsere Absicht. Ihre Galaxis ist gewaltig, dort gibt es zahllose reizvolle Planeten, auf denen keine vernunftbegabten Einwohner leben. Die Besiedlung einiger dieser Planeten durch die Haluk kann der galaktischen Harmonie und dem galaktischen Wohlstand nur zuträglich sein. Die ehrwürdigen Einhundert Konzerne sind der gleichen Ansicht.

Werte Abgeordnete! Wir Haluk sind dem Commonwealth der Menschenwelten auf ewig dankbar dafür, dass man uns gestattet hat, Planeten innerhalb der Hegemonie der Menschen zu kolonisieren. Wir versprechen, alle gerechten Gesetze der Menschen zu befolgen, die den interstellaren Handel und den sozialen Umgang regeln. Wir erwarten mit Freude die Übergabe der dreihundert weiteren Planeten durch den Rat, die uns so großzügig angeboten wurden.

Der Diener der Diener von Luk dankt Ihnen allen für Ihre gnädige Aufmerksamkeit. Und nun, als Zeichen unserer Verärgerung und unseres Bedauerns über die Beleidigungen, die uns diese Person entgegengebracht hat, die sich selbst ›Asahel Frost‹ nennt, werden sich alle Haluk unverzüglich zurückziehen. Wah!«

Der Diener der Diener marschierte quer durch den Sitzungssaal und verließ ihn dann durch die Tür, die zu der Rotunde führte. Als ich einen Blick auf die Galerie warf, waren alle Haluk-Beobachter verschwunden. Eine beeindruckende symbolische Geste, oder?

Doch da täuschte ich mich. Die hatten etwas anderes im Sinn.

Ef Sontag schloss sein Resümee, dann überließ er der Pro-Haluk-Fraktion das Wort.

Was dann folgte, war für mich in erster Linie eine langweilige Antiklimax: drei Stunden in Ef Sontags Nische eingeschlossen, während deren die Konservativen sich bemühten, die neuen Beweismittel der Opposition schönzureden oder unglaubwürdig erscheinen zu lassen. Das einzig Gute des ganzen Resümees war, dass der Rat sie davon abhielt, Kang oder mich zum Kreuzverhör zu laden.

»Wir haben alles gegeben«, sagte Ef. Er hatte Wasser und Analgetika bringen lassen, um meinen Schädel davon abzuhalten, in tausend Stücke zu zerspringen. Eigentlich hätte ich lieber einen dreifachen *Jack Daniel's* gehabt, aber Alkohol war nach psychotronischer Folter kontraindiziert – selbst nach einer vergleichsweise milden Folter, wie sie das Hogan zustande brachte.

»Und wie war ich *wirklich*?«, fragte ich besorgt. »Der Haluk-Diener hat es so dargestellt, als würde ich hier einen riesigen Betrug durchziehen wollen. Meinst du, irgendwelche Abgeordneten werden ihm das abkaufen?«

Ef lachte. »Du hast ziemlich sonderbar ausgesehen. Das kann man einfach nicht leugnen. Aber dass du mit blauer Haut herumläufst, war wahrscheinlich sogar hilfreich für uns. Nur ein Idiot könnte annehmen, du hättest dich freiwillig einer Gentechnikbehandlung unterzogen, nach der du dann wie ein Haluk aussiehst, bloß um den Haluk eine lange Nase drehen zu können und deinen politischen Standpunkt darzulegen. Ich weiß nicht, ob deine Aussage die Pro-Haluk-Abgeordneten umdenken lassen wird. Aber ich garantiere dir, niemand von denen wird ernstlich glauben, du würdest einen Betrug versuchen. Du warst ziemlich beeindruckend, Helly.«

»Beeindruckend genug?«, murmelte ich. »Die Lügennummer dieses Dieners der Diener hat nicht dazu geführt, dass er ausgepfiffen oder ausgebuht wurde. Ich habe während seines Auftritts zu ein paar der wichtigsten Konservativen rübergeschaut: Die wirkten gar nicht besorgt, noch nicht mal empört! Diese Politiker denken genauso wie die Einhundert Konzerne, von denen sie kontrolliert werden: Die sind sich sicher, dass sie selbst noch die gefährlichsten und unangenehmsten Fakten unter den Teppich kehren können – und dass die Bürger viel zu apathisch oder verängstigt sind, irgendwas dagegen zu unternehmen.«

»Vielleicht haben wir diesmal die Chance, etwas zu ändern. Abgesehen von deinen eigenen Beweismitteln für Verbrechen der Haluk haben wir auch noch Kangs Aussage. Und wir wollen mal hoffen, dass deine Leute bis zu den Spätnachrichten im PlaNet aus Pseudo-Sam-Yamamoto ein paar nette, rufschädigende Dinge rausholen können. Es wäre auch durchaus hilfreich, wenn bis dahin einige weitere Klone im Rampart-Tower aufgespürt worden wären und eindeutig als Außerirdische identifiziert.«

»Ich werd sofort bei Karl nachfragen und schauen, wie es steht.«

Dann erinnerte ich Ef auch noch an das Raumschiff, das Adam Stanislawski zur angeblichen Haluk-Basis auf Amenti geschickt hatte, um sie auszukundschaften. »Es besteht immer noch die Chance, dass noch vor der Abstimmung ein Bericht von dort eintrifft.«

»Ich hoffe fast schon, dass die da nichts finden«, gab Ef mit düsterer Miene zu. »Sonst wird die ganze Angelegenheit beliebig knifflig. Das wäre dann ein casus belli. Und für einen Krieg bin ich wirklich nicht bereit, Helly.«

Das war das Commonwealth auch nicht. Die Zonenpatrouille war viel zu spärlich gesät, vor allem im Perseus-Sporn. Wenn die Haluk einen Großangriff starteten, würde die Hauptverteidigung der Menschheit in den Händen der Einhundert Konzerne liegen ...

Ich fonte Karl im Rampart-Tower an und erbat einen Fortschrittsbericht; dabei schaltete ich den Lautsprecher an, so dass Ef mithören konnte. Karl meldete, Pseudo-Sam liege immer noch flach von den beiden Betäubungs-Pfeilen, die Joanna ihm verpasst hatte; man rechnete damit, dass er in etwa drei Stunden wieder aufwachen würde, und dann konnte man sofort mit der Vernehmung beginnen.

»Ich möchte, dass du ihm ein paar wichtige Fragen stellst«, sagte ich. Ich nannte sie der Reihe nach, dann fragte ich, wie es denn allgemein voranginge.

»Das Gebäude ist völlig abgeriegelt. Die leitenden Angestellten und die Leute der Sicherheitsabteilung werden in den vier Cafeterien für Angestellte festgehalten und warten darauf, dass ihre DNA-Profile aufgenommen werden. Die rangniedrigeren Angestellten durften das Gebäude verlassen, wurden jedoch ermahnt, nicht an die Medien zu gehen. Zuwiderhandlung wird mit sofortiger Entlassung und Entzug des Bürgerstatus geahndet.«

»Autsch«, sagte ich. »Wessen Idee war das denn?«

»Den Befehl haben Eve und Gunter Eckert ausgegeben. Das mit den DNA-Profilen wird so schnell wie möglich durchgezogen, aber wahrscheinlich werden die die ganze Nacht dafür brauchen.«

»Schon irgendwelche blauen Fische gefangen?«

»Bis jetzt wurden fünf Hybridklone unter den Innensicherheitlern mittleren Ranges identifiziert. Der größte Fisch ist ein leitender Angestellter namens Amadeo Guthrie – ist noch ein Überbleibsel von Galapharma. Er ist der stellvertretende Kommandant der Flottenleitstelle, und er ist ein Haluk. Wir sind gerade damit fertig geworden, ihn vorbereitend schon mal ein wenig in die Mangel zu nehmen. Ich wollte mit der eigentlichen Vernehmung nicht anfangen, ohne dich zu fragen.«

»Sehr gut, Karl!«, rief ich begeistert. »Der Kerl braucht eine Sonderbehandlung. Wer von der Kripo leitet den Rampart-Einsatz?«

»Ein Chief Superintendent namens Gleb Khabarov. Wirkt ziemlich vernünftig und effizient.«

»Dann bitte ihn, als Zeuge für die nächste Phase von Guthries Vernehmung zur Verfügung zu stehen. Du musst diesen Spinner, diesen Guthrie, verdammt hart rannehmen, und ich möchte vorher von offizieller Seite den Ernst der Lage bestätigt wissen, falls dieser Klon dir bei der Vernehmung draufgeht. Wir brauchen die Namen aller anderen Hybridklone, die bei der Rampart-Flotte in der Chefetage sitzen, vor allem im Perseus-Sporn. Das ist absolut lebensnotwendig, Karl!

Wir dürfen nicht zulassen, dass diese Außerirdischen noch irgendwelche Schiffe von uns unter Kontrolle haben. Du darfst Khabarov liebend gerne erzählen, dass wir Angst vor einem Überraschungsangriff haben, vor allem auf Cravat und Seriphos. Sobald du die Namen hast, musst du darauf bestehen, dass Khabarov die Klone durch die Kripo im Sporn festnehmen lässt. Falls Khabarov irgendwelche Sperenzchen macht, fon Adam Stanislawski an.«

»Glaubst du wirklich, die Haluk unternehmen noch vor der Abstimmung irgendetwas?«

»Ich habe keine Ahnung, was diese Mistkerle tun werden! Fon mich an, wenn du irgendetwas Handfestes aus Guthrie rausgeholt hast. Gibt's schon was Neues über Alistair Drummond?«

»Überhaupt nichts.«

»Okay. Wir sprechen uns später wieder.« Ich unterbrach die Verbindung.

»Ganz schön unheimlich«, sagte Ef. »Aber ich denke, die Haluk werden die Abstimmung abwarten.«

»Ich hoffe, du hast Recht.«

Eine Zeit lang döste ich vor mich hin, der Stress der vergangenen Stunden forderte seinen Tribut. Dann war ich plötzlich wieder hellwach: Mir war etwas eingefallen, was ich Bea noch hatte fragen wollen. Zum Glück saßen Joanna und sie immer noch auf der VIP-Galerie – sie wollten bis zum bitteren Ende ausharren.

Ich fonte sie an und stellte die Frage, wieder hatte ich den Lautsprecher am Fon eingeschaltet, damit Ef mithören konnte.

»Ja«, antwortete Bea, »die sechs Forscher haben ihre Experimente an der Telomer-Exon-Mutante abgeschlossen. Soweit sie es bisher sagen können, handelt es sich um einen ziemlich leistungsfähigen Inhibitor, der den Sequenz-Abbau unterdrückt. Vereinfacht gesagt verhindert er, dass ein bestimmter Gensatz – nennen wir das jetzt mal einen Satz ›Schlechte Gene‹ – einen Satz ›Gute Gene‹ deaktiviert. Natürlich haben diese Forscher bisher keine Ahnung, was es mit diesen Sequenzen von Guten Genen und Schlechten Genen auf sich hat. Das war ja unser kleines Geheimnis. Die Experimente mussten aber in so kleinem Rahmen durchgeführt werden, dass man mir bisher nicht sagen konnte, wann genau diese Deaktivierung stattfindet. Oder auch nur bestimmen, um welche Sequenz es eigentlich genau geht.«

»Aber wir wissen doch, um welche Sequenzen es gehen muss, oder?«

»Ich kann nur vermuten, dass Emily Konigsberg die Allomorphie in den Haluk doch nicht völlig eradiziert hat. Ich habe mich monatelang mit ihren Aufzeichnungen beschäftigt. Durch die Insertion menschlicher Gene wollte sie die Allomorphie nicht nur bei den gentechnisch behandelten Haluk-Individuen eliminieren, sondern auch in der Keimbahn des betreffenden Individuums, damit auch die Nachkommen eines gentechnisch modifizierten Haluk nicht-allomorph sind. Das ist ziemlich kompliziert!«

»Bea, ich glaube, Emilys Therapie hört jetzt schon auf zu wirken.« Ich erzählte ihr von den eingelagerten Testudos, die ich im Macpherson-Tower gesehen hatte.

»Das ist interessant.« Beas Miene auf dem Display des Fons wirkte gleichermaßen nachdenklich und besorgt. »Ich frage mich, ob diese Testudos sich innerhalb des üblichen Zeitrahmens in normale allomorphe Grazile umwandeln? Vielleicht tun sie das ja nicht. Vielleicht wandeln die sich überhaupt nicht um.«

Was das für Folgen haben konnte, wurde mir auf einmal mit der Wucht eines Vorschlaghammers klar.

»Haluk-Techniker haben die eingelagerten Testudos überwacht. Jede einzelne Hülle war an Biomonitore angeschlossen. Wenn die nicht schlüpfen ...«

Bea lächelte traurig. »Wenn ich ein Haluk wäre, der sich dieser Therapie unterzogen hätte, wäre ich jetzt stinksauer auf die Menschheit. *Paradise Lost* und so. Weißt du, wie viele Haluk bisher behandelt wurden?«

»Jessas! Ich glaube, es hat vor etwa acht Jahren im Kleinen angefangen. Seit die Handels-Abkommen in Kraft getreten sind, müssen Millionen behandelt worden sein. Aber hätten Haluk-Wissenschaftler das Problem nicht längst erkennen müssen und die ganze Therapie abbrechen? Ich meine, um Gottes willen ...«

»Vielleicht hat das mit dem Rückfall gerade erst angefangen«, schlug Bea vor, »und zwar bei den Individuen, die als erste behandelt wurden.«

Ich versuchte, mir etwas ins Gedächtnis zu rufen. »Während ich im Dystasis-Tank war, hatte ich einmal Gelegenheit, die Haluk zu belauschen, und Ru Kamik, die Rats-Locutorin, hat ein par abfällige Bemerkungen über Emily Konigsberg gemacht. Bei den Haluk hieß sie ›*Milik*‹. Ru Kamik hat gesagt: ›*Diese Hier hat kürzlich gehört, dass einige von Miliks Arbeiten zur Ausmerzung der Allomorphie genauer untersucht werden sollen.*‹ Der Diener der Diener hat geleugnet, dass irgendetwas nicht stimme. Aber das musste er ja wohl auch, oder?«

»Weißt du, Helly, selbst wenn erneute Therapien dafür sorgen würden, dass die betreffenden Individuen wieder zu nicht-allomorphen Grazilen würden, müssten die Haluk bis an ihr Lebensende regelmäßig behandelt werden.«

»Ja«, erwiderte ich. »Und zwar mit nur beschränkt verfügbarem PD32:C2, das nur auf einem kleinen Planeten im Perseus-Sporn geerntet werden kann. Das Zeug lässt sich nicht im Labor züchten.«

»Ich habe schon Gerüchte gehört, dass Rampart nach Leibeskräften nach einer Möglichkeit sucht, den Viral-Vektor zu synthetisieren«, sagte Bea, »aber bisher wohl ohne Erfolg. Die Haluk-Wissenschaftler werden wohl auch daran arbeiten. Bedauerlicherweise sind sie nicht besonders erfahren auf dem Gebiet der Synthese von Designer-Viren.«

Ef Sontag unterbrach sie. »Aber was hat das zu bedeuten, Bea? Ich meine, politisch gesehen?«

»Wenn ich das nur wüsste«, sagte sie. »Aber das werden wir wohl bald rausfinden.«

»Werden sich die menschlichen Hybridklone auch zurückentwickeln?«

»Bedauerlicherweise wohl nicht. Die Gene für die Allomorphie der Haluk werden bei der Hybridklon-Therapie vollständig eliminiert – nicht nur deaktiviert, wie es bei der viel weniger drastischen Eradikations-Therapie der Fall ist.«

Ef sagte: »Das könnte beunruhigende Folgen haben.«

»Das habe ich mir auch schon überlegt«, stimmte Bea ihm zu.

»Was, was?!« Mein Hirn musste dringend neu gebootet werden. Ich hatte keinen blassen Schimmer, wovon die da überhaupt redeten.

»Es ist ziemlich weit hergeholt«, gab Bea zu. »Aber wenn die Haluk herausfinden, dass die Allomorphie-Eradikations-Therapie unweigerlich tödlich ist, könnte es sein, dass sie sich für den Trick mit den Hybridklonen entscheiden. Sie bräuchten dazu nur eine Möglichkeit, PD32:C2 zu synthetisieren ... und einen unbegrenzten Nachschub an menschlicher DNA.«

Schließlich wurde die scheinbar endlose Sitzung des Rates vertagt. Efs Antrag, eine Bürgerbefragung durchführen zu lassen, wurde erwartungsgemäß abgelehnt. Aber die Geste war gemacht, und nun war der Weg für ein potenzielles Veto der Bürger geebnet.

Als dann alles vorbei war, begleitete Ef mich zum großen Skyport auf dem Dach des Ratsgebäudes. Wir hatten uns mit Bea und Joanna dort verabredet, und Ef hatte erwähnt, dass er Bea Mangan zurück zu ihrem Haus in Fenelon Falls fliegen werde. Ich nahm an, dass er Joanna ebenfalls nach Hause bringen würde.

Er rief seinen Privathüpfer herbei und bat die Leitstelle, den Flieger zu schicken, den Adam Stanislawski mir versprochen hatte. Noch war der Skyport nicht zu überfüllt, noch wurden wir nicht von Journalisten belästigt. Die waren alle noch dabei, ihre Berichte zusammenzustellen, denn alle Experten, auch die selbst ernannten, waren jetzt damit beschäftigt, Meinungen und Analysen vorzulegen und Voraussagen zu treffen. Viele der Abgeordneten konferierten noch mit ihrem Stab oder konsultierten hektisch PlaNet-Demoskopen, um herauszufinden, welchen Einfluss die heutigen sensationellen Ereignisse wohl auf ihre Wählerschaft haben mochten. Ohne Zweifel würden die Syndizi der Einhundert Konzerne (einschließlich John Ellington) jetzt wie verrückt Lobby machen, um die morgige Abstimmung zu beeinflussen.

Das war etwas, womit weder Ef Sontag noch ich etwas zu tun haben wollten. Wir hatten genug Rampenlicht für einen Tag.

Die beiden Damen kamen schließlich aus dem Transporter und entdeckten uns im Bereitschaftsraum. Bea Mangan zog einen Antigrav-Schlitten hinter sich her, auf dem ihre Geräte lagen. Ef nahm ihn ihr sofort ab und ließ alles sofort in seinen Hüpfer laden.

»Na, viele lustige Dinge für Ihr neues Buch bekommen, Frau Professorin?«, fragte ich Joanna.

»Das, was heute passiert ist, wird mindestens zwei herausragende Kapitel füllen«, entgegnete sie, »aber noch verdichtet sich der Plot.«

»Genau das befürchte ich«, sagte ich müde. »Von mir aus kann der sich auch ohne mich verdichten.«

Ich wollte jetzt nur noch möglichst schnell hier weg, und dann hin zu der weißen, geräuschlosen Leere im Norden Ontarios, wo ich mich verstecken wollte, bis ich mich entschieden hatte, wie ich die Bruchstücke meines Lebens wieder zusammensetzen wollte.

»Haben wir denn noch genug Zeit, unterwegs einkaufen zu gehen?«, fragte mich Joanna.

Ich sah sie völlig verständnislos an. »Einkaufen?«

»Na ja, es wäre vermutlich ziemlich unklug, noch zu meinem Haus zurückzufahren, um Klamotten und so was zu holen.«

Als ich meine CPU ganz offensichtlich weiterhin im ›Vollidiot-Modus‹ betrieb, lächelte sie mich an. »Schatz, ich komme doch mit in dein Versteck! Ich muss noch so viel mehr erfahren! Den ganzen genauen Hintergrund, warum du dich eigentlich auf diesen Kreuzzug gegen die Haluk eingelassen hast.«

»In deinem Buch soll es um *mich* gehen?« Ich konnte mein Entsetzen nicht verbergen.

»Natürlich! Du bist eine Person des öffentlichen Interesses, ein parteiloser Provokateur, jemand, der immer wieder ins Wespennest sticht. Hast du gedacht, du könntest dein Ding durchziehen und dann einfach von der Bühne verschwinden, ohne dass das jemand merkt? Der Revolverheld, der in die Stadt reitet, gewaltigen Ärger macht und daraufhin einfach in den Sonnenuntergang reitet?«

»Nein, aber ...«

»Deine persönliche Geschichte wird die ganze Kontroverse zu etwas Persönlichem machen, und das wird dann auch das Interesse der Nicht-Akademiker unter den potenziellen Lesern wecken. Bei uns in der Branche würde man sagen: Du bist der Aufhänger. Meine Verlegerin ist übrigens sehr interessiert. Ich habe sie angefont, während du gerade deine Aussage gemacht hast. Sie hat sich das natürlich auch angesehen. Sie und fast alle anderen, die einen Zugang zum PlaNet haben.«

»Ein Buch daraus zu machen klingt nach einer wirklich guten Idee«, kommentierte Bea. »Ich würd mir auf jeden Fall eine Kopie runterladen.«

Ich stöhnte auf. »Joanna, die ganze Sache ist doch noch nicht vorbei. Politologisch gesehen fängt die doch eigentlich jetzt gerade erst an.«

»Aber dein Anteil daran ist beendet, oder?«

»O Gott, das hoffe ich, ja! Ich habe es so satt, gegen blaue Windmühlen zu kämpfen! Wie auch immer die Abstimmung morgen ausgehen mag, ich glaube, dass die Haluk jetzt den Bach runtergehen werden. Ihre Hybridklone werden entlarvt, genauso ihre Piraterie im Schützen-Nebel und die ganze andere Scheiße, die sie innerhalb der Konzerne abgezogen haben. Wenn sich der Rauch erst mal verzogen hat, wird man die Abkommen mit den Haluk revidieren. Es besteht kaum eine Chance, dass die das alles vertuschen oder man sich hinterher dafür entscheidet, alles einfach beim Alten zu belassen. Es wurden schon zu viele Geister gerufen – die wird man so schnell nicht mehr los.«

Ef Sontag hatte das Gepäck einem Trage-Robot gegeben, war dann zu uns zurückgekehrt, hörte zu und nickte beipflichtend. »Ein Buch, das die ganze Geschichte erzählt, wäre die beste Garantie dafür«, stimmte er zu. »Joanna hat Recht.«

»Natürlich habe ich das«, sagte Frau Professor DeVet leichthin.

»Und wie sehen nun deine Pläne für die allernächste Zukunft aus?«, fragte mich Ef dann.

»Ich werde mich einfach mal ein wenig zurücklehnen und entspannen. Nach der Abstimmung ... keine Ahnung! Letztendlich werde ich noch mal für einen Monat oder so in den Tank gehen müssen, um wieder ganz der Alte zu werden, aber wer weiß schon, wann ich dazu komme? Wenn du mich brauchst, werde ich auf jeden Fall in den nächsten paar Wochen zur Verfügung stehen. Ich habe meinem Vater versprochen, ihm dabei zu helfen, Rampart wieder auf die Beine zu stellen, aber ich werde nicht zulassen, dass das ein Full-Time-Job wird. Während des Prozesses gegen Galapharma habe ich Rampart fast jede freie Minute gewidmet. Das wird nie wieder passieren!«

»Gut«, meinte Joanna. »So viel schuldest du denen nicht.«

»Ich schulde denen gar nichts«, erwiderte ich grimmig. »Die schulden mir 'ne ganze Menge. Und wenn Eve oder sonst wer anfängt, mir Steine in den Weg zu legen, dann bin ich schneller weg als ein Wolf, dem man einen Knoten in den Schwanz gemacht hat, und Rampart kann von mir aus ohne Zwischenhalt zur Hölle fahren.«

Ef schaute auf das Display über uns, auf dem alle landenden und abhebenden Luftfahrzeuge angezeigt wurden. »So, da ist mein Hüpfer. Komm, Bea! Helly ... Joanna, passt auf euch auf.« Die beiden gingen davon.

Ich warf meiner Ex-Frau einen Blick zu, der alles zwischen Verwirrung und Panik widerspiegelte.

Sie lächelte und legte mir eine Hand auf die Schulter. »Wenn du mich jetzt wirklich lieber nicht bei dir hättest, dann respektiere ich das: Ich kann doch auch ein Taxi nach Hause nehmen.«

»Nein! Ich meine ...« Ja, was meinte ich denn eigentlich?!

»Der ganze Stress der letzten Tage muss einfach unerträglich gewesen sein. Bitte entschuldige, dass ich versucht habe, mich auch noch einzumischen. Wenn du deine Ruhe brauchst, eine Zeit lang allein sein willst, können wir später immer noch über das Buch reden.«

Der Anzeigetafel konnte ich entnehmen, dass das Luftfahrzeug für Helmut Icicle jetzt bereitstand.

Ich nahm Joannas Hand und zog sie auf die Tür zu, die zum Landeplatz führte. »Verdammt noch mal! Ich möchte, dass du mitkommst. Morgen schauen wir uns an, wie die Abstimmung läuft, und dann überlegen wir, wie es weitergeht. Du kannst mir ja dann erklären, was das alles aus galaktopolitologischer Sicht zu bedeuten hat.«

Sie lachte. »Einverstanden. Aber das mit dem ›Klamotten kaufen‹ war ernst gemeint.«

Das Schiff war ein ziemlich heiß aussehender Mitsubishi-Kondo in den Macrodur-Farben Weiß und Gold, an dem zusätzlich auch noch das Firmenemblem mit dem großen M prangte. Der Flieger war voll gepanzert und ernst zu nehmend bewaffnet, er verfügte über einen Subraum-Kommunikator, ein ultra-verschlüsseltes Fon-Link und ein gut ausgestattetes Schlafzimmer.

»Was hast du gesagt, wie lange dauert unsere Reise?«, fragte Joanna mit einem kehligen Schnurren.

Ich seufzte. »Nicht lange genug. Außerdem bin ich nur noch ein Wrack und zu nichts zu gebrauchen.«

»Dann sind Ferien ja genau das, was du nötig hast.«

»Wir werden bald an unserem Zielort angelangt sein, selbst wenn wir noch eine Zwischenlandung für den Einkaufsbummel machen. Dieses Bötchen hier schleicht mit dreitausend Stundenkilometern durch die Landschaft. Adam hat uns da wirklich ein nettes Spielzeug geliehen.«

Wir machten es uns im Cockpit gemütlich. »Er scheint ein sehr netter Mann zu sein«, bemerkte Joanna. »Er macht seinem Ruf alle Ehre. Kein Wunder, dass die anderen Konzerne Macrodur hassen.«

»Genau! Stell dir das mal vor: Ein Geschäftsmann, dem es nicht in erster Linie um das Geschäft geht ...«

Wir hoben ab und bewegten uns dann langsam und unter dem wachsamen Auge der Luftverkehrüberwachung der Stadtregion von Toronto in nördlicher Richtung. Die Luft war so undurchsichtig durch all den Nebel, der unter dem Energieschirm der Stadt gefangen war, dass die einzelnen Tower kaum zu unterscheiden waren, doch unser Hüpfer hatte keinen Vektor erhalten, der ihn auf unmittelbarem Wege aus dem Gebiet unter dem Schirm herausführte. Stattdessen hielten wir plötzlich mitten in der Luft und schlossen uns damit einer ganzen Reihe verschiedener Staus an. Einen Augenblick später flackerte der goldene Energieschirm kurz auf und erlosch dann. Der Nebel, der darunter gefangen war, wurde vom plötzlich aufkommenden Wind in kleine Wolkenfetzen gerissen, und um uns herum wirbelten Schneeflocken.

»Was ist denn jetzt los?«, murmelte ich und fragte den Navigator.

»Helly, schau!«, rief Joanna und deutete nach draußen.

Eine ganze Kolonne von Raumschiffen senkte sich aus dem Sturm heraus auf das Stadtzentrum herab. Es mussten 30 oder 40 Schiffe sein, groß, die Form ihrer

Schiffsrümpfe erinnerte an Käfer, die mit kobaltblauen Lichtern verziert waren.

Sie setzten zur Landung auf dem Skyport des Macpherson-Towers an.

»Ich werd verrückt!«, sagte ich. »Die Haluk hauen ab!«

Mit Hilfe des äußerst empfindlichen Scanners an Bord von Adam Stanislawskis Hüpfer versuchte ich, mir ein genaueres Bild der Situation zu verschaffen, und was ich sah, bestätigte meine Vermutung. Die Außerirdischen hatten irgendwie die Genehmigung erhalten, ihre Passagiere sofort aus ihrem Tower in den Erd-Orbit zu befördern, ohne den Oshawa-Raumhafen nutzen zu müssen.

»Aber warum?«, fragte Joanna verwirrt. »Hatte das der Diener der Diener gemeint, als er gesagt hat, die Haluk würden sich zurückziehen? Ist das seine Art, auf formalem Wege seiner gekränkten Würde Ausdruck zu verleihen?«

»Ich hoffe, dass es das ist«, erwiderte ich. Aber mein Nacken fühlte sich an, als habe man ihn mit einem Eiszapfen durchbohrt.

Der Exodus auf dem Luftwege dauerte fast 40 Minuten, in denen der Hüpfer-Verkehr über Toronto völlig zum Erliegen gekommen war und der Schneefall immer dichter wurde, bis auf den Straßen ein mittleres Chaos ausbrach.

Ich zappte durch die Nachrichten-Kanäle. Die Medien räumten dem erstaunlichen Ereignis viel Sendezeit ein, sie übertrugen sogar Satellitenbilder eines gewaltigen außerirdischen Raumschiffs, das in einem geostationären Orbit auf das Eintreffen seiner Truppen wartete. Es war das Flaggschiff des Dieners der Diener. Ich hatte es zweimal bereits persönlich gesehen, unter sehr viel unheilvolleren Umständen.

Als der letzte Raumgleiter gen Himmel verschwand, wurde der Energieschirm wieder aktiviert. Der Luftverkehr nahm wieder seinen normalen Gang. Die Hauptstadt des Commonwealth der Menschenwelten ging wieder ihren Geschäften nach, bei denen sie unterbrochen worden war, und das taten auch wir, entkamen dem beengten Luftraum über dem Stadtgebiet und stiegen auf Reiseflughöhe in die Ionosphäre auf.

Waren alle Haluk fort?

Durchaus nicht, berichteten die Medien atemlos. Die Anrufe der Reporter bei den offiziellen Kodes der Haluk-Botschaft wurden angenommen und beantwortet – äußerst knapp. Es werde keinen Kommentar der Haluk geben, bis nicht die morgige Abstimmung des Rates erfolgt war. Das Flaggschiff des Dieners der Diener befand sich ›auf einer Fahrt zu meditativen Zwecken‹.

Der Macpherson-Tower war vor Scannern geschützt, so wie die meisten Firmen- und Regierungsgebäude der Hauptstadt; trotzdem hatte man im Inneren des Gebäudes Personen mit halukartigem Körperbau gesehen, die sich, etwa vor Fenstern ohne Vorhängen, bewegt hatten. Ein besonders unternehmungslustiger Medien-Schnüffler hatte sogar den Wasserverbrauch der oberen Etagen des Towers überprüfen lassen – und war zu dem Ergebnis gekommen, dass dort immer noch die Toiletten gespült wurden. In dem Gebäude befanden sich sogar noch sehr viele Außerirdische!

Hüpfer von Boulevardfritzen, die unerlaubt auf dem Macpherson-Skyport aufsetzen wollten, wurden, wie immer, von Haluk mit Schlagstöcken vertrieben. Der Zugang zu den Aufzügen war, wie üblich, durch Haluk-Sicherheitspersonal blockiert. Weder die Kripo des Commonwealth noch die Vollstreckungsabteilung der

Fremdrassenangelegenheitler versuchten, mit Gewalt in das Gebäude einzudringen. Technisch gesehen stellten die beiden oberen Drittel des Towers immer noch exterritoriales, sogar außerirdisches Gebiet dar, und kein Richter des Commonwealth konnte einen Durchsuchungsbefehl ausstellen.

Noch nicht.

Während wir mit Autopilot dahinrasten, fragte ich mich, im Pilotensitz halb dösend, ob sich mein Bruder Dan wohl immer noch im Macpherson-Tower befand. Verbarg sich auch Alistair Drummond dort, zusammen mit anderen Hybridklonen, die andere Gruppierungen in der Hauptstadt infiltriert hatten und jetzt aufgeflogen waren? Kleine plastogenetische Eingriffe und Iris-Implantate würden ausreichen, um ihnen eine andere Identität zu verschaffen. Wenn sie ein wenig vorsichtig vorgingen, sollten diese Klone problemlos in der Bevölkerung untertauchen können – vor allem auf den Freistaaten-Planeten. Von allen Menschen war unmittelbar nach der Geburt ein DNA-Profil erstellt worden, aber jetzt noch einmal jeden einzelnen Menschen zu testen wäre allein rein finanziell gesehen unmöglich, weil unerschwinglich.

Es war eher wahrscheinlich, dass sowohl die Haluk als auch ihre Hybridklon-Spione einfach abwarteten, genauso wie wir; sie warteten auf das Ergebnis der entscheidenden Abstimmung.

Bis dahin, so glaubte ich, konnte nichts Wichtiges mehr passieren.

Kapitel 10

WIR ERREICHEN DEN STADTBEZIRK TIMMINS. BITTE GEBEN SIE DEN WEITEREN KURS EIN.

Die Stimme des Navigators riss mich unsanft aus dem Schlaf. Auch Joanna hatte die Augen ein wenig geschlossen während dieser halben Stunde, die wir für die erste Etappe unserer Reise brauchten. Sie gähnte, streckte sich und schaute aus dem Seitenfenster des Cockpits.

Wir befanden uns auf einer Warteschleife in 10.000 Meter Höhe. Den Schneesturm hatten wir hinter uns gelassen, und jetzt strahlten Tausende von Sternen im klaren Nachthimmel, der Mond war nicht zu sehen. Die völlige Schwärze der Landschaft unter uns wurde gelegentlich von weit voneinander entfernt liegenden Grüppchen blinkender Lichter unterbrochen: kleine Dörfer, dazu eine mittelgroße Stadt unmittelbar unter uns.

»Timmins, Ontario?«, murmelte Joanna ungläubig und schaute auf das Display des Navigators. »*Das* ist dein Geheimversteck?«

Timmins war eine ehemalige Bergbaustadt, die etwa 300 Kilometer nördlich vom *Lake Huron* lag; inzwischen war es der Dreh- und Angelpunkt einer ganzen Reihe von Erholungsgebieten inmitten der Wildnis.

»Das ist nur die Zwischenlandung für deinen Einkaufsbummel«, erklärte ich ihr. »Wir haben jetzt etwa die halbe Strecke hinter uns. Unser Ziel ist die *Kingfisher Lodge* – liegt noch etwa sechshundertfünfzig Kilometer nordwestlich von hier. Die *Lodge* ist ein großes, bequemes Haus, das Rampart mal für Firmen-Veranstaltungen und als Urlaubsort für leitende Angestellte mit Familie hat bauen lassen. Hübscher See – auch wenn der jetzt wahrscheinlich zugefroren ist.«

Den Navigator wies ich an: »Auf dem städtischen Skyport von Timmins landen. Von dort zum Terminal für den allgemeinen Luftverkehr weiterfahren.«

Kurseingabe erfolgt.

»Liegt die *Lodge* sehr weit draußen?«, fragte Joanna.

»Ungefähr neunzig Kilometer westlich davon gibt es eine kleine Ortschaft namens *Central Patricia* – hat vielleicht vierhundert Einwohner. Sonst sind da nur viel Wald und ein paar Trampelpfade und ungeteerte Straßen. Während des Winters wohnt niemand in der *Kingfisher Lodge*, sie wird aber trotzdem immer geheizt und in Stand gehalten. Haushalts-Robots halten sie sauber und reparieren alles, was notwendig ist. Da gibt's ein ganzes Lagerhaus voll mit Grundnahrungsmitteln und allen möglichen anderen Vorräten. Außerdem hat die *Lodge* ein außergewöhnlich leistungsfähiges Sicherheitssystem, und das ist der Hauptgrund, warum ich mich da verstecken möchte.«

Der Hüpfer sank trägheitslos zu Boden. In wenigen Minuten mussten wir landen. Ich gab Joanna die Niob-Firmenkreditkarte von Macrodur, die ich auf dem Steuerpult des Hüpfers vorgefunden hatte.

»Nimm die hier und kauf alles an besonderen Lebensmitteln und Winterkleidung und Sonstigem, was du für sinnvoll hältst. Denk an meine Scheiß-Wespentaille, wenn du mir einen Skianzug holst! Und bitte keine Fingerhandschuhe für mich – das passt nicht auf diese komischen vier Finger hier. Nimm Fäustlinge!«

»Kapiert.«

»Lass dir Zeit beim Einkaufen! Wir haben es nicht eilig. Ich muss sowieso noch ein paarmal fonen. Die E-Händler und der *Malle-Armoire*-Service werden die Sachen gleich zum Hüpfer liefern lassen. Ich bleibe außer Sichtweite, während das Zeug verstaut wird.«

»Ich frage mich gerade, ob ... gibt es in der *Lodge* auch Langlauf-Skier?« Lächelnd erinnerte sie sich an früher. »Das könnte doch wieder Spaß machen ... oder denkst du, es wäre besser, die ganze Zeit über im Haus zu bleiben?«

»Nein, natürlich nicht. Hol uns doch einfach Skier und Thermoanzüge. Ich weiß, dass es in der *Lodge* Motorschlitten gibt. Mit denen können wir auch spielen.«

Wir flogen in niedriger Höhe über Timmins hinweg und hielten auf den Skyport zu, der im Norden der Stadt lag. Es war erst 19.35 Uhr, auf den Straßen war noch viel los.

»Ich bin noch nie mit einem Motorschlitten gefahren«, sagte Joanna. »Ist das gefährlich?«

»Nicht, wenn man mit vernünftigem Tempo fährt und aufpasst, dass man nicht auf dünnes Eis gerät. So früh im Jahr wird der Schnee noch nicht sehr hoch liegen. Pass mal auf, gib mir dein Fon. Ich programmiere da jetzt mein eigenes Adressenverzeichnis und alle Daten-Links ein. So hast du im Notfall Zugriff auf alle Bereiche von Rampart. Und es kann dir auch nicht passieren, dass du vom Sicherheitssystem ausgesperrt wirst und nicht an das Haus oder in das Haus kannst, falls ich von einem Elch zertrampelt werde oder so.«

Joanna warf mir einen Seitenblick zu. »›Oder so.‹ Meinst du damit vielleicht eine Gefahr, die von den Haluk ausgeht?«

»Ich will damit nur sagen, dass einen Mutter Natur mitten in der Wildnis ganz schön hart erwischen kann, wenn man nicht aufpasst – ach, selbst *wenn* man aufpasst! Es ist doch nur vernünftig, ein paar Vorsichtsmaßnahmen zu treffen. Was die Haluk angeht ... ich könnte mir schon vorstellen, dass die mir folgen würden, wenn sie wüssten, wo sie nach mir suchen müssen. Aber ich habe unsere Spuren ganz gut verwischt. Und jetzt, wo die Helly-ist-ein-Hybridklon-Katze aus dem Sack ist, haben sie eigentlich kein wirklich gutes Motiv mehr, mir unbedingt den Mund stopfen zu wollen. Nach dem Dementi, das der Diener der Diener heute im Rat abgegeben hat, wäre es sogar kontraproduktiv für sie, das zu versuchen.«

»Das ist wahr.« Dennoch sah sie besorgt aus, als sie in ihrer Schultertasche wühlte und mir ihr Fon gab. »Das ist aber nur ein ganz einfaches, billiges Modell. Das überträgt noch nicht mal Bilder.«

Ich sah mir das Gerät an. Ein echtes Schrottteil, mindestens fünf Jahre alt. »Da brauchen wir schon ein etwas besseres Modell! Hol dir doch gleich ein Lucevera 4500 – das hab ich auch. Dann zeig ich dir, wie man dem ein paar richtig schöne Tricks beibringt.«

Seufzend steckte sie ihr Fon wieder in die Tasche. »Wahrscheinlich hältst du mich jetzt für völlig technikfeindlich. Für mich ist ein Fon etwas, wo man reinspricht – oder höchstens etwas, womit man gelegentlich mal Daten abruft, wenn man nicht am eigenen Computer sitzt.«

Inzwischen waren wir am Boden angekommen (genauer gesagt schwebten wir ein winziges Stück darüber) und fuhren einem BITTE-FOLGEN-Robot hinterher, der uns zu einer Parkbucht brachte. Timmins hatte einen hübschen kleinen Skyport mit beheiztem Asphalt, aber es gab keinen Energieschirm, und die Lufttemperatur lag bei etwa zehn Grad unter Null. Ich sprach mit jemandem am Terminal für den allgemeinen Luftverkehr und arrangierte einen kurzen Aufenthalt, ohne dass mein Name in irgendwelchen Dateien vermerkt wurde, dann wandte ich mich wieder Joanna zu.

»Mal ganz ehrlich, Süße: Willst du dir das mit diesem Ausflug nicht doch lieber anders überlegen? Wenn ja, kannst du in ein paar Stunden eine Linienmaschine zurück nach Toronto nehmen.«

»Nein, ich komme mit dir mit«, beharrte sie. »Was frische Lebensmittel und Wein und so was angeht: Wie lange werden wir in der *Lodge* bleiben?«

Darüber hatte ich noch gar nicht nachgedacht. Abgesehen von meinen Bedenken über die Sicherheit wollte ich nur unbedingt möglichst viel Distanz zwischen mich und das Chaos in Toronto bringen und dabei in keiner Weise für irgendwelche Rückfragen zur Verfügung stehen – weder über Fon noch anderweitig. Ob ich das Ganze als ›Urlaub‹ würde genießen können, hing von einem der Fongespräche ab, die ich noch führen musste.

»Wie lange würdest du denn gerne bleiben?«, fragte ich Joanna.

»Wir könnten es erst mal eine Woche ausprobieren«, schlug sie leise vor, nachdem sie einen Moment geschwiegen hatte. »Ich rufe morgen früh die Sekretärin im Fachbereich an und erzähle ihr, es gebe einen Notfall in der Familie. Stimmt ja auch irgendwie, mehr oder weniger.«

»Sind wir denn ... eine Familie, Joanna?«

Sie lächelte mich traurig an. »Die Frage kann ich nicht beantworten, Helly. Ich kenne *dich* nicht – und ich meine den Mann unter dieser blauen Haut, nicht den bezaubernden Außerirdischen, der unsittliche Dinge mit mir getrieben hat.«

Wenigstens mein Lachen war noch menschlich. »Ich

bitte um Verzeihung, Frau Professor. Wer hat denn hier wen verführt?«

Sie grinste schief und zuckte mit den Schultern. »Ich gestehe. Du warst einfach unwiderstehlich.« Ihre Miene wurde ernst. »Aber du hast dich so sehr verändert in den Jahren, die wir getrennt waren. Ich spüre das, sogar schon in der kurzen Zeit, in der wir wieder zusammen sind. Das, was du erzählt hast ...« Ihr Blick verfinsterte sich. »Du wirkst viel getriebener, viel unerbittlicher, viel weniger verwundbar. Vielleicht ist das ja gut.« Aber sie klang nicht gerade überzeugt.

»Ich glaube, ich bin auch viel weiser als damals, als ich dich verlassen habe. Das war der größte Fehler meines Lebens. Aber ich war völlig am Boden zerstört von dem, was damals passiert ist. Ich wollte dein Mitleid nicht. Nicht auch das noch zu all dem anderen ...«

»Es war nicht Mitleid, was ich damals für dich empfunden habe! Das war Liebe!«

Ich musste die Frage einfach stellen. »Und was empfindest du jetzt für mich?«

»Ich weiß es nicht.« Sie wandte sich ab.

»Ich liebe dich! Was ich damals getan habe ... mich einfach in der Verzweiflung zu vergraben, dir nicht zu vertrauen ... das war dumm und feige. Ich würde gerne noch einmal von vorne anfangen. Dieser verdammte Körper hier ...«

»Der hat damit gar nichts zu tun. Der lenkt nur vom eigentlichen Thema ab.«

»Womit hat es *dann* zu tun?«

Sie atmete tief ein, bevor sie loslegte. »Zum einen hat es mich sehr beunruhigt, als du erzählt hast, du hättest deinen Haluk-Hybridklon kaltblütig getötet. Das war also keine Notwehr? Hast du das wirklich so gemeint, wie du es erzählt hast?«

»Ja, ganz genau so.«

»Erzählst du mir davon?«

»Lieber nicht.« Als ich das letzte Mal davon gesprochen hatte, hatte ich meinen Bericht deutlich beschönigt.

»Ich bin nicht sensationslüstern. Ich will es nur begreifen.«

Begreifen, was im Hirn eines Killers vor sich geht ...

»Also gut.« Ich sprach langsam und ruhig. Meine starren halukartigen Gesichtszüge boten mir eine gute Maske, hinter der ich mich verstecken konnte. »Ich bin in einer Art Krankenzimmer im Macpherson-Tower aufgewacht. Da waren ein paar außerirdische Medi-Techniker, die sich eine Weile um mich gekümmert haben, und dann sind sie gegangen. Ich hatte erst gar nicht gemerkt, dass die meinen Körper verändert hatten. Als ich dann endlich begriff, was man mir angetan hat, und dann auch noch einen bewusstlosen Hybridklon fand, der in einem Bett am anderen Ende des Zimmers lag, da wusste ich endlich, was die Haluk mit ihm vorhatten. Ich wusste sogar, warum die mich am Leben gelassen hatten. Die wollten mich dazu zwingen, meinem Doppelgänger dabei zu helfen, die Rolle ›Ich‹ zu lernen. Ich hab ihn mit einem Kopfkissen erstickt.«

Joanna nickte langsam, sagte aber nichts.

»Das war keine Rache, Joanna.« Aber noch während ich das sagte, musste ich darüber nachdenken. »Es ging doch um Leben und Tod! Das war eine Kriegshandlung gegen einen Feind, der beabsichtigt hatte, mich, meine Persönlichkeit, als Bestandteil einer Verschwörung gegen die Menschheit einzusetzen.«

»Aber es gibt doch keinen Krieg!«

»Der Große Plan der Haluk ist das Gleiche wie ein Krieg! Und Hybridklonierung ist eine Waffe! Ich hatte das Recht und die Pflicht, dafür zu sorgen, dass diese

Waffe nicht gegen uns angewendet werden konnte. Dieser Pseudo-Helly hatte kein Recht zu leben, ebenso wenig wie ein tollwütiger Hund. Ich hatte nicht die Möglichkeit, diesen Klon von seinem ... Zustand ... zu heilen! Ich konnte ihn nur auf eine Weise daran hindern, dem Commonwealth Schaden zuzufügen.«

»Du hast ihn getötet«, sagte Joanna sehr ruhig, »weil er deine Identität gestohlen hat und plante, sich auf diese Weise bei Rampart einzuschmuggeln. Nicht weil du geglaubt hättest, er werde irgendjemandem schaden.«

»Ich gebe zu, dass ich auch darüber nachgedacht habe. Aber da gehörten noch weitere, größere Überlegungen dazu! Du kennst die Haluk nicht so gut wie ich, du weißt nicht, was für furchtbare Dinge die schon getan haben! Was die vorhaben! Und du weißt nicht, wie ich in Wirklichkeit über Rampart denke! Ich liebe diesen Konzern nicht, ich lebe nicht für ihn, so wie Eve das tut. Und ich würde ganz bestimmt nicht dafür töten!«

Aber es war nicht meine Motivation, die Joanna so sehr beunruhigte, sondern die Tatsache, wie es um mein Gewissen bestellt war.

»Als du diesen Klon getötet hast ... hast du da denn überhaupt keine Reue gespürt?« Sie klang jetzt schon fast verzweifelt. Ich wusste, was sie hören wollte, was sie beruhigt hätte, aber ich brachte es nicht über die Lippen. Sie hatte ein Recht darauf, die Wahrheit zu hören.

»Was ich gespürt habe, war Abscheu«, erklärte ich ihr. »Ich habe bedauert, dass das notwendig war. Aber ich hatte nicht das Gefühl, dass ich etwas Falsches getan hatte, und ganz gewiss habe ich keine Reue gespürt. Es hat mir damals nicht Leid getan, und es tut mir auch jetzt nicht Leid. Erinnerst du dich, wie ich dir und den anderen von den zweihundert Hybridklonen in dem Geheimlabor auf Dagasatt erzählt habe? Auch die habe ich ganz bewusst getötet, weil es mir zu dieser Zeit notwendig erschien. Ich hatte jahrelang Albträume deswegen, und wahrscheinlich werde ich auch Albträume davon bekommen, wie ich diesen Pseudo-Helly abgemurkst habe, sobald mein überbeanspruchtes Hirn dazu kommt, den ganzen Zwischenfall anständig zu verarbeiten. Ich habe getötet, weil ich es *musste*, Joanna. Wenn du das nicht akzeptieren kannst …«

Sie hob die Hand und berührte meine fremdartige Wange. Tränen standen in ihren Augen. »Ich versuch's. Ich werde mich bemühen, es zu verstehen. Wenn ich sehe, was die Haluk dir angetan haben … deinem armen Gesicht, dem Lächeln, das ich so geliebt habe, dem Rest deines Körpers … dann tut es mir so *Leid*, Helly! Ich wollte nicht alles noch schlimmer für dich machen.« Sie schlang ihre Arme um mich und presste ihren Kopf gegen meine Brust. »Aber es ist so schwer.«

Schwer zu lieben, leicht zu bemitleiden.

»Lass gut sein«, sagte ich. »Versuch's zu vergessen, wenigstens für eine Woche. Bitte, Joanna!«

»Na gut«, stimmte sie zu, ließ mich wieder los und versuchte zu lächeln. »Ich probier's erst mal mit dem weiblichsten aller Heilmittel: Einkaufen gehen!«

Während Joanna zum Terminal ging, zog ich mich in die Schlafkabine des Hüpfers zurück, um das erste der ausstehenden Fongespräche zu führen. Nachdem ich die Verschlüsselung aufgebaut hatte, programmierte ich die Anzeige auf dem Display so, dass mein richtiger Name angezeigt wurde, allerdings ohne Kode-ID. Die Bildübertragung ließ ich aktiviert, dann rief ich meinen alten Kumpel und politischen Kontrahenten Geraldo

Gonzales an, den einzigen Abgeordneten, den die Reversionisten-Partei derzeit stellte. Unser Gespräch war nur kurz – mit genau dem Vorspiel, das ich erwartet hatte, nachdem er mein Gesicht auf dem Schirm sah.

»Gerry, hier ist Helly.«

»Jessas! ... O Mann! Ich habe die Medienkonferenz gesehen und hab fast 'n Herzinfarkt gekriegt! Und dann dein Auftritt vor dem Rat ...«

»Und wie denkst du darüber? War ich glaubwürdig?«

»*Ich* hab deine Story auf jeden Fall geglaubt. Und weißt du auch, warum? Weil dieser Hochstapler, nachdem er auf mysteriöse Weise aus dem Schützen-Nebel zurückgekehrt ist, als Erstes jegliche finanzielle Unterstützung der Partei durch Asahel Frost gestrichen hat! Ich weiß ja, dass wir nicht immer einer Meinung waren, was die politische Strategie betraf, aber ich konnte einfach nicht glauben, dass du uns ohne irgendein Wort der Erklärung im Stich lassen würdest. Dieses Arschloch hat sich strikt geweigert, mich zu treffen! Er hat nur gesagt, das wäre eben ein Sinneswandel.«

»Na ja, bildlich gesprochen stimmt das ja auch. Nur hat sich bei ihm eben noch einiges mehr als nur sein Sinn gewandelt.«

»Also war das ein Haluk-Hochstapler! Hast du ihn erwischt?«

»Der Hybridklon ist verschwunden«, antwortete ich und korrigierte nicht den sachlichen Fehler, den Gerry gerade gemacht hatte. »Weiß Gott, was für ein Finanzchaos der mir hinterlassen hat, aber ich wollte dir versichern, dass ich die Reversionisten-Partei so bald wie möglich wieder regelmäßig finanziell unterstützen werde. In der Zwischenzeit werde ich dafür sorgen, dass Ihr eine großzügige, nicht zweckgebundene Spende unmittelbar von Rampart bekommt.«

»Danke ... Helly.« Es schien ihm immer noch unangenehm zu sein, diesen Namen mit einem blauhäutigen Gesicht zu verbinden. Ich konnte es ihm nicht verübeln.

»Ich gehöre jetzt wieder zum Vorstand von Rampart«, erklärte ich ihm, »und habe das Amt des Präsidenten übernommen. Mit Hilfe der Commonwealth-Kripo sieben wir jetzt alle Haluk-Hybridklone im Konzern aus, und wir werden ihre Namen und ihre Geständnisse so schnell wie möglich veröffentlichen. Ich habe vor, alles mir nur irgend Mögliche zu tun, um zu zeigen, dass der Diener der Diener nur unendlich viel Scheiße geredet hat.«

Gonzales nickte zustimmend. »Ja! Ja! Stopf ihm all seine Lügen wieder zurück in sein großes Maul! Jessas ... was meinst du, wie viele Haluk-Spione man finden wird?«

Gute Frage. »Gerry, wurden von den Ratsabgeordneten jemals DNA-Profile erstellt?«

»Sontag hat das Mitte September vorgeschlagen, als seine Anhörungen im Komitee einen richtigen Medienwirbel verursacht haben. Ein paar Abgeordnete der Liberalen sind Sontags Beispiel gefolgt und haben sich tatsächlich testen lassen. Es hat auch Gerüchte gegeben, dass dein Nazarian insgeheim ein paar Tests hätte durchführen lassen – hat aber wohl nichts gefunden.«

»Darauf hab ich ihn angesetzt. Aber in einem halben Jahr kann viel passieren.«

»Na, und ob! Nach heute kannst du dein Leben drauf verwetten, dass das mit den DNA-Tests wieder aufs Tapet gebracht wird – und zwar auf Antrag der Ratsmitglieder! Vielleicht kann ich das selbst erledigen. Mein Büro quillt geradezu über von Briefen besorgter Bürger – und die meisten davon sind noch nicht einmal Reversionisten-Wähler! Und ich weiß, dass ich nicht der einzige Abgeordnete bin, dem es so geht. Die Liberalen, mit denen ich gesprochen habe, sagen, dass so viel Kritik seitens der Bürger völlig beispiellos sei. Und die Konservativen halten die Klappe und schauen besorgt aus der Wäsche.«

»Gut! Genau das wollte ich hören! So, jetzt muss ich dich in Ruhe lassen. Ich wollte dir nur noch einmal versichern, dass ich nach wie vor hinter der Partei und ihren Prinzipien stehe.«

»Ähh ... Du solltest wissen, dass wir einen etwas anderen Weg eingeschlagen haben, nachdem die Anhörungen im Sontag-Komitee angefangen haben. Das Thema ›mehr Rechte für prä-industrielle vernunftbegabte Eingeborene‹ hat ein bisschen an Beliebtheit verloren, als die Bedrohung durch die Haluk-Hybridklone bekannt wurde. Wir haben uns mehr auf den korrumpierenden Einfluss der Einhundert Konzerne – vor allem des Haluk-Konsortiums – auf die politische Entscheidungsfindung im Commonwealth konzentriert. Derzeit geht es uns vor allem darum, die Abkommen revidieren zu lassen.«

»Damit bin ich hundertprozentig einverstanden. Wir werden später darüber reden, Gerry.«

Ich berührte die AUFLEGEN-Taste und überlegte dabei, dass die Reversionisten nicht die Einzigen sein würden, die in den kommenden Tagen und Wochen ihre Strategie überdenken mussten.

Vor allem dann nicht, wenn die Abstimmung über die Haluk-Kolonien so ausgehen würde, wie ich es befürchtete.

Dann tippte ich Karl Nazarians Kode ein. Es dauerte mehrere Minuten, bis er das Gespräch entgegennahm. Er wirkte ruhig und selbstsicher, und irgendwann in den letzten Stunden hatte er den völlig unpassenden

Overall des Catering-Service gegen einen eleganten Anzug getauscht, der einem John Ellington alle Ehre gemacht hätte. Die beiden hatten eine ähnliche Figur. Vielleicht hatte ihm der stellvertretende Vorstandsvorsitzende ja etwas geliehen.

»Hast du Zeit, mir einen Fortschrittsbericht zu geben?«, fragte ich. »Ich bin auf dem Weg in mein Versteck. Mit Joanna.«

»Ich verstehe.« Der alte Sicherheitsdienstler verzog keine Miene. »Verrätst du mir, wo du dich verstecken wirst?«

»*Kingfisher Lodge.* Erzähl's nicht weiter.«

Karl nickte zustimmend. »Klar, das passt ja perfekt. Da oben werden dich weiß Gott keine PlaNet-Paparazzi finden. Wir haben die Hütte nach Dans Entführung so ziemlich dicht gemacht, aber es gab keinen ernst zu nehmenden Schaden an der Stromversorgung, und das kaputte Sicherheitssystem wurde damals repariert. Hast du Handfeuerwaffen dabei?«

»In dem Hüpfer, den Adam mir geliehen hat, ist ein ganzer Schrank voll mit erstklassigen Waffen. Das ganze Commonwealth mit Computern zu versorgen muss wirklich ein gefährliches Geschäft sein.«

Karl gluckste. »Auf jeden Fall gut bezahlt. Soll ich Stanislawski erzählen, wohin es dich verschlagen hat?«

»Das sag ich ihm selbst. Was läuft in Toronto? Schon irgendwelche Hinweise auf Drummond? Ich nehme an, er ist entweder im Macpherson-Tower, oder der Diener der Diener hat ihn in seinem Haluk-Flaggschiff mitgenommen – für eine ausgiebige Nachbesprechung.«

»Vielleicht auch nicht. Die *Makebate* ist verschwunden.«

»Scheiße! Ich wusste nicht mal, dass das Schiff den Phlegethon-Einsatz überlebt hat!«

»Dieser Pseudo-Helly ist damit zur Erde zurückgekommen und hat behauptet, er sei sechs Wochen lang von Y'tata-Piraten gefangen gehalten worden. Seitdem ist Drummond mit dem Schiff kreuz und quer durch die Galaxis geflogen und hat die Rampart-Galaph-Konsolidierung überwacht. Er war sogar auf Artiuk, dem Haluk-Hauptquartier im Sporn. Keinen blassen Schimmer, wo er jetzt steckt, wenn er wirklich wieder mit deinem tollen Schiff unterwegs ist. Ein Sicherheitsteam von Macrodur hat den Liegeplatz der Makebate im Oshawa-Raumhafen überprüft und festgestellt, dass sie weg ist. Hat sich vorgedrängelt und mit unbekanntem Ziel abgehoben – um kurz vor zwölf. Das wäre dann also gewesen, kurz nachdem Pseudo-Sam vom Sitzungssaal aus Drummonds Kode angefont hat. Auf der Passagierliste steht als Pilot ein ›Helmut Icicle‹.«

»Dieses gerissene Arschloch! Dreht mir auch noch 'ne lange Nase ... Es wundert mich, dass er nicht abgewartet hat, ob Pseudo-Sam die Situation im Sitzungssaal nicht doch noch in den Griff bekommen hätte.«

»Hat sich wahrscheinlich überlegt, dass damit nicht zu rechnen war«, meinte Karl. »Denk mal drüber nach.«

»Klar. Na ja, vielleicht ist es ja das Beste, wenn Drummond erst mal von der Bildfläche verschwindet. Schließlich wollen wir den ja nicht vor Gericht stellen. Lassen wir die Galaxis doch in dem Glauben, ein anonymer Haluk sei mein Doppelgänger gewesen.«

»Es gibt keine Spur der Antriebsrückstände deiner Makebate im Umkreis von einhundert Lichtjahren um die Erde. Er hatte genügend Zeit, um sauber von hier wegzukommen. Die Zonenpatrouille ist alarmiert, und Rampart hat eine saftige Belohnung auf die Ergreifung eines ›Mr. Unbekannt‹ ausgesetzt, der das Schiff gestohlen hat. Die Makebate ist so unverwechselbar, dass

Drummond es nicht wagen wird, eine größere Menschensiedlung anzufliegen.«

»Hoffentlich landet der auf Arsch-Der-Welt-Beta im Krebs-Nebel«, grollte ich. »Wie sieht's derzeit im Rampart-Tower aus? Hast du Pseudo-Sam schon vernehmen können?«

»Ja. Der Große Plan der Haluk ist genau das, was du vermutet hattest: ein Plan zur Eroberung der Galaxis durch Unterwanderung. Hybridklone sollten die Regierungsstellen des Commonwealth und die Einhundert Konzerne im Verlauf mehrerer Jahre immer weiter infiltrieren. Laut Sam haben die schon eine ganze Menge Maulwürfe in den Konzernen untergebracht, aber bisher nur wenige in der Regierung.«

»Hast du ihn nach Rats-Abgeordneten gefragt?«

»Ja, aber darüber wusste er nichts. Ich denke, das passt auch. Die meisten Spionage-Systeme sind aufgegliedert.«

»Erzähl mir noch mehr über den Großen Plan!«

»Da gibt's wenig Neues. Während immer mehr Hybridklone eingeschleust würden, sollten die Haluk-Kolonien in der Milchstraße so schnell wie möglich ausgedehnt werden. Mit Hilfe der nichts ahnenden Menschheit wollten sie ihre Raumflotte, ihre wissenschaftlichen und technischen Einrichtungen und ihre Schwerindustrie immer weiter ausbauen. Letztendlich sollte das gesamte Regierungssystem des Commonwealth von den Außerirdischen so unterminiert sein, dass es einfach ohne viel Kampf zusammenbrechen würde. Den genauen Zeitplan des Großen Planes wusste Sam nicht. Dieser Zeitplan liegt in den Händen des Neunerrats der Haluk.«

»Nicht des Dieners der Diener?« Ich war erstaunt.

»Sam hat gesagt, der DDL hat zwar den ursprünglichen Plan ausgeheckt, aber letztendlich ist er dem Neunerrat Rechenschaft schuldig. Die Posten im Neunerrat sind erblich; dieser Rat dient als die Quelle der Weisheit und als das Gewissen der ganzen Rasse. Trotzdem hebt er nur selten Entscheidungen des Dieners der Diener wieder auf. Dieser erhält seine Machtbefugnis unmittelbar vom Volk der Haluk selbst – daher auch der Titel.«

»Interessant! Hat Pseudo-Sam was darüber gewusst, ob über einen Angriff auf die Menschheit in allernächster Zeit nachgedacht wurde?«

»Nein. In die Militärstrategie wurde er nicht eingeweiht. Er wurde lediglich in menschlichem Wirtschaftsrecht geschult und hat seine Position erst vor wenigen Monaten bezogen. Es war reiner Zufall, dass er bei Rampart eingesetzt wurde, nicht bei irgendeinem anderen Konzern. Es ist nicht gerade einfach für die Haluk, diese Doppelgänger in wirklich einflussreichen Positionen unterzubringen, ohne Verdacht zu erregen. Deswegen müssen sie warten, bis sich eine entsprechende Gelegenheit ergibt. Dem echten Sam Yamamoto wurde ein ausgedehnter Urlaub genehmigt, kurz nachdem du Richtung Phlegethon aufgebrochen warst, und man hatte ihm versprochen, sobald er zurückkehrt, würde er befördert und in den Vorstand aufgenommen. Das war natürlich die perfekte Gelegenheit für die Haluk, ihren eigenen Mann unterzubringen.«

»Hast du schon herausgefunden, was mit dem echten Sam passiert ist?«

»Der Klon sagt, der echte Sam sei im Macpherson-Tower eingesperrt. Die Haluk haben ihn am Leben gelassen, um ihm, wie es der Klon bezeichnete, ›Beratungsgespräche abnötigen‹ zu können. Es werden dort fast dreihundert weitere DNA-Spender festgehalten, alle aus demselben Grund. Und die gehören nicht alle zu Rampart.«

»Um Gottes willen! … Karl, wir müssen etwas unternehmen, bevor die Haluk auf die Idee kommen, alle möglichen Belastungszeugen auszuschalten!«

»Ich habe Hector schon darauf angesetzt. Wenn nicht zuvor offiziell der Krieg erklärt wurde, gibt es keine Möglichkeit für die Commonwealth-Kripo oder die Erd-Polizei, eine Botschaft von Außerirdischen ohne deren Einwilligung zu durchsuchen. Aber es ist schon öfters vorgekommen, dass Botschaften von einer wütenden Bürgermeute gestürmt wurden. Ich schätze, es läuft alles auf das Prinzip hinaus, das du in deinem berüchtigten Interview im *Wall Street Journal* zitiert hast: Wir können tun und lassen, was wir wollen – vorausgesetzt, die Konsequenzen sind uns scheißegal.«

»Hellys Spielregeln«, murmelte ich. »Jetzt verfolgen die mich schon! Also gut – zieh's durch! Lass Hector und seine Schlägertruppe nur noch die Elf-Uhr-Nachrichten abwarten … Hat Pseudo-Sam dir Namen von anderen Klon-Agenten bei Rampart genannt?«

»Bisher haben wir Amadeo Guthrie, das dürfte wohl unser dickster Fisch sein, dann noch sechsunddreißig Leute von der Innen- und der Außensicherheit – ist alles dabei von Colonel bis zum Mannschaftsdienstgrad –, und fünfundvierzig relativ rangniedrige Personen in den Abteilungen ›Finanzen‹ und ›Datenverwaltung‹. Außerdem hat Sam zwölf leitende Angestellte erwähnt, die für andere Konzerne des Haluk-Konsortiums arbeiten. Das waren die einzigen Leute von anderen Firmen, die er aus dem Kopf nennen konnte. Ich habe diese Informationen schon an die Commonwealth-Kripo und das IHS weitergegeben. In der nächsten Vernehmungssitzung werden wir noch mehr Namen aus Sam rausholen – dann gehen wir an die Tiefensondierung. Jetzt ruht er sich gerade aus.«

»Na gut. Jetzt erzähl mir mal was über diesen Amadeo Guthrie!«

»Da sind wir echt auf Gold gestoßen!« Karl grinste triumphierend. »Der hat eine versteckte Datei auf seinem Computer geöffnet, in der mehr als sechzig Hybridklone auf leitenden Positionen in der Rampart-Flotte verzeichnet waren – auf Seriphos, Tyrins, Hygeia, Asklepios und Caduceus. Mitarbeiter der Flottenleitstellen, Offiziere der Flottensicherheit, sogar ein stellvertretender Abteilungsleiter vom Wartungsdienst auf dem Raumhafen Seriphos. Mit ein bisschen Glück werden die gerade jetzt alle zusammengetrieben. Wir kriegen die Situation langsam in den Griff.«

»Karl, ich möchte, dass die Namen aller bereits festgenommenen Rampart-Hybridklone für die Spätnachrichten heute Abend an die Medien weitergegeben werden. Wir müssen die öffentliche Meinung mobilisieren – das würde dann den Sturm auf den Macpherson-Tower auch moralisch rechtfertigen.«

»Ich kann diese Namen nicht weitergeben, Helly! Diese Befugnis habe ich nicht. Und wenn ich die Namen einfach durchsickern lasse, werden sich nur die Boulevardnachrichten darum kümmern. Du brauchst diese Informationen aber auf den anerkannten PlaNet-Seiten.«

»Okay, ich werde mit Eve darüber reden. Du gibst die Namen sofort an sie weiter, und ebenso auch alles, was du bisher aus den Geständnissen herausgeholt hast, was vielleicht irgendwie für Aufsehen sorgen könnte. Nur noch eine Frage: Als deine Leute heimlich die DNA der Rats-Abgeordneten überprüft haben, haben die irgendwas gefunden?«

»Nicht das Geringste. Wir haben auch eine beachtliche Anzahl von den Stabs-Mitarbeitern getestet. Vor sieben Monaten waren die auf jeden Fall alle noch echte Menschen.«

»Okay. Mach bloß weiter so, das läuft ja prima! Und sag mir Bescheid, wenn Hector einen Plan hat, wie er die Botschaft stürmen will!«

Ich beendete das Gespräch, machte mir in der kleinen Kombüse des Hüpfers einen Becher Kaffee, schüttete ihn siedendheiß herunter und fluchte innerlich darüber, dass ich zumindest innerhalb der nächsten zwei Stunden keinen anständigen Drink würde kriegen können. Ich hätte mir gerne ein bisschen Mut angetrunken, bevor ich Eve anfonte – und von diesem Gespräch hing es ab, ob Joanna und ich zur *Kingfisher Lodge* weiterfliegen würden oder nach Toronto zurückkehren mussten.

Normalerweise wäre ich, selbst wenn ich wüsste, dass die Haluk hinter mir her wären und mir den Hintern wegblasen wollten, im Rampart-Tower geblieben und hätte mich zusammen mit den anderen um Schadensbegrenzung bemüht – zumindest, bis die Abstimmung des Rates abgeschlossen war. Aber das hier war nicht normal, *ich* war nicht normal: nicht psychisch, und physisch erst recht nicht. Ich humpelte angeschlagen durch die Gegend und brauchte dringend ein bisschen Ruhe. Das Problem war, dass es meiner großen Schwester vielleicht auch gerade so ging.

Sie nahm das Gespräch nach dem dritten Summen entgegen.

»Was ist?« Ihr Gesicht wirkte abgespannt, doch ihr Haar saß immer noch perfekt. Sie erkannte mich sofort, ohne mit der Wimper zu zucken.

»Ich bin auf dem Weg in mein Versteck. Ich habe vor, eine Zeit lang in Deckung zu bleiben, bis ich sicher sein kann, dass die Haluk nicht mehr hinter mir her sind. Ich bleibe aber mit dir in Verbindung, und auch mit Karl Nazarian und Adam Stanislawski.«

»Gunter Eckert wird auch mit dir sprechen wollen«, merkte sie knapp an. »Gibst du mir deinen Fon-Kode?«

Ich gab ihn durch. »Sag Gunter, ich werde mich morgen bei ihm melden, nach der Abstimmung. Bis dahin bin ich vollständig von der Außenwelt abgeschnitten, es sei denn, die Welt geht unter. Ich stehe kurz vor einer Kriegsneurose, und wenn ich morgen funktionieren soll, brauche ich einfach ein bisschen Schlaf. Wie hältst du dich, Evie?«

Sie blickte mir fest in die Augen. »Ich komme schon klar ... Asa. Die Polizei ist hier schon fast fertig. Simon hat sich in seine Suite im Tower zurückgezogen. Die anderen Vorstandsmitglieder sind noch hier und bemühen sich nach Kräften, die Lage zu normalisieren. John Ellington wird wohl die ganze Nacht damit beschäftigt sein, Fäden zu ziehen und Druck zu machen. Ich habe einen Großteil der Zeit damit verbracht, mit Cousin Zed und Matt Gregoire auf Seriphos zu fonen. Die Schiffe der Rampart-Außensicherheit arbeiten mit der Zonenpatrouille zusammen, um eine interstellare Überwachung aller Haluk-Kolonien zu bewerkstelligen. Matt hat vorgeschlagen, vorsichtshalber alle Zivilisten von Cravat zu evakuieren, und ich habe dem zugestimmt.«

»Wir müssen eine schwere Blockade um den Planeten errichten. Mit unseren besten Schiffen.«

»Die sind schon unterwegs. Ich verstehe die Situation. Jetzt.«

»Evie ...«

»Du kannst mir vertrauen, Asa. Ich akzeptiere voll und ganz, was du während der Vorstandssitzung gesagt hast. Ich bin auf das ganze Theater hereingefallen, und ich habe mich geschämt und war wütend, aber ich bin weder psychisch gestört noch panisch. Ich werde diesen ganzen Schlamassel hier überleben, und Rampart wird das auch. Aber bitte erwarte in der nächsten Zeit nicht gerade überschwängliche Zeichen schwesterlicher Zuneigung von mir. Im Moment sind meine Gefühle ziemlich eingefroren. Es gibt einfach zu viel zu tun.«

»Da stimme ich dir zu. Und es klingt, als hättest du alles gut im Griff. Aber um eine Sache musst du dich auf jeden Fall persönlich kümmern: Die Namen aller Rampart-Hybridklone müssen an die Presse weitergegeben werden. Mach das bitte so, dass die Informationen rechtzeitig für die Spätnachrichten von PNN-Toronto eintreffen. Karl Nazarian wird dir alles sofort zur Verfügung stellen.«

»Darf ich fragen, warum du das tun willst?«

»Stehst du mit Karl in Kontakt?«

»Er schickt mir stündlich Fortschrittsberichte. Den letzten habe ich nur überflogen. Die Lage im Perseus-Sporn hat einen Großteil meiner Aufmerksamkeit beansprucht.«

»Der Sam-Yamamoto-Hybridklon hat gestanden, dass ungefähr dreihundert menschliche DNA-Spender – die echten Leute, die durch die Haluk-Agenten ausgetauscht wurden – noch leben und im Macpherson-Tower gefangen gehalten werden. Die sehen jetzt alle so ähnlich aus wie ich.«

»Ach, du großer Gott!«

»Ich möchte, dass du das den Medien erzählst und dabei auch die Namen aller unserer Vermissten bekannt gibst. Fordere öffentlich, dass jeder Einzelne dieser Gefangenen unverzüglich und unverletzt freigelassen wird. Warne die Haluk, dass ernst zu nehmende Konsequenzen zu erwarten sind, wenn diese Leute getötet oder verschleppt werden. Sobald die Nachrichten gesendet wurden, fon die Haluk-Botschaft an und wiederhole diese Forderungen noch einmal förmlich. Besteh darauf, dass deine Forderungen unverzüglich dem Diener der Diener und dem Neunerrat mitgeteilt werden. Wenn du das hinkriegst, überzeug die Vorstandssprecher oder Präsidenten der anderen Konzerne, das Gleiche zu tun. Viele unter diesen Gefangenen gehören nicht zu Rampart, sondern zu anderen Konzernen.«

»Aber die Haluk werden bestreiten, dass ...«

»Zur Hölle mit denen! Wir wollen die öffentliche Meinung aufbringen! Wir müssen unsere Bürger empfänglich für die Idee eines Sturmes auf den Macpherson-Tower machen.«

»Asa, das kannst du nicht tun!«

»Das wird eine Meute aufgebrachter Bürger übernehmen, die vorher friedlich demonstriert haben, oder irgendjemand in der Art«, erklärte ich. »Das hat doch nichts mit Rampart zu tun. Oder möchtest du lieber, dass diese Gefangenen alle sterben?«

»Nein, aber ...«

»Du musst deinen Teil übernehmen! Diesen Leuten wurde die DNA geraubt, genau so wie mir. Sie haben ihr menschliches Aussehen und ihre Identität verloren. Außerirdische Eindringlinge haben ihre Arbeitsplätze übernommen, haben in ihren Häusern gewohnt, haben sich in das Leben mit ihren Familien hineingedrängt ... Kann ich mich darauf verlassen, dass du diese Forderungen veröffentlichen wirst?«

»Ja«, sagte sie, jetzt ohne zu zögern.

Wieder ganz die Alte.

»Ich danke dir. Es gibt da noch etwas, das du wissen solltest.« Ich erzählte ihr, dass Karl von Haluk-Agenten gezielt mit einem schwächenden Virus infiziert worden war, und teilte ihr auch mit, dass ich Ähnliches bei Simon vermutete. »Bitte Karl, dir den Namen des Arztes zu nennen, der ihn hat heilen können. Es ist unbedingt notwendig, dass Simon ab sofort nicht mehr von der medizinischen Abteilung von Rampart behandelt wird.«

»Diese Scheißkerle«, zischte Eve. »Diese verfluchten blauen Scheißkerle! Ich werde sofort dafür sorgen, dass man sich richtig um Paps kümmert.«

Sie unterbrach die Verbindung.

Ich setzte mich auf das Bett, den Kopf in die Hände gestützt – auf einmal überkam mich so plötzliche Erleichterung von all der Anstrengung, dass ich mich anstrengen musste, nicht den Kaffee zu erbrechen, den ich getrunken hatte. Ich dankte Gott dafür, dass Eve mit der für sie so typischen Effizienz loslegte. Dass Karl und Hector und die anderen auch ohne mich für die gerechte Sache kämpfen würden. Dass ich nicht nach Toronto zurückmusste.

Joanna und ich konnten uns tatsächlich in die friedliche Abgelegenheit der *Kingfisher Lodge* zurückziehen. Ganz bewusst programmierte ich mein Fon so, dass nur noch Notrufe mit Kosmischer Priorität durchgestellt wurden. Dann legte ich mich hin, um ein kleines Nickerchen zu machen.

Wir erreichten unser Ziel im Osten von Kenora in Ontario kurz nach 21.15 Uhr. Nur Sterne leuchteten uns den Weg, deswegen war es schwer, Details der Landschaft auszumachen. Also schaltete ich, während wir noch auf Reiseflughöhe waren, den Gelände-Scanner mit Falschfarbendarstellung ein, damit Joanna sich wenigstens ungefähr vorstellen konnte, was unter uns lag.

Es war eine wunderschöne und zugleich unwirtlich wirkende Landschaft aus endlosem, schneebedecktem Nordwald, durchzogen von Flüssen und Bächen, übersät mit zugefrorenen Seen. Im Süden, jenseits des großen *Albany River*, einer der Hauptwasserstraßen, lag der riesige *Nipigon Wilderness Park*, im Sommer ein zerfurchter Abenteuerspielplatz in der Wildnis, im Winter so gut wie menschenleer. Im Norden und Osten flachte die Landschaft zu einem fast undurchdringlichen, sumpfigen Dickicht aus Schwarzfichten und Lärchen ab, das sich ohne einen einzigen befestigten Weg bis hin zur Hudson Bay erstreckte. Im Westen lag die kleine Stadt Central Patricia, in der nur Verwaltungspersonal, Leute im Transport- und Dienstleistungsgewerbe und Händler das ganze Jahr über lebten.

Wir sanken auf 2.000 Meter herab und schwebten dann auf der Stelle, während wir uns auf die Landung vorbereiteten. Ich schaltete auf eine Nahaufnahme der *Kingfisher Lodge* selbst um. Das verschachtelte einstöckige Gebäude war aus stabilem Plasbeton erbaut worden, hatte dann aber eine attraktive Verschalung aus Syntho-Holz erhalten. Die *Lodge* lag am Ufer eines mittelgroßen Gewässers namens *Caddisfly Lake*, jetzt vollständig zugefroren und schneebedeckt. Balsamtannen und Fichten standen dicht bei dicht und bildeten einen Halbkreis von etwa 300 Metern im Durchmesser um das Gelände. Ich wusste, dass der Verteidigungsgürtel sich weitere 400 Meter in den Wald und auf den See hinaus erstreckte.

Wer mit einem Luftfahrzeug über die *Kingfisher Lodge* hinwegflog und sie dabei scannte, würde annehmen, sie sei verlassen – jahreszeitlich bedingt geschlossen. Auf dem Gelände gab es keinen Boden-Luft-Dissimulator, kein externes Kraftfeld, es waren keinerlei High-Tech-Verteidigungssysteme erkennbar. Die Kagi-Geschütze und die weniger tödlichen Systeme zur Abschreckung potenzieller Eindringlinge waren gut zwischen den Felsen und Büschen des Sees verborgen, das Gleiche galt auch für die Mehrphasenalarmsensoren. Auch Innenbeleuchtung konnte man aus der Luft nicht erkennen. Aus zweien der rustikal wirkenden Kamine stiegen kleine Rauchwölkchen auf und verrieten mir, dass die Heizung funktionierte, obwohl der Thermostat vermutlich auf eine zu niedrige Temperatur eingestellt war und es für Menschen kaum gemütlich sein würde.

Abgesehen von dem Haupthaus, das aus mehr als zehn Zimmern bestand, gab es auf dem Gelände einen Wachturm, der als Lagerturm für Lebensmittel getarnt war, wie er in dieser Gegend immer noch typisch war, dazu ein paar Mehrzweckhütten und ein Bootshaus. Zwischen den hinteren Nebengebäuden und dem Haupthaus lag eine schneebedeckte, runde Fläche von vielleicht zehn Metern im Durchmesser – ein abgedeckter Hüpfer-Lift, Zugang zu einem unterirdischen Hangar, der aus dem massiven Granit des *Canadian Shield* herausgeschnitten worden war. Ein Tunnel führte vom Hangar zum Haus. Ursprünglich hatte es weder den Hangar noch den Tunnel gegeben, beide waren während Dans ganzjährigem Arrest angelegt worden, um dem Personal, das ebenfalls das ganze Jahr über anwesend sein musste, die Arbeit ein wenig zu erleichtern.

»So, jetzt zeige ich dir, wie man in diese rustikale Festung reinkommt«, sagte ich zu Joanna. »Da das hier ein Hüpfer von Macrodur ist, stehen uns keine der System-Links der *Lodge* zur Verfügung, deswegen werden wir dein neues Fon bemühen müssen.«

Sie holte das Gerät aus der linken Innentasche ihres Mantels, und ich zeigte ihr, wie man das Außensteuerungs-Menü des Lodge aufrief, die Flugabwehr-Sensoren und die Photonen-Strahler deaktivierte und die Abdeckung der Lift-Plattform des unterirdischen Hangars zurückgleiten ließ.

Während ich den Hüpfer von Hand absenkte, kümmerte sich Joanna um die Landevorbereitungen. Dann rief sie das Innensteuerungs-Menü der *Lodge* auf und drückte weiter auf den Tasten herum, um die Zimmerbeleuchtung einzuschalten, die Heizung höher zu stellen, die Haushalts-Robots zu aktivieren, die Matratzenwärmer in der Master-Suite einzuschalten und zweimal heißes Badewasser einzulassen.

»Das ist ja wohl der Inbegriff der Dekadenz«, lachte sie. »Ein Hinterwäldler-High-Tech-Landhaus! Schau mal: Ich kann Feuer in etwas anmachen, das sich ›Master-Suite-Kuschelzimmer‹ nennt! Klingt das nicht gemütlich? Und das Fon fragt mich sogar, wie ich die Stereoanlage programmiert haben will! Hättest du lieber Jazz oder lieber Klassik?«

»Beides. Wie wäre es mit den Alben *Undercurrent* und *Intermodulation* von Bill Evans und Jim Hall? Und danach *Eine kleine Nachtmusik*?«

»Wunderbar!«

Ich reaktivierte die Verteidigungsanlagen des Gebietes. Wir schwebten jetzt ungefähr auf Baumhöhe über dem Eingang zum unterirdischen Hangar, der mehr als hundert Meter vom Haus entfernt war. Ich schaltete die Landebeleuchtung des Mitsubishis ein und sah gerade noch, wie etwas über den schneebedeckten Boden huschte und hinter einem der Nebengebäude verschwand. Joanna sah es ebenfalls.

»Was war das?«, rief sie. »Das sah ja aus wie ein Bär!«

»Vielleicht ein kleiner, ja. Komisch. Ich dachte, die würden jetzt alle schon Winterschlaf halten.« Mich störte noch etwas anderes an der Anwesenheit dieses Tieres, aber ich war geistig viel zu ausgepumpt, um mir einen Reim darauf machen zu können. »Okay, Süße, jetzt gehen wir runter. Drück mal auf die Taste, um die Abdeckung vom Hangar-Lift zurückzufahren.«

»Ich dachte, das hätte ich schon«, sagte Joanna und runzelte die Stirn.

»Ist aber noch zu. Gib mir mal das Fon, ich seh mir das Menü noch mal an.«

Auf dem Display blinkte ein rotes Lämpchen. Ich rief den Menüpunkt dazu auf, und es erschien die Erklärung: HANGAR-TOR VERSCHLOSSEN. BITTE PASSWORT EINGEBEN.

Na, Mist! Eigentlich sollte das Ding erst verschlossen werden, nachdem ich mein eigenes neues Passwort einprogrammiert hatte. Ich versuchte die Automatik abzuschalten, dann probierte ich es mit einem Neustart, aber beides funktionierte nicht. Die kreisförmige Öffnung blieb versiegelt.

»Verflixt! Kann sein, dass der Computer 'ne Macke hat. Oder irgendein Vollidiot hat vergessen, das alte Passwort zu löschen, als die letzte Mannschaft abgezogen ist. Na gut, dann machen wir es jetzt eben erst mal auf die altmodische Art, und ich schau mir diesen Lift morgen an.« Ich setzte den Hüpfer auf einer freien Fläche auf, keine 20 Meter vom Haupthaus entfernt. Die Nacht war windstill, und als ich die Scheinwerfer des Hüpfers ausgeschaltet hatte, war es stockfinster um uns herum. Der Schnee lag nur mäßig hoch, die Temperatur betrug weniger als minus 20 Grad.

Ein paar Minuten lang wühlten wir im Laderaum nach Kleidung, Kulturbeuteln und allem anderen, was wir jetzt sofort brauchen würden, und stopften alles in eine größere Tasche. Ich nahm ein paar Waffen aus dem Waffenschrank – eine Ivanov, um umherstreunende Bären abzuschrecken, und einen großen, gemeinen Talavera-Gerardi 333-Actin-Blaster mit automatischer Zieleinrichtung, für den Fall, dass die Haluk an den Verteidigungsanlagen vorbeikamen und anfingen, das Haus zu belagern. Der Rest an Vorräten und Waffen konnte bis morgen warten.

»Warum ziehen wir die Thermoanzüge nicht einfach an, statt sie zu schleppen?«, schlug ich Joanna vor. »Ist ziemlich kalt hier draußen, und der Schnee liegt hoch genug, um deine schönen Schuhe zu ruinieren.«

Also taten wir genau das, zogen die leichten Anzüge über unsere normale Kleidung und schlüpften in geheizte Überschuhe und Helme. Ich schnallte mir die Ivanov um, hängte mir die schwere Tala-G über den Rücken und hielt in der einen Hand die Tasche, in der anderen eine große Taschenlampe. Joanna trug ihre Handtasche und eine Einkaufstüte aus Plastik, in der sie alle Zutaten für ein spätes Abendessen hatte, komplett mit Rührei, Nova-Scotia-Räucherlachs, Baguette, frischen tasmanischen Erdbeeren und *Veuve-Cliquot-Champagner.*

Mit der Fernsteuerungshalsberge öffnete ich die Tür zum Laderaum des Hüpfers wieder und ließ die Stufen ausfahren. »Los jetzt, ihr Huskys! Damit sind Sie gemeint, Frau Professor DeVet.«

Sie kicherte, und wir kletterten aus dem Fahrzeug und versanken bis zu den Schienbeinen im Schnee. Mit der Halsberge verschloss ich das Fahrzeug und aktivierte das Sicherheitssystem und den Klimaschild. Dann standen wir Seite an Seite in einer ungeheuren schwarzen Stille, und über uns strahlten die Sterne. Es war mindestens so schön wie Arizona.

Ich wollte gerade etwas Romantisches sagen, als Joanna fragte: »Wonach riecht das denn hier? Kann das von dem Bären sein?«

Ganz schwach hing ein ziemlich widerlicher Geruch in der eisigen Luft und drang bis in unsere Helme ein. Es war jedoch nicht der vertraute, fast stinktierartige

Geruch von Bärenkot: Dieser Geruch war so ekelhaft wie der Gestank der Y'tata, obwohl er sich aus anderen Bestandteilen zusammensetzte. Und ich wusste auch, von was für einem Tier er stammte.

»Kein Bär – ein Vielfraß. Du weißt schon, diese Marderart. Wahrscheinlich war es das, was wir vom Hüpfer aus gesehen haben.«

Ich schaltete die Lampe ein und fand eine Spur von Pfotenabdrücken, die schnurgerade über das Grundstück führte. Wir gingen hinüber, um sie uns genauer anzuschauen. Die einzelnen Abdrücke waren fast so lang wie eine Menschenhand, aber viel breiter. Ein ganz schön großer Kerl! Das Tier war immer genau in seine eigenen Pfotenabdrücke hineingetreten, hatte die Hinterpfote immer dort abgesetzt, wo auch die Vorderpfote schon in den Schnee gesunken war, sodass jetzt in jedem einzelnen Pfotenabdruck eine Doppelreihe kräftiger Klauen zu erkennen waren.

»Das ist ja komisch«, murmelte ich. »Der Verteidigungsgürtel lässt Kleintiere und Vögel durch, ohne dass die abgeschossen werden. Aber etwas so Großes wie dieser Vielfraß hätte sich zumindest einen schmerzhaften Warnschuss von einem der Taser einfangen müssen, und dann einen tödlichen Treffer von einem der Kagis, wenn es weitergelaufen wäre. Ich frage mich, ob der Verteidigungsgürtel zusammengebrochen ist?«

Wir hielten kurz inne, ich öffnete meinen Thermoanzug und ließ von meinem Fon einen System-Check durchführen. Alle Verteidigungssysteme waren *on-line.* Die offensichtliche Erklärung entging meinem verwirrten Hirn. »Ich versteh's nicht! Aber ich hoffe, das Viech hat es geschafft, aus dem Verteidigungsgürtel rauszukommen, während wir gelandet sind. Auf jeden Fall können wir keinen frei herumlaufenden Vielfraß auf dem Gelände gebrauchen!«

»Wieso das?«

»Die halten keinen Winterschlaf, sind stark genug, um einen Elch umzubringen, und brechen gerne in Häuser in der Wildnis ein und zerschlagen Dinge – einfach so, weil sie Spaß dran haben. Dann bespritzen sie die ganzen Trümmer noch wie Riesenstinktiere und ... manchmal verschandeln sie den Tatort noch auf andere unschöne Weise.«

»Meine Güte! Ich hab noch nie einen Vielfraß gesehen. Sie die groß?«

»Ein großes Exemplar kann bis zu dreißig Kilo wiegen und mehr als einen Meter lang werden. Ich hab erst ein einziges Mal einen in freier Wildbahn gesehen. Der hatte rötlich-schwarzes Fell und hat fast ausgesehen wie ein Bär. Die sind dafür berüchtigt, richtig wild zu sein, und sie gelten als die reizbarsten aller Wildtiere in ganz Nordamerika. Ich glaube nicht, dass du unbedingt einem Vielfraß begegnen möchtest.«

»Nein, wohl eher nicht«, sagte Joanna und schaute besorgt über ihre Schulter.

Stattdessen standen wir kurz davor, etwas viel Schlimmerem zu begegnen.

Wir hatten die schwer gepanzerte Hintertür der *Lodge* entriegelt, bevor wir aus dem Hüpfer ausgestiegen waren, und nun traten wir in eine warme, hell erleuchtete kleine Diele, in der wir unsere Thermoanzüge ablegten. Ich hängte die Hüpfer-Halsberge und den Pistolengurt mit der Ivanov an einen Haken, der praktischerweise direkt neben meinem Anzug aus der Wand ragte.

Joanna trug immer noch das schicke, hellbraune Woll-Kostüm und die blaue Bluse, für die sie sich passend zu den vorangegangenen Feierlichkeiten entschieden hatte. Mit ihrem glänzenden Haar, zurückgekämmt zu einem geflochtenen Zopf, und der eleganten, aber nicht aufdringlichen Perlenkette um den Hals sah sie aus wie der feuchte Traum eines jeden Studenten, der ein Faible für Akademikerinnen hatte.

So wie ich.

Ich trug immer noch Dans durchlöcherten Sportanzug, obwohl ich wenigstens den Panzeranzug gleich nach der Medienkonferenz abgelegt hatte. Ich sah schäbig und lächerlich aus und fühlte mich wie ein Sack blauen Dungs.

Ein Haushalts-Roboter erschien, eines dieser gesichtslosen, gerade mal einen Meter hohen Modelle mit zig ausfahrbaren Greifarmen und ausgefeilten Reinigungswerkzeugen. Er sagte: »Guten Abend! Darf ich Ihnen Ihr Gepäck abnehmen?«

Irgendjemand hatte ein Schild daran angebracht: Roberta. Originell. Die Hälfte aller Haushalts-Robots im Commonwealth hieß ›Roberta‹. Der Rest hieß ›Robbie‹.

Nichtsdestotrotz reichte ich ihr dankbar die Tasche und die schwere Waffe. Joanna behielt den Beutel mit den Lebensmitteln.

»Darf ich um Ihre Namen bitten, Sir und Madam?«, fragte die Maschine.

»Ich hasse diese Dinger«, murmelte ich. »Die sind so aufdringlich. Mom und Paps wollten so was nie im Haus haben.«

»Nun verletz nicht ihre Gefühle«, tadelte Joanna mich. »Sie versucht doch nur, ihre Arbeit zu machen.« Dann drehte sie sich der Maschine zu. »Ich bin Joanna. Das ist Helly. Bitte komm uns mit unseren Sachen hinterher, Roberta. Mach keine ungefragten Bemerkungen und gib uns keine Ratschläge, wenn wir nicht ausdrücklich danach fragen.«

»Ja, Joanna.«

Zu dritt gingen wir in die Küche, die auch gut zu einem kleinen Hotel gepasst hätte. Joanna öffnete Schränke und schaute sich die verschiedenen Geräte an.

»Ich würde ja gerne für uns kochen«, sagte ich, »aber ich glaube, heute würde ich sogar Wasser anbrennen lassen. Schaffst du das?«

»Armes Häschen. Klar schaffe ich das. Ich kann uns ja jetzt das Abendessen machen, das wir ohnehin geplant hatten. Es gibt doch einen Servitron-Robot hier. Der kann uns das Essen und den Wein bringen, wann immer wir es wollen. In der Zwischenzeit kannst du ja unsere Sachen auspacken und dich ein bisschen ausruhen. Erzähl mir nur, wie ich unser Zimmer finde ...«

»Master-Suite«, verbesserte ich sie. »Geh den langen Flur runter, bis du in ein Wohnzimmer kommst, das ungefähr so groß ist wie die Kunst- und Ausstellungshalle des Commonwealth. Die Suite ist dann auf der anderen Seite dieses Wohnzimmers, noch einen weiteren Gang entlang – der führt dann in den Gästeflügel. Denken Sie daran, dass Ihr Bad fertig ist, Madame! Das mit dem Lavendel-Aroma ist meins.«

Der Roboter und ich gingen wieder, während Bill Evans und Jim Hall ›Angel Face‹ über die hausweit übertragende Stereoanlage erklingen ließen.

Während mein Bruder Dan hier gewohnt hatte, war die Master-Suite sein Zimmer gewesen – die Familie hatte beabsichtigt, es ihm so bequem wie möglich zu machen. Ich wollte Joanna von Dans Einkerkerung berichten, sobald unser Aufenthalt in der *Lodge* beendet war. Warum sollte man sich einfach so die Stimmung versauen lassen?

Die Ausstattung des Hauses war auf luxuriöse Art und Weise hinterwäldlerisch: heizbarer Steinfußboden, gelegentlich mit großen Flickenteppichen geschmückt. Dunkle, glasierte Wände aus Pinienholz waren mit Aquarellen geschmückt, dazwischen hingen indianische Schnitzereien sowie Kunstdrucke von Landschaftsaufnahmen und Tieren. Die Drucke waren natürlich allesamt limitiert und nummeriert. Im ganzen Gebäude gab es nicht ein einziges ausgestopftes Tier. Offiziell war im Gebiet um die *Kingfisher Lodge* die Jagd nicht gestattet.

Die Fenster des Hauses waren mit gepanzerten Rollläden versehen, die aussahen, als seien sie aus einfachem Holz. Ich nahm mir vor, die Läden in unserem Schlafzimmer offen zu lassen, damit wir genießen konnten, wie das Licht der Sterne auf dem Schnee funkelte.

Und falls dieser Vielfraß auftauchen sollte, würden wir es ihm schon zeigen.

Roberta immer noch hinter mir, ging ich am Frühstückszimmer vorbei, dann am großen Speisezimmer, dem Spielzimmer, einer riesigen Bibliothek, einem Raum, der einzig und allein dazu da war, Angelutensilien aufzubewahren und zu pflegen, und einer voll ausgestatteten Bar, einschließlich eines Flügels (wenn auch nur eines relativ kleinen) und anderer Musikinstrumente. Dahinter lag der Hauptflur mit zwei großen, derzeit geschlossenen Türen: Die eine führte zum Wohnzimmer, die andere, jetzt durch verschiedene Mechanismen gesichert, auf eine große Veranda, die nur bei warmem Wetter benutzt wurde. Eine dritte, offene Tür führte zum Technikflügel des Hauses.

Ich öffnete die Tür zum Wohnzimmer und sagte: »Komm mit, Roberta.«

Der Roboter schwieg. Keine ungefragten Bemerkungen.

Der Raum war gewaltig, fast wie eine riesige Höhle,

mit einer hohen Decke, an der massive Tragbalken erkennbar waren, darunter hing ein entsetzlich scheußlicher Kronleuchter aus Karibu-Geweihen, der aus irgendeinem unerfindlichen Grund nicht eingeschaltet war. Ein Großteil des Raumes lag tief im Dunkeln. Der Robot und ich gingen etwa bis zur Mitte des Raumes, wo ein halbes Dutzend Ledersofas vor einem riesigen Kamin aus Granitblöcken aufgestellt war. Die einzige Beleuchtung stammte von Gasflammen, die zwischen nachgemachten Birkenscheiten züngelten, und einer kleinen Lampe im Tiffany-Stil, in der Nähe eines rollbaren Tischchens voller Karaffen und Gläser. Aus den Boxen der Stereoanlage drang irgendeine Oper in deutscher Sprache, die Joanna ganz bestimmt nicht einprogrammiert hatte.

Sie hatte auch nicht dafür gesorgt, dass der Kamin im Wohnzimmer brannte, und auch das Tischchen mit den Getränken hatte sie nicht bestellt.

»Bleiben Sie ganz reglos stehen«, befahl er, irgendwo rechts hinter mir. »Es wäre wahrhaftig eine Schande, wenn ich Sie jetzt mit zwei Betäubungspfeilen niederstrecken müsste, bevor wir die Gelegenheit hatten, ein wenig zu plaudern. Wir haben noch nie eine anständige Unterhaltung gepflegt. Das wäre doch jetzt ein angemessener Zeitpunkt, finden Sie nicht? Am Vorabend von Ereignissen, die die Galaxis ins Wanken bringen werden.«

Das war meine Stimme, aber in ihr schwang etwas mit – die Satzmelodie war britisch, vielleicht schottisch. Keine Spur vom typischen Wild-West-Näseln. Und diese theatralische Ausdrucksweise war *völlig* daneben.

Er trat aus den Schatten, in der Hand eine Ivanov MS-120, ein Modell, das Betäubungspfeile mit besonders leistungsfähigem Schlafsaft verschoss. Zwei Treffer würden einen erwachsenen Mann zwölf Stunden auf Eis legen. Ich sah einen hoch gewachsenen, stämmigen Mann mit Haar, das die Farbe von Brotkruste besaß, dazu auffallende Geheimratsecken. Seine Augen waren grün und wirkten kalt, seine Lippen waren sehr schmal, obwohl der Mund an sich breit wirkte. Er trug messerscharf gebügelte, kakaobraune Slacks, ein gelbbraunes Pendleton-Hemd, ein cremefarbenes Halstuch und *Gucci*-Halbschuhe. Die Klamotten waren ja ganz nett, aber überhaupt nicht mein Stil.

»Sind Sie bewaffnet?«, fragte er.

»Nur mit der Tala-G, die der Robot da trägt. Die Ivanov habe ich in der Diele gelassen.«

»Davon möchte ich mich überzeugen. Ausziehen!«

»Och ...«

»Machen Sie schon!« Hui, war der aggressiv. Und so habe ich auf die Leute gewirkt? »Langweil mich nicht mit falschem Schamgefühl, Bürschchen. Ich habe dich gesehen, wie du im Tank hin und her getrieben bist. Und es war ein sehr erfreulicher Anblick.«

Erst musste ich dem Roboter mein Fon geben, dann erklärte ich, wo die Fernbedienung für den Hüpfer war. Während ich meine Kleidung ablegte, sie ausschüttelte und mich dann sofort wieder anzog, reimte sich mein übermüdetes Gehirn alles zusammen. Zu spät.

Sein eigenes Luftfahrzeug stand im abgeschlossenen Hangar, geschützt durch sein eigenes Passwort. Nicht die Makebate, die war viel zu groß, um dort hineinzupassen, sondern ihr Raumgleiter, während das Schiff selbst im All geparkt war, verborgen durch einen leistungsfähigen Dissimulator.

Der Vielfraß hatte sich auf das Gelände geschlichen, als mein Gegner die Verteidigungsanlagen der *Lodge* zur Landung abgeschaltet hatte, und von da an war das Tier hier auf dem Gelände gefangen gewesen.

Sein eigenes, personalisiertes ›Asahel-Frost‹-Fon, in

dem praktisch alle Daten meines eigenen Gerätes einprogrammiert waren, hatte ihm unbeschränkten Zugang zur *Lodge* verschafft. Und er war ja auch schon früher hier gewesen, bei Dans Entführung. Er wusste, was für ein perfektes Versteck die *Lodge* war.

Zwei Dumme, ein Gedanke ...

Er wies den Roboter an, sich bis zum anderen Ende des Raumes zurückzuziehen – nachdem er ihn instruiert hatte, Befehle nur noch von ihm entgegenzunehmen. »Was dich angeht, Bursche, bitte nimm doch Platz. Wir werden auf deine bezaubernde Gattin warten.« Er deutete auf ein Sofa neben dem Tisch mit den Getränken. »Es hat mich überrascht, sie während der Medien-Konferenz an deiner Seite zu sehen. Ihre Loyalität war ja rührend.«

»Joanna hatte nie etwas mit dir zu tun«, sagte ich. »Lass sie gehen. Mach mit mir, was du willst!«

Er goss eine bernsteinfarbene Flüssigkeit aus einer der Karaffen in ein Bleikristall-Whiskyglas und nahm, immer noch stehend, einen Schluck davon, ohne mir auch etwas anzubieten. Die Ivanov steckte in seinem Gürtel, die Kontrollleuchten verrieten mir, dass sie immer noch darauf eingestellt war, zwei Betäubungspfeile gleichzeitig abzufeuern. Ich hatte nicht den Hauch einer Chance, ihn zu überwältigen, selbst wenn ich in viel, viel besserer Form gewesen wäre.

»Ich werde mit euch beiden machen, was ich will«, entgegnete er. »Deine Frau ist als Verhandlungsmasse genauso wertvoll wie du. Als ich hierher zu dieser *Lodge* gefahren bin, da habe ich gedacht, es gebe nur eine Möglichkeit, meinen Hals zu retten. Dank euch habe ich jetzt eine Alternative – und die ist viel attraktiver als mein ursprünglicher Gedanke. Nach der morgigen Abstimmung des Rates ...«

»Helly!«, schrie Joanna. »O Gott, Helly!«

Sie war in den abgedunkelten Raum getreten und hatte gesehen, wer von der Tiffany-Lampe und dem Kaminfeuer angestrahlt wurde. Der Mann mit meinem Gesicht.

Ich stand aus meinem Stuhl auf. »Nein. Das bin nicht ich.«

Joanna stand dort wie versteinert, starrte uns beide ungläubig an und umklammerte den Schultergurt ihrer Tasche, als hinge ihr Leben davon ab.

»Gestatten Sie mir, dass ich mich vorstelle, Frau Professor DeVet. Mein Name ist Alistair Drummond, Ex-Präsident und Ex-Vorstandsvorsitzender der Galapharma KV. Bitte kommen Sie herein und setzen sich neben Ihren Ex-Mann.«

Sie gehorchte, bewegte sich wie eine Schlafwandlerin, war unfähig, den Blick von ihm abzuwenden. Er hatte sein Glas abgestellt und die Ivanov aus dem Gürtel gezogen, nun hielt er sie nachlässig, anscheinend ohne damit drohen zu wollen.

»Bitte leeren Sie Ihre Handtasche auf den Kaffeetisch aus«, sagte er dann. Joanna gehorchte erneut, und er trat näher an den Tisch heran, um den Inhalt inspizieren zu können – eine Brieftasche, ein kleines Schmink-Etui, ein Palmtop, mehrere Stiftmikros, ein Etui für Schlüsselkarten, ein Taschentuch, eine kleine Dose Altoids mit Pfefferminzgeschmack und ein Fon. Drummond nahm sich den Computer und das Fon und warf sie in die Dunkelheit.

»Roberta! Heb die beiden Sachen auf, die mir heruntergefallen sind! Bring sie und die anderen Dinge, die du trägst, in das Kommunikator-Zimmer. Stell die Sachen dort ab und versiegle die Tür mit meinem Passwort.«

»Ja, Bürger Drummond«, bestätigte die Maschine. Keine vereinfachende Ungezwungenheit mit *los domesti-*

cos für unseren Alistair. »Ich wurde von Joanna angewiesen, keine Ratschläge zu erteilen, wenn nicht ausdrücklich danach gefragt wurde. Wollen Sie diesen Befehl aufheben?«

»Ja«, stimmte Drummond zu. »Was hast du denn zu sagen?«

»Ein Servitron mit gekühltem Champagner und einer warmen Mahlzeit, die Joanna zubereitet hat, wartet in der Küche. Soll ich es herbeirufen?«

Ein strahlendes Lächeln breitete sich auf Drummonds Gesicht aus – auf meinem Gesicht. Ich hörte, wie Joanna nach Luft schnappte. Sie hatte mein Lächeln immer geliebt.

»Ja«, sagte Drummond zu dem Roboter. »Ich habe tatsächlich ein wenig Appetit. Ich danke Ihnen, Frau Professor.«

Joanna starrte ihn finster an.

»Es wurden nur zwei Gedecke dazugestellt«, fuhr der hilfreiche Roboter fort. »Es ist vom Essen wie vom Wein genug für drei Personen vorhanden. Wünschen Sie ein weiteres Gedeck?«

Drummond lachte. »Selbstverständlich, Roberta. Und jetzt darfst du gehen.«

»Verdammter Petz-Roboter«, grollte ich. »O Mann, ich hasse diese Dinger.«

Also aßen und tranken wir, Joanna saß neben mir, Drummond hatte sich auf das Sofa uns gegenüber gefläzt. Es schien ihn nur ein wenig zu stören, dass er die ganze Zeit über seinen Stunner auf uns gerichtet halten musste, während er Rührei, Lachs und einen Großteil der Erdbeeren in sich hineinstopfte. Er war bester Laune und schien ganz begierig, uns alles zu erzählen. Vielleicht sind Megalomanen ja nie wirklich zufrieden, wenn sie kein Publikum haben.

Wie Karl schon vermutet hatte, wusste Drummond in dem Moment, dass das Spiel vorbei war, als Pseudo-Sam ihm gemeldet hatte, der Rampart-Vorstand habe dem echten Helly geglaubt. Selbst wenn es Sams Hybridklon-Sicherheitsdienstlern gelungen wäre, den Sitzungssaal mit all seinen namhaften Insassen unter Kontrolle zu bringen, hatte es doch keinerlei Chance für Sam gegeben, die gesamte Situation noch zu retten. Alle Vorstandsmitglieder umzubringen hätte nichts gebracht. Geiselnahme wäre sogar noch sinnloser gewesen. Realistisch gesehen war alles, was Sam sich hatte erhoffen können, zu fliehen und möglichst viele der Rampart-Hybridklone mitzunehmen.

Sam hatte Drummond dazu gedrängt, so schnell wie möglich Zuflucht im MacPherson-Tower zu suchen. Welch brillante Idee! Der Schotte war zwar verrückt, aber nicht dämlich. Die geniale Kriegslist, die er sich hatte einfallen lassen, war völlig in die Hose gegangen, und in seinem Zustand als Pseudo-Helly-Hybridklon stellte er eine gefährliche Belastung für diese Außerirdischen dar. Sollte er wirklich ihre Botschaft betreten, würde er da nie wieder lebend rauskommen. In Freiheit mochte ihm vielleicht etwas einfallen, womit er die Haluk erpressen konnte, sodass sie ihm ein neues Leben auf irgendeinem gemütlichen Freistaat-Planeten finanzierten. Doch wo sollte er sich verstecken, während er darauf wartete, dass sich die weiteren Entwicklungen abzeichneten?

Dann war ihm die *Kingfisher Lodge* eingefallen.

Einen Rampart-Hüpfer für diese Reise zu nehmen hätte seine fast sofortige Gefangennahme bedeutet – entweder durch Rampart oder durch die Außerirdischen. In jedem Firmenfahrzeug, ob nun Auto, Luftfahrzeug oder Raumschiff, existierte im Navigator ein Überwachungschip, der einen verschlüsselten Datenstrom unmittelbar zur Flottensicherheit schickte, und von dort aus zu den Erbsenzählern der Finanzabteilung. Und an beiden Stellen gab es auch Haluk-Hybridklone.

Das einzige Rampart-Schiff, das nicht überwacht wurde, war die *Makebate*. Dafür hatte ich gesorgt.

Drummond wollte nur ungern die Erde verlassen, und ich wusste auch bereits, warum. Er wurde galaxisweit gesucht; die Antriebsrückstände der *Makebate* bei Ultraluminalgeschwindigkeit waren leicht zu identifizieren, und wenn man nur genügend Leute darauf ansetzte, nach diesem Schiff zu suchen, war es auch leicht zu finden. Drummond hatte kein Versteck auf irgendeinem anderen Planeten, und außerdem wollte er möglichst in der Nähe von Toronto bleiben, um seine Möglichkeiten optimal einschätzen zu können. Deswegen tat er das einzig Sinnvolle: Er startete mit dem Schiff, natürlich mit Subluminalgeschwindigkeit, dann parkte er die *Makebate* in einem geostationären Orbit und kehrte sofort wieder zur Erde zurück, diesmal jedoch mit dem Raumgleiter, und blieb dabei außerhalb des Netzes der Flugsicherung.

»Aber du musst dir doch gedacht haben, dass dich diese Außerirdischen eines Tages nicht mehr brauchen würden«, sagte ich. »Hast du dir nicht irgendeine Art Lebensversicherung überlegt, so wie Ollie Schneider, als er für dich als Maulwurf gearbeitet hat?«

»Nein«, erwiderte er ruhig. »Das war nicht notwendig.«

Oh, Mann. Vielleicht waren Ausweichmöglichkeiten und dergleichen wirklich zu trivial für Verrückte, die ein derartiges Maß an Selbstüberschätzung an den Tag legten: jede Widrigkeit nur eine weitere Herausforderung!

Selbst jetzt plante er keine Flucht. Im Moment grübelte er über eine neue Masche, in der auch Joanna und ich Rollen übernehmen sollten.

Ich konnte es kaum erwarten, herauszufinden, wie die aussahen.

Joanna sagte zu Drummond: »Darf ich Sie etwas fragen?«

Wieder dieses verdammte Lächeln. »Bitte, Sie *dürfen.*« Er goss den Rest des Champagners in sein eigenes Glas.

»Wie um alles in der Welt sind Sie diesem Erdrutsch in der Goldmine in Arizona entkommen?«

»Indem ich Klapperschlangen gefolgt bin.« Er warf mir einen heiteren Blick zu. »Bitte erspar mir jegliche ›lustige‹ Bemerkung, Bürschchen. Ich hatte meine kleine Stablampe, die habe ich mir dann mit meinem Halstuch am Kopf festgebunden, und ich hatte meine Lanvin-Actinpistole. Wasser zu trinken gab es auch. Also bin ich zurechtgekommen.«

Er war fast drei Tage lang durch den *Copper Mountain* gekrochen. Ein paar Mal wäre er beinahe durch herabstürzende Felsen ums Leben gekommen. Ein Steinschlag war es auch, der ihm den Rückweg abgeschnitten hatte. (Und dieser Steinschlag überzeugte auch alle, die nach ihm suchten, dass er darunter liegen müsse.) Am dritten Tag, als er vor Hunger schon ernsthaft geschwächt war und die Batterie der Stablampe fast den Geist aufgab, folgte er dann etwas, das sich wie ein frischer Luftzug anfühlte, weil er dachte, auf diese Weise einen Ausgang zu finden. Doch es führte ihn nur in einen Stollen, der in einer Sackgasse endete.

»Da habe ich dann gedacht, jetzt war's das. Es schien keinen anderen Weg mehr zu geben. Ich hab mich auf ein paar größere Felsbrocken gesetzt, und plötzlich stand ich mit einem Fuß mitten in einem Nest von Klapperschlangen. Die Schlangen waren noch ziemlich klein, aber die sind ziemlich aggressiv auf mich losgegangen, und ich wusste, dass sie giftig waren. Ein paar davon habe ich mit der Lanvin geröstet, aber der Rest ist in eine Felsspalte gekrochen, die ich vorher nicht gesehen hatte. Alle sind sie darin verschwunden, jede einzelne! Ich habe mir diese Felsspalte genauer angesehen und dann entdeckt, woher der Luftzug kam. Das war ein fast ganz zugeschütteter, schmaler Gang, viel zu schmal für mich, und am anderen Ende konnte man Licht sehen. Ich habe auf Felsen und Steine geschossen, bis meine Lanvin völlig entladen war, und habe alle Bruchstücke mit bloßen Händen zur Seite geschoben. Und ich bin rausgekommen. Ich kletterte den Berg runter und folgte dann 20 Meilen einem Trampelpfad, bis ich zu einem Highway kam. Per Anhalter bin ich dann in einem Lastwagen nach Phoenix gefahren und habe Kotakt mit Tyler Baldwin aufgenommen, dem Hybridklon-Leiter der Sicherheitsabteilung von Galapharma ... und habe ihm erzählt, welche Idee ich hatte, während ich noch in dieser Goldmine herumgeirrt war. Er brachte mich zu den Anführern der Haluk. Ich glaube, den Rest können Sie sich denken.«

»Das ist unglaublich!«, sagte Joanna.

»Finden Sie wirklich, Frau Professor?« Er hatte ihr die ganze Geschichte erzählt, und während er berichtet hatte, war sein Blick von Nord nach Süd über ihren ganzen Körper gewandert – wobei er gelegentlich, bei besonders interessanten Gebieten, auch auffällig lange ausgeharrt hatte, um ihre Topographie eingehender zu erkunden – was mich dazu brachte, vor Wut mit den Zähnen zu knirschen.

Bevor sie antworten konnte, mischte ich mich ein. »Du hattest Glück. Aber eine dritte Chance auf den

Hauptgewinn lassen dir die Haluk bestimmt nicht. Also, was hast du jetzt vor? Willst du Lösegeld für uns?«

Widerstrebend wandte er seinen Blick von Joanna ab und mir zu. Doch er sprach in geradezu höflichem Ton. »Eher eine Variation über dieses Thema. Sobald der Rat abgestimmt hat – wie auch immer diese Abstimmung ausgehen mag –, wirst du Adam Stanislawski und die sieben Mitglieder des Rampart-Vorstandes, die sich derzeit in Toronto aufhalten, zu Beratungsgesprächen hierher einladen. Das Treffen wird unter strengster Geheimhaltung stattfinden, und es werden keinerlei weitere Personen anwesend sein ...«

»Das werde ich nicht tun«, sagte ich.

Sein Blick huschte zu Joanna hinüber. »Ich denke, das wirst du schon, wenn man dir nur einen hinreichend großen Ansporn gibt.«

»Das klappt doch nie! Du kannst hier keine Geiseln festhalten! Dafür ist die Sicherheit nicht gut genug! Denk doch dran, wie du dir Dan geholt hast. Es gibt ein paar Leute, die wissen, dass Joanna und ich zur *Lodge* geflogen sind. Die werden doch misstrauisch werden ...«

»Unsere Gäste und wir werden doch nicht hier bleiben«, widersprach Drummond unbekümmert. »Wir werden alle an Bord der *Makebate* sein, einem der schnellsten Schiffe der ganzen Galaxis. Und eins, das auch noch ziemlich schwer bewaffnet ist. Man wird sich einigen. Das garantiere ich. Falls nicht ...«, er zuckte mit den Schultern, legte seinen Kopf ein wenig schräg und lauschte der aggressiven Musik, »... dann wird wenigstens der Abgang angemessen wagnerianisch.«

Er prostete uns spöttisch zu und schüttete den Rest Champagner herunter.

Joanna sah ihn mit sachlichem, fast klinischem Interesse an. Ihre Stimme klang rein analytisch. »Darum geht es Ihnen in Wirklichkeit, nicht wahr? Ein dramatisches Ende. Sie wollen Helly und Adam und die gesamte Führung von Rampart zerstören, weil es denen gelungen ist, Sie zweimal zu schlagen.«

Alistair Drummond stellte die leere Sektflöte vor sich auf den Tisch und hob die Ivanov. »Sie sind eine sehr schöne Frau, Joanna. Ich bitte Sie, heute Nacht das Bett mit mir zu teilen.«

»Nein, vielen Dank«, antwortete sie höflich. »Ich habe gerade meine Tage.«

»Du lügnerische Schlampe«, fauchte Drummond.

»Nein, das stimmt wirklich! Soll ich nicht schon mal das Geschirr ins Servitron räumen?« Sie stand vom Sofa auf, hob einen der Porzellanteller und schleuderte ihn plötzlich wie eine Frisbee-Scheibe geschickt nach Drummond. Sie verfehlte seinen Kopf nur um wenige Zentimeter. Der Teller zerbarst am Granit des Kamins.

Drummond schoss ihr mit der Ivanov in die Brust. Zwei Betäubungspfeile. Sie stürzte mir entgegen. »Du hinterlistige Schlampe!«, brüllte Drummond.

Angestrengt versuchte ich, sie von mir zu schieben, um dann Drummond anspringen zu können. Doch das war sinnlos. Er schoss mir zweimal in die Schulter, und ich spürte, wie sich die Welt in einen rotschwarzen Abgrund verwandelte.

Das Letzte, woran ich mich erinnern konnte, war Drummond, der »Roberta! Abräumen!« rief.

Sie saß neben mir auf der Kante des Doppelbettes, vollständig angezogen, und wischte mir mit einem feuchten Tuch über das Gesicht. Als ich einen unartikulierten Laut ausstieß, hob sie meinen Kopf an und hielt mir ein Glas Wasser an die Lippen.

»Vorsichtig, Schatz! Nur ganz kleine Schlucke!«

Ich tat, wie mir geheißen. Mein Mund fühlte sich an wie uraltes Stroh in einem Eselsstall.

Sie zog das Glas wieder zurück. »Gott sei Dank bist du endlich wach. Wir müssen etwas unternehmen, bevor er zurückkommt, und ich weiß nicht genau, wie man dieses verdammte Ding bedient.«

»Was?« Angestrengt setzte ich mich aufrecht. Wir befanden uns in einem hübsch eingerichteten Schlafzimmer. Laut der Uhr auf dem Nachttisch war es 13.33 Uhr. Der Tag, der sich als der denkwürdigste Tag meines ganzen Lebens herausstellen würde, war schon zur Hälfte vorbei.

Ich streckte meine Arme und Beine. Abgesehen von einer etwas empfindlichen Stelle an meiner Schulter, an der die beiden Pfeile meine Haut durchbohrt hatten, fühlte ich mich richtig gut. Vielleicht sollte ich den Leuten von Ivanov ein Dankesschreiben zukommen lassen.

Joanna war aufgestanden und zu einer großen Steingutvase mit einem Gesteck aus getrockneten Gräsern hinübergegangen, die auf einer niedrigen Kommode stand. Dann wühlte sie mit der Hand darin herum. »Ich hab's hier versteckt, für den Fall, dass er reinkommen würde, bevor du wach bist, um ... meine Kleidung zu durchsuchen.«

Sie zog das neue Lucevera 4500 hervor, das sie in Timmins gekauft hatte, und reichte es mir.

»Ach du lieber Gott!«, entfuhr es mir.

»Das hatte ich die ganze Zeit in der Innentasche meiner Jacke. Drummond hat natürlich nicht daran gedacht, dass ich zwei Fons dabeihaben könnte. Gott sei Dank hat er mir in die andere Titte geschossen.« Sie schnitt eine Grimasse. »Da, wo die Pfeile mich getroffen haben, tut es übrigens immer noch höllisch weh. Ich hatte Angst, wenn ich mit dem Fon einen Notruf zu Rampart absetzte, könnte das irgendwie auf dem Display von Drummonds eigenem Fon zu sehen sein. Deswegen habe ich gewartet, bis du aufgewacht bist.«

»Nein, das wäre nicht auf seinem Display erschienen. Er und ich haben verschiedene Fon-Kodes. Wir greifen nur auf die gleichen Computer-Daten und die gleichen System-Links zu. Aber ich bin froh, dass du gewartet hast. Wir werden Karl anfonen, statt uns auf ein Streitgespräch mit den Außensicherheitlern einzulassen. Die werden im Moment wahrscheinlich ziemlich nervös und gereizt sein.«

Der gepanzerte Rollladen eines der Fenster war nicht heruntergelassen. Draußen schwebten dicke Schneeflocken hinab in einer Winter-Wunderwelt. Der Mitsubishi-Kondo war verschwunden.

»Der Hüpfer ist weg«, bemerkte ich. »Drummond muss ihn in die Garage gebracht haben, damit man ihn nicht aus der Luft entdeckt. Und den Raumgleiter auch.«

»Die Tür von unserer Suite ist verschlossen, und sie ist nicht aus normalem Holz«, sagte Joanna. »Ich glaube, die ist aus dem gleichen Material wie die Rollläden. Die Fensterscheiben sehen auch ziemlich dick aus.«

»Die sind unzerbrechlich und lasersicher. Diese Suite hier ist extra so ultrasicher gebaut worden. Ist auch gut so! Wir werden Alistair Drummond hier aussperren, und dann werden wir anfangen, ihm *richtig* Ärger zu machen.«

Ich fing an, auf ein paar Tasten herumzutippen.

»Was machst du da?«, frage Joanna besorgt. »Merkt der das denn nicht, wenn du auf die Systeme der *Lodge* zugreifst?«

»Nur, wenn er gerade auf das Display von seinem Fon schaut. Bete darum, dass er es in der Tasche hat ...

Ha! Hab dich! Der ursprüngliche Zugangskode für das Schloss der Sicherheits-Suite wurde deaktiviert, als die *Lodge* für den Winter stillgelegt wurde. Und ein neuer wurde bisher noch nicht installiert. Das bedeutet, Drummond muss sein eigenes einfaches Passwort benutzt haben, um das Schloss zu aktivieren. Und dieses Passwort hat dieser Volltrottel sogar diesem blöden Roboter gegeben.«

Tipp tippeti tipp tipp tipp.

»Das versteh ich nicht«, sagte Joanna. »Wieso Sicherheits-Suite?«

»Ist jetzt egal. Schau!« Ich deutete auf das Display des Fons. Darauf stand:

Passwort-Liste: GLASGOW 1/1

»Er hat's nicht mal verschlüsselt! Aber warum sollte er auch? Wann immer wir wollen, kommen wir hier raus, Süße. Aber jetzt noch nicht. Jetzt ganz bestimmt noch nicht!«

Ich installierte einen neuen Kode für das Sicherheitsschloss – natürlich verschlüsselt, löschte den GLASGOW-Account und schloss uns ein. Dann ließ ich den Rollladen herab, den Joanna geöffnet hatte.

»Wir werden jetzt dafür sorgen, dass unser Fang uns nicht entwischt«, erklärte ich. »Und dann rufen wir andere zu Hilfe. Kriech unter das Bett!«

Während Joanna mich noch völlig ungläubig und mit offenem Mund anstarrte, rief ich schon ein weiteres Menü auf dem Fon-Display auf. Dieses hier gehörte jetzt zur Steuerung des Raumgleiters der *Makebate.* »Sowohl Drummonds als auch mein eigenes Fon haben einen Link zum Navigator-Autopilot-System des Raumgleiters«, erläuterte ich. »Wenn ich den Gleiter irgendwo parke, sogar, wenn ich ihn im Mutterschiff lasse, kann ich ihn jederzeit herbeirufen, damit er mich abholen kommt – genau wie ein Auto oder einen Hüpfer.«

»Aber der Gleiter ist doch schon hier!«, protestierte Joanna. »In dem unterirdischen Hangar, zusammen mit dem Macrodur-Hüpfer.«

Ich nahm Joanna beim Arm und zog sie auf den Boden herunter. Dann glitten wir gemeinsam unter das Bett. »Ich werde ihn zurück zur *Makebate* schicken. Dummerweise werde ich vergessen, vorher die Garagentüren zu öffnen.«

»Oh ...«

»Die Lodge ist ziemlich stabil gebaut«, beruhigte ich sie. »Uns sollte nichts passieren. Fertig?«

Ich gab die Tastenkombination ein, die den Motor des Raumgleiters zündete. Ging dann das ganze erforderliche Flugvorbereitungs-Brimborium durch. Dann befahl ich dem Orbiter abzuheben. Das Fon kreischte los wie eine Furie. Ich hörte eine blecherne Computerstimme: *Gefahr! Gefahr! Hindernis oberhalb des Schiffes detektiert! Start wird abgebrochen. Start wird abgebrochen.*

Zweifelsohne hörte Alistair Drummond sie ebenfalls.

»Automatikabschaltung Alpha-Drei-Eins-Eins. Ausführen!«, wies ich das Fon an.

Die Erschütterung riss das Haus nicht aus seinem Fundament, und auch die Panzerglasfenster zerbarsten nicht. Der Hangar war aus dem massiven Fels herausgeschnitten worden, und die Haupt-Druckwelle des explodierenden Treibstoffs war aufwärts gerichtet. Nur eine Sekundär-Druckwelle breitete sich entlang des unterirdischen Tunnels aus, wo sie den derzeit verlassenen Flügel, der den Hausangestellten vorbehalten war, ernstlich beschädigte.

Wir klammerten uns aneinander, während Trümmer und Bruchstücke von völlig zerstörten Geräten auf das

Dach aus Keramlegierung herabregneten wie ein bizarrer Hagel aus den Tiefen der Hölle. Das Bettgestell hob vom Boden ab, sank jedoch auch wieder herab, ohne weiteren Schaden anzurichten. Eine große Kommode und ein Bücherregal stürzten um und zerschlugen ein paar Dinge. Die Nachttischlampen zerbarsten, ebenso die Vase mit dem Gräsergesteck, einige große gerahmte Bilder und ein paar nicht nennenswerte Kleinigkeiten, die aus Regalen und Schränken im benachbarten Badezimmer herausgefallen waren.

»Ist alles in Ordnung?«, fragte ich Joanna.

»Ja. Mein Gott, das war ja fast, als ob eine Bombe explodiert wäre!«

»Ja, ganz genau.« Es gefiel mir, wie wir uns aneinander klammerten. »Hast du wirklich gerade deine Tage?«

»Klassische Anti-Vergewaltigungs-Masche. Männer sind so zimperlich!«

»Ich bin trotzdem froh, dass du ihm den Teller an den Kopf geworfen hast... Und jetzt *hoch*, Süße!«

Wir krochen unter dem Bett hervor und in das Chaos hinein. Ich öffnete die Rollläden vor allen drei Fenstern des Schlafzimmers. Eine riesige Rauchsäule wirbelte vom Hangar-Krater in die Ferne. Trümmer waren nicht viele zu erkennen – sie waren im sich immer weiter auftürmenden Schnee versunken.

Nächster Punkt der Tagesordnung: Ich fonte Karl Nazarian über seinen Privat-Kode an.

»Helly hier, in der *Lodge*. Alistair Drummond ist bei uns. Ich habe seine Transportmöglichkeiten zerstört. Schick sofort ein Sondereinsatzkommando her! Er ist bewaffnet – mit einer Tala-G und weiß Gott was noch allem. Joanna und ich verbarrikadieren uns in Dans alter Sicherheits-Suite. Wir kommen klar!«

»Notfall verstanden!«, antwortete der coole alte

Mann. »Bleib dran, ich rede mal gerade mit der Außensicherheit und schicke das Einsatzkommando los.«

Ich wartete.

»Ich hör was an der Tür!«, rief Joanna.

Ein Kratzen. Dann das schrille Kreischen einer Photonen-Kanone – weniger leistungsfähig als meine Tala-G, vielleicht eine Claus-Gewitter, die bevorzugte Waffe von Großwildjägern. Vielleicht wusste Drummond nicht, wie man die etwas außergewöhnlichere Waffe richtig bediente.

Tschiu tschiu!

»Gib auf, du Idiot«, murmelte ich. »Du und deine Haluk-Trottel haben es doch auch nicht geschafft, sich den Weg hier hinein freizuschießen, als ihr Dan geholt habt. Ihr musstet zwei Wachen zu Tode foltern, um den Kode für das Schloss zu kriegen.«

Joanna riss entsetzt die Augen auf. »Helly?! …«

Noch ein Photonenstoß, dann Stille.

»Erklär ich dir später«, sagte ich nur. Karl war ans Fon zurückgekehrt.

»Das Einsatzkommando wird innerhalb der nächsten halben Stunde von unserer Anlage in Oshawa aufbrechen«, berichtete er, »fünf Hüpfer, dreißig Einsatzkräfte. Rechne mal damit, dass sie innerhalb der nächsten neunzig Minuten bei euch eintreffen. Sie werden versuchen, Drummond lebendig zu kriegen.«

»Prima! Wie ist der Sturm auf den Macpherson-Tower gelaufen?«

»Du weißt noch von nichts?«

»Als wir hier angekommen sind, hat Drummond schon auf uns gewartet. Joanna und ich waren mehr als zwölf Stunden betäubt.«

»Ach, Scheiße. Da hast du echt was verpasst! Eve hat sich wie ausgemacht an die Medien gewandt, und dann auch an den Diener der Diener, und der hat in einer eigenen Sendung natürlich alles geleugnet. Ein paar Stunden später wurde dann von irgendeinem geheimnisvollen Hüpfer aus Betäubungsgas in alle Stockwerke der oberen Hälfte des Towers geschossen. Der öffentliche Sicherheitsdienst von Toronto und die örtliche Polizei waren schockiert. Schockiert ist gar kein Ausdruck!«

Ich musste lachen. »Lass mich raten: Der Hüpfer konnte irgendwie entkommen. Die Bullen sind dann in Scharen in die Botschaft gestürmt, um den armen außerirdischen Mietern zu Hilfe zu eilen und den entstandenen Schaden abzuschätzen. Und dann haben sie die ganzen Menschen in Haluk-Gestalt entdeckt.«

»Sind alle in Sicherheit, man hat sie in das *Toronto General Hospital* gebracht – einschließlich deines Bruders Dan. Der war übrigens der einzige Mensch im gesamten Haluk-Teil des Hauses, der immer noch wie ein Mensch aussah. Sonst gab's im Macpherson-Tower keine Spur von Hybridklonen. Die müssen alle evakuiert worden sein. War natürlich ein gefundenes Fressen für die Medien. Und der Diener der Diener hat einen förmlichen Protest bei den Fremdrassenangelegenheitlern eingereicht, in dem er behauptet, bei den Leuten, die von der Polizei mitgenommen worden waren, handle es sich um unschuldige Haluk, nicht um transformierte Menschen.«

Ich prustete los. »Immer schön konsequent weiterlügen, was? Wie in den Cartoons: Weiterlaufen, auch wenn man längst schon über die Klippe gerannt ist und keinen Boden mehr unter den Füßen hat.«

»Die Abstimmung!«, rief Joanna. »Was ist mit der gottverdammten Abstimmung?«

»Hast du die respektvolle Frage der Frau Professorin mitgekriegt?«, fragte ich Karl.

»Der Rat hat mit sechsundvierzig Stimmen Mehrheit

den dreihundert neuen Haluk-Kolonien zugestimmt. Die Vorsitzende hat zu einer Bürger-Befragung aufgerufen. Die Meldungen beim PlaNet werden immer noch tabuliert und verifiziert, aber es sieht so aus, als sei das Veto durchgekommen.«

Joanna und ich jubelten.

»Außerdem«, fuhr Karl fort, »laufen die Leute inzwischen Sturm, dass den Abgeordneten, die für die Haluk-Kolonien gestimmt haben, das Mandat entzogen werden soll. Irgendwelche Sprecherinnen und Sprecher der Reversionisten fordern eine grundlegende Reform des Rates, damit die Einhundert Konzerne keinen Einfluss mehr darauf ausüben können. Wir leben wirklich in interessanten Zeiten, mein Freund.«

»Und wir sitzen hier«, lamentierte ich, »sind zum Zuschauerdasein verdammt, während uns bloß ein Wahnsinniger töten will.«

»Ich mache mich sofort auf den Weg zur *Lodge*, sobald ich mit ein paar Leuten gesprochen habe. Schalt dein Holovideo ein und lass dich mal wieder aufs Laufende bringen, was gerade so in der Galaxis passiert. Bleib einfach ganz ruhig sitzen, bis die Kavallerie kommt, und mach keine Dummheiten!«

»Habe ich das jemals getan?«, fragte ich und unterbrach die Verbindung.

Joanna untersuchte bereits den Holoprojektor im Kuschelzimmer nebenan und drückte auf die Tasten der Fernbedienung, jedoch ohne Erfolg. »Immer nur ein blauer Bildschirm«, klagte sie. »Der Projektor scheint in Ordnung, also hat wohl die Explosion die Antenne beschädigt.«

Das Fon summte. Ich schaute auf das Display. Das Gerät befand sich im Intercom-Modus.

»Hallo, Alistair!«, grüßte ich. »Hat dir das Feuerwerk gefallen?«

»Es ist noch nicht vorbei«, meinte er leise.

»Doch, das ist es. Wenn du versuchst, die Makebate zu rufen, wird die Flugsicherung sie identifizieren und die Erd-Patrouille alarmieren. Ich sag dir mal was: Ich werd dafür sorgen, dass du deinen eigenen Körper wiederkriegst, bevor sie dich an das Bett in der Klapse schnallen.«

»Ich werde jetzt gehen, Frost, aber wir sehen uns wieder. Ich bezweifle, dass die Freude beiderseitig sein wird. Ich habe vor, etwas ganz Besonderes auf dich warten zu lassen – und auf Professorin DeVet. Träum schon mal davon!« Er beendete das Gespräch.

Gehen?

Irgendetwas Mittelgroßes sauste am Fenster vorbei, erschien dann erneut, vollführte eine scharfe Rechtskurve und ließ eine ganze Schneewand gegen das Fenster klatschen.

Fluchend rannte ich zum Fenster, um mir anzusehen, was das gewesen sein mochte. Spuren des Motorschlittens führten von einem der Nebengebäude direkt zur *Lodge*. Drummond war ganz absichtlich an unserer Suite vorbeigerast. Jetzt hielt er wieder genau auf uns zu, diesmal langsamer, und die beiden Frontscheinwerfer des schnittigen Ski-Doos hatten durch die feinen Eiskristalle in der Luft einen deutlich erkennbaren Hof.

Die Maschine war klassisch in Gelb und Schwarz gehalten, allerdings mit ein paar schicken roten Akzenten. Die behelmte Gestalt im Sattel hob eine Hand, zwei Finger waren ausgestreckt. Zeige- und Mittelfinger. *Peace?*... V für *Victory?*... Nö. Auf den Britischen Inseln hatte dieser Zweifingergruß, zumindest, wenn einem dabei der Handrücken entgegengestreckt wurde, eine ganz andere Bedeutung.

Fuck You.

Einen Augenblick später war das Ski-Doo in einen Halbkreis aus goldenen Funken gehüllt – ein transportables Kraftfeld. Drummond vollführte eine Kehrtwende, jagte dann mit Höchstgeschwindigkeit auf den zugefrorenen See hinaus und hinterließ nur eine riesige weiße Wolke aus Pulverschnee.

Ich kramte in meiner Tasche nach meinem Fon, rief hektisch das Menü für die Außensteuerung der *Lodge* auf und schaltete die Verteidigungsanlagen wieder an, die Drummond deaktiviert hatte. Zu spät! Der verdammte Schlitten fuhr fast 200 Stundenkilometer und hatte den Verteidigungsgürtel schon hinter sich gelassen. Er war weg.

Ich rannte zur Tür der Suite, nannte den Entriegelungs-Kode und lief den Flur hinunter. Joanna war unmittelbar hinter mir, als ich das Wohnzimmer durchquerte (wo durch die Explosion nur bemerkenswert wenig Schäden entstanden waren), zur Eingangstür kam und von dort in den Technikflügel lief. Die Tür zum Kommunikator-Zimmer stand weit offen. Meine Talavera-Gerardi lag mitten auf einem kleinen Tisch, ausgestellt wie in einem Waffengeschäft.

Zügig überprüfte ich die Waffe. Sie wirkte völlig unbeschädigt, der Lauf war frei, und auf dem Display stand voll aufgeladen. Ich hängte sie mir über die Schulter.

»Was hast du jetzt vor?«, fragte Joanna.

Ich drängte mich an ihr vorbei, ging auf die Diele zu. Unsere Thermoanzüge, Helme und Überschuhe waren noch da. Die Ivanov war verschwunden. Ich lehnte das lange Gewehr an die Wand und zog mich an.

»Ich muss das Fon mitnehmen«, sagte ich. »Du musst dir den Türen-Kode aufschreiben, damit du dich in der Sicherheits-Suite einschließen kannst.«

»Aber ...«

»Vielleicht kommt Drummond zurück. Die ganzen Verteidigungsanlagen da draußen sind nutzlos, schließlich kann er sie selbst steuern. Sobald ich weg bin, gehst du wieder in die Suite zurück und bleibst da, bis das Sondereinsatzkommando hier eintrifft.«

»Du darfst nicht versuchen, ihn alleine zu stellen!«, tobte Joanna. »Verstehst du denn nicht? Das ist doch genau das, was er will! Er versucht doch gar nicht zu entkommen! Er wartet irgendwo da draußen auf dich!«

Ich nestelte an meinem Helm herum, baute das Fon-Link und die System-Steuerungen auf; die Mühe hatte ich mir nicht gemacht, als wir nur das kurze Stück vom Hüpfer zur *Lodge* gegangen waren.

»Such dir was, worauf du dir den Kode notieren kannst, Joanna.«

»Warte!«, sagte sie angespannt. Sie ging in die Küche und kam mit einem elektronischen Rezeptblock wieder.

Ich las ihr den alphanumerischen Kode vor, schob dann mein Fon in die Innentasche meines Thermoanzugs und versiegelte ihn.

»Tu das nicht, Helly!«, bat Joanna. »Nicht, wenn du mich liebst. Lauf ihm jetzt nicht hinterher, um ihn zu töten.« Sie war blass, doch ihre Wangen waren hektisch gerötet – das hatte nichts mit ihrem Make-up zu tun. Sie umklammerte das kleine elektronische Buch mit einer Hand, hielt es seitlich, als wolle sie es jeden Moment werfen.

»Ich bring ihn lebend zurück, wenn ich es schaffe.«

Sie flüsterte angestrengt. »Das Sondereinsatzkommando kann so etwas doch viel besser. Bleib bei mir! Bitte lass mich nicht wieder alleine!«

»Ich darf nicht zulassen, dass Drummond entkommt. Wenn er es nach Central Patricia schafft, könnte er sich einen schnellen Park-Service-Hüpfer organisieren und es bis in die Region von Thunder Bay schaffen. Auf deren Skyport gibt es einen Shuttle-Service zum Raumhafen ...«

»Er versucht doch gar nicht zu fliehen!« Ihre Augen glänzten feucht. »Er hat dir deine Waffe hier gelassen, obwohl er sie hätte mitnehmen oder beschädigen können ... Und ich bin mir sicher, dass du im Schuppen einen einsatzbereiten Motorschlitten vorfinden wirst. Wenn Drummond wirklich hätte fliehen wollen, dann hätte er ihn unbrauchbar gemacht. Er spielt doch nur mit dir, Helly! Ein irres Spiel!«

»Gibst du mir einen Abschiedskuss? Ich liebe dich, Joanna!«

Sie ließ sich von mir umarmen, duldete teilnahmslos meine harten Lippen, meine fremdartige Zunge, über die wir gemeinsam gelacht, die wir gemeinsam genossen hatten. Als wir uns voneinander lösten, strömten ihr Tränen über die Wangen.

»Leb wohl, Helly«, sagte sie, drehte sich um und ging fort.

Natürlich hatte Joanna Recht mit ihrer Vermutung, Drummond plane einen Hinterhalt. Ich wusste, das seine Chance zu entkommen – selbst nur bis nach Thunder Bay – verschwindend gering war. Das Sondereinsatzkommando würde ihn sich so einfach schnappen können wie ein Rudel Ontario-Wölfe ein verwundetes Karibu. Es sei denn, ich kriegte ihn zuerst.

Und das hatte ich vor.

Ich ignorierte den guten Rat meiner Frau, bestätigte damit alle Zweifel, die sie an meinem Charakter haben mochte, ruinierte vielleicht jegliche Chance auf eine Aussöhnung. Ein Teil von mir trat dafür beständig dem anderen Teil von mir in den Hintern und beschimpfte ihn als ›Idiot mit viel zu viel Stolz‹. Aber ich konnte nicht anders.

Cowboys ...

Wie Joanna schon vorausgesagt hatte, wartete im Schuppen ein weiterer Ski-Doo auf mich. Die beiden Spielzeuge waren augenscheinlich das Einzige, was Rampart hatte springen lassen, um die Mitarbeiter hier bei Laune zu halten, aber dafür hatte die Firma nicht an der Qualität gespart. Der Formula 12 K-XC war der beste Motorschlitten, den man derzeit kaufen konnte. Sein Gestell bestand aus einer Scandium-Legierung – dem gleichen Zeug, das als Katalysator für Transact-Raumschifftreibstoff eingesetzt wird –, stabiler als Titan, leichter als Aluminium. Um die Maschine noch leichter zu machen (und um wieder aus Senken herauszukommen, wenn man sich festgefahren hatte), besaß sie auch noch Trägheits-Stabilisatoren und zuschaltbare Antigrav-Verstärker. Ihr leistungsstarker Motor war flüsterleise. Das Armaturenbrett strotzte nur so vor netten kleinen Spielereien, einschließlich vollständiger Kommunikator-Ausrüstung, einem Geländescanner mit Thermoscan-Funktion, GPS, einem Notsender und einem Funkgerät, mit dem man seinen Kameraden auf dem anderen Motorschlitten erreichen konnte. Drummond hatte Letzteres gewiss abgeschaltet, und ich hatte das auch vor. Wir waren keine Kameraden.

Zu den Spielereien gehörten außerdem eine einfahrbare Kuppel, unter der man Schutz suchen konnte, wenn man irgendwo stecken blieb oder von einem Blizzard überrascht wurde, eine Heizung, die unabhängig vom Energiesystem des Motorschlittens selbst war, Notrationen, Überlebensausrüstung und ein Verbandskasten. Mein Schlitten verfügte nicht über eine Kraftfeldabschirmung. Etwas Derartiges steht bei Ski-Doo nicht einmal im Katalog für die Luxusausstattung.

Entweder hatte Drummond seinen eigenen Energieschirm mitgebracht, oder er hatte ihn aus dem Macrodur-Hüpfer geklaut. Am Schlitten war ein Schwenkarm für Feuerwaffen angebracht, komplett mit einer wetterfesten Stretch-Hülle, die allerdings für meine Ultra-Macho-Tala-G kaum ausreichte. Ich schloss die Waffe an, startete den Motor und fuhr vorsichtig aus der Scheune heraus.

Ich hatte seit fast zehn Jahren nicht mehr auf so einem Ding gesessen, aber ich rechnete nicht damit, allzu große Schwierigkeiten beim Fahren zu haben. Es eilte nicht. Alistair Drummond wartete gewiss in irgendeinem abgelegenen Waldstück auf mich, das er sich gut ausgesucht hatte.

Ich hoffte nur, zu einem Zeitpunkt und aus einer Richtung einzutreffen, die er sich *nicht* ausgesucht hatte.

Der Schnee wurde immer dichter. Es war jetzt unmöglich, das andere Ufer des Sees zu erkennen, das nur sechs Kilometer entfernt lag. Ich überprüfte den Scanner, um sicherzugehen, dass mein Gegner nicht in unmittelbarer Nähe lauerte – oder das Gelände umrundete, um mich irgendwann von hinten zu erwischen. Selbst mit aktiviertem Baum-Filter gab es jede Menge Störflecken auf dem Display. Das Signal eines einzigen warmen Körpers erschien, augenscheinlich ohne Maschinenbegleitung; was immer es war, es stapfte recht schnell durch den Wald am anderen Ufer des Sees. Ein Tier. Auf der Anzeige erschien:

SPEZIES: VIELFRASS – GEWICHT: 35.5 KG

»Hau ab, Kleiner«, murmelte ich. »Hier findet gerade eine ganz andere Jagd statt.«

Ich rief die Landkarte auf, stellte einen Radius von

20 Kilometern ein und sah mir dann das Gelände-Display genau an. Ein paar schmale Pfade durchzogen den Wald und die Sümpfe, die die *Lodge* umgaben – sie waren vor einigen Jahren illegalerweise von gelangweilten Sicherheitskräften freigeschossen worden, die für meinen armen Bruder Kindermädchen hatten spielen müssen.

Bei warmem Wetter waren diese Pfade wahrscheinlich sogar für die abgehärtetesten Rucksacktouristen oder Angler unerträglich – schlammig, nur schwer begehbar durch all die versengten Baumstümpfe, und überall gab es Moskitos. Im Winter, wenn die Schneedecke vernünftig hoch war, verwandelten sie sich in bequeme schmale Schneisen für Motorski-Fahrer und Wilddiebe – daher auch die Lafette an meinem Schlitten. Es ging doch nichts über ein wenig Reh- oder Elchbraten, mit dem man die Speisekarte ein wenig aufpeppen konnte.

Ich erweiterte den Radius auf 50 Kilometer, dann auf 100. Bei letzterer Darstellung wurde sogar schon der kleine Ort Central Patricia mit erfasst, der 90 Kilometer westlich von hier lag. Ein einzelner Pfad, der auf der anderen Seite des *Caddisfly Lake* begann, schlängelte und wand sich durch den Wald und endete dort. Ich fragte mich, welche Annehmlichkeiten die vereinsamten Männer in diesem winzigen Vorposten der Zivilisation wohl gefunden haben mochten. Eine Bar mit Livemusik und freundlichen einheimischen Damen? Hey, wenn ich an ihrer Stelle gewesen wäre, hätte mir das wohl auch gefallen.

Über das Menü wählte ich den Pfad nach C-Pat an, ging dann wieder auf VERGRÖSSERTE DARSTELLUNG und ließ mir ein holografisches Topographiedisplay anzeigen. Ich wollte schauen, ob ich nicht ein höher gelegenes Plateau fand, von dem aus ich den Pfad gut überblicken konnte – idealerweise in nicht allzu großer Entfernung von der Lodge.

Viel gab es da nicht. Der beste (fast der einzige!) Platz, an dem man halbwegs gut einen Hinterhalt legen konnte, war ein spärlich bewaldeter Felsgrat, und der lag nur 29 Meter oberhalb des übrigen Geländes. Er war ungefähr neun Kilometer vom westlichen Ufer des Sees entfernt. Der Grat war relativ steil und auf der Südseite, oberhalb des Pfades, völlig baumlos; auf der Nordseite, wo er dichter bewaldet war, neigte er sich sanft auf das Gelände ab.

Neben dem Felsgrat war der C-Pat-Pfad ziemlich breit und gerade, sodass er einen Motorschlittenfahrer geradezu aufforderte, das Tempo zu erhöhen. Ein paar Kilometer im Westen des Felsgrates traf ein kleinerer Nebenpfad von rechts auf den Hauptweg. Dieser Nebenpfad war viel schmaler und gewundener und führte zurück zum See, dabei verlief er parallel zu einem kleinen Flüsschen, dem Auslauf eines Teiches. Er endete etwa fünf Kilometer im Norden der Stelle, an der der Pfad nach C-Pat anfing.

Wenn ich Alistair Drummond wäre, würde ich quer über den See fahren und dann auf dem C-Pat-Pfad nach Westen, am Felsgrat vorbei bis zur Einmündung des Flusspfades. Dann nach rechts, ein bis zwei Kilometer zurück nach Osten und hinter den Felsgrat. Anschließend würde ich den Pfad verlassen und mit dem Schlitten ganz, ganz vorsichtig Richtung Süden steuern, die Böschung hinauf, zwischen den Bäumen und Felsen entlang, bis zu dem Aussichtspunkt hoch.

Mich da verstecken. Und dann würde ich darauf warten, dass Helly den C-Pat-Pfad heruntergestürmt kommt, wild entschlossen, den fliehenden Schurken zu fassen. Und ihn wie ein Schneehuhn abknallen.

Das funktionierte natürlich nur, solange das Opfer nicht auf die Idee kam, stattdessen über den Flusspfad in den Wald zu fahren und sich an den Heckenschützen heranzuschleichen.

Ich jagte diagonal über den See. Das Eis war so eben wie ein Freeway, und auf dem Scanner-Display war nicht das Geringste zu erkennen. Vom Ufer aus war der Anfang des Flusspfades fast erkennbar, vom Unterholz und ein paar abgeknickten Birkenschößlingen fast zugewuchert. Ich schaltete den Antigrav-Generator ein und setzte darüber hinweg, dann folgte ich einem gewundenen Pfad, der kaum breit genug für einen Motorschlitten war. Die Lufttemperatur betrug fünf Grad unter Null. Meine Schneetiefen-Anzeige meldete 34 cm. Zwölf davon waren frischer Pulverschnee, und das würde sehr bald viel mehr werden.

Fast 45 Minuten waren vergangen, seit ich mit Karl Nazarian gesprochen hatte. Ich gab noch mehr Gas und fuhr so schnell, wie ich es mir auf diesem Pfad zutraute. Der Motor schnurrte wie ein Tiger, der fallende Schnee dämpfte alle Geräusche.

Zwanzig Minuten später befand ich mich hinter dem Felsgrat. Auch auf der unregelmäßigen Böschung meldete der Thermoscanner keine Spur eines warmen Körpers. Ich konnte nur vermuten, dass Drummond sich auf der anderen Seite des Grates befand, wo Felsbrocken eine Art natürliche Schanze über dem C-Pat-Pfad gebildet hatten. Wenn ich weiter dem Flusspfad folgte, um nach seinen Schlittenspuren Ausschau zu halten und zu verifizieren, dass er sich wirklich diesen Platz für seinen Angriff ausgesucht hatte, lief ich Gefahr, dass er mich scannte oder hörte. Ich entschied mich dafür, zu Fuß auf den Grat hinaufzusteigen. Die

Empfindlichkeit der Thermo-Zielerfassung meiner Tala-G war dreimal höher als die eines Ski-Doos – oder eines Claus-Gewitter-Photonen-Blasters.

Auf das Display meines Visors ließ ich mir einen Kompass projizieren und schätzte so grob die relative Position zu meiner Beute ab. Der Angriffspunkt lag etwas mehr als zwei Kilometer im Südwesten. Bis zum Kamm des Felsgrates gab es genügend Deckung, doch dort konnten sich nur kleine, gedrungene Büsche zwischen den frostgesprengten Felsbrocken halten.

Meine Stiefel hatten ein ganz besonders nettes Extra eingebaut: ausklappbare Bärenkrallen-Sohlen, die sie in perfekte Schneeschuhe verwandelten. Ich ließ sie aufschnappen und stapfte los. Das Blut, das in meinen Ohren rauschte, war das einzige andere Geräusch in der winterlichen Stille. Ich war nicht mehr so ausdauernd wie früher, dennoch gelang mir in dem relativ seichten Schnee der Aufstieg ohne allzu große Schwierigkeiten; alle paar Meter scannte ich die gesamte Umgebung, fand nie etwas Warmes – und auch nicht die charakteristische Ionisierungssignatur eines Energieschildes.

Knapp unterhalb des Kammes, im Schutze einer kleinen Gruppe Banks-Kiefern, ruhte ich mich aus und schaltete die Heizung meines Thermoanzugs ab. Jedes einzelne Erg zählte. Dann kroch ich langsam auf den Aussichtspunkt zu, von dem ich schätzte, dass er noch etwa 200 Meter entfernt war; ich schlängelte mich zwischen hohen, schneebedeckten Felsbrocken hindurch, nutzte jede Deckung aus, schaute immer und immer wieder durch das Zielfernrohr und betete darum, dass Drummond hier oben war und dass er sich auf den C-Pat-Pfad konzentrierte und nicht den Felsgrat zu seiner Linken scannte.

Zwei Thermosignale auf der Zielerfassung.

Ich presste mich flach auf den Boden, versank hinter einem weißbedeckten Felsbrocken von der Größe eines Autos im Schnee. Schaltete das Zielfernrohr auf VERGRÖSSERN. Schaute hindurch.

Und sah eine Gestalt am Boden hocken, ein langläufiges Gewehr im Anschlag. Drummonds Ski-Doo stand ganz in der Nähe, ein Stückchen weiter den Abhang hinunter, zwischen einigen Bäumen verborgen. Natürlich war er nicht von einem halbkugelförmigen Kraftfeld umgeben. Mit einem Blaster kann man nicht durch ein einfaches, transportables Kraftfeld hindurchschießen.

Ich zog meinen rechten Fausthandschuh aus, damit ich den Abzug betätigen konnte, und zielte auf Alistair Drummond, den Mann, der in meinem Körper steckte. Abstand: 156,2 Meter.

Tu das nicht, Helly! Nicht, wenn du mich liebst. Lauf ihm jetzt nicht hinterher, um ihn zu töten.

Ich bring ihn lebend zurück, wenn ich es schaffe.

Ach, verdammt!

Ich schaltete die Zielautomatik ab und verwandelte den Stumpf einer Kiefer, sechs Meter zu seiner Rechten, in einen Regen aus Holzsplittern. Drummond gab einen Schuss auf den C-Pat-Pfad ab, dann einen ungezielten Schuss nach rechts, der eine kleine Balsamtanne köpfte. Er hatte mich nicht in seiner Zielerfassung, und der Schnee machte es ihm unmöglich, meine Position abzuschätzen.

Ich wartete ab. Ich wollte, dass er es tat.

Er feuerte nach links, nicht einmal annähernd in meine Richtung, dann rannte er plötzlich auf seinen Motorschlitten zu. Stieg ein, aktivierte das Kraftfeld. Unter der Funken sprühenden Halbkugel geschützt vor meinem Photonenstrahler startete er die Maschine und jagte dann bergab in Richtung Flusspfad, schwebte federleicht zwischen den Bäumen hindurch. Er hatte den Antigrav-Verstärker eingeschaltet, um sein Tempo auf diesem weichen Pulverschnee noch steigern zu können.

Ich stand wieder auf, kletterte auf einen der Felsen und begann, mit meiner Waffe Bäume in seinem Weg zu fällen – ich schoss immer knapp über dem Boden auf die Stämme, und sie knickten ab wie Strohhalme. Manche prallten harmlos vom Kraftfeld ab, andere stürzten zur Seite, während ich immer weiter vor das dahinrasende, schildkrötenförmige, Funken sprühende Fahrzeug feuerte.

Er war fast schon unterhalb meiner Schusslinie, als ich ihn endlich erwischte. Eine perfekt gefällte Kiefer stürzte ihm genau in den Weg, und der Schlitten fuhr frontal dagegen. Das Kraftfeld brach im gleichen Moment zusammen, als der Motor erstarb. Ich schaute zu, wie die schwarzgelbe Maschine sich der Länge nach über den Baumstamm hinweg überschlug und dann seitwärts den immer steiler werdenden Abhang hinunterrutschte. Drummond saß immer noch im Sattel.

Dann verschwand das Ski-Doo im Schnee. Ich sprang von meinem Felsen hinunter und stapfte hinterher. Nach ein paar Minuten fand ich Drummond, eingeklemmt unter der völlig verbogenen, verbeulten Maschine. Sie war an einem Baumstamm hängen geblieben. Beide Beine Drummonds hatten sich grotesk im Fahrgestell des Schlittens verfangen. Viel Blut war nicht zu sehen.

Ich schaufelte den Schnee von seinem Gesicht, öffnete seinen Visor und schaute in mein eigenes Gesicht, das jetzt vor Schmerzen verzerrt war. Alistair Drummond war bei vollem Bewusstsein.

»Fahr doch zur Hölle!«, fluchte er. »Fahr doch zur Hölle!«

»Ich kann dich nicht von diesem Ding befreien, ohne dir wehzutun«, erklärte ich ihm. »Ich muss zurück zur Lodge und einen Bolzenschneider oder so was holen.«

»Warum hast du mich da auf dem Felsgrat nicht abgeknallt?«, fragte er.

»Ich hab mich schon mal selbst getötet, im Macpherson-Tower. Das hat mir gereicht.«

Sein Verbandskasten und seine Überlebensausrüstung waren unbeschädigt. Ich wickelte alle Teile seines Körpers, die ich erreichen konnte, in Tylar-Folie. Dann schaute ich mir seine zertrümmerten Beine an, so gut es eben möglich war, ohne die Überreste seines Thermoanzugs zu entfernen. Der spendete immer noch Wärme.

»Bei dem Rampart-Einsatzkommando aus Toronto muss auch ein Sanitäter dabei sein. Die müssten bald eintreffen. Ich baue das Überlebenszelt auf, das wird dir den Schnee vom Leib halten. Willst du einen Schluck Wasser?«

»Fahr zur Hölle!«

Er wandte den Kopf ab und sagte nichts mehr. Seine Augen waren geschlossen. In seinem Nacken konnte ich noch einen Puls spüren, deswegen nahm ich an, dass er entweder ohnmächtig geworden war oder einen Schock hatte.

Weitermachen. Ich aktivierte den Notsignalgeber, baute das Zelt auf und schaltete die Heizung ein. Dann marschierte ich auf dem Flusspfad wieder zurück zu meiner eigenen Maschine und kehrte zur *Lodge* zurück.

Joanna und ich suchten in den Trümmern der Werkstatt im beschädigten Bediensteten-Flügel immer noch nach einem Schneidbrenner, als fünf blaue Rampart-Hüpfer der Außensicherheit auf dem Gelände landeten. Die Einsatzleiterin war eine dunkelhäutige Amazone namens Captain Sarah Marcus.

Sie hatte sowohl das medizinische Personal als auch die Ausrüstung mitgebracht, die erforderlich war, um Drummond zu befreien und abzutransportieren. Und sie war vernünftig genug, kein Streitgespräch anzufangen, als ich ihr sagte, ich würde mitkommen.

Zwei Luftfahrzeuge landeten im Bett des kleinen Flusses, der einzigen Fläche, die frei genug war. Captain Marcus überwachte das Aufladen der Ausrüstung auf Antigrav-Schlitten, doch ich war derjenige, der die Gruppe führte, als wir dann auf Schneeschuhen durch den Blizzard zu der Stelle marschierten, an der Alistair Drummond auf die Rettung wartete.

»Wonach stinkt das denn hier, um Himmels willen?«, fragte Marcus.

»O Scheiße!«, sagte ich und wusste Bescheid.

Wir fanden das Zelt vor, in Stücke gerissen, ringsumher waren im zertrampelten Schnee Abdrücke von Pfoten zu sehen, die beachtliche Krallen erkennen ließen; dazwischen lag ein Leichnam mit herausgerissener Kehle, von Kopf bis Fuß mit einer faulig stinkenden, moschusartigen Flüssigkeit getränkt.

»Das ist das Vieh, Cap'n!«, rief einer aus der Truppe, riss seine Kagi aus dem Holster und zielte. »Ein gottverdammter Bär!«

Ich stieß gegen seinen Waffenarm, und der Schuss ging harmlos in die Baumspitzen. Etwas Braunes, Massiges sprang zwischen den Felsbrocken hervor und rannte dann mit erstaunlicher Geschwindigkeit den Hügel hinab. Einen Augenblick später war es im Sturm verschwunden.

»Kein Bär«, sagte ich. »Ein Vielfraß. Lasst ihn in Ruhe.«

»Aber das Tier hat diesen Mann getötet!«, widersprach Captain Marcus. »Wir können es mit unseren Scannern suchen und nachher abschießen, wenn wir wieder in der Luft sind.«

»Nein«, widersprach ich ihr energisch. »Wir lassen dieses Tier in Ruhe. Es ist wild. Es hat nur das getan, was ihm seine Natur vorgibt, es hat seine eigenen Spielregeln befolgt. Und das war auch sein Recht. Verstehen Sie?«

»Ja.« Sie wandte sich von mir ab und gab den anderen Anweisungen, und ich stapfte den Hügel hinab in den frischen, sauberen Schnee.

Epilog

Vom Aufklärungs-Schiff, das Adam Stanislawski nach Amenti im Schützen-Nebel geschickt hatte, wurde gemeldet, dass der Asteroid der Stützpunkt von etwa 200 Haluk-Kaperern sei. Kurz nachdem der Zwischenfall in der Haluk-Botschaft von den Medien aufgegriffen worden war, schickte der Vorstandsvorsitzende von Macrodur eine Flotte von Konzern-Kreuzern aus, um das Piratennest auszuheben.

Nachdem ihre Raumschiffe dort zerstört worden waren, erklärten die Haluk dem Commonwealth der Menschenwelten den Krieg.

Eine Streitmacht aus 80 schweren Kriegsraumern und 160 leichten Jägern startete von den Kolonial-Planeten der Haluk an der Spitze des Perseus-Sporns und hielt auf Seriphos zu, dem regionalen Hauptquartier von Rampart. Im Tiefenraum wurden die Schiffe von Rampart-Raumern und der Zonenpatrouille abgefangen. Letztendlich konnten sie vollständig aufgerieben werden, doch auch die zahlenmäßig weit unterlegenen Verteidiger erlitten schwere Verluste. Seriphos selbst blieb unversehrt.

Unmittelbar nach diesem Gefecht startete eine zweite feindliche Flotte gleicher Stärke von den Haluk-Planeten und begann, Cravat einzukesseln, die einzige Quelle des Gentechnik-Vektors PD32:C2. Die Rampart-Streitkräfte waren von Cravat abgezogen worden, um Seriphos zu verteidigen, und das Blatt schien sich zu Gunsten der Außerirdischen zu wenden.

Gleichzeitig entdeckte der leistungsstarke Flotten-

Scanner-Satellit auf Tyrins fast 4.000 Schiffe der Außerirdischen, die sich vom Haluk-Sternhaufen aus im Anflug auf den Perseus-Sporn befanden.

Ich beriet mich mit dem Vorstand von Rampart, dann wies ich die Rampart-Verteidiger an, über jedem erreichbaren Stückchen Land auf Cravat Antimaterie-Bomben abzuwerfen.

Praktisch jedes bewaffnete Schiff der Konzerne und des Commonwealth in der ganzen Galaxis, einschließlich des Raumers von Captain Guillermo Javier Bermudez Obregon, zu dem Zeitpunkt wohnhaft auf Kedge-Lockaby, wurde mobilisiert, um die Milchstraße zu verteidigen. Ich übernahm das Steuer der Makebate.

Nach 61 Tagen anhaltender Gefechte im intergalaktischen Raum außerhalb des Perseus-Sporn kapitulierten die Außerirdischen.

Mimo, der sich wieder bester Gesundheit erfreute, konnte 84 Abschüsse für sich verbuchen. Er organisierte aus diesem Anlass ein feierliches *Luau* in seinem Haus auf Eyebrow Cay, und es nahmen etwa drei Dutzend Raumschiff-Kommandanten teil, die allesamt sozial nicht gerade bestens angesehen waren, sich in diesem Konflikt jedoch rühmend hervorgehoben hatten.

Ich auch. Ich hatte immer noch blaue Haut, aber das störte niemanden. Ich hatte 166 dieser Scheißkerle abgeschossen.

Die geschlagenen Haluk enthoben den Diener der Diener seines Amtes und setzten ihn in einem Kloster der Ehrwürdigen Älteren fest, in dem er sich für den Rest seines Lebens in Besserungsmeditation versenken sollte.

Die Kapitulation wurde von Locutorin Ru Kamik und dem Neunerrat durch Retina-Scan bestätigt. In dieser Kapitulation sagten sie sich unterwürfig vom Großen Plan los und baten das Commonwealth der Menschenwelten um Gnade für das Volk der Haluk.

Im Großmut des Sieges erklärte sich das Commonwealth bereit, ein gewaltiges Forschungsprogramm zu unterstützen – der Auftrag wurde Rampart erteilt –, den viralen Vektor PD32:C2 zu synthetisieren. Wenn nach Ablauf von fünf Jahren die Außerirdischen deutlich zeigen konnten, dass sie sich tatsächlich für den Frieden entschieden hatten und von ihrer üblen Politik des unkontrollierten Bevölkerungswachstums abgerückt waren, würde man ihnen das Herstellungsverfahren dieses Vektors erläutern – kostenlos. Inspektions-Teams des Commonwealth und Berater in Fragen der Familienplanung mussten im Haluk-Sternhaufen ebenso willkommen sein wie auf den Haluk-Kolonialplaneten. Normale Handelsbeziehungen würden ebenfalls wieder aufgenommen werden. Wenn während dieser fünf Jahre alles zufrieden stellend verliefe, würde das Commonwealth in Erwägung ziehen, den Haluk sukzessive eine begrenzte Anzahl Planeten der Milchstraße zuzuerkennen, bis das Problem des Populationsdrucks eingedämmt war.

Bis dahin hatten sie eben die Allomorphie am Hals und keinen einzigen Planeten mehr zur Verfügung als die, die sie bis jetzt kolonisiert hatten.

Die fehlerbehaftete Therapie zur Eradikation der Allomorphie, die von der verstorbenen Emily Blake Konigsberg entwickelt worden war, sollte in der Zwischenzeit von menschlichen Experten genauestens untersucht werden, bis man die Ursache für das Rezidiv erkannt hatte. Zum Glück kamen die bereits behandelten Haluk, die erneut in das Testudinalstadium eingetreten waren, wie gewohnt und als gesunde, allomorphe Grazile aus ihren Puppen.

Einer weiteren Bedingung der Kapitulation folgend, erklärten sich die Haluk bereit, alle Haluk-Mensch-Hybridklone aufzuspüren, sie in Dystasis-Tanks zu stecken und wieder normale Haluk aus ihnen zu machen. Ein paar Gentransformierte entkamen der Großfahndung – es heißt, sie würden jetzt glückselig auf irgendwelchen obskuren Freistaaten-Planeten ihr Menschsein genießen.

Die Haluk versprachen ebenfalls, bei der Förderung von Transactiniden nicht länger auf Strafgefangene zurückzugreifen, die zur Sklavenarbeit gezwungen wurden. Im Rahmen eines weiteren vom CMW geförderten Projektes – das dem Sheltok-Konzern zuerkannt wurde – reisten menschliche Bergbauingenieure in den Haluk-Sternhaufen, um den Außerirdischen eine zivilisiertere Technologie nahe zu bringen. Die Haluk waren gelehrige Schüler. Es dauerte nicht lange, da schaffte sich Sheltok selbst effizientere Maschinen für die Minen im Schützen-Nebel an – die von den Haluk entwickelt worden waren. Ebenso erging es dem Bodascon-Konzern mit bestimmten Innovationen auf dem Gebiet der Raumschifftechnik.

Die Außerirdischen waren, was Maschinen und dergleichen anging, wirklich phänomenal, aber im Bereich der Biotechnologie und der Computerwissenschaften waren sie entsetzlich unerfahren. Die neuen Handelsabkommen gestatteten es ihnen, jegliche Waren der Menschen zu kaufen, von gewissen Kriegsgerätschaften abgesehen.

Macrodur-Computer wurden in enormen Mengen an die Haluk verkauft. Auch die Hersteller von *Virtual-Reality*-Anzügen und japanischen Kimonos machten ein Bombengeschäft.

In der Zwischenzeit war auf der Erde ein politischer Umbruch in vollem Gange.

Vielen Abgeordneten der Konservativen wurde das Mandat entzogen, an ihre Stelle wurden Kandidaten der Reversionisten gewählt. Geraldo Gonzales wurde zu einem recht bedeutenden Staatsmann. Gemeinsam mit Efrem Sontag unterstützte er im Rat Gesetzesvorlagen, die langfristig die Vorherrschaft der Einhundert Konzerne über die CMW-Politik abschafften.

Abgeordnete, die eher als Angestellte von Konzernen angesehen werden konnten, gehörten der Vergangenheit an. Syndizi erhielten andere Jobs. Konzern-Spitzel wurden umgehend aus dem Sekretariat für Fremdrassenangelegenheiten, dem Interstellaren Handelssekretariat und der Zonenpatrouille entfernt. Innerhalb des folgenden Jahrzehnts trat eine neue Gesetzgebung in Kraft, die viele Bereiche der menschlichen Regierung reformierte.

Die *Conlegius*-Statuten, die den Konzernen weit reichende unabhängige Polizei-Befugnisse einräumten, wurden abgeschafft. Auf einen Vorschlag des Abgeordneten Sontag hin wurde Karl Nazarian zum Leiter eines neuen Dezernats der Commonwealth-Polizei ernannt, das sich mit der Aufsicht über die Reorganisation der Konzern-Sicherheitskräfte befasste.

Auch der Strafvollzug des Commonwealth wurde reformiert: so konnte etwa der Entzug des Bürgerstatus nun nur noch im Falle von Kapitalverbrechen ausgesprochen werden. Alle Statuslosen wurden aufgefordert, sich erneut um die Zusprechung des Bürgerstatus zu bewerben, dann wurde ihr Fall genauestens überprüft. Die Skandal-geplagten Coventry-Strafvollzugsanstalten wurden geschlossen.

Dass den Firmen ganze Planeten gehörten, blieb noch lange Zeit bestehen, während der Rat des Commonwealth langsam, aber sicher die tief verwurzelte Hegemonie des *Big Business* beschnitt und neue Steuern erhob, um die Reformen zu finanzieren. Rom wurde nicht an einem Tage erbaut, und eine galaxisweite Demokratie auch nicht.

Vernunftbegabte Eingeborene mit einer prä-industriellen Kultur erhielten Anspruch auf gerechte Löhne und Ausbildungsmöglichkeiten. Sie wurden nicht zu Anteilseignern der jeweiligen Firmen, und sie erhielten auch keinen Anteil am Profit, der aus ihren ausgebeuteten Heimatplaneten erwirtschaftet wurde. Nachdem sie erst einmal zum Denken angeregt wurden, erwiesen sich manche der Eingeborenen als unruhig – was zu erwarten gewesen war. Doch die meisten kümmerten sich keinen Schlag darum, solange die menschlichen Eindringlinge nur interessante Handelswaren mitbrachten.

Bei Lebensformen auf Kohlenstoffbasis erfreute sich vor allem Bier besonderer Beliebtheit.

Nach dem kurzen Haluk-Krieg verbrachte ich längere Zeit in einem Dystasis-Tank und stieg mit meinem eigenen Körper wieder heraus, hier und da gleich ein bisschen aufpoliert. Als ich aus dem Tank kam, war Joanna anwesend, ebenso Simon (der sich wieder bester Gesundheit erfreute), Eve und Beth, sogar Cousin Zed. Karl Nazarian und seine alte Bande waren ebenfalls zur Stelle, zusammen mit Mimo und meinen alten Gefährten Ivor Jenkins und Ildiko Szabo.

Daniel Frost ließ sich entschuldigen, er hatte einen Termin mit seinem Therapeuten. Inzwischen lebte er mit seiner Frau in einem Haus im *Ontario Cottage Country* (unter Sicherheitsverwahrung), und behauptete unerschütterlich, nichts Falsches getan zu haben.

Wie ich es Simon versprochen hatte, arbeite ich jetzt halbtags als leitender Angestellter bei Rampart. Der Großteil meiner Arbeit besteht darin, Fehler aufzuspüren und zu beseitigen. Es gibt Momente, da wünsche ich mir allen Ernstes, wieder ein Strandgammler zu sein.

Es ist mir gelungen, Prinzipien der Reversionisten auf zahlreichen Planeten im Perseus-Sporn umzusetzen, doch alle Planeten im Orion-Arm, die früher einmal Galapharma gehört hatten, haben meine radikalen Ideen mit Klauen und Zähnen bekämpft. Vielleicht muss ich dort mit Änderungen warten, bis der Commonwealth-Rat mir die Arbeit abnimmt.

Ich habe kein Interesse daran, selbst ein öffentliches Amt zu übernehmen, obwohl ich die Reversionisten nach wie vor großzügig unterstütze. Ein politischer Cowboy ist doch etwas Erbärmliches.

Eine der Wohltätigkeitsorganisationen, die ich jetzt manage, kümmert sich um die Bewohner des *Dark Paths*. Bedauerlicherweise wollen viele von ihnen nicht anders leben als vorher auch: Es wird wohl immer Troglodyten unter uns geben. Doch einer ansehnlichen Mehrheit hat meine Stiftung dabei geholfen, unter dem Licht anderer Sonnen ein neues Leben anzufangen.

Mama Fanchon Labreque ist jetzt die Leiterin der Ambulanz im neuen Katje-Vanderpost-Gedächtniskrankenhaus von Kedge-Lockaby.

Mohammed al-Wazan studiert inzwischen Medizin, er hofft, eines Tages bei Mama einsteigen zu können. Der sadistische leitende Angestellte, der ihn einst als Gespielen missbraucht hatte, wurde auf geheimnisvolle Weise schanghait und sitzt jetzt für alle Zeiten auf Phlegethon fest – er fristet dort sein Dasein als Toilettenmann.

Santa Claus lebt immer noch unterhalb von Toronto. Falls das von tieferem Symbolismus sein sollte, so habe ich diesen auf jeden Fall bisher noch nicht entschlüsselt.

Die restlichen Mitglieder des *Grange-Place*-Stammes sind zu ihren Familien zurückgekehrt und kommen so gut zurecht, wie man erwarten konnte.

Professorin Joanna DeVet lehrt drei Trimester im Jahr Politologie an der *Commonwealth University*. Ihr Buch wurde ein Riesenerfolg und rief ungebührlich viel Neid unter ihren Kollegen hervor, obwohl sie alle Erlöse wohltätigen Vereinigungen spendet.

Eine Woche, nachdem ich aus dem Tank gekommen war, haben wir wieder geheiratet. Jetzt gehört uns ein Haus in der Nähe der *Kawartha Lakes* und ein Apartment im *Rampart-Tower*. Haushalts-Roboter gibt es in beiden nicht.

Wir machen Urlaub auf der *Sky Ranch* und auf Kedge-Lockaby. Joanna mag mein knallgelbes Tauchboot. Und ich liebe ihre Art, im Sattel zu sitzen.

Joanna versucht immer noch, mich zu verstehen, und behauptet, die Naturgeschichte des Vielfraßes biete viel sagende Einblicke in meinen eigenen Charakter. Ich halte das für Quatsch.

Außerdem sagt sie, dass sie manchmal Helly den Haluk vermisst.

Ich nicht.

Abwechslungsreich und farbenfroh:
für alle Leser von *Peter Hamilton*.

Samarkand ist eine lebensfeindliche Welt, die terrageformt werden soll. Erste Erfolge stellen sich ein, doch dann geschieht ein katastrophaler Unfall, der jedes menschliche Wesen auf Samarkand tötet.
Ian Cormac, seit dreißig Jahren dauerhaft mit einem galaxisweiten Computersystem vernetzt, wird nach Samarkand geschickt. Dort findet er zwei menschenähnliche Kreaturen, ein Dienerwesen und den sogenannten DRACHEN, eine monströse außerirdische Lebensform – die sich bald als künstliche Intelligenz erweist. Doch wer hat den Drachen erbaut, und zu welchem Zweck?

3–404–23242–9